Pe Valérie
août 2010
HoPM.

SEUL LE SILENCE

R. J. Ellory est né en 1965. Après avoir connu l'orphelinat et la prison, il devient guitariste dans un groupe de rock, avant de se tourner vers la photographie. *Seul le silence* est son premier roman publié en France.

R. J. ELLORY

Seul le silence

TRADUIT DE L'ANGLAIS PAR FABRICE POINTEAU

SONATINE ÉDITIONS

Titre original :

A QUIET BELIEF IN ANGELS

Dédié à Truman Capote (1924-1984).

REMERCIEMENTS

Peut-être, quelque part,
est-il des efforts créatifs accomplis seuls.
Ceci n'en est pas un.
Comme toujours, mes remerciements infinis à Jon,
à Genevieve, Juliet, Euan et Robyn.
À Paul Blezard, Ali Karim et Steve Warne
pour leur soutien constant.
À Guy.
À Victoria et Ryan.

Ce que nous nous rappelons de notre enfance nous nous le rappelons pour toujours – fantômes permanents, estampés, écrits, imprimés, éternellement vus.

Cynthia OZICK.

Prologue

Coups de feu, comme des os se cassant.

New York : sa clameur infinie, ses rythmes métalliques âpres et le martèlement des pas, staccato incessant ; ses métros et cireurs de chaussures, carrefours embouteillés et taxis jaunes ; ses querelles d'amoureux ; son histoire, sa passion, sa promesse et ses prières.

New York avala le bruit des coups de feu sans effort, comme s'il n'avait pas plus d'importance qu'un simple battement de cœur solitaire.

Personne ne l'entendit parmi une telle abondance de vie.

Peut-être à cause de tous les autres bruits.

Peut-être parce que personne n'écoutait.

Même la poussière, prise dans le clair de lune filtrant par la fenêtre du deuxième étage de l'hôtel, soudain déplacée sous l'effet des coups de feu, reprit son chemin errant mais régulier.

Rien ne s'était produit, car c'était New York, et de telles morts solitaires et insoupçonnées étaient légion, presque indigènes, brièvement remémorées, oubliées sans effort.

La ville continuait de vaquer à ses occupations. Un nouveau jour commencerait bientôt, et rien d'aussi insignifiant que la mort ne possédait le pouvoir de les différer.

C'était juste une vie, après tout ; ni plus, ni moins.

Je suis un exilé.

Je prends un moment pour me pencher à nouveau sur ma vie, et j'essaie de la voir telle qu'elle a été. Parmi la folie que j'ai rencontrée, parmi la précipitation de l'humanité et le fracas et la brutalité des collisions auxquelles j'ai assisté, il y a eu des moments. Amour. Passion. Promesse. L'espoir de jours meilleurs. Toutes ces choses. Mais je suis confronté à une vision, et de quelque côté que je me tourne maintenant je suis face à cette vision. J'étais l'Attrape-Cœurs de Salinger, debout à la lisière d'un champ de seigle grimpant à hauteur d'épaule, percevant le bruit d'enfants invisibles jouant parmi les vagues et les oscillations de couleur, entendant leur rire turbulent, leurs jeux – leur enfance si vous voulez – et me tenant sur le qui-vive au cas où ils s'approcheraient trop de la lisière du champ. Car le champ flottait, libre et sans entraves, comme s'il était dans l'espace, et s'ils en atteignaient le bord je n'aurais pas le temps de les retenir avant qu'ils ne tombent. Donc je regardais, j'attendais, j'écoutais, je faisais tout mon possible pour être là avant qu'ils ne basculent dans le précipice. Car s'ils tombaient, personne ne pourrait plus les rattraper. Ils seraient partis. Partis, mais pas oubliés.

Ç'avait été ma vie.

Une vie déroulée comme du fil, résistance incertaine, longueur inconnue ; se rompra-t-il abruptement ou continuera-t-il indéfiniment, reliant entre elles de nouvelles vies. Parfois du simple coton, à peine suffisant pour assembler les parties d'une chemise, parfois une corde – triplement tressée, extrémités en bonnet turc, chaque brin et chaque fibre goudronnés et tordus pour repousser eau, sang, sueur, larmes ; une corde pour dresser une grange, pour faire des nœuds d'arrêt et tirer un enfant presque noyé d'une inondation, pour tenir une jument rouanne et la soumettre à sa volonté, pour ligoter un homme à un arbre et le battre pour ses crimes, pour hisser une voile, pour pendre un pêcheur.

Une vie à retenir, ou à voir glisser entre des mains indifférentes et inattentives, mais toujours une vie.

Et lorsqu'on nous en donne une, nous en souhaitons deux, ou trois, ou plus, oubliant si facilement que celle que nous avions a été gaspillée.

Le temps avance droit comme une ligne de pêche pleine d'espoir, des semaines devenant des mois devenant des années ; pourtant, en dépit de tout ce temps, un infime instant de doute et tout s'envole.

Les moments exceptionnels – sporadiques, comme des nœuds serrés, irrégulièrement espacés tels des corbeaux sur un fil télégraphique –, de ceux-là nous nous souvenons, et nous n'osons les oublier, car souvent ils ne sont que ce qu'il nous reste à montrer.

Je me souviens de chacun d'eux, et aussi d'autres, et me demande parfois si l'imagination n'a pas contribué à façonner ma vie.

Car c'est ce qu'elle était, et sera toujours : une vie.

Maintenant qu'elle a atteint son chapitre final je sens qu'il est temps de raconter tout ce qui s'est passé.

Car voilà qui j'étais, qui je serai toujours... rien de plus que le narrateur, le conteur d'histoires, et si l'on doit juger de qui je suis ou de ce que j'ai fait, qu'il en soit ainsi.

Au moins ceci s'érigera en vérité – un testament si vous voulez, une confession même.

Je suis assis calmement. Je sens la chaleur de mon propre sang sur mes mains, et je me demande si je vais continuer à respirer longtemps. Je regarde le corps d'un homme mort devant moi, et je sais qu'à quelque petite échelle justice a été rendue.

Revenons en arrière maintenant, remontons au tout début. Accompagnez-moi, si vous le voulez, car c'est tout ce que je peux demander, et malgré tous mes torts, je crois en avoir fait assez pour que vous m'accordiez ce temps.

Inspirez. Retenez votre souffle. Expirez. Tout doit être silencieux, car lorsqu'ils viendront, lorsqu'ils viendront enfin me chercher, nous devrons être en mesure de les entendre.

1

Rumeur, ouï-dire, folklore. Qu'elle se pose au sol ou qu'elle s'élève dans les airs, selon la rumeur, une plume blanche indiquait la visite d'un ange.

Le matin du mercredi 12 juillet 1939, j'en vis une ; elle était longue et effilée, différente de toutes celles que j'avais vues jusqu'alors. Elle contourna le bord de la porte tandis que je l'ouvrais, presque comme si elle avait patiemment attendu d'entrer, et le courant d'air du couloir la poussa dans ma chambre. Je la ramassai, la tins prudemment, puis la montrai à ma mère. Elle affirma qu'elle provenait d'un oreiller. J'y réfléchis un bon moment. C'était logique que les oreillers soient remplis de plumes d'anges. C'était de là que venaient les rêves – les souvenirs des anges qui s'immisçaient dans votre esprit pendant votre sommeil. Je me mis à penser à ce genre de choses. Des choses comme Dieu. Des choses comme Jésus mourant sur la croix pour nos péchés, comme elle me le disait si souvent. Je n'ai jamais mordu à cette idée, jamais été porté sur la religion. Plus tard, il y a des années de cela, je comprendrais l'hypocrisie. Mon enfance me semblerait avoir été peuplée de personnes qui disaient une chose et en faisaient une autre. Même notre pasteur itinérant, le révérend Benedict Rousseau, était un hypocrite, un charlatan, un imposteur : une main désignant la Voie des Écritures, l'autre perdue dans les plis infinis de la jupe de sa sœur. À l'époque, durant mon enfance, je ne voyais jamais vraiment ces choses. Les enfants, aussi perspicaces soient-ils, ont néanmoins un aveuglement sélectif. Ils voient tout, aucun doute là-dessus, mais choisissent d'interpréter ce qu'ils voient en fonction de leur sensibilité. Et c'était pareil avec la plume, pas grand-chose au bout du compte, mais dans un sens un présage, un prodige. Mon ange me rendait visite. J'y croyais, j'y croyais dur comme fer, et les événements de ce jour-là semblèrent donc d'autant plus déplacés et incongrus. Car c'est alors que tout changea.

La Mort vint ce jour-là. Appliquée, méthodique, indifférente aux us et aux coutumes ; ne respectant ni la Pâque, ni la Noël, ni aucune célébration ou tradition. La Mort vint, froide et insensible, pour prélever l'impôt de la vie, le prix à payer pour respirer. Et lorsqu'Elle vint je me tenais dans la cour sur la terre sèche parmi les mauvaises herbes, le mouron blanc et les gaulthéries. Elle arriva par la grand-route, je crois, longeant la démarcation entre la terre de mon père et celle des Kruger. Je crois qu'Elle arriva à pied, car plus tard, lorsque j'en cherchai, je ne trouvai ni empreintes de cheval, ni traces de bicyclette, et à moins que la Mort ne pût se déplacer sans toucher le sol, je supposai qu'Elle était venue à pied.

La Mort vint pour prendre mon père.

Il s'appelait Earl Theodore Vaughan. Né le 27 septembre 1901 à Augusta Falls, en Géorgie, durant la présidence de Roosevelt, d'où son deuxième prénom. Il fit la même chose avec moi et me donna le prénom de Coolidge en 1927. J'étais donc là – Joseph Calvin Vaughan, fils de mon père – debout au milieu des mauvaises herbes lorsque la Mort nous rendit visite à la fin de l'été 39. Par la suite, après les larmes, après l'enterrement et la veillée du Sud, nous attachâmes sa chemise de coton à une branche de sassafras et y mîmes le feu. Nous la regardâmes se consumer, la fumée symbolisant son âme passant de cette terre mortelle à une plaine plus élevée, plus juste, plus équitable. Puis ma mère me prit à l'écart et, posant sur moi ses yeux ombrés et gonflés, elle m'expliqua que mon père était mort d'une cardite rhumatismale.

« C'est la fièvre qui l'a emporté, dit-elle d'une voix brisée. La fièvre est venue ici, pendant l'hiver de 29. Tu n'étais qu'un bébé, Joseph, et ton père avait suffisamment de flegme et de souffle pour irriguer une acre de bonne terre. Lorsque la fièvre s'empare de notre cœur, il s'affaiblit et ne se remet jamais, et à cette époque, pendant peut-être un mois ou plus, nous n'avons fait que compter les heures qui séparaient ton père de sa mort. Mais il n'est pas parti alors, Joseph. Le Seigneur a jugé bon de lui accorder une poignée d'années de plus ; peut-être le Seigneur a-t-il préféré attendre que tu sois grand. » Elle tira un chiffon gris de la poche de son tablier. Elle s'essuya les yeux, étalant encore plus le khôl sur ses pommettes ; elle avait le même air de chien battu qu'un boxeur anéanti, accablé, vaincu un samedi soir. « La fièvre était dans son cœur, tu vois, chuchota-t-elle, et nous avons eu de la chance de le garder si longtemps avec nous. »

Mais je savais que ce n'était pas ça qui l'avait emporté. C'était la Mort qui l'avait emporté, arrivant par la grand-route, repartant par le même chemin, ne laissant rien que Ses traces de pas dans la poussière près de la clôture.

Plus tard mes souvenirs de mon père seraient fracturés et distordus par le chagrin ; plus tard, je me l'imaginerais comme Juan Gallardo peut-être, aussi courageux que le personnage des *Arènes sanglantes*, mais jamais inconstant, et jamais aussi beau que Valentino.

Il fut enterré dans un cercueil large, grossier et gondolé, et les fermiers des terres voisines, dont Kruger l'Allemand, placèrent son corps sur un pick-up et l'emportèrent sur le bitume de la route de campagne. Plus tard ils se réunirent, austères et endimanchés, dans notre cuisine où se mêlaient une odeur d'oignons frits dans de la graisse de poulet, un arôme de gâteau Bundt, le parfum de l'eau de lavande conservée dans un pichet de terre près de l'évier. Et ils parlèrent de mon père, relatant leurs réminiscences, leurs anecdotes, ponctuant leurs récits d'histoires à dormir debout, les embellissant et les agrémentant de faits qui n'étaient que fiction.

Ma mère, silencieuse et attentive, avait sur le visage une expression de candeur naturelle ; ses yeux bordés de khôl étaient plus profonds que des puits, ses pupilles dilatées, aussi noires que de l'antimoine.

« Un jour je l'ai vu passer toute la nuit avec la jument, dit Kruger. Couché là jusqu'au lever du jour à donner à la bonne bête des poignées d'alétris pour soigner ses coliques.

— Je vais vous raconter une histoire sur Earl Vaughan et Kempner Tzanck », proposa à son tour Reilly Hawkins.

Il se pencha en avant ; ses mains rouges et calleuses étaient comme des fruits exotiques séchés, ses yeux qui regardaient ici et là semblaient éternellement chercher une chose bien disposée à leur échapper. Reilly Hawkins cultivait une terre au sud de la nôtre, et il était arrivé là bien avant nous. Le jour de notre arrivée, il nous avait accueillis comme de vieux amis, puis il avait aidé mon père à dresser une grange et n'avait

22

accepté qu'un pichet de lait froid pour sa peine. La vie lui avait patiné le visage, ses traits étaient sillonnés de fines rides, le blanc de ses yeux avait une teinte nacrée, le genre d'yeux nettoyés par les larmes versées pour les amis tombés. Pour les membres de sa famille aussi, tous ceux qui étaient depuis longtemps morts et presque oubliés ; certains à la guerre, ou dans des incendies ou des inondations, d'autres lors d'accidents et de mésaventures idiotes. Quelle ironie de voir que des impulsions soudaines – qui au fond n'avaient pour seul but que de parer l'existence d'un éclat supplémentaire – entraînaient la mort. Comme le plus jeune frère de Reilly, Levin, qui, à dix-neuf ans, était allé à la foire d'État de Géorgie. Il y avait un pilote cascadeur à moitié saoul et volubile qui possédait un Stearman ou un Curtiss Jenny et qui pulvérisait les récoltes à la saison ; il effrayait les cimes des arbres et frôlait les toits des granges avec ses cabrioles insensées et arrogantes, et Reilly, à force de cajoleries, avait poussé Levin à monter avec lui. Des mots avaient été échangés entre les deux frères dans une sorte de *pas de deux*[1], un two-step précis, un tango de défis et de provocations, chaque phrase un pas, un pied cambré, un dos arqué, une épaule agressive. Levin ne voulait pas y aller, il disait que sa tête et son cœur étaient faits pour l'observation depuis le plancher des vaches, mais Reilly avait insisté, usant de son influence fraternelle malgré sa méfiance, malgré le spectre de whisky qui enveloppait le pilote, malgré la nuit qui approchait. Levin avait cédé, pour un quart de dollar il avait grimpé sur une aile en faisant une prière, et le pilote, qui était bien plus courageux qu'il n'était adroit, avait tenté un looping suivi d'un renversement.

---

1. En français dans le texte. *(N.d.T.)*

Le moteur avait rendu l'âme alors qu'ils étaient au plus haut. Un long silence hors d'haleine, un coup de vent, et puis un bruit de tracteur percutant un mur. Les deux avaient été tués. Le pilote et Levin Hawkins telles deux bêtes roussies au bord de la route. Un panache de fumée grimpant jusqu'à cent mètres de haut, son fantôme encore visible au petit matin. Le factotum du pilote, un gamin qui n'avait pas plus de seize ou dix-sept ans, avait erré pendant quelques heures avec un air ahuri, puis lui aussi avait disparu.

Les parents de Reilly étaient morts peu après. Il avait tenté de maintenir la petite ferme en état après leur décès, mais même les porcs semblaient le regarder de travers comme s'ils comprenaient sa culpabilité. Personne n'avait jamais fait le moindre reproche à Reilly, mais son père, mâchant incessamment son tabac Heidsieck aromatisé au champagne, avait pris l'habitude de le regarder comme s'il attendait qu'il paye sa dette. Ses yeux allaient et venaient nerveusement comme ceux d'un ancien fumeur dans une boutique de cigares. Jamais un reproche d'exprimé, mais le reproche toujours présent.

Reilly Hawkins ne s'était jamais marié ; d'aucuns disaient qu'il ne pouvait avoir d'enfants et n'avait pas honte de l'admettre. Je croyais que Reilly ne s'était jamais marié parce qu'il avait eu le cœur brisé une fois, et qu'il se disait que si ça se produisait une seconde fois, ça le tuerait. La rumeur prétendait que c'était une fille du comté de Berrien, aussi jolie qu'un bébé chinois. Il avait préféré ne pas risquer une telle aventure vu qu'il avait d'autres raisons de vivre. Le choix de quelque fille avec une grande bouche issue d'une famille trop nombreuse, une fille qui porterait des robes en coton imprimé, roulerait ses propres cigarettes et boirait au goulot – ça, ou la solitude. Il semblait avoir choisi cette dernière, mais il n'en parlait jamais directement, et je ne lui avais jamais directement posé la question. Tel était Reilly Hawkins, d'après le peu que je savais de lui à l'époque, et il était impossible de deviner ce qu'il ferait ou la direction qu'il prendrait, car il semblait plus souvent guidé par ses envies que par le bon sens.

« Earl savait se battre », déclara Reilly ce jour-là dans notre cuisine, le jour de l'enterrement.

Il jeta un coup d'œil en direction de ma mère. Elle bougea à peine, mais ses yeux et la manière dont elle lui rendit son regard l'autorisaient à continuer.

« Earl et Kempner étaient allés au-delà de Ponds Race, jusqu'à Hickox dans le comté de Brantley. Ils y étaient allés pour voir un certain Einhorn si je me souviens bien, un certain Einhorn qui avait un cheval rouan à vendre. Ils se sont arrêtés quelque part en route histoire de boire un verre, et pendant qu'ils se reposaient une espèce de brute est entrée et s'est mise à beugler comme un coyote. Elle dérangeait les gens, elle les dérangeait et elle les foutait en rogne, et Earl a suggéré à l'homme d'aller brailler dehors au milieu des arbres là où personne ne l'entendrait. »

Reilly regarda une fois de plus ma mère, puis moi. Je ne bougeai pas, je voulais entendre ce que mon père avait fait pour calmer cette espèce de brute près de Hickox dans le comté de Brantley. Ma mère ne leva pas la main, ni la voix, et Reilly sourit.

« Pour faire court, cette brute a essayé de coller un swing à Earl. Earl a fait un pas de côté et il a balancé le type dehors dans la poussière. Il l'a suivi, a essayé de lui faire entendre raison, mais ce diable avait le cœur et la tête à se battre, et pas moyen de le raisonner. Kempner est sorti juste au moment où l'homme se relevait pour se ruer sur Earl avec une planche de bois. Earl était comme ces acrobates chinois de Barnum & Bailey, dansant à droite à gauche, avec les poings comme des pistons, et l'un de ces pistons a écrasé le nez du grand type, et on a entendu les os se briser dans une douzaine d'endroits. Le sang coulait comme une chute d'eau, la chemise de l'homme était trempée, et il était agenouillé là dans la terre à hurler comme un porc. »

Reilly Hawkins se pencha en arrière et sourit.

« J'ai entendu dire que le nez du bonhomme s'est jamais arrêté de saigner… qu'il a continué jusqu'à ce qu'il soit tout vidé…

— Reilly Hawkins, intervint ma mère. Ça n'est jamais arrivé, et vous le savez. »

Hawkins eut l'air penaud.

« Je voudrais pas vous manquer de respect, m'dame, dit-il, et il baissa la tête avec déférence. Je voudrais pas vous contrarier un jour comme aujourd'hui.

— La seule chose qui me contrarie, ce sont les contre-vérités et les semi-vérités et les mensonges éhontés, Reilly Hawkins. Vous êtes ici pour veiller mon mari dans son chemin vers le Seigneur, et je vous serais obligée de surveiller votre langage, vos manières, et de vous en tenir à la vérité, surtout devant le garçon. »

Elle me regarda. J'étais assis là, les yeux écarquillés, à m'interroger, à vouloir connaître tous les détails les plus sanglants sur mon père : un homme qui pouvait écraser d'un crochet du droit le nez d'un homme et donner la mort par exsanguination.

Plus tard je me rappellerais l'enterrement de mon père. Je me rappellerais ce jour à Augusta Falls, dans le comté de Charlton – une excroissance antérieure à la guerre de Sécession en bordure de la rivière Okefenokee –, je me rappellerais une région qui était plus marécage que terre ; la manière dont le sol absorbait tout, éternellement affamé, jamais rassasié. Cette terre gonflée avait aspiré mon père, et je l'avais regardé partir ; j'avais onze ans, lui pas plus de trente-sept, et ma mère et moi nous tenions avec un groupe de fermiers illettrés et compatissants venus des quatre coins du monde, les manches de leurs vestes leur descendant jusqu'aux doigts, leurs pantalons de flanelle rêche laissant voir des centimètres de chaussettes usées jusqu'à la trame. Des péquenauds peut-être, plus souvent frustes que civilisés, mais robustes de cœur, vigoureux et généreux. Ma mère serrait ma main si fort que c'en était désagréable, mais je ne dis rien et ne l'ôtai pas. J'étais son premier et unique enfant, car – si les histoires disaient vrai, et je n'avais aucune raison d'en douter – j'avais été un enfant difficile, qui n'avait pas voulu sortir, et l'épreuve de ma naissance avait endommagé des trucs à l'intérieur qui lui auraient permis d'avoir une plus grande famille.

« Juste toi et moi, Joseph », murmura-t-elle plus tard. Tout le monde était parti – Kruger et Reilly Hawkins, d'autres au visage familier et au nom incertain – et nous nous tenions côte à côte, regardant par la porte de notre maison, une maison bâtie à la main à force de sueur et de bon bois. « Juste toi et moi à partir de maintenant », répéta-t-elle une fois de plus, puis nous nous tournâmes vers l'intérieur et fermâmes la porte pour la nuit.

Plus tard, étendu sur mon lit, ne trouvant pas le sommeil, je repensai à la plume. Peut-être, songeai-je, y avait-il des anges qui donnaient et des anges qui prenaient.

Gunther Kruger – un homme qui prendrait de plus en plus d'importance dans ma vie au fil des jours –

m'avait dit que l'Homme venait de la terre, que s'il n'y retournait pas il y aurait quelque déséquilibre universel. Reilly Hawkins affirmait quant à lui que Gunther était allemand, et que les Allemands étaient incapables de voir plus loin que le bout de leur nez. Il prétendait que les hommes étaient des esprits.

« Des esprits ? demandai-je. Tu veux dire comme des fantômes ? »

Reilly sourit, secoua la tête.

« Non, Joseph, murmura-t-il. Pas comme des fantômes… plutôt comme des anges.

– Alors mon père est devenu un ange ? »

Il resta un moment silencieux, inclinant la tête sur le côté et plissant étrangement les yeux.

« Ton père, un ange ? dit-il, et il sourit maladroitement, comme si un muscle s'était crispé dans sa joue et ne voulait plus se relâcher. Peut-être un jour… je suppose qu'il a du pain sur la planche, mais oui, peut-être qu'un jour ce sera un ange. »

2

Le long de la côte de Géorgie – Crooked River, Jekyll Island, Gray's Reef et Dover Bluff – des routes qui étaient plus des demi-ponts et des levées se prenant pour des routes, ricochant de temps à autre par-dessus les étendues d'eau tels des cailloux plats lancés par des enfants ; un paysage débordant d'îles, de ruisseaux, de bras de mer, de marais salants, d'arbres enveloppés dans de la mousse espagnole, de bûches attachées les unes aux autres pour former des routes de rondins à travers les marais les plus profonds tandis que les terres plates au sud-est s'élevaient progressivement à travers l'État jusqu'aux Appalaches. Les Géorgiens cultivaient le riz, puis Eli Whitney était arrivé avec l'égreneuse de coton, et les ouvriers agricoles avaient récolté l'arachide, les colons avaient gemmé les pins pour réparer les cordes, calfater les coutures des voiles et les peindre à la térébenthine. Cent cinquante mille kilomètres carrés d'histoire, une histoire que j'avais apprise, une histoire à laquelle je croyais.

Une chaise avec un accoudoir en tablette ; une école comportant une seule salle de classe ; une institutrice nommée Alexandra Webber. Un visage à la mâchoire large, ouvert comme une prairie, les yeux bleu barbeau, simples et francs. Ses cheveux étaient du fil de lin, elle dégageait toujours un parfum de réglisse et de menthe poivrée, avec quelque chose en dessous, comme de la racine de gingembre ou de la salsepareille. Elle ne faisait pas de quartier, n'en attendait pas en retour, et la profondeur de sa patience n'avait d'égale que l'ardeur de sa colère si elle sentait que vous lui aviez délibérément désobéi.

J'étais assis à côté d'Alice Ruth Van Horne, une fille étrange, douce, qui me plaisait inexplicablement. La manière qu'elle avait de tortiller sa frange lorsqu'elle se concentrait, se tournant de temps à autre vers moi comme si j'avais la réponse qu'elle ne trouvait pas, avait quelque chose de simple et de touchant. Peut-être lui donnais-je l'impression que je comprenais cette chose qui lui échappait, peut-être le faisais-je simplement parce que j'appréciais l'attention qu'elle me portait, et lorsqu'elle n'était pas là, son absence me pesait, et le manque n'était pas seulement physique. J'avais onze ans, bientôt douze, et parfois je songeais à des choses qu'il valait mieux ne pas partager avec d'autres. Alice représentait une chose que je ne comprenais pas totalement, une chose dont je savais qu'elle serait bien trop difficile à expliquer. Durant les quatre années que j'avais passées à l'école, Alice avait été là, devant moi, à côté de moi, pendant un trimestre assise au bureau derrière le mien. Quand je la regardais elle souriait, rougissait parfois, puis elle détournait le regard et laissait passer un moment avant de me regarder à nouveau. Je croyais que son sentiment était simple et pur, et je croyais qu'un jour, nous nous le rappellerions comme un souvenir parfait de qui nous étions durant notre enfance.

Mademoiselle Webber, en revanche, représentait tout autre chose. J'aimais mademoiselle Alexandra

Webber. Mon amour était aussi clair et net que les traits de son visage. Mademoiselle Webber menait ses cours selon les préceptes de Henry M. Robert[1], et sa voix, son silence, tout ce qu'elle était et tout ce que je m'imaginais qu'elle serait, constituaient un calmant et une panacée après la mort de mon père.

« Monsieur Johnny Burgoyne… qui a entendu parler de monsieur Johnny Burgoyne ? »

Silence. Rien que le son de mon cœur tandis que je la regardais. Dix-sept élèves entassés dans cette étroite pièce faite de planches, et pas une main levée.

« Je suis très déçue », poursuivit mademoiselle Webber, avant de sourire d'un air compréhensif.

Apparemment mademoiselle Webber était venue de Syracuse rien que pour nous éduquer. Les gens de Syracuse respiraient un air différent, un air qui leur donnait les idées claires, l'esprit vif ; les gens de Syracuse étaient une race différente.

« Monsieur Johnny Burgoyne, né en 1722, est mort en 1792. C'était un général britannique durant la Révolution. Il s'est retrouvé cerné par nos troupes à Saratoga le 17 octobre 1777. Ça a été la première grande victoire américaine et une bataille véritablement décisive. » Elle marqua une pause. Mon cœur manqua un battement. « Joseph Vaughan ? » Je faillis avaler ma langue. « Où es-tu parti, Joseph Vaughan… tu n'as plus l'air d'être sur la même planète que nous ?

— Si, mademoiselle, s-si… si, bien sûr que si. »

---

1. Général américain auteur de l'ouvrage *Robert's Rules of Order* (1876) dont le but était d'appliquer à la société civile les règles d'ordre qui avaient cours à la Chambre des députés. Le livre connut un grand succès et fut réédité à de multiples reprises. *(N.d.T.)*

Le son de rires étouffés, comme les fantômes de fillettes demandant des friandises à Thanksgiving. Des fillettes que je connaissais, venues du comté de Liberty et de McIntosh, d'autres de Silco et Meridan. Alice était l'une d'elles. Alice Ruth Van Horne. Laverna Stowell. Sheralyn Williams. Elles venaient toutes des environs pour apprendre la vie de la bouche de mademoiselle Alexandra Webber.

« Eh bien, je suis très heureuse de l'entendre, Joseph Calvin Vaughan. Maintenant, afin de montrer combien tu as été attentif cet après-midi, peux-tu te lever et nous expliquer exactement ce qui s'est passé à Brandywine, dans le sud-est de la Pennsylvanie, la même année ? »

Mon résumé fut fade et sans substance. Je fus puni et dus rester après la classe pour nettoyer les chiffons sales.

Elle vint se poster au-dessus de moi. Je crus d'abord qu'elle voulait s'assurer que je ne me dérobais pas à ma corvée ou qu'elle allait me réprimander à nouveau pour mon manque de concentration.

« Joseph Vaughan », commença-t-elle.

La salle de classe était vide. C'était le milieu de l'après-midi. Mon père était mort depuis presque trois mois. J'allais avoir douze ans cinq jours plus tard.

« Notre leçon d'aujourd'hui… J'ai la ferme impression que tu t'es ennuyé. »

Je secouai la tête.

« Mais tu n'étais pas attentif, Joseph.

– Je suis désolé, mademoiselle Webber… Je pensais à autre chose.

– Et à quoi donc ?

– Je pensais à la guerre, mademoiselle Webber.

– Tu as entendu parler de la guerre en Europe ? » demanda-t-elle, visiblement surprise, même si je n'aurais su dire pourquoi.

J'acquiesçai.

« Qui t'en a parlé ?

– Ma mère, mademoiselle Webber... ma mère m'en a parlé.

– C'est une femme cultivée et intelligente, n'est-ce pas ?

– Je ne sais pas, mademoiselle Webber.

– Crois-moi, Joseph Vaughan, toute Américaine vivant en Géorgie qui a entendu parler d'Adolf Hitler et de la guerre en Europe, je te dirais que cette femme est une personne cultivée et intelligente.

– D'accord, mademoiselle Webber.

– Viens t'asseoir ici, Joseph. »

Je levai les yeux vers elle. J'étais une poignée d'années plus jeune qu'elle et peut-être trente centimètres plus petit. Elle désignait son bureau à l'avant de la salle de classe.

« Viens discuter un petit moment avec moi avant de partir. »

Je fis comme elle demandait. Je me sentais emprunté. Je sentais mon squelette accomplir péniblement des mouvements gauches.

« Donne-moi un autre mot pour couleur », demanda-t-elle.

Je la regardai avec une perplexité évidente. Elle sourit.

« Ce n'est pas une interrogation, Joseph, juste une question. Connais-tu un autre mot pour couleur ? »

J'acquiesçai.

« Dis-moi.

– Une teinte, mademoiselle.

– Bien », fit-elle avec un grand sourire. Ses yeux bleu barbeau s'épanouirent sous un soleil de Syracuse. « Et un autre ?

– Un autre ?

– Oui, Joseph, un autre mot pour couleur.

– Une nuance peut-être, un ton… quelque chose comme ça ? »

Elle fit oui de la tête.

« Et vois-tu un autre mot signifiant beaucoup ?

– Beaucoup ? Comme une foule, une multitude ? »

Mademoiselle Webber inclina la tête sur le côté.

« Une multitude ? Où as-tu trouvé un mot comme ça, Joseph Vaughan ?

– Dans la Bible, mademoiselle Webber.

– Ta mère te fait lire la Bible ? »

Je fis non de la tête.

« Tu la lis de toi-même ?

– Un peu.

– Pourquoi ? demanda-t-elle.

– Je voulais… »

Je sentis la rougeur envahir mes joues. *Combien de mots pour un tel sentiment ?* me demandai-je.

« Que voulais-tu, Joseph ?

– Je voulais apprendre des choses sur les anges.

– Les anges ?

– Les séraphins et les chérubins, la hiérarchie céleste. »

Mademoiselle Webber s'esclaffa, puis elle se reprit.

« Désolée, Joseph. Je ne voulais pas rire. Tu m'as simplement surprise. »

Je ne répondis rien. Mes joues étaient chaudes ; comme à l'été 1933 quand la rivière s'était tarie.

« Parle-moi de la hiérarchie céleste. »

34

Je m'agitai d'un air emprunté sur ma chaise. J'éprouvais une sorte de gêne. Je ne voulais pas que mademoiselle Webber m'interroge sur mon père.

« Il y a neuf ordres d'anges, dis-je, ma voix se coinçant à l'arrière de ma gorge comme si elle s'était prise dans un casier à crabes. Les séraphins... des créatures flamboyantes à six ailes qui gardent le trône de Dieu. On les appelle l'Ardeur secrète. Ensuite viennent les chérubins, qui ont de grandes ailes et une tête humaine. Ce sont les serviteurs de Dieu et les Gardiens des Endroits sacrés. Puis il y a les Trônes, les Dominations, les Vertus, les Puissances, les Principautés, et ensuite viennent les Archanges, comme Gabriel et Michel. Enfin, il y a les anges eux-mêmes, les intermédiaires divins qui protègent les gens et les nations. » Je marquai une pause. J'avais la bouche et la gorge sèches. « Michel a combattu Lucifer et l'a jeté dans la géhenne.

– La géhenne ? demanda mademoiselle Webber.

– Oui. La géhenne.

– Et pourquoi Michel a-t-il combattu Lucifer ?

– C'était le porteur de lumière, répondis-je. C'est ce que veut dire son nom... *lux* signifie "lumière" et *ferre* signifie "porter". Certaines personnes l'appellent l'astre du matin, d'autres l'appellent le porteur de lumière. C'était un ange. Il était censé apporter sa lumière et montrer à Dieu où l'Homme avait péché. »

Je jetai un coup d'œil en direction de la porte. Je me sentais idiot, comme si on me forçait à parler. Je me tournai à nouveau vers mademoiselle Webber, qui souriait avec une expression d'intérêt et de curiosité.

« Il apportait sa lumière et montrait à Dieu où l'Homme avait péché, et il rassemblait des preuves, un peu comme un policier. Il le disait ensuite à Dieu, et Dieu punissait les gens pour ce qu'ils avaient fait.

– Et qu'est-ce qu'il y avait de mal à ça ? demanda mademoiselle Webber. On dirait qu'il faisait juste son travail. »

Je secouai la tête.

« Au début, oui, mais après, il cherchait plus à faire plaisir à Dieu qu'à découvrir la vérité. Il s'est mis à faire accomplir de mauvaises actions aux gens pour pouvoir tout rapporter à Dieu. Il a apporté la tentation à l'Homme, et s'est lui-même laissé tenter. Il a commencé à raconter des mensonges, et Dieu s'est mis très en colère après lui. Alors Lucifer a essayé d'organiser une mutinerie parmi les anges, et Michel l'a combattu et l'a jeté dans la géhenne. »

Je me tus. Les mots avaient jailli comme un torrent. Lorsque je m'en aperçus, ils étaient déjà loin et la poussière qu'ils avaient soulevée dans leur sillage me brûla la gorge et me fit tousser.

« Veux-tu un verre d'eau, Joseph ? » demanda mademoiselle Webber.

Je fis signe que non. Elle sourit à nouveau.

« Je suis impressionnée, Joseph. Impressionnée que tu en saches tant sur la Bible.

– Je ne connais pas grand-chose à la Bible, dis-je. Je connais juste un peu les anges.

– Crois-tu aux anges ? demanda-t-elle.

– Bien sûr », répondis-je.

Il me semblait étrange qu'elle posât une telle question.

« Et pourquoi voulais-tu apprendre des choses sur les anges, Joseph ? »

Je ravalai bruyamment ma crainte, qui formait une boule grosse comme une noix à l'avant de ma gorge.

« À cause de mon père.

– Il voulait que tu apprennes des choses sur les anges ?

– Non, mademoiselle… parce que Reilly Hawkins m'a dit que si mon père travaillait vraiment dur, il pourrait en devenir un. »

Elle resta un moment silencieuse. Elle me regarda, peut-être un peu plus attentivement qu'avant, mais elle ne souriait pas, et ne riait pas non plus.

« Il est mort, n'est-ce pas ?

– Oui, mademoiselle.

– Quand est-il mort, Joseph ?

– Le 12 juillet.

– Il y a quelques semaines ?

– Oui, mademoiselle Webber, il y a trois mois.

– Et quel âge as-tu maintenant, Joseph ?

– Je vais avoir douze ans dans cinq jours, répondis-je en souriant.

– Cinq jours, hein ? Et as-tu des frères et sœurs ? »

Je fis signe que non.

« Juste toi et ta mère ?

– Oui, mademoiselle Webber.

– Et qui t'a appris à lire ?

– Ma mère et mon père… mon père me disait que c'était l'une des choses les plus importantes. Il disait que même si vous passiez toute votre vie dans une petite cabane dans une ville minuscule, vous pouviez voir le monde entier en imagination si vous saviez lire.

– C'était un homme sage.

– Avec un cœur malade », dis-je.

Elle sembla momentanément décontenancée, comme si j'avais dit une chose inconvenante.

« Je suis désolé… » commençai-je.

Elle leva la main.

« C'est bon.

– Peut-être que je ferais bien d'y aller maintenant, mademoiselle Webber.

– Oui, peut-être. Je t'ai retenu trop longtemps. »

Je me laissai glisser sur le banc et me levai, sentant mon petit cœur battre dans ma poitrine tel un fragile oiseau dans une cage de paille.

« Ça m'a fait plaisir de parler avec vous, mademoiselle Webber, dis-je, et je suis désolé de ne pas avoir prêté attention à Brandywine. »

Elle sourit. Tendit la main et toucha ma joue. L'espace d'un battement de cœur, d'une fraction de seconde. Je sentis une énergie monter en moi, une énergie qui emplit ma poitrine, fit gonfler mon ventre, me procura une sensation comparable à une envie de pipi.

« Ne t'en fais pas, Joseph… Je suppose que tu étais dans quelque endroit bien plus important. » Elle me fit un clin d'œil. « Va, dit-elle, pars maintenant, et laisse libre cours à ton imagination. »

Mon anniversaire tomba un samedi. Je me réveillai au son des Noirs qui chantaient dans le champ de Gunther Kruger. Sur le perron se trouvait un paquet enveloppé dans du papier brun sur lequel, en lettres claires et nettes, était inscrit mon nom – « Joseph Calvin Vaughan ». Je le portai à l'intérieur et le montrai à ma mère.

« Ouvre-le donc, mon garçon, insista-t-elle. Ça doit être un cadeau, peut-être de la part des Kruger. »

La Grande Vallée, de John Steinbeck.

À l'intérieur figurait l'inscription suivante : « Vis ta vie le cœur intrépide, Joseph Vaughan, comme si la vie était trop petite pour toi. Mes meilleurs vœux en ce jour, ton douzième anniversaire, ton institutrice, mademoiselle Alexandra Webber. »

« Ça vient de mon institutrice, dis-je. C'est un livre.

38

– Je le vois bien que c'est un livre, mon enfant »,
répondit ma mère, et, après s'être séché les mains sur le
devant de son tablier, elle le saisit.

La couverture était rigide, les pages sentaient l'encre
fraîche, et lorsqu'elle me le rendit elle me recommanda
d'en prendre grand soin.

Je tins le livre entre mes mains et le serrai tout contre
ma poitrine, craignant presque de le faire tomber, puis je
marquai une pause avant de l'ouvrir. Je fermai les yeux
et remerciai mademoiselle Webber pour sa générosité.

LES CHRYSANTHÈMES

Le haut brouillard de flanelle grise de l'hiver coupait
la vallée de Salinas du ciel et du reste du monde. Il reposait de chaque côté tel un couvercle sur les montagnes
et recouvrant la grande vallée comme une casserole.

J'emportai le livre dehors et m'assis sur les marches
du perron. Les Noirs chantaient dans les champs, l'odeur
des pancakes flottait dans l'air, un nouveau matin
m'entourait, et je me mis à lire – page après page, survolant les mots que je ne comprenais pas et ne me souciais pas de comprendre, car j'avais trouvé une chose
qui me défiait et m'effrayait, qui excitait en moi un
accès de fièvre et de passion que je n'aurais su décrire.

Plus tard, j'annonçai à ma mère que je souhaitais
écrire.

« Écrire à qui ? demanda-t-elle.

– Non, dis-je. Je veux écrire… écrire un livre, écrire
plusieurs livres. Je veux être écrivain.

– Écrivain, hein ? répéta-t-elle en souriant. Dans ce
cas il me semble que tu ferais bien de commencer par
avoir un crayon avec toi. »

Le vendredi 3 novembre 1939, le corps d'Alice Van Horne fut découvert. J'étais celui qui la connaissait le mieux de la classe. Elle avait les yeux verts et des cheveux qui n'étaient ni dorés ni roux ni bruns, mais de la myriade de couleurs des feuilles mortes. Lorsqu'elle riait on aurait dit qu'un oiseau exotique était par mégarde entré par la fenêtre. Dans la cantine qui contenait son déjeuner elle mettait des sandwiches dont je savais qu'elle les avait elle-même préparés. Les croûtes étaient découpées et emballées séparément.

« Pourquoi tu fais ça ? lui avais-je un jour demandé.

– Tu en veux une ? »

Elle avait tendu une mince brindille brune que j'avais refusée.

« Goûte », avait-elle insisté.

J'avais délicatement saisi la chose, l'avais sentie.

« Goûte », avait-elle répété en riant.

Ç'avait un goût chaud, comme la cannelle, un goût qui ne ressemblait à rien d'autre. Un goût magnifique.

« C'est bon, hein ? avait-elle dit en inclinant la tête.

– Très bon.

– C'est pour ça que je les mets à part. On sent moins leur goût si on les laisse sur le sandwich. »

Elle fut retrouvée nue dans un champ tout au bout de la grand-route, là où la Mort avait dû commencer son voyage lorsqu'Elle était venue chercher mon père. Visiblement, la Mort n'avait pas eu à venir prendre Alice ; celle-ci Lui avait épargné la peine en allant à Sa rencontre. Sa cantine fut retrouvée à côté d'elle. Il était tard, l'école était depuis longtemps terminée, et il n'y avait rien dans la cantine que des emballages vides et l'odeur des croûtes de pain.

Elle avait onze ans. Quelqu'un l'avait apparemment déshabillée et battue, lui avait fait des choses « qu'aucun être humain normal ne ferait à un chien, encore moins à une petite fille ». C'est Reilly Hawkins qui prononça ces mots ; il les prononça dans notre cuisine, assis à côté de Gunther Kruger qui avait apporté un pichet d'argile rempli de limonade préparée par madame Kruger, et ma mère le sermonna : « Chut, Reilly, je ne veux pas parler de ces choses devant le garçon. »

Plus tard, le garçon en question alla se coucher. J'attendis jusqu'à ce que la maison ait cessé de grincer et de s'étirer, puis quittai ma chambre sur la pointe des pieds et flottai tel un fantôme parmi les ombres et les souvenirs en haut de l'escalier.

« Elle a été violée, entendis-je Reilly dire. Une petite fille, jamais fait de mal à personne… et une espèce d'animal l'a violée, battue et étranglée, puis il l'a abandonnée dans le champ au bout de la grand-route.

– D'après moi, c'est un de ces Nègres », affirma Gunther Kruger.

Ma mère répliqua sur un ton ferme et implacable :

« Ça suffit, Gunther Kruger. À l'heure même où nous parlons vos compatriotes se laissent entraîner par un tyran dans une guerre dont nous avons tous prié pour qu'elle n'ait jamais lieu. Le gouvernement polonais est exilé à Paris ; j'ai même entendu une rumeur qui affirme que Roosevelt va devoir aider les Britanniques à acheter des canons et des bombes à l'Amérique. Des milliers, des centaines de milliers, peut-être des millions de gens vont mourir… tout ça à cause des Allemands.

– Un tel point de vue est injuste, madame Vaughan… pas tous les Allemands…

– Et pas *tous* les Noirs, monsieur Kruger. »

Kruger devint silencieux. Le vent avait tourné et ses voiles étaient retombées. Il dérivait sans but vers les bas-fonds de l'embarras et n'osait se retourner vers le vaisseau ennemi.

« Et je ne permettrai pas de tels propos dans ma maison, reprit ma mère. Nous ne sommes plus à l'Âge des Ténèbres. Nous ne sommes pas des ignorants. Adolf Hitler est un Blanc, tout comme Genghis Khan était mongol et Caligula romain. Ce n'est pas une question de nationalité, ni de couleur, ni de religion… c'est à chaque fois juste une question d'homme.

– Elle a raison, déclara Reilly Hawkins. Elle a raison, Gunther Kruger. »

Kruger demanda à Reilly et à ma mère s'ils revoulaient de la limonade.

Je regagnai mon lit à pas de loup et pensai à Alice Ruth Van Horne. Je me rappelais le son de sa voix, la façon qu'elle avait de sourire à n'importe quelle idiotie. Je me rappelais qu'un jour nous avions joué dans le champ à la clôture brisée, qu'elle était tombée, s'était éraflé le coude, et que je l'avais raccompagnée chez elle.

C'était une petite fille au tempérament doux, toujours joyeuse, semblait-il.

Je me rappelais sa façon de me regarder, sa façon de sourire, de détourner le regard, puis de me regarder à nouveau… attendant toujours une réponse que je ne donnais jamais.

Je pleurai pour elle.

Je m'aperçus que mon souvenir d'Alice, un souvenir dont je pensais qu'il demeurerait toujours pur, ne serait désormais plus qu'une ombre sur mon cœur.

J'essayai de m'imaginer l'espèce d'être humain qui pouvait faire une telle chose, me demandant si une telle personne était même une espèce d'être *humain*.

À mon réveil, mon oreiller était encore humide. J'avais dû pleurer dans mon sommeil.

Je supposais que Dieu avait immédiatement fait d'Alice un ange.

Le lendemain matin, je découpai un article dans le journal et le cachai dans une boîte sous mon lit.

CHARLTON COUNTY JOURNAL

Samedi 4 novembre 1939

Une petite fille assassinée

Dans la matinée du vendredi 3 novembre, le corps d'une fillette de la région, Alice Ruth Van Horne (onze ans), a été découvert à Augusta Falls. Alice, qui était élève à l'école d'Augusta Falls, a été découverte par un résident. « Nous sommes en quête d'informations sur des vagabonds ou toute personne étrangère à la région ayant été vue dans les parages, nous a confié le shérif Haynes Dearing. Un état d'urgence à effet immédiat a été mis en place dans tout le comté pour retrouver toute personne suspecte. Le meurtre extrêmement brutal d'une petite fille de notre communauté doit nous inciter tous à la vigilance. Je demande à tous les citoyens de ne pas s'affoler, mais de surveiller constamment leurs enfants. » Lorsque nous lui avons demandé plus de détails quant à l'enquête sur cet horrible meurtre, le shérif Dearing s'est refusé à tout commentaire. Arthur et Madeline Van Horne, les parents de la petite fille assassinée, habitent à Augusta Falls depuis dix-huit ans. Ils sont membres de l'Église méthodiste du comté de Charlton. Monsieur Van Horne cultive sa propre propriété à Augusta Falls.

J'essayais de ne pas penser à ce que ça devait faire d'être battu et étranglé, mais plus j'essayais de ne pas y penser, plus ça m'obsédait. Après quelques jours, je passai à autre chose ; c'était apparemment ce que tout le monde souhaitait faire à Augusta Falls.

*Et il y a des moments dont je me souviens – princi-
palement des jours d'été ; flous, chargés d'air et de
lumière ; monsieur Tomczak traînant son gramophone
Victrola dans la cour, les disques de Bakélite aussi
lourds que des assiettes ; les adultes à moitié débraillés,
et le fait que personne n'avait d'argent, et n'en aurait
probablement jamais, n'avaient pas d'importance
car l'amitié et le sens de la communauté étaient une
richesse.*

*Les gosses dans les champs jouaient à s'attraper
et à s'embrasser, quelqu'un avait une caisse de bière
pour les pères, et quelqu'un d'autre préparait du jus de
melon pour les femmes.*

*Ma mère portait une robe d'été, et un jour elle a
dansé une valse avec mon père, qui arborait un sourire
comme on arbore une médaille ; pour sa bravoure, sa
fidélité, son amour.*

*Et les jours dont je me souviens sont partis. Ils se
sont fondus en silence dans un passé indistinct. Pas
seulement partis, mais oubliés. C'étaient des jours
dont je pense qu'on ne les reverra jamais. Pas ici, pas
à Augusta Falls. Ni nulle part ailleurs. Tout inondés
d'un délire grisant de célébration spontanée, la célébration du simple fait d'être vivant. Et un bruit familier*

mais lointain – un match de base-ball à la radio, le claquement de capsules de Coca-Cola vert émeraude – et tout d'un coup le passé est là. En Technicolor et Sensurround : Cecil B. DeMille, King Vidor. Puis un silence bienvenu après un bruit infini.

Et transperçant ces souvenirs, telles des pointes de métal rouillées, il y avait d'autres souvenirs…

Les petites filles.

Toujours les petites filles.

Des petites filles comme Alice Ruth Van Horne, que j'avais aimée comme seul un enfant peut aimer – simplement, silencieusement, parfaitement.

Leurs vies comme des tortillons de papier humide, fermement tirebouchonnés puis jetés au loin.

Et alors quelque chose se produirait – quelque chose de paisible et de beau – et je me mettrais à croire que tout pourrait rentrer dans l'ordre.

Mais à l'époque je n'y croyais pas.

Peut-être, à une échelle infime, ce que je viens de faire rétablira-t-il l'équilibre.

Peut-être les fantômes qui m'ont hanté toutes ces années vont-ils s'éloigner.

Leurs voix vont se taire – finalement, paisiblement, irrévocablement.

Dans ma main je tiens un lambeau de journal. Je le lève, et à travers le papier fin, désormais taché de mon propre sang, je vois la lumière de la fenêtre, la silhouette d'un homme mort devant moi.

« Tu vois ? dis-je. Tu vois ce que tu as fait ? »

Et alors je souris. Je suis de plus en plus faible. Je sens qu'une page va se tourner.

« Plus jamais, murmuré-je. Plus jamais. »

3

« Tu choisis un mot, dit mademoiselle Webber. Tu choisis un mot puis tu penses à tous les mots que tu connais qui signifient la même chose. On appelle ça des synonymes, des mots qui signifient la même chose. Tu les notes dans ton cahier, Joseph, et lorsque tu veux faire une phrase, tu consultes ton cahier et tu utilises les mots les plus intéressants ou les plus appropriés que tu trouves. »

J'acquiesçai.

Elle contourna le bureau et se glissa sur la chaise munie d'une tablette située à côté de la mienne. La salle de classe était vide. J'étais resté après les autres car elle me l'avait demandé. Nous étions à deux semaines de Noël et l'école touchait à sa fin.

« Tu as entendu parler des procès de singe ? » demanda-t-elle.

Je fis non de la tête.

« Il y a quelques années, en 1925 je crois, il y avait un professeur de biologie nommé John T. Scopes. Il venait d'une ville appelée Dayton, dans le Tennessee, et il enseignait à ses élèves une chose appelée l'évolution. Tu sais de quoi il s'agit, Joseph ?

— Oui, mademoiselle Webber... comme l'idée que nous étions tous des singes dans les arbres il y a longtemps, et avant ça nous étions des poissons ou quelque chose comme ça. »

Elle sourit.

« Monsieur Scopes enseignait à ses élèves la théorie de l'évolution au lieu de la théorie de la Création telle qu'elle est enseignée dans la Bible. Il a été poursuivi en justice par l'État du Tennessee, et l'avocat de l'accusation était un homme qui s'appelait William Jennings Bryan, un orateur très connu qui avait été trois fois candidat à l'élection présidentielle. L'homme qui défendait monsieur John Scopes était Clarence Darrow, un très célèbre avocat criminel. Monsieur Scopes a perdu la bataille et a été condamné à payer une amende de cent dollars, mais il n'est à aucun moment revenu sur sa position. » Mademoiselle Webber se pencha un peu plus près de moi. « À aucun moment, Joseph, il n'a dit ce qu'il pensait que les gens voulaient entendre. Il a dit ce qui lui semblait juste. » Elle se pencha à nouveau en arrière. « Tu te demandes pourquoi je te dis ça ? »

Je ne répondis rien, me contentant de la regarder en attendant qu'elle poursuive.

« Je te dis ça parce que nous avons une Constitution, et cette Constitution affirme que nous devons dire ce que nous pensons, et préserve notre droit de dire la vérité telle que nous la voyons. Ça, Joseph Vaughan, c'est ce que tu dois faire lorsque tu écris. Tu veux écrire, alors écris, mais rappelle-toi toujours d'écrire la vérité telle que tu la vois, et non comme les autres veulent qu'on la voie. Tu comprends ?

– Oui, répondis-je, croyant comprendre.

– Alors, pendant les vacances de Noël, je veux que tu m'écrives une histoire.

– Sur quoi ? »

48

Elle sourit.

« À toi de décider. Choisis quelque chose qui a du sens pour toi, quelque chose qui provoque en toi une émotion, une sensation… quelque chose qui t'emplit de colère ou de haine, ou quelque chose qui peut-être t'enthousiasme. Écris une histoire vraie, Joseph. Elle n'a pas besoin d'être longue, mais elle doit parler d'une chose en laquelle tu crois. »

Mademoiselle Webber se leva et se tint au-dessus de moi. Une fois de plus elle toucha ma joue avec le dos de sa main.

« Passe un bon Noël, Joseph, et nous nous reverrons au début de 1940. »

Gunther Kruger était l'homme le plus riche du comté de Charlton et la maison des Kruger était deux fois plus grande que la nôtre. Ils avaient dans le salon une radio à lampes Atwater Kent, et la famille Kruger – Gunther, sa femme, leurs deux fils et leur fille – s'asseyait devant avec des écouteurs et écoutait de la musique et des bavardages qui arrivaient de Savannah en passant par Hinesville et Townsend, Hortense et Nahunta. Ces sons parvenaient à franchir le marais d'Okefenokee sans sombrer. C'était magique et étrange, une ouverture sur le monde que je ne comprenais pas. Dans la cuisine, ils avaient une machine à laver Maytag et un mixeur Sunbeam, et madame Kruger, qui portait de grossières jupes en laine, préparait des saucisses de Francfort et de la salade de pommes de terre tout en me parlant dans son anglais approximatif.

« Tu es un poufantail », disait-elle.

Je fronçais les sourcils en inclinant la tête et répétais : « Un poufantail ?

« – Pour frayer les oiseaux, expliquait-elle. Comme s'il était fait afec bois et fieux habits, oui ?

– Du bois et de vieux habits, répétais-je, puis je faisais un grand sourire. Un épouvantail !

– Oui ! s'exclamait madame Kruger. Comme ch'ai dit, un poufantail ! Maintenant manche afant que les oiseaux fiennent ou tu vas les frayer. Ha ! Ha ! »

J'avais commencé à rendre visite aux Kruger environ une semaine avant Noël. Bien souvent monsieur Kruger n'était pas là, et ma mère me disait de rester seulement jusqu'à son retour.

« Cet homme a assez d'enfants dans les pattes, disait-elle. Lorsqu'il rentre chez lui, tu dis merci, et tu rentres à la maison, compris ? »

Je comprenais ; je ne voulais pas abuser de leur hospitalité. De plus, Elena Kruger, neuf ans, trop de dents pour sa bouche, les oreilles comme des spinnakers attendant un *gulf stream*, semblait bien déterminée à jouer avec mes nerfs chaque fois que j'étais là-bas.

Il me fallait la patience de Job pour me retenir de lui botter le train tant elle était braillarde et provocatrice. Ses frères, Hans et Walter, ne semblaient pas prêter attention à son comportement agressif, mais elle était là à m'asticoter et à me titiller, à me tourmenter et à me harceler, depuis le moment où j'arrivais jusqu'à celui où retentissaient les saluts chaleureux de monsieur Kruger lorsqu'il rentrait par la cuisine.

C'était une enfant plutôt douce, j'en suis certain, mais pour un garçon de douze ans, il n'y a pas pire harpie qu'une petite fille de neuf ans. Sa voix était stridente, comme un gros clou rouillé enfoncé dans mon oreille, et même si plus tard elle finit par s'adoucir et, à sa manière, par devenir véritablement sensible et belle, à l'époque elle était comme un médicament amer censé guérir une maladie depuis longtemps envolée. Elle était comme une boisson aigre, à vous relancer incessamment, chaque parole un peu plus désagréable que la précédente.

Je ne vis qu'une seule fois ses bleus. C'était la fin de l'après-midi, quelques jours avant Noël, et monsieur Kruger n'était pas encore revenu des champs avec Walter. Madame Kruger demanda à sa fille de venir l'aider dans la cuisine, et Elena s'y rendit. Je me tenais dans l'embrasure de la porte qui séparait le salon de l'arrière de la maison, et de cet endroit je pouvais les voir.

Sa mère demanda à Elena de retrousser les manches de son chemisier, ce qu'elle fit, jusqu'aux épaules, et là, de diverses couleurs – pourpre, sienne, jaune et carmin – des bleus marbraient le haut de ses bras. On aurait dit que quelqu'un l'avait serrée avec une force terrible, de grandes mains lui étreignant le haut des bras, peut-être pour la secouer, peut-être pour simplement l'immobiliser.

« Épilepsie, expliqua ma mère lorsque je lui racontai ce que j'avais vu. Tu ne dois pas en parler, pas un mot, attention, insista-t-elle. Elena Kruger a des crises d'épilepsie, des accès de grand mal, comme on les appelle, et sa mère et son père doivent parfois la maintenir contre le matelas ou par terre pour l'empêcher de se blesser. »

Je demandai pourquoi elle avait ces crises, et ma mère haussa les épaules en souriant.

« Pourquoi certains ont-ils une jambe tordue, ou un œil aveugle ? Qui sait, Joseph… c'est la nature des choses. »

J'imaginais des mains puissantes plaquant Elena au sol, des mains qui l'empêcheraient de ramper en tremblant à travers la pièce, je me représentais sa jupe se tachant, Elena mordant peut-être une grossière ceinture en cuir pour éviter de se trancher la langue.

Après cela, les taquineries et les insultes d'Elena ne me gênèrent plus autant. Il me suffisait de me représenter la violence terrifiante d'une telle affliction physique pour la plaindre de tout mon cœur, aussi petit et insignifiant fût-il. Sa souffrance était plus grande que tout ce qu'elle pourrait jamais me faire endurer, et je me disais qu'en lui en prenant un peu je pourrais peut-être la soulager. J'étais naïf, idiot peut-être, mais ça me semblait logique à l'époque. Je crois que c'est à ce moment que j'ai commencé à la voir sous un jour nouveau, et bien qu'elle eût deux frères – Hans avait douze ans, et Walter, qui en avait seize, était presque un homme –, j'éprouvais une attraction fraternelle pour elle. Elle semblait fragile et inconsolable, dérivant dans un monde où les paroles de son père, de ses frères, avaient valeur de loi. Je l'imaginais comme une âme douce et solitaire, une âme sans chaînes ni ancrage, et j'avais décidé – à ma petite échelle – de tenter de rendre sa vie plus heureuse.

Noël passa. J'avais écrit mon histoire. Elle s'intitulait *La Course folle* et parlait de Red Grange, de la manière qu'il avait d'attraper la balle et de se mettre à courir à travers le terrain tel un lévrier derrière un petit lapin. Je l'avais vu un jour au cinéma, lors d'une séance du samedi après-midi, avec mon père : les actualités de RKO Radio Pictures, une émission spéciale de Pete Smith d'une demi-heure, puis un court reportage avant le film. Red Grange, peut-être le plus grand coureur de l'histoire du football américain, des jambes comme des pistons qui entraient en action l'un après l'autre. J'avais utilisé des mots comme « véloce » et « versatile », « athlétique » et « herculéen ». Mademoiselle Webber les remplaça par des mots dont elle pensait que tout le monde les comprendrait, puis elle se tint devant la classe et demanda à tous les élèves de fermer les yeux.

« Tout à fait, dit-elle doucement. Fermez les yeux… et ne les rouvrez pas avant que j'aie fini. »

Elle lut mon histoire à la classe. J'aurais préféré qu'elle ne le fît pas. Mon cœur, tonnant comme un moteur à traction, aurait pu propulser un bateau à vapeur depuis le Minnesota jusqu'au golfe du Mexique. C'était une sensation que je n'oublierais jamais, et elle faillit bien me dissuader de poursuivre mon rêve d'écrire.

Lorsqu'elle eut fini il sembla y avoir un petit abîme de silence dans lequel je tombai. Personne ne disait mot. Mademoiselle Webber tendit une main imaginaire et me tira de l'abîme.

Elle ne fit pas l'éloge de l'histoire, ne la critiqua pas non plus. Elle ne l'érigea pas comme une sorte d'exemple pour les autres enfants de la classe. Elle demanda simplement qui avait réussi à voir Red Grange se lancer dans sa course folle.

Ronnie Duggan leva la main.

Laverna Stowell aussi. Virginia Grace Perlman. Catherine McRae, son frère Daniel.

Je ne cessais de baisser la tête et de cacher mes yeux. Le rouge me monta aux joues.

Bientôt une majorité d'enfants eut la main levée.

« Bien… très bien, dit alors mademoiselle Webber. Ça s'appelle l'*imagination*, et l'imagination est un talent vital et nécessaire dans ce monde. Chaque grande invention est née parce que des gens étaient capables d'*imaginer* des choses. Vous devez entretenir et cultiver votre capacité à imaginer. Vous devez laisser votre tête s'emplir des images des choses auxquelles vous pensez et vous les décrire à vous-mêmes. Vous devez *faire semblant…* »

Je l'écoutai. Je l'aimais. Des années plus tard, à une époque très différente, j'envisagerais d'abandonner mon travail, puis je me rappellerais Alexandra Webber et laisserais ma tête s'emplir d'images.

Je ferais semblant, c'est tout, et étrangement les choses paraîtraient moins sombres.

Février arriva. Le temps changea. Gunther Kruger rendit visite à ma mère pour lui annoncer qu'ils allaient longer la rivière St. Mary et passer la journée à Fernandina Beach.

« Nous serions très heureux que vous nous accompagniez tous les deux », proposa-t-il.

Ma mère – me regardant à peine – expliqua à monsieur Kruger qu'elle était très reconnaissante, mais ne serait malheureusement pas en mesure de venir.

« Joseph, néanmoins, serait ravi, poursuivit-elle. J'ai promis à madame Amundsen de baratter le beurre avec elle, et si nous ne le faisons pas le lait va tourner… »

Monsieur Kruger, éternel gentleman, leva la main et fit un large sourire. Il épargna à ma mère l'embarras d'expliquer son refus.

« Peut-être une prochaine fois, dit-il, puis il me prévint qu'ils partiraient de chez eux à six heures du matin. Ne prévoyez rien à manger, continua-t-il à l'attention de ma mère. Madame Kruger va préparer suffisamment de choses pour nourrir ses cinq mille et quelques parents. »

Le lendemain matin il pleuvait, une pluie légère au début, puis plus abondante. Nous longeâmes néanmoins la rivière St. Mary jusqu'à Fernandina Beach, et à notre arrivée, le soleil avait percé et le ciel était clair.

Ce fut un jour unique. J'observais les Kruger – madame Kruger, Walter, les deux enfants plus jeunes – et ils représentaient à mes yeux la famille idyllique, un modèle auquel toutes les familles auraient dû être comparées. Ils ne se battaient pas, ne se disputaient pas ; ils riaient fréquemment, et sans raison apparente ; ils me semblaient être un symbole de perfection dans un monde iniquement imparfait.

Lorsque nous repartîmes, le soleil s'était adouci et songeait à se retirer. Une brume de fin d'après-midi flottait tel un fantôme de chaleur autour de nous, ses larges bras nous étreignant, et tandis que nous portions les paniers et les couvertures à la voiture, monsieur Kruger, qui marchait à côté de moi, me demanda si la journée m'avait plu.

« Oui, monsieur, beaucoup, répondis-je.

– Bien, fit-il doucement. Même toi, Joseph Vaughan… même toi tu as le droit d'avoir des souvenirs à chérir quand tu seras grand. »

Je ne compris pas ce qu'il voulait dire, et ne cherchai pas à le savoir.

« Et Elena », ajouta-t-il.

Je me tournai et levai les yeux vers lui. Il sourit.

« Je veux te remercier de la patience dont tu fais preuve. C'est une enfant délicate, et je sais que tu passes du temps avec elle quand tu préférerais peut-être faire le fou avec Hans et Walter. »

Je me sentis emprunté et gêné.

« Je… c'est bon, monsieur Kruger, aucun problème.

« – Tu comptes beaucoup pour elle, poursuivit-il. Elle parle souvent de toi, Joseph. Elle a du mal à se faire des amis, et je te remercie d'être là pour elle.

– Oui, monsieur », répondis-je, et je fixai du regard la route devant moi.

Pendant plus de neuf mois j'avais regardé la blessure se refermer. Je croyais qu'il y aurait toujours une cicatrice, juste là sous ma peau, invisible à tous sauf à moi, et que cette cicatrice me rappellerait ce qui était arrivé à Alice durant cet été de 1939 – les choses que j'avais entendues sur le palier tandis que Reilly et ma mère discutaient dans la cuisine…

Pendant plus de neuf mois Augusta Falls avait fait comme si ce qui était arrivé n'était qu'un rêve sombre et encombrant. Une chose terrible s'était produite ailleurs, pas ici dans leur ville, ils en avaient entendu parler et avaient remercié Dieu que ça ne leur soit pas arrivé à eux. Ils avaient géré la situation ainsi, et ils avaient survécu. Ils avaient traversé l'ombre et étaient ressortis de l'autre côté.

Pendant neuf mois ils s'étaient dit que tout irait bien.

Mais c'était faux.

Laverna Stowell fut retrouvée assassinée à la fin de l'été 1940. Elle avait neuf ans, en aurait eu dix le 12 août, trois jours après la découverte de son corps dans un champ proche de Silco, dans le comté de Camden. Elle fut découverte un vendredi, exactement comme Alice Ruth Van Horne. Elle était nue, ne portait plus que ses chaussettes et une unique chaussure à son pied droit. Je l'appris en lisant le compte rendu du journal le mercredi suivant. Je découpai sa photo et l'article au-dessous.

Une deuxième petite fille assassinée

Le matin du vendredi 9 août, les habitants d'Augusta Falls ont une nouvelle fois été les témoins d'une découverte terrifiante. Le corps de Laverna Stowell, fille des résidents de Silco Leonard et Martha Stowell, a été découvert nu hormis ses chaussettes et une unique chaussure au pied droit. Ce second meurtre fait suite à celui d'Alice Ruth Van Horne en novembre dernier. Le shérif du comté de Camden, Ford Ruby, s'est refusé à tout commentaire, mais a affirmé qu'une opération commune serait mise en place avec le shérif du comté de Charlton, Haynes Dearing. Mademoiselle Alexandra Webber, l'institutrice de l'école d'Augusta Falls où Laverna Stowell était élève, nous a confié que c'était une fillette vive et ouverte qui n'avait aucune difficulté à se faire des amis. Elle a expliqué que les enfants avaient été informés de la situation et que des prières seraient dites chaque matin à l'appel pendant la semaine à venir. Les habitants d'Augusta Falls et de Silco se sont déjà rencontrés, et une réunion va être organisée pour discuter des possibilités d'une action commune. Le shérif Haynes Dearing a une fois de plus insisté sur le fait que les citoyens des deux villes et des zones environnantes devaient garder leur calme. « Il n'y a rien de pire que la panique dans de telles situations. Je suis ici pour assurer à chacun que la police fait son travail. S'ils souhaitent nous aider, les gens peuvent signaler tout individu étrange ou inconnu, et aussi s'assurer à tout instant de la sécurité et du bien-être de leurs propres enfants. » Lorsque nous lui avons demandé si des progrès avaient été accomplis dans l'enquête sur l'assassinat d'Alice Ruth Van Horne, le shérif Dearing a refusé de commenter en arguant que « tous les détails d'une enquête en cours doivent demeurer confidentiels tant que le coupable n'a pas été arrêté et inculpé ».

Je tenais l'article entre mes mains et sentis mes yeux s'emplir de larmes. Je m'imaginais ce que j'aurais éprouvé si ç'avait été Elena. Je pleurai à nouveau, mais cette fois il y avait autre chose en plus du sentiment de perte : de la peur. Une peur qui me transperçait jusqu'aux os, accompagnée d'un sentiment de colère, presque de haine à l'égard de la personne qui avait fait ça. Laverna venait chaque jour de Silco dans le comté de Camden, et même si je n'avais pas échangé plus d'une demi-douzaine de mots avec elle en dehors de la classe de mademoiselle Webber, je ne pouvais m'empêcher de croire que je l'avais laissée tomber. Pourquoi, je n'en savais rien, mais j'avais l'impression que toutes deux – Alice Ruth et Laverna – avaient été sous ma responsabilité.

« Tu ne peux pas t'en vouloir, me dit ma mère lorsque je lui fis part de ce que j'éprouvais. Il y a des gens, Joseph, des gens qui ne voient pas la vie de la même façon que nous. Ils ne lui accordent aucune importance, aucune valeur, et ils sont presque incapables de se retenir de commettre ces choses terribles.

– Mais il y a bien quelque chose à faire…

– Nous pouvons être vigilants », répondit-elle. Elle se pencha vers moi, comme pour me confier un secret qui devait rester entre nous. « Nous devons être vigilants pour nous-mêmes, et aussi pour tous les autres. Je sais que tu te sens responsable, Joseph, c'est ta nature, mais la responsabilité et la culpabilité ne sont pas la même chose. Tu peux te sentir responsable si tu penses que c'est ton devoir, mais tu ne dois jamais t'accuser. Tu ne peux pas te punir pour les crimes d'un autre. »

Je l'écoutai. Je compris. J'aurais voulu faire quelque chose, mais je ne savais pas quoi.

Deux hommes vinrent. Ils portaient des costumes et des chapeaux sombres. Ma mère m'expliqua qu'ils étaient du FBI, qu'ils avaient été chargés d'assister le shérif Dearing. Ils ratissèrent l'État en posant des questions directes, indélicates, et d'après ce que j'entendis depuis la cuisine, la population ne tarda pas à réprouver leur présence. Dearing avait apparemment proposé de les accompagner, mais les agents Leon Carver et Henry Oates avaient décliné, affirmant que c'était l'affaire du FBI, que l'objectivité était la clé. Je vis Carver un jour, un homme grand et imposant dont le nez ressemblait à un poing serré sillonné de veines mauves. Avec ses orbites profondément enfoncées sous de lourds sourcils, il semblait plisser les yeux dans une ombre permanente. Je ne lui parlai pas, et il ne me parla pas non plus. Il me scruta comme si je n'étais pas digne de confiance, puis tourna la tête. Ils restèrent trois jours à Augusta Falls, partirent vers le sud, sillonnant les villes des environs dans le sens des aiguilles d'une montre, puis ils disparurent. Nous n'entendîmes plus parler d'eux, et personne ne mentionna plus leurs noms.

Plus tard, je discutai avec Hans Kruger.

« Un croque-mitaine, dit-il. Il y a un croque-mitaine dans les parages et il vient manger les enfants.

– Qui t'a raconté ça ? demandai-je d'un air méprisant.

– Walter, répondit-il, sur la défensive. C'est Walter qui m'a dit que c'était un croque-mitaine, quelqu'un qui revient de chez les morts et a besoin de se nourrir d'êtres vivants pour rester en vie.

– Et tu crois ces foutaises ? »

Hans hésita un moment.

« Est-ce qu'il raconte ces choses à Elena ? demandai-je.

– Non, répondit-il en secouant la tête, il ne lui dit rien. C'est à moi de le lui dire pour qu'elle sache… »

Je saisis soudain le col de sa chemise. Il tenta de s'écarter mais je le tenais fermement.

« Tu ne dis rien à Elena ! ordonnai-je sèchement. Tu laisses Elena tranquille. Elle a suffisamment peur comme ça sans que tu ailles lui raconter des âneries à propos de choses qui n'existent même pas ! »

Walter apparut au coin de la maison.

« Hé ! Qu'est-ce qui se passe ? Arrêtez de vous battre ! »

Hans se dégagea, s'arracha de mon emprise et courut jusqu'à l'avant de la maison.

Je restai là, honteux, un peu effrayé par Walter.

« Qu'est-ce qui se passe ici ? répéta-t-il.

– Je lui ai dit de ne pas raconter d'histoires de croque-mitaines à Elena, répondis-je. Je ne veux pas qu'elle soit effrayée. Hans m'a dit qu'il allait parler à Elena du croque-mitaine. »

Walter éclata de rire.

« Il a dit ça, hein ? Laisse-moi régler ça, d'accord ?

– Ne lui fais pas de mal, Walter. »

Celui-ci posa une main sur mon épaule.

« Je ne vais pas lui faire de mal, Joseph. Je vais juste lui donner une leçon.

– Ce n'est pas un croque-mitaine… c'est une personne qui fait ces choses, une personne terrible. »

Walter sourit d'un air compréhensif.

« Je sais, Joseph, je sais. Laissons la police s'occuper de ça, d'accord ? La police trouvera celui qui fait ça et elle l'arrêtera. Et toi, tu me laisses m'occuper de Hans et d'Elena. »

Je ne répondis rien.

« D'accord ? insista-t-il.

– D'accord », consentis-je sans en penser un mot.

Walter était toujours avec son père, à travailler à la ferme pour gagner de quoi subvenir aux besoins de la famille. J'avais décidé de surveiller Elena, et rien ne me ferait changer d'avis.

« Maintenant pars, dit-il. Rentre chez toi. Je vais parler à Hans et m'assurer qu'il n'effraie pas sa sœur. »

Je tournai les talons et rentrai chez moi en courant. Je ne dis rien à ma mère. Je me tins à la fenêtre de ma chambre et regardai la maison des Kruger. J'étais persuadé que si quoi que ce soit arrivait à Elena, je ne pourrais jamais me le pardonner.

Après le départ des agents du FBI, les shérifs des deux comtés – Haynes Dearing, un homme d'environ trente-cinq ans qui faisait déjà plus que son âge, et Ford Ruby – se réunirent au Quinn Cumberland Diner, un établissement propre et respectable au nord d'Augusta Falls tenu par deux veuves.

Haynes Dearing était méthodiste et allait à l'église du comté de Charlton tandis que Ford Ruby était protestant épiscopalien et fréquentait l'Église de la Communion de Dieu à Woodbine, mais en dépit de leurs désaccords sur John Wesley et l'interprétation des Écritures ils considéraient que la mort d'une petite fille était plus importante que leurs divergences religieuses.

La mort de la deuxième petite fille les rassemblait, et ils mirent leurs ressources en commun. Il fut même question d'un homme de Valdosta, un employé du gouvernement doté d'un détecteur de mensonges et d'une assistante, mais personne ne le vit jamais. Les shérifs Dearing et Ruby, assistés de pratiquement tous les hommes qui tenaient sur leurs jambes, fouillèrent les bois et les talus autour de Silco, et retournèrent même chercher au bout de la grand-route, juste pour voir, juste pour être sûrs. Sûrs de quoi, je n'en savais rien, et je ne le demandai pas, car une fois de plus on discutait à voix basse dans la cuisine de ma maison.

Les fouilles ne donnèrent rien, et finalement, inévitablement, Haynes Dearing et Ford Ruby recommencèrent à se chamailler à propos de John Wesley et des Écritures, et leur dispute dura jusqu'à ce qu'ils en viennent à la conclusion que ç'avait été une erreur de travailler ensemble, d'avoir même songé qu'ils pouvaient travailler ensemble, et ils jurèrent qu'on ne les y reprendrait plus. Vers la fin du mois d'août, je n'entendis plus parler de Laverna Stowell. Peut-être était-elle aussi un ange, elle et Alice Ruth Van Horne, et peut-être que mon père, s'il avait réussi à garder les mains propres et avait travaillé suffisamment dur pour y arriver, se trouvait à leurs côtés. Je me convainquis que le cauchemar était peut-être enfin terminé. Je me disais que quelque vagabond dément, brutal, cruel, avait peut-être traversé nos vies et s'en était allé. Pour une raison inconnue, il nous avait rendu deux fois visite, mais ça, je n'y songeais pas. La vérité et ce que je voulais croire étaient deux choses différentes. Je me demandais si dans un autre comté, dans un autre État, des enfants disparaissaient à cause de ce croque-mitaine. Je gardais les yeux grands ouverts et les oreilles à l'affût, même la nuit ; les bruits d'animaux se déplaçant entre notre maison et celle des Kruger me réveillaient parfois, et je restais là, transi et effrayé. Au bout d'un moment, me préparant à ce que je risquais de voir, je me glissais hors de mon lit et m'approchais d'un pas hésitant de la fenêtre. Je ne voyais rien. La nuit se déployait devant moi en un monochrome froid et statique, et je me demandais si mon imagination n'emplissait pas mon esprit de petits mensonges fragiles. J'espérais férocement que le cauchemar était passé, mais en mon for intérieur, là, dans mon cœur, je savais qu'il n'en était rien.

4

« Un concours », annonça mademoiselle Alexandra Webber.

Cinq mois s'étaient écoulés depuis la mort de la petite Stowell, cinq mois et un autre Noël.

Noël avait été éprouvant pour ma mère. Elle et madame Kruger, dont j'avais alors découvert qu'elle s'appelait Mathilde, avaient proposé leurs services pour aider à endiguer l'épidémie de grippe qui s'était déclarée parmi les familles noires. Des jours durant, elle était rentrée tard et partie tôt, et j'avais passé beaucoup de temps chez les Kruger. J'avais treize ans, j'étais de quelques mois l'aîné de Hans Kruger, de quelques années le benjamin de Walter. Néanmoins, malgré nos âges similaires, nous avions peu de choses en commun. Il y avait autant d'opinions sur la guerre que de mots dans le dictionnaire ; des rumeurs affirmaient qu'Adolf Hitler était fou, que l'Amérique serait entraînée dans les combats. Roosevelt avait été réélu pour la troisième fois, et l'on parlait des Britanniques qui utilisaient des armes et de l'équipement américain qu'ils n'auraient pas à rembourser avant la fin du conflit. Certains – Reilly Hawkins en particulier – affirmaient que c'était le premier pas vers une collaboration imminente.

« Ils vont faire appel à nous, dit-il. Ils vont faire appel à nous pour que nous allions nous battre en Europe.

– Et iriez-vous ? lui demanda ma mère.

– Aucun doute là-dessus, répondit Reilly. Il faut mourir pour quelque chose, pas vrai ? D'après moi, mieux vaut mourir en Europe en se battant pour une chose en laquelle on croit que mourir ici dans les marais de la grippe des Nègres.

– Reilly ! l'admonesta ma mère.

– Oui, m'dame, fit-il, penaud. Je vous demande pardon, m'dame.

– En quoi crois-tu ? demandai-je à Reilly. Tu crois à la guerre ? »

Reilly sourit et secoua la tête.

« Non, Joseph, je crois pas à la guerre. Je vais te dire à quoi je crois… »

Il s'interrompit soudain et regarda ma mère comme s'il lui demandait la permission de continuer.

« Allez-y, Reilly Hawkins, mais souvenez-vous que j'écoute, et je vous ferai savoir si vous allez trop loin.

– Ce à quoi je crois, reprit Reilly, c'est à la liberté de penser et de croire et de dire ce qui nous semble bon. Cet homme, cet Ay-dolf Hitler, eh bien, c'est rien qu'un fasciste et un dictateur. Il excite la haine des Allemands contre les juifs, contre les gens du voyage, contre ceux qui leur ressemblent pas ou qui parlent pas pareil ou qui vont pas dans les mêmes églises. Il impose ses propres vues à un pays, et ce pays devient fou. C'est le genre de chose qui se répand comme un virus, et si les bonnes gens, les honnêtes gens – les gens comme nous –, si on fait pas ce qu'on peut pour l'arrêter, alors ça se répandra partout. C'est pour ça que j'irai si on me le demande. »

Le lendemain, j'interrogeai mademoiselle Webber sur la guerre, sur ce que Reilly Hawkins avait dit à propos des juifs et des gens du voyage.

Pendant un moment elle sembla surprise, puis quelque chose apparut sur son visage trahissant du chagrin, des larmes étouffées peut-être.

C'est alors qu'elle parla du concours. Elle changea de sujet – soudain, de manière inattendue – et j'oubliai Adolf Hitler et la haine qu'il excitait chez les gens.

« Quel concours ?

– Un concours d'histoires, un concours pour les gens qui écrivent et soumettent leurs histoires. »

J'inclinai la tête sur le côté.

« Ne fais pas ça, Joseph Vaughan, dit-elle. On dirait que tu n'as qu'une moitié de cerveau et que ça fait pencher ta tête. »

Je redressai la tête.

« Alors écris une histoire, reprit-elle. Elle peut parler de n'importe quoi, mais comme nous en avons déjà discuté, il est toujours préférable d'écrire sur quelque chose qui t'intéresse personnellement, ou quelque chose que tu as vécu. Elle ne devra pas dépasser deux mille mots, et si tu t'appliques je la taperai sur ma machine à écrire Underwood et nous l'enverrons à Atlanta. »

Je ne savais pas quoi dire. Je ne me rappelle plus trop bien ce moment. Je crois que j'avais les yeux écarquillés et la bouche légèrement entrouverte.

« Quoi ? demanda mademoiselle Webber. Pourquoi restes-tu comme ça ? »

Au bout d'un moment je secouai la tête.

« Sans raison particulière, répondis-je.

– On dirait un garçon attardé… va t'asseoir à ton pupitre, Joseph.

– Oui, mademoiselle Webber.

– Et commence à travailler à quelques idées. Tu as un mois à partir d'aujourd'hui pour finir ton histoire. »

Trois jours plus tard, je tombai sur un mot : « pitreries ». Je ne me souviens plus où je le rencontrai. Il datait de la fin du XIXe siècle et était synonyme de blagues et de farces, le genre de choses que les enfants font quand ils sont d'humeur espiègle et turbulente. Ce mot me plut, me fit sourire, et je l'utilisai donc comme titre pour mon histoire.

J'y parlai de l'enfance, car j'étais un enfant. Du fait d'avoir treize ans et d'être orphelin de père, de la guerre en Europe et de certaines choses que m'avait dites Reilly Hawkins. Je parlai aussi des choses que je faisais pour m'occuper l'esprit, pour me faire oublier que ma mère était lasse, que Hitler était fou, et que quelque part à des milliers de kilomètres des gens se faisaient tuer parce qu'ils pensaient ou parlaient différemment. Je racontai les farces que les fils Kruger et moi avions faites. La fois où nous avions trouvé un raton laveur mort et l'avions enterré. Nous avions arraché du chèvrefeuille et l'avions planté sur la petite tombe, et nous avions prononcé quelques paroles en espérant que le raton laveur retrouverait Alice Ruth et Laverna et qu'il leur tiendrait compagnie au paradis. Je racontai ces choses et signai proprement à la fin – Joseph Calvin Vaughan – en indiquant mon âge et ma date de naissance car je supposais que les gens qui liraient les histoires à Atlanta voudraient peut-être connaître de tels détails.

Je donnai mon histoire à mademoiselle Webber le vendredi 11 février. Le lundi, elle m'annonça qu'elle l'avait tapée à la machine et envoyée par courrier à Atlanta, et elle me montra sur la carte où ça se trouvait. Ça me sembla affreusement loin. Je me demandai si mon histoire serait toujours la même lorsqu'elle arriverait là-bas.

J'y pensai beaucoup pendant un temps, puis j'oubliai. J'avais le sentiment qu'écrire des choses était une manière de les faire passer.

« Tu peux voir les choses ainsi, me dit mademoiselle Webber. Ou tu peux considérer qu'écrire des choses les rend éternelles. Comme ce livre que je t'ai donné à Noël dernier… qui a été écrit et est toujours là. Il y a des milliers d'exemplaires de ce livre à travers le pays, à travers le monde. En ce moment il y a peut-être une personne en Angleterre, une autre à Paris, en France, encore une autre à Chicago, qui lisent ce même livre, et ce qu'elles lisent et pensent sera très différent de ce que tu as ressenti quand tu l'as lu. Une histoire est comme un message avec un sens différent pour chaque personne qui le reçoit. »

J'écoutai attentivement mademoiselle Webber car tout ce qu'elle disait avait du sens.

Lorsque le printemps arriva ma mère tomba malade. Elle devint pâle et anémique. Le docteur Thomas Piper vint la voir à plusieurs reprises, et à chaque fois il avait l'air inquiet et important. Le docteur Piper portait un costume sombre avec un gilet ainsi qu'une montre de gousset fixée à une chaîne en or, et il trimballait une sacoche en cuir dont il tirait des abaisse-langue et des flacons d'iode.

« Quel âge as-tu? me demanda-t-il.

— Treize ans, monsieur, répondis-je. Quatorze en octobre.

— Ah, c'est bien. Tu es un homme maintenant. Ta mère a le sang faible. Faible en nutriments, faible en fer, faible en presque tout ce qui devrait être fort. Elle doit rester alitée et se reposer au calme, pendant un mois peut-être, et il lui faut un régime riche en légumes verts et en bonne viande. Sinon, tu ne garderas pas ta mère très longtemps. »

Je me rendis chez les Kruger lorsque le docteur Thomas Piper fut parti.

« Nous allons nous occuper d'elle, déclara Mathilde Kruger. J'enverrai chaque jour Gunther avec de la soupe et du chou, et lorsqu'elle sera plus forte nous lui donnerons des saucisses et des pommes de terre. Ne t'en fais pas, Joseph, tu as peut-être perdu ton père, mais tu ne perdras pas ta mère. Dieu n'est pas si cruel que ça. »

Trois mois plus tard, le jour où Reilly Hawkins m'annonça que le président Roosevelt envoyait des soldats américains au Groenland, mademoiselle Webber me demanda de rester après la classe.

« J'ai une lettre, dit-elle, et elle enfonça la main dans le tiroir de son bureau et produisit une enveloppe. Elle vient d'Atlanta. Approche, je vais te la lire. »

J'allai à l'avant de la salle et m'assis.

« Chère mademoiselle Webber, commença-t-elle. C'est avec un grand plaisir que nous vous écrivons pour vous informer des résultats de notre concours. Nous avons été grandement satisfaits de la qualité des textes fournis, et même s'il n'est jamais aisé de juger d'une telle diversité de styles et de sujets, nous estimons que cette année, ce fut encore plus difficile que les précédentes. »

Mademoiselle Webber marqua une pause et me jeta un coup d'œil.

« Nous sommes au regret de vous informer que *Pitreries* de Joseph Vaughan n'a pas atteint le stade final du concours, mais souhaitons néanmoins vous exprimer notre plaisir collectif à la lecture de cette pièce en tout point excellente. *Pitreries* a fait couler plus d'une larme et provoqué nombre d'éclats de rire chez nos lecteurs, et lorsqu'il nous est apparu que cette pièce était l'œuvre d'un garçon de treize ans, nous nous sommes sérieusement interrogés quant à l'authenticité de l'identité de l'auteur. Mais ces interrogations ont immédiatement été rejetées car nous sommes, bien entendu, plus que conscient de votre réputation et de votre crédibilité en tant qu'institutrice. Néanmoins, nous avons été surpris qu'une composition démontrant un style narratif aussi naturel et si finement perspicace soit l'œuvre d'une personne si jeune. »

Une fois de plus, mademoiselle Webber marqua une pause. Tout ce que je comprenais, c'était que je n'avais rien gagné. Ce qui n'engendrait guère, voire pas du tout, d'émotion en moi.

« Et donc, pour conclure, j'aimerais chaleureusement féliciter monsieur Joseph Vaughan pour son histoire, *Pitreries* : une lecture en tout point agréable, et la preuve que nous avons parmi nous, ici même en Géorgie, un jeune auteur brillant et immensément talentueux qui, nous en sommes sûrs, continuera de progresser au fil de ses entreprises littéraires. Avec nos meilleurs vœux. Le Comité d'évaluation des jeunes auteurs d'Atlanta. »

Mademoiselle Webber se tourna vers moi et sourit. Elle fronça les sourcils et inclina la tête sur le côté. J'eus envie de lui dire qu'elle avait l'air de n'avoir qu'une moitié de cerveau.

« Tu n'es pas content, Joseph ? » demanda-t-elle.

Je ne répondis rien. Je me demandais quelle raison j'avais d'après elle d'être content.

« Le Comité d'évaluation t'a écrit d'Atlanta pour te dire que ton histoire avait reçu des félicitations spéciales. Ils disent que tu es brillant et immensément talentueux. Tu comprends ça ?

– Je comprends que nous n'avons pas gagné, mademoiselle Webber », dis-je.

Elle rit soudain, et ce fut comme si une multitude de rayons de soleil s'étaient engouffrés dans la pièce.

« Pas gagné ? Gagner n'est pas la *seule* raison de faire quelque chose. Parfois on fait quelque chose pour l'expérience, ou simplement pour le plaisir ; bien souvent on fait les choses pour se prouver qu'on *peut* les faire, sans se soucier du point de vue ou de l'opinion des autres. Tu as écrit une histoire, seulement la deuxième histoire complète que tu aies rédigée, et le Comité d'évaluation d'Atlanta t'envoie des félicitations spéciales et exprime le souhait de te voir progresser. Ça, mon cher Joseph Calvin Vaughan, tu peux en être très fier. »

J'acquiesçai et souris. La classe était finie depuis un quart d'heure et je voulais rentrer chez moi. Lorsque j'étais parti ce matin-là ma mère avait semblé particulièrement faible. Mademoiselle Webber replia minutieusement la lettre et la replaça dans l'enveloppe.

« Cette lettre est pour toi, dit-elle en me la tendant. Garde-la, et chaque fois que tu douteras de tes capacités, chaque fois que tu auras l'impression que tu ferais mieux d'arrêter d'écrire, relis-la pour retrouver ta détermination. Écrire est un don, monsieur Vaughan, et nier son importance, ou faire autre chose qu'utiliser ses capacités, serait une erreur grave et lourde de sens. » Elle sourit une fois de plus. « Maintenant pars… rentre chez toi ! »

Je remerciai mademoiselle Webber et quittai la pièce. Je marchai rapidement, empruntai la grand-route en restant près de la clôture car monsieur Kruger m'avait dit qu'après la pluie le sol était trop mou pour supporter le poids d'un enfant, sans parler d'un jeune homme comme moi, et que si j'empruntais ce chemin je devais rester près de la clôture et me tenir à distance des arbres.

En arrivant chez moi je me tins plusieurs minutes dans la cuisine. Avec le recul, toujours notre meilleur conseiller, je m'apercevais que je n'avais accordé aucune importance à la lettre d'Atlanta. C'était la première fois qu'on me félicitait vraiment, et pourtant ça ne semblait rien signifier. Les mots avaient été entendus mais pas absorbés. Plus tard, la lettre allait revêtir une grande importance, et d'une certaine manière me servir d'ancrage parmi la tornade de critiques et de doute acerbe qui allait se déchaîner, mais alors – debout dans la cuisine – je la considérais uniquement comme un message d'échec. Mademoiselle Webber n'y était pour rien. Cette lettre me disait que je pouvais faire mieux, et peut-être, d'une certaine manière, avais-je déjà déterminé le niveau auquel j'aspirerais.

C'est alors que j'entendis les voix, au-dessus de moi, me sembla-t-il, et je fus perplexe. Ma mère était malade, seule dans la maison, et pourtant les voix ressemblaient à une conversation. La maladie dont elle souffrait l'avait-elle rendue folle ?

Je fourrai la lettre dans ma poche et reculai jusqu'au pied de l'escalier. Plus un bruit. M'imaginais-je des choses ?

Je grimpai les marches une à une, tendant l'oreille. Lorsque j'atteignis le palier supérieur, j'entendis à nouveau les voix – ma mère, sa cadence claire et distincte, même un soupçon de rire, et une autre voix – plus profonde, avec un accent peut-être ?

Je longeai le couloir jusqu'à la porte de sa chambre. Elle était fermée, mais les voix venaient indiscutablement de derrière cette porte.

Je frappai un coup.

« Mère ? » demandai-je.

Il sembla y avoir un moment de confusion, un bruissement d'étoffe, quelque chose d'autre, et comme je tendais la main pour tourner la poignée de la porte elle lança :

« Un moment, Joseph, un moment, s'il te plaît ! »

J'attendis, perplexe et confus.

Trente secondes, peut-être plus, puis la porte s'ouvrit devant Gunther Kruger, qui me regarda, un large sourire lui barrant le visage, les joues rougies.

« Joseph ! » s'exclama-t-il en prononçant mon nom « Yosef » à la manière de tous les Kruger. Il semblait plus surpris qu'heureux. « Bonjour bonjour. Quelle surprise ! »

Je secouai la tête. Pourquoi serait-ce une surprise ? Je rentrais toujours de l'école.

Je regardai derrière lui et vis ma mère étendue sur le lit, les couvertures fermement remontées autour de sa gorge. Elle sortit un bras et tendit la main vers moi.

« Entre, Joseph, dit-elle. Tu rentres tôt.

— Non, répondis-je. Je rentre toujours à cette heure.

— Mais ton étude avec mademoiselle Webber… commença-t-elle avec une moue interrogatrice.

— C'est le lundi, répliquai-je. Aujourd'hui nous sommes vendredi.

— Bien sûr, dit-elle en souriant. Comme je suis bête. Monsieur Kruger était juste venu m'apporter un peu de soupe. »

Elle jeta un coup d'œil en direction de la commode sur laquelle – dans le pot d'argile que madame Kruger nous envoyait presque quotidiennement – se trouvait la soupe. Elle semblait intacte, le couvercle fermement posé dessus.

« Oh, fis-je.

– Eh bien, lança monsieur Kruger, je crois qu'il est temps que j'y aille. Ça m'a fait plaisir de te voir, Joseph, comme toujours. Tu devrais venir voir Hans et Walter plus tard, d'accord?

– D'accord », répondis-je, toujours un peu perplexe.

Monsieur Kruger saisit sa veste sur la chaise derrière la porte et, sans l'enfiler, passa à la hâte devant moi et dévala l'escalier. J'entendis le bruit de ses pas tandis qu'il traversait la cuisine, puis la porte de derrière claqua sèchement. Il avait oublié de dire au revoir à ma mère.

« Viens me voir, dit-elle. Viens t'asseoir sur le lit avec moi. »

Je traversai la chambre. Tout sentait la lavande et le poulet bouilli.

« Assieds-toi ici, dit-elle, et elle tapota le matelas de la main. Comment s'est passée ta journée, Joseph?

– J'ai reçu une lettre.

– Une lettre? »

J'acquiesçai.

« Une lettre de qui?

– Des gens qui jugent le concours d'histoires à Atlanta. »

Elle se redressa, ouvrant de grands yeux qui trahissaient un vif intérêt.

« Et? »

Je tirai la lettre de ma poche et la lui montrai.

Elle la lut sans rien dire, puis elle me regarda avec des yeux emplis de larmes et tendit la main. Elle posa sa paume à plat contre ma joue.

« Mon fils, dit-elle, d'une voix brisée qui n'était plus qu'un murmure. On dirait que tu as trouvé ta vocation. »

Je haussai les épaules.

« N'arrête pas, reprit-elle. N'arrête jamais d'écrire. C'est ainsi que le monde découvrira qui tu es. »

Étrangement, j'avais envie de pleurer mais n'en fis rien.

J'avais treize ans, j'étais presque un homme, et même si mademoiselle Webber et ma mère accordaient à la lettre beaucoup plus d'importance que moi, je n'avais aucune raison d'être triste.

Je serrai les dents. Je m'étendis près de ma mère sur la couverture en patchwork et fermai les yeux.

Elle caressa les poils sur mon avant-bras, puis se pencha en avant et m'embrassa.

« Ton père aurait été si fier, dit-elle. Son fils, l'écrivain. »

5

La troisième fillette avait sept ans. Elle fut découverte le samedi 7 juin 1941. Tout comme Alice Ruth Van Horne et Laverna Stowell, elle avait été battue et abandonnée nue. Son nom était Ellen May Levine. Une incision large et profonde lui traversait le corps, comme si quelqu'un avait tenté de la couper en deux. Peut-être l'assassin avait-il voulu le faire sans avoir le cran d'achever ce qu'il avait commencé.

Je la connaissais depuis moins de trois mois. Elle était arrivée de Fargo, près de la rivière Suwannee, dans le comté de Clinch, pour suivre les cours de mademoiselle Webber au mois de mars de cette année-là. Elle fut retrouvée grossièrement enterrée à huit cents mètres à peine de chez nous, parmi les arbres qui bordaient la propriété de Gunther Kruger.

Les shérifs Haynes Dearing et Ford Ruby se retrouvèrent et allèrent voir le shérif Burnett Fermor dans le comté de Clinch. À en croire la rumeur, ils passèrent plus de deux heures réunis tous les trois, demandèrent des cartes détaillées et passèrent au moins deux commandes de sandwiches et de café. À la fin de la réunion ils ne semblaient pas plus avancés qu'au début, mais au moins ils ne s'étaient pas querellés à propos de John Wesley et des Saintes Écritures.

Au moins une douzaine d'hommes furent réquisitionnés. Ils arrivèrent en pick-up avec des chiens et ratissèrent la campagne d'un horizon à l'autre. Les gens discutaient par petits groupes dans la rue. Le journal semblait chaque jour avoir quelque chose de nouveau à dire sans jamais vraiment dire quoi que ce soit. Les noms des agents du FBI Carver et Oates furent même évoqués, comme si leur retour changerait quelque chose à leur précédente enquête. Carver et Oates ne vinrent jamais, ni l'homme de Valdosta avec son détecteur de mensonges et son assistante. Le shérif Dearing semblait perpétuellement épuisé, comme si le sommeil était le complice du tueur et déployait tout son talent pour lui échapper. On parlait d'armes de meurtre, de couteaux, hachoirs et autres hypothèses similaires. J'observais tout, la moindre chose, et je me demandais comment on pourrait retrouver quelqu'un qui avait tout mis en œuvre pour ne jamais être découvert. Chacun se savait innocent, pourtant chacun savait qu'il était suspect et le resterait jusqu'à ce que le coupable soit identifié.

Il ne fut pas identifié et, curieusement, je pensais qu'il ne le serait jamais.

« C'est affreux, affreux », déclara Reilly Hawkins.

Une fois de plus il était assis dans notre cuisine. Ma mère s'était remise de sa maladie, mais monsieur Kruger continuait de lui apporter deux ou trois fois par semaine de la soupe et des saucisses préparées par sa femme. Je le savais car souvent, après l'école, ma mère m'envoyait chez les Kruger avec des casseroles et des assiettes propres et ses remerciements.

« Cette histoire de petites filles…

— Je n'ai pas envie d'en parler, Reilly, objecta ma mère en secouant la tête.

– Moi, si, intervins-je. Je suis assez grand pour savoir ce qu'est un meurtre, et je suis assez grand pour savoir qu'il y a des fous. Mademoiselle Webber nous a dit que les Allemands mettaient les juifs dans des camps de prisonniers et que des milliers et des milliers étaient morts…

– Elle a dit ça ? lança-t-elle. Je ne suis pas sûre que ce soit le genre de chose qu'il faille enseigner à de jeunes enfants.

– Pas si jeune que ça, ripostai-je. Je sais que la police française arrête les juifs à Paris et les livre aux Allemands, par milliers. Je sais aussi que James Joyce est mort en Suisse, et que Virginia Woolf s'est noyée dans une rivière…

– Assez, coupa ma mère. Tu sais donc beaucoup de choses, Joseph Vaughan, mais ça ne signifie pas nécessairement que nous allons discuter du meurtre de petites filles dans notre cuisine. »

Je me tournai vers Reilly Hawkins. Il détourna le regard.

« Je les connaissais toutes les trois », dis-je. J'avais la voix brisée par l'émotion. Je sentais les larmes monter. « Je les connaissais toutes les trois. Je connaissais leur nom, je savais à quoi elles ressemblaient. J'étais en classe avec elles, et parfois mademoiselle Webber me demandait de lire une histoire à toute la classe, et Ellen May venait s'asseoir juste devant comme si elle voulait entendre le moindre de mes mots. » Je ne pus plus me retenir. Je me levai. « Je veux en parler ! Je veux savoir ce qui se passe et pourquoi nous ne pouvons pas empêcher ces choses terribles !

– Ça suffit ! dit-elle sèchement. Tu as des choses à faire. Va nettoyer la fenêtre de ta chambre, et après tu pourras aller chez les Kruger si tu veux. »

La colère monta en moi. Je lançai à ma mère un regard noir, et l'espace d'un moment je vis ce que cachait son expression déterminée. Elle avait peur, aussi peur que moi ; elle ne savait pas quoi dire pour arranger la situation.

Je sentais que je devais lui venir en aide. Je me disais qu'il aurait été bon de m'excuser, de lui dire que j'étais confus, que j'avais peur et besoin de dire à quelqu'un ce que j'éprouvais. Mais, de mon petit point de vue étriqué, ça serait revenu à capituler devant l'autorité. Je gravis les marches et longeai le couloir en faisant exprès de cogner des pieds. Lorsque j'atteignis ma porte, je l'ouvris puis la claquai, faisant mine d'être entré dans ma chambre, puis je rebroussai chemin et regagnai à pas feutré le haut de l'escalier.

« … têtu oui, mais rarement désobéissant, disait ma mère. Il a l'esprit vif et curieux de son père, et lorsqu'il a quelque chose en tête, il ne lâche pas.

– C'est pas à moi de juger, observa Reilly. C'est le seul garçon dont j'aie jamais été proche et je suis très attaché à lui. Ces événements récents… ces meurtres… sont terribles. Quand quelque chose comme ça arrive, eh bien, vous pouvez même pas imaginer ce que peuvent ressentir les parents.

– Je connais les parents de la deuxième petite fille, enfin juste un peu, déclara ma mère. Leonard et Martha Stowell. Des gens adorables. Je n'ai jamais rencontré leur fille. C'était la plus jeune, je crois. Si je me souviens bien, ils avaient trois autres enfants, deux garçons et une fille.

– Une tragédie. Une terrible tragédie. Et dire qu'une telle chose est l'œuvre d'un être humain.

– C'est vite dit. À peine un être humain, d'après moi. »

Reilly s'éclaircit la voix.

« Je sais pas, Mary, on dirait que le monde est en train de devenir un endroit horrible, avec cette guerre en Europe, les horreurs que nous entendons à propos des Polonais et des juifs. J'ai entendu une rumeur qui affirmait que les Allemands traquaient et tuaient tous les intellectuels – les musiciens, les artistes, les écrivains, les poètes, même les professeurs et les enseignants –, tous ceux qui partagent pas leur point de vue. Ils les traquent et parfois ils les exécutent en pleine rue.

– Ce n'est pas le monde, Reilly. Ce sont simplement quelques fous qui utilisent leur pouvoir sur des ignorants. Cette propagande contre les juifs dure depuis vingt ans ou plus. Adolf Hitler a lentement empoisonné l'esprit et le cœur des Allemands, et il a commencé bien avant de se lancer dans la guerre. J'espère simplement que celle-ci s'achèvera avant que nous ne soyons entraînés dedans.

– Je sais pas si une telle chose peut être évitée, observa Reilly. Il est de notre responsabilité en tant que pays libre et démocratique de nous élever contre ce genre de persécutions.

– Certes, convint-elle, mais notre devoir est d'abord de protéger les enfants de nos voisins et de nos amis du monstre qui se trouve parmi nous. »

Après cela, je gagnai ma chambre en silence. Par ma fenêtre, je regardai Elena Kruger qui aidait sa mère à étendre le linge dans la cour.

Trois jours plus tard, Elena Kruger commençait à assister au cours de mademoiselle Webber. Elle était assise sur ma gauche, une rangée devant moi.

80

C'était la place qu'avait occupée Ellen May Levine avant que quelqu'un ne la coupe en deux.

La maladie dont souffrait Elena Kruger me semblait une injustice. Je ne fus jamais témoin de ses crises d'épilepsie, mais les bleus sur ses bras et ses épaules étaient clairement visibles lorsque nous allions nager dans l'un des petits affluents qui s'échappaient de l'Okefenokee. Juin avait été chaud, mais en juillet le thermomètre grimpa si haut que les pierres se fendirent, et lorsque les vacances scolaires commencèrent enfin à la première semaine d'août, la chaleur était si brutale qu'on pouvait à peine tenir debout. Le soleil perçait, haut et brillant, aussi dur qu'un poing, et il restait là, inexorable, jusqu'à la tombée de la nuit, puis il se reposait afin de reprendre des forces pour le lendemain. Reilly affirmait qu'on battait tous les records de chaleur ; Gunther prétendait que Reilly n'avait jamais consulté les records précédents, et qu'est-ce qu'il y connaissait de toute manière. D'après moi, peu importait ce à quoi avaient ressemblé les autres étés, celui que nous avions nous donnait suffisamment de fil à retordre. Walter Kruger passait l'essentiel de ses journées à travailler avec son père, et nous autres – moi, Hans et Elena – prîmes l'habitude de ramper sous la maison des Kruger pour nous abriter de la chaleur. L'atmosphère y était fraîche et humide, c'était presque un autre monde, et malgré le bruit strident des insectes et la sensation d'humidité rampante sur votre peau, l'ombre qu'offrait la maison était bien plus tolérable que le soleil brutal et implacable.

« Je crois… je crois que si ça dure encore trois semaines les marécages seront si durs qu'on pourra marcher dessus », déclara Hans.

Je trouvais Hans un peu lent – plein de bonnes intentions, certes, mais un peu bouché, comme s'il réagissait toujours avec un temps de retard. Mais il vénérait Walter; il l'admirait comme s'il était la source de toute sagesse et de toute vérité. Tout ce que disait Walter était parole d'Évangile. Et comme Elena avait un peu hérité de ce côté-là, il me sembla plus tard de mon devoir de la défendre contre leurs farces et leurs brimades. Un jour, des années auparavant, Hans avait raconté à Elena qu'elle devait avaler un ver. Il lui avait dit qu'il tenait le message de Walter et que celui-ci lui ordonnait formellement de manger un ver. Un ver entier. Elle n'avait pas bronché; elle avait passé quatre ou cinq bonnes minutes à en chercher un jusqu'à ce que Walter arrive et lui demande ce qu'elle fabriquait. Peut-être que c'était une spécificité allemande, l'idée qu'il fallait toujours obéir à ses aînés. Si quelqu'un m'avait dit que Walter m'ordonnait de manger un ver, eh bien, je lui aurais dit de se coller le ver là où je pense.

La chaleur ne dura pas trois semaines de plus, elle s'éternisa jusqu'à la deuxième moitié de septembre, et l'Okefenokee était alors si tarie qu'elle peinait à atteindre la frontière du comté. Nous ne découvrîmes jamais si les marécages étaient assez secs pour qu'on puisse marcher dessus. Les coliques arrivèrent comme un mauvais augure et contaminèrent les chevaux de Winokur au nord jusqu'à St George au sud. Des lignes furent tracées sur des cartes, et ces cartes furent distribuées lors de réunions organisées à travers tout l'État. Ces lignes représentaient des séparations territoriales qu'il était interdit de franchir pour ne pas contaminer de nouvelles zones. Curieusement, bien que nous fussions voisins, une ligne avait été tracée entre notre maison et celle des Kruger. Je ne pus aller chez eux jusqu'à ce que Noël fût à l'horizon, mais chaque semaine ma mère m'envoyait au bout de la grand-route récupérer un paquet – enveloppé dans du tissu et toujours enfoncé sous la même pierre – laissé par monsieur Kruger. J'allai d'innombrables fois chercher ce paquet, rien qu'un simple bout de cuir enroulé et attaché au moyen d'une ficelle, et le rapportai à ma mère sans poser de question. Un jour la curiosité prit le dessus. J'allai récupérer le paquet sous la pierre et m'agenouillai un moment dans la poussière. Je me demandai ce que penserait mon père ; avait-il travaillé assez dur pour devenir un ange, pouvait-il à cet instant lire dans mes pensées ? Mais la question qui me taraudait était plus forte que la peur d'une réprimande, et je dénouai la ficelle, mémorisant chaque tour pour pouvoir refermer le paquet à l'identique lorsque j'aurais regardé à l'intérieur.

Sept dollars.

Un billet de cinq dollars et deux billets de un.

Il me sembla étrange que Gunther Kruger envoyât chaque semaine sept dollars à ma mère.

Je remis les billets en place ; j'enroulai le cuir autour ; je replaçai la ficelle de sorte que personne sauf moi ne sache que j'avais ouvert le paquet, puis je courus jusqu'à chez moi.

Je lui donnai l'argent sans rien dire.

Étrangement, je me sentais comme Judas.

Décembre 1941.

En octobre, nous avions entendu dire qu'Adolf Hitler était aux portes de Moscou ; qu'un navire de guerre américain – le *Reuben James* – avait été attaqué tandis qu'il était en mission d'escorte à l'ouest de l'Islande. Soixante-dix marins étaient morts, quarante-quatre avaient été secourus. Nous retenions notre souffle, peut-être avions-nous peur de bouger, et Reilly Hawkins déclara que les choses allaient mal tourner, qu'il avait eu une prémonition tandis qu'il était allé faire une course à White Oak.

La prémonition de Reilly Hawkins se réalisa.

Le 7 décembre, les Japonais bombardaient Pearl Harbor. Trois cent soixante avions de guerre japonais attaquèrent la flotte américaine du Pacifique à Hawaii. Ils attaquèrent aussi des bases américaines aux Philippines, à Guam et à Wake. Deux mille quatre cents personnes furent tuées.

Quatre jours plus tard, Hitler et Mussolini, le dictateur fasciste italien, déclaraient la guerre aux États-Unis.

Moins de six semaines plus tard, des troupes américaines débarquaient en Irlande du Nord. Elles étaient les premières à fouler le sol européen depuis le débarquement en France des forces expéditionnaires durant la Grande Guerre de 14-18.

Reilly Hawkins conduisit jusqu'à Fort Stewart, qui se trouvait à un gros jet de pierre à l'ouest de Savannah, pour s'entendre dire qu'il avait les pieds plats, que sa voûte plantaire était affaissée, et qu'il ne pourrait donc pas porter les armes pour Roosevelt. Je n'avais jamais vu un homme si abattu et brisé ; il resta enfermé chez lui trois jours d'affilée, et lorsqu'il réapparut, il n'était pas rasé et n'avait pas changé de chemise. Ma mère m'expliqua que le meilleur moyen de briser un homme était de lui dire qu'il était inutile.

Quatre jours avant Noël, Gunther Kruger vint voir ma mère. Hans était malade – température qui grimpait puis retombait spectaculairement, douleurs musculaires, délire. Ma mère appela le docteur Piper, qui examina le garçon.

« *Streptobacillus monoliformis*, déclara-t-il d'une voix sonore.

– En anglais, demanda ma mère.

– Fièvre par morsure de rat, répondit le docteur Piper. Le garçon s'est fait mordre par un rat. Regardez, dit-il en désignant une zébrure suppurante à l'arrière de la cheville de Hans. Morsure de rat.

– Vous pouvez le soigner ? demanda-t-elle.

– Bien sûr que je peux le soigner, mais il faut mettre en place un programme d'extermination des rats. »

Ma mère sourit et acquiesça. Elle se tourna vers moi.

« Va, dit-elle. Cours chez Reilly et dis-lui que le docteur Piper a besoin de lui chez les Kruger. »

Reilly commença le travail seul, mais à la fin de la semaine suivante, sept hommes s'étaient joints à lui. L'Unité anti-vermine d'Augusta Falls. C'est ainsi que les baptisa ma mère, et le docteur Piper leur expliqua que s'ils ne dénichaient pas tous les rats infectés, alors chaque enfant d'Augusta Falls courrait un risque. Il était nécessaire pour le moral, de même que pour le bien-être des familles, que cette tâche soit accomplie avec efficacité, avec une discipline militaire, avec rapidité. Reilly était le chef. On devait s'adresser à lui en tant que tel. Il fallait des carabines 6,35 mm, toutes les munitions seraient aux frais de la ville ; il fallait des pièges, des filets, de lourdes bottes, divers équipements superflus ou nécessaires ; tout cela était officiel, tout cela était – d'une certaine manière – vital pour l'effort de guerre.

Le chef de l'Unité anti-vermine Hawkins se rasait chaque jour, portait une chemise propre, patrouillait sur les routes que les enfants empruntaient pour aller à l'école. Il portait une carabine en bandoulière, ses poches étaient pleines de balles, et il s'employait consciencieusement à débarrasser Augusta Falls de ses rats.

« Il y aura toujours des rats, expliqua le docteur Piper à ma mère. Vous ne devez pas croire que Reilly Hawkins exterminera tous les rats du comté… et même s'il y arrivait, j'ai entendu dire que les rats de Clinch et Brantley étaient bien plus gros et bien plus laids que ceux que nous avons à Charlton.

— Je n'ai jamais dit qu'une telle chose était possible, Thomas, répliqua ma mère avec un sourire, mais allez voir Reilly Hawkins quand vous aurez un moment, et vous me direz s'il n'a pas retrouvé confiance et respect de soi. »

Le docteur Piper sourit à son tour.

« Si seulement toutes les femmes d'Augusta Falls étaient aussi sagaces que vous, madame Vaughan. »

Ma mère inclina légèrement la tête.

« Si seulement tous les hommes se laissaient aussi facilement pousser à prendre des mesures constructives, hein, docteur Piper ? »

Ils n'en dirent pas plus. Reilly Hawkins et son Unité anti-vermine continuèrent de débusquer et exterminer les rats. Ils tenaient un registre, détaillé et précis. En février 1942, tandis que les Japonais envahissaient un endroit nommé Sumatra, l'Unité anti-vermine revendiquait la responsabilité de la mort de plus de quatre cent trente rats. Pas de quartier. Pas de prisonnier de guerre. Un trou de deux mètres cinquante de profondeur avait été creusé au milieu d'un bosquet de peupliers et de tupelos situé à la lisière du champ le plus au sud de Gunther Kruger, et les rats morts y étaient non seulement balancés par seaux entiers, mais aussi brûlés.

Ce fut la dernière fois que Gunther Kruger et Reilly Hawkins s'entendirent sur quoi que ce soit, car lorsque Noël fut derrière nous et que nous entrâmes dans l'année 42, l'atmosphère à Augusta Falls sembla changer du tout au tout.

C'était à cause de la guerre ; peut-être pas tant de la guerre que de ce qu'elle commençait à représenter. Elle nous disait qu'il y avait une différence entre les gens ; que quelque part à des milliers de kilomètres nos propres concitoyens mouraient pour une chose dont nous n'étions même pas à l'origine. Elle nous disait qu'on ne pouvait pas faire confiance au peuple allemand, que l'Amérique avait été forcée de s'engager dans un conflit qu'elle n'avait pas provoqué.

« Intolérance religieuse, nous expliqua mademoiselle Alexandra Webber. Préjugés, intolérance religieuse, une véritable chasse aux sorcières si vous voulez... voilà ce qui est en train d'être perpétré contre les juifs. Cela va contre tout ce en quoi les États-Unis croient, contre la Constitution. Il nous est honnêtement impossible de ne pas nous impliquer. Ce n'est pas une guerre entre l'Angleterre et l'Allemagne, ni entre l'Amérique et le Japon. C'est une guerre entre les Alliés et les puissances de l'Axe, et l'Axe représente tout ce que nous abhorrons et condamnons. C'est une guerre pour la liberté, pour le droit de choisir, pour la tolérance religieuse. Croyez-moi, si j'étais un homme, je serais là-bas, au bureau de recrutement. »

Peut-être ne mâchait-elle pas ses mots, mais Alexandra Webber était sincère. L'opinion se retournait comme un seul homme contre les étrangers – contre les Italiens, les Allemands, même contre certains immigrants d'Europe de l'Est qui avaient installé leurs fermes près de Race Pond. Les réunions municipales étaient chargées de tension, une tension intangible mais indéniable. Les non-Américains commençaient à se faire plus discrets. Même Gunther Kruger ne laissait plus sortir ses enfants. On en était arrivé là.

La tension éclata le mercredi 11 mars 1942 avec la découverte d'une quatrième victime.

Son nom était Catherine Wilhelmina McRae. Elle avait huit ans. Sa tête décapitée fut découverte par des enfants qui jouaient près du bosquet de peupliers et de tupelos où avait été creusée la fosse à rats. Son corps fut retrouvé environ trente-cinq mètres plus loin dans le lit d'un ruisseau. Il n'y avait aucune raison de supposer que l'assassin de Catherine McRae n'était pas la même personne qui avait tué Alice Ruth Van Horne, Laverna Stowell et Ellen May Levine, aussi cette hypothèse fut-elle privilégiée.

Je connaissais le frère de Catherine, Daniel, mieux que je ne la connaissais elle. Daniel était plus jeune que moi d'un mois. J'étais présent lorsque son père vint le chercher dans la classe de mademoiselle Webber. Nous le regardâmes sortir en silence. Son père avait le visage rougi par les larmes. Daniel était blanc comme un linge et abasourdi.

Les trois shérifs – Dearing de Charlton, Ruby de Camden et Fermor de Clinch – se réunirent une fois de plus. Cette fois-ci il n'y eut pas de cartes, pas de sandwiches ni de café ; cette fois-ci une force spéciale rassemblant les trois comtés fut mobilisée pour ratisser les champs et la campagne environnante à la recherche de tout indice relatif au meurtre de la petite McRae.

L'Unité anti-vermine de Reilly Hawkins adopta un nom différent. Des hommes arrivèrent de Folkston, Silco, Hickox, Winokur. Des jumeaux liés par le sang au shérif Fermor du côté de leur mère vinrent de Statenville dans le comté d'Echols ; ils parcoururent plus de cent soixante kilomètres dans une camionnette à plateau complètement déglinguée pour se joindre à l'escouade. Celle-ci était constituée de plus de soixante-dix hommes le jeudi 12 au matin, et sans qu'un mot soit prononcé, sans qu'aucun appel ni décret soit directement promulgué, les étrangers brillèrent par leur absence. Il n'y avait pas un Allemand, pas un Italien ; même les Polonais et les Français restèrent chez eux. C'étaient juste des Américains, des Irlando-Américains, deux Écossais et un Canadien borgne nommé Lowell Shaner. Peut-être est-ce à ce moment que les rancunes et le qu'en-dira-t-on déclenchèrent un violent feu d'accusations. Ce n'était au début rien qu'une étincelle, une braise, mais après deux jours passés à ratisser les champs et les lits de rivière à la recherche du moindre indice quant à l'identité de l'assassin de la petite McRae, la rumeur qui se répandit était devenue incendiaire.

« Un Américain ne ferait jamais ça.

– Qui aurait pu tuer quatre petites filles ? Sûrement quelqu'un qui ne respecte pas la vie comme nous la respectons.

– Un homme qui fait ça ne peut pas aller à l'église, croyez-moi. »

Et donc, avec leur petite étroitesse d'esprit, les habitants d'Augusta Falls se mirent à mener leur propre enquête. On disait des choses – ouï-dire, rumeurs, ragots –, certaines calomnieuses, certaines pure fiction, d'autres débitées par le genre de personnes qui n'aimaient rien tant qu'exciter la malveillance et l'animosité entre des gens qui étaient auparavant indifférents les uns aux autres.

On parlait tant des meurtres que je trouvais difficile d'éviter le sujet. Peut-être fut-ce la première fois que le monde me fit peur. La guerre me faisait peur – ne serait-ce qu'à cause de ce que nous en disait mademoiselle Webber.

« Nous savons, en tant qu'êtres humains, que nous avons du souci à nous faire lorsque la guerre consiste simplement à lâcher des bombes depuis des avions et à tuer des centaines, voire des milliers de gens. L'histoire nous a démontré une chose : plus nous sommes technologiquement avancés, plus nous sommes capables de tuer quantité de gens sans même voir leurs visages. Un jour, j'en suis certaine, quelqu'un inventera une bombe capable de détruire toute une ville, voire tout un pays. Et cela, sans l'ombre d'un doute, marquera le point où la civilisation commencera son long et inévitable déclin. »

Ainsi parlait mademoiselle Webber, mais en dépit de son inquiétante prédiction, la guerre se déroulait toujours hors de mon pays, elle était à des milliers de kilomètres. Même l'attaque sur Pearl Harbor avait eu pour conséquence que des soldats américains avaient quitté les États-Unis. On ne se battait pas sur le sol américain, et donc – d'une certaine manière – nous nous arrangions pour nous convaincre que nous n'étions pas impliqués.

Les meurtres étaient différents. Quatre petites filles avaient été assassinées ici, parmi nous. C'étaient des enfants que je connaissais, et – en dépit de leur insignifiance par rapport au front européen – les meurtres n'en étaient que plus terrifiants.

Un jour que j'étais à nouveau resté après la classe pour nettoyer les chiffons du tableau, je fis part de mes angoisses à mademoiselle Webber. Elle sourit et secoua la tête.

« Alors écris ce que tu as sur le cœur, dit-elle. Écrire peut servir à exorciser la peur et la haine ; ça peut être un moyen de surmonter les préjugés et la douleur. Au moins, si tu sais écrire, tu as une chance de t'exprimer… tu peux offrir tes pensées au monde, et même si personne ne les lit ou ne les comprend, elles ne sont plus piégées au fond de toi. Si tu les gardes… si tu les gardes en toi, Joseph Vaughan, un jour tu risques d'exploser. »

Plus tard, bien des années plus tard, ses paroles allaient s'avérer si justes. Mais alors, à quatorze ans, je voulais seulement comprendre pourquoi ces choses m'effrayaient tant. Je croyais que si je comprenais l'homme alors je n'aurais plus peur de lui. L'homme qui avait fait ces choses terribles à ces petites filles. J'essayais de m'imaginer la vie qu'il avait pu mener, la façon dont il voyait le monde, soi-disant le même monde que celui que je voyais, mais pourtant différent. Lorsque je voyais la lumière du soleil, ne voyait-il que des ombres ? Lorsque je me réveillais d'un cauchemar et que le soulagement m'envahissait telle une écume marine, tentait-il de se replonger dans le cauchemar pour le faire durer ?

Je serrais les dents. Je serrais les poings. Je fermais les yeux et tentais d'imaginer combien il fallait être fou pour tuer quelqu'un. Pour tuer un enfant. Et j'écrivis ceci :

Ses yeux étaient gonflés à force de pleurer, ou peut-être à force de chercher quelque chose. Ou peut-être ses yeux étaient-ils gonflés parce qu'il était fou, le genre d'homme dont on garde une photo pour effrayer les enfants qui n'ont pas été sages.

Se cognant violemment au mauvais côté de la vie. Se cognant violemment aux coins, aux angles les plus rugueux, les angles qui auraient dû être rendus plus lisses par des choses telles que l'amour, la tolérance, la patience.

Et les gens le regardaient du coin de l'œil, et ils se demandaient ce qui pouvait rendre un homme si sombre et fou. Cheveux clairsemés, yeux en tête d'épingle, moue boudeuse, mâchoire forte – mais forte de colère et de passion, pas le genre de force qui provient du caractère et de la détermination. Un tel homme devait connaître l'obscurité, penseraient-ils. Un tel homme devait connaître les ombres et les cachettes, les caves et les oubliettes et les catacombes, et il ne devait que trop bien connaître le tintement des chaînes tirées par des cavaliers sans tête tandis qu'ils s'engouffraient au galop dans les rêves.

On ne parlait pas à un tel homme, on ne croisait pas son regard, on ignorait même sa présence lorsqu'il marchait juste à côté de nous. Qu'on lui accorde nos pensées et il les verrait, il saurait qu'on pensait à lui, et ces pensées l'attireraient comme un aimant. Et une fois qu'il nous tenait, eh bien, il nous tenait. Il n'y avait plus moyen de lui échapper, vous voyez.

Mais personne ne savait vraiment ce qu'il pensait, car personne ne le lui avait jamais demandé. Il était juste là, il avait toujours été là ; il était l'inconnu familier le long des sentiers et dans les petits chemins, se tenant en retrait sous les arbres quand arrivait la pluie, fumant peut-être une cigarette et parlant aux fantômes qui marchaient avec lui, à ses côtés, à l'intérieur de lui-même.

Il fait partie de notre ville, partie de notre foyer, et peut-être tout le monde se dit-il que si on l'ignore, si on ne pense pas à lui, alors il partira. Il disparaîtra dans l'ombre entre les cabanes délabrées de Cooper's Row. Il s'évanouira. Se dissoudra dans le néant et sera à jamais oublié.

Ce serait trop beau, mes amis et voisins.

Son nom est inconnu, son visage aussi. À l'arrivée du printemps, alors que les gens croyaient en la bonté fondamentale de toute chose sur la verte terre de Dieu, il est revenu voir les habitants d'Augusta Falls, en Géorgie, de bien des manières différentes.

Les choses ne disparaissent pas si on les ignore; une leçon d'apprise.

Peut-être les leçons doivent-elles parfois faire mal pour qu'on les retienne pour de bon.

Je montrai ce que j'avais écrit à mademoiselle Webber. Elle le lut en silence avec un visage inexpressif, puis elle referma mon cahier et le fit glisser vers moi à travers le bureau.

« Pas une histoire pour le Comité d'évaluation des jeunes auteurs d'Atlanta », dit-elle calmement.

Et elle esquissa alors un sourire, et je sus – peut-être par simple intuition – que je l'avais contrariée. N'ayant pas le cran de lui demander franchement pourquoi, je demeurai silencieux.

« Je sais que nous sommes lundi, Joseph, reprit-elle, mais j'ai tellement mal à la tête, et je me demandais si ça t'ennuierait de rester demain après la classe pour ton étude.

– Pas de problème », répondis-je.

Je rassemblai mes affaires.

« Je crois... » commença-t-elle. Je levai les yeux vers elle. Elle sourit. « Ce n'est rien, dit-elle. Va. Rentre chez toi. Demain nous parlerons de James Fenimore Cooper et des Mohicans. »

Au bout de la route de l'école je me retournai. Mademoiselle Webber était sortie à mes côtés et était restée sur le perron à l'avant du bâtiment. Elle regardait l'horizon, les yeux fixés sur quelque point lointain et indistinct. Elle semblait pensive, presque perdue. J'aurais voulu rebrousser chemin et lui demander ce qui n'allait pas. Je n'en fis rien. Je me retournai et me hâtai de rentrer.

Maintenant je vois et je comprends que ça ne pouvait se terminer qu'ainsi.

Peut-être.

Que disait la Bible ?

« Celui qui verse le sang d'un homme, par l'homme son sang sera versé. »

Œil pour œil.

Une vie en échange de trente.

J'essaie de me rappeler quand j'ai compris la vérité, quand j'ai compris que l'homme devant moi pouvait être le seul à avoir fait ces choses.

Mais les souvenirs glissent les uns sur les autres et leur ordre s'emmêle.

Ils sont comme des reflets sur du mercure, cherchant à jamais le chemin de la moindre résistance. Ils gravitent tels des aimants. Ils fusionnent et ne font plus qu'un.

Tout ce qui reste est mon reflet. Je vois l'image lointaine de l'enfant que je fus jadis, la réalité de l'homme que je suis devenu.

Je ferme les yeux.

J'essaie d'inspirer profondément, mais ça me fait mal.

Je sais que je meurs.

6

C'est ce lundi – le lundi 23 mars 1942, douze jours après la découverte de la tête décapitée de Catherine McRae; douze jours au cours desquels les hommes d'Augusta Falls et Folkston, de Silco et Winokur n'avaient trouvé aucun indice quant à l'identité du tueur d'enfants qui se trouvait parmi eux –, c'est ce jour-là que tout changea.

Et tout commença chez moi, dans la maison où je vivais, où j'étais né et avais grandi, où j'avais perdu mon père lorsque la Mort était arrivée par la grand-route pour ne laisser derrière Elle que des empreintes de pas et une perte irréparable; tout commença lorsque je rentrai de l'école, après avoir abandonné mademoiselle Webber avec son mal de tête et son regard perdu au loin…

Tout commença par un éclat de rire provenant du premier étage de la maison, les mêmes voix que j'avais déjà entendues, et je longeai le palier à pas de loup, mon cœur cognant à tout rompre, mon pouls battant à toute allure, le front couvert de sueur – la tension de quelque peur indescriptible me poussant en avant.

Ma main sur la poignée de la porte de la chambre de ma mère.

Les sons provenant de la pièce.

L'intuition que je *savais*, comme si je comprenais pourquoi l'argent arrivait chaque semaine, l'argent enveloppé dans un morceau de cuir et enfoncé sous une lourde pierre. Là-bas, le long de la clôture qui longeait la grand-route. La route que la Mort avait empruntée.

Même maintenant, après toutes ces années, je revois le visage de ma mère.

J'ouvris la porte et je les vis – elle à quatre pattes sur le lit, en tenue d'Ève, et lui – Gunther Kruger – juste derrière elle, également nu, ses mains sur les épaules de ma mère, son visage rouge et en sueur, leurs vêtements éparpillés par terre comme s'ils n'avaient aucune valeur.

Personne ne prononça un mot.

Trois personnes et personne ne prononça un mot.

Je refermai la porte. En la claquant, je crois. Je pivotai sur les talons et me mis à courir – dans l'escalier, le long du couloir du rez-de-chaussée, à travers la cuisine, dans la cour par la porte de derrière. Je continuai de courir.

Un jour j'avais entendu une histoire. L'histoire d'un garçon que son père menaçait éternellement de battre. Le garçon n'était pas plus épais qu'un piquet de clôture, et il avait peur. Il ne se voyait pas faire face à une raclée si généreuse, car son père était bâti comme un arbre, le genre d'arbre qui est toujours debout après un ouragan. Alors le garçon s'était mis à courir. Chaque jour. Il allait à l'école en courant, il rentrait chez lui en courant, il faisait trois ou quatre fois en courant le tour du champ près de sa maison avant le dîner. Sa mère croyait qu'il avait perdu la tête, ses frères et sœurs le charriaient. Mais le garçon avait continué de courir, exactement comme Red Grange lors de ses courses folles. Plus tard, le docteur avait dit qu'il avait un « cœur d'athlète », développé par ses efforts continus. Plus tard, ils avaient dit beaucoup de choses. Apparemment le cœur du garçon avait lâché. Pour ainsi dire explosé. Il s'était tué à fuir la chose qui l'effrayait. Ironique, mais vrai.

Je m'enfuis de la même manière de chez moi. Je courus le long de la clôture qui bordait la grand-route, coupai par le bosquet de tupelos et à travers le coin de la jachère de Kruger jusqu'à atteindre la maison de Reilly Hawkins.

Reilly était absent, peut-être était-il parti à la chasse aux rats, ou à la chasse au tueur d'enfants, et j'attendis dans le silence frais de sa maison pendant plus de deux heures.

« Jésus Marie mère de Dieu ! » tonna-t-il lorsque j'émergeai du coin sombre de sa cuisine. Puis : « Qu'est-ce que ?… Bon sang, Joseph, qu'est-ce qui s'est passé ? On dirait que quelqu'un vient de marcher sur ta tombe. »

Je lui racontai ce que j'avais vu.

Il demeura un bon moment silencieux. Il secouait la tête et soupirait. Il semblait réfléchir, non pas à ce qu'il allait dire, mais plutôt à la manière de le dire pour que je puisse comprendre.

« Les gens sont compliqués, commença-t-il. Les gens se sentent seuls, ils ont peur, et parfois la seule manière de se sentir mieux, c'est d'être proche d'une autre personne, proche comme on dit dans la Bible.

– Ils avaient un rapport sexuel, n'est-ce pas ? demandai-je.

– Oui, d'après ce que tu me dis, ça y ressemble certainement.

– Et ça, ce n'est pas dans la Bible. »

Reilly sourit.

« Si, ça y est…

– Je le sais, coupai-je. Je sais qu'il est question de sexe dans la Bible, mais pas ce genre de rapports… pas le genre de rapports qu'un homme a avec une femme qui n'est pas la sienne. »

Reilly acquiesça.

« Ce coup-ci tu m'as bien eu, Joseph. La Bible dit que ce type de rapport-là, c'est le genre de chose qui peut vous causer des soucis. »

Aucun de nous ne parla pendant un moment.

« Elle va se faire un mouron du diable, tu sais ? finit par déclarer Reilly. Elle va te chercher dans les champs. »

Je haussai les épaules.

« Faut que tu restes ici, Joseph, poursuivit-il. Je vais aller la voir et lui dire où tu es. Je lui dirai que tu restes avec moi ce soir. »

Je haussai une fois de plus les épaules.

« Il y a du lait frais et des morceaux de poulet frit dans la glacière, dit Reilly. Après ce genre d'épisode, ça fait du bien de manger. Mange, je vais aller trouver ta mère, et puis je reviendrai et je te montrerai où tu peux dormir.

– Je ne veux pas que tu y ailles, Reilly », dis-je.

Reilly traversa la cuisine et s'assit à côté de moi.

« Faut que je lui dise, Joseph… elle va se faire un sang d'encre, tu sais ?

– Je m'en fiche. »

Il sourit d'un air compréhensif.

« C'est ce que tu dis maintenant, mais demain matin tu regretteras d'avoir pensé ça.

– Penser et faire, c'est pas la même chose.

– Non, en effet, mais n'empêche que c'est pas bien de penser ou de faire une chose que tu regretteras après. »

Je laissai Reilly partir. Il fut absent une bonne demi-heure, et lorsqu'il revint, ma mère était avec lui. Elle semblait avoir pleuré, et quand elle entra dans la pièce je m'efforçai de ne pas la regarder. Pas directement. J'avais moi aussi envie de pleurer, mais je n'osais pas. Je savais que si je pleurais, je le regretterais le lendemain matin.

« Joseph, dit-elle d'une voix aussi douce qu'une brise, aussi douce qu'un drap de coton propre ondulant au-dessus de vous lorsque vous vous endormez. Mon Dieu, Joseph, je ne sais pas ce que tu penses maintenant, mais je suis sûre que ça ne peut pas être bon. »

Je détournai encore plus la tête. Je sentis les muscles de mon cou s'étirer. J'aurais voulu me couvrir la tête. J'en voulais à Reilly de l'avoir amenée. Je me sentais trahi.

Ma mère s'assit face à moi, juste là, à la table de cuisine. Elle tendit la main vers moi et j'essayai de m'éloigner bien que je fusse déjà contre le mur.

« Tu veux me dire ce que tu penses ? »

Je secouai la tête et fermai les yeux en espérant qu'elle disparaîtrait.

« Joseph… je te parle. C'est malpoli d'ignorer les gens lorsqu'ils te parlent. »

Je me tournai soudain vers elle, les yeux grands ouverts.

« Et c'est malpoli de te déshabiller et de faire ces choses avec le mari d'une autre ! »

Elle eut l'air choquée, abasourdie. Elle cligna plusieurs fois des yeux. Au bout d'un moment elle se leva de sa chaise et resta là à me regarder.

Reilly aussi était là – je sentais sa présence juste de l'autre côté de la porte de la cuisine.

« C'était pour ça, l'argent ? demandai-je. C'était pour ça, les sept dollars chaque semaine ? Pour qu'il puisse venir faire ces choses ? »

Ma mère baissa la tête, mais sans honte ; elle était trop fière pour avoir honte. Elle baissa la tête comme si elle admettait une petite défaite, le début d'une guerre qu'elle savait ne pas pouvoir gagner à un tel moment.

« Lorsque tu seras prêt à me parler… parle-moi comme un adulte, comme un jeune homme, alors je t'écouterai, dit-elle. Tu peux rester ici aussi longtemps que Reilly Hawkins acceptera de t'avoir chez lui, et quand tu seras prêt à rentrer à la maison, la porte sera ouverte. Je ne vais pas te présenter mes excuses, Joseph Calvin Vaughan, car tu n'as pas le droit de me juger. Je regrette de t'avoir contrarié, mais c'est la seule et unique chose que je regrette. »

Elle fit un hochement de tête et quitta la cuisine. Je l'entendis échanger quelques mots avec Reilly Hawkins, puis la porte de derrière se referma et je sus qu'elle était partie. Reilly apparut dans l'embrasure de la porte.

« J'ai une chambre en plus à l'étage, dit-il d'un ton compatissant, infiniment compréhensif. Tu peux y dormir cette nuit, et on verra ce qu'on fera demain. » Il marqua une courte pause et secoua la tête. « Ou peut-être après-demain. »

Trois jours plus tard – le jeudi 26 mars, le jour même où les nazis commencèrent à déporter des juifs en nombre vers un endroit nommé Auschwitz en Pologne – je discutais avec mademoiselle Webber.

« Il est très lourd ? » demanda-t-elle.

Je lui lançai un regard interrogateur.

« Le poids que tu portes sur tes épaules, reprit-elle. Il est très lourd ? »

Je souris et secouai la tête.

« Aussi lourd qu'une maison », répondis-je.

Elle me lança un regard que j'allais croiser à nouveau au cours des années à venir, un regard que seules les filles pouvaient vous lancer ; ses yeux, son entière expression étaient chargés de plus de messages complexes que n'en pourraient jamais exprimer les mots.

« Ça fait du bien de parler à de tels moments.

– Reilly Hawkins affirme que ça fait du bien de manger.

– Je suppose que Reilly Hawkins a raison, mais en ce moment, il en sait beaucoup plus que moi. »

Elle souleva son cartable et commença de le remplir avec nos cahiers, les maigres offrandes vaguement littéraires que nous avions soumises à sa considération. Elle n'ajouta rien, mais j'entendais fonctionner les rouages de son esprit.

« C'est personnel, dis-je.

– Il me semble que tout ce qui a à voir avec la vie de quelqu'un est personnel, Joseph.

– Je veux dire… je veux dire c'est *vraiment* personnel.

– Je ne cherche pas à me mêler de ce qui ne me regarde pas, Joseph, c'est juste que, en tant qu'institutrice et amie, je me fais du souci pour toi. »

Elle abaissa le battant de son cartable et en actionna sèchement le fermoir. Elle le souleva du bureau et le posa par terre. Elle se tint immobile, immobile si l'on exceptait les circonvolutions tortueuses de son esprit.

Je la sentais qui m'attirait à elle. Je savais ce qu'elle faisait. C'était peut-être la personne la plus douée que j'avais connue, la plus douée que je connaîtrais jamais, pour doucement, prudemment, faire parler les gens. Il y avait quelque chose dans sa voix, quelque chose de terrien et de séduisant. Même au milieu d'un groupe, comme lorsque mademoiselle Webber nous faisait réciter les tables de multiplication, ou conjuguer les temps parfaits, vous pouviez entendre le ton singulier de sa voix, à la fois au-dessus et au-dessous du bruit de la classe. Lorsqu'elle lisait des histoires, vous pouviez entendre les sons qu'elle décrivait, sentir l'odeur de fumée du feu des ranchers sous la montagne Red Top ou les chutes d'Amicalola, voir les vagues infinies des champs de maïs balayés par le vent, sentir le soleil brut et implacable sur votre nuque… toutes ces choses étaient là. Elle vous donnait envie d'écouter, et lorsqu'elle vous le demandait, elle vous donnait envie de parler.

« Ma mère… » commençai-je. Je la regardai, les yeux écarquillés tandis que les larmes montaient, menaçant de faire surface et de se mettre à couler sur mes joues. « Ma mère a été infidèle, mademoiselle Webber. »

Je baissai les yeux vers le sol.

Mademoiselle Webber fit un pas en avant. Je sentis la chaude certitude de sa main sur mon épaule.

Mon esprit était comme un champ asséché, aride et craquelé, et ma conscience comme un vieil arbre, ses racines s'agrippant désespérément à la poussière brûlante, espérant en dépit de tout rester debout. Ma conscience glissait, elle perdait prise, et bientôt elle s'effondrerait. Dans les branches de cet arbre avaient un jour fleuri la loyauté, la foi, la confiance et le sens du devoir, tout ce qui avait autrefois représenté ma famille. Et en parlant j'avais brisé un lien du silence, un pacte implicite qui interdisait que le moindre mot soit prononcé en dehors des murs de notre maison.

« Je ne comprends pas, dit mademoiselle Webber. Ta mère est veuve…

– Avec le mari d'une autre femme », lançai-je, et après que les mots eurent franchi mes lèvres, un silence glacial s'abattit.

Mademoiselle Webber expira doucement et se rassit.

Je la regardai ; elle était floue et irréelle à travers mes larmes.

« Tout le monde n'est pas parfait, dit-elle calmement. Tout le monde ne peut pas être à la hauteur de tes attentes, Joseph. Les êtres humains sont *humains*. Nous perdons tous la grâce à un moment ou un autre. »

J'acquiesçai lentement. Mon souffle était court et rapide.

« Je sais, murmurai-je. Je sais, mademoiselle Webber… mais une chose comme celle-là ne peut jamais être pardonnée, et ça signifie qu'elle ne sera jamais un ange… et ça signifie qu'elle ne reverra jamais mon père… et… et vous ne savez pas combien ça va lui faire mal. »

Je restai un jour de plus chez Reilly Hawkins. Nous parlions de choses sans conséquences. Il me donna un livre intitulé *La Vie et l'Époque d'Archy et Mehitabel*. Archy était un poète réincarné en cafard qui tapait des lettres à l'intention de l'auteur du livre. Comme c'était un cafard, il ne pouvait pas atteindre la touche de majuscule, et tout ce qu'il écrivait était donc en minuscules. Mehitabel était un chat de gouttière, plein d'expérience et cynique. Archy était philosophe, plus tolérant et indulgent, et ensemble ils remettaient de l'ordre dans le monde à leur manière inimitable. Je lus le livre et il me fit sourire, et pendant plusieurs minutes d'affilée j'oubliai ma mère.

Le soir, Reilly me raconta des histoires sur sa famille, surtout sur son frère, Lucius.

« Je croyais que tu n'avais qu'un frère, dis-je.

– Levin ? Oui, il y a eu Levin. Mais Lucius était notre aîné à tous les deux.

– Qu'est-ce qui lui est arrivé ?

– Lucius avait le feu sacré. Il travaillait pour la société de Daly & Hearst, la Compagnie minière du cuivre Anaconda, et puis il a entendu parler de la guerre en Espagne. Il a quitté l'Amérique en 36 pour se battre avec les loyalistes contre Franco. Il a été tué par l'un des siens, piétiné à mort par un cheval et son cavalier qui cherchaient à fuir une grange en feu. Lucius était fou et magnifique, il avait les cheveux bruns et des yeux comme des saphirs illuminés de noir. Mon père disait tout le temps que ce serait soit un génie soit un idiot, et il ne savait jamais lequel des deux. Mais bon, mon père aussi était cinglé. » Reilly partit à rire ; on aurait dit le son émis par une grenouille dans un seau s'enfonçant dans un puits. « Tu sais ce que c'est qu'un laxatif ? »

Je fis signe que oui.

« Il y avait cette préparation laxative appelée Serutan. Avec ce slogan… qui disait : "Serutan, c'est nature à l'envers." Tu saisis ? Bon, mon père buvait ce machin-là parce qu'il trouvait ça bon, et après il lâchait des vents jusqu'à ce que la maison sente l'œuf pourri. Lucius, Levin et moi, et ma mère aussi… on sortait de la maison et on attendait que l'air soit redevenu respirable avant de retourner à l'intérieur. » Reilly secoua la tête. « Il avait l'air plutôt normal, même quand il parlait, jusqu'à ce que tu te mettes à écouter ce qu'il racontait, et alors là, tu t'apercevais que John Hawkins était fou à lier. Il avait l'œil pendant, la lèvre retroussée sur le côté comme un barjot de dessin animé, et quand il piquait une crise et se mettait à crier sur nous autres les gamins, de minces filets de bave s'entrelaçaient devant ses dents comme s'il y avait une argyronète là-dedans qui construisait ses défenses pour l'hiver. » Reilly secoua à nouveau la tête. « Cinglé, qu'il était – lui, et probablement chacun de ses ancêtres. Ils avaient une sacrée araignée au plafond.

– Qu'est-ce qui lui est arrivé ? demandai-je.

– Il a attrapé le cancer, tu sais ? Ça l'a rongé de l'intérieur. Il était toujours en train de fumer ces infectes cigarettes noires qui venaient de Dieu sait où. Bref, le cancer l'a eu aux poumons et à la gorge. Il aurait dû mourir vite fait, mais tu peux être sûr qu'il a pris son temps. Peut-être qu'il a eu envie d'admirer le paysage avant de partir, et il a fait le grand tour avant d'arriver au cimetière. Il restait assis sur la véranda, dans son rocking-chair, à fumer ses infectes cigarettes noires et à cracher et à souffler comme un ouragan, et il regardait juste l'horizon. Il y avait rien là-bas, rien de rien – mais il restait quand même là comme s'il attendait quelque chose.

– Il attendait que la Mort vienne le chercher, dis-je. Tout comme Elle est venue par la grand-route chercher mon père. »

Reilly acquiesça avec sagesse et me jeta un regard interrogateur.

« Je suppose que tu dois avoir raison, monsieur Joseph Vaughan… tu dois avoir raison. »

Le samedi matin Reilly prépara du steak pané frit et m'annonça que ce serait mon dernier repas chez lui pour cette fois, que je devais bien le mâcher, parce qu'il y a de bons nutriments dans le steak, tu vois, puis que je ferais bien de retourner dans la cour où je coupais du bois la veille. Il fallait que je finisse d'attacher la pile, et quand j'aurais tout balayé et nettoyé je rentrerais à la maison. Pas la maison de Reilly, mais celle où j'étais né.

« Tu as déjà vu des fleurs au bord de la route ? » demanda-t-il.

Je fis signe que oui.

« Tu sais à quoi elles servent ?

— Un foutu imbécile s'est soûlé et a percuté un arbre en voiture et il est mort je suppose.

— Le deuil est censé durer aussi longtemps que les fleurs, et après c'est fini. La vie continue. Pas vrai ? Je vais t'en dire une de vérité. On parle de plus en plus de la guerre ces temps-ci. Avant on parlait de la Dépression. Quoi que tu fasses, il y a des gens qui meurent chaque minute de chaque jour. Qu'importe que ce soit de faim ou de froid ou de maladie, ou sous les balles d'Ay-dolf Hitler. Quand on est mort, on est mort, un point c'est tout. Et c'est dans ces moments-là que les gens s'activent dans leurs lits. On fabrique de nouvelles personnes presque aussi vite que les vieilles meurent. C'est beaucoup plus facile de fabriquer de nouvelles personnes que de préparer un gâteau aux cerises. On dirait que c'est la façon qu'a la nature d'effacer le passé et de préparer l'avenir. Tu me comprends, Joseph Vaughan ? »

J'acquiesçai.

« Alors que le passé soit ce qu'il a été, le présent ce qu'il est, et l'avenir aussi bon que possible. C'est

108

le Diable en habits d'ange si tu as jamais voulu le voir. »

Je souris. Je ne comprenais pas vraiment ce qu'il voulait dire, mais ça n'avait alors aucune importance. J'avais déjà décidé que je rentrerais à la maison ce jour-là.

Mon amertume, mon sentiment de trahison furent aussi éphémères que les tresses de fleurs séchées au bord de la route, des fleurs pour un ivrogne, ou pour quelqu'un de pressé, ou simplement pour un étourdi ; quelqu'un qui avait perdu la vie et tout ce qui allait avec en une fraction de seconde. La manière qu'avait la nature d'éliminer les faibles, les malades, les fragiles. Peut-être que non. Peut-être juste le Diable en habits d'ange : blanc à l'extérieur, noir à l'intérieur.

Ma mère et moi ne reparlâmes jamais de l'épisode avec Gunther Kruger. Qu'aurais-je pu dire ? Qu'aurait-elle pu dire en retour ?

La routine et la normalité reprirent naturellement le dessus. Je ne leur opposai aucune résistance. Une unique fois ma mère prononça des paroles qui semblèrent pertinentes. Un dimanche soir, penchée au-dessus de moi, elle m'embrassa sur le front tandis que j'enfonçais mon visage dans l'oreiller et chuchota, « Prie pour moi aussi, hein, Joseph… prie pour moi aussi. »

Je souris, promis de le faire, et je lui tins la main un moment tout en soutenant son regard.

Je sentis que je me détendais à l'intérieur, comme si en acceptant sa requête je lui avais accordé l'absolution et le pardon. Je ne possédais pas ce pouvoir, mais je compris alors que le pouvoir que l'on se reconnaissait soi-même n'était rien comparé au pouvoir que les autres nous attribuaient. Ma mère me donnait tout ce qu'elle avait besoin de me donner, puis elle acceptait ma bénédiction silencieuse.

J'avais décidé de ne jamais revoir Gunther Kruger, ni sa femme trompée, mais je compatissais avec Elena. Je ne pouvais l'abandonner. Je la regardais en classe et je pensais aux petites filles mortes, puis je pensais à son père et ma mère et à ce qu'ils faisaient quand je les avais découverts. Peut-être décidai-je de croire autre chose, de faire comme si je m'étais trompé, comme si je n'avais pas été témoin d'un tel incident. Je reléguai cette ombre au fond de mon esprit, et elle resta là, de plus en plus faible, implorant la lumière, implorant de l'attention, ne recevant ni l'une ni l'autre.

Quelques jours après mon retour à la maison, j'accompagnai Elena jusqu'au bout de la route. Elle tourna alors pour se diriger vers chez elle, mais je lui touchai le bras. Elle hésita, se demandant pourquoi je la retenais, et j'eus beau lui faire un sourire aussi sincère que possible, elle semblait nerveuse.

« Attends une minute », dis-je. Elle fronça les sourcils d'un air interrogateur. « Tu es pressée ?

– Non, répondit-elle en secouant la tête. Pourquoi tu me demandes ça ? »

Je baissai les yeux vers mes chaussures. Je me sentis un moment gêné.

« Je voulais juste… »

Je la regardai. Elle semblait si fragile.

« Quoi, Joseph ? Tu voulais quoi ?

– Je voulais juste… juste que tu saches que je serai toujours là si jamais tu as besoin de quoi que ce soit. »

Elena ne répondit rien. Son expression changea à peine. Elle se retourna et regarda en direction de sa maison. Elle sembla distante pendant un bon moment, puis se tourna à nouveau vers moi et sourit.

« Je sais, dit-elle, d'une voix si douce que je l'entendis à peine. Je sais, Joseph. » Elle tendit la main et me toucha le bras. « Merci », chuchota-t-elle, et les mots eurent à peine franchi ses lèvres qu'elle s'éloigna, presque en courant.

Je la regardai partir. J'avais dit ce que je voulais dire. J'espérais que ce serait suffisant.

Des années plus tard, alors que tous les terribles événements sembleraient avoir pris fin, je supposerais que c'était à ce moment que les ténèbres avaient commencé. Un linceul, un poids, un voile, l'ombre au fond de mon esprit avait fini par croître.

Je ne savais pas, et ne saurais peut-être jamais.

Je continuai d'écrire : jusqu'à avoir mal à la main, jusqu'à avoir déballé tout ce que j'avais sur le cœur. Mais écrire n'exorcisait pas mes peurs, ni ma colère, ni le sentiment que j'étais responsable de ce qui s'était passé. C'est alors que je décidai de faire quelque chose. Que je résolus de faire tout ce que je pourrais pour m'assurer qu'aucune autre petite fille ne mourrait.

J'en parlai à Daniel McRae, à Hans Kruger; j'en parlai à voix basse à d'autres garçons de la classe – Ronald Duggan, Michael Wiltsey, Maurice Fricker. Nous étions six en tout. J'étais à sept mois de mon quinzième anniversaire, et moins d'un an nous séparait les uns des autres. Nous convînmes de nous retrouver après la classe, parmi les arbres situés au bout du champ à la clôture cassée, et pendant l'heure qui précéda la fin de l'école j'eus les mains moites.

Je courus chez moi et récupérai les coupures de presse dans la boîte sous mon lit. Alice, Laverna, Ellen May et Catherine. Nous nous retrouvâmes tous les six, nous serrant les uns contre les autres, et je tendis les lambeaux de papier racornis comme des feuilles d'automne jaunies.

J'observai Daniel lorsqu'il vit le nom de sa sœur imprimé sous ses yeux. Je le sentis tressaillir, comme si son âme avait touché une clôture électrique. Pour je ne sais quelle raison, je baissai les yeux vers ses chaussures : un petit trou au niveau de l'orteil, la peau si sale en dessous qu'il fallait regarder longuement et attentivement pour le remarquer. Peut-être que ses parents – trop submergés par le chagrin – n'avaient pas non plus vu ce trou. Ça disait tout. Il avait l'air sur le point de pleurer, les muscles le long de sa mâchoire frémissaient, et je le sentais qui tentait de garder contenance.

Personne ne prononça un mot. Une tension comme un souffle retenu.

« Alors… alors, qu'est-ce qu'on va faire ? » demanda finalement Ronald Duggan.

Il se tenait là, la frange dans les yeux, plus petit que moi d'une tête, aussi pâle que quelqu'un qui aurait été élevé avec des restes, une mince couche de sueur brillant sur son front. Il semblait nerveux. Bon sang, ils avaient tous l'air nerveux, mais lorsque je me tenais près d'eux je sentais leur détermination, l'esprit de corps qui naissait, et je savais qu'ils voulaient agir.

« Quelque chose, dit Hans Kruger. On doit faire quelque chose.

– Il me semble qu'on devrait laisser le shérif Dearing faire ce qu'il est payé pour faire, objecta Maurice Fricker.

– Mais il fait rien, rétorqua Hans.

– Ne fait rien, corrigea Daniel. Il *ne* fait rien.

– C'est ce coucou clan, déclara Michael Wiltsey. C'est eux qui font ces choses. Je vois personne d'autre d'aussi méchant qui pourrait faire ces choses aux petites filles.

– Ku Klux Klan, dis-je. Ils s'appellent le Ku Klux Klan, et ils ne s'intéressent pas aux petites filles blanches, Michael. Tout ce qui les intéresse, c'est les Noirs… ils détestent juste les Noirs sans véritable raison. Ils n'ont rien à voir avec ça.

– Alors, qui c'est ? demanda Daniel. Puisque tu es si malin, dis-nous qui c'est. »

Je secouai la tête. Je me demandais si c'était une erreur de discuter de ça, comme si le simple fait d'en parler rendait le cauchemar encore plus proche.

« Je ne sais pas qui fait ça, Daniel, et le shérif Dearing non plus, ni Ford Ruby. C'est ça, le problème. Il se passe quelque chose et personne ne sait pourquoi, et personne ne sait quoi faire pour l'empêcher.

– Et tu crois qu'on peut y faire quelque chose ? demanda Michael.

– Bon Dieu, Michael, je pense qu'on devrait au moins essayer. » Je tendis à nouveau les coupures de journaux de sorte qu'ils les voient clairement. « Je ne veux pas lire ces choses à propos de gens que nous connaissons. Regardez Daniel… »

Ils levèrent tous les yeux l'un après l'autre, lentement, de façon hésitante – presque comme s'ils avaient peur de voir.

Daniel McRae était immobile. Il semblait être sorti de lui-même et avoir abandonné son corps à l'endroit même où il se tenait.

« Il a perdu sa sœur. Vous avez la moindre idée de ce que ça doit faire ? »

Daniel semblait sur le point de craquer. Il avait les larmes aux yeux.

« Je... je ne veux... » commença-t-il, mais je lui posai la main sur l'épaule.

Il baissa la tête, et j'entendis de petits soubresauts provenant des profondeurs de sa poitrine comme il retenait ses sanglots.

« Faut qu'on fasse quelque chose, dis-je. Quelque chose, c'est toujours mieux que rien. On est assez grands pour surveiller ces enfants, non ?

– Alors, c'est ça qu'on va faire ? demanda Hans. On va... On va surveiller les filles ?

– On va être leurs anges gardiens, répondis-je.

– Comme un club secret, remarqua Ronald Duggan. On pourrait s'appeler comme ça. On pourrait s'appeler les Anges gardiens.

– Un nom ça veut rien dire, rétorqua Daniel, sa voix se brisant au milieu de la phrase. Ça compte pas comment on s'appelle. Ce qui compte, c'est ce qu'on fait... c'est tout.

– Les Anges gardiens, dit Michael. C'est ce que nous sommes... et on devrait prêter serment en... en... vous connaissez ce truc ?

– Qu'est-ce que tu racontes ? demanda Maurice en plissant les yeux et en faisant la moue ; on aurait cru que quelqu'un lui avait cousu les sourcils au-dessus de l'arête du nez.

– Le truc avec le sang, répondit Michael. Quand on se coupe la main et qu'on appuie nos paumes les unes contre les autres, et après on prête serment.

– Personne ne va se couper la main, intervins-je.

– On devrait », dit Daniel. Il parlait doucement, sa voix se perdant presque au fond de sa gorge. « On devrait le faire parce que ça veut dire quelque chose, et parce que c'est important, Joseph. Ma sœur a été tuée par ce… ce croque-mitaine.

– Nom d'une pipe, tu as parlé à Hans Kruger, dis-je. Ce n'est pas un croque-mitaine. Ça n'existe pas, les foutus croque-mitaines.

– C'est juste un nom, répliqua Daniel. Un nom, ça veut rien dire. On s'appelle les Anges gardiens, et lui on l'appelle le croque-mitaine. Rien que des noms, c'est tout. Comme ça on sait de quoi on parle, rien de plus. Et on devrait faire quelque chose pour montrer qu'on se serre tous les coudes. Je crois qu'on devrait faire ce truc, et on devrait prêter serment, et après on devrait décider de ce qu'on va faire pour que ça ne se reproduise plus. »

Hans Kruger avait un canif. La lame ne mesurait pas plus de cinq centimètres de long, mais elle était aiguisée.

« J'ai une pierre, et je l'affûte sur la pierre jusqu'à pouvoir couper du papier avec le tranchant », expliqua-t-il.

Il tendit la main, et lorsqu'il fit passer le tranchant de la lame sur la partie charnue sous son pouce il poussa un petit cri. Du sang apparut sous l'entaille laissée par le couteau, et au bout de quelques secondes il avait coulé dans les plis de sa paume.

Je saisis le couteau, le tins une seconde. J'appuyai la lame contre ma paume, fermai les yeux, serrai les dents. Au début je ne sentis rien, puis une pointe de douleur vive me traversa. Je vis le sang et crus un moment que j'allais m'évanouir.

Chacun notre tour, l'un après l'autre, puis nous appuyâmes nos paumes les unes contre les autres.

« On va s'empoisonner le sang et mourir, protesta Maurice Fricker. Vous êtes tous de sacrés idiots. »

Mais lorsque nous tendîmes nos mains en sang devant nous, il avait une expression de sombre détermination qui m'indiqua qu'il croyait à ce qu'il faisait.

« On prête serment, dis-je. On fait le serment de protéger les petites filles…

— Elena », dit Hans Kruger.

Michael Wiltsey leva les yeux.

« Et Sheralyn Williams… et Mary.

— Et ma sœur, ajouta Ronald Duggan.

— Ta sœur ? s'étonna Daniel. Ta sœur a dix-neuf ans. Elle habite dans une grande maison et travaille au bureau de poste à Race Pond.

— Nous les surveillons toutes, dis-je. Nous sommes les Anges gardiens et nous faisons le serment de les surveiller toutes, nous promettons de rester constamment vigilants, de rester éveillés tard et de surveiller les routes et les champs et…

— Et on se retrouve ici chaque soir, dit Hans. Et après on ira patrouiller en ville pour être sûrs qu'il n'arrive rien…

— Qu'est-ce que tu racontes ? demandai-je. Qu'est-ce qui te prend ? Ces filles n'ont pas été enlevées dans leur lit. Elles ont été enlevées en plein jour, juste sous notre nez, et tuées là où personne ne pouvait les voir.

— Ce qui signifie que ça devait être quelqu'un qu'elles connaissaient, pas vrai ? fit remarquer Ronald. Sinon elles se seraient enfuies. Elles savent toutes qu'il faut se méfier des inconnus. »

Il y eut un silence froid. Nous nous regardâmes tous tour à tour. J'avais l'impression qu'un fantôme venait de passer à travers mon corps.

« Personne ne va nulle part tout seul, dis-je. Et nous faisons la promesse de rester vigilants, et si on voit quoi que ce soit de suspect, on prévient le shérif Dearing, OK ?

– C'est ce qu'on va faire, convint Maurice.

– Je suis d'accord, dit Daniel.

– Alors, nous avons fini. Les Anges gardiens ont été fondés. Personne n'en parle, dis-je. Si nous connaissons le coupable, nous ne voulons pas que quelqu'un lâche le morceau. Nous ne voulons pas donner à ce… ce croque-mitaine une chance de savoir que nous l'avons à l'œil. »

Quelques minutes plus tard, je m'éloignai, les coupures de journaux repliées et enfoncées dans la poche de mon pantalon. Ma main me faisait souffrir, et avant d'entrer chez moi je la lavai dans le baril d'eau de pluie qui se trouvait au bout de la cour.

J'avais l'impression d'être un enfant. Pour la première fois peut-être j'avais réellement le sentiment que nous affrontions quelque chose que nous ne pourrions jamais espérer comprendre. J'étais effrayé. Nous l'étions tous. Quelle qu'elle soit, cette chose était sacrément plus terrifiante que n'importe quelle guerre livrée dans un pays étranger. Mais il y avait autre chose, une chose à la fois infime et lourde de sens. Et il me fallut un moment pour mettre le doigt dessus. Mais lorsque j'y parvins, je regardai sous mon doigt et la découvris.

C'était la première fois que j'avais le sentiment de faire partie de quelque chose. Il ne s'agissait que de ça, mais ça me paraissait important et exceptionnel. Je me sentais pour la première fois vraiment à ma place.

Trois jours plus tard, nous nous retrouvâmes après l'école et convînmes du lieu de notre premier rendez-vous.

« Au bout du champ de Gunther Kruger, proposai-je. Celui qui est le plus éloigné de la route au niveau du coude de la rivière.

– Je ne sais pas où c'est », dit Daniel McRae.

Je me demandai un moment si c'était simplement la peur qui lui avait fait dire ça. J'avais l'impression qu'il ne voulait pas venir, qu'il avait prêté serment mais avait maintenant peur.

« Tu vois l'endroit où la route qui va chez toi croise la route de l'école ? » demanda Hans Kruger.

Daniel acquiesça ; il n'avait aucun moyen de nier qu'il savait où ça se trouvait.

« Je te retrouverai là-bas, poursuivit Hans. Je te retrouverai là-bas et je te montrerai le chemin. »

Les yeux de Daniel s'agitèrent nerveusement. Il me regarda. Je souris pour le rassurer. Il ne me retourna pas mon sourire.

Après l'école, nous nous séparâmes, chacun rentrant chez soi pour dîner. Ma mère avait prévu d'être absente toute la soirée. Elle me demanda ce que j'allais faire.

« Lire un peu, répondis-je. J'ai aussi un peu de travail à faire.

– Si tu as faim, il y a du lait et du corned-beef dans la glacière. »

Elle partit peu après sept heures. J'attendis jusqu'à huit heures, mes entrailles se nouant nerveusement, puis j'enfilai une veste sombre, saisis une boîte d'allumettes sur le poêle et récupérai sous mon lit l'étui en cuir dans lequel se trouvait le couteau de dix centimètres de long que mon grand-père m'avait donné environ un an avant de mourir.

« Tu ne peux pas lui donner ça, avait protesté ma mère.

– Bon sang, Mary, c'est un grand garçon. De toute manière, ce machin est aussi aiguisé qu'une feuille de salade. Faudrait un sacré miracle pour qu'il tue quelqu'un avec. »

Ils avaient palabré pendant au moins une minute, et j'avais dû rendre le couteau. Plus tard, mon père m'avait pris à l'écart pour me dire qu'il l'avait caché sous le lit et que je ne devais pas en dire un mot. C'était notre secret.

J'enfonçai le fourreau sous mon pantalon, tirai ma chemise par-dessus. Je jetai un dernier coup d'œil dans la cuisine, puis je sortis par la porte de derrière et traversai la cour en direction des champs.

Au bout de la route, je fus rejoint par Hans et Daniel. Ils avaient fait un long détour. Nous ne prononçâmes pas un mot et continuâmes de marcher d'un pas décidé et confiant, comme si nous cherchions à nous convaincre que nous savions ce que nous faisions.

Lorsque nous arrivâmes au bout du champ des Kruger, tout le monde était là sauf Michael Wiltsey. Personne ne dit rien. Nous échangeâmes simplement des hochements de tête, tentant de sourire, chacun attendant qu'un autre dise quelque chose d'important. Dix minutes s'écoulèrent. Maurice Fricker suggéra que nous allions chercher Michael, mais je leur dis de ne pas bouger, qu'il arriverait bientôt.

Lorsqu'il arriva, il était neuf heures passées. Ronnie Duggan avait apporté la montre de gousset de son père et une lanterne. Il suggéra que nous l'allumions. Je fis remarquer qu'allumer une lanterne ne servirait qu'à trahir notre présence. Il insista néanmoins pour l'emporter avec lui.

« Alors où on va ? demanda-t-il.

– On contourne ce champ et on se dirige vers l'église, répondis-je. Derrière l'église, on prend la direction de l'école, mais avant d'atteindre la route on coupe derrière ma maison et on va vers le bureau du shérif…

– Le bureau du shérif ? demanda Michael Wiltsey.

– On ne va pas *au* bureau du shérif, précisai-je, on va juste dans sa direction, jusqu'au virage, et après on revient ici.

– Bon Dieu, Joseph, ça doit bien faire trois ou quatre kilomètres, protesta Daniel. C'est comme si on faisait tout le tour d'Augusta Falls.

– Ce n'est pas ça, le but ? demanda Hans. Ce n'est pas ça le but… d'essayer de surveiller une partie de la ville aussi grande que possible ? »

Personne ne dit rien, jusqu'à ce que Maurice Fricker fasse un pas en avant, les yeux écarquillés, aussi pâle qu'un mort, et dise : « Nous avons prêté serment. Nous avons promis de le faire. Alors allons-y, hein ? Ou est-ce qu'il y en a qui se dégonflent ? »

Personne ne se dégonfla. Je me mis en marche, Hans juste à côté de moi, et les autres suivant en silence.

Moins d'une heure. L'air était frais, le ciel, d'un bleu nuit profond qui conférait à nos mains et nos visages une pâleur étincelante. Je voyais que Daniel McRae avait peur, il sursautait à chaque bruit – le moindre frémissement de la haie au bord de la route, le battement d'ailes de quelque oiseau s'élançant d'un arbre. À un moment, je sentis littéralement sa peur, et je me demandai s'il craignait que le tueur ne le retrouve à son odeur, qu'il ne l'identifie comme un McRae. Qu'il ne vienne finir le travail qu'il avait commencé avec sa sœur. J'aurais voulu lui dire de ne pas s'en faire, que le tueur n'en avait qu'après les petites filles, mais je n'en étais pas suffisamment convaincu pour paraître sincère. Je répétais les mots dans ma tête, mais ils sonnaient faux. Aussi restai-je silencieux. Je regardai Daniel, et lorsque nous atteignîmes le virage et reprîmes le chemin par lequel nous étions venus, je soutins son regard un moment. Je savais qu'il voulait partir. Je savais qu'il voulait courir comme un dératé jusqu'à chez lui, fermer la porte à double tour, se cacher dans sa chambre, s'enfoncer sous les couvertures et faire comme si rien de tout ça ne s'était jamais produit. Mais il ne pouvait pas demander à partir. Il ne pouvait pas rompre son serment, aussi lui facilitai-je la tâche.

« Daniel », dis-je. Il fit un bond, effrayé. « J'ai besoin que tu retournes chez toi. »

Il écarquilla les yeux.

« Qu'est-ce qui se passe ? » demanda Hans Kruger.

Les autres se réunirent autour de nous. Cela faisait plus d'une heure que nous avancions à tâtons dans le noir. Nous n'avions rien vu et supposions désormais qu'il n'y avait rien à voir, et peut-être espéraient-ils tous qu'un répit leur serait accordé, que j'allais les renvoyer chez eux.

« J'ai besoin que Daniel rentre chez lui, déclarai-je.

– Pourquoi ? demanda Maurice Fricker. Pourquoi est-ce qu'il aurait le droit de rentrer chez lui ? »

Je regardai Maurice, je les regardai chacun tour à tour.

« Daniel est le seul à avoir perdu un membre de sa famille, dis-je. J'ai peur que l'homme qui a assassiné sa sœur n'observe le reste de sa famille. Daniel doit aller vérifier qu'ils vont bien. »

C'était un motif idiot et futile. Ils le savaient tous, mais personne n'osa défier Daniel McRae, car il avait bel et bien perdu une sœur, il était le seul à avoir perdu un membre de sa famille, et je savais que ça les rendrait moins intransigeants envers lui.

Daniel semblait stupéfait. Il avait l'air de retenir son souffle.

« Oui, dit Hans Kruger. Il devrait y aller. »

Je regardai Hans. Je devinai à la manière dont il me retourna mon regard qu'il comprenait ma démarche.

« Vas-y, reprit Hans. Cours vite, et sur le chemin du retour, tu peux jeter un coup d'œil à ma maison et t'assurer que personne ne s'en prend à ma sœur. »

Daniel bougea – de façon soudaine, inattendue. Il tenta de me sourire, tenta de dire quelque chose, mais chaque muscle de son corps semblait vouloir se mettre à courir et rien d'autre. Il détala – Red Grange dans une course folle – et nous restâmes là à le regarder filer vers le bout de la route et finalement disparaître.

Quelques minutes plus tard nous entendîmes un bruit.

Il provenait des arbres sur ma droite. Hans l'entendit aussi, de même que Michael Wiltsey. Nous nous tînmes immobiles et silencieux, et alors, presque comme en écho, j'aperçus une brève lueur dans les arbres.

Mon cœur s'arrêta net. Le reste de mon corps s'arrêta une seconde plus tard.

Je me demandai si j'avais des visions, si la puissance de ma peur avait projeté quelque chose dans l'obscurité, quelque chose qui n'existait que dans mon imagination.

« Tu as vu ça ? » siffla précipitamment quelqu'un d'un ton épouvanté.

Je me demandai combien d'enfants effrayés il fallait pour créer un fantôme.

La lueur à nouveau, cette fois-ci sans aucun doute possible. J'inspirai profondément. Je sentis mes yeux s'écarquiller. Un sentiment de terreur abjecte s'éleva du fond de mes entrailles et fit trembler tout mon corps.

J'entendis alors la voix de Ronnie Duggan, un simple murmure horrifié.

« Nom de Dieu de merde… c'est lui… »

Je reculai. Hans était à côté de moi. Je me tournai et me dirigeai vers le muret qui bordait le champ. Je cherchai du bout des doigts la poignée du couteau enfoncé sous mon pantalon, je la saisis fermement, me demandant si j'aurais ne serait-ce qu'une chance d'atteindre cette chose au cas où elle se précipiterait sur nous.

Ronnie laissa tomber la lanterne. J'entendis le verre se briser dans un fracas extraordinairement bruyant.

« Oh merde, lâcha-t-il, et je sus qu'il se fichait d'avoir cassé la lampe de son père mais se maudissait d'avoir trahi notre présence.

– Derrière le muret », chuchota Hans, sa voix tel un sifflement de vapeur s'échappant d'une cocotte-minute.

Nous nous jetâmes tous les cinq au sol, tentant chacun désespérément d'atteindre le muret.

Je regardai en arrière, et à l'endroit où nous avions entendu quelque chose – au milieu des arbres –, je vis un soudain éclat de lumière. Mon cœur se mit à cogner violemment dans ma poitrine, et comme nous atteignions le muret de pierres brutes, je tirai sèchement le couteau émoussé de son fourreau. Je n'entendais plus que le son des cinq enfants s'échinant comme des diables à retenir leur souffle.

J'essayai de me convaincre que le tueur ne nous avait pas vus, qu'il marquerait une petite pause, balayerait la route du regard, ne verrait rien, tournerait les talons et repartirait par où il était arrivé.

Moins d'une minute plus tard, je compris que ce ne serait pas le cas. Je vis le faisceau de lumière rebondir sur les arbres et venir se poser sur la route à quinze mètres à peine de l'endroit où nous étions tapis contre le muret.

Je me mis à prier, et je sus alors que ça ne servait à rien. Elles avaient toutes prié. Chacune d'entre elles avait prié, sinon pour elle-même, du moins pour les autres. Mademoiselle Webber nous avait fait prier pour Alice Ruth Van Horne, pour Laverna Stowell. Elle nous avait fait demander à Dieu de ne plus laisser ce tueur assassiner d'autres enfants. Et à quoi ça avait servi? À rien. À la place, je serrai le couteau. Je me tournai vers Hans, et je vis dans ses grands yeux blancs qui regardaient fixement qu'il était aussi effrayé que moi.

J'entendis des bruits de pas. L'éclat d'une torche illumina la route à dix mètres à peine de l'endroit où nous nous cachions. Derrière le muret, cinq gosses avec la trouille de leur vie, et sur la route, un tueur, lampe torche à la main, ses yeux attendant peut-être d'apercevoir l'un d'entre nous... peut-être qu'il nous sentait, peut-être qu'il courait plus vite que nous, qu'il était assez fort pour nous attraper entre ses bras écartés et nous écraser tous ensemble.

Ronnie Duggan poussa un cri. Un infime gémissement de terreur, mais ce fut suffisant.

La torche s'immobilisa. Les pas s'arrêtèrent.

J'entendais sa respiration, râpeuse, comme celle d'une créature énorme avec du sang bouillonnant dans sa poitrine...

Je sentais son haleine fétide et empoisonnée, une odeur de cuir, de hachoir rouillé... j'entendais ses pensées, je savais ce qu'il voulait, je me voyais accroché là tête en bas à un arbre et écorché vif, dépouillé du moindre lambeau de ma peau... je mettrais des heures à mourir, et chaque seconde serait un véritable enfer…

Lorsqu'il parla… lorsque le tueur sur la route prononça ses premières paroles, Michael Wiltsey hurla suffisamment fort pour être entendu dans le comté de Camden.

Je me rappelle les Anges gardiens.

Un souvenir bienvenu, comme un silence rafraîchissant après un bruit infini.

Je me rappelle leurs visages. Ronnie Duggan avec cette frange que sa mère ne jugeait jamais nécessaire de couper. Michael Wiltsey, le Roi de la bougeotte. Maurice Fricker, qui était le portrait craché de son père et qui pouvait loucher puis faire diverger ses yeux comme s'il regardait en même temps à gauche et à droite. Nous étions des gamins effrayés, tous sans exception. Et puis il y avait Hans. Je le connaissais depuis toujours. Et il me semble que je l'ai écarté de mon esprit car penser aux Kruger était trop douloureux. Bien trop douloureux. La nuit où nous nous sommes fait attraper par le shérif Dearing alors que nous pensions nous être fait coincer par le tueur. Le faisceau de sa lampe torche rebondissant sur le bord du muret derrière lequel nous étions tapis, blêmes de terreur, frissonnants, nos dents s'entrechoquant. Nous avions la chair de poule, les entrailles plus serrées que des garrots. Et moi qui agrippais mon couteau émoussé comme s'il allait m'être d'une quelconque utilité.

« Qui est là ? » a-t-il crié.

Michael a hurlé, assez fort pour qu'on l'entende dans un autre comté.

Personne n'osait bouger d'un centimètre.

Et la voix du shérif Dearing n'avait ressemblé à aucune voix que je connaissais. Mais nous savions une chose... une chose certaine. Nous étions foutus. Foutus et archifoutus.

Puis il nous avait vus, cachés derrière le muret, sa torche illuminant nos visages paniqués, et une brève expression de soulagement avait semblé se fondre dans ses traits telle de l'eau se diluant dans de la peinture, comme si lui aussi avait eu peur, vraiment peur, aussi peur que nous, et il avait piqué une colère, une de ces colères, hurlant à tue-tête dans l'obscurité, beuglant que nous allions tous être punis, que nos pères et mères allaient nous flanquer une sacrée raclée à notre retour... le genre de raclée qu'on n'oublierait jamais.

Il nous a entassés à l'arrière de sa voiture, a roulé une demi-heure pour nous ramener chacun chez soi, et quand ma mère m'a vu descendre de l'arrière de cette voiture de police, elle s'est mise à pleurer. À pleurer comme à l'enterrement de mon père, mais d'une manière différente.

Elle était avant tout furieuse, furieuse comme je ne l'avais jamais vue, mais elle ne me lâchait pas, elle m'étreignait si fort que je ne pouvais plus respirer, et elle me disait que j'étais le pire enfant qu'une mère pût avoir – têtu, désobéissant, méchant, voire cruel. Elle continuait cependant de m'étreindre, de m'étreindre et de pleurer, répétant mon nom encore et encore et encore.

« Oh Joseph... Joseph... Joseph... »

Le shérif Dearing est venu à l'école le lendemain. Il ne nous a pas nommément identifiés, mais tout en parlant il nous a regardés chacun à tour de rôle, nous clouant sur nos chaises de son regard d'acier, et il a expliqué qu'il y avait eu des problèmes, que les choses devenaient incontrôlables, et qu'il imposait un couvre-feu aux enfants.

À la maison à six heures, pas plus tard. À la maison, et enfermés à double tour pour que nous n'allions pas mettre la pagaïe. Pour notre propre bien, qu'il a dit, et nous étions assis là en silence tandis que mademoiselle Webber acquiesçait d'un air approbateur.

Nous nous sommes retrouvés après l'école. Les Anges gardiens. Serrés les uns contre les autres, nous avons cherché à nous convaincre mutuellement que nous n'avions pas eu peur, que si ç'avait été le tueur, nous aurions eu le dessus, nous l'aurions flanqué par terre et roué de tant de coups de pied qu'il n'aurait plus su où il était. Tant de coups de pied que nous l'aurions expédié en Enfer et qu'il n'en serait jamais revenu.

Nous savions que nous nous fourrions le doigt dans l'œil. Nous savions exactement à quel point nous avions été effrayés cette nuit-là.

Aussi effrayés que des fillettes.

7

Nous affrontâmes les Japonais lors de la bataille de la mer de Corail, puis à Midway. Un homme nommé Churchill vint d'Angleterre pour s'entretenir avec Roosevelt. Eisenhower alla à Londres en tant que commandant en chef de toutes les forces américaines en Europe. On évoquait de plus en plus souvent la guerre à la radio. Chaque semaine, mademoiselle Webber parlait à la classe de tel ou tel père ou de tel ou tel fils qui était parti se battre. Certains revenaient brisés, la mine défaite. D'autres ne revenaient pas du tout.

Le temps, petit à petit, sembla combler le fossé qui s'était creusé entre ma mère et moi. Je recommençai à aller voir les Kruger. J'appris même à regarder madame Kruger dans les yeux sans penser bibliquement à son mari et à ma mère. La routine et la prédictibilité entraînaient non seulement l'acceptation, mais aussi l'oubli. Certaines des choses que j'écrivis alors, des choses sur lesquelles je me pencherais à nouveau plus tard, laissaient même entendre une certaine joie de vivre. J'approchais des quinze ans. Je regardais les filles différemment. Je pensais à mademoiselle Webber, et certaines de mes pensées allaient jusqu'à m'embarrasser. Mais ça ne semblait pas compter. Rien ne semblait compter. Nous entendions suffisamment parler de la guerre pour comprendre que toutes les épreuves ou toutes les gênes que nous pouvions rencontrer n'étaient rien comparées à la vraie souffrance qu'il y avait dans le monde. Mademoiselle Webber nous expliqua que nous étions assez grands pour comprendre la vérité sur ce qui se produisait. Elle affirma qu'il y avait plus d'un demi-million de juifs dans les ghettos de Varsovie, que les soins médicaux étaient refusés à toute personne âgée de moins de cinq ans et de plus de cinquante ; que tous les enfants juifs étaient forcés de porter l'Étoile de David sur leurs manteaux ; que les nazis avaient assassiné sept cent mille Polonais, cent vingt-cinq mille personnes en Roumanie, et plus d'un quart de million en Hollande, en Belgique et en France. Elle nous montra où se trouvaient ces endroits sur le globe. Nous regardâmes en silence. Certaines filles pleurèrent, dont Elena Kruger. Je voulus lui saisir la main, mais elle sourit maladroitement et s'essuya les yeux avec la manche de sa robe. Elle dit que ça allait. Mademoiselle Webber expliqua que les villageois étaient souvent forcés de creuser plusieurs tombes, puis qu'ils étaient exécutés, ainsi que leurs femmes et leurs enfants, par des escouades de soldats allemands. Je pensais aux petites filles qui avaient été assassinées ici même à Augusta Falls. Je me disais que les hommes pouvaient être si cruels. Parfois, je saisissais mes coupures de journaux et les parcourais, faisant tout mon possible pour donner mentalement vie aux visages monochromes. Mais je n'y parvenais jamais. Je sentais que ces petites filles s'étaient enfoncées dans des enfers vagues et indéfinissables. Peut-être attendaient-elles la rédemption, l'apaisement de leur douleur. En vérité, j'espérais qu'elles étaient des anges, mais ma foi semblait aussi immatérielle que leur souvenir.

Vers la fin du mois, j'entamai la rédaction d'une histoire. Elle n'avait pas de titre – il me semblait qu'elle n'en avait pas besoin tant qu'elle n'était pas finie. Je me sentais mal à l'aise, car je me mettais à la place d'un enfant juif à Paris arborant une étoile jaune et une mine lugubre et abattue. J'étais assis à ma fenêtre, mon menton touchant presque le rebord, et je regardais le ciel nocturne. Le ciel aussi dur que du silex, les nuages qui filaient, si minces et si fragiles qu'un claquement de doigts aurait semblé suffire à les disperser, mais le tout doté d'une certaine beauté discontinue, aléatoire ; des fantômes de nuages diurnes, des échos éclairés à contre-jour pour vous rappeler le matin. Le matin disparu, le matin qui arrivait… peu importait lequel. Les arômes secs du pin tortillé et du genévrier amer donnaient à mon souffle un goût aigre et électrique. Les étoiles me regardaient, peut-être les anges aussi – Alice Ruth Van Horne, Laverna Stowell, Ellen May Levine. Je me rappelais la petite McRae, sa tête retrouvée parmi les peupliers et les tupelos, son corps dans le lit du ruisseau. Des hommes venus de quatre comtés avaient longuement et minutieusement cherché le moindre signe du tueur, à la lueur du jour, puis après la tombée de la nuit avec des torches. Des gens étaient venus avec des chiens – des chiens qui n'avaient pas plus de flair que des chats – et pourtant ils les avaient amenés, et ç'avait fait un boucan à réveiller les morts, mais ils n'avaient rien trouvé. Ces gens avaient des emplois et des maisons, ils avaient des enfants, des gagne-pain divers, mais ils avaient lâché ces gagne-pain comme des patates chaudes et étaient accourus. Étaient-ils venus par peur ? Par peur que leurs propres enfants soient les prochains ? Non, je ne le pensais pas, car nombre d'entre eux avaient laissé leurs enfants sans surveillance à la maison, même la nuit, pour pouvoir venir aider. Non, ce n'était pas la peur qui les avait poussés, c'était un sentiment bien plus généreux et compatissant.

Nous avions eu peur alors. Tous sans exception. Du moins le pensions-nous. En vérité, nous n'avions encore rien vu. En vérité, nous ne nous doutions pas de l'horreur qui nous attendait. La peur véritable arriva avec la cinquième fillette. Pas avant. Elle arriva exactement comme la Mort sur la grand-route. Comme le facteur, comme le vendeur de pompes pour moulins à vent, comme quiconque venant à Augusta Falls avec quelque chose à vendre, huile de gingembre sauvage ou embrayages de tracteurs autolubrifiés, prêt à embobiner les gens qui auraient dû se méfier par une sale journée comme celle-ci. Et juste pour s'en débarrasser ils achèteraient ce qui était offert, et ils ne trouveraient le temps de se maudire que plus tard. Mais alors l'homme serait parti. Parti, comme les étroits tourbillons qui jaillissaient à l'horizon, suffisamment puissants pour faire disparaître le bétail – pas quelque bête chétive ni un veau aux pattes en coton, mais un vrai bœuf, cornu, baveux, plein de mauvaises manières. Tornades, trombes, appelez-les comme vous voulez – disparaissant aussi vite qu'elles étaient apparues.

Mais la vraie peur, c'était autre chose. Elle arrivait tout aussi vite, et s'installait comme si on l'avait invitée à rester. Il semblait parfois que la Mort nous emporterait tous, tous sans exception, et qu'elle avait simplement commencé par les enfants parce qu'ils n'avaient pas la force de lui résister.

La cinquième victime fut la petite fille qui était assise à côté de moi dans la classe de mademoiselle Alexandra Webber. Elle était si proche que je connaissais son nom, que je savais qu'elle dessinait le chiffre 5 à l'envers. Bon sang, elle était si proche que je connaissais son odeur.

On retrouva son corps le lundi 3 août 1942.

L'essentiel de son corps, pour être précis.

Les cauchemars commencèrent. Toutes les nuits, au début. Toujours le même, avec peut-être de petites variations de temps et de lieu, mais toujours le même.

C'était d'abord un bruit.

Bam !

Bam !

Bam !

Comme un lourd bout de bois cognant les piquets d'une clôture, ou les marches d'un escalier, mais en plus fort, comme quelqu'un frappant quelque chose, lui collant de toutes ses forces une sacrée bonne raclée. Et un autre bruit en dessous, se rapprochant, mais assurément en dessous, presque comme un écho, mais pas un écho car ce n'était pas le même bruit, parce que le son qui suivait le « Bam ! » était un son humide, comme quelque chose explosant, comme une pastèque peut-être, mais une pastèque aigre, aigre et douce, et qui aurait trop viré au jaune, le genre de pastèque qu'on lance depuis la véranda pour s'amuser, juste histoire de rigoler, juste en guise de… *pitrerie* !

Et alors je la voyais.

Elle était étendue.

Étendue comme si elle se reposait.

Un long repos. Une sorte de repos éternel.

Je distinguais les semelles de ses chaussures.

J'atteignais le sommet de la colline, juste une petite colline de cinq ou six mètres de haut au plus, et juste de l'autre côté du sommet je distinguais les semelles de ses chaussures. Neuves. Les semelles blanches de chaussures neuves. Des semelles qui me faisaient face, et l'espace d'un moment une vague sensation d'embarras me montait aux joues car je me disais que si je voyais les semelles de ses chaussures, alors je pourrais distinguer sous sa robe la blancheur de sa petite…

J'essayais de ne penser à rien, sauf : *Pourquoi était-elle étendue ?*

Pourquoi quelqu'un… quelqu'un comme une fille, une petite fille… pourquoi une petite fille viendrait-elle ici et s'étendrait-elle sur la colline, juste là où tout le monde pouvait arriver et voir les semelles blanches de ses chaussures neuves ?

Il ne semblait pas y avoir de réponse à une telle question.

Et alors j'entendais la voix de mademoiselle Webber, qui disait : « L'amère contradiction qu'il y a à faire tout son possible pour réussir, puis à s'excuser ensuite de l'avoir fait… quel genre de vie est-ce là ? »

Au-dessus de ma tête des feuilles d'automne se recroquevillant sur leurs branches telles des mains d'enfant, des mains de nourrisson : quelque ultime effort plaintif pour capturer les vestiges de l'été jusque dans l'atmosphère, et le retenir, le retenir tout contre soi, car il serait bientôt difficile de se rappeler quoi que ce soit hormis l'humidité maussade, oppressante qui semblait éternellement nous cerner. L'hiver en Géorgie était une chose à part ; une énormité effrontée et arrogante, tel un parent irritable et fruste bien décidé à s'installer et s'immisçant dans les moments et les conversations intimes, les poings serrés, l'haleine chargée de whisky, doté d'autant de savoir-vivre qu'un peloton d'exécution unioniste.

Mademoiselle Webber encore : « Ce n'est pas Aristote, Joseph Calvin Vaughan. Ce n'est pas noir et blanc sans la moindre nuance de gris au milieu… c'est la vie, et la vie est ainsi, et la vie continuera d'être ainsi quoi que tu fasses pour l'en empêcher… »

Et alors, « Arrêtez ! » crie la petite fille, mais il fait sombre, sombre comme la Géorgie, et la seule lumière sur terre est celle de quelque camion de fermier à mille kilomètres de là ; ou peut-être un feu quelque part dans une clairière où des ranchers assis mangent quelque nourriture fétide après avoir ôté leurs bottes et les avoir suspendues à l'envers pour que les insectes, les araignées et autres choses rampantes ne se glissent pas dedans et n'aillent pas leur mordre les orteils à l'aube.

Arrêtez ! Aidez-moi… Oh mon Dieu, aidez-moi !

Une fille comme ça, les bras comme des brindilles, les jambes comme des jeunes branches, les cheveux comme du lin, une odeur de pêche, les yeux comme des saphirs délavés, des quartz peut-être, quelque chose courant dans un filon souterrain pendant un million d'années, jusqu'à montrer son visage…

Et elle, la petite fille, elle laboure la terre de ses doigts, ses mains telles de petites grappes de couteaux serrés tandis qu'elle gratte le sol, comme si en le grattant quelque message profond, presque subliminal, se transmuerait par osmose, absorption, quelque chose, n'importe quoi… comme si la terre allait être capable de voir ce qui lui arrivait et relaierait le message à travers le sol, les racines, les tiges, à travers les yeux et les oreilles des vers, insectes et autres bestioles qui font *scritch-scritch-scritch* la nuit quand personne ne peut les voir, le genre de bestioles qui ne peuvent être vues à l'œil nu mais que les spécialistes attrapent et observent à travers des microscopes ; et quand vous les voyez lever les yeux vers vous dans le cylindre noir et brillant de l'oculaire, vous avez le souffle coupé, parce qu'elles

137

ont des yeux nocturnes, des yeux sages, des yeux qui voient tout, et elles ont un sourire entendu, comme si elles savaient qu'elles étaient mortes et écrasées entre deux plaques de verre, mais qu'étrangement, ça n'avait pas d'importance, car toute la sagesse qui a filtré à travers le sol est toujours en elles. Vous ne pouvez jamais la prendre – même en tuant une bestiole avec une tête comme ça, vous ne pourrez jamais lui prendre toute sa sagesse.

Peut-être une telle chose porterait-elle un message ?

Alors peut-être… peut-être… peut-être était-ce ce qu'espérait la petite fille – que si elle grattait, griffait, résistait, battait le sol des pieds, des mains… que si elle faisait ces choses quelqu'un pourrait l'entendre… quelqu'un pourrait l'entendre et accourrait et verrait l'homme penché au-dessus d'elle, l'homme à l'épaule voûtée et au front transpirant, l'homme à la lame rouillée et à la peau qui dégageait une puanteur de fosse dans la terre, de latrines et de marécage fétide, de rivière terreuse gonflée, de poisson cru, de poulet cru – si cru et vieux qu'il est bleu et desséché et qu'il agresse les narines… le genre de poulet qui, si vous le donniez à manger à un chien, ça vous vaudrait une visite du vétérinaire…

Quelqu'un viendrait et verrait cet homme, penché et travaillant, travaillant dur, comme si c'était son *métier*, et un *vrai* métier, pas comme ces employés de bureau pâles et anémiques avec leurs pantalons bien repassés qui passaient leur temps à classer des choses, comme si classer des choses avait la moindre foutue importance…

Mais personne ne venait.

Personne…

Mais je vins. Le lendemain matin. Elle avait alors passé toute la nuit dehors, étendue dans les bosquets qui bordaient le terrain de Gunther Kruger, et lorsque je trébuchai sur elle, elle était en quatre – non, cinq – morceaux, des morceaux éloignés les uns des autres, et le plus gros, le meilleur, était sa tête, car *l'homme qui avait un métier* l'avait sciée depuis le côté de son cou, en diagonale, jusqu'à sous son bras droit ; il y avait donc ce fragment isolé – sa tête, son épaule droite, son bras droit, et sa main droite. L'une des mains qui avait griffé et gratté la terre…

Et dans l'air flottait le souvenir de ses hurlements : *Aidez-moi aidez-moi oh mon Dieu Jésus Jésus Marie mère de Dieu Notre Père qui êtes aux cieux que votre nom soit sanctifié que votre règne arrive que votre volonté…*

Mais ce bruit ne dura qu'une poignée de battements de cœur car l'homme qui avait un métier se pencha, et avec la pointe de sa lame rouillée il trouva un point entre ses côtes et il appuya lentement sur le manche et sentit que la lame rouillée ne rencontrait pas vraiment de résistance.

Elle ouvrit grands les yeux, et l'espace d'une seconde on aurait dit que tout allait bien se passer, car il semblait y avoir une lumière, une vraie lumière comme une étoile descendant, et elle sourit alors, un sourire rare et joli, et se demanda si elle allait immédiatement devenir un ange, ou si les mauvaises pensées qu'elle avait eues à propos de sa grand-mère au précédent Noël signifiaient qu'elle avait du pain sur la planche…

Lorsqu'il se mit à lui *faire des choses*, elle était morte, ce qui était probablement une bonne chose.

Son nom était Virginia Perlman et son père était un petit homme qui travaillait dans la banque de la ville, une banque plutôt minable, le genre de banque dont un gangster n'aurait pas voulu si on la lui avait offerte, mais une banque tout de même. Il était juif, et elle aussi. Elle avait huit ans et demi, et quelqu'un lui avait enfoncé une lame rouillée à travers le cœur, puis lui avait fait des choses, des choses bibliques, des choses qui mettaient les hommes en sueur. Et il lui avait fait ces choses au milieu des arbres près du ruisseau – le ruisseau dans le lit duquel on avait presque entièrement retrouvé Catherine McRae cinq mois plus tôt – et après lui avoir fait ces choses, il l'avait coupée en cinq morceaux ; l'un de ces morceaux était composé de sa tête et son cou auquel étaient attachés son bras et son épaule droits, et un autre était composé du reste de son torse – son bras et son épaule gauches, l'essentiel de son flanc, mais sans la main gauche… et on chercha long-temps, longtemps, mais on ne retrouva jamais cette main gauche. Et un autre de ces morceaux, composé de l'essentiel de ses membres inférieurs, était disposé de telle sorte qu'on ne voyait rien que les semelles blanches de ses chaussures neuves lorsqu'on appro-chait du sommet de la colline…

Voilà ce que je trouvai.

J'allais avoir quinze ans deux mois plus tard, et le matin du 3 août je découvris une petite fille morte cou-pée en cinq morceaux, sans main gauche, à moins d'un kilomètre de chez moi.

Le lendemain je découpai l'article du journal et le plaçai dans une boîte avec les autres. J'étais en sueur et ne parvins pas à le découper droit.

Une semaine durant, je ne pus écrire un mot, puis j'écrivis sur un autre sujet.

Peut-être aurait-ce été différent si elle n'avait pas été juive. Mais elle l'était. Je me souvenais d'elle en classe. Je l'aimais bien. Elle ne parlait pas beaucoup, ne l'avait jamais fait, et ne le ferait jamais plus.

Peut-être aurait-ce été différent s'il n'y avait pas eu une guerre en Europe. Ou peut-être n'était-ce pas tant la guerre que le fait que les Américains étaient impliqués.

La guerre était la faute des Allemands.

Les Allemands, de toute évidence, sans l'ombre d'un doute, étaient des gens mauvais.

Les Allemands n'aimaient pas les juifs, ils les détestaient assez pour en tuer plus qu'on ne pourrait jamais se l'imaginer.

Peut-être était-ce ainsi que tout avait commencé – la rumeur s'était répandue, une rumeur sans substance ni preuve ni fondement.

Une rumeur du rien.

Peut-être que cela avait à voir avec *qui* elle était.

Peut-être parce qu'elle était juive.

Une petite poupée de chiffon juive, brisée et laissée pour morte.

Les cauchemars commencèrent, et voici à quoi ils ressemblaient :

Je voyais tout, du moins me l'imaginais-je. Comment elle avait résisté et lutté, comment elle avait labouré la terre de ses doigts, comment il avait fait cesser ses hurlements en lui enfonçant la lame rouillée dans le cœur.

Je fermais les yeux et je le voyais.

Ma mère venait lorsque je me réveillais, elle entrait dans ma chambre et s'asseyait avec moi, tenant ma tête contre sa poitrine, et j'avais l'impression d'être une poignée de poussière qu'un simple souffle disperserait.

Voilà ce que je ressentais. Comme s'il n'y avait plus rien. J'avais l'impression d'être un fantôme.

J'essayais de ne pas accorder d'importance au fait que c'était moi qui avais trouvé Virginia Grace Perlman. J'essayais de ne pas centrer mon attention là-dessus, mais c'était dur, sacrément dur, de penser à autre chose.

Et bien des fois – étendu là, frissonnant – je m'imaginais que les choses auraient pu être différentes.

Je m'imaginais que je les découvrais au moment où ça arrivait. Il l'avait enlevée tôt dans la soirée, c'était du moins l'hypothèse du shérif Dearing. Il l'avait emmenée au crépuscule, enlevée sur la route tandis qu'elle rentrait chez elle. Nous – les Anges gardiens – avions les yeux et les oreilles fermés ce soir-là. Impossible de me rappeler ce que je faisais alors. C'était si important que je ne me rappelais plus. Mais je m'imaginais que j'étais là. Que je voyais cet homme penché au-dessus de Virginia Grace, que je la voyais lutter pour s'accrocher à la vie, que je me ruais sur eux en rugissant, et soudain les Anges gardiens étaient là, juste derrière moi, hurlant comme des hyènes, et l'homme, conscient que tout était perdu, détalait comme le cinglé qu'il était, puis nous portions Virginia jusqu'à ma cuisine, ma mère et Reilly Hawkins étaient présents, et nous appelions madame Kruger tandis que quelqu'un partait chercher le shérif Dearing en courant...

Le père de Laverna Stowell arrivait avec deux chiens – de sales bêtes, mais au flair affûté – qui reniflaient les vêtements de la petite fille, et ils la sentaient, ils sentaient l'odeur de l'homme, ils se mettaient à courir, mais le père de Laverna Stowell devait retenir les chiens jusqu'à ce que quelqu'un arrive avec une camionnette, et il y avait des hommes à l'arrière, des hommes comme William Van Horne, Henry Levine, Garrick McRae, chacun armé de haches et de gourdins taillés dans le hickory ou le noyer noir, et la camionnette filait derrière les chiens, ils longeaient le lit de la rivière, descendaient la colline jusqu'à traverser l'extrémité du pâturage de Lucas Landry, et alors ils voyaient l'homme qui courait comme un sauvage devenu fou, comme un animal traqué…

Ils l'attrapaient près de la clôture à piquets du docteur Piper, et le shérif Haynes Dearing, qui était présent, jurerait par la suite que personne n'avait rien pu faire car le fou, celui qui avait tué les petites filles, détalait à une telle allure que ses jambes allaient plus vite que son corps, et même lorsqu'ils l'avaient vu foncer tout droit sur la clôture ils n'avaient pas pu le ralentir… parce qu'il courait comme un ouragan, vous voyez, et quand il a heurté la clôture, il est passé par-dessus comme un arbre abattu, et la clôture s'est brisée, et l'un des piquets s'est dressé vers lui et l'a transpercé en plein milieu.

Ils n'avaient pas voulu le déplacer, malgré le fait qu'il implorait la clémence et ainsi de suite, suppliant à la fois le bon Dieu et le Diable, gisant là avec un piquet à travers les entrailles, et le docteur Piper était sorti et avait vu ce qui se passait, mais il n'avait rien pu faire car il était juste médecin de campagne, pas chirurgien, alors quelqu'un avait songé à appeler le vétérinaire de Race Pond, mais tous estimaient que vu la façon dont le tueur était empalé, vu la façon dont le sang jaillissait autour du piquet et se répandait au sol, ça ne servait pas à grand-chose d'appeler qui que ce soit… et je jure devant Dieu que c'est la vérité vraie, et que la foudre Sacrée s'abatte sur moi si jamais j'ai menti.

Ça devait être vrai, car il y avait un médecin, un shérif et trois témoins oculaires, dont l'un – William Van

Horne – avait été huissier au palais de justice du comté de Clinch jusqu'à ce qu'il entende dire que l'eau coulait mieux près d'Augusta Falls et décide de s'y installer avec sa femme, ses enfants et son cheptel.

Mais ça ne s'était pas produit ainsi.

J'étais arrivé seul, et j'étais arrivé trop tard. Beaucoup trop tard. Virginia Grace était déjà morte.

Bon sang, ce n'était pas ma faute, mais comme c'était moi qui l'avais trouvée, je ne pouvais m'ôter de la tête que j'y étais pour quelque chose.

C'était comme se sentir coupable d'un crime qu'on n'avait pas commis.

« Je veux t'aider, Joseph, dit ma mère, les larmes aux yeux. La culpabilité est une chose amère et indigeste, même lorsqu'elle est un manteau que tu t'es toi-même taillé sur mesure. » Ses yeux étaient immenses, humides, comme perdus. « J'ai fait des choses…

– Maman…

– Laisse-moi finir, Joseph. Tu es assez grand pour connaître la différence entre le bien et le mal. Il est temps que tu regardes les choses en face et que tu les voies telles qu'elles sont. Cette chose qui s'est produite entre moi et…

– Maman, s'il te plaît, dis-je. C'est fini, tout ça c'est du passé. Inutile d'en parler.

– Ton père disait qu'il n'y avait rien, absolument rien au monde, qui ne méritât pas d'être su. Il disait que l'ignorance était la défense des gens stupides. »

Elle avait mentionné mon père ; je ne pouvais pas répondre à ça.

« Cette chose qui s'est produite… entre monsieur Kruger et moi, et l'argent que tu allais chercher. » Elle se tourna vers la fenêtre. « La vérité, Joseph ? La vérité, c'est que parfois nous faisons ce que nous avons à faire pour que nos vies continuent d'avancer dans la bonne direction. J'avais besoin de compagnie, car même à mon âge on peut se sentir terriblement seule quand on ne voit rien venir à l'horizon. Ton père me manquait beaucoup, tu ne peux pas t'imaginer à quel point…

– Moi aussi, il me manque, m'man… Je comprends. »

Elle se retourna, me toucha la joue.

« Je sais qu'il te manque, Joseph, mais perdre son père, ce n'est pas comme perdre son mari… nous avons passé treize, quatorze ans, à nous occuper l'un de l'autre, à finir les phrases l'un de l'autre. » Elle sourit. « Bref, il n'y en avait pas deux comme lui, et il m'a fallu longtemps avant de songer au fait que le chagrin que j'avais éprouvé en le perdant était devenu la souffrance de la solitude. Ici, murmura-t-elle, ici, au milieu de nulle part, c'est difficile d'être une femme et une mère. C'est difficile d'être seule sans un homme à ses côtés. L'argent ne rentre pas. On ne trouve pas de travail, et monsieur Gunther est un de nos bons amis, lui et sa femme, et parfois les adultes n'expriment pas leur gratitude envers les autres de la même manière que les jeunes gens.

– Ce n'est pas la peine de me dire ça, maman… et ce n'est pas la peine de te sentir triste ou de croire que je t'en veux de quoi que ce soit. Je ne t'ai jamais demandé de m'en parler, parce que ce ne sont pas mes affaires. Ce qui est fait est fait. Papa est mort. J'ai découvert une petite fille sur la colline. Quelqu'un lui a fait ces choses terribles. Parfois je n'arrive pas à dormir et je ne sais pas combien de temps il va me falloir pour retrouver le sommeil. J'ai presque quinze ans. Je pense bibliquement à mademoiselle Webber… »

Ma mère éclata soudain de rire.

« Tu penses à elle comment ?

– Bibliquement. Tu *sais*. »

Elle acquiesça, souriant intérieurement.

« D'accord, dit-elle. Bibliquement.

– Donc, voilà où j'en suis, voilà ce que je ressens, et tu es ma mère et je t'aime, qu'importe ce qui s'est passé. Bon sang, m'man, ça m'est égal que tu prennes du bon temps avec monsieur Kruger un dimanche sur deux d'ici à Thanksgiving. Je ne sais pas quoi dire. Tout est sens dessus dessous de toute manière. Je fais des cauchemars et j'aurais voulu pouvoir faire quelque chose pour sauver cette petite fille. Quand les plus petits venaient dans la classe de mademoiselle Webber, comme le mercredi et le vendredi après-midi pour écouter une histoire… eh bien, celle-là, cette Virginia Grace, elle s'asseyait à côté de moi. Je me souviens de son rire. Mince, maman, je me souviens qu'elle sentait la… la fraise, la fraise amère, quelque chose comme ça. C'est à ça que j'ai pensé quand je l'ai vue là-haut… quand je l'ai vue coupée en morceaux et éparpillée comme si elle ne valait rien. C'est ça que j'ai vu, et je suppose que quand on voit quelque chose comme ça on ne peut rien faire pour effacer les images dans sa tête, et elles y resteront jusqu'à ce que je nourrisse les vers. Ça me fait envisager les choses différemment. Ça me fait penser qu'on ne peut rien faire de sa vie hormis la vivre du mieux possible, et si on fait quelques erreurs au moins on les fait en essayant de faire quelque chose de bien, ou quelque chose de mieux, ou en cherchant au moins à trouver un peu de réconfort et d'amour là où on le peut même si les pasteurs appellent ça un péché. » Je lâchai un rire sec et amer. « Bon sang, à en croire les pasteurs, tout ce qui est bon ou agréable nous vaut un aller simple pour l'enfer.

– Tu parles encore plus comme ton père qu'il ne le faisait lui-même. »

Je lui pris la main, la soulevai et l'embrassai sur la paume.

« Ce qui est fait est fait, dis-je. Il me semble que depuis la mort de papa rien n'est aussi important que ce qui est arrivé à ces petites filles. Tout le reste semble… bon Dieu, maman, tout le reste semble juste futile comparé à ça. Et je suis sûr que monsieur Kruger serait d'accord.

– Je suis sûre que oui », dit-elle doucement.

Nous n'ajoutâmes rien. Et plus tard il me semblerait bien ironique que, après tout ce que nous avions dit, toutes ces choses sur la culpabilité, sur mon père et les récents meurtres, qu'après tout ça, le dernier mot soit allé à monsieur Kruger. Gunther Kruger, l'Allemand, l'homme le plus riche d'Augusta Falls, l'homme qui avait une radio à lampes Atwater Kent et un mixeur Sunbeam dans sa cuisine.

Gunther Kruger, qui avait bibliquement connu ma mère, qui l'avait aidée pendant les périodes de vaches maigres en laissant sept dollars enveloppés dans du cuir sous une pierre près de la clôture.

Gunther Kruger, dont les enfants étaient comme les frères Pam et Poum, dont la femme était une boule de pâte à pain chaude roulée en forme de femme, aussi à l'aise dans sa cuisine qu'un poisson dans l'eau, sa femme toujours prête à rendre service, car sa vie, c'était ses enfants, et les enfants des autres, et c'était pour ça que sa porte m'était toujours ouverte…

Gunther Kruger, le père d'Elena.

Le corps refroidit. Le sang qui sèche forme une tache noire à l'avant de sa chemise. J'ai étrangement faim et je consulte ma montre.

Deux heures que je suis assis ici. Deux heures en tout. Je suis si fatigué, si totalement dépourvu de force. Fatigué de réfléchir, de me souvenir, fatigué de parler à quelqu'un qui ne répond jamais. Ne répondra jamais. Intérieurement, je me sens calme, et la cascade de sons qui a empli mon esprit pendant tant d'années semble s'être apaisée.

Peut-être puis-je me forcer à mourir à force de volonté : en restant assis ici et en ralentissant mon cœur, jusqu'à ce qu'il ne soit plus rien, comme le font ces bouddhistes, et alors finalement, irrévocablement, il s'arrêtera.

Peut-être pourrais-je le faire, et ils nous retrouveraient tous les deux morts et se demanderaient ce qui s'est passé ici, dans cette chambre au deuxième étage d'un hôtel.

Car personne n'a entendu les coups de feu. Personne n'a crié. Pas de bruits de pas précipités dans le couloir. Pas de coups martelés à la porte, pas de voix braillant : « Qu'est-ce qui se passe là-dedans ? Hé ! Ouvrez la porte ! Ouvrez la porte ou j'appelle la police ! »

Seul le silence – dedans et dehors.

Je bouge légèrement. J'ai les jambes engourdies. Je pose le pistolet par terre devant moi et prends un moment pour masser ma cuisse droite.

Je sens la douleur du sang rampant le long de mes veines, de mes artères, et lorsque je bouge j'entends le bruissement et le froissement des coupures de journaux qui remplissent mes poches.

Je m'immobilise. Je retiens mon souffle pendant juste une seconde. Je me penche vers l'homme mort. Je vois mon reflet dans ses yeux.

« Une chose est certaine, murmuré-je. Je sais que tu ne seras jamais un ange. »

8

L'été s'acharnait contre nous, tel un poing serré et crispé ; la chaleur comme une gifle en pleine face quand nous mettions le nez dehors ; les appétits étaient minces, la soif, implacable, et les gens avaient beau savoir que la déshydratation et l'absence de nourriture ne tardaient pas à provoquer mauvaise humeur et rancœur, ils devenaient faibles et entêtés.

Le soleil, haut et effronté, élément familier du paysage de Géorgie, blanchissait le ciel comme de l'eau dans une détrempe à l'œuf, lui-même étant le jaune entier et sans tache, tandis que l'air était blanc, léger et raréfié. Le sol qui soulignait l'horizon était une ombre d'ocre, une tache de rouille à peine nettoyée sur du coton ; des fantômes de couleur, imprécis et manquant de netteté, et tout n'était que particules de poussière, aleurodes noirs, thrips des serres, l'atmosphère semblant trop dénuée de substance pour porter la moindre chose un peu lourde. Vous finissiez par oublier la chaleur ou – plus précisément – vous en aviez conscience comme vous aviez conscience de votre respiration ou de la lumière du jour : vous ne la remarquiez que lorsqu'elle cessait.

Je m'asseyais à l'ombre sous les marches de la véranda et observais une famille de chenilles qui avaient eu la même idée. J'entendais des éclats de voix dans les champs et m'imaginais que c'étaient les petites filles, jouant toujours à s'attraper, leurs rires perçants teintés de soulagement tandis que quelqu'un les arrosait dans la chaleur du milieu de l'après-midi.

J'entendais le son de leurs vies, leurs voix tandis qu'elles bondissaient ensemble.

Deux-six-neuf... l'oie a bu du vin... le singe a mâché du tabac sur la ligne de tramway... La ligne s'est brisée... le singe s'est étouffé... ils sont tous allés au paradis dans un petit canot...

Tapez dans vos mains... tapez dans vos mains... tapez dans vos mains...

Je sentais la peur en moi comme une boule de muscle, comme si j'avais un cœur supplémentaire – un cœur qui connaissait la peur, le désespoir, le sentiment que la vie pouvait vous envoyer quelque chose en pleine face, une chose venue de nulle part et gonflée comme une voile poussée par le vent, et vous ne pouviez rien, absolument rien y faire. Je me rongeais les ongles et pensais à Virginia Grace Perlman. Je fermais les yeux et voyais les semelles blanches de ses chaussures neuves de l'autre côté du sommet pointu d'une petite colline. Une odeur de pin dans l'air, de pin et de quelque chose de terreux, un relent qui flottait sous chaque chose comme une ombre.

Il me fallut un moment pour comprendre de quoi il s'agissait. Du sang, c'était tout. C'était l'odeur cuivrée du sang versé qui s'était infiltré dans la terre.

Un peu plus tard, j'allai faire un tour là-haut. Je me tins parmi les arbres et regardai en direction de ma maison, de celle des Kruger aussi. Je vis Elena sur les marches de derrière qui frictionnait ses épaules ecchymosées avec quelque chose pour les protéger de la cruauté du soleil. Je voulais lui faire signe. Je voulais qu'elle me voie. J'aurais crié son nom si elle avait pu m'entendre.

Je voulais lui faire savoir que j'étais là ; que je la voyais, et que tant que je la voyais, elle était en sécurité.

Personne ne va s'en prendre à toi, pas tant que je serai ici, pas tant que je te surveillerai. Je suis arrivé en retard la dernière fois, mais la prochaine… s'il y en a une, les Anges gardiens seront prêts…

Je voulais lui faire savoir que tout allait bien se passer.

C'était faux, et je me doutais bien que je me berçais d'illusions. J'entendais les rumeurs, elles étaient amères et sombres, et il semblait que la chaleur du plein été ne faisait qu'encourager la propagation de telles rumeurs. Il y avait la guerre ; il y avait les Allemands et ce qu'ils faisaient aux juifs ; il y avait le fait que cinq fillettes étaient mortes en moins de trois ans, et que les shérifs de trois comtés n'étaient toujours pas plus avancés que quand Alice Ruth Van Horne avait été retrouvée nue dans un champ au bout de la grand-route.

Il y avait la vérité, et la vérité était aussi aigre qu'un mauvais citron.

Plus tard, cette même nuit. Impossible de dormir. La peur, peut-être. Me tournant et me retournant dans mon lit tel un garçon rêvant de noyade. Je me levai dans la semi-clarté fraîche de l'aube naissante et allai observer les champs par la fenêtre.

Je regardai et attendis, retenant de temps en temps mon souffle aussi longtemps que possible. Je plissai mes yeux mi-clos, aplatissant les couleurs, faisant disparaître la perspective. *Un borgne voit tout à plat*, m'avait un jour dit mon père. *Il ne peut pas juger la distance. Il confond la proximité d'une chose avec une autre.* J'essayai de ne pas penser à mon père, au son de sa voix, à son odeur – pomme amère, goudron de houille, cigares parfois. Je me vidai complètement l'esprit. Je regardai et attendis, puis j'attendis encore un peu. J'essayai de respirer profondément, régulièrement, lentement. J'essayai de me fermer aux bruits des insectes et des arbres, du vent et du ruisseau. J'essayai d'entendre d'autres choses. Des choses qui venaient de l'obscurité.

J'essayai d'être courageux. J'essayai d'être un Ange gardien.

Tout était immobile. Immobile comme le sont les cimetières, les cabanes vides, comme les mares stagnantes dont on dirait qu'elles pourraient supporter votre poids si vous osiez les traverser.

Un grincement.

Je sursautai, ressentis un fourmillement soudain dans le bas du dos, comme des aiguilles dansant le long de ma colonne vertébrale et faisant se dresser les poils sur ma nuque. Je me tournai vers la porte de ma chambre et, pendant un moment, juste un bref moment, je crus voir la poignée tourner. Un son chétif et effrayé s'échappa de mes lèvres – un son involontaire, le son de mon corps réagissant à une chose que mon esprit refusait de comprendre.

Je regardai, attendant que la porte s'ouvre lentement, mais rien ne se produisit. Je fermai les yeux, m'aperçus que je serrais si fort les poings que mes ongles creusaient de petits croissants dans mes paumes.

J'ouvris les mains, vis la fine cicatrice à l'endroit où nous nous étions coupés lorsque nous avions prêté serment. Le serment de protéger. Le serment de rester vigilants.

Le tueur nous avait peut-être entendus, peut-être avait-il lu dans nos esprits, perçu ce que nous faisions, et en me voyant là, debout parmi les autres, peut-être m'avait-il désigné comme le chef, le fauteur de trouble.

Je vais lui montrer, avait-il pensé. Je vais lui montrer ce que c'est qu'avoir peur.

Et il avait enlevé et tué Virginia Perlman juste pour moi.

J'ouvris les yeux, me tournai à nouveau vers la fenêtre.

Et je le vis.

Ma respiration s'arrêta brutalement, ma gorge se serra. Je fermai fort les yeux, m'efforçant de réfléchir clairement, de faire taire mon imagination pour ne voir que ce qu'il y avait là devant moi.

Je les rouvris.

Toujours là. Une silhouette sombre se tenant immobile au bout de la route qui partait de notre cour.

L'homme se tenait immobile. Sans rien faire. Écoutant peut-être, observant les champs et les chemins à la recherche d'une personne seule, une autre fille, quelqu'un qu'il pourrait emmener dans les ténèbres et...

Je sentis les larmes monter. J'étais paralysé et ne pouvais rien faire, pas même hurler, mes mains étaient serrées et prêtes à cogner contre la fenêtre, et pourtant réticentes, terrifiées, soudain engourdies et incapables de bouger...

Et alors il se retourna.

Il se retourna comme pour me faire face.

Gunther Kruger resta un moment immobile, puis il s'éloigna, retournant vers sa maison, son long manteau oscillant autour de ses jambes comme une cape.

Je sentis le soulagement me submerger.

Je me mis à pleurer, non pas des larmes de peur ni de terreur, mais de délivrance.

Je le regardai disparaître entre les maisons, puis j'entendis un bruit de porte s'ouvrant et se refermant.

Un Ange gardien, pensai-je, et pendant un moment je me l'imaginais comme l'un de nous, se tenant là-bas dans l'obscurité pour s'assurer que personne n'arriverait par la grand-route pour emmener sa fille dans la nuit.

Je mis un long moment à retrouver le sommeil, mais lorsque j'y parvins, je dormis d'un sommeil sans rêves.

Le lendemain les Anges gardiens se réunirent parmi les arbres près du champ à la clôture cassée.

« On a un problème, me dit Hans Kruger, qui se tenait près de moi, légèrement à l'écart des autres. Ma sœur, poursuivit-il. Elle croit qu'on manigance quelque chose. Elle croit qu'on est impliqués dans quelque chose, et si je ne la laisse pas venir, elle va en parler à mon père.

– Alors dis-lui que tu ne fais rien... »

Hans s'esclaffa brusquement, soudainement, et je me demandai un moment s'il ne lui avait pas déjà tout dit. Peut-être cherchait-il son approbation ; peut-être espérait-il acquérir le même prestige que son grand frère aux yeux d'Elena.

« Tu sais comment elle est, dit-il. Elle adore ce genre de choses. Elle se met en tête qu'il se passe quelque chose et elle ne lâchera pas tant qu'elle ne saura pas tout. Tu te souviens de la fois avec le raton laveur... celui qu'on a enterré ? »

Je ne me souvenais que trop bien de ses jérémiades, jusqu'à ce qu'on lui dise où on allait, et alors elle avait insisté pour nous accompagner et elle s'était mise à hurler en le voyant, à hurler et à pleurer parce que le raton laveur avait été écrasé par un camion ou quelque chose du genre et avait perdu l'essentiel de sa partie postérieure.

« Je m'en souviens, répondis-je.

— Alors, qu'est-ce que je suis censé faire ? » demanda Hans, et il se tourna comme quelqu'un approchait parmi les arbres et apparut au bord du chemin.

Elena Kruger, du haut de ses onze ans, les cheveux attachés en couettes symétriques qui jaillissaient de chaque côté de sa tête telles des tiges de fleurs, un nœud de couleur vive fixé à l'extrémité de chaque couette comme une grappe de pétales irréguliers, et souriant comme si elle savait déjà tout ce qu'il y avait à savoir.

« Elena ! s'exclama Hans.

— Je t'ai vu venir ici, dit-elle. Je vous ai tous vus venir ici et je veux savoir ce qui se passe… vous devez me dire ce que vous faites ou je vais vous dénoncer. »

Je me postai devant Hans.

« Laisse-moi m'occuper de ça », dis-je d'un ton ferme.

Je m'approchai d'elle avec une expression sévère, une expression d'autorité, je me tins devant elle, la dominant d'une bonne tête et demie, et je baissai les yeux vers elle comme mademoiselle Webber le faisait parfois avec moi.

« Tu dois rentrer chez toi, dis-je.

— Je ne suis pas forcée de t'obéir, riposta-t-elle.

— Elena… Je suis sérieux. Tu ne dois pas être impliquée dans cette histoire. Tu dois rentrer chez toi maintenant et n'en parler à personne. »

Elle inclina la tête sur le côté. Elle battit des paupières et me regarda avec une expression qui me fit rougir à l'intérieur.

« Elena, je ne plaisante pas. C'est une affaire sérieuse. »

Les autres avaient alors commencé à s'approcher de nous.

Je sentais leurs regards sur mon dos, puis Maurice Fricker fut à mes côtés et baissa les yeux vers Elena Kruger.

« Qu'est-ce qui se passe ici ?

— Je pourrais te poser la même question, Maurice Fricker, répliqua Elena. Je connais ton frère, je connais aussi ton père et ta mère, et si tu ne me dis pas ce qui se passe, je vais courir jusqu'à chez toi et leur dire que je t'ai vu fumer des cigarettes.

— Quoi ! s'écria Maurice en levant la main. Espèce de... »

Je m'interposai entre eux, me plaçant tout contre Elena ; je l'attrapai par le bras et l'éloignai vivement du groupe. Nous marchâmes un peu en direction des arbres, puis je ralentis et m'arrêtai.

« Assieds-toi, dis-je. Assieds-toi ici et écoute-moi. »

Je lui dis qui nous étions. Je lui parlai des Anges gardiens, lui racontai la promesse que nous avions faite d'être vigilants. Je lui expliquai pourquoi, puis ajoutai qu'elle ne pourrait jamais en faire partie. Elle devait être protégée, et non protéger les autres.

« Mais j'ai des oreilles et des yeux comme tout le monde », objecta-t-elle, et l'espace d'un moment elle sembla sur le point de pleurer.

Je me retournai vers les cinq garçons. Ronald Duggan avait les mains sur les hanches, on aurait dit que quelqu'un venait de lui flanquer une gifle. Hans avait juste l'air gêné, comme s'il était d'une manière ou d'une autre le seul responsable de l'apparition de sa sœur. Je me tournai à nouveau vers Elena.

« Elena, je suis sérieux. Tu ne peux pas être impliquée là-dedans. C'est dangereux pour toi.

– Parce que je suis une fille, c'est ça ? »

Je m'esclaffai.

« Non, nom de Dieu, Elena, ce n'est pas parce que tu es une fille.

– Alors pourquoi ? Pourquoi est-ce que je ne peux pas être avec vous ? »

Je me tournai à nouveau vers le groupe. Ils attendaient que je me mette en colère après Elena et que je la renvoie chez elle. Ils attendaient que je dise quelque chose de dur, de direct, d'éloquent. Mais je ne le pouvais pas ; pas avec Elena Kruger.

« Elena… le problème, c'est que… le problème, c'est que tu comptes trop pour moi. » Je la regardai. Il y avait dans ses yeux quelque chose que je n'avais jamais vu jusqu'alors. J'essayai de réfléchir à ce que j'allais dire, mais j'étais incapable de me contrôler ; les mots jaillissaient de ma bouche malgré moi. « Je tiens trop à toi, Elena… C'est la vérité. Je ne peux pas supporter l'idée que quelque chose puisse t'arriver, vraiment. Tu dois me faire confiance. Tu dois comprendre que m'assurer que rien ne t'arrive est la partie la plus importante de ma mission. Je surveille la route qui mène à nos maisons. Je reste éveillé tard le soir et je surveille la route. Pour que rien n'arrive… Je vais m'assurer que rien ne t'arrive, et l'idée que tu puisses te retrouver quelque part dans l'obscurité, peu importe avec qui… l'idée que tu sois dans l'obscurité où quelque chose pourrait t'arriver m'est juste insupportable. »

Je cessai de parler. Je regardais mes doigts se tordre, ressentais des picotements dans le bas du ventre.

Je me tournai lentement lorsque je sentis sa main sur mon bras.

Elena Kruger, avec ses grands yeux pleins de larmes, ses couettes – lointain souvenir d'une petite fille maigrichonne avec des bleus sur les bras – se pencha et m'embrassa sur la joue.

Je la regardai. Je vis de l'innocence, de la naïveté, une foi aveugle dans ses yeux.

« OK, murmura-t-elle, puis elle se releva lentement, épousseta sa jupe et sourit. Mon ange gardien, hein ? dit-elle avec une pointe de triomphe dans la voix. Mon ange gardien, Joseph Vaughan. »

L'expression dans ses yeux indiquait une totale confiance en moi. Je sentis le rouge me monter aux joues et dus détourner le regard.

« Je ne dirai pas un mot », fit-elle, et elle se retourna soudain, sans que je m'y attende, et partit en courant.

Je me levai et la regardai disparaître parmi les arbres.

Oui, pensai-je. *Je serai ton ange gardien. Quoi qu'il arrive, je serai là.*

Fin août. Les Allemands avaient arrêté cinq mille juifs de plus en France ; les marines avaient débarqué à Guadalcanal et dans les îles Gilbert ; quelqu'un jeta une pierre sur le pare-brise de la voiture de Gunther Kruger. Le shérif Dearing placarda des affiches sur les arbres et les clôtures aux alentours d'Augusta Falls. Elles montraient une silhouette d'homme – juste une forme, comme une ombre debout – et sous l'ombre étaient inscrits les mots : « Ne parlez pas aux inconnus. Ne suivez pas les inconnus. Restez vigilants. Préservez votre sécurité. »

Cela sembla faire empirer les choses au lieu de les améliorer. Quelque chose se passait parmi nous, et si jamais vous l'oubliiez, les affiches étaient là pour vous le rappeler. Croque-mitaine ou non, il semblait maintenant plus réel que jamais.

Puis, le 27 août, un jeudi, une balle transperça la fenêtre de la chambre de Gunther Kruger.

Celui-ci appela le shérif Haynes Dearing, qui fut terriblement préoccupé car il n'avait jamais rien vu de tel, du moins pas à l'encontre d'un Blanc, mais il ne faisait selon lui aucun doute que le coup de feu avait été accidentel.

Le vendredi soir, il y eut du grabuge près du bosquet de peupliers, et lorsque Gunther Kruger s'y rendit le lendemain matin, il découvrit son chien mort, éventré de la gorge à la queue et grillant au soleil.

Il appela le shérif Dearing une deuxième fois ; celui-ci lui demanda s'il s'était mis des gens à dos, si quelqu'un pouvait chercher à se venger. Avait-il empiété sur la terre de quelqu'un, construit une clôture dix mètres plus loin qu'il n'aurait dû, laissé son chien tuer des poulets sur la propriété d'un autre ?

« Il ne s'agit pas de poulets ni de clôtures ni de quoi que ce soit de ce genre, et vous le savez ! »

Le shérif Dearing rappela à Gunther Kruger qu'il ferait bien de surveiller ses manières lorsqu'il s'adressait à un représentant de la loi.

« Alors faites quelque chose, insista Kruger. Ma femme et mes enfants sont en danger à cause de ces cinglés… L'Amérique est le pays de la justice et de la liberté… »

Le shérif Dearing conseilla à monsieur Kruger de ne pas dire du mal de l'Amérique ni des Américains.

« Mais des Américains… des Américains ont jeté une pierre sur mon pare-brise. Un coup de feu a été tiré en direction de la fenêtre de ma chambre, il aurait pu me toucher, ou ma femme et mes enfants, et maintenant un Américain a tué mon chien, il l'a éventré et laissé bien en évidence pour que tout le monde le voie. Vous savez combien ma fille adorait ce chien ? »

Le shérif Dearing leva les deux mains comme s'il capitulait, et il fit un pas en arrière en secouant la tête. Il expliqua à Kruger que celui-ci n'avait rien à gagner de telles accusations incendiaires, et que si Kruger avait l'intention d'être si partial, eh bien, ça ne servait franchement pas à grand-chose que le shérif Dearing reste là à discuter. Ils pouvaient discuter jusqu'au coucher du soleil et ni l'un ni l'autre ne seraient plus avancés.

« Mais au moins, si vous restiez jusqu'à la nuit, nous verrions peut-être un autre Américain menacer ma maison et ma famille », répliqua Kruger, butant sur les mots qui jaillissaient précipitamment de sa bouche telles des pièces dégringolant d'une machine à sous, et il n'en fallut pas plus pour que le shérif Dearing regagne sa voiture et reprenne le chemin qui menait à la grand-route sans même jeter un coup d'œil en arrière.

Je me demandais si quelqu'un avait vu Gunther Kruger la nuit où je l'avais vu depuis ma fenêtre, si quelqu'un l'avait vu et en avait tiré des conclusions hâtives.

Le shérif Dearing aurait mieux fait de ne rien dire, mais c'était un samedi soir, et Clement Yates, qui lui avait autrefois fait temporairement office d'adjoint et l'avait aidé à attraper un jeune fugueur de la maison de redressement de Folkston, fêtait son anniversaire. Clement Yates avait un visage plat et quelconque, exception faite de son œil droit dont un coin se relevait au niveau d'une cicatrice nette, comme si quelqu'un lui avait accroché le sourcil avec un hameçon et avait tiré pour le dégager. En outre, il était un peu lent, et sa bouche oblique, son menton flasque donnaient l'impression qu'il avait à vrai dire gobé l'hameçon, et aussi le plomb et la ligne, et qu'il attendait maintenant patiemment d'avaler la canne. Quand Clement avait une idée, une lueur naissait dans ses yeux ternes, une lueur comparable à un feu de Saint-Elme, et il était plus que probable qu'il y ait une annonce à la TSF.

Ils étaient quelques hommes à la Falls Inn, l'auberge, qui n'était rien de plus que deux tables pour boire de la bière, une pompe, un box en coin pour les couples, une planche faisant office de table à manger, de la sciure et des crachats par terre, et une tête d'orignal au mur à laquelle il manquait un œil. Le nom de l'auberge était un jeu de mot. Le propriétaire s'appelait Frank Turow et, le jour de l'ouverture, il avait glissé et dégringolé l'escalier de la cave et failli se briser le dos. Frank avait un visage étrange, comme si son crâne n'avait jamais durci ; une violente bousculade, une bagarre de cour de récréation, quelque chose de ce genre avait provoqué une pression excessive sur son visage. Ses traits avaient été déformés, et il était resté comme ça par la suite. Il n'était ni beau ni laid, mais avait le genre de visage inhabituel qui attirait les regards surpris et perplexes.

Assistaient à l'anniversaire de Yates, outre le shérif Dearing et Yates lui-même, Leonard Stowell et Garrick McRae, Lowell Shaner – le Canadien borgne qui avait fait partie de l'escouade de soixante-dix hommes en mars après le meurtre de la fille de Garrick McRae – Frank Turow – soixante-huit ans bien sonnés et dur comme un roc, un bon mètre quatre-vingts de muscles noueux et suffisamment agile pour enterrer le premier qui oserait le chercher – et enfin Gene Fricker, le père de Maurice, mon camarade Ange gardien. Gene Fricker travaillait au silo à grains et dégageait une odeur de sac de toile et de graines humides ; il était costaud, lent comme Yates, mais d'une lenteur méthodique et appliquée, jamais stupide, mais volontairement indifférent aux choses qui ne l'intéressaient pas. Sept hommes, deux fûts de bière âpre qui avait un goût de levure dissoute dans de la pisse de raton laveur, et des langues déliées par la camaraderie, la fanfaronnade et, surtout, par une bouteille de whisky Calvert que Turow avait gardée pour l'occasion.

« C'est pas un Américain, déclara Yates.

– Qui ça ? demanda Leonard Stowell.

– Celui qui fait ces trucs aux gamines. »

Haynes Dearing leva la main.

« Ça suffit. C'est encore moi la loi, et je la fais respecter. C'est l'anniversaire de Clement Yates, et c'est tout ce que ce sera. On va pas se mettre à déblatérer sur cette histoire ce soir. Nous avons Leonard Stowell et Garrick McRae parmi nous, qui ont chacun perdu une petite. » Dearing leva les yeux puis adressa tour à tour un signe de tête à chaque homme. « On garde ça pour un autre jour, d'accord ?

– On est pas venus ici pour causer de ça, convint McRae, mais vu que c'est sur le tapis, je vais vous dire ce que j'en pense… Je suis d'accord avec Clement, anniversaire ou pas anniversaire, c'est pas un Américain.

– La dernière fille était juive, remarqua Frank Turow.

– Ç'a pas d'importance de quelle religion elle était, déclara Lowell Shaner. Le fait est que c'était la fille de quelqu'un, et j'étais là-bas avec les autres après le meurtre de la fille de Garrick… J'étais là-bas avec des hommes qui ne la connaissaient pas, et j'ai vu ces hommes quasiment fondre en larmes. Ils sont allés là-bas parce qu'ils voulaient aider… et je vais vous dire une chose ici et maintenant shérif… »

Le shérif Dearing se pencha en avant, la tête enfoncée entre ses épaules voûtées telle une espèce de chien de combat.

« Et qu'est-ce que vous allez me dire, Lowell Shaner ? »

L'espace d'un battement de cœur, Shaner sembla hésiter, mais il jeta un coup d'œil à Garrick McRae, il vit la ligne sombre de sa mâchoire crispée, la dureté implacable de ses yeux, et il sembla y trouver la détermination dont il avait besoin.

« Que si quelque chose n'est pas fait en vitesse…

– Alors vous allez vous offrir un lynchage après une bonne beuverie, vous allez vous entasser à l'arrière d'une camionnette et filer à St. George ou à Moniac et pendre un pauvre crétin de Nègre sans défense. Dites-moi si je me trompe et je vous donnerai à chacun un dollar. »

Un silence gêné s'abattit.

« Les Nègres sont américains, déclara doucement Clement Yates.

– Ah, exact, dit Dearing. Désolé, j'avais compris de travers. Ce que vous voulez, c'est trouver un tueur d'enfants *étranger*… comme un Irlandais peut-être, ou alors un de ces Suédois qui sont passés par ici en se rendant aux camps de bûcherons… ou bon Dieu, pourquoi pas un Allemand ? Nous en avons plein des Allemands ici. Les Allemands causent tous ces problèmes avec la guerre, ils tuent nos soldats en Italie et Dieu sait où, et ils tuent aussi les juifs là-bas, et la dernière petite fille qui s'est fait assassiner était juive. Bon sang, comment on a pu oublier ça ? Ça veut dire que ça doit être un Allemand. C'est *forcément* un Allemand.

– Haynes, intervint Gene Fricker. Vous vous mettez en rogne sans raison. Personne ne dit… »

– La moindre chose qui ait du sens, Gene, coupa Dearing d'un ton neutre. Voilà, mon ami, ce que personne ne dit. »

Il se laissa aller en arrière sur sa chaise et releva la boucle de son holster. C'était un geste insignifiant qui serait passé inaperçu à n'importe quel autre moment, mais à cet instant, il ne semblait pas innocent : il rappelait à chaque personne présente que Dearing était la loi, qu'il était le seul à porter une arme, et qu'il la portait parce que la loi l'y autorisait.

« Nous n'allons pas avoir de troubles ici à Augusta Falls », dit-il calmement. Il se pencha une fois de plus en avant et posa les mains à plat sur la table. « Nous n'allons pas avoir de troubles ici, non pas parce que je vous le demande, mais parce que vous êtes des citoyens intelligents et sensés, que vous êtes tous capables d'aligner plusieurs mots pour faire une phrase, que vous savez comment va le monde, vous avez tous souffert d'un petit coup de chaleur, la mauvaise récolte, peut-être… mais aucun d'entre vous n'est assez inconscient ni assez idiot pour se lancer dans ce qu'on appelle une chasse aux sorcières. Nous sommes d'accord sur ce point ? »

Il y eut un moment d'hésitation tandis que les hommes se dévisageaient les uns les autres.

« Sommes-nous d'accord sur ce point ? » demanda une seconde fois Dearing.

Un murmure de consentement parcourut l'assemblée de gauche à droite.

« J'ai entendu dire qu'on causait des problèmes à Gunther Kruger, reprit Dearing. J'espère bien qu'aucun d'entre vous n'a quoi que ce soit à voir avec ça, et je ne vous demande ni aveu ni démenti. Je vous dis simplement que les problèmes de Gunther Kruger sont terminés, et qu'il faudrait être mal avisé et idiot pour ne pas porter ce message aux autres habitants de la ville. Je suis peut-être obtus, un peu trop conventionnel et buté, mais je n'ai aucune envie d'avoir à décrocher des gens des arbres cet été.

– On a bien compris, dit Gene Fricker. Pas la peine d'enfoncer le clou, Haynes. C'est clair comme de l'eau de roche.

– Juste pour qu'on soit d'accord, les gars… juste pour qu'on se comprenne bien. Les gens ont peur, et quand les gens ont peur ils réfléchissent de travers. Cette affaire a changé la façon dont chacun voit les autres. Vous n'êtes peut-être pas d'accord avec la manière dont nous gérons la situation, et je ne peux pas vous en vouloir, mais le fait est que nous sommes tous de bons citoyens et qu'aucun de nous ne veut voir cette chose se reproduire. Ouvrez l'œil. Voyez si quelque chose sort de l'ordinaire, et si vous voyez quelque chose, venez me le dire et j'enquêterai sans délai. Vous m'avez compris ? »

Et il semble que c'est tout ce qui fut dit, du moins à en croire le bouche-à-oreille, car cette conversation fut abondamment commentée, même par Reilly Hawkins quelques jours plus tard. Peut-être qu'aucun des hommes présents n'avait envie de provoquer des troubles, mais les troubles arrivèrent, et ce fut un déchaînement. Le lendemain soir, le dimanche 30 août, fut un tournant de ma vie, et de la vie de bien des gens à Augusta Falls.

Peut-être aurais-je dû le voir arriver, car il y avait de la tension dans l'air, l'électricité était tangible. Peut-être m'étais-je convaincu que ce n'était rien. Je me rappelle même le samedi soir, étendu sur mon lit tandis que le shérif Dearing, Leonard Stowell et les autres à la Falls Inn célébraient l'anniversaire de Clement Yates.

Le monde tournait, les gens vaquaient tranquillement à leurs occupations ; j'avais lu Steinbeck jusqu'à ce que mes yeux se ferment d'eux-mêmes, et il semblait que le dimanche serait le même que n'importe quel dimanche passé ou à venir.

Si j'avais alors su ce que je sus par la suite – le recul, toujours notre meilleur et plus cruel conseiller –, je serais allé tirer les Anges gardiens de leurs lits, et ensemble nous aurions été chercher une petite fille chez elle et l'aurions cachée quelque part jusqu'à ce que tout soit fini.

Mais je ne savais pas, et elle non plus, et ma mère, malgré toute sa sagesse, était aussi ignorante que nous.

La Mort revint à Augusta Falls, Elle arriva par la grand-route ; appliquée, méthodique, indifférente aux us et coutumes ; ne respectant ni la pâque, ni la Noël, ni aucune célébration ou tradition. La Mort vint – froide et insensible, perceptrice de l'impôt de la vie, le prix à payer pour respirer, une dette à jamais arriérée.

Je La vis la prendre, je La vis de près, et lorsque je regardai dans Ses yeux je ne vis rien que mon propre reflet.

9

Un bruit comme un poing à travers une vitre, un poing enveloppé dans une serviette, une serviette arrachée à la corde à linge tendue entre la porte de derrière et le montant du portail, enveloppant un poing et traversant la vitre, comme un bruit d'éclat sourd, un bruit étrangement chaud, chaud et sec, un bruit chaud et sec qui pénétra mon esprit alors même que je dormais.

La chaleur proche, trop proche, la peau dont les serpents meurent d'envie de se débarrasser ; la chaleur de Géorgie, à la fin août, une chaleur formidable qui vous met au défi de trouver le sommeil, et une fois que le sommeil vous a gagné vous ne voulez pas le laisser partir, vous ne voulez pas refaire surface, quitter l'obscurité sûre pour la lumière douloureusement vive, et vous vous laissez à nouveau aspirer par l'inconscience tandis que dehors le bruit d'éclat chaud se transforme en quelque chose comme des couteaux et des verres, des verres et des couteaux, entassés dans un sac en cuir et secoués, secoués, secoués…

Quelqu'un me secoue.

Les muscles engourdis, se décoinçant comme s'ils sortaient d'une rigidité prématurée, chacun poussant doucement le suivant, l'éveillant, l'effet domino de neurone à synapse, de nerf à résistance, tandis que le sommeil menace d'exploser comme un ballon de baudruche rempli d'eau. Il abandonne, capitule, mais à contrecœur, car lorsqu'il sera perdu il ne reviendra pas. Comme John Burgoyne à Saratoga : gentilhomme ou non, il capitula tout de même.

« Joseph ! »

Une voix sifflante, insistante.

« Joseph ! Réveille-toi ! »

Un rêve peut-être, un rêve de mademoiselle Webber, son visage à la mâchoire large, ouvert comme une prairie, les yeux bleu barbeau, simples et francs ; ses yeux bleu barbeau s'épanouissant sous un soleil de Syracuse.

Joseph !

On aurait dit mon père – soudain et pressant, pas furieux, pas en colère, juste insistant. Je luttais contre quelque chose, quelque chose de lourd, quelque chose qui exerçait une pression, peut-être contre la noyade.

Une sensation de mouvement, des mains sous moi, puis j'ouvris les yeux et vis le visage de Reilly Hawkins baissé vers moi, ma mère juste à ses côtés.

« Dépêche-toi, Joseph, insista-t-elle.

– Viens, Joseph... habille-toi vite, nous devons sortir de la maison ! »

C'est alors que je sentis la fumée – âcre et amère. Il me semblait sentir la chaleur à travers les murs, mais peut-être mon imagination embellit-elle le souvenir.

J'enfilai mes vêtements à la hâte, incertain et agité, mais comprenant qu'il fallait faire vite. Il s'était passé quelque chose ; quelque chose de mauvais, pensais-je. Ma mère et Reilly Hawkins prirent les devants. J'entendis le bruit de leurs pas résonnant sur l'escalier en bois, comme un bâton courant sur une clôture à piquets.

Une fois en bas, je trouvai le sol de la cuisine inondé. Des seaux et des casseroles étaient éparpillés sur le carrelage et dans la cour… une confusion de voix précipitées à l'extérieur, et soudain Clement Yates apparut, le visage rougi, trempé de sueur et d'eau, les yeux écarquillés, la peau grise et sillonnée de traînées noires.

« Un seau ! me cria-t-il. Prends un seau, mon gars.. ; prends un seau et dépêche-toi ! Dépêche-toi, pour l'amour de Dieu ! »

Le seau était lourd. Je faillis déraper et le lâcher tandis que je franchissais la porte et m'engageais dans la cour.

C'est alors que je vis les flammes, des poings orange vif, serrés sur le toit de la maison des Kruger, puis s'élançant furieusement vers le ciel. L'odeur était épaisse et étouffante, une odeur de bois et de coton en flammes, de laine et de pierre brûlant, de terre cuisant dans la chaleur intense ; je n'avais jamais rien senti de tel, car en dessous – comme un courant trompeur sous la surface – flottait l'odeur de la Mort.

Combien de gens se trouvaient là, je n'en savais rien. La maison de Gunther Kruger était en feu, et tout Augusta Falls semblait s'être précipité pour aider à éteindre les flammes. Le rugissement et le crépitement étaient brutaux, l'éclat sourd tandis que les fenêtres cédaient sous l'effet de la chaleur, le craquement des poutres distordues s'abandonnant finalement aux flammes, le claquement chaud des tuiles d'argile, comme des coups de feu, comme des coups de fouet, l'odeur du genévrier et du houx s'animant soudain dans une lueur orange derrière la maison, les cris, la peur, le martèlement des pas, les deux lignes d'hommes – la première reliant notre cuisine à l'arrière de la maison des

Kruger, la seconde partant du ruisseau – deux lignes d'hommes faisant passer des seaux de main en main, et parmi ces hommes se trouvaient Gunther Kruger, Hans et Walter, Clement Yates, Leonard Stowell, Garrick McRae et Gene Fricker. Le shérif Dearing aussi était là, j'entendais sa voix mais je ne voyais pas son visage. Plus tard, j'appris qu'il était celui qui se trouvait dans les entrailles rouges et vives du bâtiment, celui qui brisait les portes et repoussait la fumée. Trop aveuglé pour y voir quoi que ce soit, entendant des voix, titubant à travers les débris aux multiples nuances de gris, à travers la crasse noire et âcre, en vain.

Ils les avaient fait sortir – Gunther et Mathilde, Walter et Hans.

Elle n'en avait pas réchappé : Elena Kruger, avec ses bleus sur les bras et ses crises de grand mal. À onze jours de son douzième anniversaire, elle était morte quelque part sur les marches menant au sous-sol tandis qu'elle se précipitait dans l'obscurité pour échapper à la chaleur.

Je me rappelai la promesse que j'avais faite, debout sur la colline où j'avais trouvé Virginia Perlman, la promesse de surveiller Elena et de m'assurer que rien ne lui arriverait. J'avais manqué à cette promesse comme si elle ne signifiait rien. Je savais… je savais au fond de moi que, d'une manière ou d'une autre, j'étais responsable de ce qui était arrivé.

Ma mère était là, la voix brisée à force de crier, ses vêtements infects, ses mains et ses genoux couverts de charbon et de boue. Reilly Hawkins avait dû la traîner en arrière lorsque le toit avait finalement cédé, car ils savaient tous que la fillette était perdue. Avant ça, il y avait eu de l'espoir – un espoir erroné, optimiste, mais un espoir tout de même. Quand les poutres supérieures s'étaient mises à trembler les unes après les autres, quand les énormes arcs de flammes tourbillonnantes s'étaient engouffrés dans chaque ouverture de porte et de fenêtre, ils avaient tous su qu'ils ne pouvaient rien faire. Elena Kruger était toujours dans la maison, et les murs avaient commencé à s'écarter et à s'affaisser lourdement vers l'intérieur, et n'importe qui s'aventurant au-delà des limites de la propriété aurait été carbonisé avant même d'atteindre les briques noircies.

Je restai planté là à regarder, mon cœur rouge et brûlant cognant à tout rompre, les poings et les dents serrés, à tel point que ça faisait mal, les larmes coulant sur mon visage, des larmes provoquées par la fumée et par ma respiration douloureuse – mais aussi par mon désespoir, à mesure que je comprenais ce qui était arrivé.

Quelqu'un avait incendié la maison des Kruger.

C'est plus tard que je vis la Mort. Rien qu'une ombre, un spectre, mais Elle était là. Celle-là même qui avait emporté mon père.

Lundi matin tôt, deux heures, peut-être trois. Toujours éveillés, tous autant que nous étions, mais rendus délirants par la chaleur, la fumée, la fatigue, le chagrin. Les flammes étaient éteintes, la maison des Kruger n'était plus qu'une ombre noire sur la propriété, ponctuée ici et là par les restes d'un mur telles des dents brisées jaillissant des gencives de la terre. Je voyais l'endroit où s'était trouvée la cuisine, je sentais l'odeur des saucisses et de la salade de pommes de terre que madame Kruger avait préparées pour le « poufantail ».

C'est alors qu'ils remontèrent Elena. Gunther Kruger, le shérif Dearing, Lowell Shaner le borgne et Frank

Turow. Ils la retrouvèrent sur les marches du sous-sol, son corps calciné et méconnaissable. Ils l'enveloppèrent dans une couverture, la remontèrent dans les ombres minces de l'aube imminente. Madame Kruger se tenait en retrait et regardait, sans plus d'espoir, sans plus d'émotion, désormais incapable de pleurer. À un moment elle sembla s'enfoncer sans effort dans le sol, et ma mère était là, ma mère et Reilly Hawkins, et ils la soutinrent, la guidèrent vers l'arrière de notre maison et la firent entrer dans la cuisine.

J'observais depuis la fenêtre de ma chambre, la fenêtre qui donnait sur la cour des Kruger. Je La vis alors, près de la piètre procession funéraire qui avançait tel un fantôme entre les arbres et se dirigeait vers River Road. Frank Turow avait une camionnette à plateau, et ils étendraient le corps d'Elena Kruger dessus pour se rendre chez le docteur Piper. La Mort était là, Elle ne marchait pas ni ne flottait, car Elle était dans l'ombre au milieu des arbres, dans l'ombre des hommes qui portaient Elena, dans le bruit des lourdes bottes écrasant les feuilles humides et les brindilles brisées, dans le bruit du gravier sur le macadam, dans la brume qui s'élevait de leur bouche tandis qu'ils s'éclaircissaient la voix et murmuraient des mots, tandis qu'ils hissaient le corps et l'étendaient sur la camionnette. Elle était là. Je savais qu'Elle me voyait, qu'Elle savait que je L'observais. Étrangement, j'avais le sentiment qu'Elle avait aussi peur que moi.

C'est alors, juste avant qu'ils ne l'emportent, que mes pires peurs s'éveillèrent.

Comme ça s'était produit avec Virginia Grace, une pensée me vint :

Il savait ce que nous pensions, *il* savait ce qui nous avait traversé l'esprit, et en mettant Elena au courant de nos intentions, en promettant de la protéger, je l'avais condamnée à ce terrible, terrible sort.

Il se moquait de moi.

C'était comme s'il était en moi, et je me mis à frissonner de façon incontrôlable sans parvenir à m'arrêter.

Le moteur démarra. La camionnette s'éloigna avec Frank Turow et le shérif Dearing à l'avant. Gunther Kruger était agenouillé sur le plateau à côté du cadavre de son unique fille, la tête penchée, accablé. Lowell Shaner se tenait au bord de la route. Il ne bougea pas jusqu'à ce que la camionnette eût disparu, puis il s'assit dans la poussière, juste là au bord de la route, posa le front sur ses genoux, et resta immobile pendant un très, très long moment.

Si j'avais su, j'aurais crié le nom de monsieur Kruger, même s'il ne pouvait pas m'entendre. Si j'avais su que Gunther Kruger serait si longtemps parti, j'aurais crié quelque chose, quelque mot de réconfort, d'espoir, quelque chose qui lui aurait fait sentir que le monde entier n'était pas contre lui. Mais je ne savais pas, et demeurai donc silencieux.

Madame Kruger et ses deux fils passèrent la nuit chez Reilly Hawkins. Le lendemain, monsieur Kruger vint les chercher et les emmena encore vêtus des habits dans lesquels ils avaient dormi, car c'était tout ce qu'ils possédaient, et Frank Turow les conduisit au nord, à Uvalda, dans le comté de Toombs. Il y avait une ferme là-haut, une ferme qui appartenait à la femme du cousin de Mathilde Kruger, qui était désormais veuve mais conservait un peu de terre, quelques cochons, de quoi vivre modestement.

Je ne m'enquérais pas des Kruger. Peut-être étaient-ils maudits, et j'avais peur que ce ne soit contagieux.

La pluie et les changements de saison nettoyèrent leur terre et l'empreinte de leur maison. Le sous-sol se combla, et un gazon épais le recouvrit, tassé par le martèlement des pas des gens qui allaient et venaient. Quelqu'un planta un arbre, une petite chose d'à peine un mètre de haut, mais qui s'agitait dans la brise et me rappelait Elena et la terrible souffrance de sa brève vie anéantie.

Les Kruger avaient été là, ils avaient fait partie intégrante de nos vies, puis ils avaient disparu.

Le shérif Haynes Dearing ne posa pas de questions sur l'incendie. Il ne voulait pas savoir ; j'avais le sentiment qu'il avait lui aussi peur de ce qu'il risquait de découvrir. On parlait beaucoup, comme de bien entendu, et les gens cherchaient des explications et des justifications, des raisons à ce qui était arrivé.

La rumeur se répandit, des ragots sur les bleus d'Elena, sur le fait que c'était peut-être son père qui les lui avait infligés, qu'elle avait été abusée et maltraitée, violée même ; que ces mauvais traitements se produisaient depuis de nombreuses années, et que son père avait finalement dû faire quelque chose pour l'empêcher de parler. Je me souviens du shérif Dearing rendant visite à ma mère. Je n'entendis pas les paroles qu'ils prononcèrent, mais je sentis combien l'atmosphère était pesante. Il la mettait en garde, lui disait qu'il avait des soupçons, que Gunther Kruger était parti et qu'elle ferait bien d'éviter d'entrer en contact avec lui.

Pourquoi tous les Kruger avaient-ils survécu, tous sauf Elena ? demanda-t-il.

Pourquoi avait-elle été retrouvée au sous-sol quand tous les autres étaient en haut ?

Gunther Kruger était-il coupable de ce qu'on laissait entendre ? Les bleus d'Elena avaient-ils après tout été causés par sa main ?

Était-il possible que Gunther ait tué sa propre fille pour l'empêcher de parler ?

Je me rappelais la nuit où j'avais vu Gunther Kruger sur la route, immobile et silencieux, son long manteau comme un linceul, et la peur que j'avais éprouvée lorsque j'avais imaginé qui il pouvait être.

La manière dont il m'était simplement apparu comme une ombre.

J'entendais les rumeurs, je faisais mon possible pour n'en croire aucune ; je sentais que des esprits sombres généraient des pensées encore plus sombres. Les gens trouveraient toujours une bonne raison qui les aiderait à accepter de tels événements. Peut-être parce qu'ils ne pouvaient pas supporter l'idée que quelqu'un, quelque inconnu, ait mis le feu chez les Kruger pour des histoires de préjugés ou de discrimination. Peut-être parce que l'esprit humain essaie toujours de trouver une raison aux choses, et que si c'était Kruger le coupable, l'affaire n'en serait que plus facilement classée. De plus, c'était un étranger, un *Allemand*, et si ce qu'on disait en Europe était vrai, si les Allemands étaient vraiment responsables des atrocités qui étaient perpétrées là-bas, alors c'était sûrement qu'ils avaient ça dans le sang, quelque mal héréditaire qui les incitait à la violence et à la maltraitance. Augusta Falls était une petite ville. Les Kruger la laissèrent derrière eux, et il ne resta plus que le souvenir de leur fille.

Les Anges gardiens, autrefois six, n'étaient maintenant plus que cinq. Hans Kruger était parti et, dans un sens, j'étais soulagé. Je ne me serais pas senti capable de lui faire face chaque jour.

Nous ne nous réunîmes pas durant un mois, et lorsque nous le fîmes, nous étions d'une humeur sombre et réservée.

« Vous croyez que c'est le tueur qui a mis le feu chez les Kruger ? » demanda Michael Wiltsey.

Nous étions assis en rang d'oignons, adossés au vieux mur de pierres en bordure du champ de Lowell Shaner. C'était le dernier jour de septembre 1942, un mercredi, et tandis que le reste du monde se rappellerait ce mois pour le massacre de cinquante mille juifs et l'offensive d'Hitler contre Stalingrad, nous cinq nous rappellerions ce jour pour une raison tout à fait différente.

« Non, répondis-je en secouant la tête.

— Qu'est-ce qui te rend si sûr de toi ? » demanda Ronnie Duggan.

Il écarta sa frange de son visage et me regarda en plissant les yeux.

« Peut-être que c'était quelqu'un qui pensait que Gunther Kruger était le tueur d'enfants.

— Tu crois ? » demanda Daniel.

Ça faisait quelques mois déjà que sa sœur était morte, mais il traînait son ombre partout où il allait. Quand vous le voyiez de loin, vous aviez l'impression que quelqu'un le suivait. Parfois j'avais surpris mademoiselle Webber à l'observer à son insu.

Dix-huit mois s'étaient écoulés depuis la première réunion des Anges gardiens, et je me souvenais de ce jour comme si ç'avait été la veille. Dix-huit mois au cours desquels Ellen May Levine, Catherine McRae et Virginia Perlman étaient mortes. Elena aussi était partie, et même si c'était moi qui avais découvert Virginia, c'était la mort d'Elena qui m'avait le plus affecté. Peut-être me suivait-elle. Peut-être avais-je moi aussi

178

l'air de traîner un fantôme. Peut-être seuls les autres voyaient-ils de telles choses.

« Je crois, répondis-je. Je crois que c'est ce qui s'est passé.

— Mon père a un pistolet, vous savez, intervint Maurice Fricker.

— Le père de tout le monde a un pistolet, Maurice, répliqua Ronnie Duggan. Mon père va dans la cour derrière la maison et il tire sur tous les gamins idiots. Tu ferais bien de prendre un autre chemin pour rentrer chez toi.

— Je suis sérieux, insista Maurice.

— Je… je pourrais en avoir un aussi, dit Michael.

— Bon Dieu, non, fit Daniel. Si on te filait un pistolet, vu comment tu es agité, tu tirerais sur tout le monde.

— Ça suffit ! » dis-je. Je me levai, enfonçai les mains dans mes poches. « Vous dites n'importe quoi. Personne ne prend de pistolet, d'accord ?

— Alors qu'est-ce qu'on va faire ? demanda Daniel.

— Nous devons concevoir un système, dis-je.

— Un système ? répéta Maurice. Un système pour quoi ?

— Pour patrouiller en ville… pour patrouiller en ville et nous assurer que nous voyons tout ce qui se passe.

— Tu te rappelles ce qui est arrivé la dernière fois ? objecta Ronnie Duggan. Dearing est venu à l'école. Mon père était si furax qu'il a failli avoir une attaque. Tu peux être sûr que je vais pas recommencer.

— Il ne s'agit pas de faire la même chose, dis-je. Il ne s'agit pas de rôder la nuit. Il s'agit de nous arranger pour surveiller les mouvements des gens.

— À cinq ? » demanda Michael. Je voyais qu'il était nerveux. Son agitation était encore plus prononcée dans des moments comme celui-là. « Comment on va faire pour surveiller toute une ville à cinq ? »

Je fis un pas en avant, me retournai et les regardai tous les quatre assis contre le mur.

« Qui a du papier ? demandai-je en tirant un crayon de ma poche.

– Moi », répondit Ronnie Duggan.

Il se leva, tira une boule de papier de sa poche revolver.

« Qu'est-ce que tu fabriques avec ça ? » demanda Daniel.

Ronnie eut l'air embarrassé, et il se tourna vers moi comme si j'avais une réponse. Je haussai les épaules.

« Tu sais, dit Ronnie en écartant la frange de ses yeux. Si je suis dehors... tu sais.

– Dehors ? demanda Daniel. Dehors où ? De quoi tu parles ?

– Nom de Dieu, fit Maurice Fricker, et il se mit à rire. C'est s'il a besoin de chier quand il est dehors. »

Daniel avait l'air abasourdi. Il semblait essayer de se retenir, mais il fut soudain pris d'un fou rire.

Ronnie me jeta la boule de papier et je l'attrapai. Je la tins un moment puis la lâchai, presque involontairement.

« Bon Dieu, c'est rien que du papier, dit Ronnie.

– Mais du papier cul ! » cria Daniel.

Je me levai et les regardai tous les trois – Maurice, Michael et Daniel – tandis qu'ils s'écroulaient littéralement de rire.

Ronnie Duggan m'observait à travers le rideau de sa frange.

« Bon sang, Joseph... tu veux bien leur dire d'arrêter, s'il te plaît ? »

Je me penchai pour ramasser le papier.

« N'y touche pas ! beugla Maurice. Ne touche pas au papier cul ! »

Je continuai de les regarder. J'avais envie de rire mais ne pouvais pas. Au nom de Ronnie, au nom de ce qui nous avait réunis ici. Je m'assis par terre en tailleur, papier et crayon en main, et attendis qu'ils se calment.

« De foutus gamins », fit Ronnie, qui s'assit à son tour.

Presque des gamins, en effet, pensai-je. J'allais avoir quinze ans un mois plus tard. Les Anges gardiens étaient tout ce que j'avais. Il me semblait qu'Augusta Falls n'était pas la ville dans laquelle j'avais grandi. Cette ville était l'ombre d'elle-même, elle était devenue sombre, et j'étais assis dans ce champ avec une boule de papier sur les genoux à regarder les seuls amis que j'avais qui étaient encore en vie. Ronnie, Michael, Maurice et Daniel. Je m'étais Dieu sait comment retrouvé à être leur meneur autoproclamé, leur porte-parole, leur capitaine. J'avais peut-être plus peur que chacun d'entre eux, et tout en les regardant rire je savais que leur rire était une échappatoire, une libération, un bref répit du lourd fardeau qui nous accablait tous.

« Alors de qui sommes-nous sûrs ? demandai-je. Qui ne peut pas être le tueur ? »

À ces mots, ils se calmèrent.

« Mon père, répondit Daniel McRae.

— Et le mien, dit Maurice en écho.

— Et le mien », ajoutèrent Michael et Maurice.

Je notai les noms. Si mon père avait été en vie, son nom aurait aussi figuré sur la liste. Si mon père avait été en vie, la première victime aurait été la dernière. C'était ce que je voulais croire, et j'en étais donc persuadé.

« Le shérif Dearing, Lowell Shaner, Reilly Hawkins, poursuivis-je. Et le docteur Piper.

– Le docteur Piper est bizarre, objecta Daniel. Il m'a fait un examen médical un jour. Il m'a fait baisser mon pantalon, il m'a tenu les couilles et demandé de tousser.

– Ça, dis-je en souriant, c'est l'un des tristes devoirs d'un médecin.

– Sérieusement, dit Michael. Qui on connaît qui ne peut pas avoir fait ça ?

– Tous les membres des familles des filles assassinées, répondit Maurice. Leurs pères, leurs frères, tous ces gens. Enfin quoi, nom de Dieu, on n'assassine pas ses parents, pas vrai ? »

J'écrivis les noms de famille des victimes – Van Horne, Stowell, Levine et Perlman.

« Frank Turow, reprit Ronnie. Clement Yates, Gene Fricker. »

Leurs noms allèrent sur la liste. C'étaient tous des gens que je connaissais, que j'avais connus toute ma vie. Ils avaient fait partie de l'escouade de soixante-dix hommes après la mort de la sœur de Daniel.

« Ce sont tous des gens d'Augusta Falls, dit Maurice Fricker. Je ne crois pas que ce soit quelqu'un d'ici.

– Ce n'est pas la question, répliquai-je. On procède par élimination. On exclut les personnes que ça ne peut *pas* être. Comme ça, on sait qui on ne cherche pas, d'accord ?

– Et on fait attention à tous les autres, dit Ronnie. On ne peut pas surveiller toute une ville, mais on n'en a pas besoin, pas vrai, Joseph ?

– Exact, acquiesçai-je. On surveille juste tous ceux qui ne sont pas sur la liste.

– Mais ça pourrait être n'importe qui, allégua Michael. Ça pourrait être quelqu'un de Camden ou de Liberty ou d'Appling. N'importe qui pourrait venir de n'importe où, et on n'en saurait rien.

– On doit le savoir, répondis-je. C'est pour ça qu'on fait ça. On prend des notes. On se retrouve une fois par semaine, ici même, et on passe en revue tout ce qui paraît bizarre, tout ce qui détonne. On fait ce qu'on a toujours dit qu'on ferait… on ouvre l'œil, on fait attention les uns aux autres, et surtout on surveille les petites.

– Ça ne se reproduira pas », dit Daniel McRae.

Je me tournai vers lui et vis qu'il avait les larmes aux yeux. Le moment où il s'était moqué de Ronnie Duggan semblait appartenir à une autre vie.

« Ça ne *peut* pas se reproduire », dis-je, et j'espérais – j'espérais de toute mon âme – que j'avais raison.

Octobre devint novembre, qui devint décembre ; nous nous réunissions chaque semaine comme prévu. Nous parlions de qui nous avions vu, où et quand. Nous essayions de déceler des anomalies et des bizarreries dans les emplois du temps et les routines. Un après-midi, nous marchâmes jusqu'au bout de la voie de chemin de fer abandonnée et trouvâmes un homme qui dormait dans un fossé. Il puait le raton laveur mort, et lorsqu'il se réveilla et nous vit qui nous tenions là, il se mit à brailler comme un porc égorgé et détala parmi les arbres et à travers la jachère de Lowell Shaner. Chaque nouvelle réunion nous décourageait un peu plus. Nous savions que nous n'arrivions à rien. Nous supposions que le tueur avait depuis longtemps quitté le comté de Charlton, qu'il avait peut-être lui-même été tué, ou qu'il était tombé dans un ravin, s'était noyé dans un marécage, ou même qu'il s'était suicidé par honte des horreurs qu'il avait commises.

Même la silhouette sur les affiches commençait à ressembler à une chose sortie de l'imagination d'enfants effrayés. Parfois nous n'avions rien à rapporter, et nous nous regardions, un peu perdus, un peu désespérés. À de tels moments je me sentais complètement désorienté, comme si l'objectif que j'avais voulu leur donner n'avait plus de sens. Je voulais être leur meneur, leur capitaine franc et sans peur ; je voulais leur donner des conseils et une direction concrète. Mais un jour j'annulai une réunion car je ne me sentais pas capable de leur faire face.

Je crois que nous avions tous conscience de notre échec. Elena Kruger était morte, et même si nous savions qu'elle n'avait pas été directement prise par le tueur, elle était tout de même morte. Nous avions voulu assumer la responsabilité des enfants d'Augusta Falls, et j'avais moi-même promis de la protéger, à n'importe quel prix. En tant qu'individus, nous avions échoué, en tant que groupe, nous avions échoué, et au bout d'un moment, nos réunions ne furent plus qu'un constant et douloureux rappel de cet échec.

Rien ne fut directement dit, ce fut plus un accord tacite. Nous nous éloignâmes lentement les uns des autres. Les Anges gardiens cessèrent d'exister. Peutêtre estimions-nous d'une certaine manière avoir contribué à la mort d'Elena. Je n'en savais rien alors, et je m'imaginais que je ne serais pas plus avancé à l'avenir. Je pensais à Michael Wiltsey, à Maurice Fricker, à Ronnie Duggan et à Daniel McRae. Je pensais à Hans Kruger, qui devait se sentir encore plus coupable que nous tous réunis, car il s'était trouvé dans la maison quand l'incendie s'était déclaré. J'imaginais qu'il se disait qu'il aurait *dû* faire quelque chose. Peut-être avait-il essayé, et échoué. Nous éprouvions tous la même chose. Nous avions fait notre possible, mais notre possible n'avait pas suffi. C'était la fin des Anges gardiens.

Plus Noël approchait, plus nous semblions juste attendre que la Mort en prenne une autre.

10

Le président Roosevelt ordonna un gel des loyers, des salaires et des prix des fermes ; les Alliés mirent Rommel en déroute à El-Alamein ; cent quarante mille soldats américains débarquèrent en Afrique du Nord pour se battre contre une chose appelée la France de Vichy ; nous ne pouvions plus acheter ni café ni essence ; les Allemands cernés dans la ville dévastée de Stalingrad se rendirent finalement aux Russes. Ils avaient survécu trois semaines en mangeant les chevaux de la division de cavalerie roumaine.

Ma mère m'offrit un stylo-plume pour Noël, Reilly Hawkins me donna un cahier dans lequel écrire, un cahier aux feuilles épaisses, filigranées, et à la couverture en cuir gaufré. J'écrivis mon nom à l'intérieur, la date, mon âge, puis le refermai.

Une nouvelle année approchait. La guerre n'était pas finie. De nombreuses choses avaient changé depuis la mort d'Elena Kruger et le départ de sa famille. Je voyais Reilly moins souvent, et un jour j'entendis quelqu'un dire que j'étais l'enfant de « cette femme ». J'apprendrais plus tard que les rumeurs concernant Gunther Kruger avaient continué à circuler, et que maintenant elles incluaient ma mère, ma mère qui avait non seulement fauté avec Gunther Kruger, mais qui avait été au courant des terribles traitements qu'il avait infligés à sa fille et n'avait rien fait. Le shérif Dearing lui rendit visite et ils parlèrent à voix basse dans la cuisine. Lorsqu'il repartit, j'eus l'impression qu'elle n'était pas moins inquiète qu'à son arrivée.

« Ce ne sont que des mots », me dit ma mère.

Je lui faisais fréquemment part de mes pensées. Je restais souvent éveillé tard pour lui faire lire ce que j'avais écrit, et si je semblais distrait, peut-être perturbé, ou si je ne lui avais rien montré de nouveau pendant plusieurs jours, elle me prenait à l'écart et me demandait ce qui se passait.

« Les mots ne sont pas des actes. Les mots sont aussi vite oubliés qu'ils sont prononcés. »

Elle le pensait sincèrement, mais ce n'était pas vrai. Les mots n'étaient pas oubliés, et le temps ne semblait que les renforcer. Les soupçons semblaient mûrir et croître avec le temps, et plus ils étaient partagés, plus ils semblaient avoir d'influence et de validité.

Ma mère les entendait. Elle voyait bien que les gens la fuyaient et l'excluaient. Elle entendait les chuchotements, avait conscience que certaines femmes tournaient les talons et quittaient les boutiques à son entrée. On lui fit savoir qu'on ne lui faisait plus crédit à l'épicerie de la ville. Reilly Hawkins faisait de son mieux pour nous aider, mais il était indéniable que l'argent ne rentrait guère. Ma mère n'aurait jamais accepté la charité, et elle l'aurait encore moins demandée. Elle fit savoir qu'elle accepterait des travaux de couture, de lessive ou d'autres corvées, mais les gens venaient nous voir de plus en plus rarement.

Après un moment, Noël étant passé, la propriété des Vaughan ressembla à un petit ghetto distinct entouré d'une clôture qui avait sacrément besoin d'un bon coup de peinture. Augusta Falls nous avait isolés. Ses habitants avaient isolé ma mère. Elle avait perdu son mari, son gagne-pain, son sens de la communauté, ses amis. Les quelques moments d'intimité qu'elle avait pu partager avec Gunther Kruger lui avaient aussi été pris. On aurait dit qu'il ne restait que moi ; elle ne pouvait pas me perdre car je n'avais d'autre plan que rester. Elle perdit donc la tête. Et petit à petit, centimètre par centimètre, la lente détérioration de ses sens, de son jugement, laissa place à une démence pure et simple.

« Je ne suis pas aliéniste », me dit le docteur Piper.

C'était la troisième fois que je lui parlais, la deuxième qu'il rendait visite à ma mère. La première fois que je l'avais appelé, elle refusait de quitter sa chambre. Je l'entendais, pleurant parfois doucement, parfois silencieuse, et en dépit de mes efforts, impossible de lui faire ouvrir la porte. Je m'étais précipité au silo à grains et avais demandé à Gene Fricker d'appeler le docteur Piper au téléphone. Lorsque le docteur était arrivé, elle n'était plus dans sa chambre et se tenait à l'arrière de la maison, regardant le fantôme de la maison des Kruger. Elle avait recouvré toute sa tête.

La deuxième fois, j'avais directement parlé au docteur Piper au téléphone. Il avait expliqué qu'il ne pouvait pas venir. Il s'apprêtait à mettre un bébé au monde.

La troisième fois, j'avais demandé à Gene Fricker de l'appeler car ma mère n'avait rien mangé de quasiment toute une semaine. Je le savais car il n'y avait pas grand-chose à manger à la maison. Et quand je rentrais de l'école chaque jour, elle n'avait touché à rien. Je savais qu'elle n'allait pas manger ailleurs car j'enfonçais des petits bouts de papier dans les serrures, à l'avant et à l'arrière de la maison. Ces papiers étaient toujours en place à mon retour. Lorsqu'elle me parlait, c'était pour évoquer des choses qui s'étaient passées bien des années auparavant, leur accordant bien plus d'importance qu'elles n'en méritaient, se comportant comme si elles s'étaient produites récemment. Elle demandait si j'étais allé voir les Kruger ; elle demandait des nouvelles de Walter, Hans et Elena.

« La prochaine fois que tu verras mademoiselle Webber, demande-lui de transmettre mes amitiés à monsieur Leander... tu sais, le vieil homme qui habite à côté de chez elle ?

– Oui, m'man, je n'y manquerai pas. »

Elle ne savait que trop bien, tout comme moi, que monsieur Leander était mort pendant l'hiver 1938, qu'on l'avait retrouvé à genoux dans sa cour, raide et congelé, les yeux grands ouverts, la bouche aussi, les mains collées à la poignée de la porte de derrière.

Je racontai au docteur Piper tout ce que je me rappelais des choses qu'elle disait.

« Elle souffre d'une sorte de stress mental, expliqua-t-il, mais comme je te l'ai dit, mon garçon, je ne suis pas aliéniste. Les rhumes et les quintes de toux, les accouchements, les fièvres, les déclarations de décès. Voilà ce que je fais. Je ne cherche pas plus loin que ce que je peux voir, et ce que ta mère a, je ne le vois pas. Le mieux que je puisse faire, c'est de m'arranger pour qu'elle rencontre l'un des chefs de service de l'hôpital psychiatrique de Waycross, dans le comté de Ware. Il y a des gens là-bas qui ont plus de diplômes que de lettres dans leurs noms. C'est à eux que tu dois t'adresser. »

Je parlai à Reilly Hawkins. Je parlai à Alexandra Webber. Ils étaient bons, gentils, mais ils ne connaissaient rien aux maladies mentales.

Le docteur Piper organisa un rendez-vous. Reilly Hawkins nous emmena. Ma mère était assise en silence à côté de moi et il flottait une tension que je n'avais jamais rencontrée jusqu'alors. Mon père me manquait. La chaleur de la cuisine de madame Kruger me manquait. Elle se serait occupée de ma mère. Elle aurait préparé du bouillon et du chou ; elle l'aurait fait parler des enfants et des vêtements qu'elle cousait, des maris inutiles et des fils rebelles. Madame Kruger aurait été là pour ma mère, qu'importaient les soupçons qu'elle pouvait avoir à propos des infidélités de son mari.

Mardi 10 février 1943. Hôpital communal de Waycross, comté de Ware, État de Géorgie. J'avais quinze ans, mais j'étais peut-être plus vieux dans ma tête et dans mon cœur. Je me tenais au côté de ma mère face à un grand guichet dans le hall de l'hôpital. Je sentais l'odeur des médicaments, ce mélange doux-amer et teinté d'alcool, d'astringents et d'analgésiques. J'étais effrayé, écrasé par la taille et la solennité du lieu. Les gens arboraient des blouses blanches, des visages blancs, sévères, apparemment indifférents et froids. Si je n'avais pas été capable de parler, si le docteur Piper ne nous avait pas arrangé un rendez-vous avec le docteur Gabillard, je crois que nous serions restés plantés là tout le restant de la journée.

Ma mère ne dit rien d'important. Elle demanda si j'avais laissé les sandwiches qu'elle avait préparés dans la camionnette de Reilly Hawkins. Elle demanda si le médecin allait faire disparaître ses maux de tête. Elle me rappela de dire à mon père que nous avions promis au shérif Dearing de l'inviter à déjeuner samedi, qu'un poulet serait une bonne idée.

J'attendis patiemment deux bonnes heures seul. Assis sur une chaise toute simple dans un couloir du deuxième étage tandis que ma mère parlait au docteur Gabillard. Il était plus jeune que je ne me l'étais imaginé, peut-être trente-cinq ou quarante ans. J'avais supposé que quelqu'un qui comprenait l'esprit humain devait au moins être centenaire. Mais les cheveux du médecin étaient déjà gris et clairsemés, et à travers la maigre touffe balayée par le vent je voyais combien son crâne était brillant. J'aurais pu y voir le reflet de mon propre visage s'il s'était penché en avant. Peut-être l'astiquait-il avec de la cire française, le faisant reluire comme un soulier du dimanche. Il souriait trop, comme s'il essayait de convaincre chaque personne présente que tout, absolument tout, allait bien se passer. Comme sur des roulettes.

C'était faux.

Je savais que tout ne se passerait pas bien avant même qu'elle n'entre là-dedans. Je voulais sortir et attendre avec Reilly Hawkins, ou lui demander de venir attendre avec moi. Dilemme. Je ne voulais pas partir au cas où elle sortirait. Reilly ne voulait pas entrer, prétendant que si un médecin le voyait, il finirait interné dans l'institution de Brunswick.

« C'est là-bas qu'ils envoient les fous, dit-il. Enfin, les *vrais* fous, le genre de personnes qui se collent des trucs sur la tête et qui aboient après les gens. Ce genre de fous. »

Je lui demandai s'ils allaient y envoyer ma mère et il rit.

« Non, m'assura-t-il d'un ton catégorique. Ta mère ne va pas aller à Brunswick. »

J'attendis dans le couloir. Vers cinq heures de l'après-midi, j'avais l'impression que j'allais me faire pipi dessus.

« Elle est sous sédatif, m'informa enfin le docteur Gabillard. Nous allons la garder ici quelque temps pour qu'elle se repose. »

Il s'enquit de mon père, de mes parents vivants, des amis de la famille chez qui je pouvais rester pendant qu'on la soignait.

« Vous êtes un garçon intelligent, me dit-il, et je vais donc vous expliquer un peu ce que nous allons faire et pourquoi. D'accord ?

— Vous allez la faire aller mieux, n'est-ce pas ? »

Gabillard esquissa un sourire.

« Ce n'est pas nécessairement si simple que ça, répondit-il. Le cerveau est une machine complexe, et nous ne savons pas grand-chose à son sujet. Réparer le cerveau de quelqu'un n'est pas comme réparer un bras cassé, Joseph.

— Je ne crois pas qu'il y ait le moindre problème avec son cerveau, répliquai-je. Je crois que c'est son esprit qui est accablé par tous les chagrins qu'elle a subis. »

Une fois de plus Gabillard sourit, puis il rit et tendit le bras pour me toucher l'épaule tel un homme faisant preuve de patience et de compréhension avec quelqu'un qui ne pigeait rien à rien.

Je préférai ne rien ajouter car il me vint à l'esprit que si je n'étais pas d'accord avec lui je risquais de me retrouver à Brunswick.

« Sédation à l'hydrate de chloral », dit à un moment Gabillard.

À d'autres moments il évoqua un traitement à base de dioxyde de carbone pour limiter l'oxygénation du cerveau et ainsi diminuer la vie des virus mentaux dont elle souffrait ; il parla de Librium pour l'aider à dormir, de Scopolamine pour mettre au jour les pensées et les sentiments profonds que même ma mère ne connaissait pas, de Véronal pour la calmer et favoriser sa sensibilité à l'hypnose ; et plus tard il parla d'un Hongrois nommé von Meduna qui avait inventé la convulsivothérapie avec du Metrazol.

« Vous voyez, conclut-il, nous pouvons essayer beaucoup de choses, et chacune d'entre elles, je vous le garantis, aidera votre mère à se sentir beaucoup mieux. Maintenant, Joseph... je suppose que votre père avait signé une police d'assurance pour les frais médicaux ? »

Je l'aperçus une dernière fois avant de partir. Elle était étendue sur un lit dans une chambre blanche. À travers la vitre de la porte fermée à clé, tout ce que je vis fut la semelle de ses chaussures.

Comme Virginia Grace Perlman au sommet de la colline.

Je vis ma mère une fois par semaine pendant onze mois. Au début j'y allais en voiture avec Reilly Hawkins, mais en avril 1943, il déclara ne plus vouloir y aller.

« Je peux pas faire ça toutes les semaines, Joseph... il est sûr et certain que je peux plus faire ça. Non pas que je tienne pas beaucoup à toi et à ta mère, mais bon sang, Joseph, je supporte pas l'idée de voir une fois de plus cet endroit. Je supporte pas de penser à ce qu'ils doivent lui faire entre ces murs, et je peux te jurer que j'ai aucune envie d'entrer là-dedans pour le voir de mes yeux. »

Je comprenais. Je n'insistai pas. Je ne le supportais pas moi-même, mais je continuais néanmoins d'y aller. Je parcourais l'essentiel du trajet en bus, puis le reste à pied.

Ma mère, Mary Elizabeth Vaughan, née Wheland le 19 décembre 1904 à Surrency, dans le comté d'Appling, non loin des rives de la rivière Little Satilla, mariée à Earl Theodore Vaughan après une cour de treize mois le jour de son vingtième anniversaire, avait accouché de son fils unique le 11 octobre 1927, et enterré son mari en juillet 1939 après juste quatorze ans de mariage ; veuve à trente-quatre ans, une veuve qui ne se remarierait jamais car elle avait commencé à perdre la tête. J'avais le sentiment que l'hôpital de Waycross allait finir le boulot pour elle.

Elle quitta ce monde pour s'installer dans un monde à elle. Le passage de l'un à l'autre fut progressif. À partir de l'été 1943 elle ne me reconnut plus. J'étais un peu plus vieux, mais je n'avais pas tant changé que ça physiquement. Gabillard m'informa que le shérif Dearing lui avait rendu visite deux fois, peut-être trois, mais Dearing ne m'en parla jamais. Je pense qu'il aurait trouvé trop dur de parler de ce qu'elle était devenue.

Les aliénistes et les médecins de Waycross ne cessaient de me dire qu'elle donnait des signes de guérison.

« Guérison de quoi ? » demandais-je, et ils souriaient, secouaient la tête et répondaient : « Ce n'est pas tout à fait si simple que ça, Joseph. » Après un temps je cessai de poser la question et ils cessèrent de parler. Je montais au deuxième étage et m'asseyais près de son lit, je lui tenais la main, lui essuyais le front, et elle me regardait et me disait des choses dont je savais qu'elles étaient le fruit de son imagination.

Je ne vis jamais la Mort. Elle ne vint jamais s'asseoir près de moi. Elle ne hanta jamais la chambre où ma mère dormait en attendant qu'Elle vienne la chercher. Par moments, pendant quelques secondes à peine, j'aurais voulu qu'Elle vienne. Je me disais que j'avais perdu ma mère la nuit du dimanche 30 août de l'année précédente. La nuit où Elena Kruger était morte. La nuit où ma mère avait compris que la vie qu'elle avait ne serait jamais celle qu'elle avait voulue. Je me disais qu'elle voyait le monde tel qu'il était, et que l'idée de vivre seule lui était insupportable. Je ne connaissais rien aux gens. Je ne connaissais rien à leurs complexités et à leurs anomalies. Mais je connaissais ma mère. Elle avait trouvé un moyen de s'échapper, et la seule chose que je pouvais faire, c'était aller la voir pendant les années qui lui restaient à vivre.

Plus tard, avec le recul et la maturité, je reconnus ma propre retraite silencieuse et graduelle.

Je restais à la maison, la maison où j'étais né et avais grandi. Je travaillais après l'école, acceptant n'importe quel boulot, et – par sympathie et compassion – les gens semblaient disposés à me laisser faire des choses qu'ils auraient pu faire eux-mêmes. Durant les mois d'été, je travaillais jusqu'à la nuit. Des travaux simples. Clôturer, préparer les champs au labourage, abattre des arbres, ce genre de choses. Puis je rentrais à la maison et j'écrivais. J'écrivais mes pensées, mes impressions ; je remplis le cahier à reliure de cuir que Reilly Hawkins m'avait offert, puis je demandai à mademoiselle Webber de me procurer une douzaine de cahiers d'exercices. Lorsque je les eus aussi remplis je lui en demandai d'autres. Elle voulut savoir ce que j'écrivais.

« Ce que je pense... parfois ce que je ressens », répondis-je, sans jamais lui faire lire.

Peut-être me disais-je que si j'écrivais suffisamment sur la réalité alors je me viderais, et que de ce vide naîtraient les fruits de l'imagination et de l'inspiration. J'écrirais alors quelque chose comme Steinbeck ou Fenimore Cooper, une œuvre de fiction et non une œuvre autobiographique. Ce ne fut que plus tard que je compris que les deux étaient liées : l'expérience, façonnée par l'imagination, devenait de la fiction, et la vie, vue à travers le prisme de l'imagination, devenait une chose que l'on pouvait mieux tolérer et comprendre. Je colorais mes souvenirs de sons et d'images dont je savais qu'ils n'avaient pas existé, du moins pas tels que je les décrivais. Je crus un moment que je perdais peut-être la raison, mais j'appréciais le fait que c'était un choix conscient de ma part. Quoi que j'écrive, de quelque manière que je dépeigne les choses, je savais avec certitude ce qui était réalité et ce qui était fiction. Je lisais avidement, empruntant des livres à mademoiselle Webber, à Reilly Hawkins, à la bibliothèque d'Augusta Falls. Qu'importaient l'auteur, le lieu, l'époque, qu'importaient mes goûts ou mes aversions, les types de sujet, je lisais tout. Lire devint une *raison d'être*[1].

Parfois je pensais aux Anges gardiens, mais j'essayais d'éviter. Nous étions des enfants, rien de plus, et le monde que nous affrontions avait toujours été suffisamment vaste pour nous avaler. Je ne voyais plus ni Maurice ni Michael, ni Ronnie Duggan avec sa frange dans les yeux ; peut-être ne souhaitais-je plus les voir, car ils m'auraient simplement rappelé que nous avions échoué. Voir leurs visages aurait été comme voir Elena, son corps que l'on avait porté jusqu'au plateau de la camionnette la nuit de l'incendie. Tout cela aurait

---

1. En français dans le texte. *(N.d.T.)*

alimenté les fantômes, et je souhaitais laisser ces fantômes derrière moi.

Lorsque j'eus seize ans en octobre 1943, je pensais que la guerre en Europe ne pouvait plus continuer bien longtemps. Peut-être estimais-je aussi que les terribles événements qui s'étaient déroulés à Augusta Falls faisaient partie d'un passé qu'il valait mieux oublier. Les affiches que le shérif Dearing avait placardées sur les arbres avaient depuis longtemps été dissoutes par la pluie et les intempéries. La vie continuait, et ceux qui avaient perdu un enfant avaient d'une manière ou d'une autre fait leur deuil et survécu. Les gens avaient cessé de me questionner sur ma mère et mes expéditions à Waycross, expéditions qui me prenaient près de trois heures dans chaque sens mais n'avaient lieu désormais pas plus d'une fois par mois, parfois moins. Elle allait avoir trente-neuf ans en décembre. À la voir à Waycross, étendue sur son lit, parfois assise sur une chaise en rotin près de la fenêtre entrouverte, avec ses cheveux grisonnants, ses traits tirés et anémiques, on lui en aurait donné cinquante. Le peu d'entrain qu'elle avait eu lui avait été volé ou avait été brisé, je n'aurais su le dire, mais la femme à qui je rendais visite n'était pas ma mère. Elle n'était qu'une coquille, tourmentée à l'intérieur par la peur et le désespoir, perpétuellement ailleurs, ses yeux me voyant mais interprétant autre chose. Ses paroles, qui lui semblaient rationnelles, n'étaient pour moi que murmures, divagations et bruits déconcertants. Je savais qu'Haynes Dearing lui rendait visite. J'en parlai un jour à Gabillard, une autre fois à une infirmière, et ils me confirmèrent que le shérif était passé. Je lui en étais silencieusement reconnaissant. J'espérais qu'il continuerait à venir, que ma mère et moi n'étions pas seuls contre le monde. Je ne parlai jamais à Dearing de ses visites, et il ne m'en fit jamais part. Je crois que nous aurions tous deux été trop embarrassés pour vraiment savoir quoi dire.

Après mon anniversaire je commençai à songer à partir, et même si mon départ ne se produirait finalement que plusieurs années plus tard, la graine était néanmoins semée. Peut-être cette idée fut-elle précipitée par mes lectures, par la prise de conscience qu'il y avait un monde au-delà d'Augusta Falls, un monde où l'étroitesse d'esprit, l'amertume et le ressentiment ne compteraient pas. L'anonymat m'attirait, l'anonymat d'une grande ville pleine de vie et de gens, si riche de bruit qu'un simple visage, une simple voix, se remarqueraient à peine. Peut-être cette idée était-elle ma manière de fuir tout ce qui s'était passé, mais tant que ma mère était en vie à Waycross, je ne pouvais l'abandonner.

Je restais donc. Je tenais ma langue et gardais mon calme. Je vivais seul, gagnant suffisamment d'argent pour subvenir aux besoins de mon esprit et de mon corps, pour acheter des crayons et des cahiers, pour prendre le bus jusqu'au comté de Ware une fois par mois et voir la femme qui avait jadis été ma mère.

Sans Alexandra Webber, peut-être me serais-je enfoncé dans l'obscurité, mais à l'été 1945, tandis que le monde se remettait de la tension d'une guerre usante, elle vint me rendre visite.

« Pour voir ce que tu as écrit durant toutes ces années », expliqua-t-elle avec un sourire chaleureux. Ses yeux de Syracuse étaient d'un bleu barbeau, son visage était clair, certain et beau. « Je suis venue pour t'écouter lire, Joseph Calvin Vaughan. »

Elle s'assit face à moi à la table de la cuisine. Elle avait vingt-six ans, j'en avais dix-sept, et je me rappelais la fraîcheur du désir qui m'emplissait lorsque j'étais enfant.

J'avais pensé à Alexandra Webber, et mes pensées étaient aussi distinctes que des formes découpées dans du papier. Elle m'avait habité tout entier; puis j'avais oublié.

La solitude est une drogue, un narcotique; elle se répand dans les veines, dans les nerfs et les muscles; elle s'arroge le droit de posséder votre corps et votre esprit. L'isolement et la solitude sont des murs.

Alexandra Webber venait voir ce que j'avais écrit sur ces murs, et même si je croyais qu'il n'y avait pas de porte, elle en avait trouvé une.

Je décidai de reculer paisiblement et la laissai entrer.

Je remue à nouveau ma jambe engourdie qui me semble aussi lourde qu'une pierre. Je regarde par-dessus l'épaule de l'homme, en direction des lumières de New York de l'autre côté de la fenêtre. Je vois des voitures passer dans la rue en contrebas, et au-delà, la myriade de lumières d'un million de fenêtres, et derrière chacune la vie qui se joue, chaque vie indifférente à celle d'à côté, chacune fermement empêtrée dans ses propres difficultés et singularités.

Ma voix me semble être celle d'un autre, comme si mon corps se tenait près de la fenêtre mais que j'étais loin.

« Je ne t'ai jamais demandé pourquoi, dis-je. Je ne t'ai jamais demandé comment ces choses étaient arrivées, n'est-ce pas ? »

Je regarde le corps assis sur la chaise devant moi, la tête rejetée en arrière, la couleur des cheveux, les épaules larges. Je sais qu'il n'y aura pas de réponse, mais pour une raison ou une autre le silence me met mal à l'aise.

« Comprenais-tu même pourquoi tu faisais ces choses ? As-tu jamais réfléchi à ce que tu avais fait ? Ne t'es-tu jamais senti coupable ? N'as-tu jamais eu de remords ? » Je serre les poings. « Comment as-tu pu

faire de telles choses ? Comment un être humain peut-il faire de telles choses à un enfant ? Un enfant, nom de Dieu. »

Je ferme les yeux. J'essaie de me souvenir des visages. Chacun d'entre eux. Alice Ruth Van Horne. Virginia Grace Perlman. J'essaie de me souvenir d'Alexandra, de ce à quoi elle ressemblait lorsqu'elle est arrivée ce jour-là, le jour où elle a envahi ma solitude et m'a fait croire que je pouvais vivre à nouveau.

J'essaie de me représenter ma mère, ce à quoi elle ressemblait lorsque j'allais la voir à Waycross.

Mais il n'y a presque rien. Les formes et les silhouettes sont vagues et indistinctes.

« As-tu jamais pensé à ce qui est arrivé à leurs parents, leurs frères et sœurs ? Y as-tu pensé ? »

Je secoue la tête. Je baisse les yeux vers le sol. J'ai l'impression que je flotte près du plafond et que là, sous moi, il y a mon corps, petit et insignifiant. Ma voix est comme un murmure dans une tempête. Rien. Moins que rien.

Je songe à ce que j'ai fait.

Je me demande – pendant une fraction de seconde – si je ne suis pas juste le pire genre d'hypocrite.

Œil pour œil.

Une telle chose peut-elle être juste ?

Mais il est maintenant trop tard. Ce qui est fait est fait.

Je suis calmement assis.

Je me demande combien de temps ils vont mettre à venir.

Dans ces ultimes heures, tout ce que je peux faire, c'est essayer de me souvenir de tout ce qui est arrivé, et j'ai alors l'impression de sentir le passé venir à ma rencontre, je sens…

11

Air pur, une brise venant de la côte; elle charrie l'odeur du tupelo noir, du genévrier, des sassafras peut-être. Je me tenais à la fenêtre de la maison, mon regard survolant la propriété des Kruger, désormais vide, et si je ne m'en étais pas souvenu, je n'aurais jamais su qu'elle s'était trouvée là. Les ombres projetées derrière les arbres étaient indigo, grises, d'un gris plus sombre tirant sur le bleu nuit. L'odeur du bois fraîchement coupé entassé à l'arrière de la cabane, la sève de pin suintant dans la terre, figeant thrips et pucerons, les pré-servant tels des grains de poussière jusqu'à ce que leur temps vienne de brûler.

C'était de cette même fenêtre que je l'avais vue venir.

Le cœur serré comme un poing.

Je l'entends au rez-de-chaussée. Je l'entends prépa-rer à manger, elle a prétendu que ses œufs étaient les meilleurs de ce côté-ci de la rivière Altamaha.

Dans mes rêves elle était plus jeune, les cheveux retombant sur le côté de son visage, une cascade sur son épaule; naturels, une soie sombre d'ocre, de terre de sienne et de terre d'ombre. Son odeur était fraîche, comme celle des agrumes, mordante et séduisante. Sa peau sans tache, innocente, aussi propre et claire que ses yeux, dégageait une odeur de savon, une odeur de fine pellicule de sueur comme celle qui apparaissait sur son front lorsqu'elle se penchait au-dessus de moi, en été, dans l'unique salle de l'école, pour me faire réciter quelque chose d'essentiel. Ou d'insignifiant. Ça n'avait pas d'importance.

Bruit de pas sur le carrelage de céramique en dessous. Semelles plates de Syracuse, chaussures d'institutrice – prévisibles, pragmatiques, fonctionnelles. Les doigts tirant les œufs de leurs compartiments dans la glacière, les tenant, les cassant, le blanc et le jaune s'écoulant comme des entrailles dans un saladier. Le bruit de la fourchette tandis qu'elle les battait furieusement.

Le bruit de mon cœur, de mon pouls ; le bruit du sang déferlant à travers moi ; le bruit de la sueur s'échappant des pores de ma peau ; le bruit des cheveux et des ongles poussant ; le bruit de l'attente.

Elle était arrivée tôt, alors que la lueur fracturée et maladroite de l'aube remplissait toujours le vide entre nuit et jour.

Je l'avais regardée approcher de la maison, avais ouvert la porte à son arrivée.

« Joseph Calvin Vaughan, avait-elle dit, comme si je ne connaissais pas mon nom.

– Mademoiselle Webber.

– Tu es maintenant un jeune homme, Joseph, tu n'es plus un enfant. Cela fait deux ans que je ne suis plus ton institutrice. Tu peux m'appeler Alexandra.

– Alexandra.

– C'est mon nom », avait-elle dit avec un grand sourire.

Un silence s'était installé, qui avait duré au moins une douzaine de battements de cœur.

« Tu vas m'inviter à entrer, avait-elle fini par dire ; plus une affirmation qu'une question.

– Vraiment ? avais-je répliqué en inclinant la tête sur le côté.

– Oui », avait-elle chuchoté, et elle m'avait contourné pour s'engager dans l'étroit couloir.

Je portais un jean, une chemise dont seuls un ou deux boutons étaient attachés. J'étais pieds nus. J'étais lavé mais pas encore complètement habillé. Il y avait quatre cents mètres de clôture à dresser le long du petit côté des coupes rases. Frank Turow payait une moitié, le beau-frère de Leonard Stowell payait l'autre. Ça représentait pas mal d'argent, et je ne voulais pas qu'il atterrisse entre les mains d'un autre ouvrier itinérant équipé d'un marteau et d'un sac de clous.

Mais Alexandra Webber était venue jusqu'à ma maison pour faire des œufs, pour faire la conversation, pour faire semblant.

Plus tard, lorsqu'elle m'appela depuis le bas de l'escalier, je faillis sauter au plafond. J'avais enfilé mes chaussures, mais celles-ci ne semblaient avoir aucune prise sur le sol ; je descendis prudemment, timidement, tel un jeune poulain, mes jambes en coton soutenant à peine mon corps.

« Tu as entretenu la maison », déclara-t-elle. Elle pénétra dans la cuisine, regarda autour d'elle, désigna la table d'un geste de la tête. « Je peux m'asseoir ? demanda-t-elle.

– Bien sûr », répondis-je.

Je me rappelai que c'était ma maison, ou du moins celle de ma mère, et que je n'avais donc aucune raison de me sentir comme un intrus.

« Comment vas-tu, Joseph ? »

Je m'écartai de la porte et me décalai sur la droite. Je ne quittai pas Alexandra Webber des yeux. Je continuai d'avancer en crabe jusqu'à sentir le bord du comptoir en bois brut contre le creux de mes reins. Je plaçai les mains derrière moi et saisis le bord. J'avais l'impression que je devais m'accrocher à quelque chose. Quelque chose que je connaissais, quelque chose de familier.

« On fait aller, répondis-je. Vous savez comment c'est, n'est-ce pas ? »

Elle secoua lentement la tête. Elle leva la main et replaça du bout du doigt une boucle de cheveux derrière son oreille.

Des choses que je n'avais jamais ressenties auparavant se produisaient en certains endroits de mon corps. J'éprouvais une douleur à la base de l'aine, comme si quelque chose tirait à l'intérieur. J'avais la bouche sèche, un goût de cuivre et de poussière sur la langue.

« Comment c'est ? fit-elle. Non, je ne suis pas certaine de savoir comment c'est, Joseph... dis-moi. »

Je souris, haussai les épaules.

« Ç'a été dur... les deux dernières années ont été dures, mademoiselle Webber...

– Alexan...

– Alexandra, me repris-je. Désolé... je ne peux pas m'empêcher de vous considérer comme mon institutrice. »

Elle éclata de rire.

« J'étais ton institutrice, dit-elle. Mais j'étais aussi ton amie, non ? »

Elle hésita un moment, me questionnant du regard.

« Oui, répondis-je.

– Tu venais me parler de toutes sortes de choses, et puis, quand cette chose s'est produite avec ta mère… » Elle détourna le regard vers la fenêtre. « Quand cette chose s'est produite avec ta mère, j'imaginais que tu viendrais à nouveau me parler, que tu viendrais me demander de l'aider… mais tu ne l'as pas fait. Je me demandais si j'avais fait quelque chose qui t'aurait contrarié. »

Je lâchai un éclat de rire, soudain, abrupt, un rire plus nerveux qu'amusé. C'était une réaction, rien de plus.

« Me contrarier ? » Je secouai la tête. « Même si vous essayiez… même si vous essayiez vous n'arriveriez pas à me contrarier. »

Elle avait apporté un exemplaire du *Writer's Digest*. Il y avait les détails d'un concours de nouvelles à l'intérieur. Je pouffai de rire en me rappelant *Pitreries* et la lettre d'Atlanta.

« Tu l'as toujours ?
– À l'étage.
– Tu veux aller la chercher ?
– Vous voulez que j'aille la chercher ?
– Oui, va chercher la lettre… Je ne me souviens pas de ce qu'elle disait. Je vais nous préparer quelque chose à manger. » Elle pencha la tête sur le côté. « Tu n'as rien contre les œufs ? Je prépare les meilleurs œufs de ce côté-ci de la rivière Altamaha. »

Je me levai de ma chaise, fis un pas en direction de la porte.

« Non, dis-je, presque après coup. Je n'ai rien contre les œufs. »

Je montai à l'étage. Je l'entendais dans la cuisine en dessous, cassant les œufs dans un saladier, les battant.

207

Je fermai les yeux et imaginai tout ce que j'avais toujours voulu imaginer à propos d'Alexandra Webber.

Je pensais l'aimer. Dans tous les sens du terme. Biblique inclus.

Elle lut la lettre. Elle sourit, elle rit, elle me posa des questions que j'oubliai par la suite tant j'étais occupé à la regarder.

Nous mangeâmes les œufs. Et aussi des biscuits et de la pastèque marinée. C'était bon. Je ne savais pas si c'était ce qu'on faisait de mieux de ce côté-ci de la rivière Altamaha, mais ça me convenait.

Je pensai à la clôture, aux coupes rases, à Frank Turow et au beau-frère de Leonard Stowell.

Qu'ils aillent se faire voir, pensai-je. Ils étaient adultes. Ils auraient compris ma situation.

« Alors, comment t'es-tu porté ? »

Je repoussai mon assiette sur le côté.

« Ç'a été.

– Et ta mère ?

– Elle est partie, mademoiselle Webber, répondis-je en secouant la tête, elle est partie pour un voyage dont elle ne reviendra jamais.

– C'est une tragédie… tout semble avoir été une tragédie pour toi. Ton père, ce qui est arrivé aux Kruger, et maintenant ta mère.

– C'est la vie… je suppose que la vie donne autant qu'elle prend, pas vrai ? »

Elle tendit le bras et me toucha la main. Je ressentis comme une décharge électrique ; mes poils se dressèrent sur ma nuque. Un espoir soudain emplit ma poitrine.

« Ça m'a manqué de ne plus t'avoir à l'école.

– Ça m'a manqué de ne plus aller à l'école.

– Toujours mon élève préféré.

– Toujours mon institutrice préférée. »

Elle partit à rire.

« Ce n'est pas juste… J'étais ta seule institutrice. »

Je souris.

« Souffle, souffle, vent d'hiver… Tu n'es pas si cruel que l'ingratitude de l'homme. »

Elle fronça les sourcils, un pli se creusa au centre de son front.

« Shakespeare ?

– *Comme il vous plaira*, répondis-je en acquiesçant.

– Tu me traites d'ingrate, Joseph Vaughan ?

– Je dis que vous n'avez pas su voir le compliment que je vous faisais.

– Je l'ai très bien vu.

– Alors je vais le répéter… toujours mon institutrice *préférée*.

– Et tu lis Shakespeare ?

– Parfois, répondis-je en haussant les épaules, mais la plupart du temps je lis des histoires de cow-boys et d'Indiens en bandes dessinées.

– Ce n'est pas vrai.

– Si.

– Tu te moques de moi, Joseph Vaughan. »

Je baissai les yeux vers mes mains. Elles étaient minutieusement croisées sur la table, comme si elles appartenaient à quelqu'un d'autre, comme si quelqu'un avait oublié ses gants et que je les avais placés ainsi dans l'attente qu'on vienne les récupérer.

« Vous ne savez pas de quoi vous parlez, mademoiselle Webber.

– Tu n'es pas obligé de m'appeler comme ça… nous n'avons pas tant d'années d'écart.

– Autant qu'avant. »

Un moment de silence. Mon cœur battant à tout rompre. Mon cœur battant si fort que je me demandai comment j'avais fait pour parler autant. Mes pensées étaient éparpillées comme de petits éclats de céramique. Je voyais chacune de ces pensées, elles concernaient toutes mademoiselle Alexandra Webber, et étaient pour la plus grande partie bibliques.

« Tu dois aller au travail aujourd'hui ?

– Je n'ai *aucune* obligation.

– Tu veux passer la journée avec moi ? »

Je la regardai droit dans les yeux, sans ciller, puis je souris.

« Peut-être », répondis-je.

Elle rougit ostensiblement.

« Seulement peut-être ?

– Peut-être, c'est bien, Alexandra Webber, peut-être, ce n'est pas non.

– De quoi est-ce que tu parles, Joseph Calvin Vaughan ? »

Je souris, pris mon courage à deux mains.

« De rien, mademoiselle Webber. De rien et de tout. Je crois avoir ressenti bon nombre de choses que je ne suis pas certain de comprendre. Je vous ai toujours trouvée belle, et intelligente, et vous aviez toujours du temps à m'accorder quand j'avais quelque chose à dire… et je suppose que je vous admirais comme un gamin doit admirer une institutrice. Et puis j'ai grandi, je me suis mis à penser d'une manière différente, comme on pense aux gens quand on veut être proche d'eux et bien avec eux, et quoi que je fasse, chaque fois que j'avais de telles pensées, vous étiez là en plein milieu comme si vous apparteniez… »

Elle me saisit la main.

« Arrête, demanda-t-elle, d'un ton pressant.

210

– Pourquoi ? Qui va m'entendre ? Qui m'écoute à part vous ?

– Tu ne sais pas de quoi tu parles !

– Ah non ? » J'avais accompli la moitié du trajet et je me disais que revenir en arrière prendrait aussi long-temps qu'aller jusqu'au bout. « Alors dites-moi pour-quoi vous êtes venue ? »

Mademoiselle Alexandra Webber détourna le regard. « Mademoiselle Webber ? »

Elle leva la main, haussa la voix.

« D'accord, tu as raison, Joseph ! Et si nous allons là où il me semble que nous allons, alors la première chose que tu peux faire, c'est me tutoyer. »

J'acquiesçai.

« Alors dis-moi pourquoi tu es venue ici, Alexan-dra.

– Alex », fit-elle d'un ton neutre.

Je me tus et la regardai fixement.

L'embarras en entendant une respiration qui ne m'était pas familière ; la prise de conscience que le par-fum, la peau, les cheveux entre mes doigts n'étaient pas les miens.

« Ça va, murmura-t-elle d'une voix aussi voilée que le bruit de la mer dans un coquillage. Tu sauras com-ment faire. »

Je la regardai, suffisamment près pour sentir le batte-ment de son cil contre ma joue.

« Et si je ne sais pas ?

– Alors, dit-elle, sa voix se perdant presque sous les battements de son cœur, alors je te montrerai. »

« Pourquoi est-ce que je suis venue ? » Elle secoua la tête et se détourna de moi. « Je ne sais pas, Joseph…

peut-être parce que je me disais que tu devais te sentir seul.

– Seul ?

– Oui, fit-elle en souriant. Tu sais ce que seul signifie.

– Oui, dis-je. Je connais tout de la solitude.

– Comme si c'était ton métier, hein ?

– Mon métier ? » Je souris, me mis à rire. J'éprouvais une sensation de délivrance, comme après avoir détaché une ceinture trop serrée. « Oui, oui on pourrait dire que… la solitude était mon métier… Et toi ? »

Elle se pencha sur le côté, la joue contre le plat de sa main, le coude posé sur la table pour soutenir son menton.

« Moi ?

– Oui, toi. Tu te sentais seule aussi, pas vrai ? »

Alex m'embrassa les paupières, l'une après l'autre ; l'humidité de ses lèvres, le fantôme de ses doigts, la pression de sa poitrine contre mon bras, la chaleur de son corps…

Je sentis sa taille disparaître au niveau de sa cuisse, puis remontai la main jusqu'à son ventre. Il y avait des boutons à l'arrière de sa robe, et elle se tourna lentement, saisit ma main, me montra où ils se trouvaient. Elle quitta le tissu comme une seconde peau. Le bruissement du coton tandis qu'il se soumettait à la gravité.

Elle fit un pas en arrière.

Mon souffle se coinça dans ma gorge, tel un oiseau piégé, effrayé.

Elle rit.

Elle haussa les épaules. Une mèche de cheveux se décrocha de son oreille et lui caressa la joue. Elle la remit en place.

« Tout le monde se sent seul parfois, Joseph.

– Et c'est pour ça que tu es ici… parce que tu t'es dit que nous étions tous les deux seuls et que tu voulais changer ça ? »

Elle acquiesça, sourit à demi.

« Peut-être, répondit-elle.

– Peut-être ? C'est moi qui dis peut-être. Toi ? Tu n'as jamais été du genre à dire peut-être, Alex… avec toi tout est toujours simple, direct, soit noir soit blanc.

– C'est important de savoir pourquoi je suis venue ?

– Non, Alex, ça n'a pas d'importance. »

Elle se leva de sa chaise. Elle fit un pas en arrière, puis un pas en avant, juste un simple pas, mais c'était comme si elle avait comblé le vide entre imagination et réalité.

« Tu veux que je m'en aille ?

– Non, Alex… Je veux que jamais tu ne t'en ailles. »

Plus tard, je n'arriverais plus à me souvenir comment nous avions fait pour arriver jusqu'à l'étage. Plus tard, lorsque je chercherais à me rappeler, je me dirais que ça n'avait aucune importance.

Je levai la main et lui touchai le bras, l'épaule, la nuque.

Ses mains trouvèrent ma taille, les boutons de mon pantalon.

« Enlève ça », lâcha-t-elle.

Je me débattis avec mes vêtements.

La brise souleva le rideau de la fenêtre derrière moi, elle souleva les poils sur ma peau, me fit frissonner un moment.

Alex fit un pas en arrière, puis un autre, et s'assit au bord du lit.

Je me tins face à elle, la main droite contre son visage, sa joue, ses cheveux entre mes doigts.

Elle m'embrassa le ventre, fit le tour de mon nombril avec la pointe de sa langue, puis elle baissa la tête et ouvrit la bouche. Un petit feu s'alluma en moi.

À peine quelques secondes plus tard elle leva les yeux vers moi.

« Tu sais comment on fait, n'est-ce pas ? »

Je fis signe que oui.

Elle s'avança un peu, ôta son jupon, puis elle s'étendit sur le matelas et tendit la main.

« Viens, alors, dit-elle, avant que l'attente ne me tue. »

Nous trouvâmes un rythme, maladroitement au début, mais nous le trouvâmes. Nous le suivîmes : il nous mena en un endroit où nous n'avions pas prévu d'aller. Le genre d'endroit dont on ne veut jamais revenir.

Je me souviens avoir ri à certains moments, même si je ne sais plus pourquoi.

Alex était étendue près de moi, son corps appuyé contre le mien, le bras replié pour soutenir sa tête, et de temps à autre je me tournais pour la regarder tandis qu'elle parlait, pour l'interrompre en l'embrassant, puis au bout d'un moment elle dit, « Encore », et elle ferma les yeux, s'étendit sur le dos, et je me blottis contre elle.

Nous ne quittâmes la chambre qu'à l'approche du soir.

Des semaines s'écoulèrent.

Les rêves revinrent. Des rêves hantés par la main gauche.

214

La main de Virginia Grace Perlman. La main qu'ils n'avaient jamais retrouvée.

Augusta Falls avait tout fait pour oublier les meurtres. En trois années, l'esprit collectif d'une ville avait réussi à se refermer sur le passé. Pas moi.

Alex me rendait visite de plus en plus fréquemment, et nous parlions des fillettes, des meurtres, nous demandant qui avait pu faire ces choses ; nous parlions des Kruger, de la mort d'Elena, de tout ce qui était arrivé.

« Quoi qu'il en soit, dit-elle, c'est fini... c'était il y a si longtemps.

– Ça n'avait rien à voir avec les Kruger, dis-je. Je connaissais Gunther Kruger... je connaissais sa femme et ses enfants. »

Je marquai une pause et regardai en direction de la fenêtre de la cuisine. Nous approchions de la fin novembre. Pendant près de trois mois, Alex était venue me voir deux, trois, parfois quatre fois par semaine. Nous faisions l'amour – parfois furieusement, comme s'il y avait quelque chose en nous à découvrir, une chose que seule la force et la passion pourraient libérer – d'autres fois lentement, comme si nous étions sous l'eau, étirant autant que possible chaque mot, chaque souffle, chaque seconde de contact physique. J'avais eu dix-huit ans un mois plus tôt. Alex Webber en aurait vingt-sept en février 1946. Et neuf ans ne semblaient pas une si grande différence. Cela faisait près de quatre ans que Reilly Hawkins nous avait conduits ma mère et moi à l'hôpital communal de Waycross, quatre ans que j'avais parlé avec le médecin-chef de dioxyde de carbone pour affamer le cerveau, de Librium pour l'aider à dormir, de Scopolamine pour découvrir ses véritables sentiments inexprimés, de Véronal pour la calmer. J'avais l'impression que ma mère s'était enfoncée dans un endroit obscur et silencieux, et ni les drogues qu'ils lui administraient ni les choses qu'ils lui faisaient ne semblaient servir à rien. L'obscurité et le silence étaient toujours là. Le traitement l'empêchait simplement de hurler au secours.

Alex avait comblé un trou, un vide. Quoi qu'elle apportât, je le consumais tout en continuant d'avoir faim. Nous lisions des livres ensemble, parfois toute la nuit. Steinbeck, Hemingway, William Faulkner, Walt Whitman, Flaubert, Balzac, *La Dame de Monsoreau* de Dumas, *La Lettre écarlate* de Hawthorne, *Le Rouge et le Noir* de Stendhal. Ce que je ne comprenais pas, elle me l'expliquait. Ce qu'elle ne pouvait expliquer, elle me le montrait. Mon travail en pâtissait. Il y avait des gens qui ne voulaient plus m'embaucher. Je commençai à me raser, puis décidai de me laisser pousser la barbe. Mes cheveux me descendaient plus bas que les épaules.

« Bohémien », dit un jour Alex, puis elle éclata de rire, m'embrassa sur le front, saisit ma barbe entre ses doigts et me tira jusqu'au lit.

Plus tard, je lui parlai de New York, de ma vision, mon idéal.

« Manhattan au visage superbe ! Camarades Americanos ! L'Orient vient enfin à nous. À nous, ma ville. Où nos marbres élevés et nos beautés d'acier s'étirent face à face, pour nous permettre de marcher dans l'espace qui les sépare.

– Quoi ?

– Walt Whitman, répondit-elle en riant. Espèce de plumitif bohémien ignorant !

– Ignorant ? Je te ferai savoir que j'ai commencé un livre.

– Un quoi ?

216

– Un livre. Un roman, répondis-je. J'ai commencé à écrire un roman. »

Elle se redressa. Le drap tomba de sa gorge et se plissa au niveau de sa taille. Ses seins parfaits, l'arc de son épaule, sa gorge, la ligne de sa mâchoire. Je tendis la main. Elle me donna une tape sur le poignet, l'attrapa et l'abaissa.

« Dis-moi ! dit-elle vivement. Dis-moi de quoi il s'agit, Joseph.

– Ce n'est rien… bon sang, Alex, c'est juste une idée que j'ai eue. Je l'ai commencé la nuit dernière… » Je m'interrompis, réfléchis un instant. « Non, il y a deux nuits… la nuit où tu m'as dit que tu viendrais et où tu n'es pas venue.

– Alors dis-moi, insista-t-elle. Dis-moi de quoi ça parle. »

J'attrapai un oreiller sous moi et le plaçai derrière ma tête. Alex avait une expression animée, enthousiaste ; elle semblait sincèrement excitée.

« C'est juste une ébauche à l'état brut, dis-je.

– Comme toi, plaisanta-t-elle.

– Tu vas voir si je suis une brute, répliquai-je, et je saisis par jeu une poignée de ses cheveux.

– Non, fit-elle. Sérieusement… dis-moi ce que tu écris.

– Il s'agit d'un homme », dis-je.

Elle sourit, inclina la tête sur le côté.

« Bon début… Le genre d'histoire qui commence par "Il était une fois un homme", c'est ça ?

– Tu es trop intelligente, Alex Webber, beaucoup trop intelligente.

– Alors dis-moi, reprit-elle. Dis-moi de quoi il s'agit.

– Il s'agit d'un homme nommé Conrad Moody… et il fait une chose terrible. Il tue un enfant. Un accident,

mais il est fataliste et il croit à la Providence et aux
Trois Sœurs… il sait que quelque part il a dû commettre
un crime et échapper à son châtiment, et maintenant
son châtiment vient à lui. Il passe le restant de sa vie à
expier le meurtre d'un enfant, un enfant qu'il avait promis de protéger. »

Alex resta un moment silencieuse.

« Quoi ? demandai-je.

– Tu pourrais m'en lire un passage ?

– Maintenant ?

– Oui », répondit-elle.

Je me penchai en travers du lit et glissai la main dessous. Je cherchai mon cahier à tâtons. Je le saisis et me
redressai tandis qu'Alex, à mes côtés, m'observait avec
une expression froide et distante.

« Tu veux que je te le lise maintenant ?

– Oui, répondit-elle. Juste un passage. »

J'ouvris le cahier, trouvai une page. Je m'éclaircis la
voix et commençai :

« Il songea à un coup de poing en plein plexus, mais
il n'y avait aucune manière de véritablement décrire
la tension qu'il éprouvait. Il songea à un barrage, cinquante mille kilos par centimètre carré, le point de rupture, plutôt quelque chose comme ça, mais il sentait que
c'était inexact. C'était en dessous de la vérité ; complètement en dessous de la vérité. Une tension comme une
corde, une corde de piano, un câble bandé, grinçant,
qui n'aurait pu se tordre sans se rompre puis revenir en
arrière tel un fouet, tranchant peut-être quelque chose.
Il était entravé par des liens d'acier. Imparfait, certes,
mais entravé. Et croire à ces imperfections le rendait
humain. C'était ce qu'on lui avait dit, et il n'avait
jamais voulu en douter, car il avait toujours tout bâti
sur la croyance, et sans elle les murs en lui se seraient

effondrés. Conrad Moody écrivait sur ces murs, et ils écoutaient. Ils entendaient tout ce qu'il voulait dire. C'était simple. Fort aussi. Suffisamment fort pour qu'il supporte seul...

– Arrête », dit-elle.

Je levai les yeux vers elle. Une larme avait débordé de son œil et coulait sur sa joue. Je lui lançai un regard interrogateur, tentant de sourire.

« Quoi ? demandai-je. Qu'est-ce qu'il y a ? Bon sang, Alex...

– Il s'agit de toi, n'est-ce pas ?

– Hein ?

– Toi... il s'agit de toi et de la petite Kruger, n'est-ce pas ? Tu avais promis de la protéger, n'est-ce pas, Joseph ? Ce jour dont tu m'as parlé, quand tu regardais en bas de la colline et que tu l'as vue dans la cour. Tu t'étais juré de faire en sorte qu'il ne lui arrive rien de mal. »

Je ne répondis rien ; les mots avaient déserté mon esprit.

« Mais ça n'a pas marché, pas vrai ? poursuivit Alex. Tu n'as pas pu tenir promesse et elle est morte. »

Je restai silencieux.

« Pendant combien de temps vas-tu continuer à te torturer à cause de ça ? demanda-t-elle.

– Je ne crois pas... »

Elle leva la main pour m'interrompre, posa un doigt sur mes lèvres. Elle secoua la tête, ferma une seconde les yeux, puis m'attira à elle.

« Chut, soupira-t-elle. Ne dis rien. C'est bon... ça va aller, Joseph. Nous allons faire un enfant. C'est aussi simple que ça. Nous allons tout régler. Nous allons mettre un enfant au monde et rétablir l'équilibre... nous allons briser le sort.

– Alex…

– Chut, Joseph… assez. Nous allons tout régler. »

Mon cœur cognait dans ma poitrine, tel un poing emprisonné. Je transpirais, ma peau luisait, mais j'avais froid, presque à en frissonner. Alex tira le drap et nous enveloppa avec. Elle s'étendit sur le matelas, je fis de même, et mon cahier dégringola par terre.

« Maintenant », murmura-t-elle.

12

Trois jours avant Noël, nous allâmes voir ma mère à l'hôpital communal de Waycross. J'empruntai le pick-up de Reilly et nous nous mîmes en route. Samedi 22 décembre 1945, un ciel couvert et oppressant, les arbres le long de la route telles des mains cherchant à agripper quelque chose.

Je ne voulais pas qu'Alex la voie, pas telle qu'elle était, mais elle avait insisté.

« C'est Noël. C'est ta mère. Ce n'est pas le genre de chose que tu négocies ou que tu diffères. »

Quatre-vingts et quelques kilomètres, grosso modo, mais ça, c'était à vol d'oiseau. Nous prîmes la route la plus longue, regardâmes le ciel s'ouvrir pour laisser la place au matin et chasser les ombres à mesure que le soleil s'élevait et que des maisons semblaient apparaître de nulle part. Des cumulonimbus se disputaient l'espace sur la ligne d'horizon à l'ouest comme une menace imminente, une promesse de vengeance pour une faute tacite, mais de temps à autre une pointe de lumière perçait, tel un couteau de charpentier arrachant le bois mort pour trouver la bonne fibre à l'intérieur.

Nous parlions peu, Alex Webber et moi, mais de temps en temps je regardais son profil, et elle semblait contente. Elle avait l'optimisme dans le sang.

Nous vîmes des silhouettes cueillir du coton dans les champs ; des hommes entasser du bois pour la route de rondins, d'autres couper ce même bois pour fabriquer des traverses de chemin de fer. Après plus d'une heure nous n'avions pas parcouru la moitié du chemin jusqu'à Waycross. Nous n'étions pas pressés. La route se déroulait derrière nous, s'étirait devant nous tel un ruban noir, et nous la suivions simplement parce qu'une décision avait été prise. Nous allions voir Mary Elizabeth Vaughan, la femme qui m'avait mis au monde, nous y allions parce que Alex estimait qu'elle était de la famille, désormais autant de la sienne que de la mienne. Elle avait dit qu'elle m'aimait. Je lui avais rendu la pareille, à quoi elle avait répliqué : « Quand tu aimes quelqu'un, tu le prends en entier, avec toutes ses attaches, toutes ses obligations. Tu prends son histoire, son passé et son présent. Tu prends tout, ou rien du tout. C'est comme ça, Joseph, c'est juste comme ça. »

Alex ne discutait pas, elle ne contestait pas ; elle affirmait des points de vue d'un ton neutre. Je me mettais en tête de la défier et elle me coupait l'herbe sous le pied avant que j'aie pu faire un pas. Je m'efforçais de ne pas prendre la mouche. Elle était de Syracuse, et ces gens-là pensaient différemment.

Vers le milieu de la matinée l'atmosphère était étouffante et humide, la brise trop moite vous collait au corps. J'immobilisai le pick-up au bord de la route, une voie boueuse sillonnée de traces de roues et de rigoles dans lesquelles les pneus de gauche et de droite s'enfonçaient simultanément, ce qui faisait de la conduite une corvée plus qu'un plaisir. Comme elle avait soif, Alex ouvrit une thermos de café qu'elle avait apportée, et nous restâmes un moment assis à l'avant, buvant l'un après l'autre dans le même gobelet et parlant de tout et de rien pour passer le temps.

« Nous avons une couverture, déclara-t-elle après un moment.

— Oui, répondis-je.

— Ce n'était pas une question, Joseph, c'était une affirmation.

— Donc, fis-je d'un ton indifférent, nous avons une couverture.

— Nous avons un pick-up avec un plateau à l'arrière. Nous avons une route dégagée sans personne en vue.

— De quoi tu parles, Alex ?

— De quoi crois-tu que je parle, Joseph ? »

Je me tournai pour la regarder. Elle avait un sourire espiègle.

« Tu es en train de dire que tu veux aller à l'arrière du pick-up et tirer un coup…

— Comme tu es romantique ! Doux Jésus, appelons les choses par leur nom.

— Bon sang, Alex, c'était ton idée.

— Et alors, c'est pas compliqué… tu mets la couverture à l'arrière du pick-up et tu me baises, d'accord ?

— Merde, Alex, on ne peut pas baiser à l'arrière d'un pick-up au beau milieu de la route.

— Et pourquoi pas ? Où as-tu vu qu'on ne pouvait pas le faire ? »

J'étais sidéré.

« Alex, ce n'est pas comme ça que tu vas tomber enceinte.

— Bon Dieu, Joseph, il ne s'agit pas de tomber enceinte, il s'agit d'avoir envie de faire l'amour à l'arrière d'un pick-up.

— Tu veux vraiment faire ça ? Tu veux que je mette une couverture à l'arrière…

– Et que tu me baises. Oui, c'est ce que je veux. Je veux que tu le fasses tout de suite, avant que je change d'avis, avant que tu aies tué le charme de la situation, OK ? »

J'étalai la couverture à l'arrière de la camionnette.

Alex fit le tour, ôta ses sous-vêtements sous sa jupe et me les jeta. Elle grimpa sur le plateau et s'allongea. Je riais maintenant, je riais si fort qu'il me fallut un moment pour me mettre en condition de m'atteler à ma tâche.

J'avais conscience du grand air, du chant des oiseaux dans les arbres, puis Alex me força à m'étendre sur le dos et me grimpa dessus. J'étais trop hilare pour la prendre au sérieux, puis, dans un moment d'émerveillement, il me sembla remarquable de simplement être là, remarquable qu'Alex Webber – l'institutrice – soit avec moi.

« Quoi ? » demanda-t-elle. Je fronçai les sourcils, secouai la tête. Elle m'écrasait et j'avais du mal à respirer. « Dis-moi ? Dis-moi ce qui te fait rire ?

– Je ne ris pas, répondis-je en haletant. Bon sang, Alex, faut que tu descendes avant que j'étouffe.

– Étouffer ? Je ne t'étouffe pas. Je suis légère comme une plume.

– Comme une plume ? OK…

– Tu es en train de dire que je suis lourde ? Tu dis que je suis trop lourde. C'est ça que tu dis, Joseph Vaughan. ?

– Ne m'appelle pas comme ça !

– Et pourquoi pas ? C'est ton nom, pas vrai ?

– C'est mon nom, oui. Mais bon sang, Alex, on croirait que je suis encore ton élève. »

Elle éclata bruyamment de rire.

« Joseph Vaughan ! Tu ferais bien de rendre tes devoirs à temps sinon tu vas nettoyer les chiffons du tableau.

– Alex ! dis-je. Sérieusement… faut que tu descendes avant que je meure. »

Elle se décala sur le côté pour soulager ma poitrine, puis elle se laissa glisser en arrière, sa main sous elle, et elle me trouva, me guida, continuant de rire tandis qu'elle s'abaissait sur moi.

Je tendis les bras et m'accrochai à sa taille, levai les yeux vers la couverture qui formait comme une tente au-dessus de sa tête.

Elle me regarda, écarta les bras. Je lui saisis les mains, nos doigts s'entrelacèrent, et elle commença à se balancer d'avant en arrière.

C'était si bon, trop bon peut-être. Elle semblait renfermer tout ce que j'avais jamais voulu trouver en quelqu'un. Était-ce toujours ainsi la première fois qu'on aimait quelqu'un ?

J'avais conscience de son parfum, de son sourire, de la pression de son corps sur le mien, conscience qu'une chose extraordinaire me consumait presque.

J'eus finalement conscience du son d'une voiture qui approchait, et Alex se plaqua tout contre moi. Nous étions tous les deux quasiment à poil, avec juste une couverture au-dessus de nous, tentant de ne pas rire, de ne faire aucun bruit, je sentais mes mains sur ses fesses, sa jupe remontée autour de sa taille, mon pantalon à mes chevilles, et j'entendis la voiture ralentir.

« Oh merde, murmurai-je.

– Chut », fit-elle.

J'avais les yeux grands ouverts. La voiture s'immobilisa. Je ne m'étais jamais senti si vulnérable. Le son de la portière qu'on ouvrait, qu'on claquait, un bruit de bottes sur la route, le crissement du gravier roulant sous le châssis.

« La cabine est vide, lança une voix. La cabine est vide, et je suis bien certain de ne voir personne sur la route ou parmi les arbres. Vous feriez mieux de sortir de sous cette couverture et de vous montrer. »

Alex se décala sur le côté, imperceptiblement, mais je sentis que je glissais hors d'elle. Le charme de la situation connut une mort brutale. Comme si Cupidon s'était pris une balle.

« C'est le shérif qui vous parle, le shérif du comté de Clinch, Burnett Fermor, et je sais pas ce que vous fabriquez à l'arrière de votre pick-up… mais vous êtes sur l'une de mes routes. Je vais vous demander de sortir de là-dessous, qui que vous soyez, et de vous montrer, ou ça va mal se passer. »

J'écarquillai encore plus les yeux, l'expression d'Alex était proche de la terreur absolue, mon cœur semblait vouloir me sortir de la poitrine.

« Je vais compter jusqu'à trois. Trois, c'est tout. J'irai pas plus loin. Alors c'est parti… un… deux…

— OK ! » criai-je.

J'écartai la couverture et jetai un coup d'œil par-dessus, scrutai le bout du plateau, mon regard longeant le corps enveloppé d'Alex, conscient de mon pantalon autour de mes chevilles, de sa jupe autour de sa taille, conscient que si j'écartais plus la couverture son derrière se retrouverait exposé au grand jour.

Le shérif Burnett Fermor, l'air dur, le visage comme un amas d'angles biscornus, le pouce de sa main gauche bien enfoncé sous son ceinturon, la paume de sa main droite posée sur la crosse de son revolver.

« Tiens, salut, mon gars », lança-t-il d'une voix traînante. Les muscles de sa mâchoire se contractaient lorsqu'il parlait. Il plissait les yeux à cause du soleil, ce qui lui donnait l'air de quelqu'un sortant d'une cave et découvrant la lumière du jour, quelqu'un qui aurait été enfermé au sous-sol pour sa sécurité et celle des autres. « On est tout seul sous cette couverture, ou on a de la compagnie ce matin ? »

Alex remua. Ses doigts apparurent sur le rebord de la couverture et elle l'écarta légèrement. Elle sourit d'un air gêné.

« Tiens, bonjour, mademoiselle », dit Fermor.

Il s'approcha d'un pas de l'arrière de la camionnette. Alex se pencha légèrement, souriant mollement.

« Bonjour, shérif, dit-elle.

— Bon, on est pas des gamins ici, pas vrai ? déclara-t-il. Je crois qu'on a à peu près tout vu ce matin. Je vais devoir vous demander braves gens de sortir de là et de venir vous placer au bord de la route.

— Vous pouvez nous accorder juste un moment ? demandai-je.

— Un moment, fiston ? Pourquoi est-ce que vous auriez besoin d'un moment ? »

Je sentis la tension des nerfs dans mon estomac.

« Pour qu'on s'arrange un peu avant de sortir d'ici. »

Le shérif Fermor me regarda en plissant les yeux.

« La situation me semble compliquée. Je voudrais pas vous mettre mal à l'aise, mais en même temps je voudrais pas regarder de l'autre côté pendant que vous autres sortez de là. J'ai aucune idée de qui vous pouvez être, et je vais sûrement pas vous tourner le dos tant qu'on n'aura pas eu l'occasion de faire connaissance.

— Je peux vous assurer, shérif… »

Burnett Fermor leva la main et sourit.

« Excusez-moi de vous interrompre, mon gars, mais je crois pas que vous soyez en position de m'assurer quoi que ce soit. Je vais détourner un peu les yeux, juste histoire de vous épargner autant de gêne que possible, mais le fait est que j'ai besoin que vous sortiez maintenant de là-dessous et que vous vous teniez au bord de la route.

– Mais la demoiselle… »

Fermor secoua la tête.

« Fiston, dit-il d'un ton résigné, un peu exaspéré. Une fois de plus, je vais pas jouer sur les mots. Ne parlons pas de la dame, hein ? Il me semble que n'importe quelle jeune femme qui se retrouve à faire des galipettes à l'arrière d'un pick-up en plein jour… eh bien, je crois pas qu'on va discuter les détails de la bienséance et de l'étiquette, pas vrai ? Je vais vous le demander une dernière fois, et après j'appellerai mon bureau pour qu'on m'envoie un adjoint…

– Nous sortons », dis-je.

Je me tournai vers Alex. Elle ferma les yeux, secoua la tête.

Je me dégageai maladroitement de sous elle, écartai la couverture et gagnai à toute allure l'arrière de la camionnette. Je sautai par terre et remontai mon pantalon. Fermor se contenta de me regarder froidement. Alex fit tout son possible pour se cacher derrière la couverture, tirant sur sa jupe tout en rampant à genoux vers l'extrémité du plateau. Avec ses cheveux ébouriffés sur le côté, ses pieds nus, sa honte évidente, elle semblait au comble du tourment et de l'humiliation. Fermor jeta un coup d'œil à sa montre.

« Il est pas encore onze heures du matin, et vous autres êtes déjà là à faire des cabrioles à l'arrière de ce véhicule. Qu'est-ce que c'est que cette façon de se comporter ? »

J'ouvris la bouche pour répondre, mais Fermor me fit signe de me taire.

« Je vais vous dire, je veux rien entendre sauf vos noms, mon gars. »

Il tira un carnet et un stylo de sa poche de chemise. Il leva les yeux vers moi, souleva légèrement son chapeau de son front. Je ne répondis rien, regardai Alex qui se tenait sur ma gauche.

« Votre nom ? répéta Fermor.

– Vaughan, dis-je. Joseph Calvin Vaughan. »

Fermor inscrivit laborieusement mon nom dans son carnet.

« Et d'où arrivez-vous ce matin, monsieur Joseph Calvin Vaughan ?

– Augusta Falls, répondis-je.

– Augusta Falls ? C'est dans le comté de Charlton, pas vrai ?

– Oui, monsieur.

– Augusta Falls, comté de Charlton… je suppose que vous connaissez mon homologue là-bas, le shérif Haynes Dearing.

– Oui, monsieur, je connais le shérif Dearing. »

Fermor me regarda en plissant les yeux sous le rebord de son chapeau.

« Vous avez déjà eu affaire au shérif Dearing à Augusta Falls, monsieur Vaughan ?

– Non, monsieur. »

Il fit une moue dubitative.

« Alors comment se fait-il que vous le connaissiez ?

– C'est une petite ville, shérif. Je connais à peu près tout le monde là-bas.

– Ah, vraiment ?

– Oui, monsieur.

– Et qu'est-ce que vous faites à Augusta Falls, fiston?

– Je monte des clôtures, j'abats des arbres, ce genre de choses... un peu de travail dans les fermes au moment de la récolte, tout ce qui se présente.

– Vous avez une maison là-bas, un endroit où vous habitez?

– Oui, monsieur.

– Et quel âge avez-vous, monsieur Vaughan?

– J'ai dix-huit ans.

– Vraiment? Dix-huit ans? »

Fermor nota autre chose dans son carnet, puis il porta son attention sur Alex.

« Et maintenant vous, mademoiselle... votre nom?

– Alexandra Madigan Webber.

– Alexandra Madigan Webber... et vous êtes aussi d'Augusta Falls, n'est-ce pas?

– Oui, shérif, d'Augusta Falls.

– Et qu'est-ce qui vous amène par ici si tôt dans la journée?

– Nous étions en route pour l'hôpital communal de Waycross.

– Bien, bien, fit Fermor de sa voix traînante. Et qu'est-ce qui vous amène à l'hôpital de Waycross, mademoiselle Webber?

– Nous allons voir... »

Elle me jeta un regard de côté. Elle semblait tendue et anxieuse.

« Vous allez voir? la relança Fermor.

– Nous étions en route pour aller voir la mère de Joseph. »

Fermor acquiesça lentement sans jamais quitter Alex des yeux.

« Et est-ce qu'il y a une raison particulière qui vous a obligés à vous arrêter ici, mademoiselle Webber… au lieu de poursuivre votre route jusqu'au comté de Ware ? »

Alex se tourna vers moi, puis à nouveau vers Fermor. Il avait posé cette question juste pour accroître son embarras et elle le savait. Elle secoua lentement la tête.

« Non, monsieur », répondit-elle d'une voix brisée.

Je sentis la colère monter de mon ventre vers ma poitrine.

« Bon, très bien, fit Fermor, et il nota quelque chose d'autre dans son carnet.

– Nous sommes vraiment désolés, dis-je. Nous roulions et nous avons décidé de nous arrêter un petit moment… »

Fermor m'interrompit.

« Je ne suis pas sûr d'avoir réellement besoin de connaître les tristes détails de vos amourettes, monsieur Vaughan, la seule chose que je sais, c'est que nous sommes sur une route publique. Le genre de route où des gens se promènent à pied où à cheval, ou même en voiture, et la dernière chose qu'ils veulent voir, c'est deux personnes occupées au genre d'activité à laquelle j'ai assisté ce matin. Le fait est que ça doit être une infraction à la loi quelque part… »

Alex ouvrit la bouche pour parler. Elle fit un pas en avant.

« Shérif… »

Fermor fit à son tour un pas en avant. Son mouvement avait quelque chose de menaçant, comme s'il répondait à Alex, la défiait.

« Laissez-moi vous poser une question, mademoiselle Webber, dit-il. Quel âge avez-vous ?

– Qu'est-ce que ça peut faire l'âge que j'ai ?

– Je vous ai posé une question polie, mademoiselle Webber, j'attends une réponse polie.

– J'ai vingt-six ans, shérif.

– Et qu'est-ce que vous faites à Augusta Falls ? »

Alex s'éclaircit la voix.

« Institutrice, marmonna-t-elle.

– Vous avez dit institutrice, mademoiselle Webber ? »

Elle acquiesça.

« Vous êtes l'institutrice d'Augusta Falls ? demanda Fermor avec un soupçon de surprise dans la voix.

– Oui. Je suis l'institutrice d'Augusta Falls. »

Fermor me désigna de la tête.

« Et ce jeune homme ici présent… ce jeune homme est-il l'un de vos élèves, mademoiselle Webber ? »

Elle lâcha un rire nerveux.

« Non, monsieur, ce n'est pas un de mes élèves.

– Eh bien, fit-il en ajustant son chapeau sur sa tête, vous pouvez remercier le Seigneur, mademoiselle Webber, car ç'aurait constitué un abus de position et de respectabilité des plus intéressant.

– Il n'y a rien dans la loi qui interdise à un garçon de dix-huit ans… »

Fermor sourit, fit un nouveau pas en avant.

« Ici, la loi, c'est moi, mademoiselle Webber, et si quelqu'un est en droit de citer la loi, c'est moi. La vérité, c'est que vous autres fauteurs de troubles m'avez grandement contrarié avec vos cabrioles dans votre pick-up, et que je vais vous emmener et vous coller une amende pour une raison ou une autre, et peut-être que vous retiendrez la leçon, hein ? Peut-être que la prochaine fois que vous entrerez dans le comté de Clinch en route pour un autre endroit vous continuerez de rouler sans vous arrêter… au lieu de vous garer au bord de *ma* route et de faire des choses qui ne devraient se passer que derrière des portes closes après la tombée de la nuit.

— Oh pour l'amour de Dieu… commença Alex.

— Pour l'amour de *Dieu*, mademoiselle Webber ? Vous allez à l'église à Augusta Falls ? Vous êtes responsable de l'éducation morale et religieuse des élèves dont vous avez la charge dans votre école ? Je dirais que oui, si cette école ressemble un tant soit peu à la nôtre, n'est-ce pas ? Alors à votre place je ne blasphémerais pas, étant donné la situation dans laquelle vous autres vous trouvez par cette belle matinée. Je vais vous demander de remettre vos chaussures et de vous rhabiller convenablement, un à la fois, puis de venir ici à côté de ma voiture et d'attendre que je vous passe les menottes.

— Les menottes ? m'écriai-je, incrédule, commençant à m'inquiéter face à l'attitude vindicative et injuste du shérif.

— Eh oui, monsieur Vaughan, les menottes. C'est ce que je vais faire, et vous autres allez coopérer, ou, comme je l'ai déjà dit, je vais appeler mon bureau et mes adjoints vont venir et on va s'amuser. »

La paume de sa main bougea légèrement sur la crosse de son pistolet. Je regardai Alex. Elle ouvrait de grands yeux bordés de larmes. On aurait dit une enfant effrayée.

Nous coopérâmes. Nous enfilâmes nos chaussures et nous rhabillâmes. Nous marchâmes l'un après l'autre jusqu'à la voiture de Fermor, qui menotta mon poignet gauche au poignet droit d'Alex, et mon poignet droit à une barre qui courait au-dessus de la vitre.

Ni Alex ni moi ne prononçâmes un mot dans la voiture. Comme nous approchions d'une déclivité, je me retournai pour jeter un coup d'œil au pick-up de Reilly garé au bord de la route. Je me demandai s'il serait toujours là quand nous reviendrions.

Le bureau du shérif du comté de Clinch était un bloc terne situé au bord d'une route à la périphérie d'Homerville. On aurait dit quelque chose qui serait tombé d'un camion et que le chauffeur n'aurait pas jugé digne de revenir chercher. Alors c'était resté là, et une fois à l'intérieur, alors que nous étions dans deux cellules séparées mais qui se faisaient face de chaque côté d'un étroit couloir, je commençai à me dire que cet événement constituait sans doute l'apogée de la semaine du shérif Fermor. Au bout du couloir était posté un agent. Il n'était pas plus vieux que moi, avait les lèvres serrées et l'air sérieux, et semblait comblé par la grandeur et l'importance de sa tâche. Il nous informa que nous n'avions pas le droit de parler. Je regardai Alex à travers les barreaux. Elle était assise sur la couchette, dos au mur, les genoux remontés sous le menton, et de temps à autre elle me retournait mon regard, les yeux écarquillés et la mine confuse. Je secouai la tête et souris. Tout va bien se passer, essayai-je de lui faire comprendre. Ce n'est pas grave, ça n'aura aucune conséquence… et non, je ne t'en veux pas.

Elle esquissa un sourire, puis elle ferma les yeux et baissa la tête. Je crois qu'elle s'était peut-être endormie.

Ça faisait environ une heure que les problèmes avaient commencé lorsque la porte au bout du couloir s'ouvrit soudain et le shérif Fermor apparut.

« Faites sortir ces pervers, ordonna-t-il d'une voix neutre. Nous avons quelque chose de sacrément plus important sur les bras. »

L'adjoint sembla nerveux, incertain.

« Vas-y ! aboya Fermor. »

Le gamin se précipita vers nous, les clés cliquetant à sa ceinture, et il ouvrit laborieusement la porte de la cage. Alex se redressa d'un coup.

« Que…

— On est libres », dis-je.

Je m'approchai de la porte de ma cellule et saisis instinctivement les barreaux.

Fermor vint se poster près de l'adjoint.

« Vous êtes Joseph Vaughan d'Augusta Falls », déclara-t-il d'une voix sonore.

J'acquiesçai. Je sentis la tension dans mes mains, vis les jointures de mes doigts blanchir.

« C'est vous qui avez découvert la petite Perlman en août 1942.

— Oui, monsieur, c'est moi.

— Eh bien, mon gars, on en a une autre – à Fleming, dans le comté de Liberty. J'y vais, j'emmène mon adjoint avec moi, alors j'ai pas le temps de remplir des paperasses à cause de vous autres. »

Je sentis mes yeux s'écarquiller. Le sang quitta mon visage. Mon cœur manqua plusieurs battements consécutifs ; j'avais l'impression que mes jambes étaient liquides. Pendant un moment je ne compris pas ce qu'il disait.

Une autre fille. Trois ans après Virginia Grace Perlman, une autre fille avait été tuée.

« Vous êtes sûr… sûr que c'est… balbutiai-je.

— Sûr de rien pour le moment », répondit Fermor. Il s'éclaircit la voix, enfonça les pouces sous son ceinturon. « Je vais juste vous dire une chose avant de vous relâcher. J'apprécie pas trop que vous veniez commettre ces délits dans mon comté. J'ai vérifié. Et ce que vous faisiez était un délit, purement et simplement. Exhibition dans un lieu public, et comportement obscène et lascif. Et le fait que vous êtes institutrice, mademoiselle Webber... » Il marqua une pause pour accentuer son effet, puis il transperça Alex d'un regard d'acier chargé de désapprobation. « Le fait que vous soyez responsable de l'instruction des enfants d'Augusta Falls, eh bien, je veux pas utiliser le langage que je voudrais utiliser parce que j'ai été mieux élevé que ça... »

La voix de Fermor ne me semblait plus qu'une suite de sons vides de sens. Je regardais sa bouche bouger, son expression changer à mesure qu'il parlait, et tout cela ne voulait rien dire. Tout ce que je voyais, c'étaient les semelles blanches des chaussures de Virginia au sommet de la colline.

« Je vais m'assurer que vous vous souveniez de ce qui s'est passé ici aujourd'hui, que ça vous serve de leçon – et estimez-vous heureux d'être tombés sur moi et non sur quelqu'un de plus sévère. Je vais pas vous coller d'amende à cause de cette chose terrible qui s'est produite dans le comté de Liberty, et je dois y aller pour assister mon homologue, le shérif Landis. » Fermor fit un signe de tête à son adjoint. « L'agent Edgewood va vous reconduire à votre véhicule, et après je vous demanderai de vous remettre en route, d'aller à l'hôpital communal de Waycross et de vaquer à vos affaires. C'est tout ce que j'ai à dire, mais je prierai pour vous dimanche comme j'ai l'habitude de le faire dans de tels cas. Je vous souhaite bonne chance, mais je serai pas malheureux de vous voir quitter mon comté. »

Fermor se tourna vers Edgewood.

« Prends la deuxième voiture, ramène ces gens à leur pick-up, puis viens me rejoindre à Fleming.

– Oui, shérif », répondit Edgewood, et il regarda Fermor s'éloigner vers l'avant du bâtiment.

Quelques instants plus tard, nous entendîmes le moteur de sa voiture démarrer. L'agent Edgewood resta là un moment, nerveux, peut-être incertain de ce qui l'attendait, puis il s'avança et souleva la clé qui ouvrait la porte de ma cellule.

« Faites sortir la demoiselle en premier », dis-je.

Il s'interrompit, regarda Alex par-dessus son épaule et bégaya :

« Oui, bien sûr. La demoiselle. Oui… heu, désolé. »

Alex sortit, attendit patiemment tandis qu'Edgewood maniait maladroitement les clés et les faisait tomber, puis il trouva la bonne, déverrouilla ma porte et recula pour que je puisse gagner le couloir qui séparait les deux cellules.

Edgewood nous demanda d'aller l'attendre devant le bâtiment. Je pris la main d'Alex, et lorsque nous eûmes quitté le couloir étroit je plaçai mon bras autour de son épaule et l'attirai tout contre moi.

« Un coup de pot », murmurai-je, mais ce que je voulais vraiment dire, c'était : *une autre fille… ils ont trouvé une autre fille.*

Elle se tourna et leva les yeux vers moi, ses paupières étaient maculées de khôl, sa peau était pâle. Elle se contenta d'acquiescer sans rien dire, et tandis que nous attendions Edgewood je la serrai aussi fort que je pouvais.

Le trajet se déroula en silence. Je ne crois pas qu'Edgewood aurait su quoi dire si je m'étais mis à lui parler, mais j'étais incapable de dire quoi que ce soit. Je sentais les trois dernières années se refermer sur moi comme une ombre, je sentais mon cœur cogner dans ma poitrine, je me sentais écrasé par une chose que j'avais tout fait pour oublier.

Edgewood nous déposa au pick-up, il fit demi-tour et prit la direction du comté de Liberty.

« Je veux y aller, dis-je à Alex.

– Où?

– À Fleming. »

Elle fronça les sourcils.

« Pourquoi, Joseph, pourquoi veux-tu aller là-bas?

– Je n'en sais rien, Alex… bon Dieu, je n'en sais rien, je sens juste que je dois y aller.

– Et voir quoi? Une autre petite fille assassinée? »

Nous nous tenions de chaque côté du pick-up, nous regardant par-dessus le capot. Je baissai les yeux vers le sol, vers mes chaussures, et lorsque je les levai à nouveau je m'aperçus qu'il m'était impossible d'expliquer ce que je ressentais.

J'avais découvert Virginia Perlman. J'avais fait une promesse à Elena Kruger, la promesse que rien ne lui arriverait, et j'avais échoué. J'étais resté là à regarder alors que Gunther Kruger et sa famille étaient les victimes d'une amertume et d'une colère injustifiées, qui avaient eu pour conséquence indirecte non seulement la mort de sa fille, mais aussi la perte de ma mère telle que je la connaissais. Cette chose m'attirait, c'était tout, mais je savais que je ne parviendrais pas à expliquer ça à Alex. Je pensai aux Anges gardiens, me demandant où ils étaient maintenant, ce qu'ils faisaient… et je sus une fois de plus que tout ce que nous avions tenté d'accomplir n'avait été qu'un enfantillage.

« Tu veux vraiment y aller? » demanda-t-elle.

Je fis signe que oui. Il n'y avait pas la moindre hésitation ni incertitude dans mon esprit.

« Et ta mère? Quand comptes-tu aller la voir? »

Je haussai les épaules.

« Je ne sais pas, Alex, peut-être sur le chemin du retour… mais si tu ne veux pas m'accompagner, je peux te ramener à la maison.

– Je voulais aller voir ta mère, dit-elle calmement. Mais je n'ai absolument aucune envie d'aller à Fleming.

– Je veux… j'ai *besoin* d'y aller, Alex… ne me demande pas pourquoi, pour l'amour de Dieu, je ne le sais même pas moi-même, mais il y a quelque chose là-dedans qui… qui…

– Si tu y vas, alors tu y vas seul, répliqua-t-elle. Si tu dois vraiment le faire, alors fais-le… je ne veux pas être impliquée. Je ne veux rien avoir à faire avec cette sale histoire.

– Je comprends, dis-je. Je vais te ramener à la maison. »

Je mis deux heures à atteindre Fleming. Je roulai vers le nord-est, passai par Hickox et Nahunta, longeai la frontière entre les comtés de Glynn et Brantley jusqu'à Everett, puis me dirigeai vers le nord, traversant le comté de Long avant d'atteindre Liberty. Lorsque j'arrivai, l'après-midi touchait à sa fin et l'atmosphère était lourde et oppressante. Il n'y avait aucun signe de présence policière à la périphérie de Fleming, mais au bout de trois cents mètres je vis un rassemblement de véhicules noir et blanc venus des comtés de Charlton, Clinch, Camden et Liberty ; une autre voiture arborait le blason du comté de Tattnall sur la portière. Je garai le pick-up sur le bord gauche de la route et attendis quelques minutes. J'éprouvais le besoin impérieux de savoir ce qui s'était passé, de savoir de qui il s'agissait, ce qui avait été fait, si ce meurtre pouvait être

239

attribué à la même personne que les précédents. Sur la droite de la route se trouvait un talus, derrière lequel une crête s'élevait jusqu'à un massif de broussailles et d'arbustes. Des tréteaux de bois avaient été placés à chaque extrémité d'une zone de dix mètres de long, une corde avait été tendue entre eux ; de l'autre côté de la corde, parmi les bois, il y avait des signes de mouvement et d'activité. Je descendis du pick-up et approchai par la droite, contournai la corde et traversai la ligne d'arbres environ cinquante mètres plus loin. J'aurais voulu qu'ils soient avec moi – Maurice, Michael, Ronnie, même Hans.

Je vis, vingt mètres plus loin, les shérifs Burnett Fermor et Haynes Dearing, et un troisième homme dont je supposai qu'il s'agissait du shérif du comté de Liberty. Edgewood était là, en retrait sur la gauche. Il avait une posture rigide et semblait avoir du mal à supporter ce qu'il voyait. Je continuai d'approcher, ralentis quelque peu, et même si je savais que j'allais avoir des problèmes, même si je savais que Fermor et Dearing auraient leur mot à dire, je ne pouvais m'en empêcher.

Tout m'apparut d'abord très confus. Depuis l'endroit où je me tenais, durant la poignée de secondes que Fermor et Dearing mirent à me voir, à me reconnaître, à se demander ce que je fabriquais là, est-ce que j'avais suivi Edgewood, est-ce qu'Edgewood m'avait amené, et la fille... où était la fille, et nom de Dieu, qu'est-ce que je foutais au beau milieu d'une scène de crime... bon Dieu de merde, qu'est-ce que c'était que ce foutoir ? Au cours de ces quelques secondes j'essayai de faire sens de ce qui se trouvait devant moi. Je ne crois pas être parvenu à faire le lien entre ce que j'avais sous les yeux et la succession de pensées et de questions qui suivirent jusqu'à ce qu'Edgewood et Dearing m'aient plaqué au sol au bord de la route.

La fillette avait été coupée en deux. Le corps tranché au milieu et chaque partie grossièrement enterrée à deux mètres à peine de l'autre. La partie supérieure dépassait du sol, le milieu était enterré, et la partie inférieure apparaissait un peu plus loin, ce qui donnait l'impression que la fillette mesurait plus de deux mètres cinquante. C'était une vision complètement incongrue. C'était une illusion, une tromperie, une chimère.

Une fois de plus je sentis le sang quitter mon visage, mes mains, mes jambes. Je sentis tout en moi se rabougrir, comme pour essayer d'échapper à l'horreur que j'avais devant moi. J'avais les genoux en coton, et pendant un moment je n'entendis rien, malgré le shérif qui m'aboyait des questions dans les oreilles :

« … faites, et maintenant vous êtes ici…

… se passe exactement, et vous feriez bien de répondre franchement…

… une espèce de… »

Je plaquai mes mains sur mes oreilles et tombai à genoux. C'est alors que je sentis les menottes se refermer autour de mes poignets pour la seconde fois de la journée. Une ombre enveloppa mon cœur. Je les regardai tous – Edgewood, Dearing, Fermor, Landis du comté de Liberty – et j'ouvris la bouche pour parler.

« Pas un mot ! hurla Fermor à mon intention. Je sais pas ce qui se passe ici, mon gars ! Où est la fille ? Où est la fille qui vous accompagnait ? Qu'est-ce que vous en avez fait ? »

Je n'arrivais pas à parler.

Dearing saisit la chaîne qui reliait les menottes et me força à me relever. La douleur dans mes poignets et mes avant-bras était atroce. J'avais du mal à respirer, et lorsqu'il se retourna et commença à me pousser vers la route, je sentis une fois de plus mes jambes se dérober sous moi.

Ils me balancèrent à l'arrière de la voiture du shérif Landis. Landis et Fermor restèrent en retrait, Edgewood reçut l'ordre de prendre le volant, et le shérif Haynes Dearing du comté de Charlton, un homme que j'avais connu toute ma vie, grimpa à l'arrière à côté de moi et ordonna à Edgewood de nous mener au bureau du shérif du comté de Liberty.

« Je ne sais pas ce qui se passe ici, mon garçon, dit-il d'une voix cassante, accusatrice, mais tu vas devoir t'expliquer avant la fin de l'après-midi. »

Je commençai à dire quelque chose.

« Pas un mot, siffla-t-il. Pas un foutu mot ici, garçon. Tu es assez dans la panade comme ça. Tu ne ferais qu'aggraver ton cas en me disant quoi que ce soit maintenant. »

Je sentis mon esprit se fermer. Je pensai à Alex, à ma mère. Je me tournai et regardai par la fenêtre. Des cumulonimbus s'étaient amassés à l'horizon. Il se mit à pleuvoir.

Elena.

Petite fille douce, silencieuse, perdue.

Je pense à la femme que tu serais devenue. Je me demande si quelque part il est un endroit où demeurent toutes ces vies abrégées. Un autre niveau, un monde parallèle au nôtre, un lieu où les morts reprennent leurs vies incomplètes et les mènent à leur terme.

Et je me rappelle les moments où j'essayais de toutes mes forces de comprendre le genre de personne qui avait pu tuer tant d'enfants.

Il y avait les péchés imaginés de ma mère – terribles, voire meurtriers – et il y avait les miens, des péchés nés de la peur, d'une peur si grande qu'elle m'avait mené à croire que ce que je faisais était justifié. Mais ces péchés-là étaient différents. Si différents. Nos péchés étaient motivés par une certaine idée du bien, de la justice, par la nécessité de voir cette chose finir.

Alors que les tiens…

Même maintenant je ne peux supporter d'imaginer l'esprit qui a été à l'origine de tels actes.

Je me rappelle le visage du shérif Dearing tandis que nous nous éloignions. La manière dont il m'a regardé, la manière dont il s'est retourné pour regarder par-dessus son épaule.

Peut-être savait-il déjà.

Peut-être savions-nous tous les deux.

Et plus tôt, avant que tout ne change, il y a eu ce jour à Fleming, dans le comté de Liberty, un jour où ils ont peut-être cru que j'étais le coupable... Je m'en souviens si distinctement. J'avais cru que Virginia Grace serait la dernière, en août 1942. Mais non, il y en a eu d'autres, et pas juste celle qui avait été découverte là-bas.

Je me revois assis face à Dearing, un homme qui avait fait partie de ma vie durant toute mon enfance, je revois son visage se froisser autour des yeux, comme s'il était vaincu, comme s'il portait un fantôme sur les épaules, et je me rappelle le ton de sa voix lorsqu'il a dit...

13

« Esther Keppler.

– Qui ça ?

– Esther Keppler », répéta le shérif Haynes Dearing.

J'étais assis face à lui. Il était tard. Je n'avais aucune idée de l'heure, mais je le devinais au froid et au fait que le soleil était déjà couché. Je ne voyais aucune fenêtre depuis l'endroit où j'étais assis dans le petit bureau situé à l'arrière du poste de police du comté de Liberty. J'y étais depuis deux, peut-être trois heures. Seul la plupart du temps, à me demander ce que je fabriquais là. J'avais à un moment posé la question, à quoi Dearing avait répliqué : « Nous voulons te demander exactement la même chose, Joseph, exactement la même chose. »

Il avait alors secoué la tête et s'était apprêté à quitter la pièce sans attendre de réponse de ma part, ce qui m'avait soulagé car je n'en avais pas.

Je lui avais demandé combien de temps j'allais rester là, avais expliqué que j'avais faim.

« Je ne sais pas combien de temps, avait-il répondu, ça risque de durer encore un moment… Je vais te faire porter à manger. »

Une heure plus tard, l'agent Edgewood était entré dans la pièce avec une assiette de sandwiches et une bouteille de Coca-Cola.

« Est-ce que vous pouvez me dire ce qui se passe ici ? » » lui avais-je demandé.

Il avait à peu près le même âge que moi ; je m'étais dit qu'il y avait peut-être un petit espoir qu'il m'aide.

« Non, avait-il répondu d'un ton impassible. Je ne peux rien vous dire. »

Il avait reculé jusqu'à la porte, était sorti et l'avait refermée derrière lui, la verrouillant comme elle l'avait été chaque fois jusqu'alors.

J'avais mangé les sandwiches, bu le Coca-Cola, et au bout d'un moment j'avais eu besoin d'aller aux toilettes. Je m'étais approché de la porte, avais tapé dessus du plat de la main.

« Hé ! Y a quelqu'un ? »

Rien – pas de réponse, pas un bruit. J'avais à nouveau frappé, plus fort, et avais sursauté lorsque quelqu'un avait cogné sur la porte de l'autre côté.

« Fermez-la là-dedans ! avait lancé une voix, claire comme le jour.

– J'ai besoin d'aller aux toilettes !

– Ben, vous avez qu'à attendre !

– Vous ne pouvez pas me faire ça ! Je n'ai rien fait ! J'ai des droits…

– Des droits ? Et c'est quoi, ces droits ? » avait répliqué la voix, puis tout avait été silencieux.

J'avais à nouveau frappé. Rien.

J'étais allé me rasseoir sur la chaise rudimentaire.

Au bout d'une demi-heure, peut-être plus, Dearing était apparu, et c'est alors qu'il m'avait révélé le nom de la fille qu'ils avaient trouvée.

« Je ne connais personne de ce nom, répondis-je. Elle est d'ici ? »

Haynes Dearing tira une chaise de sous la table et s'assit.

« Oui, elle est de Fleming. Neuf ans.

– Elle a été assassinée comme… comme les autres ?

– On dirait… et il y en a eu deux autres depuis celle que tu as découverte à Augusta.

– Deux autres ?

– Oui, deux autres… ce qui en fait huit au total. »

Mon esprit cessa de fonctionner. J'avais la chair de poule, les cheveux dressés sur la nuque. J'avais la langue sèche, un goût amer dans la bouche. Je recouvrai finalement ma voix et déclarai :

« Neuf, shérif Dearing… il y en a eu neuf.

– Neuf ? fit-il en fronçant les sourcils.

– Elena Kruger… vous vous souvenez ?

– Bien sûr que je m'en souviens, mais elle n'a pas été tuée par la même personne. Elle a péri dans l'incendie.

– Pas par la même personne, consentis-je, mais vous pouvez comptabiliser sa mort avec les autres, car elle a été directement provoquée par ce qui s'est passé.

– Quoi qu'il en soit, reprit Dearing, j'ai huit meurtres sur les bras, à chaque fois des petites filles, la dernière tuée hier, coupée en deux, nom de Dieu, et chaque partie enterrée. » Il s'interrompit et me regarda. « C'est vrai pour ce matin… que Burnett Fermor vous a trouvés, toi et Alexandra Webber, à faire je ne sais pas quoi à l'arrière d'un pick-up ? »

J'acquiesçai.

« Bon Dieu, qu'est-ce que vous fabriquiez ? Et à qui est cette camionnette ?… Parce qu'elle n'est certainement pas à toi.

– À Reilly.

– Reilly Hawkins ?

– Oui, Reilly Hawkins.

« – Et qu'est-ce que vous faisiez, Joseph ? Vous alliez où ?

– Voir ma mère à l'hôpital de Waycross.

– Et pourquoi vous vous êtes arrêtés, hein ? Ce n'est pas le genre de chose que j'attendais de ta part, et encore moins de celle de mademoiselle Webber. C'est l'institutrice, tu sais ?

– Je sais, shérif, répondis-je avec un sourire, je sais que c'est l'institutrice.

– Et depuis combien de temps cette... cette liaison dure-t-elle entre toi et mademoiselle Webber ?

– Je ne sais pas, répondis-je avec un haussement d'épaules, pas loin de six mois peut-être.

– Six mois ?

– Oui, environ six mois.

– Et tu as quel âge ?

– Dix-huit.

– Et mademoiselle Webber ?

– Elle a vingt-six ans, vingt-sept en février. »

Dearing acquiesça lentement.

« Vingt-sept ans en février... OK, OK. »

Un silence s'installa quelque temps. Je ressentais une pression au milieu du corps. Je n'étais toujours pas allé aux toilettes. J'essayai de me concentrer dessus pour penser le moins possible à ce que Dearing m'avait dit. Deux filles de plus. Huit en tout. Je voulais lui demander qui elles étaient, ce qui leur était arrivé, pourquoi l'information ne nous avait pas été communiquée. Je voulais savoir pourquoi il n'était arrivé à rien, non seulement lui mais les forces de police combinées de plusieurs comtés.

« Je ne peux pas croire que tu te sois fait arrêter, déclara Dearing. Mais cette arrestation te fournit un alibi solide, pas vrai ? »

Je lui lançai un regard interrogateur.

« Comment ça, un alibi ?

– Le fait que tu étais enfermé dans une cellule quand elle s'est fait tuer te disculpe…

– *Me* disculpe ? Qu'est-ce que c'est censé vouloir dire ? »

Dearing leva la main pour me faire taire.

« Tu as la moindre idée de ce qu'aurait pu penser quelqu'un qui ne te connaît pas ? Enfin quoi, pour l'amour de Dieu, Joseph… » Il laissa sa phrase en suspens. Il secoua lentement la tête, resta un moment silencieux, puis reprit : « Et comment cette chose a-t-elle commencé, cette *liaison* ? Elle a débuté il y a six mois… pas plus tôt ?

– Plus tôt, shérif ? Vous voulez savoir si elle ne m'aurait pas séduit avant l'âge légal pour avoir des relations sexuelles consentantes ? »

Dearing sembla quelque peu surpris.

« C'est ce que vous voulez savoir, shérif ? Si c'est ça votre question, alors bon sang, allez-y, posez-la. Ce n'est pas compliqué. »

Dearing s'éclaircit la voix.

« Bon, OK alors… est-ce que c'est le cas ? Est-ce qu'elle t'a convaincu d'avoir des relations sexuelles avant que tu sois légalement responsable de telles décisions ?

– Non.

– Non ?

– Tout à fait, dis-je. Non, elle ne m'a convaincu de rien. Mademoiselle Webber et moi nous connaissons depuis de nombreuses années…

– Tu étais l'un de ses élèves, n'est-ce pas ?

– J'*étais* l'un de ses élèves, shérif. Elle et moi sommes devenus amis après que j'ai quitté l'école.

Nous sommes restés amis. Maintenant nous avons une liaison, et nous étions en route pour aller voir ma mère ce matin quand nous… »

Dearing leva à nouveau la main.

« J'en sais assez sur ce qui s'est passé. Je n'ai pas besoin de détails supplémentaires.

— OK… est-ce que je peux aller aux toilettes maintenant, shérif Dearing ?

— Dans une minute, fiston, dans une minute. Je dois d'abord te demander ce que tu fiches ici à Fleming alors qu'une nouvelle petite fille vient de se faire assassiner. »

Je regardai Dearing. Sa question me ramena soudain sur terre. J'avais parlé d'Alex, défendu ma situation. J'avais presque oublié où j'étais, et il me rappelait brusquement la raison de ma présence à Fleming. Une nouvelle fillette avait été assassinée. Avant elle, deux autres.

« Vous avez dit que deux autres filles avaient été assassinées ?

— Ça y ressemble, acquiesça Dearing. Une à Meridan en septembre 1943, une autre à Offerman, dans le comté de Pierce, en février dernier… et il a pu y en avoir d'autres.

— Donc la personne qui a tué les filles à Charlton et Camden est partie après l'incendie chez les Kruger…

— Ne tirons pas de conclusions hâtives, Joseph. Nous ne sommes pas certains que tous ces meurtres ont été accomplis par le même homme.

— Mais la façon dont ces filles ont disparu, la façon dont elles ont été retrouvées… il y a assez de similarités pour les relier ? »

Dearing secoua la tête.

« Je n'affirme rien… je ne peux *rien* affirmer, et même si je le pouvais je ne le ferais pas. Le fait est qu'une autre fille a été tuée, et nous voulons savoir ce que tu fais ici, Joseph. Tu habites à Augusta Falls, ta mère est à l'hôpital communal de Waycross, et pourtant tu es au nord à Fleming sous prétexte que tu as entendu dire qu'une fillette avait été tuée. Dis-moi quelque chose qui ait du sens, tu veux bien ? Tu dépends de ma juridiction. Tu es l'un de mes administrés. Je te connais, je connais ta mère depuis je ne sais combien d'années… dis-moi quelque chose qui ait du sens, hein ? »

Je restai un moment silencieux.

« Joseph ? »

Je levai les yeux vers Haynes Dearing, secouai la tête.

« Je n'ai pas de réponse, shérif. »

Dearing acquiesça.

« Comment en as-tu entendu parler ?

— De la fille ?

— Oui, de la fille… de ce qui s'est passé ici à Fleming.

— Le shérif Fermor nous l'a dit… enfin, il est venu et il a demandé à l'agent Edgewood de nous libérer Alex et moi parce qu'il devait venir à Fleming.

— Donc tu l'as surpris alors qu'il parlait à son adjoint ?

— Je ne dirais pas que je l'ai surpris, shérif, répondis-je avec un sourire. Il n'en faisait pas exactement un secret.

— OK », fit Dearing d'un air songeur.

Il jeta un coup d'œil en direction de la porte, comme en réaction involontaire à quelque chose, comme si une idée lui était venue à l'esprit et qu'il n'osait pas me regarder en face.

« Quoi ? » Il secoua la tête. « Non, quoi ? demandai-je à nouveau. À quoi pensez-vous ?

– Je pense aux coïncidences, Joseph… au fait que quatre de ces filles étaient d'Augusta Falls.

– Trois, corrigeai-je. Trois étaient d'Augusta Falls. Alice Ruth Van Horne, Catherine McRae et Virginia Perlman.

– Ellen May Levine aussi. »

Je fis signe que non.

« Ellen May était de Fargo dans le comté de Clinch. Elle a été retrouvée à Augusta Falls, mais elle n'était pas de là-bas.

– Tu sembles en savoir plus long que moi sur le sujet, Joseph. »

Je partis à rire, et m'aperçus que ce rire pouvait passer pour une réaction nerveuse. Telle n'était pas mon intention.

« C'est ma ville natale, dis-je. Ces choses me bouleversent, shérif, surtout depuis que j'ai découvert le corps de Virginia.

– Bien sûr, c'est vrai, fit Dearing. J'avais oublié que c'était toi qui l'avais découverte.

– Non, vous ne l'aviez pas oublié, déclarai-je d'un ton neutre. À quoi vous jouez ? Qu'est-ce qui se passe ici, shérif ? Vous croyez que j'ai quelque chose à voir avec ces meurtres ? »

Dearing sourit. C'était un sourire sincère. Il ressemblait au modèle d'autorité qu'il m'avait toujours semblé incarner lors de mon enfance lointaine et ingrate.

« Je ne crois rien de tel, Joseph. Ce serait plutôt toi qui t'es mis dans cette situation.

– Quelle situation ? De quoi parlez-vous ? »

Il se pencha en arrière et croisa les bras sur son ample estomac.

« Tu as les cheveux qui te tombent presque aux épaules. Tu as une barbe, Joseph, une foutue barbe ! Tu t'es fait arrêter en train de batifoler avec une institutrice de vingt-six ans à l'arrière d'un pick-up appartenant à Reilly Hawkins. Tu habites dans la même ville que trois des victimes, et la quatrième a aussi été retrouvée là-bas. Tu étais le voisin des Kruger, et si l'incendie a servi à quelque chose, ç'a été de laisser entendre que Gunther Kruger avait peut-être quelque chose à voir avec ce qui s'est passé. Et puis... bon Dieu, Joseph, et puis il y a eu cette chose entre ta mère et Gunther Kruger, une chose que beaucoup de gens ont eu du mal à ignorer, et dès qu'il a quitté Augusta Falls ta mère a fini à l'hôpital communal de Waycross, et tout le monde se dit qu'elle savait peut-être quelque chose, quelque chose d'assez grave pour qu'elle ne puisse pas le supporter, quelque chose qui lui a fait perdre la tête, et maintenant elle est entre les mains de ces médecins spécialistes là-haut à...

— Tout le monde ? demandai-je, interrompant le shérif Dearing tandis qu'il débitait son monologue maladroit. Est-ce que c'est ce que *tout le monde* pense ? »

Je pensais aux visites qu'il rendait à ma mère, au fait qu'il ne m'en avait jamais parlé et ne semblait pas disposé à le faire.

« C'est une façon de parler, Joseph, dit-il en riant. Tu sais ce que je veux dire.

— Ah bon ? Vous êtes sûr que je le sais, shérif ?

— OK, OK, ça suffit... je ne cherche pas la confrontation, Joseph. Je suis juste un policier qui mène une enquête.

— Une enquête sur qui ? Sur moi ? Pour savoir si j'ai été mêlé à ces meurtres ? Ou peut-être sur ma mère et sur ce qui l'a rendue folle... bon sang, shérif, peut-être que c'est elle qui a tué toutes ces filles. Qu'est-ce que vous en dites ? Pourquoi vous n'enquêtez pas de ce côté-là ? »

Le shérif Dearing sourit d'un air compréhensif.

« Tu es fatigué, Joseph. La journée a été longue. Je vais demander à quelqu'un de te raccompagner à ton pick-up. Je suppose que tu ferais bien de rentrer chez toi ce soir. Mais il faut que tu comprennes une chose, dit-il en se penchant en avant. Je te fais peut-être confiance. Je te connais depuis suffisamment longtemps pour estimer peu probable que tu sois impliqué dans ces événements, mais Burnett Fermor, les autres ici… bon sang, ils ne te connaissent ni d'Ève ni d'Adam. Ils veulent te garder ici. Bien que cette petite fille ait été tuée pendant que tu étais dans la cellule de Burnett Fermor, il n'est pas forcé de te laisser partir. Ton alibi repose sur des présomptions, c'est ce qu'il affirme. Il dit que le légiste a pu se tromper, que l'estimation de l'heure de la mort n'est qu'une *estimation*. Il veut te poser des questions, pour voir si oui ou non tu as un alibi pour les autres. »

J'étais horrifié, abasourdi que quiconque pût même envisager une telle hypothèse. J'ouvris la bouche pour parler, mais Dearing me coupa.

« Prends le pick-up de Reilly Hawkins et rentre directement à Augusta Falls. Ne va nulle part ailleurs. Arrange-toi pour être chez toi lorsque je viendrai te voir un de ces jours.

— Et où voudriez-vous que j'aille, shérif… oh oui, bien sûr, dans une autre ville où des petites filles se font assassiner, exact ? »

Dearing inclina patiemment la tête.

« Je vais accorder à cette réflexion l'importance qu'elle mérite, Joseph. » Il recula délicatement sa chaise. « Je vais demander à l'agent Edgewood de te ramener à ton véhicule. Je viendrai te parler sans faute d'ici deux ou trois jours, et tu répondras honnêtement à mes questions, compris ? »

Dearing se leva et s'apprêta à quitter la pièce.

« Shérif ? »

Il s'arrêta, se retourna, baissa les yeux vers moi. L'espace d'un bref instant j'eus l'impression d'être à nouveau un enfant. Il savait ce que j'allais lui demander ; je le lisais dans ses yeux.

« Pourquoi est-ce que les meurtres continuent ? Comment est-ce possible après tant d'années ? »

Il revint vers moi et s'assit à nouveau.

« Tu ne peux pas me demander ça, répondit-il doucement. C'est la question que nous nous posons depuis un peu plus de six ans.

– Et vous n'avez rien ? »

Il émit un son comme s'il allait se mettre à rire, mais je lus un désespoir absolu dans ses yeux.

« Rien ? Nous avons huit fillettes mortes, Joseph… je n'appellerais pas ça rien.

– Vous savez de quoi je parle, shérif. »

Dearing baissa la tête. Il joignit les mains, paume contre paume, tel un homme en prière.

« Nous avons eu des soupçons, répondit-il. Nous avons visité maison après maison à travers de nombreux comtés. Nous avons demandé de l'aide, mais c'est la guerre, au cas où tu n'aurais pas remarqué. Les gens dont nous avons besoin sont appelés ailleurs, tu comprends ? Ces meurtres ont franchi les limites de la ville, les limites du comté. » Il esquissa un sourire, secoua la tête. « Disons que je fais comme si j'allais le repérer un jour dans la rue, même si je n'ai pas la moindre idée de ce à quoi il ressemble je saurai que c'est lui, et… » Il s'interrompit un moment, détourna le regard d'un air pensif. « Je ne poserai pas de questions, Joseph… je ne lui passerai pas les menottes pour le conduire au poste. Je me contenterai de l'abattre sur place, et alors tout sera terminé.

— Six ans, dis-je. Huit filles, sans compter Elena Kruger. Et les deux dernières, celles de Meridan et Offerman ?

— Quoi donc ?

— La même chose… le même mode opératoire ?

— Oui, exactement le même… comme s'il essayait d'enterrer ce qu'il avait fait. Comme s'il essayait de tout casser et de jeter les morceaux aux quatre coins du pays, mais sans jamais se résoudre à le faire. Il les abandonne juste là où elles peuvent être retrouvées… » Dearing s'interrompit. « Assez », dit-il.

Il se leva de sa chaise une fois de plus, et pendant un moment il eut l'air gêné, comme s'il s'apercevait qu'il en avait trop dit. Mais si j'avais jamais vu quelqu'un qui avait besoin de parler, besoin de dire ce qu'il avait sur le cœur, c'était bien le shérif Dearing.

« Les premières étaient toutes reliées à Augusta Falls, n'est-ce pas ? demandai-je. Mais maintenant elles sont éparpillées, exact ?

— C'est l'heure d'y aller, Joseph, tu dois rentrer chez toi.

— Ne parlez pas aux inconnus, dis-je. Ne suivez pas les inconnus. Restez vigilants. Préservez votre sécurité. »

Dearing me dévisagea.

« Tu te souviens de ça ?

— Vous vous souvenez des Anges gardiens ? »

Il me regarda d'un air interrogateur.

« Moi et Hans Kruger et les autres. Daniel McRae, Ronnie Duggan, Michael et Maurice. C'est ainsi que nous nous étions baptisés. Les Anges gardiens. Et les affiches que vous aviez placardées partout. Vous vous en souvenez, n'est-ce pas ?

– Je me souviens de vous avoir attrapés un soir, répondit Dearing. Je me suis souvent demandé ce que vous fabriquiez.

– Nous avions un objectif, shérif, c'est tout, dis-je en souriant. Nous tentions juste d'aider à l'arrêter.

– Bon Dieu, vous auriez pu vous attirer un sacré paquet de problèmes.

– Nous en avions déjà un, shérif. Quelqu'un assassinait les enfants. Il me semble que c'est ce qu'on pourrait appeler un problème, vous ne croyez pas ? »

Dearing acquiesça, puis il se tourna vers la porte.

« Faut que j'y aille, dit-il. J'ai encore une chose à faire. Quelqu'un doit aller informer les parents.

– Nous sommes dans le comté de Fleming. Le shérif Landis ne devrait-il pas s'en charger ? »

Dearing baissa les yeux vers moi, et une fois de plus j'eus l'impression d'être un enfant.

« Ces temps-ci, dit-il calmement, ces temps-ci, nous y allons à deux. »

Quinze minutes après que le shérif Dearing eut quitté la pièce, l'agent Edgewood arriva pour me conduire au pick-up de Reilly. Je ne prononçai pas un mot de tout le trajet.

14

« Du poisson-chat frit, suggéra ma mère. Nous pourrions commencer par des huîtres Rockefeller, puis un curry de poulet avec des beignets, de la tourte à la patate douce et du poisson-chat. » Elle rit, écarta les cheveux de son front. « J'*adore* le poisson-chat, pas vous, mon ange ? »

Alex me jeta un coup d'œil, puis elle se tourna vers ma mère et lui sourit.

« Et après je pourrais préparer des tartes. Je suis la reine des tartes. Au chocolat, peut-être, ou alors au miel et aux noix, ou aux myrtilles. Nous pourrions aussi faire de la glace maison, vous savez. Mon infirmière pourrait venir. Elle adore la tarte. Elle s'appelle sœur Margaret. Elle était nonne. L'Ordre Sacré du Cœur Immaculé de Marie. Marie, vous voyez ? Comme moi. Il paraît que beaucoup de nonnes adorent la tarte... tu as dû entendre ça, Joseph ?

– Oui, maman, j'ai entendu dire ça, répondis-je, conscient du fait que ma mère était persuadée de devoir recevoir Alex, sa famille, peut-être un bon paquet des habitants de Géorgie, lors de quelque somptueux banquet à la mode du Sud.

– Fièvre cérébrale, murmura-t-elle à Alex. J'ai attrapé une fièvre cérébrale l'été dernier. Une terrible affliction qui m'a laissée affreusement malade et affai-

258

blie. Vous n'avez jamais rien vu de tel. Mais enfin, j'espère que tout se passe bien pour vous et Joseph. Seigneur, je suis si fière, vraiment *si* fière de vous deux. Vous allez vous marier, bien sûr ? »

Je regardai ma mère. Ses cheveux étaient gris et fins, des cheveux rebelles de grand-mère. Elle avait quarante et un ans. Elle en paraissait près de soixante. La peau de son visage et de ses mains était gonflée, je ne trouvai pas d'autre moyen de la décrire. Apparemment, c'était un effet secondaire des médicaments qu'elle prenait. Je n'osais pas imaginer ce qu'ils lui donnaient, et je ne posai pas la question.

On était dimanche. La veille au soir, j'étais rentré de Fleming. Je m'étais arrêté chez Alex pour lui raconter ce qui s'était passé, expliquant que le shérif Dearing était là-bas, que j'avais passé un peu de temps avec lui.

« Pourquoi ? avait-elle demandé.

– Il avait quelques questions à me poser, Alex, rien d'important.

– Des questions ? Des questions sur quoi, Joseph ?

– Sur les Kruger, c'est tout. C'étaient nos voisins, nous les connaissions bien, peut-être mieux que n'importe qui, et il voulait savoir s'il s'était passé quoi que ce soit à l'époque qui puisse l'aider.

– Et ?

– Rien, avais-je répondu. Je n'avais rien à lui dire. »

Je ne lui avais pas parlé des deux autres fillettes, celles de Meridan et d'Offerman.

J'avais passé la nuit chez elle, dormant à ses côtés, conscient qu'elle était restée éveillée pendant un temps considérable, mais je n'avais rien dit.

Elle avait fini par s'endormir. J'avais attendu jusqu'à ce que sa respiration soit profonde et régulière, puis j'avais quitté la pièce à pas de loup et gagné à tâtons la fenêtre étroite au bout du palier. Les champs étaient plats et bleus, la brume rampait depuis l'Okefenokee et dessinait des fantômes qui flottaient au-dessus du sol. Quelque part parmi les fantômes se trouvaient les fillettes, chacune d'entre elles, et j'avais fermé les yeux et fait semblant. Fait semblant de pouvoir les entendre si je me concentrais suffisamment, leurs exclamations et leurs rires, le tourbillon de leurs vies soudainement interrompues jaillissant désormais sous une autre forme, dans une autre réalité éthérée. Elles étaient toutes là. Des enfants fantômes. Les enfants des morts. Marchant désormais, leur souffle invisible dans la brume, main dans la main, chacun de leurs pas laissant une empreinte dans la terre humide – et derrière elles, fermant la marche, les surveillant et s'assurant qu'il ne leur arrivait rien de mal, il y avait mon père. Mon père, l'ange.

J'avais retenu un moment mon souffle, pensé à Alex. Pensé à ma mère. Pensé à la vie qui s'était précipitée sur moi et m'avait pris au dépourvu. Parfois j'avais l'impression que mon temps était compté. Dix-huit ans – un clin d'œil, un battement de cœur. À d'autres moments, il me semblait que toutes les émotions que je pouvais éprouver avaient été réunies dans ces années, entassées l'une après l'autre par poignées jusqu'à ce que je sois sur le point d'exploser. Qu'est-ce qui me restait ? Mes parents étaient partis – mon père physiquement, ma mère en esprit. Il me restait Alex, voilà ce qui me restait, et alors même que j'y songeais, je savais que le jour viendrait où cela aussi cesserait d'exister. Ce n'était pas tant notre différence d'âge, certainement pas la manière dont j'envisageais cette différence, mais la façon dont le monde l'envisageait.

Une liaison était un compromis : on échangeait le contrôle de sa vie contre de la compagnie. Il ne faisait aucun doute que j'aimais Alexandra Webber, et même lorsque je songeais aux événements qui nous avaient rapprochés, ça me semblait toujours irréel. Je ne la considérais pas comme une institutrice, et peut-être ne l'avais-je jamais fait. Elle avait été en premier lieu une amie, et il me semblait que j'avais eu peu d'amis au cours de ma vie. Reilly Hawkins, les enfants Kruger, Mathilde et Gunther, et, pendant un temps, et d'une manière particulière, les Anges gardiens. Hormis ces personnes, il ne semblait y avoir eu qu'Alex, la femme qui m'avait forcé la main et fait écrire.

J'avais regagné la chambre après un moment, m'étais tenu au bord du lit et l'avais regardée dormir. J'avais écouté le son de sa respiration, posé la main sur sa poitrine pour sentir son cœur. Elle était tout ce que j'avais. Elle était si importante pour moi, et pourtant je savais que tout ce que je gagnerais, je le perdrais, aussi une lutte se livrait-elle en moi.

Après cela, j'avais dormi – d'un sommeil agité, discontinu – et rêvé d'enfants morts marchant à travers les champs de Géorgie.

Le lendemain matin, je me levai avant Alex et sortis acheter le journal. Je découpai l'article, un petit encart de cinq centimètres sur une petite fille morte à Fleming. Je le rangeai avec les autres – six en tout – et pensai aux deux qui manquaient.

« Nous devrions aller voir ma mère, suggérai-je. C'était son anniversaire le dix-neuf. Après-demain, c'est Noël. Je ferais bien d'y aller, Alex, vraiment, et je veux que tu viennes avec moi.

– Soit, allons-y. » Comme ça, d'un ton absolument neutre. « Reilly nous laissera utiliser le pick-up ?

– Bien sûr… mais cette fois nous ne nous arrêtons pas en route. »

Elle sourit, tendit la main. Je m'approchai d'elle, saisis sa main, l'attirai à moi et la serrai contre moi.

« Je crois que tu ferais bien de te faire couper les cheveux et de raser ta barbe, dit-elle. Tu ressembleras moins à un fou des montagnes venu effrayer les villageois.

– Pas maintenant. On va d'abord voir ma mère. »

Ce que nous fîmes. Nous arrivâmes sans incident, et lorsque nous trouvâmes ma mère – dans le solarium à l'arrière du bâtiment –, je lui expliquai qu'Alex était ma petite amie.

« Une expression si moderne, dit-elle. Petite amie. » Elle s'esclaffa. Son rire était celui de quelqu'un d'autre, pas celui de la femme qui m'avait élevé. « Vous pouvez aller au soleil, continua-t-elle en désignant de la main les pelouses de l'autre côté des hautes fenêtres du solarium. Vous pouvez aller au soleil… sentir sa chaleur. C'est comme sentir l'empreinte des doigts de Dieu sur son âme. » Elle se tourna et sourit à Alex. Elle semblait regarder à travers elle, comme si elle ne la reconnaissait pas. Je me demandai si ma mère se souvenait même de son nom. « Et vous pouvez entendre la voix des anges. »

Elle me regarda fixement. La sensation de quelque chose rampant à travers mon dos et mon cou me fit frissonner. Fugace, comme l'ombre d'un nuage sur un champ.

« Des anges ? » demandai-je.

Ma mère acquiesça, sourit à nouveau, et cette fois la connexion sembla rétablie pendant un bref instant, comme si en me regardant elle voyait son fils. Pour de vrai, elle voyait son fils.

« Des anges, murmura-t-elle. La voix des anges… comme ces petites filles, Joseph, celles qui sont parties avec le Diable, tu te souviens ? » Elle se pencha vers moi. « Viens », chuchota-t-elle d'un ton de conspirateur, peut-être de paranoïaque.

Je me penchai vers elle.

« Je sais qui les a emmenées, dit-elle. Les petites filles, Joseph… je *sais* qui les a emmenées.

– Emmenées ? » fis-je.

Je me demandai ce qui était vraiment arrivé à ma mère. Je m'interrogeai sur l'esprit, son fonctionnement, la manière dont il pouvait défaillir et se fermer aussi irrévocablement.

« Emmenées en enfer », dit-elle d'une voix sifflante.

J'éprouvai un accablement soudain et intense. Je jetai un coup d'œil en coin à Alex. Elle semblait aussi nerveuse que moi.

Je saisis la main de ma mère. Ses yeux bleu clair étaient fixes, une lueur semblait briller en leur fond.

« Elles sont toutes là-bas, dit-elle. Alice et Laverna, Ellen May, Catherine… celle que tu as découverte, Joseph… comment s'appelait-elle ?

– Tu connais son nom, maman.

– Virginia, c'est ça ?

– Oui, maman, Virginia Perlman.

– Je les entends toutes… je les entends, et ton père aussi, et parfois j'entends Elena, et elle est perdue, Joseph, elle ne sait pas d'où elle vient et tu peux être sûr qu'elle ne sait pas où elle est censée aller. Elle dit qu'elle m'attend, qu'elle attendra le temps qu'il faudra, et quand je serai là je pourrai lui tenir la main et lui montrer le chemin…

– Maman… s'il te plaît… »

Elle resta un moment silencieuse, peut-être était-elle offensée par mon interruption, puis elle acquiesça et me fit un clin d'œil comme si nous étions tacitement complices.

« C'est bon, Joseph. Pas un mot de plus. Mais tu dois me promettre quelque chose, Joseph…

– Quoi, maman, qu'est-ce que tu veux que je promette ?

– De parler au shérif Dearing, de lui répéter ce que je t'ai dit… en fait, dis-lui de venir me voir. Dis-lui que je connais la vérité. Dis-lui que je sais qui est le tueur d'enfants. »

J'avais le cœur serré comme un poing.

« Oui », dis-je, et comme ce mot franchissait mes lèvres je me demandai si j'aurais à nouveau une vraie conversation avec ma mère. Si je parlais à nouveau à la femme qui m'avait élevé, la femme qui avait aimé mon père, la femme qui l'avait enterré et qui s'était arrangée pour continuer à vivre uniquement pour son fils. « Je le lui dirai, murmurai-je d'une voix brisée par l'émotion, les poings serrés, tentant de toutes mes forces de retenir mes larmes. Je le lui dirai dès mon retour. »

Je m'efforçai de sourire. J'espérai sans y croire qu'elle n'irait pas raconter de telles choses aux médecins, aux autres patients. Dieu sait ce qu'ils lui auraient fait si elle leur avait dit qu'elle parlait à un mari mort et à des petites filles assassinées, qu'elle connaissait même l'identité d'un tueur d'enfants qui avait échappé à la police de plusieurs comtés pendant tant d'années.

Et c'est alors qu'elle parla d'huîtres Rockefeller et de tarte aux myrtilles, du banquet qu'elle allait préparer pour nous, pour son infirmière, pour l'élite de la

Géorgie. Elle redevint la femme vague et distante que je m'étais habitué à trouver, la lueur au fond de ses yeux s'était éteinte, et elle ne parla plus des morts.

Nous restâmes encore un peu, aussi longtemps que je pus supporter d'être assis avec cette femme qui avait jadis été ma mère, puis nous fîmes nos adieux.

« C'est si triste », chuchota Alex. Elle me saisit le bras et m'attira contre elle tandis que nous nous éloignions. « Une femme si cultivée et intelligente… et maintenant… »

Sa voix se perdit dans un silence fragile et ému.

Nous trouvâmes Margaret, l'infirmière de ma mère. Elle était affreusement maigre ; ses traits semblaient presque vagues, comme une aquarelle. Ses yeux étaient gris pâle et délavés, comme si elle avait passé la vaste majorité de sa vie en larmes. Une vieille fille du Sud, supposai-je, aux lèvres fines et retroussées, aux manières aussi rigides qu'un corset, le genre de femme qui rêvait à l'amour mais ne le trouverait jamais.

« Elle vous a dit ça… que j'étais nonne ? demanda-t-elle. Seigneur tout-puissant… je crois que je serais la dernière personne au monde à pouvoir prétendre à ça. » Elle secoua la tête. « Non, je suis juste Margaret, purement et simplement. » Elle sourit chaleureusement, puis nous mena à l'écart des personnes qui attendaient dans la salle jouxtant le solarium. « Elle se débrouille. De temps en temps on peut voir quelque chose, comme s'il y avait une lueur au fond de ses yeux, et c'est elle la vraie Mary Vaughan, celle qui existait avant la maladie.

– Qu'est-ce qui ne va pas chez elle ? » demanda Alex, avant de me regarder, presque comme si elle craignait de m'avoir offensé en posant une question.

Margaret sourit avec compassion.

« Je ne suis pas psychiatre, ma chère, répondit-elle. Je suis juste ici pour mes compétences médicales, rien d'autre. Si vous voulez une opinion, adressez-vous à son médecin. Tout ce que je sais, c'est ce que j'entends, et ce que j'entends n'a pas beaucoup de sens. Je ne crois pas que quiconque comprenne ce qui arrive aux gens... » Margaret me regarda, puis Alex. « Vous voyez ce que je veux dire... personne ne sait vraiment ce qui se passe quand les gens *changent.* » Elle soupira et secoua la tête. « J'aimerais le savoir, comme ça au moins j'aurais le sentiment de pouvoir faire quelque chose pour l'aider.

– Nous devrions voir son médecin, suggéra Alex en se tournant vers moi.

– Je l'ai déjà vu. Déjà vu de nombreuses fois. Ils ne savent pas ce qui cloche chez elle, ils ne l'ont jamais su, et ils ne le sauront probablement jamais. Tout ce qu'ils essaient de faire, c'est de la calmer.

– Ce sont les voix qu'elle entend, déclara Margaret, et elle nous regarda tour à tour avec dans ses yeux gris délavés une expression quelque peu effrayée. Les petites filles ? » ajouta-t-elle avant de me regarder directement comme si elle attendait une élucidation de ma part.

Je demeurai silencieux.

« Elle peut parler du temps, des fleurs dans le parc, des autres patients, reprit Margaret en triturant le bord de la poche de sa robe. Elle a l'air complètement présente, vous savez ? Elle peut rester à parler pendant une heure, parfois plus, et vous pensez qu'elle va mieux, que ce qu'elle dit a du sens... et puis soudain, sans raison, elle se met à parler à quelqu'un, quelqu'un que vous ne voyez pas. Alors je lui demande : "Mary ?

À qui parlez-vous, ma chère?", et elle se tourne vers moi et me regarde comme si c'était moi la folle, et elle répond : "Enfin, Margaret, je parle à…", et elle prononce alors un nom, un nom de petite fille pour autant que je puisse en juger, et elle remet ça, elle raconte sa journée à cette personne qu'elle croit voir, elle parle à un certain Earl.

– Earl était son mari… il est mort en 1939. »

Margaret sourit, comme si on lui avait posé une question et qu'elle avait donné la bonne réponse.

« Oui, Earl, répéta-t-elle. Elle parle de choses qu'elle faisait avec Earl, et même quand vous vous éloignez elle continue de parler, comme si elle craignait de ne pas avoir le temps de dire tout ce qu'elle a à dire. » Margaret s'interrompit soudain. Elle semblait gênée, comme si elle en avait trop dit. « Je suis désolée, lâcha-t-elle. Ce n'est pas à moi de parler de ces choses-là. Je vous prie de m'excuser. C'est juste que vous êtes les seuls à lui avoir rendu visite depuis si longtemps. Il y a bien l'autre monsieur. Il est venu à quelques reprises, mais il ne reste jamais longtemps.

– Haynes Dearing, dis-je.

– Je ne connais pas son nom. Il ne me l'a jamais dit et je ne le lui ai jamais demandé. »

Je tendis la main et lui touchai le bras.

« C'est bon, dis-je. Vous nous avez été très utile, Margaret. Ç'a été un plaisir de discuter avec vous. Je vous assure que vous n'avez rien dit de déplacé. »

Margaret sourit. Elle tourna ses yeux délavés à droite et à gauche comme si elle s'attendait à voir arriver quelqu'un. Je me demandai combien de temps Margaret mettrait à avoir elle aussi des conversations avec des gens qui n'étaient pas là.

Nous partîmes sans voir le docteur Gabillard. Je ne cherchai même pas à savoir si c'était toujours lui qui s'occupait de ma mère. Tout avait été dit.

« Tu crois vraiment qu'il n'y a plus rien à faire ? me demanda Alex tandis que nous nous éloignions de l'hôpital communal de Waycross.

– Ça fait près de quatre ans qu'elle est là, Alex. »

Elle ouvrit la bouche pour dire quelque chose, peut-être pour poser une autre question, mais rien ne sortit. Elle me regarda, assise à la place du passager tandis que je conduisais le pick-up de Reilly Hawkins vers la route principale. Je la regardai à mon tour et son visage était dénué d'expression, il ne disait absolument rien. Ses yeux étaient vides, comme si elle avait vu tout ce qu'il y avait à voir et qu'il n'en restât pas grand-chose. Je serrai sa main un moment.

« Je viens ici depuis un sacré bout de temps. Au bout d'un an, un an et demi, je n'ai plus eu l'impression de venir voir ma mère. Maintenant je viens juste par devoir... peut-être plus en souvenir de mon père qu'autre chose.

– Tu te souviens de la fois où tu m'as parlé des anges ? demanda Alex.

– Ne me rappelle pas ça, répondis-je en souriant.

– Pourquoi pas ?

– Parce que j'étais jeune à l'époque, et tu étais indéniablement mon institutrice, ce qui rend notre situation actuelle sacrément étrange.

– C'est ce que tu ressens ?

– Non, sauf lorsque tu te mets à parler d'anges, ou du Concours de nouvelles d'Atlanta, ou de la fois où tu m'as offert un roman de Steinbeck pour mon anniversaire.

– Tu devrais écrire un livre sur tout ça, déclara-t-elle.

– Tout quoi ? demandai-je en fronçant les sourcils.

– Ta vie. Ton père, les petites filles qui ont été assassinées, ce qui est arrivé aux Kruger, ce qui est arrivé à ta mère, nous… toutes ces choses. Tu devrais écrire ton autobiographie. »

Je partis à rire.

« J'ai dix-huit ans, Alex, dix-huit ans. À t'entendre on croirait qu'il ne me reste plus longtemps à vivre.

– Tu crois qu'elle sait ?

– Hein ?

– Ta mère ? Tu crois qu'elle sait qui l'a fait ?

– Fait quoi ? De quoi on parle maintenant ?

– Des petites filles qui se sont fait tuer, Joseph. Tu as entendu ce qu'elle a dit. »

Je secouai la tête.

« Alex, ma mère est folle. Elle est internée dans un hôpital psychiatrique. Elle a des conversations avec mon père, qui est mort depuis juillet 1939. Je suis certain qu'elle n'a pas la moindre idée de qui était responsable…

– *Est* responsable, Joseph… les meurtres continuent.

– OK, OK… Je suis tout à fait certain qu'elle n'a absolument aucune idée de qui *est* responsable de ces meurtres.

– Mais si elle le savait vraiment ? Si le fait qu'elle le savait mais ne pouvait rien y faire était ce qui l'avait rendue comme ça…

– Folle, Alex. Si le fait de savoir l'avait rendue *folle*. Appelons les choses par leur nom. Nous n'avons pas besoin de tourner autour du pot. Elle est folle. Elle est frappadingue, cinglée…

– Arrête ! ordonna-t-elle sèchement. Assez !

– Et toi aussi arrête, Alex. Bon sang, je ne veux plus entendre parler de ça, OK ? Elle ne sait pas qui a tué ces filles… désolé, qui *tue* ces filles. Elle ne le sait pas. Elle ne l'a jamais su et je suis sûr qu'elle ne le saura jamais. Elle va continuer de vivre à Waycross. Elle y restera probablement pour le restant de ses jours, et je continuerai d'aller la voir jusqu'à ce que je n'en puisse plus, ou jusqu'à ce qu'elle ne me reconnaisse plus. Alors je serai désolé, mais je me sentirai en même temps soulagé d'un énorme fardeau, parce que tu n'as aucune idée, absolument aucune, de ce que c'est d'aller là-bas et d'entendre ta propre mère avoir de profondes conversations avec des morts, surtout lorsque l'un d'eux s'avère être ton propre père.

– Je suis désolée… » commença-t-elle.

Je la regardai et lui touchai la joue.

« Alex, je t'aime. Je t'aime plus que tout ou que n'importe qui d'autre. Je ne t'en veux pas. Je ne suis même pas un peu en colère après toi. Je suis juste bouleversé par cette situation. Je ne peux rien y faire sauf être bouleversé de temps en temps, mais ça n'a rien à voir avec toi. Au pire, j'en voudrais aux gens de Waycross, ceux qui affirmaient qu'ils feraient quelque chose pour l'aider et qui semblent n'avoir réussi qu'à faire empirer son état. C'est tout. Ce qui arrive à ma mère, qui elle est, la manière dont elle se comporte… ce ne sont pas des choses dont tu devrais te préoccuper. Et je ne veux surtout pas qu'elles viennent s'interposer entre nous. » Je marquai une pause pour reprendre mon souffle. « C'est juste ça, ni plus ni moins, et vraiment, *vraiment*, je ne veux plus en parler, d'accord ?

– D'accord », répondit-elle calmement.

Elle saisit ma main, embrassa ma paume. Elle sourit,

et dans la lueur vague du soir de Géorgie, tandis que la brise chaude s'engouffrait dans le pick-up par la vitre baissée, elle était plus belle que ce que j'aurais jamais pu espérer.

Elle ferma les yeux, serra ma main une fois de plus, puis la lâcha.

Je tournai à nouveau les yeux vers la route déserte devant nous.

Nous ne dîmes rien pendant un long moment, et lorsque nous parlâmes à nouveau, les mots que nous échangeâmes étaient sans importance particulière.

Après le meurtre de la petite Keppler à Fleming, après avoir rendu visite à ma mère et écouté ses divagations, je me demandais si j'étais destiné à porter le poids de ces fantômes éternellement. Si, d'une manière ou d'une autre, j'aurais pu faire quelque chose pour empêcher ces meurtres, et si en ne faisant rien je m'étais condamné à porter le fardeau de la culpabilité pour le restant de mes jours.

Après la petite Keppler les rêves avaient été plus fréquents.

Je rêvais qu'on m'assassinait. Je rêvais que je filais comme le vent parmi les arbres et les champs, conscient qu'il y avait quelque chose derrière moi, quelque chose que je ne voyais pas mais dont je percevais la présence avec une certitude absolue.

Je rêvais qu'on me suivait. Qu'on me traquait. Qu'on me pourchassait. Je rêvais que j'étais à chaque pas un peu plus fatigué, un épuisement intense, une fatigue de l'esprit, du cœur, de l'âme. Je rêvais que chaque pas était le dernier, et pourtant j'en faisais un autre, et un autre, et un autre. Mais je ralentissais, je ralentissais et je trébuchais, jusqu'à ce que la chose soit sur moi, et je regardais dans des yeux brillant d'une lumière morte, je poussais un hurlement silencieux, et lorsque je ces-

sais de hurler commençait un silence plus profond, plus vaste, un silence qui m'avalait tout entier et ne me relâcherait jamais.

On me hissait alors à l'arrière d'une camionnette à plateau, et Kruger était là, pleurant au-dessus de moi, et ses larmes en tombant touchaient ma peau. Lowell Shaner, Frank Turow, Reilly Hawkins... ils étaient tous là, et en regardant depuis l'arrière de la camionnette tandis que nous entamions une descente après une côte sur la route, je voyais ma mère, et derrière elle, les fantômes d'enfants morts. Ils pleuraient en silence, et j'avais la sensation que quelque chose touchait à sa fin... que je savais quelque chose, que je savais qui avait été là, invisible, tandis que je courais à travers les champs et les broussailles, tandis que mes pieds trébuchaient lourdement et que je traversais lentement les abords du marais d'Okefenokee... et il y avait de la musique, de la musique comme on en jouait dans les églises...

Puis on m'enterrait, et mon expression de terreur resterait figée à jamais. On me mettait en terre avec mes habits du dimanche, mes souliers vernis, mes cheveux peignés, des gens se tenaient autour du trou à mesure qu'il devenait de plus en plus profond, puis j'entendais le bruit de la terre tombant sur moi et je savais que je resterais là pour l'éternité, que l'herbe repousserait, que les saisons changeraient, que les personnes que j'avais aimées vieilliraient et mourraient, et que je n'entendrais plus que le silence au lieu de leurs voix...

Je serais là, mes pensées effleurant à jamais la certitude... que j'avais su qui c'était... que j'avais su qui c'était... que j'avais su qui c'était...

Et ce n'était pas une silhouette sur une affiche accrochée à un poteau. C'était un être humain – un être humain fait de chair et de sang, qui mangeait, respirait, parlait.

Et il était là, dehors.

Quelque part.

15

Noël 1945. « Sang et Tripes » Patton était mort de ses blessures suite à un accident de voiture en Allemagne. L'homme qui avait conquis la Sicile en trente-huit jours, qui avait essuyé deux rétrogradations à cause de son comportement irascible et difficile, avait trouvé la mort sur un tronçon de route solitaire. Ça semblait terriblement ironique, et dans un sens illustrait parfaitement la manière dont le monde jugeait nécessaire de nous traiter, nous autres êtres humains. Alex partit voir sa famille à Syracuse deux jours après Noël. Elle comptait être absente environ une semaine. Je la conduisis à l'arrêt de bus d'Augusta Falls et attendis avec elle. Lorsque le bus s'éloigna, je m'aperçus que je n'avais aucune raison de rentrer à la maison. Je m'attardai un moment en ville, m'installai dans un petit restaurant de Manassas Street et regardai les gens aller et venir. Malgré la saison, ils semblaient tous impatients de partir et peu pressés d'arriver ; leurs visages étaient lents et pleins d'attente, leurs vies, tiraillées entre des gamins ingrats et des parents séniles. Peut-être, songeai-je… peut-être était-ce tout simplement la vie. En partant je vis le shérif Haynes Dearing de l'autre côté de la rue. Il leva la main et me fit signe d'approcher.

« On prend l'air ? demanda-t-il.

– J'ai amené Alex, elle prenait le bus pour Syracuse.

– Elle va voir sa famille ?

– Oui, pour le nouvel an.

– Tu ne voulais pas aller avec elle ?

– Les airs et les manières qu'il faut adopter quand on est invité chez quelqu'un, très peu pour moi.

– Je suis pareil, répondit Dearing. Ma femme a invité sa sœur et son mari, et on a beau être chez nous, elle est toujours là à mettre son grain de sel partout et à me taper sur les nerfs. Moi aussi, très peu pour moi. »

J'acquiesçai. J'avais envie de rentrer chez moi.

« Tu es sur le chemin du retour ?

– Oui.

– Tu es pressé, exact ? demanda-t-il sur un ton qui semblait me mettre au défi de refuser sa compagnie.

– Pressé ? Bon Dieu, pas plus que d'habitude, shérif. Il y a des choses à faire, il y a toujours des choses à faire, vous le savez bien.

– Mais tu as un peu de temps à m'accorder, du temps pour fumer une cigarette et discuter un peu ? »

Une fois de plus sa question ressemblait plus à une affirmation ou à une invitation à le contredire.

« Fumer n'a jamais été mon truc, répondis-je. J'ai essayé quelques fois, et ça m'a mis dans un drôle d'état. Mais discuter, je peux le faire… jamais trop eu de problème avec ça.

– Alors accompagne-moi à mon bureau, juste histoire de causer, rien d'officiel, et on va voir si tu peux tirer quelques choses au clair pour moi, ça te dirait ?

– C'est vraiment une question, shérif ? »

Dearing sourit et secoua la tête.

« Bon Dieu, non, je suppose que non, Joseph.

278

– Je vais venir, de mon plein gré. Je ne voudrais pas que vous pensiez que j'aie quoi que ce soit à cacher.

– Bien, Joseph, bien », fit Dearing, et il pivota sur ses talons et se mit en route.

Le bureau du shérif Haynes Dearing ressemblait à une remise dans laquelle il aurait conservé des bouts de sa personnalité qu'il ne souhaitait pas porter sur lui. Il avait cloué des panneaux au mur, rien que des planches toutes simples, auxquels il avait fixé des photos, des tickets, des certificats de ceci et de cela, des coupons et des bons de chez Hot Shoppes et Howard Johnson's grands comme des boîtes de céréales, une recette de tarte aux pommes de Betty Crocker qui semblait avoir été découpée dans un journal, un dessin d'enfant au crayon gras représentant le « sheref Derin », un tableau détaillant l'alphabet phonétique, une échelle indiquant toutes sortes de poids, mesures, distances, et ainsi de suite. Dans le coin droit se trouvait un document à l'en-tête du Service postal américain sur lequel figurait sa devise, « Ni la neige ni la pluie ni la chaleur ni les ténèbres de la nuit n'empêcheront ces messagers d'accomplir rapidement leur tournée ». Dearing remarqua qu'il avait attiré mon attention.

« Mon père, expliqua-t-il. Il livrait le courrier. Un sacré boulot. Pendant quarante et quelques années. J'ai accroché ça pour me souvenir de sa persévérance et de son endurance, et parce que ça colle plutôt bien avec ce que je fais. »

Je le regardai d'un air interrogateur.

« Je ne livre pas le courrier, mais plutôt des faits, tu vois ? » Il sourit, eut une sorte de haussement d'épaules et s'assit lourdement sur sa chaise. La chaise – dotée de lattes en bois et de roulettes – grinça désagréablement sous son poids. « Bon sang, je ne sais pas, Joseph, peut-être qu'il n'y a aucune similarité… peut-être que je trouvais que notre devise "Protéger et Servir" n'en jetait pas assez, ajouta-t-il en riant dans sa barbe. Assieds-toi, dit-il. Tu veux un café ou quelque chose ? »

Je fis signe que non.

« Donc tu es finalement allé voir ta mère à Way-cross.

– Oui, nous l'avons vue dimanche dernier, deux jours avant Noël.

– Et ?

– Je ne sais pas quoi dire, shérif… ce n'est plus ma mère. J'ai des conversations avec elle… bon sang, ce ne sont pas vraiment des conversations, dis-je en secouant la tête. Durant notre dernière visite, elle a prétendu connaître l'identité du tueur d'enfants. »

Dearing haussa les sourcils, puis il eut un air soucieux, compatissant. Il remua sur sa chaise et se pencha en avant pour me scruter de plus près.

« Je suis désolé d'entendre ça, Joseph, sincèrement désolé. Je ne sais pas quoi dire. Ce qui se passe ici… » Il leva la main et se tapa le front avec l'index. « Que le diable m'emporte si je comprends ce qui fait perdre la boule aux gens. » Il expira lentement et se pencha en arrière. « Je suis allé la voir là-bas à quelques reprises, dit-il.

– Je sais, shérif… je sais que vous êtes allé la voir et j'apprécie vraiment.

– Ça me semblait être la bonne chose à faire. Je suis resté assis avec elle à lui parler et je ne suis même pas sûr qu'elle se souvienne de qui je suis.

– Je ne… » Je baissai les yeux vers le sol, secouai la tête avec résignation. « Je ne sais pas ce qu'ils lui font mais ça n'arrange rien. Ils lui ont administré des drogues et toutes sortes de traitements. Chaque fois que j'y vais ils ont concocté une nouvelle cure miracle. D'après moi c'est des remèdes de charlatan. Le docteur arrive dans son costume à soixante-quinze dollars, tout beau et supérieur, et il me débite tout un tas de baratins qui ne sert à que dalle.

– Désolé d'entendre ça, Joseph. Même si ça ne me surprend pas quand il s'agit de toubibs. On dirait que ces types passent leur temps à chercher où les gens sont allés au lieu de chercher où ils vont. »

Je levai les mains et haussai les épaules d'un air résigné.

« C'est comme ça, shérif.

– Qu'en pense mademoiselle Webber ? »

Je levai les yeux, perplexe.

« Alex ?

– Oui, c'est l'institutrice, non ? Elle en sait plus que la moyenne. C'est pas une nénette ordinaire, pas vrai ? »

Je m'esclaffai. Dearing parlait de façon directe et brutale, tel un boxeur battant des poings l'espace qui nous séparait. De telles paroles semblaient plus concrètes que des sons ; des paroles qui vous mettaient K-O. C'était une qualité que je pouvais apprécier.

« Qu'est-ce qu'elle en pense ? dis-je. Je n'en sais rien… je ne lui ai pas vraiment demandé. C'était la première fois que je l'emmenais là-bas. Elle a un peu parlé au retour, à peine à vrai dire, mais je ne suis jamais d'humeur bavarde quand je rentre de Waycross.

– C'était quoi, cette histoire avec Gunther Kruger ? »

La question avait fusé de nulle part et, impossible d'esquiver, je me la pris de plein fouet.

« Gunther Kruger ? demandai-je.

– On voit ce qu'on voit, Joseph », déclara Dearing.
Ça semblait une affirmation plutôt simple, mais la
manière dont il l'avait prononcée lui donnait un sens
particulier. « Tu es écrivain, pas vrai ?

– En quelque sorte.

– Ça t'intéresse de savoir ce que je pense des écrivains ?

– Ça me fascine.

– Tu ne crois pas qu'il m'arrive de lire ? J'ai lu
ce Rider Haggard, Hemingway, des gens comme ça.
J'ai lu *Le Dénonciateur* par l'Irlandais, comment il
s'appelle ?

– O'Flaherty, répondis-je. Liam O'Flaherty.

– Lui-même.

– Je suis surpris.

– Que je sache lire ?

– Non, shérif, que vous lisiez ce genre de choses.

– J'ai une cousine qui travaille à la bibliothèque de
Savannah. Chaque année ils se débarrassent de Dieu
sait combien de livres… elle en sélectionne une grosse
vingtaine et me les envoie.

– Vous alliez me dire ce que vous pensiez des écrivains.

– J'y arrivais, dit-il. Parfois j'aime bien faire des
détours quand je parle, comme ça j'ai vraiment le sentiment de passer la ligne d'arrivée quand j'arrive à
destination. » Je restai silencieux et attendis. « Les écrivains voient des choses que les autres ne voient pas.
C'est un fait. Ou il serait peut-être plus exact de dire
qu'ils ne voient pas les choses de la même manière que
les autres. Tu es d'accord ?

– Je suppose que chacun voit ce qu'il voit, et que
chacun le voit à sa manière.

– Peut-être, répliqua Dearing. Mais les écrivains remarquent des détails et d'autres choses que les autres ne voient pas, et ils voient ces détails parce qu'ils regardent avec des yeux différents.

– Peut-être, dis-je. Et vous me dites ça à cause ?

– À cause de ce qui s'est passé entre ta mère et Gunther Kruger. »

Je ne répondis rien.

Dearing sourit d'un air plutôt compréhensif.

« On n'est plus à l'école, Joseph. » Il se pencha en avant et posa les paumes de ses mains sur la table. Je crus qu'il allait s'appuyer dessus pour se lever, mais il se contenta de se pencher en avant et de me scruter. « Je ne suis pas du genre à fourrer mon nez dans la vie privée des gens. J'estime que ça ne me regarde pas, et même si on me le proposait ça ne me dirait rien. Ta mère et Gunther Kruger avaient pris l'habitude de se tenir compagnie, c'est un fait. Je le sais. Tu le sais. Tu peux être certain que madame Gunther Kruger le savait. Je ne sais pas pour les enfants. Les enfants peuvent être trompeurs. Ils ont l'air ingénu et innocent, mais ils entendent tout. » Dearing s'interrompit, s'enfonça plus profondément sur sa chaise, qui, peut-être résignée à un tel châtiment, grogna à peine. « Je me souviens d'une fois, il y a trois ou quatre ans. Un homme prétendait que sa femme avait été empoisonnée... » Dearing s'interrompit au milieu de sa phrase. « Bon sang, tu ne veux pas entendre des histoires de second ordre sur de tels sujets. On fera ça une autre fois. Bon, j'en étais où ?

– Ma mère et Gunther Kruger.

– Exact, exact. Donc, comme je disais, j'ai pensé qu'il avait pu se passer à l'époque des choses dont tu n'avais pas songé à parler. Peut-être qu'elles n'avaient pas semblé importantes. Peut-être qu'elles ne l'étaient pas, tu sais. Avec le recul on voit les choses différemment. Je me suis demandé si tu te rappelais quoi que ce soit qui puisse nous aider.

– À propos des assassinats ?

– Bien sûr, à propos des assassinats.

– Et vous croyez que je pourrais savoir quoi que ce soit sous prétexte que j'étais le voisin des Kruger.

– Non, pas parce que tu étais le voisin des Kruger… parce que trois des filles étaient d'ici, une autre de Fargo, mais elle a été retrouvée sur les terres de Kruger…

– Attendez une seconde, coupai-je. J'ai l'impression que vous cherchez à me balader, shérif. »

Dearing sourit et secoua la tête.

« Personne ne cherche à balader personne, Joseph.

– Alors posez-moi la question que vous voulez me poser et je vous répondrai. »

Dearing s'éclaircit la voix.

« Je sais que je suis venu te parler après coup, mais je crois que je n'ai jamais compris ce qui s'est passé avec la petite Keppler. »

Je fronçai les sourcils.

« Dis-moi la vérité, Joseph… pourquoi es-tu allé à Fleming ce jour-là ? »

Je souris et secouai la tête.

« Vous aviez vraiment décidé de me balader, pas vrai ? Vous auriez dû me prévenir que j'avais gagné un billet, j'aurais pris quelques affaires pour le voyage.

– Je ne te balade pas, Joseph. Je vais te dire quelque chose. Ma curiosité est grande comme ça, expliqua Dearing en écartant largement les mains. Et je trouve étrange qu'après avoir entendu qu'une petite fille était morte, une petite fille que tu ne connais ni d'Ève ni d'Adam, tu décides de faire la route jusqu'au comté de Liberty. Ça m'a donné à réfléchir.

– Réfléchir à quoi, shérif… au meurtrier qui revient peut-être sur les lieux du crime ?

– Pas seulement au meurtrier, Joseph, peut-être à quelqu'un qui sait quelque chose sur les meurtres. »

Je ne répondis rien.

« Tu as déjà entendu parler de telles choses ?

– Vous croyez que c'était Gunther Kruger, n'est-ce pas ? Vous croyez que Gunther Kruger a tué ces fillettes à l'époque, et qu'il remet ça, pas vrai ?

– Qu'est-ce que tu en penses ?

– Je n'en pense rien, shérif Dearing.

– Il semble être le genre d'homme capable de tuer quelqu'un.

– Capable de tuer quelqu'un ? Je crois que tout le monde est capable de tuer quelqu'un. Donnez-leur le bon mobile et l'opportunité de le faire, eh bien, qui sait, hein ? Peut-être même vous, shérif.

– Il ne s'agit pas de moi, Joseph. Il s'agit de savoir s'il s'est oui ou non produit quoi que ce soit alors qui t'a laissé penser que Gunther Kruger pouvait avoir quelque chose à voir avec ces meurtres. L'opinion à l'époque…

– L'opinion qui a mis le feu à sa maison et tué sa fille ? ripostai-je, sentant la colère monter en moi.

– Une chose terrible, dit Dearing. Ce qui s'est passé cette nuit-là, ça ne fait aucun doute. C'était une chose terrible, terrible, et je me sens pour ma part extrêmement responsable…

– Pourquoi vous sentir responsable ? Ce n'est pas vous qui avez allumé l'incendie ? Ou bien est-ce que c'était vous, shérif ? Était-ce le genre de situation avec le bon mobile et la bonne opportunité ?…

– Il y a des leçons à apprendre dans la vie, Joseph, coupa-t-il. Tu peux te tromper une fois et en tirer une leçon. Quand tu dois t'y prendre à deux fois pour retenir la leçon, c'est que tu es complètement idiot. »

Je fronçai les sourcils.

« Tu m'as foutu en rogne une fois, en allant à Fleming. Bon Dieu, la dernière personne que je m'attendais à voir là-bas, c'était toi. Je ne veux plus que tu me foutes en rogne, Joseph. »

Je levai la main en signe de conciliation.

« Gunther Kruger était suspect à l'époque. Ça ne me gêne pas de te le dire. Et tu sais quoi ? Je vais te donner une petite information, et ça ne va pas te coûter un *cent*. Il n'y a rien, *pas un seul élément*, nulle part, qui indique que sa fille avait des spasmes…

– Elle était épileptique, shérif…

– Ah oui ? »

Dearing se pencha en arrière sur sa chaise. Il enfonça le pouce droit sous son ceinturon avec une mine satisfaite.

« Vous prétendez qu'elle ne l'était pas ?

– Je dis qu'il n'existe aucun document confirmant que la petite souffrait d'épilepsie ou de quoi que ce soit de tel.

– Alors les bleus que j'ai vus…

– C'étaient juste des bleus, ni plus ni moins. Bon sang, Joseph, quelle que soit la manière dont on présente les choses, cette famille avait quelque chose de louche. Moi, je suis un républicain pur jus, et je ne suis pas favorable au fait de vendre la terre de Géorgie aux étrangers, mais j'ai un minimum de respect pour mes congénères et je ne leur souhaite rien de mal. Cependant… » Dearing marqua une pause mélodramatique. Il se pencha en avant pour mettre en valeur sa position et l'importance de son point de vue. « Quand il est question de l'assassinat de petites filles, je n'ai d'opinion sur personne, je me demande juste s'ils peuvent ou non être impliqués. Je ne suis pas l'un de ces ignorants qui détestent les gens juste parce qu'ils viennent d'ailleurs. Peu importe qui ils sont, leur couleur, la langue qu'ils parlent, ils m'intéressent tous autant les uns que les autres lorsqu'il est question de la loi. Le fait que ta mère, paix à son âme, se soit comportée avec monsieur Gunther Kruger comme Lana Turner dans ce film sur le facteur qui sonne deux fois… le fait que c'était une femme convenable et croyante… eh bien, bon sang, Joseph, je ne pense pas que le fait que ta mère ait eu une relation intime avec Gunther Kruger joue en sa faveur. Je.. nous… le soupçonnions de battre la petite, moi et Ford Ruby, et le shérif Fermor… c'est celui que tu as eu le plaisir de rencontrer l'autre après-midi avec mademoiselle Webber, exact ?

— Je me souviens de lui, oui.

— Donc nous nous sommes réunis tous les trois à quelques reprises, et nous avons fait notre boulot, nous avons posé des questions, suivi nos indices, et nous nous sommes retrouvés bredouilles. Il n'y avait rien, sauf les coïncidences concernant les endroits où les petites filles avaient été retrouvées. Et le fait que nous pensions que Gunther Kruger battait sa fille.

— Ce qui ne fait pas lourd pour coller un meurtre sur le dos de quelqu'un.

— Certes, certes. Tu es sans doute intelligent et tu connais tout un tas de mots compliqués, alors que moi, je suis lent et méthodique et ma cervelle ne fait pas plus d'étincelles qu'un pétard mouillé, mais je vais te dire ce que j'ai, Joseph Vaughan… de la persévérance, tu vois ? De la persévérance. Je suis le genre d'homme qui se saisit d'une idée et qui s'y accroche jusqu'à ce qu'on la lui fasse lâcher de force, et faut sacrément s'acharner pour la lui faire lâcher.

– Donc qu'est-ce que vous voulez dire ? » demandai-je.

Dearing se pencha en arrière. Il adopta la mine résignée et philosophe de celui qui cherche à soutirer des informations sans en avoir l'air, presque comme si tout ce que je disais n'avait franchement pas grande importance.

« Ce que je dis, c'est que j'ai Alice Ruth Van Horne, Laverna Stowell, Ellen May Levine, Catherine McRae et Virginia Perlman, toutes mortes entre novembre 1939 et août 1942. Puis il se produit cet incident chez les Kruger. L'incendie. La fillette meurt dans l'incendie, d'accord ? Et les Kruger partent Dieu sait où…

– À Uvalda, dans le comté de Toombs, précisai-je. Apparemment un de leurs cousins avait une ferme là-bas.

– C'est là qu'ils sont allés, dit-il, mais ils n'y sont pas restés. »

Je fronçai les sourcils. J'avais perdu la trace des Kruger, n'avais jamais cherché à me renseigner sur leur sort. Peut-être que, d'une certaine manière, ç'avait été un soulagement de les voir partir. S'ils étaient restés, leur présence m'aurait rappelé l'infidélité de monsieur Kruger et la mort d'Elena.

« Ils ont atterri à Jesup.

– Où ça ?

– Jesup, répéta Dearing. Dans le comté de Wayne. » Il ouvrit l'un des tiroirs de son bureau et en tira une carte. Il la déplia en travers du bureau, se leva, et me fit signe de m'approcher. Il appuya le doigt à un endroit et je regardai. « La sixième fille, Rebecca Leonard, retrouvée le 10 septembre 1943, juste ici, à Meridan, dans le comté de McIntosh. Poses-y ton doigt. »

Je m'exécutai.

« La septième fille, Sheralyn Williams, retrouvée le 10 février 1945, juste là à Offerman, dans le comté de Pierce. » Dearing tira une pièce de cinq *cents* de sa poche et la posa à cet endroit. « Et puis la huitième fille, comme tu le sais, retrouvée à Liberty, dans le comté de Fleming. Esther Keppler. C'était il y a tout juste quelques jours, le 21 décembre. » Dearing leva les yeux vers moi. Nous étions chacun d'un côté de la table, penchés au-dessus de cette carte avec nos doigts posés dessus tels Blücher et Wellington à Waterloo. « Alors tu vois quoi ?

– Je vois trois endroits, avec Jesup en plein milieu.

– Je vois la même chose. Tous ces endroits sont à moins de cinquante kilomètres de Jesup à vol d'oiseau.

– Ce qui ne signifie pas grand-chose.

– Mais en même temps, ça n'est pas rien.

– Et juste sous prétexte que ces trois endroits forment un triangle au centre duquel se trouve Jesup, vous en déduisez que Gunther Kruger est coupable de ces meurtres. »

Dearing émit un grognement méprisant et replia la carte.

« Non, merde, j'en déduis rien de tel. »

J'étais perplexe. Je ne savais pas où Dearing voulait en venir avec ses sous-entendus et ses insinuations.

« J'ai huit filles mortes, Joseph, neuf si on compte la petite Kruger. Dans mon esprit, elle n'en fait pas partie. Kruger n'aurait pas mis le feu à sa propre maison. Cet incendie a été allumé par quelqu'un qui estimait que Kruger l'avait bien cherché. Soit ça, soit un accident. Donc, comme j'ai dit, j'ai huit filles mortes, la plus jeune avait sept ans, la plus vieille onze, et quatre shérifs de quatre comtés différents ont été incapables de répondre aux questions des parents des victimes sur ce qui s'était passé et qui avait pu faire ça. J'ai un suspect, peut-être deux, mais je n'ai rien sur eux. Voilà où j'en suis, et ça fait six ans que ça dure…

— C'est ce que nous croyons, lançai-je.

— Quoi ?

— Six ans, c'est ce que nous croyons, répétai-je. Ç'a pu commencer bien avant sans que nous en sachions rien. »

Dearing secoua la tête. De près, je pouvais voir combien il avait vieilli. Son visage était strié de petits plis, pas tant des rides que des points d'affaissement où la force d'invasion du temps s'était approprié le territoire de la jeunesse. Il ressemblait à une photo roulée en boule puis défroissée qui ne serait plus jamais lisse.

« Je ne suis pas certain de vouloir entendre ça », déclara calmement Dearing.

Il semblait fatigué, un peu accablé.

« Désolé, shérif, je ne voulais pas…

— Laisse tomber, coupa-t-il. J'ai juste envie de causer, vu que je te connais depuis que tu es haut comme ça, et cette histoire avec mademoiselle Webber… » Il marqua une pause et me regarda. « Quel âge a-t-elle, Joseph ? »

Je me rassis et levai les yeux vers lui.

« Elle a vingt-six ans, shérif, je vous l'ai déjà dit. »

Dearing se rassit également, repoussa la carte vers le bord du bureau.

« Bien sûr que tu me l'as dit, bien sûr. C'est juste que…

– Vous savez quoi? demandai-je en souriant. J'aime que les choses soient droites, shérif. Vous avez une opinion, je vais l'entendre. Ça n'a pas vraiment d'importance que nous soyons d'accord ou non. Chacun peut penser ce qu'il veut, ç'a toujours été le cas, et ça le restera. Je suis sûr qu'il y a des gens qui trouvent du réconfort à se répandre en critiques. Selon moi, de telles personnes sont pleines d'amertume et de *Schadenfreude.*

– Sharda-quoi?

– *Schadenfreude…* c'est un mot qui décrit le genre de personnes qui se réjouissent du malheur des autres. Vous voyez ce que je veux dire, pas vrai?

– Tu parles que je vois ce que tu veux dire, répondit Dearing. Ma belle-sœur tout craché, cette vieille salope tordue. »

J'éclatai de rire en voyant l'expression de Dearing; on aurait dit qu'il avait la bouche pleine de limaille de cuivre.

« Enfin bref, si vous avez quelque chose à dire, vous pouvez le dire. Je ne suis pas du genre à me vexer facilement.

– Nom de Dieu, Joseph, tu ressembles à… Bon sang, je sais pas à quoi tu ressembles. Raspoutine ou quelque chose comme ça, pas vrai? Tu as les cheveux beaucoup trop longs, et cette barbe à laquelle tu as tellement l'air de tenir te donne une allure de fou. Et maintenant cette histoire avec l'institutrice. Tu as bien failli finir au tribunal pour exhibition et comportement obscène et lascif… tu as eu de la veine, c'est tout, de la veine que Burnett Fermor ne t'ait pas fait la peau sur place. Ce genre de comportement, et ta dégaine… eh bien, bon sang, Joseph. Burnett Fermor n'a pas été le premier à penser que tu avais un rapport avec ces meurtres. »

Mon cœur s'arrêta de battre. Pendant un moment je ne pus respirer. J'essayai de dire quelque chose mais rien ne sortit.

« C'est toi qui as trouvé la petite Perlman, continua Dearing. Plusieurs victimes ont été découvertes tout près de chez toi. Et tu aurais aussi pu allumer l'incendie pour détourner l'attention.

– Quoi?

– Ce n'est rien, Joseph… ce sont juste des gens effrayés qui ont plus de peur en eux que de bon sens. C'est comme ça que commencent les préjugés. Les gens prennent peur, surtout les gens ignorants, et comme ils n'ont rien d'autre à faire de leur temps, ils se laissent submerger par leurs angoisses. C'est facile… regarde comment ça se passe avec les Noirs. Dès que quelque chose disparaît, c'est forcément la faute d'un Noir. Quelqu'un entend dire que la maison d'Untel a été cambriolée, c'est forcément un Noir. Il est sûr que tu ne te simplifies pas la vie à Augusta Falls, et il faut bien que je te le dise, parce que tu peux être certain que personne d'autre ne le fera.

– Je ne crois pas ce que j'entends !

– Tu dois comprendre, Joseph. Ça fait des années que ça dure. Les gens sont vraiment effrayés. Ils veulent savoir ce qui se passe. Ils ne veulent plus entendre parler des diverses pistes que nous avons suivies, des rumeurs que nous avons entendues. Ils ne veulent plus entendre parler des vagabonds que nous avons trouvés dans des wagons et gardés pendant deux jours jusqu'à ce qu'ils soient assez sobres pour répondre à nos questions. Ils veulent que nous leur apportions la tête d'un tueur d'enfants, voilà ce qu'ils veulent. » Dearing soupira d'un air exaspéré. « Les coups de fil anonymes. Bon sang, tu voudrais que je te parle des coups de fil anonymes, et il faut donner suite à chacun d'entre eux, chacun sans exception... » Il ferma les yeux. « Ce que tu dois saisir, Joseph, peut-être plus que tout, c'est que si tu ne prends pas en compte les attentes des autres, il y aura des rumeurs.

— C'est dingue, shérif, objectai-je. C'est juste complètement...

— Calme-toi », m'interrompit Dearing.

J'agrippai si fort les accoudoirs de ma chaise que j'avais mal aux mains.

« Ce n'est pas une accusation, Joseph. Ce ne sont rien que des ouï-dire, des rumeurs, des cancans sortis de la bouche de gens qui feraient mieux de se taire. Des gens qui ont peur, des gens qui ont perdu des petites filles, et ils veulent des réponses, ils veulent savoir qui est responsable, et lorsque des gens effrayés parlent ensemble, leur instinct naturel est de désigner celui qui est un peu différent, celui qui sort un peu de l'ordinaire.

— Mais vous ne pouvez pas être sérieux... vous ne pouvez pas me dire que les gens croient honnêtement que je pourrais avoir quelque chose à voir avec le meurtre de petites filles ?

— Ce que pensent les gens et la vérité sont deux choses différentes, crois-moi. Tout ce que je dis, c'est que quand Gunther Kruger était ici, ils voyaient un étranger, un Allemand, et une petite fille avec des bleus sur les bras. C'était la guerre. L'atmosphère était déjà délétère, et quelqu'un s'est convaincu que Kruger était son homme. Je sais que ce n'est pas toi qui as mis le feu à la maison. Je ne crois pas que tu sois le genre à avoir des idées de meurtre. Mais maintenant Kruger est parti, c'est comme s'il avait disparu de la surface de la Terre, et les gens n'ont rien. Alors qu'est-ce qu'ils vont faire, hein ? Qu'est-ce qu'ils vont faire si ce n'est désigner l'autre personne qui détonne, celle qui a l'air un peu différent ? »

Dearing marqua une pause pour reprendre son souffle.

« Et vous les laissez croire ça ? demandai-je, n'en revenant pas de m'être laissé entraîner dans une telle conversation.

— Bon Dieu, Joseph, tu me prends pour qui ? Tu crois que j'ai la moindre influence sur ce que font et pensent les gens ? Chacun a le droit de penser ce qu'il veut, et s'ils se mettent à causer autour de quelques bières, si les femmes commencent à se monter la tête pendant leurs ateliers de couture, qu'est-ce que je peux y faire ? Tu crois que je dois m'inviter à toutes les réunions d'Augusta Falls pour entendre la moindre calomnie sur Joseph Vaughan et leur faire savoir ce que j'en pense ? »

Je secouai la tête. Je me sentais anxieux et exaspéré. Je ne savais pas quoi dire.

« Tout ce que je te dis, c'est que tu dois assumer un certain degré de responsabilité dans la manière dont les autres te voient. Tu comprends ? Tu n'es pas un enfant, Joseph. Tu n'es plus l'un de ces Anges gardiens. Tu es un adulte et les gens te prennent tel qu'ils te voient, ni plus ni moins. »

Je regardai Dearing dans les yeux. Je sentais que toute couleur avait quitté mon visage. Je m'imaginai que je ressemblais à un homme hanté, peut-être même au fantôme qui me hantait.

« Vous dites que je dois changer pour ressembler à tout le monde et me comporter comme eux ? Soit ça, soit quelqu'un risque de foutre le feu à ma maison pendant mon sommeil. Et tant qu'on y est, bon sang, ils pourraient aussi s'en prendre à l'institutrice, et ça n'aurait aucune espèce d'importance vu que de toute manière, c'est la maîtresse du tueur d'enfants. »

Dearing fronça les sourcils et secoua la tête.

« Merde, mon gars, tu n'as que des vacheries à la bouche, pas vrai ? »

Je me penchai en avant. J'étais fatigué. Ma détermination diminuait, comme la pression dans un pneu crevé. J'avais le cœur serré comme un poing, mais un poing qu'on serrerait pour épater la galerie sans aucune intention de frapper qui que ce soit.

« Quoi ? demanda Dearing. On dirait que tu vas...

— Tuer quelqu'un ? dis-je d'un ton sarcastique et amer.

— C'est toi qui l'as dit, répliqua-t-il.

— Mais c'est vous qui m'avez mis l'idée en tête.

— C'est le diable qui met des idées dans la tête des gens, Joseph.

— Ah oui ?

— C'est ce que je pense. »

J'acquiesçai, regardai en direction de la porte.

« Vous êtes en relation directe avec lui ? C'est lui qui vous a dit de venir me parler ? »

Dearing secoua la tête avec une moue désapprobatrice.

« Maintenant tu parles vraiment comme un fou.

— Hé, si j'ai tué des petites filles et mis le feu à la maison des Kruger... oh bon sang, sans compter que j'ai détourné l'institutrice du droit chemin et...

— Je ne veux pas entendre ça, Joseph Vaughan, coupat-il. Je te connais mieux que tu ne le crois. Je sais que tu n'as tué personne. Je sais que tu n'as pas mis le feu à la maison des Kruger, et je n'ai jamais dit que tu l'avais fait. Je suis de ton côté, mon garçon. Je te dis juste que les gens ont peur. Ces gens ne sont pas très malins, hein ? Ton ami, Reilly Hawkins. Il n'a pas inventé l'eau chaude, mais c'est sans doute le type le plus malin que tu connaisses. Il suffit d'un mot. Tu sais de quoi je parle... "Joseph Vaughan... bon sang, il a l'air bizarre... Vous avez entendu cette histoire avec l'institutrice ? Une brave fille comme ça, qui s'occupe de tous ces petits gamins. Il paraît qu'il l'a emmenée dans le comté de Clinch et qu'il lui a fait des choses à l'arrière d'une camionnette et Burnett Fermor a dû le remettre à sa place..." Tu me suis, Joseph, ou est-ce que je t'ai semé en route ? »

J'opinai. Je me sentais abattu. Je savais ce qui se passait. Je savais que Dearing ne m'accusait pas à la vavite. Ça me foutait hors de moi qu'on juge *qui* j'étais, qu'on me demande de changer mon apparence, mes manières... bon sang, ça me foutait hors de moi de ne pas pouvoir être qui je voulais sans que les autres s'en mêlent.

« Je comprends, répondis-je calmement.

— Bien. Je suis content que tu comprennes.

— Je peux y aller maintenant ?

— Oui. J'espère qu'on est toujours amis, Joseph ? »

Il se leva de sa chaise qui venait de souffrir un long martyre et tendit une main que je serrai.

« Bien sûr, il n'en a jamais été autrement.

— Et tu vas examiner la situation et peut-être que...

— Je vais trouver un moyen de les convaincre que je ne suis pas un tueur d'enfants ? »

Dearing plissa les yeux. Il inclina la tête sur le côté et me lança un regard désapprobateur.

« Ne fais pas d'humour, Joseph... ce n'est pas le genre d'humour que les gens d'ici peuvent comprendre.

Tu ne dois pas oublier que tu es beaucoup plus malin que la plupart d'entre eux. Ils ne comprennent pas le sarcasme. Tu dis une chose qu'ils ne saisissent pas et ils se foutent en rogne.

– C'est bon. Je suis fatigué. Je vais rentrer chez moi. »

Je me levai et me tournai vers la porte.

« Viens me voir si tu as des problèmes, OK ? J'estime qu'il est de mon devoir de te protéger vu ce qui est arrivé à ta famille.

– Ça me touche, shérif, mais je ne crois pas que vous ayez besoin de vous faire du souci. »

Dearing sourit.

« Ce sont les soucis qui me font garder l'air jeune. »

Je me débarrassai de ma barbe. Je la taillai à coups de ciseaux, puis appliquai du savon de goudron sur mon visage et la rasai complètement. L'homme qui me regarda dans le miroir avait perdu plusieurs années. Je ressemblais à l'adolescent que j'étais.

Je passai chez moi l'essentiel de la semaine durant laquelle Alex fut absente. J'écrivis beaucoup. Des phrases, des paragraphes, des pensées au hasard. Je remplis un carnet puis me mis à écrire sur des bouts de papier.

Le 4 janvier, j'allai la chercher à la station de bus, et elle ne put cacher sa surprise en me voyant.

« Ta barbe », dit-elle.

Je souris. Je me sentais terriblement jeune. Elle portait une robe de soie – bleu pâle avec des décorations ivoire sur les revers et les poignets. Elle ne paraissait pas vieille, mais semblait néanmoins moins jeune qu'à son départ. La différence entre nous semblait s'être accrue.

Nous nous étreignîmes dans la cabine du pick-up. Elle semblait chaude et bien réelle. Je n'étais pas fait pour être seul.

« Il faudra que tu me coupes les cheveux quand nous serons à la maison, dis-je.

– Pourquoi ? demanda-t-elle en fronçant les sourcils.

– La démocratie.

– La démocratie ?

– Un état de la société caractérisé par la tolérance envers les minorités, la liberté d'expression, le respect de la dignité et de la valeur essentielle de l'humain avec des opportunités égales pour que chacun puisse librement développer au mieux...

– Joseph ! coupa-t-elle. Ça suffit... qu'est-ce que c'est ? Qu'est-ce qui se passe ?

– La démocratie, ce que nous sommes censés avoir dans ce pays. » Je lui racontai l'entretien que j'avais eu avec Dearing le jour de son départ. « Donc, tu vois, ajoutai-je, après la disparition de Gunther Kruger je suis devenu l'Ennemi Public Numéro Un. »

Elle éclata de rire.

« Roule, dit-elle.

– Tu ne comprends pas.

– Je comprends que tu es resté seul une semaine. Je comprends que tu t'es nourri de boisson gazeuse et de hamburgers, que tu as plus que probablement passé tes nuits à gribouiller furieusement, que tu as besoin d'un bain chaud, de tirer un bon coup, et qu'après ça tu parleras moins comme un cinglé paranoïaque.

– C'est tout ce que tu trouves à dire ? »

Alex se retourna et me regarda. Elle arqua les sourcils et pencha la tête sur le côté.

« Roule, dit-elle d'un ton neutre en agitant la main vers le pare-brise. Cesse de dire des âneries et roule. »

Le lendemain, je me rendis en ville. Je m'arrêtai à la bibliothèque publique, demandai les journaux parus trois ans plus tôt. Je trouvai les articles consacrés à Rebecca Leonard et Sheralyn Williams. Ils ne disaient rien, si ce n'est qu'elles avaient été retrouvées mortes. J'arrachai les pages et les dérobai. Plus tard, chez moi, je découpai les articles et les plaçai dans la boîte. Huit coupures. Huit fillettes mortes. J'imaginais ce que Dearing dirait s'il fouillait ma maison et les trouvait.

Les forces américaines arrêtèrent Ezra Pound en Italie et le renvoyèrent aux États-Unis. Il fut déclaré fou et interné à l'asile St. Elizabeth de Washington. La rumeur affirmait que cinquante mille Anglaises, toutes des « veuves de guerre » de GI stationnés à l'étranger, allaient arriver en Amérique par bateau. Les pénuries de pain à Paris provoquaient des émeutes. L'URSS affirmait avoir découvert cent quatre-vingt-dix mille cadavres en Silésie. Sans doute des prisonniers de guerre russes, anglais, polonais et français. Les nazis qui avaient échappé au procès de Nuremberg cherchaient asile en Argentine. Je lisais les journaux. Je regardais le monde s'arracher aux horreurs de la guerre. Ces événements furent les jalons de ma vie ; les ponctuations dont le staccato interrompait le rythme de mon existence.

Je continuais de travailler en extérieur, réparant des clôtures, aidant à l'ensemencement et à la récolte. Alex et moi parlions de quitter Augusta Falls, mais elle accepta de prolonger de deux ans son contrat à l'école. Nous ne discutâmes pas de sa décision, bien qu'elle semblât aller à l'encontre de ce que nous avions prévu de faire. La vérité était simple : même si j'avais songé à partir, je m'étais aussi aperçu qu'il n'y avait nulle part où aller. Sans destination, il n'y avait jamais vraiment eu de plan. Sans destination, il n'y avait pas de déception.

Lorsque je ne travaillais pas, je restais à la maison et j'écrivais. J'écrivis une nouvelle sur un homme qui avait frôlé la mort, et qui croyait sans cesse par la suite avoir lésé la Mort de Son dû. Il croyait voir la Mort dans l'ombre, « Ses yeux jaunes, d'un jaune aussi riche qu'une flamme de soufre, entourée d'une odeur de métal âcre et saumâtre, dans Ses mains des offrandes telles que la fièvre pneumonique, la pellagre, la strangulation, la gangrène, une chute étouffante depuis une hauteur inimaginable », et lorsque l'histoire fut finie, je l'adressai à la *New York Review.* Ils m'envoyèrent quarante-cinq dollars et la publièrent la troisième semaine de juin. Je reçus une lettre de lecteur, transmise par le bureau de la *Review*, et le lecteur – monsieur Agneau de Dieu Repentant – m'expliquait dans des termes incertains que j'encourageais et servais le travail de Lucifer en soutenant une telle publication ; puis il citait Ézéchiel : « Parce que vous rappelez le souvenir de votre iniquité, en mettant à nu vos transgressions, en manifestant vos péchés dans toutes vos actions… l'épée est tirée, elle est polie, pour massacrer, pour dévorer, pour étinceler… tu seras consumé par le feu ; on ne se souviendra plus de toi… » Je songeai à répondre et à demander à monsieur Agneau de Dieu Repentant comment il était tombé sur son exemplaire de la *Review*, mais je m'abstins. Je conservai cette lettre avec celle du Comité d'évaluation de nouvelles d'Atlanta. Elles étaient la preuve que, d'une certaine manière, j'avais atteint le monde, et que le monde avait répondu.

À l'approche de l'hiver, je passai plus de temps avec Reilly Hawkins. Il semblait prendre deux ou trois ans chaque fois que je n'en prenais qu'un. Il avait changé. Ses yeux étaient calmes et pensifs comme si un fardeau incessant les avait depuis longtemps épuisés, comme si une enfant avait disparu, ou une femme, mis les voiles en compagnie de quelque bon à rien. Reilly n'avait ni l'une ni l'autre, mais ses yeux trahissaient quelque faim spirituelle jamais rassasiée.

« J'avais aussi une sœur, tu sais ? dit-il un jour que nous étions assis dans sa cuisine.

– Une sœur ? demandai-je en fronçant les sourcils. Je croyais qu'il n'y avait que toi, Levin et Lucius.

– Non, nous avions aussi une sœur. Juste une. » Reilly sourit d'un air nostalgique. « Très belle. Cheveux couleur de sable. Elle a été frappée par la foudre quand elle était petite. » Reilly leva les yeux vers moi et sourit. « Après ça elle pouvait plus porter de montre… quand elle en mettait une, les aiguilles avançaient à l'envers. Un sacré truc. Jamais rien vu d'aussi bizarre. » Reilly haussa les épaules. « Hope… c'était son nom. Hope Hawkins.

– Et où est-elle ? demandai-je.

– Hope ? Elle est morte, elle aussi.

– Comment ?

– Chute de cheval, elle s'est brisé le cou. Onze ans.

– Bon sang, Reilly, pourquoi ne m'en as-tu jamais parlé ? »

Il baissa la tête et expira lentement. Lorsqu'il la releva, ses yeux étaient luisants.

« Je crois qu'il y a des choses qu'on s'exerce à oublier. »

Je songeai à ma mère, que j'avais progressivement effacée de mes pensées quotidiennes. Elle me prenait par surprise de temps à autre. Une odeur, un son, quelque chose au fond d'un tiroir, un petit objet sans importance qui possédait soudain le pouvoir de faire ressurgir un souvenir avec les couleurs et les émotions qui l'accompagnaient. De telles choses se produisaient, mais il me semblait qu'elles étaient de moins en moins régulières.

« Je sais ce que c'est », hasardai-je.

Reilly sourit.

« Je sais que tu le sais, murmura-t-il. Je le sais. »

Nous ne parlâmes plus de Hope, ni de Levin. Nous bûmes de la limonade puis fixâmes une poulie dans la grange pour soulever le moteur de son tracteur.

Plus tard, Reilly affirma qu'il avait lu mon histoire, qu'Alex lui avait donné un exemplaire de la *New York Review*.

« Tu devrais suivre la lumière, dit-il.

– La lumière ? Quelle lumière ?

– Certaines personnes ont une lumière, Joseph… comme un chemin, une raison d'être. Une telle chose est rare, et quand on en a une, il faut la suivre. Ton histoire a signifié beaucoup pour moi. Tu peux agencer bout à bout tout un tas de mots de sorte que les gens les comprennent. C'est ce que tu devrais faire au lieu de te mettre de la crasse et de la graisse sous les ongles en réparant des moteurs avec moi.

– J'aime bien t'aider, dis-je. J'aime réparer les moteurs.

– Comme tu veux, Joseph Vaughan. »

Il n'ajouta rien, mais plus tard j'en parlai à Alex.

« Alors écris le livre, dit-elle.

– Le livre ? » demandai-je, et je repensai à celui que j'avais commencé il y avait si longtemps de cela ; je repensai à Conrad Moody, à la Providence et aux Trois Sœurs.

« Celui que les gens comme toi ont toujours en eux. »

Je ne pus me retenir de rire.

« Je suis sérieuse », reprit-elle. Elle se leva de sa chaise, fit le tour de la table de cuisine et vint se tenir derrière moi. Elle me massa les épaules et je sentis la tension de la journée s'évacuer comme de l'eau. « Tout le monde a un livre en soi, continua-t-elle. Certaines personnes en ont deux ou vingt ou trente. La plupart des gens le savent mais ils ne peuvent pas y faire grand-chose. Toi, tu le peux, et donc tu devrais le faire. Si tu ne veux pas avoir de regrets, le genre de regrets qui te harcèleront jusqu'à la fin de ta vie. »

Le lendemain matin, je franchis la frontière de l'État pour aller en Floride et trouvai une librairie qui s'étendait sur trois niveaux à Jacksonville. J'achetai un exemplaire des *Vocabulaires* d'Hartrampf, les *Trente-six situations dramatiques* de Polti, un livre intitulé *Plotto : une nouvelle méthode de suggestion d'intrigues pour les auteurs de fiction* par William Wallace Cook, puis j'allai m'asseoir dans un café au coin de Cecil et Ferdinandina. Je bus un 7-Up, lus quelques paragraphes, tentai de me convaincre que c'était ce que j'allais faire ; j'allais écrire un livre : *Le Grand Roman américain* par Joseph Calvin Vaughan. Ma confiance dura un peu plus de vingt minutes. Puis je rassemblai les livres et les balançai dans une poubelle sur le trottoir d'en face. Je marchai sans but pendant encore une heure, puis je regagnai Augusta Falls.

Lorsque je rentrai en fin d'après-midi, tenant à la main un exemplaire du magazine *Mademoiselle* pour Alex, j'appris qu'une autre fillette avait été assassinée.

Nous étions le mardi 10 octobre 1946, la veille de mon dix-neuvième anniversaire.

16

L'image de Virginia Grace Perlman envahit mes rêves. Les sons aussi… *comme un lourd bout de bois cognant les piquets d'une clôture, ou les marches d'un escalier, mais en plus fort, comme quelqu'un frappant quelque chose…*

Et des sensations oppressantes dans ma poitrine ; des sensations que j'avais éprouvées en la voyant.

Elle était étendue.

Étendue comme si elle se reposait.

Un long repos. Une sorte de repos éternel.

Je distinguais les semelles de ses chaussures.

Et j'avais beau essayer, j'avais beau parler encore et encore à Alex, j'avais beau me réveiller en sueur dans la demi-lueur de l'aube naissante, je ressentais toujours ces choses, je voyais toujours…

… des feuilles d'automne se recroquevillant sur leurs branches telles des mains d'enfant, des mains de nourrisson : quelque ultime effort plaintif pour capturer les vestiges de l'été jusque dans l'atmosphère, et les retenir, les retenir tout contre soi, car il serait bientôt difficile de se rappeler quoi que ce soit hormis l'humidité maussade, oppressante qui semblait éternellement nous entourer.

Et je pensais à ce *qu'elle* avait dû ressentir…

Arrêtez ! Aidez-moi… Oh mon Dieu, aidez-moi !

Une fille comme ça, les bras comme des brindilles, les jambes comme des jeunes branches, les cheveux comme du lin, une odeur de pêche, les yeux comme des saphirs délavés.

Et je me disais que ça s'était reproduit.

Et cette fois, tout comme la fois précédente, personne n'avait été là pour l'aider.

Elle s'appelait Mary. Comme ma mère. Mary Tait. Elle venait de Surrency, dans le comté d'Appling, à trente kilomètres au nord-ouest de Jesup, sept kilomètres après la limite du comté de Wayne. Elle avait douze ans, n'atteindrait jamais les treize. Quatre jours après la découverte de son corps, sa photo fut publiée dans l'*Appling County Gazette*. Mary Tait était une jolie fillette aux grands yeux, impatiente de découvrir ce que le monde avait à offrir, ce qu'elle pensait pouvoir offrir en retour, et cette expression serait tout ce que le monde connaîtrait jamais d'elle. Je découpai l'article, le cachai dans la même boîte que les autres. Certains commençaient à s'effacer, le texte semblant apparaître à travers un brouillard de fumée.

Le peu qui restait du torse et de la tête de Mary Tait avait été retrouvé grossièrement enterré près d'Odum. Odum se trouvait près de la rivière Little Satilla, un affluent qui rejoignait sa grande sœur près de Screven. Elle avait eu les deux mains tranchées, de même que les jambes au niveau des hanches. On n'avait jamais retrouvé ces parties de son corps qui, d'après les indices retrouvés sur la terre et les rochers, semblaient avoir été jetées dans la rivière et emportées par le courant. Odum se trouvait dans le comté de Wayne, Mary Tait venait du comté d'Appling. Six shérifs étaient donc désormais concernés : Dearing de Charlton, Ford Ruby de Camden, Fermor de Clinch, Landis de Liberty, et les deux nouveaux : John Radcliffe d'Appling et George Burwell de Wayne.

Leur première réunion se tint à Jesup, un point central proche du lieu où le corps de Mary avait été retrouvé. C'était le mardi 15 octobre. La pluie, brutale et incessante, martelait les routes et les champs, et l'atmosphère lourde et étouffante se prêtait à la sombre mélancolie de la réunion. Ils se retrouvèrent au milieu de l'après-midi, mais le ciel couvert conférait aux ombres la densité du soir.

Je pensai à ma mère ; au fait qu'elle prétendait connaître l'identité du tueur.

« Je ne crois pas, objecta Alex. Elle est… eh bien, elle est…

– Folle ? » hasardai-je.

Nous étions assis dans la cuisine de la maison d'Alex. J'étais au courant de la réunion de Jesup. Je n'arrivais pas à penser à grand-chose d'autre. Six comtés, six shérifs, neuf fillettes mortes.

Alex sourit et regarda au loin.

« La vérité n'est jamais facile à dire, n'est-ce pas ?

– Pourquoi ce serait facile ? demandai-je. La vérité est la vérité. Un point c'est tout. Elle est folle. Je ne sais pas pourquoi, et maintenant ça n'a plus vraiment d'importance. Elle est ailleurs, et elle n'en reviendra jamais. Ça, je le sais. Elle est folle, Alex. Peut-être est-ce la culpabilité qui lui a fait perdre la tête.

– La culpabilité ? »

Je lâchai un éclat de rire qui sonna creux, teinté d'amertume, même si je n'en éprouvais aucune – plus maintenant, pas après toutes ces années, tout ce qui s'était passé.

« Cette histoire avec Gunther Kruger… »

Alex m'interrompit d'un geste de la main.

« Oui, dit-elle vivement. Oui, bien sûr… désolée, je croyais que tu parlais d'autre chose. »

Je ne répondis rien. Je marchai jusqu'à la fenêtre. La pluie, un torrent sale, pilonnait violemment la maison ; un raid liquide. Le ciel était orange, grisé sur les bords, comme de la viande avariée. L'air était épais et difficilement respirable. Le ciel semblait avoir lâché un rideau entre nous et le reste du monde. Plus tard, plusieurs minutes s'étaient peut-être écoulées – j'avais perdu la notion du temps –, elle demanda : « À quoi penses-tu ?

– À quoi je pense ? dis-je en me retournant. À la réunion à Jesup.

– C'est à cause de la petite fille que tu as découverte ?

– Quoi donc ? demandai-je en fronçant les sourcils. De quoi parles-tu ? »

Alex me regardait sans ciller.

« Le fait que tu n'arrives pas à oublier cette histoire. Le fait qu'elle semble te consumer.

– Elle ne me consume pas, répliquai-je. Qu'est-ce qui te fait croire ça ? »

Elle agita la main avec nonchalance.

« Je ne sais pas où tu as la tête… j'ai le sentiment que tu ne le sais pas non plus. »

Je souris. Alex avait un don pour me rappeler doucement que la limite entre intérieur et extérieur s'était effacée.

« Où en es-tu de ton livre ? Tu allais écrire un livre. »

J'ouvris la bouche pour parler mais me contentai de secouer la tête. Puis, enfin :

« Je n'ai pas le sentiment d'avoir grand-chose à dire pour le moment. »

Elle resta un moment silencieuse, puis elle se leva et s'approcha de moi. Elle avait une expression impassible, sa peau, quoique pâle, était lumineuse, un pétale d'orchidée éclairé à contre-jour par la lumière du matin. Ses yeux, profonds comme des puits, se plissaient à mesure qu'elle approchait. J'avais déjà observé ce phénomène.

J'ouvris la bouche pour parler, mais elle posa son index sur mes lèvres.

« Des fantômes, murmura-t-elle, et elle se pencha en avant et appuya sa joue contre la mienne.

– Des fantômes ? demandai-je.

– Tout le monde a des fantômes, Joseph… des fantômes du passé, des fantômes du présent, des fantômes pour l'avenir.

– Je ne compr…

– Chut. » Elle s'écarta légèrement et me fixa de ses yeux bleu barbeau qui conservaient curieusement un souvenir du soleil de Syracuse. « Personne ne sait ce qui s'est passé. Personne sauf le tueur lui-même. Ta mère n'en sait rien, six shérifs de six comtés n'en savent rien. Ils en parleront encore et encore, mais à moins que l'assassin ne fasse quelque chose pour leur donner un nom, un visage, un indice sur son identité, ce ne seront jamais que des mots. Et les mots ne sont utiles que s'ils disent quelque chose qui vaut la peine d'être entendu. » Elle marqua une pause ; elle saisit ma main droite et la plaça contre son visage. « Tu as beaucoup de choses à dire, Joseph Vaughan, tu en as toujours eu. Même lorsque tu étais enfant…

– Je ne veux pas que tu me rappelles mon enfance… »

Elle s'esclaffa.

« Pourquoi pas? Bon sang, Joseph, tu as dix-neuf ans. Tu es un homme maintenant, pas un petit garçon. Quelques années nous séparent, et si tu ne l'as pas encore accepté, tu ne l'accepteras probablement jamais. »

Elle tenta de s'éloigner. Je la saisis fermement, l'attirai à moi et l'étreignis avec force. Alex se débattit, s'écarta une fois de plus.

« Peut-être que tu ferais bien de penser à ce que tu as, et non à ce que... »

Je plaquai de force ma bouche sur la sienne et la fis taire. Je sentis ses yeux s'écarquiller. Je m'écartai et la regardai.

« Alors? fit-elle.

— Alors quoi?

— Alors, est-ce que tu vas continuer à être morose et tourmenté à cause d'une chose à laquelle tu ne peux rien, ou est-ce que tu vas devenir un écrivain? »

Je souris et secouai la tête.

« C'est un aveu de ta propre stupidité, ou tu ne sais simplement pas quoi répondre? demanda-t-elle.

— La première proposition.

— Tu admets que tu es stupide? dit-elle en plaisantant.

— J'admets être suffisamment stupide pour trouver ta compagnie tolérable.

— Vraiment?

— Vraiment.

— Et tu crois que c'est en disant ce genre de choses qu'on séduit une fille?

— Je n'ai pas besoin de te séduire.

— Ah, non, hein? Et pourquoi pas? »

Je fis un grand sourire.

« Parce que tu es à moi, Alexandra Webber, tu es à moi.

— Va te faire foutre, Joseph Vaughan.

— C'est toi que je vais foutre.

— Pas après m'avoir parlé comme ça.

— Vraiment ?

— Vraiment », répondit-elle avec un sourire malicieux.

Je saisis ses mains, les maintins contre ses flancs, puis je la fis pivoter sur elle-même de sorte qu'elle se retrouva face à la porte de la cuisine.

« Monte », dis-je, puis je me penchai en avant et lui mordis l'épaule.

Elle poussa un cri de douleur et chercha à se dégager. Je la serrai encore plus fort, la menai au pied de l'escalier.

« Si tu crois que tu vas me faire monter, tu te fourres le doigt dans l'œil, dit-elle.

— Oh, je vais fourrer mon doigt quelque part, chérie, crois-moi... mais certainement pas dans mon œil. »

Elle rit si fort que je faillis la lâcher.

Ce soir-là, le soir où les shérifs s'étaient réunis à Jesup, nous fîmes l'amour comme si nous cherchions à nous venger d'un crime inconnu.

Dix jours plus tard, après avoir travaillé avec Reilly, je quittai sa maison, traversai le champ et empruntai la route qui menait chez moi.

Je vis Alex sur le perron à cinquante mètres de distance. Elle se tenait immobile, et malgré son absence de mouvement elle avait un air bizarre, je sentais qu'il se passait quelque chose...

Je hâtai le pas. Je me mis à courir. Lorsque j'atteignis le bout de la route et m'élançai dans le sentier, je respirais bruyamment.

Elle ne bougeait pas. Même lorsque j'arrivai à son niveau, la main tendue, elle demeura immobile.

J'ouvris la bouche pour lui demander ce qui n'allait pas.

Elle se mit à sourire. Puis, quelques instants plus tard, elle éclata de rire.

« Non… fis-je. Tu es sûre ? »

Elle acquiesça, recula et s'assit sur les marches.

« Sûre, Joseph… on ne peut plus sûre.

– Oh mon Dieu », murmurai-je. Je m'agenouillai devant elle, enlaçai sa taille, l'étreignis puis, m'apercevant soudain que je la serrais fort, je la lâchai. « Désolé, dis-je.

– C'est bon, répondit-elle. C'est bon. »

Je me sentais submergé par une allégresse qui m'empêchait de respirer, par d'autres choses que je ne pouvais même pas décrire. J'avais l'impression – plus qu'à n'importe quel autre moment de ma vie – d'être *arrivé*.

« Bon sang, Alex… nous allons être parents. »

Elle passa la main dans mes cheveux, m'étreignit fermement à son tour.

« Je sais, murmura-t-elle. Je sais… »

Plus tard cette nuit-là, étendu éveillé tandis qu'Alex dormait à poings fermés, je songeai à ce qui venait d'arriver, me disant que ça semblait rétablir l'équilibre. Comme l'avait dit Alex un jour : une vie de créée pour une vie de perdue. Une autre fillette avait été assassinée, et j'allais être père. Sur le coup, je ne savais pas ce qui m'effrayait le plus.

J'ai par moments cru que l'âge était l'ennemi de la vérité.

À mesure que nous vieillissons, le cynisme et l'amertume s'accumulant au fil des années, nous perdons notre innocence d'enfant, et avec elle cette faculté de perception qui nous permet de voir le cœur des hommes. Regarde-les dans les yeux, me disais-je, et tu verras alors la vérité et qui ils sont vraiment. Les yeux sont les fenêtres de l'âme ; regarde attentivement et tu verras le reflet de leur côté sombre.

Maintenant je suis vieux, et même si la vérité est juste devant moi, même si je n'ai jamais été aussi près d'elle, j'ai peur de regarder. La chose que je crains le plus est de voir un reflet de moi-même.

Je me souviens de l'Alabama et du Tennessee. Je me souviens de villes comme Union Springs, Heflin et Pulaski. Je me souviens des kilomètres parcourus, de la personne que je suis devenue, et ces souvenirs me donnent l'impression d'avoir vécu trois ou quatre vies simultanément. J'ai vieilli à chaque voyage, chaque kilomètre, chaque pas. Je suis devenu aigri, et j'ai vu en moi des choses que j'espérais ne jamais voir. J'ai vu l'envie de tuer, mais pas simplement de tuer... J'ai vu l'envie de faire souffrir cet homme. Œil pour œil.

Maintenant il me fait face, et bien qu'il soit mort je m'imagine qu'il entend mes pensées. Je veux qu'il comprenne ce qu'il a fait, les vies qu'il a détruites, la tristesse qu'il a fait subir à des êtres humains innocents. J'ai besoin qu'il ressente la terreur qu'il a infligée, et même si je sais qu'il ne ressent rien de tout ça, je ne puis qu'espérer.

J'espère qu'il y a un monde meilleur pour moi.

Un monde pire pour lui.

17

Alex avait dépassé les trois mois de grossesse et nous peinions à nous en sortir. L'argent entrait au compte-gouttes. Elle se fatiguait facilement. Le docteur Piper affirma qu'elle donnait des signes d'anémie et de déficience en fer et recommanda une alimentation à base de légumes verts et de viande saignante. La même chose que pour ma mère. Je me demandai si le docteur Piper ne connaissait qu'un pronostic, un diagnostic, une panacée. Nous n'avions pas assez d'argent pour nous offrir de telles choses. Alex avait manqué suffisamment de jours d'école pour que sa hiérarchie fasse appel à une remplaçante. La remplaçante, une vieille fille au cœur amer, visiblement plus désespérée qu'honnête, écrivit un long rapport au Conseil d'éducation de l'État détaillant les différences entre le programme prescrit et les notes trimestrielles d'Alex. Un inspecteur vint à la fin du mois de janvier et interrogea quelques élèves. Il ne trouva aucune raison de s'alarmer, mais la politique du Conseil exigeait que tout rapport fasse l'objet d'un examen exhaustif avant que des mesures soient prises ou abandonnées. Pendant ce temps, Alex était suspendue. Elle conservait un salaire, mais celui-ci correspondait à un quart du montant officiel. La remplaçante garda le poste.

Alex restait désœuvrée à la maison, elle était de plus en plus déprimée et pâle. Je travaillais autant que je pouvais, utilisant mes relations avec les fermiers voisins et les propriétaires terriens pour effectuer des travaux manuels et diverses corvées. J'envisageai de vendre la maison mais ne pouvais le faire. Ma mère, bien que confiée au soin de l'État, était en vie et se portait physiquement bien. La loi exigeait une déclaration d'intention, une procuration sous serment, avant que je puisse agir en son nom dans un cadre légal. Au printemps 1947, alors qu'Alex entamait son troisième trimestre, nous apportâmes ses affaires chez ma mère. Nous ne pouvions plus payer le loyer d'Alex, et elle perdit donc sa maison. Elle pleura deux jours d'affilée ; elle s'endormait en sanglots et se réveillait en larmes. Elle mangeait à peine. J'appelai le docteur Piper, qui lui fit des injections de fer. Elle souffrait de crampes au ventre et je trouvai du sang dans les toilettes. Elle ne répondit rien lorsque je l'interrogeai à ce sujet. Elle me fuyait, fuyait les gens qu'elle connaissait, fuyait le monde. En mai je l'emmenai à l'hôpital de Waycross, prétextant une visite à ma mère, et lorsque nous y fûmes, je m'éloignai un bref moment et parlai à l'un des garçons de salle. Celui-ci accepta d'organiser une rencontre fortuite avec un médecin, qui ferait une réflexion sur le teint d'Alex, lui demanderait comment elle se sentait et lui ferait passer un examen. Mon petit stratagème fonctionna et, durant l'absence d'Alex, je restai auprès de ma mère en lui tenant la main tandis qu'elle me scrutait avec des yeux qui semblaient voilés de fumée. Je la regardai, conscient qu'elle n'était pas là. Ma mère était depuis longtemps partie, et la voir ainsi m'effraya. J'étais venu jusqu'ici pour Alex, pas pour elle, et je ne me sentais pas capable de la revoir dans un tel état.

Durant l'heure que nous passâmes seuls, elle parla de choses qui n'avaient pour moi aucun sens. Elle évoqua des gens que je ne connaissais pas, cita des noms que je n'avais jamais entendus, et chaque fois que je tentais de clarifier quelque chose elle se contentait de me regarder comme si j'étais un enfant idiot et ignorant. À un seul moment elle dit quelque chose que je compris, et lorsque les mots franchirent ses lèvres, mon sang se glaça.

Elle radotait et divaguait, les mots se télescopant dans leur hâte de quitter son esprit, et au beau milieu de quelque monologue pénible – « Edward John Tyrell, tu sais ? Il était exactement comme Edward John Tyrell, avec son costume bien repassé et ses chaussures qui brillaient comme le feu, à se tenir là avec l'air d'avoir fait quelque chose de mal, tu sais ? » – elle se pencha en avant, et son demi-sourire se transforma en une expression absolument sinistre, et elle ajouta : « Comme les enfants. »

À cet instant ses yeux étaient clairs, bleus, perçants.

« Les enfants ? demandai-je.

– Ha ! Les enfants ! Tu ne sais rien sur les enfants ! Il n'y avait que moi qui savais... moi, et lui, bien sûr. Il savait tout sur les petites filles parce que *lui*, il savait qui avait fait ces terribles, terribles choses... »

Et alors elle s'interrompit et me regarda fixement, me clouant littéralement sur ma chaise.

« Qui êtes-vous ? demanda-t-elle sèchement. Que faites-vous ici ? Je ne vous dirai rien tant que vous ne m'aurez pas dit qui vous êtes ! »

Je la regardai d'un air incrédule.

« Je suis Jose... »

Elle leva la main.

« En fait, je ne veux pas le savoir ! Je ne veux pas savoir qui vous êtes. Je ne veux ni savoir qui vous êtes ni ce que vous faites. Je veux que vous partiez maintenant… oui, je veux que vous partiez. J'allais bien jusqu'à ce que vous arriviez et commenciez à me poser des questions, des questions auxquelles je ne veux jamais avoir à répondre. » Elle marqua une pause pour reprendre son souffle. Ses yeux semblèrent se voiler une fois de plus et elle détourna le visage. « Ils ne m'empoisonneront pas, vous savez ? Ils essaient de m'empoisonner avec leurs mensonges et leurs saletés, les choses qu'ils disent… Je les entends, vous savez ? Je les entends toutes, leurs voix gémissantes, leurs pleurs, et elles ne veulent pas comprendre que je ne peux rien… » Ma mère se tourna de nouveau vers moi. « Je ne peux *rien* faire pour les aider. Il est trop tard maintenant, trop, trop tard pour qu'on puisse faire quoi que ce soit. »

Elle se mit à pleurer en silence, sa poitrine se soulevant et retombant tandis qu'elle retenait ses sanglots. Je me levai, restai là un moment à la regarder en me disant qu'il vaudrait mieux qu'elle meure. Une telle pensée ne me semblait pas un crime, mais plutôt un moment de compassion et de miséricorde.

Je quittai la chambre et sortis. Je fis les cent pas sur la route pendant une demi-heure. Lorsque je retournai à l'hôpital, je trouvai Alex assise dans le hall. Elle semblait elle aussi avoir pleuré.

Elle me parla à peine, mais le docteur Gabillard arriva alors et me prit en aparté. Il me parla à voix basse. J'avais oublié qu'il existait, j'avais évité de le rencontrer à chacune de mes visites.

« Elle va avoir besoin de se reposer à partir de maintenant jusqu'à l'accouchement, dit-il avec une expression grave et soucieuse. Elle doit bien manger et se reposer. Elle a besoin d'un bon régime, un *très* bon régime. Elle doit manger pour deux, et jusqu'à présent elle a à peine mangé pour un…

— Je comprends…, commençai-je, mais le docteur m'interrompit.

— Elle m'a expliqué la situation, reprit Gabillard. Je ne lui ai rien demandé, elle me l'a dit d'elle-même. Je comprends vos difficultés, avec votre mère ici et le fait que vous ne puissiez légalement rien faire. » Il secoua lentement la tête. « Le fait est que votre mère ne se porte pas bien. Elle ne répond pas au traitement que nous avons tenté, et la douloureuse vérité est que je ne crois pas que ça s'arrangera. Je pense qu'elle ne quittera jamais Waycross. »

Gabillard attendit que je parle, mais je ne savais pas quoi dire.

« Voyez un avocat, poursuivit-il doucement. Demandez à un avocat d'établir les papiers pour transférer le contrôle de ses biens en votre faveur, et je ferai tout mon possible pour qu'elle les signe. » Il marqua une pause et inspira profondément. « Cela ne relève ni de mes compétences ni de ma responsabilité professionnelle, mais je suis un être humain. Votre mère… eh bien, votre mère mourra avant de sortir d'ici, et je ne peux pas laisser une femme enceinte souffrir sans rien faire. Faites-le, monsieur Vaughan, et quelles que soient les questions morales soulevées, quelles que soient les attentes ou les pressions sociales, je vous recommande aussi sérieusement – *très sérieusement* – d'épouser cette jeune femme avant la naissance de votre enfant. »

J'ouvris la bouche pour parler.

« De fait, je ne vous aiderai même qu'à cette condition. Revenez vite me voir avec un contrat de mariage et votre procuration, et je ferai tout mon possible. C'est tout ce que je peux faire. »

Une fois de plus, Gabillard attendit que je parle.

« Je prendrai votre silence pour un consentement, finit-il par dire, puis il me saisit l'épaule. Épousez-la. Procurez-vous les papiers. Nous ferons ce que nous pourrons. »

Il me lâcha et commença à s'éloigner.

« Docteur ? »

Il ralentit, se retourna.

« Combien de temps lui reste-t-il ? Ma mère. Combien pensez-vous qu'il lui reste ? »

Gabillard secoua lentement la tête.

« Je crois que ça fait un bon bout de temps que son temps est passé. »

Il soutint mon regard une seconde de plus, puis il se retourna à nouveau et s'éloigna. Je demeurai immobile. Je regardai Alex qui, assise sur une chaise, se tenait la tête entre les mains telle une personne brisée.

« Assez », me dis-je, et je m'approchai d'elle.

Nous rentrâmes à Augusta Falls. Je lui parlai de l'avenir, lui expliquant que nous allions nous marier. Je lui répétai ce que Gabillard avait dit à propos de la procuration et de sa volonté de nous aider. L'attitude d'Alex changea radicalement. Elle éclata même de rire à un moment. Je ne parlai pas de ma mère, de ce qu'elle avait dit sur les petites filles. Son esprit n'était plus qu'un méli-mélo de mensonges, demi-vérités, fantasmes et paranoïa. Elle ne savait rien sur les fillettes. Je devais croire que ce qu'elle avait dit n'était rien de plus que les divagations d'une personne qui avait perdu la tête.

Je le croyais.

Je *devais* le croire.

J'épousai Alexandra Madigan Webber le mercredi 11 juin 1947 au palais de justice du comté de Charlton devant le juge Lester Froom. Les témoins furent Reilly Hawkins et Gene Fricker du silo à grains. Après la brève cérémonie de rigueur Reilly nous conduisit au bureau de Littman, Hackley et Dohring, Avocats, où, moyennant trois dollars, Leland Hackley établit une lettre de procuration. Il la rédigea en sorte que ma mère n'ait qu'à la signer, et la maison m'appartiendrait. Reilly nous conduisit à Waycross – moi en costume, Alexandra en jupe et chemisier couleur crème pâle, ses cheveux attachés sur le côté et agrémentés d'une fleur – où nous rencontrâmes le docteur Gabillard.

« Vous ne voulez pas la voir ? demanda-t-il en me prenant le document des mains.

– Non, répondis-je. Pas aujourd'hui. »

Il acquiesça, sourit d'un air compréhensif, nous félicita pour notre mariage et s'éloigna.

« Quand aurai-je ?... »

Gabillard se retourna et haussa les épaules.

« Je ne sais pas, répondit-il. Laissez-moi m'en charger. Je vais voir ce que je peux faire... pas de promesses, d'accord ? »

Puis il pivota à nouveau sur ses talons et disparut dans l'hôpital.

La tempête dura huit jours consécutifs. Le sol commença par gonfler, puis il s'affaissa, vaincu, et laissa paraître les racines nues des arbres. Tels des doigts noueux et déformés par l'arthrite elles s'agrippaient désespérément, tentant de retenir la terre. Les précipitations firent déborder les cours d'eau et inondèrent les plantations. Reilly vint nous voir une semaine après le mariage et n'osa pas rentrer chez lui avant deux jours. Il avait apporté à manger et du vin, les quelques provisions qu'il avait, et nous ne cessâmes de parler de ce que nous ferions et où nous irions. S'il y avait eu du neuf du côté de Gabillard, nous n'en aurions rien su.

La tempête retomba le 21 juin, un samedi, et le soleil apparut, haut et clair, au-dessus de l'horizon meurtri. Neuf personnes s'étaient noyées, sept d'entre elles étaient des Noirs qui travaillaient dans les champs, les deux dernières, un couple de Folkston qui avait tenté d'atteindre Kingsland sur la rivière St. Mary. Des équipes de volontaires vinrent des villes voisines pour inspecter les dégâts. Nombre d'entre eux firent demi-tour et rentrèrent chez eux.

Le lundi, une lettre de Gabillard arriva. Dans l'enveloppe se trouvait la procuration, signée devant témoins. Reilly alla voir Leland Hackley, qui authentifia le document et rédigea un pouvoir pour la banque. En moins d'une heure, j'avais obtenu un prêt de mille cinq cents dollars contre la propriété. J'en pris deux cents en espèces, les enfonçai dans mes poches, et Reilly et moi allâmes en dépenser une partie à la Falls Inn pour fêter notre bonne fortune.

« Tu vas avoir une nouvelle camionnette, lui dis-je. Nous allons pouvoir balancer ton ancienne dans le marais d'Okefenokee. »

Nous rîmes à cette idée sur le chemin du retour, nous imaginant qu'Alex ne pourrait retenir sa joie lorsqu'elle apprendrait ce qui s'était passé.

Reilly immobilisa la camionnette au bout de la route.

« Viens, lui dis-je.

– Bon Dieu, non, s'écria-t-il en riant. Va partager la bonne nouvelle avec ta femme, Joseph. Vous avez pas besoin d'avoir un idiot à moitié saoul dans les pattes à un tel moment.

– Si, répliquai-je. Ça te concerne autant que moi. Je n'aurais pas pu conserver tout ça sans toi, Reilly. S'il te plaît, entre, ne serait-ce qu'un petit moment. » Je me retournai et criai en direction de la maison. « Alex ! Alex ! Reilly est ici et il ne veut pas venir te voir !

– Hé ! fit Reilly. C'est pas vrai. Tu peux pas lui dire ça, pour l'amour de Dieu. »

Je riais et avais commencé de m'éloigner de la camionnette en direction du portail.

« Alex ! Viens voir ce que nous avons ! Sors et viens voir ce que nous avons ! »

Je tirai des poignées de billets de mes poches, les tins comme des bouquets de fleurs.

Reilly me suivait, et lorsque je me retournai pour le regarder je remarquai quelque chose. Une lueur dans ses yeux. Il secoua la tête, puis leva les yeux vers la maison et se mit à crier à tue-tête.

« Alex ! Alex ! On est rentrés ! »

Rien.

Mon cœur s'accéléra. Je regardai une fois de plus Reilly, qui me fit un signe de la tête. Il se mit à courir en direction du portail. Je l'atteignis en premier et le poussai, l'arrachant presque de ses gonds, puis je me précipitai dans le sentier. Reilly me talonnait, nous hurlions tous deux le nom d'Alex.

Je franchis la porte d'entrée en trombe, m'arrêtai net, et Reilly qui était juste derrière moi me percuta tel un train de marchandises, mais lorsqu'il vit ce qui se trouvait là, je l'entendis prendre une inspiration brutale. Je lâchai l'argent que j'avais à la main. Des douzaines de billets tombèrent en cascade, flottèrent à travers la pièce.

Si Alex nous avait accompagnés, les choses auraient pu être différentes. Elle aurait été présente chez l'avocat, puis à la banque ; elle aurait peut-être partagé un verre avec nous à la Falls Inn. Mais elle ne se sentait pas bien, s'était plainte de nausées et de vertiges. Elle avait préféré rester à la maison, car nous ne serions pas absents longtemps – une heure, peut-être deux. Si nous étions rentrés directement de la banque, nous aurions peut-être été là quand elle était tombée, mais nous n'y étions pas. Car elle était tombée, du haut de l'escalier, comme une masse, et à notre arrivée elle gisait inconsciente dans le couloir, sa jupe saturée de sang, son souffle faible et incertain.

Par la suite, je me rappellerais la panique et la confusion. Par la suite, j'essaierais de me rappeler exactement les pensées qui m'avaient assailli, mais en vain. Je me rappellerais avoir hurlé son nom de toutes mes forces. Je me rappellerais le sang tandis que j'essayais de la soulever, la sensation de froide humidité sur mes mains, mes bras, sur mon visage lorsque je l'enfouissais contre sa poitrine pour voir si elle respirait encore. Je me rappellerais l'avoir portée jusqu'à la camionnette, sa tête posée sur mes cuisses tandis que Reilly nous bringuebalait sur les sentiers pleins d'ornières qui menaient à la maison du docteur Piper. Je me rappellerais les billets tachés de sang collés à sa robe, l'un d'eux dans ses cheveux, un autre sur son avant-bras. Je me rappellerais le docteur Piper, épouvanté par ce qu'il vit, nous conseillant de nous rendre directement à Waycross, puis le trajet qui avait semblé durer une éternité. Je me rappellerais Gabillard venant à notre rencontre tandis que nous franchissions les portes en portant Alex, la cacophonie des voix, l'agitation se propageant autour de nous telle une vague. Je me rappellerais son visage, grave et sombre, la façon dont il lui avait palpé le poignet, le cou, les ordres qu'il avait aboyés aux infirmières.

Je me rappellerais clairement toutes ces choses, et les rejouerais dans mon esprit comme on repasse un vieux disque de bakélite – encore et encore, jusqu'à ce que, avec le temps, le sillon s'émousse et ne produise plus de sons, jusqu'à ce qu'il ne reste plus rien que le vaste puits de désespoir et de chagrin dans lequel j'étais tombé.

À quatre heures et six minutes, l'après-midi du lundi 23 juin 1947, Alexandra Vaughan – future mère, épouse depuis douze jours – mourut. Et avec elle un enfant sans nom, un garçon. Mon fils.

C'est Gabillard qui m'apprit la nouvelle, lui qui avait fait tout son possible pour nous tirer de notre dénuement et de notre désespoir ; lui qui avait pris des dispositions pour garantir la survie et le bien-être de ma famille. C'était mon ange, semblait-il, du moins ce jour-là. Il donnait, puis il m'informait que ce qui m'avait été donné m'était maintenant repris.

J'avais dix-neuf ans. Alex en avait vingt-sept.

Je commençai à me demander quel crime j'avais commis pour mériter un tel châtiment.

Des années plus tard, lorsque j'y repenserais, les mois qui suivirent la mort d'Alex sembleraient s'effacer et s'effriter entre mes doigts. J'enterrai Alexandra Vaughan, j'enterrai mon enfant, et avec eux j'enterrai les deux premières décennies de ma vie. Certaines personnes tentèrent de me tendre la main – Haynes Dearing, Gene Fricker, Lowell Shaner, même Ronnie

Duggan et Michael Wiltsey, qui apparurent au bout de la route près de chez moi, s'immobilisèrent, regardèrent, échangèrent quelques mots, puis rebroussèrent chemin. Leurs efforts ne furent pas récompensés. Je voyais fréquemment Reilly, mais c'était comme si nos vies se croisaient simplement de temps à autre, et lorsque nous passions un moment ensemble, ces vies étaient mises entre parenthèses jusqu'à ce que nous nous séparions une fois de plus. Nos rencontres s'espacèrent, et lorsque arriva le premier anniversaire de la mort d'Alex, nous ne nous voyions pas plus d'une fois par mois. Je n'allais plus voir ma mère. Je ne pouvais plus supporter ce qu'elle était devenue, et je ne me voyais pas faire face au docteur Gabillard. C'était comme si tout ce qui me rappelait le passé devait être cautérisé ou proprement amputé. Je ne manquais pas d'argent ; lorsque les premiers mille cinq cents dollars arrivèrent à leur terme, j'augmentai simplement le montant de mon prêt à la banque et hypothéquai un plus grand pourcentage de la maison. J'attendais un changement. J'attendais patiemment, essayant d'écrire le plus possible, pour entretenir mon esprit et mon corps, mais je sentais que mes amarres étaient sur le point de se rompre. Les choses qui m'avaient relié au monde devenaient de plus en plus insignifiantes et fluctuantes : quelques courses une fois par mois, un petit tour à la Falls Inn une fois tous les cinq ou six mois, et le reste du temps, j'étais coupé du monde. Je ressentais souvent le besoin de compagnie, mais je le surmontais grâce à la certitude que tout ce que je gagnerais, je le perdrais bientôt. Comme Reilly Hawkins, qui ne tombait jamais amoureux car son cœur n'aurait pas supporté d'être brisé une seconde fois, je ne tentais pas ma chance, persuadé qu'ainsi je ne pourrais pas perdre. C'était une existence pitoyable, mais je ne m'apitoyais pas sur mon sort. Le vernis d'endurance et de courage derrière lequel je m'abritais était suffisamment épais pour résister aux ravages de la culpabilité et des sentiments.

À l'approche de Noël 1948, alors que Truman venait d'être réélu contre Thomas Dewey, je songeai à la possibilité de quitter Augusta Falls. Ce n'était pas de la ville, ni du comté ni même de la Géorgie que je pensais pouvoir me séparer en voyageant suffisamment loin, mais de moi-même.

« Où ? demanda Reilly lorsque j'évoquai le sujet.

– New York. »

Il faillit s'étouffer avec sa bière.

« New York. New York ? Pourquoi est-ce que tu voudrais aller à New York, nom de Dieu ?

– Parce que c'est complètement différent d'ici.

– C'est la seule raison ?

– Elle me semble aussi valable qu'une autre. »

Reilly secoua la tête et se pencha vers moi. Nous étions à la Falls Inn, c'était un samedi soir. Autour de nous flottaient le brouhaha des voix, les nuages de fumée de cigarette, le son de quelqu'un jouant du violon dans le bar.

« C'est pas une raison suffisante pour partir à New York, dit-il.

– Peut-être que je n'ai pas besoin de raison. Peut-être que je pourrais y aller sur un coup de tête.

– Il te faut une raison, déclara Reilly.

– Vraiment ?

– Bien sûr. Il faut une raison à tout, sinon rien n'a aucun sens. Ton problème, c'est que rien n'a plus de sens. C'est pour ça que ta vie disparaît, Joseph…

– Ma vie ne disparaît pas. »

Reilly sourit, secoua la tête.

« Tu as raison... bien sûr... je suis désolé. Il faut qu'il y ait quelque chose au début pour que ça disparaisse.

– Tu... »

Il leva la main pour m'interrompre.

« Regarde les choses en face, Joseph. Alex est partie. Elle est morte...

– Je ne veux pas parler de ça, Reilly.

– Je m'en fous que tu veuilles en parler ou non, c'est la vérité. On peut rien y changer, quoi qu'il arrive. Elle est morte, Joseph. Ça fait combien de temps maintenant ? Dix-huit mois, exact ?

– Dix-huit mois, oui.

– Et qu'est-ce qui s'est passé pendant ce temps ? Je vais te dire ce qui s'est passé. Rien. Voilà ce qui s'est passé. Absolument rien. Tu peux t'estimer heureux de pas être devenu alcoolique. Si ç'avait été moi, bon sang, j'aurais sifflé toutes les bouteilles du comté puis j'aurais déménagé à Brantley. Mais c'est tout ce que je vois, Joseph. Tu as la maison. Tu es seul hormis les rares fois où je te vois. Tu passes tellement de temps seul que tu perds la tête.

– Et c'est pour ça que je songe à partir, Reilly.

– Mais à New York, nom d'un chien. Qu'est-ce que tu espères trouver à New York ?

– La question, c'est qu'est-ce que j'ai ici ?

– Ta mère ? hasarda-t-il.

– Elle est partie, Reilly, ça fait longtemps qu'elle est partie, et tu le sais. Ma mère n'est plus ma mère. »

Reilly resta un moment silencieux, puis il me regarda par-dessus la table avec une expression bienveillante, presque compatissante.

« Tu es grand maintenant. Je t'ai connu quand tu avais deux ou trois ans. J'ai toujours été proche de ta famille.

Je peux pas te dire quoi faire, et j'ai certainement pas la présomption de le faire. Tu as de la volonté, je te l'accorde, et tu es parvenu à sauver les meubles malgré ce qui s'est passé avec tes parents et maintenant avec Alex. Je te respecte pour ça, mais une autre raison pour laquelle je te respecte, c'est que tu penses avec logique. Il y a du bon sens et de la raison derrière les choses que tu fais. Mais ça... bon sang, cette histoire de New York ne me semble reposer sur aucune logique...

— Ce qui est peut-être la meilleure raison pour l'envisager.

— Tu as de la volonté, comme j'ai dit. Et je crois que rien de ce que je pourrais dire n'influencera tes décisions. Fais ce qui te semble bon, Joseph.

— Je n'ai encore rien décidé, Reilly... c'est juste une idée.

— Alors réfléchis-y encore un peu, et dis-moi quand tu seras décidé.

— Bien sûr que je te le dirai.

— Bon Dieu, peut-être que si tu vas à New York tu te trouveras quelqu'un.

— Quelqu'un ? demandai-je en fronçant les sourcils.

— Quelqu'un à aimer. »

Je secouai la tête, regardai un moment dans le vide.

« Je crois que je ne pourrai jamais aimer quelqu'un comme j'ai aimé Alex.

— Bien sûr que si. Tu es jeune. Ton cœur est assez fort pour survivre à ça.

— Un amour comme ça ? Tu crois que quelque chose d'aussi bon peut se produire deux fois au cours d'une vie ? »

Reilly soupira, et c'est alors que je vis le poids qu'il portait sur ses épaules, un poids suffisamment vaste pour nous écraser tous les deux sur place.

« Deux fois ? murmura-t-il. D'après ce que j'ai vu, la plupart du temps ça n'arrive même pas une fois. » Il y eut un moment de silence, puis il leva les yeux vers moi. « On dirait que le sort nous a réservé à tous les deux un peu trop de surprises, tu crois pas ?

– Si, Reilly, je le crois. »

Nous n'en parlâmes plus. Je pris la décision de ne prendre aucune décision, c'était tout, et lorsque j'y pensai à nouveau, nous étions en février 1949 et une nouvelle fillette avait été découverte.

C'était la dixième, et elle venait de Shellman Bluff, dans le comté de McIntosh. Son nom était Lucy Bradford. Elle était âgée de huit ans et avait un frère de douze ans nommé Stanley. Je ne la connaissais pas, je ne l'avais jamais vue, mais elle – plus que tout le reste – fut la raison qui me poussa finalement à partir.

« *Tu connaissais Alexandra, n'est-ce pas ? demandé-je à l'homme mort devant moi. Tu la connaissais, mais je peux imaginer que tu ne l'as jamais vraiment comprise... tu n'as jamais vraiment compris personne, n'est-ce pas ? Peut-être que tu pensais connaître les gens... mais c'était juste ton imagination. Il n'y a jamais pu avoir ni compassion ni humanité en toi... pour faire les choses que tu as faites pendant toutes ces années.* »

Je veux me lever et marcher jusqu'à la fenêtre, mais je ne peux pas. Je me sens fatigué. Je me suis demandé ce qui se serait passé si je n'avais pas appuyé sur la détente, si je m'étais arrangé pour le piéger, le ligoter à une chaise, le forcer à expliquer qui il était, ce qu'il avait fait... le forcer à me dire quel genre de personne pouvait tuer encore et encore comme il l'avait fait.

Je veux poser la main à plat sur la fenêtre. Je veux regarder l'espace entre mes doigts et voir la ville devant moi.

« *Elle est morte, tu sais, dis-je, d'une voix à peine plus forte qu'un murmure. Elle était enceinte de mon enfant et elle est morte. J'ai longtemps cru que c'était mon châtiment pour Elena. J'avais promis de la pro-téger. J'étais sur une colline et je la regardais qui se*

331

tenait dans la cour derrière la maison, et j'ai juré de la protéger, juré que rien ne lui arriverait. » Je marque une pause, je baisse les yeux et respire profondément pendant un moment. « *Je n'arrive pas à croire qu'après toutes ces années, je suis là, dans la même pièce que toi, et que tu n'as même pas la possibilité de t'expliquer. Qu'est-ce que ça fait, hein? Qu'est-ce que ça fait? Ne s'agissait-il pas de ça? N'essayais-tu pas juste de dire quelque chose au monde, de faire comprendre à cha-cun la folie derrière tes actes? Et maintenant tu es là, tu as enfin un public, et tu ne peux rien dire.* » Je lâche un rire nerveux, effrayé même. « *Quelle ironie, hein? Quelle ironie.* »

Je me baisse et ramasse mon pistolet par terre. Je le soulève lentement et le colle contre le front de l'homme. J'arme. Le déclic est bruyant, comme une branche se cassant, comme la foudre tombant dans quelque loin-tain champ de Géorgie.

« *Parle,* dis-je d'une voix sifflante. *Parle mainte-nant... ou garde à jamais ton secret.* »

Le silence rugit, en moi comme en dehors de moi, et je me demande – pendant juste un moment – si je n'ai pas encore fait une effroyable, effroyable erreur.

Les larmes ne suffisaient pas.

Les pleurs d'une petite fille auraient inspiré de la compassion à bien des hommes, mais pas à lui.

Quel ami nous avons en Jé-sus…

Elle prie peut-être en silence.

Du côté de la vic-toire, du côté de la vic-toire, nul ennemi ne peut nous dissuader, nulle peur ne peut nous hanter…

Des mots qui tourbillonnent dans sa tête. Les yeux fermés comme des volets en hiver.

Donne-moi de l'huile pour ma lampe, fais-la brûler, je t'en prie donne-moi de l'huile…

Une odeur de mort. Une odeur de cuir de chaussure, ou de quelque chose ressemblant à du cuir, et après la surprise soudaine au moment de l'enlèvement, après s'être attendue à entendre un rire, croyant que c'était un jeu, juste un jeu, un jeu amusant…

Oui, quand je marche dans la vallée de l'ombre de la mort, je ne crains…

Comme jouer à cache-cache, à chat, am stram gram…

Puis ce fut la prise de conscience, aussi soudaine qu'un claquement de porte. Une chose, puis une autre, et elle comprit alors que la pression qu'elle ressentait autour du cou, la main qui se glissait sous sa jupe et la touchait là où elle n'aurait jamais osé se toucher elle-même, ne faisaient partie d'aucun jeu qu'elle connaissait.

Elle se mit à haleter.

Son souffle saccadé se coinça dans sa gorge, et elle comprit que ce qui se passait n'était censé se passer nulle part.

La sensation des mains – une autour de sa gorge, l'autre sous sa jupe, et l'odeur d'alcool, l'odeur de tabac, l'odeur de cuir ou de quelque chose ressemblant à du cuir…

Elle se débat maintenant. Ses muscles se tendent. Son système nerveux chargé d'électricité entre soudain en action, comme une machine qu'elle a vue un jour à la foire de l'État. Un gros globe d'argent duquel jaillissent des étincelles crépitantes, et quelqu'un le touche et ses cheveux se dressent sur sa tête… et les gamins qui rient tandis que l'homme se tient là avec ses cheveux comme de la barbe à papa… et l'odeur, le relent âcre et le sifflement de l'énergie libérée…

Donne-moi de l'huile pour ma lampe, fais-la brûler… fais-la brûler jusqu'au point du jour…

Et tout en elle lui hurlait qu'elle devait s'enfuir, courir, filer comme le vent, filer comme l'éclair à travers les champs jusqu'à la maison. Mais les bras autour d'elle la serraient, l'étreignaient comme un étau, implacablement, la pression croissait sur sa poitrine, sur sa gorge, et elle avait de plus en plus de mal à respirer, des couleurs scintillaient devant ses yeux, et elle voulait hurler, hurler comme elle ne l'avait jamais fait jusqu'alors, hurler comme une sirène de pompiers, comme un gigantesque oiseau fondant sur sa proie, comme un cheval sauvage, sa crinière voletant derrière lui telles

les couleurs de cent armées, se déployant et claquant dans le vent… hurler comme une petite fille craignant pour sa vie…

Huit ans. À quatre cents mètres de chez elle.

Elle entrouvrit les yeux. Elle vit la pente puis la soudaine élévation de la colline, la route se dirigeant vers l'est, puis vers le nord-ouest, puis à nouveau vers l'est, et derrière l'élévation, sur la droite, là où s'élevaient le grand arbre et son frère plus petit, se trouvait sa maison.

Sans la déclivité et l'élévation, elle aurait pu voir la maison, *sa* maison, celle dont elle venait lorsqu'il avait surgi de nulle part.

Il sentait la noirceur, quelque chose d'obscur et de profond. Il sentait le vieux ; plus vieux que Dieu et le base-ball.

Il sentait comme si Jésus avait disparu.

Un homme derrière elle, ses bras comme des troncs d'arbre, un homme dont l'odeur indiquait qu'il avait déjà fait ça.

Elle se mit à pleurer, et c'est alors qu'il la frappa, violemment, une gifle qui claqua comme un coup de fouet, et la douleur qui lui traversa le côté de la tête lui rappela la fois où elle avait saigné du nez et s'était contusionné la joue en tombant d'un arbre, et le bruit de la terre heurtant sa tête avait résonné pendant trois semaines dans son oreille droite.

Elle se mit à pleurer, et il la gifla, et elle savait qu'il s'agissait d'un homme car seul un homme pouvait la serrer aussi fort, seul un homme avait de tels muscles d'acier, la peau aussi rêche, les mains aussi calleuses.

Ses sanglots étaient avalés par l'obscurité de la nuit, chaque nouvelle pensée était plus terrifiante que la précédente, et lorsqu'elle comprit ce qu'il allait faire elle eut la sensation que le sang se figeait dans ses veines.

Par terre maintenant, une main en travers de sa gorge, l'autre main arrachant ses vêtements, déchirant le coton et la dentelle et un ornement de satin couleur pêche, tirant sur les rubans roses noués dans ses cheveux... et elle sentit la pression de l'air frais sur sa peau, le sol sous sa tête, l'humidité de la terre, elle sentit l'odeur des feuilles mortes et des brindilles brisées, entendit la respiration pénible au-dessus d'elle, et elle ferma les yeux s'efforçant de croire que si elle ne voyait rien, ça ne pouvait être réel.

Mais c'était réel.

Des couleurs derrière ses paupières comme des tourbillons kaléidoscopiques, et dans ses oreilles le bruit du sang déferlant à travers son corps... le sang effrayé, le sang tentant de s'échapper.

Il la frappa à nouveau violemment. Une rougeur cuisante sur sa joue, elle ouvrit les yeux, et à travers ses larmes elle vit la lueur dans les yeux de l'homme – une lueur morte, une lueur rouge – et des dents blanches, elle sentit son haleine rance, fétide, sentit les poils âpres de sa barbe tandis qu'il appuyait son visage sur son ventre, tandis que ses mains s'enfonçaient, que ses doigts pénétraient en elle et la faisaient plus souffrir qu'elle n'aurait cru qu'il était possible de souffrir, qu'il était possible de *faire* souffrir. Mais c'était possible.

Elle décida alors de rester immobile, respirant à peine, pensant à peine, espérant désormais à peine, tandis qu'il fait des *choses*, des choses horribles... des choses que les hommes ne font pas aux petites filles...

La douleur en elle. Une douleur lancinante. Une douleur comme si ses entrailles lui remontaient dans

336

la gorge. Une sensation d'étouffement, puis la main en travers de sa gorge accentue sa pression et elle sent ses yeux enfler dans leurs orbites, ses yeux prêts à exploser, et le bruit du sang comme un orage, comme un train noir, comme ces chevaux noirs galopant à travers de vastes champs nocturnes.

Elle se débat maintenant, et plus elle se débat, plus le poids et la douleur augmentent, et elle sait alors qu'elle part, qu'elle glisse vers un endroit frais et sûr, un endroit où l'on ne peut ressentir de telles choses, et elle se réjouit du silence imminent, de la sensation d'immobilité, du calme qui envahit chaque centimètre de son corps.

Elle sent l'homme qui se tient au-dessus d'elle, un ruban rose à la main. Il s'interrompt, puis il enfonce le ruban dans sa poche.

Et puis tout disparaît.

Tout.

Une sensation de néant, de vide, une brise comme en été.

Elle avait espéré être une enfant un peu plus longtemps.

Au moins ça.

Le shérif du comté de McIntosh. Son nom était Darius Monroe. Son père avait été shérif, son grand-père avant lui, et avant ça, une lignée de voleurs de chevaux, de brigands, d'ivrognes et de détrousseurs d'ivrognes. Tous des gros bras, des durs, des hommes sans conscience. L'arrière-grand-père Monroe avait engendré près de vingt enfants de quatre femmes différentes. Sans jamais en épouser aucune. Il gagnait sa vie en jouant aux cartes sur les bateaux à vapeur. Une lueur de don Juan dans ses yeux de joueur, favoris

brillants, cheveux luisants de pommade, une vie rem-
plie d'actes honteux mais jamais la moindre honte dans
son esprit. À cinquante-trois ans, Darius Monroe était
fatigué. Il ne s'était jamais marié, ne le ferait jamais.
La lignée s'arrêterait avec lui, net, comme un cerf
avec une balle dans la tête. Le visage comme un sac
en papier froissé. La bouche pincée comme un porte-
monnaie de veuve. Les mots qui en sortaient n'étaient
que de la menue monnaie. Les yeux comme ceux de
ses ancêtres joueurs, perçants et vifs, des yeux qui ne
lâchaient jamais rien, qui se souvenaient de tout jusqu'au moment où il abattait sa main et raflait la mise.
Étant donné sa position, les gens devaient lui faire
confiance, mais ils se disaient qu'ils feraient mieux de
ne pas le faire.

Le cousin de Darius Monroe du côté de sa mère,
Jackson « Jacko » Delancey, un homme à l'air emprunté,
trop grand d'une tête, tout en os, avec quelque chose
dans le teint qui trahissait un flirt avec les Indiens,
quelque chose dans les gènes – cheveux raides comme
des baguettes, teint noir comme un corbeau, nez presque
aquilin, des traits trop fiers pour un homme si humble.
Ce que Jacko trouva ce vendredi matin le rendit encore
plus humble. Il en parla par la suite des mois durant –
dans les bars, appuyé à des clôtures, lorsqu'il menait les
chevaux au pré, arrosait le potager que sa femme voulait
entretenir à tout prix malgré le sol souillé par le marais.
Ce qu'il trouva ce vendredi matin – le 11 février – le
glaça et le déconcerta ; il sentit la sueur lui couler sur
la peau malgré l'air exceptionnellement frais pour la
saison, il recula, pivota sur ses talons et continua de
marcher sur trente ou quarante mètres, puis il revint sur
ses pas pour s'assurer qu'il n'hallucinait pas. Il n'hallucinait pas. Il savait depuis le début qu'il n'hallucinait

pas. Mais ce qu'il avait devant lui était si irréel que n'importe quel homme sain d'esprit y aurait regardé à deux fois.

À un moment, agenouillé dans la boue, il tendit même la main et lui toucha les doigts. Des doigts attachés à une main. Une main attachée à pas grand-chose. Il n'avait aucune envie de compter les morceaux éparpillés à travers le sol sur une surface aussi grande que le petit salon de sa maison. Mais le sang épais qui souillait le sol donnait l'impression qu'ils étaient encore reliés entre eux. Il fut établi par la suite que la petite fille était en douze morceaux, mais elle avait l'air de n'en former qu'un.

Et c'est alors qu'il vomit.

Ainsi Jacko Delancey, homme emprunté et tout en os, détala comme un lapin pourchassé par un chien. Il parcourut les huit cents mètres jusqu'à sa maison, détacha une jument et galopa en ligne droite jusqu'à chez son cousin. Darius Monroe était chez lui, il s'était mis en tête de se montrer au travail après le déjeuner. Les coups martelés par Jacko l'attirèrent à la porte de devant, puis son cousin lui délivra son message, le souffle coupé, haletant.

Le shérif Darius Monroe prit la voiture, renvoya Jacko chez lui avec son cheval, appela le shérif adjoint Lester Ellis sur sa radio et lui demanda de le retrouver sur les lieux.

Le shérif Monroe arriva un peu avant neuf heures. Il vit ce qu'il vit et fut heureux d'avoir eu la prévoyance de sauter le petit déjeuner. Il tira du ruban et des piquets du coffre et établit un périmètre. Il attendit qu'Ellis arrive, fuma une cigarette en regardant constamment de l'autre côté. Peut-être n'avait-ce été rien d'autre qu'une prémonition, une rumeur, autre chose, mais il avait été là quand la petite Leonard avait été découverte en septembre 1943, et il s'était demandé quand il y aurait droit à nouveau. Ça y était. Mais sa prémonition, ou quel que soit le nom qu'on lui donnait, ne l'avait en rien préparé à l'affreuse et sinistre réalité de la découverte de Jacko Delancey.

Ellis arriva vingt minutes plus tard, jeta un coup d'œil, vira au gris-vert, rendit son petit déjeuner et une bonne partie du repas du jeudi par-dessus la clôture. Il pensa à sa propre fille qui avait eu quatre ans deux semaines plus tôt, et il se demanda si ce qu'ils enseignaient au catéchisme était vrai. Dieu est miséricordieux, Dieu est juste, Dieu voit tout et protège les innocents et les faibles. Dieu avait assurément été occupé ailleurs la nuit précédente, et Il avait laissé une autre jeune âme passer de vie à trépas. Ellis appela le bureau du shérif et demanda à la permanence d'appeler le légiste des trois comtés. Il arriva à dix heures et demie, descendant la route dans un break complètement cabossé. Son nom était Robert Gorman. Il avait la charge des comtés de McIntosh, Wayne et Pierce. Il avait été là pour Rebecca Leonard en septembre 1943, Sheralyn Williams en février 1945 ; il s'était tenu près du shérif George Burwell quand le corps de Mary Tait avait été découvert en octobre 1946. Les juridictions, pour la police comme pour les légistes, n'étaient pas claires. Des victimes originaires d'un État avaient été découvertes dans un autre, et personne ne savait exactement où fixer les limites.

À onze heures, le bruit s'était répandu. Une réunion fut organisée à Eulonia à trois heures de l'après-midi, à laquelle assistèrent toutes les parties concernées. Sept comtés, sept shérifs, leurs adjoints et assistants respectifs, dix-sept hommes en tout, tous sobres, tous abasourdis.

Haynes Dearing de Charlton mena les débats, posa des questions, attendit des réponses. Elles étaient rares. Aucune des personnes présentes n'avait jamais vu ni été impliqué dans une affaire semblable. Ce qu'ils avaient, c'était un tueur en série, car personne ne croyait qu'il y avait plusieurs coupables.

« Je vais instaurer une unité spéciale, hasarda Burnett Fermor.

— Une unité spéciale ne peut être composée que de citoyens des divers comtés, déclara Ford Ruby, et si vous en instaurez une, nous allons nous retrouver avec une chasse aux sorcières sur les bras.

— Alors quelle est votre suggestion? demanda Fermor.

— Suggestion? répéta Ruby sur un ton de défi. Ma suggestion, c'est que nous assumions chacun la responsabilité de notre comté et de nos citoyens. Nous devons les diviser en groupes. Prendre les hommes âgés de seize à soixante ans, sans exception, et aller de maison en maison pour poser des questions.

— D'accord, dit Dearing. Nous pouvons commencer comme ça. Et nous devons mettre en place un quartier général, un lieu où tous les dossiers seront conservés pour que nous puissions tous y avoir accès et travailler en coordination. »

Personne n'eut l'audace de faire remarquer que ça faisait un bout de temps qu'ils auraient dû mettre une telle chose en place.

Radcliffe, d'Appling, suggéra Jesup; c'était là que s'était tenue la réunion précédente en octobre 1946.

« Ça me convient », répondit Dearing, et il s'aperçut alors que cette affaire durait depuis dix ans.

La première fillette avait été Alice Ruth Van Horne en novembre 1939. Puis une guerre avait éclaté. Dieu sait combien de millions de vies avaient été perdues, parmi lesquelles des centaines de milliers d'Américains, à l'autre bout du monde, et pourtant la guerre semblait insignifiante comparée à ces meurtres. Ils se déroulaient chez eux, c'était une affaire personnelle, une invasion totalement différente.

« Tout ira donc là-bas, continua Dearing. Chaque dossier, chaque rapport de légiste, chaque document, chaque interrogatoire, tout sera envoyé au bureau du shérif du comté de Wayne dès demain matin.

— Vous croyez que ça va poser un problème à Gus Young ? demanda Radcliffe, faisant allusion au conseiller municipal de Jesup, un homme réputé pour son irascibilité et son mauvais caractère.

— Je connais Gus Young depuis que je suis gamin, répondit Dearing en secouant la tête. Il voudra faire tout ce qui est en son pouvoir pour nous aider.

— Gus Young est le conseiller municipal de Jesup, intervint George Burwell, et moi, je suis le shérif du comté de Wayne. Il fera donc exactement ce que je lui dirai de faire. »

La réunion fut close. Chaque homme regagna sa voiture. Lester Ellis reçut un message sur la radio. La fillette avait été identifiée.

« Oh, pour l'amour de Dieu, fit doucement Darius Monroe. Pas la petite Bradford.

— Vous connaissez la famille ? » demanda Ellis.

Monroe acquiesça. Il n'avait jamais semblé si abattu et épuisé.

« Leur fils aîné est mon filleul, dit-il.

— Vous voulez que j'aille les voir ? » demanda Ellis, espérant de tout cœur qu'il ne serait pas obligé d'y aller.

Monroe demeura un moment silencieux, puis il se tourna et fit face à son adjoint.

« Quel genre d'homme serais-je si je laissais quelqu'un d'autre le faire à ma place ? »

Ellis ne répondit rien.

19

C'est le lendemain matin que j'entendis pour la première fois parler du meurtre. De la bouche même d'Haynes Dearing, qui m'expliqua alors – dans ma maison, juste là, dans la cuisine – qu'il avait voulu venir me voir quand il avait appris pour Alex.

« Ce n'est pas facile, commença-t-il. Ces choses ne sont jamais faciles. »

Je levai la main et il s'interrompit.

« C'est fini, dis-je. Elle est partie. Elle est morte, et il n'y a rien à ajouter. J'ai assez réfléchi et parlé pour toute une vie, shérif. J'ai l'impression qu'il suffit que j'en parle pour que ça revienne me hanter. Si ça ne vous dérange pas, j'aimerais vraiment éviter le sujet aujourd'hui.

– C'est ce que tu veux ?

– C'est ce que je veux, shérif. Ne le prenez pas mal. »

Il s'inclina et resta un moment silencieux ; je percevais presque le bruit de ses pensées, et c'est alors qu'il me parla de Lucy Bradford, de la réunion qui s'était tenue la veille, de la décision qui avait été prise d'accorder à chaque shérif la responsabilité de son comté respectif.

« Et je suis sur votre liste de suspects ? » demandai-je.

Dearing sourit d'un air entendu.

« Joseph, *tout le monde* est sur ma liste de suspects.

— Mais je suis la première personne à qui vous rendez visite, n'est-ce pas ?

— À vrai dire, non. Pourquoi, tu crois que tu devrais être le premier ?

— Je n'ai pas envie de jouer, shérif, sincèrement.

— Ce n'est pas un jeu, Joseph, c'est une affaire sérieuse. Des fillettes ont été assassinées…

— J'en ai bien conscience, shérif… et qu'est-ce que vous voulez que je fasse ? »

Dearing se pencha en arrière. Il tenait son chapeau sur ses cuisses et le faisait tourner nerveusement, triturant le rebord entre ses doigts.

« Nous avons eu une discussion tous les deux…

— Ah oui ?

— Pas de jeu, Joseph… La règle s'applique à nous deux. »

Je restai silencieux.

« Nous avons eu une discussion, à Noël, après la fin de la guerre, quelques jours après la découverte de la petite Keppler. »

Je me rappelais ce jour, celui où Alex était partie voir ses parents.

« Je t'ai posé quelques questions. Je t'ai dit des choses. Je t'ai demandé de rester vigilant pour autant que je me souvienne.

— En effet, oui, et vous avez aussi laissé entendre que certains pensaient à moi quand ils se demandaient qui avait commis ces crimes…

— J'ai dit ce que j'ai dit. Ce que j'avais à dire. Aucune des personnes à qui j'ai parlé n'a émis une telle hypothèse.

— Alors de quoi parlons-nous ?

– Du fait qu'une autre petite fille est morte. Je ne veux même pas te dire comment on l'a retrouvée, dans quel état… mais je me retrouve avec une nouvelle fillette morte et un comté plein de suspects. Trois d'entre elles étaient d'Augusta Falls. Alice Van Horne, Catherine McRae…

– Et Virginia Perlman », complétai-je.

Dearing acquiesça.

« Et Ellen May Levine, en juin 1941. Elle venait de Fargo… retrouvée à pas plus de huit cents mètres de cette maison.

« Et qu'est-ce que vous voulez de moi, shérif ? »

Dearing s'éclaircit la voix.

« Je veux que tu m'aides. »

Je me penchai en avant, le regardai d'un air interrogateur.

« Que je vous aide ?

– Oui, Joseph… Je veux que tu fasses quelque chose pour moi. »

Je demeurai silencieux, attendant la suite.

« Je veux que tu ailles à Jesup et que tu rendes visite aux Kruger. »

Je restai un bon moment sans rien dire.

Le dimanche, je me rendis sur la tombe d'Alex. Je m'agenouillai par terre, lus les mots inscrits sur la pierre, et comme je tendais le bras pour toucher la surface de marbre lisse, il se mit à pleuvoir, une pluie violente, comme un rideau coupant le monde en deux, qui me pilonna impitoyablement la tête et les épaules. Les fleurs que j'avais apportées et disposées contre la pierre tombale furent réduites à une poignée de pétales gorgés d'eau. Je tins ces pétales dans ma main ouverte et regardai la pluie les balayer une fois de plus. Je restai là jusqu'à ce que mes vêtements soient presque trop lourds pour que je puisse me lever, pensant à Alex, à l'enfant que nous aurions élevé, et je ne versai pas une larme. Je supposais que comme je n'avais plus de larmes en moi, le ciel pleurait à ma place.

La veille au soir, j'étais allé chez Reilly Hawkins et lui avais raconté ce qui s'était passé. Je lui avais parlé de la petite Bradford de Shellman Bluff, de la visite de Dearing, de la requête qu'il avait formulée.

« Dix fillettes ? avait-il demandé.

— Dix, oui.

— Et Dearing pense que Gunther Kruger est responsable ?

— Je crois qu'Haynes Dearing est un homme à la dérive dans un océan de questions. Il ne sait rien, mais il représente la loi, et son boulot est de faire tout son possible pour que ça cesse.

— Et ils se sont réunis, tous les shérifs ?

— Oui. Ils ont établi un quartier général à Jesup.

— Pourquoi Jesup ?

— C'est un point central, du moins aussi central que possible. Sept comtés sont impliqués, sans inclure les zones où les corps ont été retrouvés. Dearing l'a expliqué comme il l'a pu, il a dit que c'était de la folie. Il y a des dossiers qui arrivent de partout, tellement d'hommes impliqués qu'ils n'arrivent plus à s'organiser, et ils ont besoin d'autant d'aide que possible.

— Et tu vas y aller... tu vas aller parler à Gunther Kruger ?

— Je n'en sais rien, Reilly, je n'en sais vraiment rien.

— Comment pourrais-tu ne pas y aller, Joseph ?

— Facile, avais-je répondu avec un sourire. En n'y allant pas.

– Mais si c'était vraiment lui ? S'il avait tué toutes ces fillettes ? »

J'avais poussé un soupir. Je me sentais mentalement et émotionnellement au bord de la rupture.

« Reilly, tu le connais aussi bien que moi. Tu étais là quand il venait s'asseoir avec nous dans la cuisine. Sa femme, ses gamins... bon sang, tu crois vraiment que c'est le genre d'homme qui pourrait faire quelque chose comme ça ? »

Reilly Hawkins avait secoué la tête d'un air lugubre.

« Il y a une chose dont je suis sûr... c'est qu'on ne connaît jamais personne, Joseph. »

Nous n'en avions plus reparlé, mais le lendemain, tandis que j'étais agenouillé devant la tombe de ma femme et de mon enfant, je décidai de faire ce qu'Haynes Dearing m'avait demandé.

J'irais à Jesup, dans le comté de Wayne ; je parlerais à Gunther Kruger ; je verrais si ses yeux reflétaient le visage de dix petites filles à qui on ôtait la vie.

Si j'avais alors su ce qui arriverait, si je m'étais douté que le mois de février 1949 serait en quelque sorte le signal de la fin de ma vie en Géorgie, peut-être aurais-je pris des décisions différentes. Mais je n'avais pas vu ce signal, ni sur les berges de la Crooked River, ni sur Jekyll Island, ni à Gray's Reef ; aucune indication sur l'étendue gonflée regorgeant d'îles, de ruisseaux, de marais salants, de bras de mer ; rien d'accroché aux arbres, sur leurs manteaux de mousse espagnole ; pas un mot dans les fibres des bûches accrochées les unes aux autres pour former des routes de rondins à travers les marais les plus profonds. Cent cinquante mille kilomètres carrés d'histoire, une histoire que j'avais apprise, une histoire à laquelle je croyais, et rien pour m'indiquer la couleur de ce qui allait arriver.

Peut-être aurais-je voulu être à nouveau un enfant, un enfant avec une mère et un père, un enfant secrètement amoureux de mademoiselle Alexandra Webber. Peut-être me fabriquais-je simplement assez de raisons de quitter la Géorgie, m'imaginant que si ma vie changeait, les souvenirs du passé s'effaceraient. C'était faux, et je le savais, mais je me disais qu'essayer était mieux que rien.

Le matin du mardi 15, j'allai voir Haynes Dearing pour l'informer que j'irais voir Gunther Kruger à Jesup. Dearing ne sourit pas, ne me remercia pas non plus. Assis derrière son bureau, il me regarda quelques secondes.

« Tu comprends que je vais avoir besoin que tu lui soutires tout ce que tu pourras ?

– Je comprends ce que vous voulez, shérif. Mais je ne suis pas sûr que vous l'obtiendrez.

– Je veux que tu fasses tout ton possible pour découvrir où il était, pour connaître ses déplacements. Je veux que tu l'interroges sur les filles qui ont été assassinées. Je veux savoir comment il réagira à ces questions, ce qu'il se rappelle du moment où elles ont été découvertes. Je veux que tu apprennes ce qu'il a entendu et ce qu'il en a pensé.

– Et vous ne pouvez pas y aller parce que…

– Parce que je suis le shérif. Parce que je représente la loi. Parce qu'à chaque fois que je pose une question, les gens estiment qu'il est de leur devoir de me cacher tout ce qu'ils savent.

– Et vous croyez qu'il laissera échapper quelque chose ? »

Dearing secoua la tête.

« Je ne crois rien, Joseph… J'espère juste. »

« Épouvantail, dis-je, souriant tandis que Mathilde Kruger m'étreignait.

– Poufantail ! » lança-t-elle à son tour, et elle éclata d'un rire exubérant.

Elle avait beaucoup changé. Seulement six ans et demi s'étaient écoulés depuis que les Kruger avaient quitté Augusta Falls, et pourtant elle semblait avoir vieilli de plus de vingt ans. Mais leur maison, celle qu'ils occupaient désormais à Jesup, dans le comté de Wayne, ressemblait à celle qu'ils avaient eue à Augusta Falls. Il y régnait une odeur de choucroute, de saucisse et de café noir, une atmosphère généreuse et bienveillante. La maison des Kruger me rappela ma mère telle qu'elle était jadis et l'aide que ces gens lui avaient apportée. Je ne pouvais imaginer que Gunther Kruger sût quoi que ce soit sur les dix petites filles mortes et les horreurs qui avaient été commises.

J'arrivai le mercredi 16 en fin de matinée. J'avais fait le trajet depuis le comté de Charlton dans le pick-up de Reilly.

« Tu devrais t'acheter un foutu pick-up », avait déclaré Reilly, avant d'éclater de rire, un rire un peu gêné qui m'avait fait comprendre qu'il savait que ce serait un voyage difficile. « Bonne chance », avait-il ajouté tandis que je me penchais par la fenêtre en levant la main. Puis, comme je m'éloignais, j'avais cru l'entendre dire, « Je préfère que ce soit toi que moi », mais je n'en étais pas sûr.

« Gunther est sorti avec les garçons, expliqua Mathilde. Aach, je dis les garçons. Ce ne sont plus des garçons. Ce sont des hommes maintenant. Tous les deux des hommes, comme toi. »

Mathilde Kruger m'étreignit une fois de plus, me prit par la main et me mena à la cuisine. Elle commença à préparer du café et des pâtisseries.

« Je n'ai pas faim, dis-je.

— Poufantail a toujours faim, répliqua-t-elle en riant. Assieds-toi là. Je fais le café, d'accord. »

Je souris, me mis à rire. Je tâchai de dissimuler ma nervosité, comme s'il s'agissait d'une simple visite de courtoisie.

« Ta mère, dit Mathilde. Je crois qu'elle était dans cet hôpital psychiatrique, oui ? Je me trompe, oui ? »

Je secouai la tête. Mathilde apporta le café et le posa devant moi. Elle s'assit.

« Elle est à l'hôpital psychiatrique. À Waycross.

— Une telle femme », dit Mathilde, avec une telle compassion dans la voix que je fus envahi par le remords ; nous parlions de ma mère alors que je n'avais pas pensé à elle depuis si longtemps, et encore moins éprouvé quoi que ce soit à son sujet. « Une telle femme, et tant d'épreuves dans sa vie, hein ? » Mathilde baissa les yeux, une rougeur lui monta aux joues tandis qu'elle retenait ses larmes, puis elle secoua la tête et sourit courageusement. « Ça va aller, tout va aller, oui ? »

J'acquiesçai et souris d'un air compréhensif.

« Oui, je suis sûr que ça va aller.

— Alors, tu travailles à Augusta ?

— Un peu, oui. Je survis. »

Mathilde posa sa main sur la mienne.

« Bien. Tu es trop maigre, Yoseph, toujours trop maigre, mais je peux voir que tu vas bien, oui ? »

Je n'arrivais pas à fixer mon attention ; j'avais l'impression de voir à travers Mathilde Kruger, de voir à travers elle comme si elle était une fenêtre donnant sur le passé. Je regardais ce passé, l'histoire sombre et pénible à laquelle nous avions survécu ensemble. Je me demandai si elle était au courant pour son mari et ma mère. Je me demandai combien de temps elle avait passé à penser à Elena, à son corps que l'on avait porté hors de la maison le matin qui avait suivi l'incendie.

Je repensai au mois de novembre 1945. Je me rappelai avoir parlé à Alex des fillettes, des meurtres, des coupables éventuels, et des Kruger, de la mort d'Elena, de tout ce qui s'était passé. Je me rappelai que j'étais certain que Gunther Kruger n'y était pour rien. À l'époque, il n'y avait aucun doute dans mon esprit, mais maintenant?... Maintenant j'étais assis dans la cuisine de Mathilde Kruger à attendre le retour de Gunther. J'étais envoyé par le shérif Haynes Dearing. Pour mener une enquête qui reposait sur des soupçons, une enquête dont le fondement le plus solide était la peur.

Je me trompais peut-être; peut-être ma défiance ne me laissait-elle voir que le reflet de quelque chose d'interne. Peut-être voulais-je créer un mobile imaginaire pour justifier ma visite.

Gunther Kruger arriva dans l'heure qui suivit. Il appela sa femme depuis l'avant de la maison, et lorsqu'il entra dans la cuisine, je vis.

Je vis la culpabilité.

Plus tard, avec le recul, mon conseiller, je songeai qu'il s'agissait de la culpabilité qu'il éprouvait à cause de sa liaison avec ma mère.

Cela aurait expliqué la surprise qu'il manifesta, même s'il était aussi évident qu'il aurait préféré ne pas me voir là. Son expression le trahissait : j'étais là, une image du passé – un visage, une voix, rien de plus, mais cela suffisait à lui rappeler une chose depuis longtemps enterrée sous un voile de justifications. Joseph Vaughan se tenait devant lui, le fils d'une femme avec qui il avait couché pendant que sa femme l'attendait dans la maison d'à côté. Gunther le fornicateur. Gunther l'adultère. Gunther le menteur.

« Joseph ! » Il s'avança, bras tendus, et agrippa fermement mes épaules. « *Ach ! Nicht wahr ?* Tu es ici ! Joseph Vaughan. Ha ! »

Il m'attira vers lui et m'étreignit, mais d'une façon étrange. Ses bras se refermèrent autour de moi, et alors qu'il me serrait déjà suffisamment fort, il accentua soudain la pression. Je fus pris au dépourvu et eus le souffle coupé. *C'est pour ma femme que je fais semblant d'être heureux de te voir,* voilà ce que disait son geste. *Je lui montre que je n'ai rien à cacher. Mais j'aimerais te faire du mal. Car tu viens ici alors que notre vie n'a plus rien à voir avec toi ni les tiens. Je ferai comme si tu étais le bienvenu, juste pour sauver les apparences, mais lorsque tu seras reparti, tu ne devras pas revenir.*

« Gunther, répondis-je avec enthousiasme. Quel plaisir de vous revoir ! Doux Jésus, ça doit bien faire six ans. Six ans et vous n'avez absolument pas changé… ni l'un ni l'autre.

— *Ach*, si gentil, roucoula Mathilde. Je sais que tu n'en penses rien. Nous devenons vieux… bientôt trop vieux pour garder cette ferme.

— Moi ? objecta Gunther. Je n'arrêterai jamais. Moi, je continuerai de tirer une charrue jusqu'à tomber raide mort dans la boue ! Ha ha ha ! »

Nous prîmes place autour de la table et Mathilde apporta plus de café. Gunther bourra sa pipe et commença à emplir la pièce d'une fumée amère et âcre.

« Alors, tu habites toujours à Augusta Falls ? me demanda-t-il.

– Dans la même maison, oui, répondis-je. Ma mère…

– Je sais, je sais, Joseph, m'interrompit-il. J'ai appris qu'elle ne se portait pas bien depuis quelques années, oui ?

– Sept ans », répondis-je.

Curieusement, le fait que Reilly et moi l'avions emmenée à Waycross au mois de février me sembla lourd de sens. Le 10 février 1942. Nous étions maintenant en février 1949. J'avais alors quatorze ans ; j'en avais maintenant vingt et un. J'avais perdu une femme et un enfant. Sept autres fillettes avaient été assassinées.

« Alors tout va bien pour toi là-bas, oui ? »

Je regardai en direction de Mathilde, qui se tenait devant l'évier. Elle ne restait jamais plus d'un instant assise, ne cessait jamais de s'affairer à une tâche ou une autre ; j'avais l'impression qu'elle parvenait à chasser de son esprit toutes les choses auxquelles elle ne voulait pas songer. Peut-être était-elle au courant de la liaison qu'avait eue son mari avec ma mère ; peut-être pensait-elle à sa fille et à la façon dont elle l'avait perdue ; peut-être savait-elle qui était l'assassin et ne disait-elle rien.

« Ça va, répondis-je. Ça va, Gunther… mais nous avons encore eu les mêmes problèmes… »

Ma voix s'estompa jusqu'à devenir silencieuse. Je me sentais gêné, comme si – calculateur et fourbe – je cherchais à le faire se trahir malgré lui.

« Des problèmes ? demanda Gunther. Quels problèmes ?

– Non, dis-je. Je n'avais pas l'intention de parler de ça. » Je levai les yeux vers Gunther, me tournai vers Mathilde tandis qu'elle s'écartait de l'évier. Je lui souris, mais il y avait quelque chose dans son expression

– une ombre, un fantôme – qui défiait toute description.
« Je suis juste venu vous rendre visite, poursuivis-je,
troublé par son apparence. Je suis venu pour vous donner des nouvelles, et savoir comment vont Hans et
Walter… »

Je me tournai à nouveau vers Gunther.

« Dis-moi quels problèmes », insista-t-il.

Je soupirai et secouai la tête. Il avait un air soucieux,
bienveillant ; il ressemblait à l'homme qui nous avait
emmenés à Fernandina Beach ; l'homme qui avait
affirmé que même moi – Joseph Vaughan –, j'avais
le droit d'avoir des souvenirs à chérir quand je serais
grand.

« Ces petites filles, Gunther. » Je levai la tête et le
regardai droit dans les yeux. Son expression ne trahissait rien que patience et curiosité. « Les petites filles
qui ont été assassinées. »

Mathilde s'approcha. Elle apparut derrière Gunther
et posa la main sur son épaule.

« Non, fit-elle. Ça continue ?

– Il y en a eu dix, acquiesçai-je. Dix fillettes sont
mortes. »

Je ne quittai pas Gunther Kruger du regard. S'il
savait quoi que ce soit – *quoi que ce soit* –, alors il y
avait un mur entre ses souvenirs et sa réaction, un mur
infranchissable.

« Dix fillettes », répéta Gunther, et une fois de plus
sa voix démentait qu'il pût savoir quoi que ce soit. Et
pourtant il y avait quelque chose. *Quelque chose ?* Par
la suite, je ne parvins même pas à déterminer ce que
j'avais vu. Une ombre, une lueur dans ses yeux ? Je le
regardai fixement, au point de le mettre mal à l'aise.
« Je ne comprends pas une telle chose », déclara-t-il.
Il se tourna vers sa femme, comme s'il cherchait à fuir

mon regard. Mathilde ne le regarda pas ; elle ne me quittait pas des yeux. « Et la police ? demanda-t-il. Ils n'ont rien ?

– Il y a des rumeurs. Les gens les appellent en croyant avoir vu toutes sortes de choses. Je ne sais pas combien de fausses pistes ils ont suivies. Je sais qu'ils ont essayé de faire revenir le FBI, mais ça n'a rien donné. La vérité, c'est que je crois qu'ils ne sont pas plus avancés qu'au début de leur enquête. »

Gunther se retourna pour me faire à nouveau face. Il ferma les yeux un moment. Lorsqu'il les rouvrit, il semblait lui aussi retenir ses larmes.

« Quel monde, dit-il d'une voix brisée. Quel monde où des gens peuvent faire des choses si terribles.

– C'est difficile à comprendre, concédai-je. Mais je ne suis pas venu pour parler de ça. Où sont Hans et Walter ?

– Ils ne vont pas être ici de la journée, répondit Gunther en souriant. Ils travaillent à Walthourville. Je ne pense pas qu'ils seront de retour avant le coucher du soleil.

– Dommage, dis-je. Ça m'aurait fait tellement plaisir de les revoir.

– Il faut que tu restes, suggéra Mathilde. Ils ne seront pas contents si tu viens de si loin et que tu ne les vois pas, non ?

– Je ne peux pas rester longtemps… J'ai du travail qui m'attend. J'étais en route pour Glenville et je suis juste passé dire bonjour.

– Alors viens, dit Gunther, et il se leva de table. Il faut que tu voies notre ferme.

– Bien sûr », répondis-je, et je me levai à mon tour.

Gunther me mena à la porte de derrière.

« Prépare-lui quelque chose à manger pour la route, lança-t-il à Mathilde. Des saucisses et du pain de seigle, histoire qu'il grossisse un peu ! »

Il éclata de rire et je le suivis dans la cour. À dix mètres de la maison, il ralentit, me saisit par le bras et m'attira légèrement vers lui.

« Je suis désolé pour ta mère, déclara-t-il. Tu es un homme maintenant… » Il me regarda une seconde, puis il détourna les yeux comme s'il était gêné. « Il s'est passé des choses il y a des années de cela…

— Gunther… commençai-je, mais il me coupa.

— Laisse-moi dire ce que j'ai à dire, Joseph. De nombreuses années se sont écoulées, et ta mère ne se porte pas bien. J'ai toujours fait mon possible pour être un honnête homme, un bon croyant, mais des choses se sont passées à Augusta Falls qui enverraient même le meilleur des hommes en enfer, oui ?

— Ça me semble un peu excessif, Gunther.

— La Bible est claire, Joseph. Coucher avec une femme autre que son épouse est un péché mortel. J'ai porté ce péché dans mon cœur pendant toutes ces années. Mathilde… » Il jeta un regard en direction de la maison. « Mathilde, elle ne sait rien, et elle ne doit *jamais* savoir, tu comprends ?

— Ne vous en faites pas pour moi, Gunther… Je n'en parlerai jamais à personne.

— Mais tu dois comprendre que j'ai prié pour la guérison de ta mère. J'ai prié nuit et jour pour que le Seigneur la guérisse de sa maladie.

— Je sais, Gunther, et vos pensées et vos prières me touchent. À vrai dire, il est plus que probable qu'elle ne guérira jamais, même s'ils font tout ce qu'ils peuvent pour elle.

– Ha ! Ces gens, ces médecins, ils ne savent rien. Ils peuvent réparer une jambe cassée. Ils peuvent recoudre une blessure et arrêter un saignement. Mais l'âme ? Ils ne connaissent rien aux maladies de l'âme. C'est seulement par la grâce de Dieu que de telles choses peuvent être guéries. Ta mère était… ta mère *est* une femme honnête, une femme forte et honnête. De telles choses sont un crime contre…

– Gunther. » Il s'interrompit en milieu de phrase. « Assez, dis-je calmement. Il est trop tard pour les regrets. Le monde est ainsi, et nous ne pouvons plus rien y faire. Je suis venu vous voir, pour que vous sachiez que je vais bien. Je suis venu voir Hans et Walter…

– Et Elena, ajouta-t-il. Tu serais aussi venu voir Elena si on ne nous l'avait pas également prise.

– Je sais, je sais, et ça me fait encore mal d'y penser. Nous avons tant de raisons de pleurer, mais si nous croyons en Dieu, alors nous devons aussi avoir foi en Ses décisions.

– Son châtiment », dit Gunther.

Je lui lançai un regard interrogateur.

« Châtiment ? »

Il baissa les yeux vers le sol.

« La Bible nous enseigne qu'il y a une raison à tout.

– Non, protestai-je. Vous ne pouvez pas penser ainsi, vous ne pouvez pas vous punir pour la mort d'Elena. Comment pourriez-vous considérer avoir quoi que ce soit à voir avec ce qui s'est passé ? »

Gunther resta silencieux. Il me tourna le dos et regarda en direction de la maison.

« J'ai fait une chose terrible, déclara-t-il d'une voix qui était presque un murmure.

– Elle se sentait seule. Mon père était mort. Je peux comprendre la nature humaine, Gunther, et vous aussi.

Si Dieu nous a fait à Son image, alors Lui aussi a dû ressentir ce qu'il nous fait ressentir. Vous êtes un homme bon, Gunther Kruger, et pour ce qui me concerne, vous n'avez fait que nous aider, et je crois que vous punir pour ce qui est arrivé à ma mère est aussi fou que croire que vous avez joué un rôle dans la mort d'Elena. Ces choses arrivent, et la vraie force, c'est de continuer à vivre malgré elles. »

Je n'avais pas fini de parler que je regrettais déjà d'avoir ouvert la bouche. Je me demandai si la chose terrible dont il parlait était son infidélité, ou autre chose. Gunther acquiesça et il me regarda avec des yeux pleins de larmes.

« *Ach*, tu as raison, Joseph. Tu es devenu un homme intelligent en quelques années, hein ? »

Je balayai son commentaire d'un geste de la main.

« Vous êtes venu vivre ici et votre famille se porte bien. Mathilde est heureuse, non ? Les garçons aussi, je suppose.

— Hans va se marier cet été, répondit-il. Tu dois venir au mariage. Tu *dois* venir au mariage, d'accord ? »

Je fis signe que oui, souris, puis je lui saisis l'épaule.

« Je viendrai à son mariage… ce sera un honneur.

— Bien, alors c'est réglé. Maintenant tu dois partir — ou est-ce que tu peux rester un peu plus longtemps ?

— Je dois y aller », mentis-je.

Je me sentais dur et insensible.

« Très bien, dit Gunther. Viens dire au revoir à Mathilde et récupérer quelques sandwiches pour la route. »

Après avoir roulé un quart d'heure vers le nord en direction de Glenville, je fis demi-tour et repris la route de la maison. J'arrivai au milieu de l'après-midi. Le ciel était morne et uniforme.

Je roulai jusqu'à la maison de Reilly, garai le pick-up devant, fus heureux de ne pas le trouver là. Je rentrai à pied chez moi ; il se mit à pleuvoir, comme si Dieu, dont j'avais mentionné le nom en vain, cherchait à me laver de mes péchés. Aucun espoir qu'il y arrive. Ma culpabilité était intérieure.

J'avais lâché le shérif Dearing. J'avais perdu mon sang-froid. J'aurais dû questionner Gunther Kruger, lui demander quelle était cette chose terrible qu'il avait faite. Mais au fond de moi je croyais savoir, je *devais* savoir. Je me revoyais agenouillé devant ma fenêtre, une nuit, il y avait tant d'années de cela. Je revoyais Gunther debout dans l'obscurité, son long manteau comme un linceul, et je me souvenais de mon souffle se coinçant dans ma poitrine, comme si une main froide avait saisi mon cœur et l'avait pressé jusqu'à la dernière goutte de sang. Gunther Kruger avait-il pu faire de telles choses ? Un tel homme était-il capable de crimes si terribles ?

Il me fallait un coupable. Je voulais que quelqu'un paie pour ce qui s'était passé.

J'essayai alors de croire, j'essayai de croire si fort que ça faisait mal.

Je me tins à la fenêtre de la cuisine et regardai dehors. Je voyais l'endroit où s'était dressée la maison des Kruger, et l'image d'Elena portée sous son linceul vers la camionnette de Frank Turow me revint. La Mort était venue cette nuit-là, Elle ne marchait pas ni ne flottait, car Elle était dans l'ombre au milieu des arbres, dans l'ombre des hommes qui portaient Elena, dans le son des lourdes bottes écrasant les feuilles humides et les brindilles brisées, dans le bruit du gravier sur le macadam, dans la brume qui s'élevait de leur bouche tandis qu'ils s'éclaircissaient la voix et murmuraient des mots, tandis qu'ils hissaient le corps et l'étendaient sur la camionnette. Elle était venue. Et je savais qu'Elle m'avait vu, qu'Elle savait que je L'observais.

Un frisson me parcourut.

Je me demandai si la Mort était venue sous la forme de Gunther Kruger.

Je savais que je ferais bien d'aller voir Haynes Dearing, mais ne pouvais m'y résoudre. Je décidai de lui rendre visite le lendemain.

Si j'y étais allé, il aurait peut-être dit quelque chose ; il aurait peut-être fait quelque chose qui aurait changé le cours des événements. Plus tard, le recul projetant un reflet déformé et me faisant voir ce qui aurait pu se passer, je compris que je voyais les choses exactement comme je les avais décrites à Gunther Kruger. Je lui avais dit qu'il n'était en aucune manière responsable, qu'il n'aurait rien pu faire. Nous sommes prompts à donner des conseils aux autres, puis nous échouons à nous les appliquer.

La vérité *était* la vérité, aussi dure fût-elle à affronter.

Lorsque je parlai à Haynes Dearing, la réalité était irréversible. Je lui répétai ce que Gunther Kruger avait dit. Je lui racontai ce que j'avais pensé, ce que j'avais peut-être imaginé. Je m'aperçois maintenant que je lui disais ce qu'il voulait tant croire. La réalité, tellement plus dure à affronter que l'imagination ou la conjecture, s'était impitoyablement imposée.

C'est alors que tout changea, et moi – si habitué au pire – je ne pouvais croire que ma vie connaîtrait des jours meilleurs.

La roue avait tourné. Elle avait écrasé des gens, et une fois sa révolution achevée, il ne semblait rien rester du tout.

C'était une vie, mais si différente de ce que j'avais espéré.

Suis-je coupable de ce que j'ai fait ?

Ne sommes-nous pas tous coupables d'une manière ou d'une autre ?

Ai-je dit ce que je croyais vrai, ou ce que je voulais croire ? Ai-je dit ce que je croyais que le shérif Dearing voulait entendre, ou ce que je voulais qu'il entende ?

Ai-je fait cette chose parce que je croyais que tout s'arrêterait, que le passé s'estomperait paisiblement et ne me hanterait plus jamais ?

Je n'ai aucune réponse à ces questions. Même maintenant, après toutes ces années, je suis toujours incapable de répondre à ces questions.

Mon péché. Mon crime. Mon tourment.

Je me rappelle le visage de Dearing tandis que je lui parlais, sa manière de hausser les sourcils sans rien dire, d'écarquiller les yeux, je revois la lueur que j'allumais en lui à mesure qu'il prenait conscience de ce que signifiaient mes paroles. Et j'aurais dû les justifier, les tempérer en ajoutant un soupçon de doute, de réserve, mais je n'en ai rien fait. Je n'y ai ajouté que de la peur, de la colère, du chagrin ; la douleur que j'éprouvais à cause de ce qui s'était passé entre Gunther Kruger et ma mère, à cause de la mort de sa

363

fille... à cause de toutes les choses dont je le croyais coupable.

Je l'ai en un sens rendu responsable de la désintégration de ma vie. Je lui ai fait porter le fardeau de mon chagrin. Je l'ai jugé pour la mort de ma mère, pour la mort d'Elena, que je m'étais engagé à protéger.

J'ai été juge, juré et témoin à charge. Je n'ai pas examiné les faits. Je n'ai pas entendu les plaidoiries de la défense. J'ai conclu à sa culpabilité sans jamais envisager son innocence.

Je voulais que quelqu'un paie pour ce qui avait été fait.

Je voulais juste que quelqu'un paie.

20

Il faisait encore nuit lorsque j'entendis le moteur devant la maison.

Je me levai. J'allai nu à la fenêtre et regardai en bas. Le véhicule noir et blanc était reconnaissable entre mille. Lorsque je vis Haynes Dearing en sortir avec lassitude du côté du conducteur, ajuster son ceinturon, attacher la boucle ; lorsque je le vis récupérer son chapeau à l'intérieur et le placer sur sa tête comme un signe de ponctuation ; lorsque je le vis s'immobiliser un moment, jeter un coup d'œil en arrière vers la route, puis lever les yeux vers la maison comme s'il s'attendait à voir son propre ange de la mort en sortir, je sus.

Je *sus*.

Je reculai et saisis mon pantalon et ma chemise. Je m'habillai lentement, du moins c'est ce qu'il me sembla ; je me disais que Dearing prendrait son temps pour marcher jusqu'à la porte bien qu'elle ne fût pas loin. Je le sentis qui marquait plusieurs pauses, comme s'il réfléchissait aux raisons qui l'avaient mené ici, et chaque fois qu'il songeait à faire demi-tour, quelque chose le poussait en avant.

J'étais en bas avant qu'il n'ait frappé.

J'ouvris la porte sans rien dire. Son visage était dénué d'expression. Derrière lui, le ciel était toujours endormi ; trop tôt pour qu'on devine le temps qu'il ferait.

« Je me suis dit que tu pourrais venir faire un tour avec moi, déclara Dearing.

– Maintenant ? demandai-je.

– Maintenant, répondit-il en écho, et il se retourna.

– Où allons-nous ? » lançai-je comme il s'éloignait.

Dearing ne ralentit pas, ne se retourna pas, ne répondit pas. Je retournai dans la maison pour enfiler mes chaussures et un manteau.

En route je lui adressai à deux reprises la parole. Il se contenta à chaque fois de secouer la tête. Je songeai à tenter ma chance une troisième fois, mais abandonnai l'idée avant d'avoir trouvé quoi dire. Nous traversâmes Hickox, Nahunta et Screven. Je savais où nous allions, et je devinais pourquoi. J'observai les mains de Dearing sur le volant, sa peau comme du cuir tanné, les cicatrices et les marques, les taches de nicotine sur son majeur et la partie charnue de son pouce. Je jetai un ou deux coups d'œil en coin pour examiner son profil – principalement dans l'ombre, à peine plus qu'une silhouette, les muscles de sa mâchoire qui se crispaient. Il était tendu comme un ressort. Un mot de travers, un mouvement trop brusque, et il exploserait comme un diable en boîte. Je me tournai à nouveau vers la route et gardai mes pensées pour moi.

Des cabanes à toit bas et des girouettes jonchaient le bord de la route. Des boîtes à lettres tous les dix ou quinze mètres, chacune d'entre elles avide de choses qui plus que probablement n'arriveraient jamais. Une pile de pneus comme une large colonne noire sur laquelle était accrochée une pancarte – « Œufs frais » – avec une flèche pointant vers un sentier accidenté et sinueux. À un kilomètre et demi de Jesup, un tracteur éreinté attendait à un croisement tel un chien patient guettant un maître défunt. Plus de vitres, des couleurs depuis longtemps rongées par la rouille et la corrosion, une calandre telle une bouche pleine à ras bord de paroles amères, incapable de parler.

J'eus l'impression d'un pays triste et désolé. Le pays de mon enfance. Le pays du passé.

« Ils ne sont pas là », déclara Dearing en se garant au bord de la route.

Nous étions à cinquante mètres de la maison des Kruger. J'avais déjà vu les lumières, les gyrophares, senti l'effervescence et l'agitation qui nous attendaient en haut de la colline. Je savais qu'il parlait de Mathilde et des garçons.

Je comptai sept voitures. Je vis des visages, en reconnus un ou deux. L'un d'eux était Burnett Fermor, et je me rappelai la petite prise de bec que nous avions eu à Noël 1945. J'avais l'impression d'être un fantôme, assis à l'avant de la voiture du shérif Dearing et observant les vivants à travers le pare-brise.

« Ils sont tous là, dit à un moment Dearing. Ford Ruby, John Radcliffe, Monroe du comté de McIntosh… tous. Sept comtés. »

Je ne répondis rien.

Plus tard, après plusieurs heures, alors que je commençais seulement à espérer pouvoir comprendre ce qui s'était passé, je me le représenterais comme une citrouille d'Halloween. La tête toute gonflée, les yeux à moitié allumés. La langue bleuie qui lui sortait de la bouche comme un ballon de baudruche. Un cadeau ou une blague, pensai-je, tout en comprenant que ce n'était ni l'un ni l'autre.

« Je veux aller voir, dis-je à Dearing.

– Non », répondit-il.

Je songeai à insister, mais je savais que tout ce que je dirais tomberait dans l'oreille d'un sourd.

« Il s'est pendu », ajouta-t-il. J'essayai pendant un moment de ne rien voir, mais je l'imaginai alors balançant au bout d'une corde, tournant sur lui-même tandis que la poutre qui le portait grinçait sous son poids. « Sans doute ce matin, poursuivit-il. Walter… Tu te souviens de Walter ? »

J'acquiesçai.

« C'est Walter qui l'a trouvé. »

Je ne répondis rien. Je regardai en silence le légiste descendre de voiture et se diriger vers la grange de Gunther.

« Il avait un ruban rose dans sa main », reprit Dearing.

Je fermai les yeux, tentai de respirer profondément. Je sentais les émotions me remonter dans la poitrine.

« Nous avons trouvé d'autres choses… une chaussure, un collier dont nous pensons qu'il appartenait à la petite Keppler… »

Il devint silencieux. Puis, après un moment, Dearing recommença de parler, de la culpabilité, de sa crainte que le suicide de Gunther ne mette à nouveau la population en émoi, ne fasse remonter tout ce qu'elle avait essayé d'oublier. Je n'entendais rien que le bruit de mon cœur effrayé.

Ma mère, cette femme triste et folle, avait eu une liaison intime avec un tueur d'enfants.

Dix petites filles, toutes battues et victimes d'abus, certaines démembrées et dispersées aux quatre vents…

Gunther Kruger – mon ami, mon voisin, l'amant de ma mère…

Gunther Kruger était venu jusqu'ici pour parler à la Mort, et la Mort l'avait pendu à une poutre.

Je sentis à un moment mes forces me quitter et fondis en larmes.

« Assez, fit Dearing d'une voix qui me sembla provenir d'extraordinairement loin. C'est enfin fini », ajouta-t-il dans un murmure, puis il se pencha en avant, démarra la voiture et fit demi-tour pour repartir par où nous étions arrivés.

Moins d'une semaine plus tard, Haynes Dearing me recommanda de quitter Augusta Falls.

« C'est une période délicate pour tout le monde », déclara-t-il. Il était assis à la table de cuisine, tenait son chapeau sur ses cuisses et avait une expression indécise, presque nerveuse. « Cette histoire… cette histoire avec Gunther Kruger a… » Il se tut, embarrassé, et me regarda. « Il en est qui pensent que tu as quelque chose à voir avec ce qui s'est passé là-bas.

— Quoi ?

— Comprends-moi bien. Cela ne provient d'aucune source officielle, Joseph. La situation est compliquée, c'est la pire que nous ayons connue depuis mon arrivée dans le comté de Charlton. La population a peur. Principalement à cause du choc. Gunther Kruger était un homme connu, un membre respecté de la communauté. Les gens ont du mal à comprendre ce genre de choses, et ils se mettent à croire…

— À croire quoi, shérif ? Que croient les gens ?

— Bon sang, Joseph, ça n'a pas plus de sens pour moi que ça n'en a pour toi. Je n'aurais pas dû t'envoyer là-bas. Je n'aurais pas dû te demander d'aller le voir. Mais c'est bien joli de le dire maintenant. Le fait est que je t'ai placé dans une situation où tu es vulnérable. Les gens aiment à penser que son suicide est lié à ta visite là-bas.

— Vous ne pouvez pas être sérieux. Nom de Dieu, shérif, qu'est-ce que vous me chantez ? Ils continuent de croire que j'ai quelque chose à voir avec ces meurtres ? »

Dearing secoua la tête.

« Bon sang, non, je ne le crois pas.

— Alors quoi ? Qu'est-ce qu'ils s'imaginent que j'ai fait ?

— Peut-être quelque chose qui aurait à voir avec ce qui est arrivé à Kruger…

— Que j'ai tué Gunther ? Est-ce que c'est ce que vous êtes en train de dire ?

— Je n'affirme rien, Joseph. » Dearing posa son chapeau sur la table et se pencha en avant, les mains jointes, les doigts entrelacés. Il avait une expression intense et sérieuse. « Peut-être qu'il s'agit juste des fils Kruger. Peut-être que ce n'est rien qu'une rumeur qu'ils ont fait courir. Tu imagines ce qu'ils doivent ressentir ? Ils ne veulent pas croire que leur père est un tueur d'enfants, nom de Dieu. Ils ne veulent pas le croire…

— Alors ils racontent aux gens que c'était moi, que j'ai tué ces filles et me suis arrangé pour qu'on croie que c'était leur père le coupable. » Dearing ne dit rien. Son silence était toute la confirmation qu'il me fallait. « Vous ne pouvez pas croire qu'il y a…

— Je ne le crois pas, déclara catégoriquement Dearing. Je sais que tu n'as rien à voir avec ça. Nous avons trouvé des choses dans la maison, des choses cachées sous le plancher de la grange. Nous avons trouvé des objets qui appartenaient à presque chacune des filles.

— Alors pourquoi ne le dites-vous pas aux gens… pourquoi ne leur dites-vous pas la vérité sur ce qui s'est passé ?

— Parce que Kruger est mort et qu'il ne peut réfuter aucune accusation.

– De quoi ? »

J'étais sidéré. Je ne pouvais pas croire ce que disait Dearing.

« C'est la loi, Joseph. Nous avons un homme pendu, il s'est suicidé, aucun doute là-dessus. Nous trouvons des choses qui ont appartenu à ces filles chez lui. Il ne va pas y avoir de procès, pas d'avocats, pas de juges, plus d'enquête de police. C'est comme ça. Le cauchemar est fini. Il n'y aura plus de petites filles assassinées en Géorgie, du moins pas de la main de Gunther Kruger. Il est parti et va affronter son propre jugement. Moi, j'ai un paquet de gens effrayés et bouleversés sur les bras, et dans une telle situation, je dois faire mon possible pour effacer toutes les traces des choses terribles qui se sont produites.

– Et je suis l'une de ces traces, n'est-ce pas ?

– Les gens savent que tu as découvert la petite Perlman. Ils savent que tu es allé voir Kruger à Jesup. Vingt-quatre heures plus tard, il se pend. Quel que soit le regard que tu jettes sur cette histoire, tu en fais partie, Joseph. Tu es malgré toi un protagoniste de cette pièce…

– Laissez tomber la poésie, shérif. Tout ça, c'est des foutaises.

– Je pense qu'il vaudrait mieux que tu partes, Joseph. Il n'y a rien pour toi à Augusta Falls. Tu es jeune. Tu as eu tes difficultés ici. Tu ne t'es jamais intégré aux paysans un peu bouchés qui vivent dans ce genre de ville. Va quelque part où tu pourras faire fortune. Sers-toi du don qui t'a été donné. Écris des livres, gagne un peu d'argent. Marie-toi et recommence à zéro. Tu pourrais vendre cette maison. Je pourrais demander à quelqu'un de gérer ça pour toi… vends-la et garde l'argent, prends un nouveau départ. Laisse toutes ces sales histoires derrière toi. Je m'occuperai de ce qui se passe ici et toi, vis la vie que tu mérites.

– Et de quel genre de vie s'agit-il, shérif?

– Bon sang, Joseph, je n'en sais rien… il me semble qu'il serait temps que tu goûtes un peu au bonheur. »

Plus tard, alors que le shérif Dearing était depuis longtemps parti, je pleurai, assis au bord du lit de ma mère.

Je pleurai pour elle, pour Gunther Kruger ; j'essayai de pleurer pour les dix petites filles qui méritaient peut-être le bonheur plus que n'importe lequel d'entre nous ; je pleurai pour Elena, pour Alex, pour l'enfant que j'avais perdu. Je ne pleurai pas pour moi. C'était inutile. Je portais maintenant quelque chose en moi, et il ne s'agissait pas du fantôme de ces enfants. Je portais la vérité sur ce qui s'était passé, et c'était peut-être encore plus terrifiant que tout le reste.

Je songeais à partir. Non que j'eusse peur de ce que pourraient dire ou faire les gens, de ce qu'ils pourraient penser de moi. Je songeais à partir car ça semblait logique de recommencer à zéro. Je songeais à New York, au livre que j'avais promis à Alex d'écrire. Je faisais comme si je pourrais survivre à un tel changement et essayais de me convaincre qu'il y avait une raison à tout.

Je me demandais si les parents des fillettes avaient eux aussi essayé d'y croire.

« Pars », conseilla Reilly.

Nous étions au début du mois de mars. Reilly était venu dîner chez moi et était resté la nuit, puis une grande partie du lendemain. Nous étions assis sur la véranda, Reilly fumant, la lueur de la fin d'après-midi rappelant chaque printemps précédent en Géorgie. L'hiver ne laissait pas d'empreintes indélébiles sur cette terre. Elle avait quelque chose de morne et de solitaire, quelle que soit la saison.

« Pars… pars à New York, répéta-t-il avec une insistance qui m'atteignit bien que j'eusse l'esprit ailleurs. Comme a dit Dearing, y a rien de rien pour toi ici, Joseph. Quel âge as-tu ?

— Vingt et un ans. »

Il sourit maladroitement.

« T'en es même pas au début. »

Je me tournai vers Reilly Hawkins.

« Tu dis qu'il n'y a rien pour moi ici. Qu'est-ce qui te fait croire qu'il y aura quelque chose de plus dans un endroit comme New York ? »

Il sourit, baissa les yeux.

« Bon sang, j'en sais rien. Y a pas grand-chose dans une ville comme celle-ci. On y naît, puis on la quitte, à moins d'avoir une famille ou quelque chose bien sûr.

— Tu es ici… Tu n'as pas de famille et tu es resté ici. »

Reilly lâcha un rire teinté de résignation et d'un soupçon de tristesse.

« Moi ? Je suis ta meilleure raison de partir. Je suis toi dans trente ans si tu fais pas quelque chose, tu sais ? Et puis c'est toi qui as commencé à parler de New York. »

Je regardai vers l'horizon. Un océan d'arbustes bas, de mouron blanc, de gaulthéries, de peupliers rachitiques et de saules qui, à force d'aspirer l'eau des marécages, étaient devenus rabougris et laids ; le tout ponctué de toits de maisons basses, des maisons qui semblaient se tapir contre la terre, évitant d'être vues, cherchant à surprendre quiconque passerait dans les parages. Je me demandais si j'avais juste peur,

peur de l'inconnu, peur de l'avenir. Je me demandais quel sens aurait ma vie si je restais là où j'étais, et je n'en voyais aucun. Épouser quelque fermière à moitié idiote, avoir quelques enfants, vieillir dans le ressentiment et mourir de regrets et de troubles respiratoires. J'avais l'impression que tout n'avait été qu'une succession d'épreuves ; j'avais l'impression qu'on finissait toujours par nous reprendre ce qu'on avait gagné. New York m'attirait comme un bruit fort et bienvenu après un long silence inconfortable. Je ne me souciais pas des fils Kruger, je n'étais même pas certain qu'il y eût des rumeurs, et je me disais que le shérif Dearing avait ses raisons d'estimer qu'il valait mieux pour moi que je parte. J'estimais que c'était lui qui ne voulait pas qu'on lui rappelle Gunther Kruger. Rien n'avait été dit – je ne voyais pas les gens assez souvent pour savoir s'ils me regardaient bizarrement. Je savais depuis longtemps que ma seule raison de rester était ma mère, mais je m'étais même dérobé à ça. Je ne l'avais pas vue depuis mai 1947, depuis la visite que j'avais rendue à Gabillard juste avant qu'Alex et moi nous mariions. Presque deux ans. Je me demandais quel âge elle paraissait désormais.

« Peut-être que je ferais bien de partir, déclarai-je, et ma voix porta jusqu'aux arbres et se perdit parmi eux.

– Je crois que oui », répliqua Reilly, et nous n'en reparlâmes plus.

Avec le recul, ma vie ressemblait à une série d'incidents reliés les uns aux autres. Comme une suite de wagons de marchandises qui auraient déraillé, chacun indépendant et pourtant rattaché au suivant. L'un des wagons avait quitté les rails – peut-être la mort de mon père – et à partir de là, tout avait rapidement, résolu-

ment, suivi. J'en étais venu à croire que j'étais prisonnier de ces wagons, et que si je ne me désengageais pas,
je finirais par basculer dans le vide.

C'est pour cette raison, et à cause des Polonais, que
je finis par partir.

Il s'appelait Kuharczyk, Wladyslaw Kuharczyk, et
il vint chez moi durant la première semaine d'avril
1949.

« Votre shérif, expliqua-t-il dans un anglais remar-
quablement bon. Je viens ici parce que votre shérif dit
que vous allez peut-être vendre cette maison et cette
terre et quitter la ville. »

Wladyslaw Kuharczyk mesurait deux bons mètres,
mais malgré sa taille il n'était aucunement intimidant.
Ses traits avaient quelque chose de doux et de sensible.

« Je suis venu avec ma femme, reprit-il. Nous avons
trois enfants. Ma famille… » Il baissa la tête et ferma
les yeux. « Tout le monde tué par les nazis, tout le
monde sauf nous… J'avais sept enfants, maintenant
seulement trois. J'ai parents, ma femme aussi, et elle a
grands-parents. Tous tués par les nazis. Nous sommes
juste cinq maintenant et je suis venu en Amérique. Nous
avons de l'argent. Mon frère il est mort aussi, mais il
a gagné beaucoup d'argent en Pologne avant la guerre.
J'ai de l'argent maintenant pour acheter cette maison
et cette terre… et aussi cette terre où l'autre maison a
brûlé… » Kuharczyk jeta un coup d'œil par-dessus son
épaule en direction de la propriété des Kruger. « Alors
je viens ici pour parler avec vous parce que votre shérif
nous dit que peut-être vous allez partir d'ici et jamais
revenir. Je viens pour voir si cette maison est à vendre.

– Entrez, dis-je. Entrez et asseyez-vous.

– Ma femme… mes enfants aussi ?… »

Je lui lançai un regard interrogateur.

« Ils sont ici ? »

Kuharczyk acquiesça. Il fit un large sourire.

« Là-bas », dit-il.

Il pointa le doigt en direction d'un bosquet près du bord de la route, puis il agita la main. Une femme apparut, bientôt suivie d'une grappe d'enfants, et l'espace d'un instant j'eus l'impression qu'il s'agissait de Mathilde, Hans, Walter et Elena. C'est alors, à cet instant précis, que je sus que j'allais partir, que Wladyslaw Kuharczyk et sa famille occuperaient la place laissée vacante par les Kruger, que je ferais ce que nombre de personnes espéraient depuis plusieurs années : Joseph Vaughan disparaîtrait de Géorgie.

Kuharczyk et moi nous mîmes d'accord sur un prix, un très bon prix, pour la maison et le terrain. J'appris par la suite que malgré le document signé par ma mère, le produit de la vente allait devoir être bloqué jusqu'à sa mort. Je m'arrangeai avec la banque pour obtenir une avance, et même si ça ne représentait pas grand-chose, je supposais que ça suffirait à me mener à New York, à un endroit nommé Brooklyn. J'avais lu des choses sur Brooklyn dans des magazines et des livres ; j'avais compris que c'était un lieu peuplé d'auteurs, de poètes, d'artistes, et d'autres personnes d'inclination et de nature similaires. C'était à Brooklyn que je vivrais et travaillerais, que j'écrirais le roman qui engloberait tout ce qu'avait été ma vie, et annoncerait ce qu'elle deviendrait. Brooklyn allait être ma demeure spirituelle, peut-être l'endroit qu'Alex aurait choisi pour moi.

Je vis deux personnes avant de partir : Haynes Dearing et Reilly Hawkins. Dearing se contenta de lâcher quelques monosyllabes, il me serra la main et m'agrippa l'épaule si fort qu'il me fit mal.

« Tu n'écriras pas de lettres, dit-il. Tu auras mieux à faire qu'écrire des lettres, et tu peux être sûr que je serai trop occupé pour les lire. Va-t'en. Si tu restes, cet endroit t'arrachera tout ce que tu as.

– Shérif... je...

– Bon sang, Joseph, je n'ai vraiment aucune envie de t'entendre. Toi et moi ça fait longtemps qu'on s'est tout dit, pas vrai ? » Il sourit et repoussa le bord de son chapeau vers l'arrière de sa tête. « J'ai entendu dire que quelqu'un avait arraché trente ou quarante mètres de clôture près de chez Lowell Shaner... Faut que j'aille m'occuper de ça maintenant. Suis ton chemin et fais quelque chose de ta vie, d'accord ?

– D'accord, shérif.

– Bien, Joseph, bien. »

Il sourit une fois de plus, me serra la main puis pivota sur les talons et s'éloigna.

« Shérif ? »

Dearing s'immobilisa et se retourna.

« Vous savez que je n'ai rien à voir avec la mort de Gunther Kruger, n'est-ce pas ? »

Il baissa les yeux, souleva légèrement le pied droit et se mit à creuser la terre avec le bout de sa botte.

« Il me semble qu'il est passé beaucoup d'eau sale sous quelques ponts brûlés. Il me semble que peu importe comment une telle chose a pu arriver, Joseph. » Il cessa de creuser, leva les yeux et sourit. « Tu te souviens de ce mot à coucher dehors que tu as utilisé, à propos des gens qui se réjouissent du malheur des autres ?

– *Schadenfreude.*

– C'est ça. C'est à peu près tout ce que j'éprouve envers Gunther Kruger pour le moment... Tu vois ce que je veux dire ?

– Oui, shérif, répondis-je. Pour sûr.

– Bon, eh bien, Joseph... Il me semble que nous n'avons plus grand-chose à nous dire, sauf au revoir et bonne chance. »

Je levai la main.

« Porte-toi bien, Joseph Calvin Vaughan, porte-toi bien. »

Je restai silencieux tandis que le shérif Dearing tournait les talons et s'éloignait. J'attendis un petit moment, puis je me rendis chez Reilly.

21

Je pris le bus. Un voyage à travers cinq États m'attendait – les deux Caroline, la Virginie, le Maryland et le
New Jersey. Derrière moi, le marais d'Okefenokee, la
rivière Altamaha, Jekyll Island et Dover Bluff. Regardant par la fenêtre tandis que les roues négociaient des
chemins pleins d'ornières et des angles délicats, je quittai la Géorgie comme on sort d'un rêve, les contours
flous laissant place à une lumière intense et à des couleurs criardes. J'abandonnais le passé et roulais vers
l'avenir – l'avenir qui m'attendait. J'y croyais ; je
devais y croire.

Ballotté dans un véhicule exigu et sans air, je découvrais les sons et les odeurs de gens différents : un soldat derrière moi, des décorations en loques agrafées
autour du bord de son chapeau, des mélodies jaillissant
d'un harmonica fêlé qu'il tenait à la main, son esprit
perdu dans quelque sombre souvenir d'Europe qui le
hanterait à jamais. J'avais l'impression d'entendre des
fantômes. Une femme âgée, son visage comme un parchemin dont le message aurait été effacé, les yeux tels
des trous percés dans la lueur du jour pour trouver la
paisible obscurité de l'autre côté. Je me demandais si
elle partait ou si elle rentrait. Ensemble – nos vies épi-
sodiques, fracturées par le changement – serrés les uns

contre les autres tandis que la nuit approchait, tandis que nous descendions du bus dans des villes comme Goose Creek et Roseboro, Scotland Neck et Tuckahoe, et faisions la queue pour louer des chambres austères dans des motels bon marché. Draps fins et murs gris, couvertures trop maigres pour couvrir à la fois nos visages et nos pieds, tremblant inconfortablement, défiant la nature, luttant contre l'insomnie. Des centaines de kilomètres. Heure après heure. Crampe dans le genou, le coude, l'épaule et le cœur. Manque d'air, d'espace, d'espoir. Bordures de villes et frontières d'États, champs, forêts, lever et coucher du soleil, horizons angulaires balayés par le vent qui conservaient à jamais leurs distances. Un millier de kilomètres, ou deux, ou trois, ou plus. Changement de bus, changement de visages ; une jolie fille avec un bébé minuscule, un étudiant sportif et effronté avec trop de dents, un homme d'âge moyen qui pleurait les yeux fermés et ne prononça pas un mot de Richmond à Arlington. Rite de passage. Récit de voyage. Pèlerinage. Ce voyage ; *mon* voyage. Alex dans mes rêves, l'enfant aussi, le goût amer de la limaille de cuivre dans ma bouche à mon réveil. Je pensais à la Géorgie, à Reilly Hawkins, à Virginia Perlman, à des hommes marchant côte à côte, séparés par la longueur d'un bras, creusant un chemin inégal à travers les broussailles et les marais pour retrouver des enfants égarés qui ne reviendraient jamais. Ma mère : âgée, infirme, folle. Un père mort, disparu au bord de la grand-route. Gunther Kruger balançant, bleu et enflé, au bout d'une corde fixée à une poutre. Toutes ces choses ; des choses importantes, lourdes de sens, teintées d'une magie sombre et indéfinissable, se mêlant au banal et au monotone. Ma vie. Ni plus ni moins.

La route qui se déroulait derrière moi. Il nous fallut des jours pour gagner le New Jersey. Le bus tomba en panne à la périphérie de Perth Amboy. Je me tins sur le bas-côté, la jambe gauche agitée par des contractions musculaires.

« Cigarette ? » proposa un homme.

Je me tournai vers lui, souris, fit non de la tête.

« Staten Island, dit-il, et il tourna les yeux vers le nord-est. C'est de là que je viens. C'est là que je retourne. Vous ?

— Brooklyn », répondis-je.

Je regardai le visage de l'homme suspendu sous un grand chapeau à large bord. La peau grisâtre et grasse, les joues cireuses, grêlées et striées. Il ressemblait à un homme qui aurait survécu à une terrible maladie.

« M'avez pas l'air d'un gars de Brooklyn.

— Je viens de Géorgie.

— De Géorgie, hein ? Et qu'est-ce qui vous amène par ici ?

— Je vais devenir écrivain », dis-je.

J'entendis des cloches au loin qui semblaient provenir d'un clocher situé à des kilomètres. Un fantôme de bruit.

« Écrivain, hein ? Et qu'est-ce que vous allez écrire à Brooklyn ? »

Je haussai les épaules et souris.

« Je ne sais pas… Je verrai bien quand j'y serai.

— La Porte des Hamptons, déclara l'homme en tirant sur sa cigarette. Scott Fitzgerald, hein ?

— Quelque chose comme ça.

— Eh bien, quelque chose comme ça fera l'affaire », dit-il, et il tira une fois de plus sur sa cigarette.

Nous passâmes une heure à attendre un autre bus, qui arriva de Linden pour nous récupérer.

Une nouvelle nuit. Ciel sombre, pluie lourde, bruit de liquide frappant le toit du véhicule, incessant et interminable. Je dormis avec les genoux remontés contre ma poitrine, mis dix ou quinze minutes à recouvrer une circulation normale à mon réveil. Pont de Williamsburg. Lueur du jour faible et creuse, sensation de désorientation et de vide. Les poches pleines de dollars, je ne sais pas où je suis, complètement paumé. Je croyais être assez grand pour m'en sortir, trouver un endroit où loger, un endroit où je pourrais m'étendre de tout mon long et dormir tout mon soûl.

Et Brooklyn se rua sur moi telle une bête sauvage. Plein de tours et d'espoir ; la lumière se fracassant entre des bâtiments dont on ne voyait pas le bout, le verre d'un million de fenêtres de Manhattan, et le monde, tellement de monde, trop pour qu'on puisse distinguer le moindre individu. Broadway, Union Avenue, pancartes désignant des écoles et des églises, des centres médicaux, publicités et affiches aux couleurs et aux messages resplendissants ; et encore du monde, plus de monde sur un seul trottoir qu'il n'en passait à Augusta Falls en trois saisons.

Nous descendîmes à la gare routière de Lafayette Avenue. Je soulevai mon sac, qui devait bien peser vingt-cinq kilos, et m'enfonçai dans Brooklyn sans idée claire de l'endroit où j'allais. Trois pâtés de maisons plus loin, j'étais à bout de forces. Je trouvai un petit hôtel, visiblement propre et bien entretenu, et y louai une chambre pour la nuit. Je déballai quelques affaires, me lavai le visage et me rasai. J'enfilai une chemise propre, une veste chiffonnée, et m'aventurai dans un monde qui était à la fois inconnu et mon nouveau chez-moi. J'errai une heure durant, carnet à la main, certain d'être perdu, puis tournai à un coin de rue pour me retrouver face à l'hôtel. Je me sentais idiot. J'étais un péquenaud, un plouc, un ouvrier agricole débarqué de sa campagne. J'avais aussi désespérément faim et, dans un petit restaurant de Lewis Avenue à la devanture étroite, je commandai à manger pour deux. J'observai le nouveau monde à travers la vitrine. Des voitures pare-chocs contre pare-chocs, des lumières changeantes, des chauffeurs qui enfonçaient leurs klaxons, un agent de la circulation à l'œil impitoyable qui s'engageait parmi les moteurs vrombissant au péril de sa vie. Le passage du temps, des gens, le passé qui devenait le présent puis un futur toujours plus vaste. Je souriais comme l'imbécile que j'étais. C'était là quelque chose qui valait le voyage ; c'était New York City, le cœur de l'Amérique du Nord, ses rues comme des veines, ses boulevards comme des artères, ses avenues comme des synapses électriques claquant, canalisant, s'étirant ; un million de voix, un million d'autres les recouvrant, tous ces gens aussi proches qu'une famille mais ne voyant qu'eux-mêmes. Ici, on pouvait être quelqu'un à un carrefour, et plus personne de l'autre côté de la rue. New York me battait de ses poings. Tout ce que je voyais était lumineux et effronté et arrogant. La coupe des costumes, les lèvres écarlates des filles aux visages tirés tout droit de magazines ou de films ; les voitures tel un kilomètre de chromes étincelants, roues à rayons métalliques et calandres féroces, déflecteurs comme des yeux et des miroirs ; enfants tirés à quatre épingles comme s'ils allaient à l'église. Majestueux. Imposant. Une ville tel un poing serré. Un tonnerre d'humanité.

New York me coupa le souffle. Je ne le recouvrai que deux jours plus tard.

Lundi 2 mai 1949. Je me tenais dans le hall de l'hôtel où je logeais ; un journal sur le perron attira mon attention ; une signature sous le gros titre, un article sur un homme nommé Arthur Miller, un dramaturge, une icône apparemment ; il venait de recevoir le Pulitzer pour *Mort d'un commis voyageur.* La réceptionniste me passa devant en coup de vent, ouvrit brusquement la porte, ramassa le journal par terre et rebroussa chemin. Je la retins momentanément et lui demandai si elle connaissait une pension avec des appartements ou des chambres à louer. La femme d'une cinquantaine d'années me regarda en plissant les yeux sous des sourcils fournis qui se rejoignaient au milieu.

« À l'angle de Throop et Quincy, décocha-t-elle comme si elle me lançait des cailloux. Il y a un endroit à l'angle de Throop et Quincy si vous cherchez quelque chose de plus permanent. Ma sœur a une maison là-bas. Son nom est Aggie Boyle, mademoiselle Aggie Boyle… je vais la prévenir de votre arrivée. »

Je la remerciai chaleureusement. Elle me jeta un regard soupçonneux, fit un pas en arrière, me scruta rapidement de la tête aux pieds, puis elle se retourna sans ajouter un mot et disparut à l'arrière du bâtiment.

Après le petit déjeuner, je m'aventurai jusqu'à l'adresse en question. Les rues étaient bondées de monde. Des tours monolithiques partout où je posais les yeux. Des voitures calandres contre pare-chocs aux croisements, recroquevillées comme des bêtes maladroites.

Je trouvai la maison ; une pancarte à la fenêtre : Chambre À Louer. Aggie Boyle semblait aussi solide que sa pension.

« Huit dollars par mois, vous achetez votre propre nourriture, les équipements sont communs, eau chaude le matin de six heures à huit heures trente. »

Elle avait un ton indifférent et professionnel, un visage de vieille bonne tyrolienne, sans enfants, peut-être n'avait-elle jamais senti le toucher d'une main d'homme hormis celle tendue par politesse dans un escalier ou à la descente d'un train ; très peu de ressemblances entre Aggie et sa sœur hormis les yeux enfoncés sous des sourcils luxuriants qui regardaient vivement ici et là comme s'ils s'attendaient à un mouvement soudain. Sous l'abondance d'étoffe se trouvait une abondance de chairs, et en dessous, des os robustes, des os taillés dans de vieux arbres, assemblés les uns aux autres pour durer éternellement, peut-être suffisamment robustes pour la porter dans l'au-delà. Aggie avait des mains grossières, des doigts boudinés, et lorsqu'elle tournait la tête, ses épaules bougeaient en même temps, comme un éléphant ou un rhinocéros. Mais il y avait quelque chose d'agréable en elle. Son rôle sur terre était de proposer le gîte et le couvert aux êtres las et agités. J'imaginais qu'il y avait un passé ; j'imaginais des histoires au cours des années qui avaient mené Aggie et sa sœur à Brooklyn.

« Quatre autres locataires, m'expliqua Aggie comme nous grimpions l'escalier vers la mansarde. Deux messieurs et deux dames. Monsieur Janacek. Il vient d'Europe de l'Est. Il est ici depuis huit bons mois. Il s'occupe de ses affaires et préfère que nous nous occupions des nôtres. Monsieur John Franklin. Il est correcteur au *Brooklyn Courier*, il vérifie l'orthographe et la ponctuation. Madame Letitia Brock. Elle est ici depuis plus de quinze ans. Une femme âgée, elle donne un coup de main à la bibliothèque le mercredi et le vendredi. Enfin, mademoiselle Joyce Spragg. Secrétaire assistante au College St. Joseph, près de De Kalb Avenue et d'Underwood Park, vous connaissez ? »

J'opinai du chef en souriant. Je n'avais aucune idée de l'endroit où se trouvait le College St. Joseph.

« Si vous restez, voilà qui seront vos amis et voisins, vous feriez donc bien d'être poli et de surveiller vos manières tant que vous ne les connaîtrez pas mieux. »

La chambre était fonctionnelle et propre, suffisamment grande pour abriter un lit, deux chaises dans le renfoncement, un bureau contre le mur de gauche, un placard muni d'une tringle pour suspendre des vêtements.

J'approchai de la fenêtre et regardai la rue en contrebas.

« Je la prends, dis-je, et je me tournai vers Aggie Boyle.

– Vous ne voulez pas réfléchir ? demanda-t-elle d'un ton un peu surpris.

– À quoi voulez-vous que je réfléchisse ? »

Elle sourit, secoua la tête.

« En effet, je suppose qu'il n'y a pas grand-chose à ajouter.

– Alors c'est réglé. » J'enfonçai la main dans ma poche, en tirai une poignée de dollars. « Qu'est-ce que je vous dois ?

– Deux semaines maintenant, et après je perçois le loyer chaque vendredi. »

Je comptai seize dollars et les lui donnai. L'argent disparut dans la poche de son tablier.

« Je suis écrivain, expliquai-je. Je vais aussi travailler ici. Croyez-vous que le bruit d'une machine à écrire va déranger quelqu'un ? »

Aggie sourit à nouveau, dévoilant le genre de dents qui avaient dû pousser en mâchant de la canne à sucre à même le sol.

« Je crois que personne ne se plaindra. La seule à se soucier du bruit est madame Brock et elle loge de l'autre côté de la maison. »

J'acquiesçai, lui retournai son sourire.

« La salle de bains est au bout du couloir à droite. Elle fait face à la chambre de mademoiselle Spragg, alors évitez d'en sortir nu comme un ver, d'accord ?

– D'accord, mademoiselle Boyle.

– Aggie, répliqua-t-elle. Tout le monde m'appelle Aggie.

– Soit, Aggie.

– Bien, je vais vous laisser vous installer… Vous allez devoir récupérer vos affaires et les rapporter. Passez chercher votre clé en sortant.

– Merci. »

Aggie Boyle fit un pas en avant. Elle me regarda de ses yeux pénétrants et fit la moue.

« C'est votre malédiction d'écrivain ou vous avez connu une période difficile dans la ville d'où vous venez ? »

Je m'esclaffai, décontenancé.

« Malédiction d'écrivain ?

– Nom d'une pipe, ils ont tous une malédiction. Je les vois aller et venir. Pareil pour les acteurs. À se trimballer une centaine de personnes dans leur tête. Ç'a quelque chose à voir avec le fait d'être créatif et tout ça.

– Je ne suis au courant d'aucune malédiction, répliquai-je.

– Alors vous avez connu une période difficile.

– En effet.

– Ça se voit. Je pense donc que Brooklyn sera l'endroit rêvé pour vous.

– Comment ça ?

– Ça grouille tellement que vous n'avez jamais le temps de vous attarder sur quoi que ce soit, vous voyez ce que je veux dire ? »

Je songeai aux gens sur le trottoir, aux odeurs, aux restaurants bondés, au tonnerre d'humanité.

« Je crois, répondis-je. Je crois que je vois ce que vous voulez dire.

– Bien, et sinon, vous le découvrirez vite », répliquat-elle, et sur ce elle tourna les talons et disparut dans le couloir.

Je restai quelques minutes sans réfléchir à rien. Je m'imprégnai de l'odeur de peinture fraîche, de l'atmosphère vide d'une chambre qui attendait d'être occupée. J'étais arrivé. Un nouveau départ, un recommencement, une renaissance.

Certains fantômes – peut-être tous – étaient là, mais pour le moment ils se tenaient tranquilles. Je fermai les yeux et essayai de voir le visage de ma mère, sans y parvenir. Mon père était un monochrome flou, comme le souvenir d'une photo décolorée. Et les petites filles – toutes, côte à côte, attendant peut-être leurs ailes : attendant de devenir des anges.

Je dus fournir un énorme effort pour parvenir à faire remonter quelques souvenirs de Géorgie, et dans un sens, je sentais que c'était mieux ainsi.

Je fus séduit par mademoiselle Joyce Spragg, secrétaire assistante au College St. Joseph, le dimanche 12 juin au soir.

À quarante et un ans, mademoiselle Spragg était de vingt ans mon aînée.

« Venez partager une bouteille de bourgogne avec moi, Joseph », proposa-t-elle.

J'étais assis à mon bureau, rêvassant peut-être, tentant sans enthousiasme de travailler, et j'avais laissé la porte entrouverte. Je me levai et traversai la pièce. Comme j'atteignais la porte, elle l'ouvrit en la poussant du pied. Elle portait une robe en cotonnade imprimée rose, tenait dans une main une bouteille de vin, dans l'autre, deux verres. Ses cheveux, sombres et luxuriants, étaient coiffés en arrière. C'était une jolie femme aux lèvres cramoisies et aux yeux bleu ardoise.

« Un verre, répéta-t-elle. À moins, bien sûr, que je n'interrompe votre travail.

— Je ne travaillais pas vraiment, répondis-je en souriant.

— Alors marché conclu, dit-elle. Nous allons partager cette bouteille de vin et passer la soirée à parler de choses sans importance. »

Je la suivis dans le couloir. Comparée à mon habitat dépouillé, sa chambre était richement décorée de plaids en brocart et de coussins de soie à motifs. Il y avait près du mur un écran de bois sur lequel était posée une robe, et à sa droite se trouvait un fauteuil à dossier de cuir. Mademoiselle Spragg et moi nous étions de nombreuses fois adressé la parole, nous saluant amicalement lorsque nous nous croisions dans le couloir ou dans la cuisine du rez-de-chaussée, mais ça n'était jamais allé plus loin.

« Vous êtes écrivain, déclara-t-elle. Aggie m'a dit que vous étiez venu à Brooklyn pour écrire un livre.

– Oui, répondis-je.

– S'il vous plaît… asseyez-vous », dit-elle en désignant du doigt une méridienne au pied de son lit défait. Elle déboucha ensuite la bouteille avec une agilité dont je supposais qu'elle provenait de l'habitude, et remplit les deux verres. « À un roman extraordinaire, dit-elle, et à son formidable succès. »

Je levai mon verre et la remerciai.

« Donc, vous êtes Joseph Vaughan de Géorgie, reprit-elle tout en allant s'asseoir au bord du lit. J'ai cru comprendre qu'il vous était arrivé quelques mésaventures ?

– Tout est relatif, répliquai-je. Je suis en bonne santé…

– Mais dans l'esprit, dit-elle, et dans le cœur, c'est là que la vie laisse des zones d'ombre, non ? »

Elle s'esclaffa. Elle semblait détendue, sûre d'elle, inconsciente de ses charmes et indifférente à ce qu'on pouvait penser d'elle. J'enviais son assurance.

« Les gens sont durs comme des rocs, dis-je. Ils survivent à des traumatismes et des chagrins bien plus grands que ceux que j'ai endurés.

– Alors racontez-moi, dit-elle. Racontez-moi ce qui s'est passé en Géorgie.

– Je croyais que nous allions parler de choses sans importance. »

Elle sourit.

« C'est vous qui affirmez n'avoir enduré ni grand traumatisme ni grand chagrin… ce dont nous allons discuter n'a donc pas d'importance. »

Je parlai pendant près d'une heure. Elle m'interrompit une ou deux fois, pour clarifier un point, pour demander plus d'approfondissements ou de détails, mais elle sembla durant tout ce temps ravie de m'écouter patiemment tandis que je parlais de mon père, de ma mère, d'Alex et du bébé, des assassinats d'enfants, de Virginia Perlman, de la mort d'Elena Kruger. Je lui racontai tout, même la lettre du jury du concours de nouvelles d'Atlanta, la collection de coupures de presse que j'avais emportée avec moi, et lorsque j'eus fini, elle se leva du lit et remplit à nouveau mon verre.

Elle se rassit, elle avait un air absent et pensif.

« Je vous ai troublée, mademoiselle Spragg », dis-je.

Elle sourit et secoua la tête.

« Pas du tout, Joseph, et cessez de m'appeler mademoiselle Spragg, pour l'amour de Dieu. » Elle éclata de rire. « Quel âge avez-vous ?

— Vingt et un ans, vingt-deux en octobre.

— Et vous avez déjà vécu de quoi écrire un livre. »

Je haussai les épaules d'un air indifférent.

« Reprenez du vin », dit-elle, et elle se leva pour remplir mon verre.

Un quart d'heure plus tard, elle remplit mon verre pour la quatrième fois. Sa robe se retroussait au-dessus de son genou lorsqu'elle croisait les jambes. Je baissai les yeux, et lorsque je les levai à nouveau elle me sourit. Elle savait que j'avais regardé, et il y eut un moment de gêne.

« Ce n'est pas un péché de regarder, dit-elle. Ce n'est pas non plus un péché d'avoir des idées, Joseph. Et la plupart du temps, ce sont seulement les autres qui vous disent qu'agir est un péché. Si l'on vit sa vie en ouvrant son cœur, avec intégrité… eh bien, si l'on vit vraiment pour l'instant présent, on n'a jamais le temps de regarder en arrière et d'avoir des regrets. »

Mademoiselle Spragg se pencha en avant, et ce faisant, elle pointa le menton vers moi et ferma les yeux un peu trop longtemps.

« Êtes-vous prêt à vivre pour l'instant présent, Joseph ? »

Je ris, un peu nerveusement sans doute. Je sentais son parfum – fleuri, douceâtre, plus quelque chose en dessous, peut-être l'odeur musquée de son corps, et ce mélange était comme une promesse, une invitation à la séduction et à l'érotisme.

Je posai mon verre et me penchai à mon tour. Nos visages étaient parallèles, nos joues séparées d'à peine quelques centimètres.

« Je suis prêt à vivre », murmurai-je, et je me levai de la méridienne pour l'enlacer.

J'entendis son verre heurter le sol de l'autre côté du matelas, songeai qu'il était remarquable qu'il ne se soit pas brisé, puis elle fut sur moi, me consumant comme une vague.

Plus tard, dans la torpeur qui suivit la passion soudaine, elle s'étendit en travers du lit, posa la tête sur mon torse, et m'expliqua que ce qui venait de se passer n'avait pas grande importance et ne signifiait pas grand-chose.

Elle leva les yeux vers moi, et pendant un moment je vis à travers le vernis de confiance. Comme si la vraie Joyce Spragg s'était débarrassée de son masque. La lueur dans ses yeux semblait s'être éteinte, sa peau s'être ternie comme celle d'une courtisane vieillissante. Chaque trait était souligné de petites ombres, les plis étroits qui étaient la langue de l'épiderme ; ici, une trahison ; là, une désillusion ; et enfin, le signe extérieur d'un cœur brisé. Son visage racontait une histoire – ou peut-être pas tant une histoire qu'une saga de rêves noyés dans l'alcool avant d'avoir acquis suffisamment de force pour briser leurs chaînes et marcher seuls. Chaque aspiration avait été bridée par son pessimisme, elle n'avait jamais su saisir sa chance. C'était là une femme qui estimerait jusqu'à son dernier souffle que le monde avait une dette envers elle.

Ou du moins le croyais-je à cet instant, je le croyais et je m'en moquais. Car mademoiselle Joyce Spragg, secrétaire assistante au College St. Joseph dans De Kalb Avenue, m'apparaissait tel un petit désir de perfection dans un monde très imparfait.

« L'importance et la signification des choses sont des concepts relatifs, murmurai-je. Endors-toi. »

Chaque fois que je rendais visite à Joyce, elle me rappelait que notre union n'avait ni importance ni sens profond. Chaque fois je répondais par un sourire. C'était comme si elle me voyait à travers un télescope, comme si je ne signifiais presque rien, et pourtant, lorsqu'elle souhaitait s'épuiser sur mon matelas, je voyais que j'étais tout ce qu'elle possédait. Joyce Spragg était une façade, son ambivalence était un voile derrière lequel elle se dissimulait. Peut-être jugeait-elle nécessaire d'être équivoque et ambiguë. Peut-être estimait-elle ces qualités attirantes. Je ne tombai jamais amoureux d'elle, ne me fis jamais aucune illusion à ce sujet. Notre relation était une commodité, un moyen d'avoir de la compagnie, et nous ne serions jamais rien de plus que des amis. Néanmoins, en dépit de ses affectations et de ses excentricités, Joyce me présenta à une petite clique de lettrés qui fréquentaient le Forum des écrivains de St. Joseph. Les réunions se tenaient le samedi soir, elle me présenta la première semaine de juillet 1949, et je me mêlai enfin aux gens que j'avais tant souhaité rencontrer lorsque j'avais quitté la Géorgie pour Brooklyn.

Le Forum des écrivains était un havre pour les marginaux et les non-conformistes, ceux qui ne pouvaient peut-être pas trouver de compagnie ailleurs ; et même si certains se révélèrent être parmi les gens les plus intelligents et perspicaces que j'avais jamais rencontrés, ils étaient aussi parmi les plus étranges. Ce premier samedi soir, j'accompagnai Joyce pour la simple raison qu'elle me l'avait demandé.

« Ils vont essayer d'expliquer de la poésie classique qu'ils ne comprennent pas, dit-elle, et après ils boiront de copieuses quantités de vin rouge bon marché et régaleront tout le monde de leurs abominables pentamètres iambiques ou de leur prose libre. »

Le Forum se tenait dans une salle de réunion située à un demi-pâté de maisons des limites du campus. Joyce, en tant que secrétaire assistante, était autorisée à amener autant d'invités qu'elle le souhaitait tant qu'ils n'étaient ni des nullards, ni des ignares, ni des « étrangers ».

« Des étrangers ? demandai-je. Tu veux dire qu'ils estiment que seule la littérature américaine a de la valeur ? »

Elle éclata de rire.

« Les étrangers sont les étudiants des universités rivales. Ils ne sont pas acceptés dans le Forum. »

Comme elle était convaincue que je n'appartenais à aucune de ces catégories, nous nous y rendîmes. Nous fûmes accueillis par Lance Forrester, président de la deuxième saison. L'année n'était pas divisée en trimestres, mais en saisons, qui étaient, tour à tour, la *fin de l'hiver, l'aurore*, l'*équinoxe* et le *solstice.*

« Une licence poétique, expliqua Joyce. Ils accordent à tout ce qu'ils font, je dis bien *tout*, beaucoup plus de profondeur et d'importance que ça n'en mérite. »

Lance Forrester apparut, une liasse de pages cornées à la main. Ses cheveux étaient lissés en arrière au moyen de gomina à la pomme et la raie qui les séparait au milieu était aussi droite qu'un rayon de roue de vélo. Il semblait observer nos lèvres lorsque nous parlions, peut-être était-il dur d'oreille, ou peut-être était-il gêné et préférait-il regarder la bouche des gens plutôt que leurs yeux. Manières embarrassées, tout en aspérités, c'était un vrai paquet de nerfs. J'avais l'impression que Lance Forrester avait besoin d'une femme bien pour adoucir les angles, aplanir les rides d'expression, mais une telle femme exigerait une tonne de patience, et peut-être des arrière-pensées. Lorsqu'il regardait Joyce, ses yeux étincelaient comme des nœuds de bois dans un feu ; ses lèvres tremblaient comme s'il craignait que les mots qui les franchiraient ne servent qu'à l'humilier. Ses pensées étaient à lui. À lui seul. Il les rapporterait chez lui et les examinerait. Il semblait envier la beauté, le charme, les amis. Peut-être qu'il pleurait lorsqu'il pensait aux filles ou qu'il s'astiquait ou qu'il les haïssait simplement, peut-être qu'il haïssait l'absence qu'elles symbolisaient, le vide qu'elles faisaient naître.

« Une rumeur, dit Lance à voix basse, comme s'il nous faisait part d'un soupçon ou d'un mauvais tour. Juste une rumeur, mais on dit que Fulton Oursler pourrait nous rendre une petite visite. »

Je lançai à Joyce un regard interrogateur.

« Éditeur… il était éditeur du magazine *Liberty*…
commença-t-elle.

– Et de *Metropolitan*. Et un auteur publié, vous
savez ? » surenchérit Lance.

Joyce et moi sourîmes d'un air cordial et nous passâmes devant Lance Forrester pour nous diriger vers le
bar de fortune installé contre le mur le plus éloigné.

Ce fut là, ce même soir, que je rencontrai Paul
Hennessy. Un peu plus grand que moi, cheveux d'un
blond sale, longs sur le dessus, courts à l'arrière. Il
semblait perpétuellement arborer un sourire ironique,
comme s'il s'amusait du ridicule absolu du monde
qui l'entourait. Il s'habillait exceptionnellement bien,
et plus tard – lorsque j'eus appris à le connaître – je
m'aperçus que ses manières et son apparence ne provenaient pas de sa fortune, mais du degré d'attention
qu'il leur accordait. Hennessy avait une capacité infinie
à tirer le meilleur de tout, et avec ses traits taillés à la
serpe, sa mâchoire forte, ses yeux légèrement boudeurs,
il aurait pu réussir à Hollywood. Si j'avais su l'importance du rôle qu'il allait jouer à l'avenir, un avenir alors
inconnu, j'aurais quitté le Forum et regagné la Géorgie.
Hennessy était un anachronisme, un homme né au mauvais endroit et au mauvais moment, et pourtant son
charme était indéniable. Ce soir-là, il n'était pas seul.
Une femme se tenait près de lui, qui semblait retenir
son souffle à chaque mot qu'il prononçait. Elle avait
les cheveux coiffés avec soin et dressés au moyen de
laque en une crête brave et précaire, comme un arbre en
pleine floraison soudain pétrifié, et ses yeux, qui étaient
bas sur son visage, avaient quelque chose de triste et
nostalgique. Quand elle souriait, elle semblait exprimer
la profonde et magnifique mélancolie qui ne pouvait

être exprimée qu'en compagnie de poètes vivants ou d'opiomanes morts.

Au fil des semaines, je m'intégrai au Forum et en vins à bien connaître Hennessy. Il appelait la plupart des hommes « Jackson » dans une sorte d'argot jazz branché et abrégé ; les filles étaient des « poules » ou des « louloutes », et il parlait de lui à la troisième personne, une sorte de grandiose *pronunciamiento* – « Même mort on ne verrait pas Hennessy dans un tel endroit ! » ou « Hennessy n'encaisserait pas ce genre de provocation sans broncher, vous savez ? ». Il parlait de Nietzsche et Schopenhauer, ou Gibran et Tolstoï, comme si chacun était un ami personnel, et citait des passages du *Prophète* et d'*Ainsi parlait Zarathoustra* comme si c'étaient des frivolités familières au commun des mortels. Lorsque Hennessy entrait dans une pièce, que ce soit seul ou accompagné, il se comportait comme si Sam Falk[1] en personne risquait de débarquer d'un instant à l'autre pour le prendre en photo.

« Nous étions au *Top of the Mark*, vous savez ? disait-il. Ce petit bar à cocktails situé au dernier étage de l'hôtel Mark Hopkins à San Francisco », et il savait pertinemment qu'aucun de nous n'avait jamais mis les pieds à San Francisco, et encore moins dans ce bar. Il racontait avoir bu des whiskys-soda et des Tom Collins en écoutant un orchestre de jazz : « Des musiciens extraordinaires, vraiment extraordinaires ! Le seul problème était que chacun d'entre eux jouait un morceau différent, quoique d'un génie remarquable, sur une mesure en 11/4, et Clara et moi, vous savez que c'était

---

1. Photographe du *New York Times* notamment spécialiste des célébrités. *(N.d.T.)*

ma poule à l'époque… eh bien, je dirais que Clara et moi ne savions plus où nous habitions ! »

Hennessy mélangeait ses métaphores avec plus d'aplomb que la plupart des barmen de Manhattan mélangeaient leurs cocktails, et lorsqu'il était soûl il devenait simplement plus bruyant, plus insistant, aussi agressif qu'un pisse-copie de chez Hearst. Il bâillait constamment, donnant à tout le monde l'impression qu'il s'ennuyait au plus haut point.

« Un trouble physique, me confia-t-il un jour. Manque de vitamine E. Mon corps absorbe mal l'oxygène. Je dois me gaver de cacahuètes et de crevettes. Sinon, je sombre dans la léthargie… et *quelle* léthargie… et je m'expose à des choses terribles comme la thrombophlébite et la gangrène diabétique. »

Pendant un temps, je recherchai la compagnie d'Hennessy pour son humour, sa conversation incessante. Il semblait au moins être un remède à ma solitude, à la sensation de vide que j'éprouvais chaque fois que je pensais à Alex. Lorsque je le connus mieux, je m'aperçus qu'il y avait quelque chose de tout à fait magnétique en lui, et je fis par son entremise des rencontres que je n'aurais autrement jamais faites. C'était ce tourbillon d'activité qui m'aidait plus que tout le reste. Hennessy ne fut à l'origine d'aucune guérison, mais il fut assurément un jalon sur ma route.

Pendant un moment, il prit l'habitude de venir avec une femme plus âgée, une femme nommée Cecily Bryan. « J'ai une collection d'admirateurs laids, bafouillait-elle avec une haleine qui empestait le gin et les cigarettes. Mais franchement, mon cher, je me moque qu'ils soient laids tant qu'ils continuent de m'admirer. » Et alors elle riait, et le son qu'elle générait était non seulement criard et crispant, mais aussi suffisamment volumineux pour remplir la pièce et donner envie aux gens de prendre la fuite.

À l'automne de cette année-là, les fêtes commencèrent, des fêtes qui débutaient au Forum et se poursuivaient bien au-delà des murs du bâtiment. Les gens se déversaient dans New York, faisant de la ville leur terrain de jeux comme si l'école était finie. Paul Hennessy et Cecily Bryan arrivaient toujours ivres et étaient apparemment capables de flairer des festivités depuis n'importe quel endroit de la ville. Ils gravitaient autour de l'alcool comme si ç'avait été une nécessité génétique, et même s'ils étaient rarement invités, ils supposaient toujours qu'une telle omission était due au service des postes, peut-être à un messager qui avait la mauvaise adresse. Ils venaient donc ivres, et restaient ivres. Au bout d'un moment, Hennessy faisait semblant d'être sobre, mais bien qu'il ne bougeât ni ne parlât, le relâchement de son visage et la laxité de sa bouche le trahissaient. Et Cecily : une débauche d'enthousiasme débraillé et expansif, tout nageait à travers son champ de vision, elle flottait dans un univers aux angles arrondis et aux bords flous, et aucun mot ni aucune action n'étaient jamais assez tranchants pour percer la bulle protectrice de sa dipsomanie. Ils se disputaient sans cesse, Cecily et Paul ; ils se disputaient pour un rien, puis c'était une débauche de mièvreries et de compassion, et ils parvenaient Dieu sait comment à trouver le chemin de la salle de bains, où il la baisait bruyamment comme pour se faire pardonner d'être un tel connard. Et après, peut-être dans la cuisine ou la véranda, Cecily Bryan buvait du gin et pleurait pour les mères des garçons tombés à la guerre. « Ils auraient tous pu aller à

Cornell, disait-elle. Ils auraient pu aller à Cornell et fixer leurs amarres à Ithaca… êtes-vous déjà allé à Ithaca ? Connaissez-vous même Ithaca ? Peut-être… peut-être qu'ils auraient pu aller à Notre-Dame, enfin, s'ils étaient catholiques, vous savez ? Des garçons catholiques morts qui jouent au football, hein ? Courant par centaines dans les rues à la recherche de leurs mères… des mères qui passent maintenant leur vie à l'American Gold Star ou à la Christian Temperance Union[1]. » Elle buvait alors plus de gin, pleurait encore un peu, et bien plus tard Paul Hennessy la soulevait simplement de l'endroit où elle se trouvait et la portait jusqu'à sa voiture.

D'autres venaient aussi – des gens qui semblaient « littéraires » et « cultivés ». J'appris par la suite que c'étaient des parasites, et non des artistes ou des écrivains. C'étaient essentiellement des employés d'agences de publicité travaillant pour des établissements aussi réputés que Batten, Barton, Durstine et Osborn Inc., la société qui faisait la promotion de l'US Navy et des soupes Campbell's. Ils citaient des sections de rapports statistiques et portaient des costumes de tweed de chez Abercrombie & Fitch. Ils avaient la belle allure élancée et la carrure athlétique qui indiquaient qu'ils avaient fait partie de l'équipe d'athlétisme du lycée, et lorsqu'ils n'arrivaient plus à courir le mile en cinq minutes, ils entraient dans la course au sénat. Une vie bénie attendait ces gens. Le problème était qu'ils étaient aveugles à la magie.

---

1. American Gold Star : association de soutien aux mères de soldats morts au front créée peu après la Première Guerre mondiale. Christian Temperance Union : association de femmes luttant contre l'alcoolisme fondée en 1874. Elle a été l'un des fers de lance de la Prohibition. (N.d.T.)

Il y avait trois frères qui venaient toujours ensemble et, malgré leur absence de ressemblance, ils avaient quelque chose de querelleur et de pugnace qui les identifiait comme les descendants d'un même patrimoine héréditaire. Ils travaillaient tous les trois pour EI DuPont de Nemours & Compagnie, et lorsqu'ils apparaissaient Hennessy éclatait de rire et disait, « Voici Beetle, Snorkle et Halftrack », en référence aux personnages de la bande dessinée de Mort Walker. « Ces garçons connaissent autant la littérature que moi l'impressionnisme français », disait-il, et il les entraînait dans une conversation sur le *Décaméron* de Boccace, qui avait pour seul résultat d'embarrasser quiconque avait la malchance de l'entendre. Lors de notre première fête, dans une haute maison du quartier de Bedford-Stuyvesant dont l'adresse était autant un mystère à l'époque que maintenant, Hennessy apprit que je venais du Sud.

« Pas le marais d'Okefenokee ! » s'exclama-t-il, et lorsque j'admis que le marais d'Okefenokee ne se trouvait pas à plus de dix ou quinze minutes à cheval de l'endroit où je vivais, il me chercha des noises : « À cheval ? Pas plus d'un quart d'heure à cheval ? Toi pas être sérieux, missié ! Toi avoir entendu parler de Pogo, dit-il d'une voix traînante qui imitait vaguement les accents du sud de la ligne Mason-Dixon. Pogo qui vit dans l'marais d'Okefenokee, Pogo l'opossum ? »

Je souris avec autant de sincérité que possible tout en me disant que ce type était un sale con et me retournai pour m'en aller, mais à ce moment il m'attrapa par la manche et daigna s'excuser.

J'appris plus tard qu'un certain Kelly avait bel et bien créé une bande dessinée dont le personnage était un opossum nommé Pogo, et que celui-ci était un habitant de ce même marais. Cela ne manqua pas de susciter notre hilarité, même si je crois que nos rires étaient plus provoqués par l'alcool que par l'opossum.

Lors de la deuxième fête, il marcha droit sur moi, me poussa un verre de champagne dans la main et demanda : « Tu es au courant de toute cette histoire de droits civils ?

– Droits civils ?

– Oui, les droits civils... comme ce Martin machin-chouette King, un jeune type, à peine plus de vingt ans. Il préconise la résistance passive à la ségrégation, tu sais ? Tu en as sûrement entendu parler, non ? »

J'admis que j'en avais un peu entendu parler, mais pas suffisamment pour avoir la moindre opinion valable.

« Tu sais comment toute cette histoire a commencé ? » demanda Hennessy.

Je fis signe que non.

« La Seconde Guerre mondiale.

– Quoi ?

– La Seconde Guerre mondiale.

– Je ne suis pas sûr de comprendre.

– Les soldats noirs postés en Angleterre, expliqua Hennessy. Ils sont allés en Angleterre et les filles, des Anglaises blanches, les ont traités comme des êtres humains. J'ai entendu des histoires de bal, des trucs comme ça, des bals qui se tenaient chaque week-end, et les filles blanches demandaient aux soldats noirs américains de danser et les soldats n'arrêtaient pas de refuser parce qu'ils se disaient que s'ils dansaient avec une fille blanche quelqu'un viendrait les lyncher. » Hennessy sourit, regarda un moment au loin. « Un soldat noir a même été accusé d'avoir violé une fille quelque part. Le type est passé en cour martiale, il a été déclaré coupable, et les militaires avaient la ferme intention de le pendre. Les villageois savaient qu'il n'y était pour rien, ils savaient que la fille qui l'avait accusé avait tout inventé, alors ils se sont rassemblés et ont signé une pétition qu'ils ont envoyée à Eisenhower. Eisenhower a cassé le jugement de la cour martiale et le type noir a été gracié trois jours avant son exécution.

— Je crois que je ne comprends toujours pas ce que ça a à voir avec moi. »

Hennessy sourit.

« Patience, Vaughan, je n'en ai pas encore fini. Comme je disais, Eisenhower a gracié le type, et les soldats noirs, des soldats noirs américains des États du Sud, ils n'en revenaient pas, ils n'en revenaient pas qu'une bande de Blancs idiots puisse organiser quelque chose comme ça, et c'est ça, la manière dont ils ont été traités en Angleterre, qui leur a fait prendre conscience qu'ils n'étaient pas traités correctement chez eux. C'est comme ça que toute cette histoire de résistance à la ségrégation a commencé... c'est exactement comme ça que c'est arrivé. »

C'était Hennessy tout craché : il avait une opinion, il ne donnait de conseils à personne, mais lorsqu'il estimait que vous étiez prêt à recevoir son opinion, alors il vous l'assénait à bout portant.

Un jour nous sommes allés voir *L'enfer est à lui*, soi-disant parce que nous admirions James Cagney, en réalité parce que Hennessy et moi en pincions tous les deux pour Virginia Mayo. Je me souviens d'une autre occasion où, sur un coup de tête, nous sommes allés à la plage située au bout de Staten Island, près de Perth Amboy, et là – parfaitement sobres – nous avons pris des glaces au jus de fruits, des esquimaux et des bretzels chauds à la croûte incrustée de grains de sel. Il régnait une ambiance de *bonhomie*[1] conviviale et, en de tels moments, Hennessy se montrait pince-sans-rire et sardonique, peut-être un peu pessimiste, mais toujours plein d'humour sans avoir recours au langage grossier qui semblait faire fureur à l'époque.

« L'espoir, disait-il, est une commodité terriblement surfaite, Vaughan. Prends la majorité de ces types à Brooklyn. Ils *espèrent* quelque chose de mieux au lieu d'apprécier ce qu'ils ont sous le nez. » Il sourit et me fit un clin d'œil. « Comme maintenant… ici et maintenant. On est là, deux jeunes hommes en bonne santé et bourrés d'hormones, et qu'est-ce qu'on voit ? On voit des tonnes de jolies jeunes filles, chacune aussi mignonne qu'une pin-up de George Petty… et on a suffisamment de cran et de charme pour leur parler, pour les inviter à dîner ou pour faire ce qui nous chante, non ? Mais peut-être qu'être ici nous suffit amplement… qu'on aborde ces filles ou non. Alors que ces types de Brooklyn… eh bien, je peux te le dire, ils râleraient à cause du soleil, ils se plaindraient de ne pas avoir assez d'argent pour retourner en bus en ville, ils se défieraient d'aborder une jeune fille, et pas un seul d'entre eux n'aurait le culot de le faire. Et après ils se demanderaient pourquoi le monde est un endroit aussi sombre et décevant. Moi ? Je me contrefous de ce que les gens pensent de moi. Je vis ma vie, je la vis comme ça me plaît, et si ça ne se voit pas, qu'est-ce que ça peut faire ? La vie, c'est pas du théâtre, Vaughan. C'est la vérité, tu sais ? »

Hennessy éclatait de rire, puis il allait chercher Cecily Bryan et je les entendais rire tous les deux. Leur

---

1. En français dans le texte. *(N.d.T.)*

irresponsabilité maladroite était presque contagieuse, et j'en vins à les aimer à cause d'elle.

Lorsque nous étions à court d'argent, Hennessy et moi mangions des céréales au petit déjeuner, et après – en milieu d'après-midi, lorsque la faim nous rongeait comme un chien ronge un os – nous marchions jusqu'à un distributeur automatique Horn & Hardarts et partagions un bol de soupe et un sandwich. Un jour que nous étions tous deux grippés, Hennessy – par désespoir absolu – vola des boîtes de Citroid et de Superanac dans un drugstore à la périphérie de Bedford-Stuyvesant. « Crois-moi, dit-il, avec tant de gravité dans la voix qu'on aurait dit qu'il se préparait à un autodafé. Personne ne me verra, et même si on me voit, qu'est-ce qui va se passer ? Ils vont me courir après pour un dollar et demi de médicaments contre la grippe ? Je ne crois pas. » Paul Hennessy les vola donc, et personne ne le vit, ou s'ils le virent, ils n'eurent ni le cœur ni le besoin de lui courir après. Nous prîmes les médicaments ; nous nous refîmes une santé.

Quand nous avions du fric, nous nous rendions au grand magasin Macy's, un monolithe de onze étages qui occupait tout un pâté de maisons au centre de Manhattan, et là, parmi les bonnes affaires du sous-sol, nous dénichions des vêtements que nous ne portions pas plus d'une fois. Nous achetions des costumes en flanelle ou en crépon de coton chez Hart, Shaffner et Marx, puis nous remontions vers le musée Metropolitan et nous faisions passer pour des étudiants en art venus d'Europe de l'Est, nous interpellant avec des accents secs et des voix de fausset, exprimant des opinions comme si nous avions quoi que ce soit d'intéressant à dire, après quoi – Cecily, Paul et moi, bras dessus, bras dessous – nous achetions une bouteille de whiskey

Calvert et nous asseyions sur un banc près de Central Park. Nous chantions *Days of 49* et des chansons des frères Gershwin, regardions les Buick, les Cadillac et les Lincoln Continental se diriger vers Broadway ou traverser les beaux quartiers – et à aucun moment je ne pensais à ma mère, ni à Gunther Kruger, ni au passé que j'avais laissé derrière moi. Seul, eh bien, c'était une autre histoire. Seul, je pensais à Alex et à l'enfant que j'avais perdu. Partager du whiskey et des éclats de rire avec Paul et Cecily était comme un antidote qui effaçait le passé de mon esprit.

Plus tard, bien plus tard, j'appris que Cecily Bryan était retournée dans le Missouri. Le 11 septembre 1961, malgré l'évacuation réussie d'un demi-million de personnes lorsque l'ouragan Caria provoqua inondations et tornades dans le Missouri, le Texas, la Louisiane et le Kansas, Cecily fut l'une des quarante personnes qui perdirent la vie. Elle ne méritait pas de mourir. Malgré son alcoolisme, malgré le fait que les censeurs puritains de Boston, Massachusetts, auraient proscrit l'essentiel de son vocabulaire, Cecily Bryan était un arc-en-ciel de couleurs flamboyantes dans un monde principalement monochrome, et ce n'était qu'en son absence que l'on comprenait quelle personne fondamentalement douce, égarée et troublée elle était. Mon dernier souvenir d'elle remontait à un périple que nous avions effectué jusqu'à New Brunswick dans le New Jersey. Cecily voulait voir Camp Kilmer, l'endroit où des réfugiés hongrois étaient temporairement accueillis. Trente-sept mille d'entre eux étaient venus aux États-Unis, et Cecily voyait en ces gens quelque chose de désespérément romantique et terrifiant. Elle avait empilé des brassées d'exemplaires du *Saturday Evening Post* et de l'*American Weekly* dans une valise cabossée qu'elle avait traînée jusqu'à l'avant de la maison. Paul avait tenté de lui expliquer qu'il était plus que probable que les Hongrois ne parlaient pas l'anglais.

« Mais ils parlent l'américain, sûrement ? avait-elle riposté d'une voix stridente tout en insistant pour que nous emportions les magazines. Ils vont vouloir se renseigner sur leur nouvelle patrie », avait-elle poursuivi, et Paul m'avait regardé en secouant la tête d'un air résigné.

Dans le monde de Cecily Bryan, les réfugiés qui ne parlaient pas anglais portaient un intérêt formidable à la presse sensationnaliste de William Randolph Hearst ; peut-être prenaient-ils aussi plaisir à lire les pages humoristiques, les derniers exploits de Homer Hoopee et de Li'l Abner. J'avais suggéré d'emporter une TSF. Les Hongrois apprécieraient à coup sûr *Dragnet* et le *Jack Benny Show*. Paul s'était esclaffé.

« Tout ce que nous voulons, ce sont les faits, m'dame, avait-il lancé dans une imitation très passable de Joe Friday[1].

– Ridicule, avait rétorqué Cecily. Vous êtes tous les deux absolument ridicules… cette TSF doit peser au moins quinze kilos. Vous avez peut-être envie de la porter dans le train, mais pas moi. »

À en croire la rumeur, Cecily descendait d'une famille très riche qui avait tout perdu dans le krach de 29. Son père s'était collé un pistolet de détresse dans

---

1. L'inspecteur-chef Joe Friday, créé et interprété par Jack Webb, était le personnage principal de la série policière *Dragnet*, diffusée de 1949 à 1956 à la radio, et de 1951 à 1970 à la télévision. Le *Jack Benny Show* était une émission radiophonique hebdomadaire de divertissement diffusée de 1932 à 1948 sur NBC, puis de 1949 à 1955 sur CBS. *(N.d.T.)*

la bouche et avait appuyé sur la détente. Ils avaient dû fermer le cercueil pour la veillée car son visage ressemblait à une poignée de bakélite fumante. Il me semblait, peut-être à cause de mon expérience personnelle, que soit la mort renforçait les gens, soit elle les détruisait. Certains – défiés non seulement mentalement, mais aussi émotionnellement et spirituellement – trouvaient dans la mort d'êtres aimés la volonté et la résolution de réaffirmer leur présence et leurs convictions. D'autres, dont les liens avec le monde étaient déjà ténus, s'enfonçaient simplement dans un monde qu'ils s'étaient eux-mêmes créé. Ainsi, d'une certaine manière, Cecily Bryan était-elle un reflet de ma mère, et peut-être ce parallèle tacite me faisait-il éprouver un chagrin disproportionné si l'on songeait aux liens qui nous unissaient. Cecily Bryan était folle, mais merveilleusement, poétiquement, magnifiquement folle, et c'est pourquoi je croyais qu'elle avait pu devenir un ange.

Ainsi s'écoulèrent les semaines et les mois qui refermèrent 1949 et inaugurèrent 1950. Une période de nouveaux visages et de nouvelles expériences; de noms différents et d'endroits différents; une période d'espoir peut-être. J'avais l'impression d'avoir traversé des murs et quitté un monde pour en découvrir un autre. Ce fut une période de grands changements pour moi, qui coïncidaient avec de grands changements pour l'Amérique, et dans ma chambre au coin de Throop et Quincy, grâce à mes rendez-vous irréguliers et clandestins avec Joyce Spragg et à mon amitié avec Hennessy, je parvins à comprendre un peu mieux qui j'étais et pourquoi j'avais choisi de fuir mon passé.

En juillet 1950, j'écrivis à Reilly Hawkins. Je parlai de New York : *Une grande enveloppe de bruit à l'intérieur de laquelle se déverse un torrent de gens. On dirait qu'il n'y a pas assez de place sur les trottoirs ou dans les rues, pas assez de maisons ni d'appartements pour une telle multitude, et pourtant ils se côtoient, indifférents aux sentiments et au destin les uns des autres. J'ai du mal à comprendre comment tant de gens peuvent être si proches, et pourtant demeurer si éloignés.*

Je lui communiquai mon adresse dans ma lettre et, ce faisant, ouvris une fenêtre par laquelle la Géorgie pourrait à nouveau s'immiscer dans ma vie.

Et c'est ce qui se produisit. En octobre 1950, une lettre arriva à la pension d'Aggie Boyle, et Aggie vint en personne la glisser sous ma porte pendant mon sommeil.

Je me souviens précisément de ce jour. Je me souviens de l'odeur d'automne dans l'air – le fantôme de feuilles mourantes, le relent de la pourriture, la dissolution d'une saison. Debout à ma fenêtre, tenant à la main une lettre dont le poids ne se mesurait ni en onces ni en grammes. L'écriture ne me disait rien, ce n'était pas celle de Reilly, ce qui m'informait que ce courrier allait être une invasion. Avant même de l'ouvrir, je savais qu'en retour il ouvrirait quelque chose en moi. Une blessure. Une brèche. Une fissure entre le cœur et l'esprit. La raison et un besoin de liberté m'avaient éloigné de chez moi. J'avais cherché à me soulager du fardeau du chagrin. J'avais voulu croire qu'une telle chose, une fois accomplie, pouvait durer. Comme si je l'avais méritée.

Mais non.

Je n'avais rien mérité.

Je savais que j'allais devoir rentrer, retourner en Géorgie, à Augusta Falls ; retourner là où tout avait commencé.

Et ce qui m'effrayait, ce qui m'effrayait plus que tout, c'était la certitude que si j'y retournais, je ne m'échapperais plus jamais.

J'ouvris la lettre…

Je me croyais écrivain, poète, homme visionnaire et clairvoyant.

Je me croyais fort, résolu, raisonné et calme.

Je croyais pouvoir rentrer chez moi tout en gardant mes distances. Comme si je n'y envoyais que mon corps, mon esprit. Je resterais à New York et verrais tout depuis des milliers de kilomètres. Mon cœur était fort. Reilly Hawkins ne me l'avait-il pas dit? Mais était-il suffisamment fort pour replonger dans le passé? J'avais peur – pour moi, pour ma mère, peur de ce qui risquait de se passer.

J'avais peur que le souvenir de Gunther Kruger et des dix petites filles ne me hante à jamais.

Je savais ce qui s'était passé à l'époque. Je connaissais le poids du remords que Dearing avait dû porter en s'éloignant de cette grange tandis que Kruger était pendu à une poutre, le visage enflé, la langue bleue, le mince ruban rose entrelacé autour des doigts.

Peut-être avais-je peur de ce qui avait pu être dit, des rumeurs qui se seraient répandues parmi les gens de cette ville. Sept comtés, sept mondes séparés, et j'étais pour chacun d'eux autant un fantôme qu'eux l'étaient pour moi.

Je m'efforçais d'envisager mon retour comme un test. Je m'efforçais de croire que si j'y survivais, alors je pourrais finalement laisser le passé en paix et poursuivre ma vie.

Mais je savais que c'était faux. Je ne savais que trop bien qu'ils seraient toujours là – le souvenir des fillettes, le son de la voix d'Alex entre les murs de la maison de ma mère, le son de mon enfant mourant dans l'obscurité – et je ne comprendrais ni ne croirais jamais qu'une vie ait pu être si brève.

J'étais face à un conflit qui était comme un défi. Il menaçait de briser chaque os de mon corps, d'anéantir toute ma détermination. Il adoptait une nature et un caractère qui lui étaient propres, une nature faite de ténèbres, de solitude, une ligne fine tracée entre la personne que je pensais être et celle que je craignais de devenir. J'essayais d'exorciser ces choses, voulant croire que ma fuite à New York était une catharsis de l'âme, alors qu'elle n'était jamais que ça : une fuite.

Même si j'avais voyagé jusqu'à l'autre bout de la terre la Géorgie m'aurait rattrapé, car elle n'était pas tant une chose du monde extérieur que quelque chose en moi.

22

« Rentrer chez soi est aussi naturel que respirer, déclara Joyce Spragg, sauf si tu es en train de te noyer. »

Je souris, lui pris la main.

« Tu vas revenir… tout va bien se passer », murmura-t-elle. Elle s'approcha un peu plus de moi. Juste là, dans le couloir du rez-de-chaussée de la maison d'Aggie Boyle. Ma valise à mes pieds, mon manteau boutonné pour me protéger du froid, et elle vint tout contre moi, approcha ses lèvres de mon oreille. « Tout ce que j'ai dit avant… je ne le pensais pas. C'*était* quelque chose, tu sais ? Ce qui s'est passé entre nous… c'*était* quelque chose. »

Lorsqu'elle s'écarta elle tentait de retenir ses larmes. Je lui posai une main sur la joue.

« Je sais, dis-je. Tu mens très mal, Joyce Spragg. »

Nos adieux furent difficiles. Je me disais qu'à mon retour – si je revenais – les choses ne seraient plus pareilles entre nous.

Une heure plus tard j'étais à la gare routière. J'attendais patiemment. Je frissonnais. J'aurais aimé que le monde que j'allais retrouver soit un monde dont je voulais. Mais ce n'était pas le cas.

La lettre était brève et succincte.

Cher Joseph,

Je suppose que vous allez bien. Reilly Hawkins m'a montré votre lettre. Je suis heureux qu'il l'ait fait car sans cela je n'aurais su comment vous contacter. J'écris à propos de votre mère. Cela fait longtemps qu'elle se porte mal, comme vous le savez, et son état s'est récemment aggravé. Je crains qu'elle ne voie pas la fin de cette année. J'ai pensé qu'il était de mon devoir de vous en informer au cas où vous souhaiteriez la revoir. Le shérif Dearing lui a rendu quelques visites, sans toutefois jamais rester très longtemps. Il lui a parlé, mais je ne crois pas qu'elle l'ait reconnu. Je vous serais reconnaissant de bien vouloir venir. Elle parle souvent de vous, même si je ne suis pas certain qu'elle comprenne ce qu'elle dit.

Mes pensées vous accompagnent, et j'espère que vous reviendrez. Je vous écris dans cette attente.

Cordialement,

Lawrence Gabillard, Docteur en médecine.

J'en voulais à ma mère – de sa maladie, de sa folie, de la manière dont un simple courrier pouvait m'éloigner d'une chose que j'avais si longtemps désirée.

Mais je partis ; je pris le bus vers mon passé, et mon passé m'attendait pour m'accueillir comme si je n'étais jamais parti.

Géorgie, obscure lumière de mon cœur.

Le soleil, jadis haut et effronté, semblait désormais austère et agressif. Les couleurs paraissaient sans substance et vagues, comme si elles ne voulaient plus rien dire, comme si la terre elle-même avait vu trop de jours sombres pour posséder la force de continuer.

Debout au bord de la route je regardais la maison de mon enfance. Je ne voyais pas la famille qui l'habitait désormais, mais je sentais leur présence, je voyais des signes de leur occupation des lieux. C'était le crépuscule, le début de la soirée du 13 octobre, un vendredi, et bien que je n'aie jamais été superstitieux, je sentais que c'était à la fois la fin d'une chose et le début d'une autre. Des lumières brûlaient derrière les fenêtres. De la fumée s'élevait de la cheminée comme un spectre. Un chien aboyait.

Un frisson me parcourut et je rebroussai chemin.

Je louai une chambre pour la nuit à la Falls Inn. J'étais parti depuis dix-huit mois. Je songeai à marcher jusqu'à chez Reilly Hawkins, mais pour quelque raison je ne pus m'y résoudre. J'appris que Frank Turow était mort ; l'auberge appartenait désormais à un certain McGonagle. Un homme costaud, plus large que deux hommes normaux, mais malgré sa carrure il semblait amène, un gentil géant aux traits doux et tout en rondeurs doté d'une crinière d'un blond gris et d'yeux pâles. Il y avait en lui quelque chose d'immédiatement agréable.

« Oui, Frank Turow est mort, déclara McGonagle d'une voix aussi douce que l'étaient ses manières tandis que je le suivais vers l'étroite mansarde. Une attaque je crois. Vous le connaissiez ?

— Un peu.

— Moi, pas du tout… j'ai acheté cet endroit sur une simple poignée de main l'hiver dernier et Frank Turow était déjà mort depuis deux mois. » Je sentis un demi-sourire dans sa voix. « Bizarre… j'ai parfois l'impression qu'il rôde dans les parages pour s'assurer que je prends soin de son établissement. »

Il émit un rire presque silencieux. Je ne cherchai pas à en savoir plus. Je n'avais pas envie d'entendre parler de Frank Turow ou Lowell Shaner, de Clement Yates et Leonard Stowell. Le passé était le passé.

Mais je l'interrogeai sur le shérif Dearing.

« Haynes Dearing, dit McGonagle, et il ralentit l'allure et se tourna vers moi. Vous n'êtes pas au courant ? »

Je me sentais détendu et détaché. Comment avais-je su que mon retour ne provoquerait pas une joyeuse bouffée de nostalgie ?

Je fis signe que non.

« Tragique… vraiment tragique.

— Quoi donc ? demandai-je avec une pointe d'anxiété dans la voix.

— Ce qui est arrivé à sa femme, vous savez ? »

Je secouai à nouveau la tête.

« Je ne connais pas les détails, poursuivit McGonagle. Voyons voir… J'ai acheté cet endroit l'hiver dernier. Ça devait être en mars… non, en février de cette année. Oui, février. Bien sûr, les détails ne me regardent pas, mais d'après ce que j'ai entendu dire elle… eh bien, elle s'est donné la mort.

— Elle s'est suicidée ?

— C'est ce qu'il semble, oui… elle s'est suicidée.

— Pourquoi ? »

J'étais interloqué. Je n'avais jamais rencontré la femme de Dearing, mais je trouvais l'idée de se donner la mort choquante et bouleversante.

« Comme j'ai dit, monsieur, je ne connais pas les détails. Pourquoi les gens se donnent-ils la mort ? Parce qu'ils veulent quelque chose qu'ils ne peuvent pas avoir. Parce qu'ils ont quelque chose qu'ils ne veulent pas. Ça ne va pas chercher beaucoup plus loin que ça, hein ? »

Je ne pouvais pas parler, et pendant un moment je ne pus pas bouger.

Pourquoi y avait-il tant de morts en Géorgie ? Ou est-ce que c'était moi ? Étais-je une sorte d'émissaire de la Mort ? La portais-je sur moi comme une odeur, quelque chose qui m'imprégnait, une tache sur mon âme qui imprégnait l'air autour de moi ?

« Et le shérif Dearing ? »

McGonagle haussa les épaules.

« Il est parti... une ou deux semaines plus tard. Il a démissionné et mis les voiles. Ça devait être en mars. J'ai cru comprendre qu'il était anéanti... Il buvait, je crois, mais je n'y mettrais pas ma main à couper... je ne sais pas où il est allé. Je n'ai plus jamais entendu parler de lui. »

Je restai planté dans la cage d'escalier, mon cœur battant la chamade, une sueur froide perlant sur mon front, sur le revers de mes mains, et je m'imaginai que je n'étais jamais revenu, qu'il me suffisait de fermer les yeux et de faire comme si j'étais à nouveau à New York pour que tout disparaisse.

« Ça va, monsieur ? demanda McGonagle.

— Ou-oui, acquiesçai-je, ça va.

— Bon, alors suivez-moi. Je vais vous montrer votre chambre. »

Plus tard, après une heure ou plus, je me tins à la fenêtre et regardai dehors en direction des ombres d'Augusta Falls. Tout était silencieux, il ne restait que les fantômes du jour, et ils semblaient avoir peur de sortir.

Dix-huit mois, aussi courts qu'une quinzaine de jours. Cet endroit avait continué d'avaler mon passé sans que j'en sache rien.

Le lendemain j'irais voir ma mère à Waycross.

Le lendemain j'affronterais l'obscurité en moi.

Le jour se leva tôt. Le soleil perça, haut et plein, blanc comme neige, projetant des ombres nettes et précises. La nuit avait été froide, le sommeil avait eu du mal à venir, j'avais dormi avec les genoux et les coudes dépassant du matelas, et au réveil je ressentis dans mes muscles la douleur sourde de l'épuisement. Ce n'était pas une détresse physique, mais autre chose. Peut-être mes os, qui avaient grandi sur cette terre, avaient-ils senti qu'ils étaient à la maison et tenté durant mon sommeil de me tirer vers le sol. Ils avaient la nostalgie de la terre, de la moiteur oppressante et de l'humidité implacable. Je me lavai à l'évier de la salle de bains, espérant que la morsure de l'eau glaciale me rafraîchirait. En vain. Je retrouvai péniblement mes esprits, le monde autour de moi était comme une prison dont chaque barreau était un souvenir.

« Bien dormi ? » demanda McGonagle en posant une assiette devant moi dans la cuisine.

Je grommelai quelques paroles qui n'engageaient à rien, et avalai autant de mon petit déjeuner que je le pus. Ma gorge se serrait à chaque bouchée.

Je ne tardai pas à partir, sans regarder en arrière, et me rendis promptement chez Reilly Hawkins.

La maison n'était pas fermée à clé, mais elle était vide. Son pick-up était dans la cour, clé sur le contact. Je griffonnai un mot dans la cuisine et l'accrochai à l'extérieur, à la poignée de la porte.

Au volant du pick-up de Reilly, je longeai les méandres de la Suwannee vers le nord-ouest en direction de Waycross ; j'avais le cœur serré comme un poing, mes yeux ne voyaient rien que la fine bande de route devant moi. J'arrivai aux abords de la ville moins d'une heure plus tard et me garai. J'essayai de me représenter mentalement la scène : une rencontre avec ma mère. Alex me vint à l'esprit et les larmes me montèrent aux yeux. J'appuyai mon front contre le volant.

Quinze minutes plus tard, je redémarrai. J'atteignis l'hôpital, un miracle en soi.

Gabillard fut appelé. Je l'attendis, tête baissée, les mains dans les poches. Lorsqu'il apparut, il semblait bien plus vieux qu'avant, ses cheveux grisonnaient déjà aux tempes.

« Joseph, dit-il, et il tenta de sourire mais ne parvint qu'à avoir l'air attristé.

– Docteur Gabillard.

– Vous avez donc reçu ma lettre ? »

Je fis signe que oui.

« Je suis désolé… commença-t-il, mais je levai la main et il se tut.

– Où est-elle ?

– Suivez-moi », dit-il en inclinant la tête, d'une voix qui n'était qu'un murmure, puis il tourna les talons et se mit en route.

Je sentis mes espoirs s'écrouler tandis que je marchais, le battement de mes chaussures sur le linoléum était comme un rythme de cœur brisé.

Elle avait une expression perdue. Un vide d'humanité. Une tignasse blanche de cheveux fins, la peau froissée autour des yeux et au coin de la bouche, les pupilles dilatées par la morphine. Elle était adossée à la tête de lit, calée contre des oreillers, une couverture coincée sous son menton l'enveloppait comme un linceul, et lorsqu'elle me regarda je me sentis absolument transparent.

« Mary ? hasarda Gabillard. Mary… Joseph est ici, votre fils, Joseph. »

Je fis un pas en avant, comme si son champ de vision ne s'étendait pas jusqu'au pied du lit.

Ma mère, à quarante-cinq ans, en paraissait presque soixante-dix.

« Joseph ? fit-elle d'une voix enrouée. Joseph qui ?

– C'est moi, mère, dis-je, rassemblant toutes mes forces pour ne pas me retourner, me retourner et fuir en courant cet abominable masque mortuaire.

– Mère ? dit-elle. Es-tu là, mère ? »

Je fis un nouveau pas en avant.

Gabillard se tenait derrière moi. Il approcha une chaise de sorte qu'elle vienne me toucher l'arrière des genoux. Je m'assis sans réfléchir, tendis le bras et posai la main sur celle de ma mère.

« Joseph, dites-vous ? »

Elle tourna son visage vers moi, et je vis que ma mère avait depuis longtemps quitté cette coquille au profit d'un endroit meilleur.

« Oui, mère, c'est moi… Joseph. »

Je sentis Gabillard qui battait en retraite. Je n'osai pas regarder par-dessus mon épaule.

« Joseph, dit-elle, et un fantôme de sourire apparut sur son visage. Joseph. Joseph. Joseph. Je t'ai long-temps attendu, mon cher.

– Je sais, mère, je sais.

– Mais je voulais que tu viennes… je voulais que tu viennes pour que tu puisses les entendre. »

Je me penchai en avant.

« Entendre qui, mère ? Pour que je puisse entendre qui ? »

Elle sourit à nouveau, et je vis quelque chose dans ses yeux, quelque chose qui m'indiqua qu'elle avait toute sa tête, qu'elle était consciente – ne serait-ce que pendant une fraction de seconde – de qui elle était et du fait que son fils était maintenant assis à côté d'elle.

« Toutes, Joseph… Je les entends toutes en ce moment, tu sais ?

– Qui ? Qui entends-tu ? »

Mon cœur battait à tout rompre. La tête me tournait. Je croyais savoir ce qui allait arriver, même si je n'ai jamais compris comment j'avais pu le deviner.

« Les filles », murmura-t-elle, et sa voix était comme une brise, un coup de vent, un souffle éteignant une bougie, un mouvement de nuage, une personne traversant un champ de blé.

Mon cœur s'arrêta. J'écarquillai les yeux.

« N'aie pas peur, reprit-elle. Elles savent que ce n'était pas ta faute. Tu ne leur as rien fait.

– À… à qui, mère ? Rien fait à qui ?

– À toutes… toutes les petites filles. » Elle se retourna et regarda en direction de la fenêtre. « Je savais que c'était lui… je l'ai su après la deuxième ou la troisième. Je savais que c'était lui, dehors dans la nuit, avec ses pensées diaboliques. Je savais qu'il tuait ces petites filles avec ses idées noires et ses mains noires, tu sais ? Je l'ai su dès Ellen May et Catherine…

– Non », dis-je, d'une voix faible et brisée par l'émotion.

Ma mère retourna sa main et agrippa la mienne de ses doigts forts, puissants comme des griffes. Elle semblait vouloir m'attirer à elle, je m'approchai, et bientôt mon visage fut à quelques centimètres du sien.

« Dès le début… Je l'ai su dès le début, et c'est pour ça qu'il fallait le faire, Joseph, c'est pour ça qu'il *fallait* le faire.

– Quoi ? demandai-je, et une vague de terreur monta en moi.

– Je n'ai jamais voulu lui faire du mal à elle… seulement à lui. Je ne pouvais en parler à personne. Personne ne m'aurait crue. Je devais exorciser le démon – exorciser le démon. Purifier le sol. Purifier la terre sur laquelle il avait marché. Je devais le déloger avec la lumière de la vérité… je devais porter la lumière dans l'obscurité et montrer aux gens la couleur de son âme… »

Elle s'interrompit. J'essayai de retirer ma main, mais elle la serrait de toutes ses forces.

« Je devais le déloger avec un feu purificateur, Joseph… je le devais… je le devais… »

Et alors je compris. Avant qu'elle ne prononce un autre mot, je compris.

Ses yeux s'élargirent et je vis qu'elle pleurait. De grosses larmes avaient fait surface et roulaient sur ses joues.

« Je devais mettre le feu, Joseph… Je devais mettre le feu pour le faire quitter cette maison. »

Je fermai les yeux. J'avais le souffle court, je me sentais nauséeux.

« Je devais le faire, Joseph… Je *devais* le faire. »

J'arrachai ma main des siennes. Je me levai, reculai.

« Joseph… non, Joseph, ne t'en va pas… tu ne comprends pas. Tu ne comprends pas ce qui s'est passé. Je devais faire quelque chose… je n'avais pas le choix… je ne pouvais rien faire…

– Assez ! » m'écriai-je.

Je reculai un peu plus, me retournai, et c'est alors que je vis Gabillard.

Quelque chose dans ses yeux me disait qu'il savait.

« Elle vous l'a dit », déclarai-je d'une voix qui ne semblait pas être la mienne.

Gabillard ne répondit rien, il se contenta de détourner les yeux, et lorsqu'il les posa à nouveau sur moi, je n'eus plus aucun doute.

Je secouai la tête, puis je quittai la pièce en le bousculant, courant presque, accélérant le pas dans le couloir, fonçant vers la sortie comme si j'étais talonné par tout ce à quoi j'avais toujours voulu échapper.

Je franchis les portes et m'engouffrai dans l'air froid. Mon souffle jaillissait de mes poumons, et avant d'avoir pu recouvrer mon équilibre je tombai à genoux. Je restai ainsi un moment, tentant de ne pas vomir, mais il n'y avait rien à faire. J'eus un violent haut-le-cœur, puis un autre, et j'eus la sensation qu'on m'arrachait la gorge par la bouche.

« Non ! haletai-je. Non ! Non ! Non ! »

Mais la vérité avait été dite. L'incendie chez les Kruger. La mort d'Elena. Ma mère avait assassiné une enfant et ce meurtre lui avait coûté la raison.

Je restai un long moment immobile. Personne ne vint m'aider. Peut-être que personne ne me vit.

Puis je me levai, regagnai le pick-up, et bien que je ne fusse pas en état de conduire, je parvins à retourner chez Reilly.

J'avais appris la vérité ; une vérité simple et douloureuse.

Ma mère était aussi coupable que Gunther Kruger.

Je fus deux fois malade chez Reilly Hawkins. Il était calmement assis et me frottait le dos tandis que, penché au-dessus de l'évier, je ne vomissais rien que de la douleur. Il ne dit rien, pas un mot, jusqu'à ce que j'aille mieux et vienne m'asseoir à la table de la cuisine.

Lorsque je levai les yeux vers lui, il sourit.

« C'était ton anniversaire », dit-il.

Je fronçai les sourcils d'un air interrogateur.

« Il y a trois jours… ton anniversaire, tu te souviens ? »

J'essayai de sourire, puis secouai la tête.

« Non, murmurai-je d'une voix rauque, ma gorge me faisant atrocement souffrir.

— Si, dit-il. Et si j'avais su que tu viendrais, je t'aurais acheté un cadeau.

— Si tu avais su que je viendrais, j'espère que tu m'aurais conseillé de rester à Brooklyn. »

Reilly Hawkins sourit d'un air compatissant.

« Je pouvais pas savoir, Joseph… comment aurais-je pu savoir une telle chose ?

— C'était une façon de parler.

— Je crois pas que nous connaîtrons jamais la vérité…

— J'ai eu ma dose de vérité pour un bon moment, dis-je. Je ne crois pas que je pourrais supporter plus de vérité.

— Tu peux pas être certain qu'elle a fait cette chose. Elle est… eh bien, elle est…

— Folle, dis-je d'une voix neutre. Oui, elle est folle. Folle à lier. Et je crois que c'est ça qui l'a rendue folle. » Je me penchai en avant et appuyai mon front sur le bord de la table. « Je ne sais pas ce qui s'est passé cette nuit-là… Je ne pense pas que je comprendrai un jour ce qui s'est passé. Peut-être le croyait-elle seul… Dieu seul le sait, Reilly.

— Et Dieu seul la jugera, Joseph, c'est pas à nous de… »

Je levai les yeux et souris.

« Je ne veux pas entendre parler de religion, Reilly… pas maintenant, d'accord ?

— D'accord, Joseph, d'accord. » Il tendit le bras, referma la main au-dessus de la mienne. « Alors parle-moi de Brooklyn.

– Brooklyn ?

– Oui, Brooklyn. Est-ce que c'est comme tu te l'imaginais ? »

Je songeai à Aggie Boyle et Joyce Spragg. Je songeai à Paul Hennessy, Cecily Bryan, au Forum des écrivains de St. Joseph. Je songeai aux misérables poignées de pages qui étaient censées être le début de mon Grand Roman américain. Je songeai à ce qu'Alex aurait pensé de la personne que j'essayais de devenir.

« Brooklyn est un monde à part, répondis-je. Brooklyn et Augusta Falls n'appartiennent pas au même monde.

– Et tu travailles à quelque chose ? Tu écris ?

– Un peu, répondis-je. Pas autant que je l'aurais espéré, mais oui, je travaille à quelque chose.

– Qui s'appelle ?

– Juste un titre de travail, dis-je. Ça s'appelle *Le Retour au pays*.

– Et il y a un brin d'autobiographie là-dedans, non ?

– Non, rien d'autobiographique. De la pure fiction.

– Alors qu'est-ce que tu vas faire ?

– Faire ? demandai-je. Qu'est-ce que tu veux dire ?

– À propos de cette histoire… cette histoire concernant ta mère.

– Je ne vais rien faire, Reilly. Qu'est-ce que tu voudrais que je fasse ? Gunther Kruger est mort, Haynes Dearing est parti… Dieu seul sait où…

– Il est tombé dans une bouteille… c'est du moins ce que j'ai entendu dire.

– À ce propos, tu as quelque chose ?

– Du whiskey », répondit-il, et il se leva de sa chaise.

Il saisit la bouteille dans le placard au-dessus de l'évier, apporta deux petits verres à alcool et les remplit. Une fois assis, il leva son verre.

« À la vie. À un avenir meilleur, hein ?

— Ça me va », répondis-je.

Je bus le whiskey d'un trait. La chaleur brute emplit ma poitrine. C'était une sensation nouvelle, quelque chose de différent de la peur et de la nausée, et j'en étais heureux. Je saisis la bouteille et remplis à nouveau mon verre.

« Tu vas repartir ?

— À Brooklyn ? Bien sûr. Rien ne me retient ici.

— Vrai, dit Reilly. Et tu vas écrire ce livre… cette histoire de retour au pays.

— Je vais essayer, Reilly, je vais vraiment essayer.

— Alors tu passes la nuit ici, OK ? Tu peux juste passer la nuit ici et repartir demain.

— Ça, je peux le faire, répondis-je. Je peux rester une nuit.

— J'ai une autre bouteille… on va boire jusqu'à tomber dans les pommes.

— Voilà qui est parlé, Reilly Hawkins, voilà qui est parlé. »

23

Au-dessus de ma tête il y a des feuilles d'automne. Des feuilles recroquevillées sur leurs branches telles des mains d'enfant. Comme des mains de nourrisson : quelque ultime effort plaintif pour capturer les vestiges de l'été jusque dans l'atmosphère. Et le retenir. Le retenir tout contre soi. Bientôt il serait difficile de se rappeler quoi que ce soit hormis l'humidité maussade, étouffante qui semblait éternellement nous cerner. Cet hiver était une chose à part. Une énormité effrontée et arrogante. Poings serrés et haleine chargée de whisky.

La petite fille.

Elle laboure la terre de ses doigts. Ses mains telles de petites grappes de couteaux serrés tandis qu'elle gratte le sol.

Elle croit que si elle le gratte, quelque message profond, presque subliminal, va se transmuer par osmose, par absorption, quelque chose, n'importe quoi…

Comme si la terre allait être capable de voir ce qui lui arrive et relayer le message à travers le sol, les racines, les tiges, à travers les yeux et les oreilles des vers, insectes et autres bestioles qui font *scritch scritch scritch* la nuit quand personne ne peut les voir, le genre de bestioles qui ne peuvent être vues à l'œil nu…

Quelque chose avec un tel visage…

Elle gratte, griffe, résiste, bat le sol des pieds, des mains...

Comme si elle espérait que quelqu'un allait l'entendre... que quelqu'un allait l'entendre et accourir et voir l'homme.

Penché au-dessus d'elle. L'épaule voûtée. Le front transpirant. La lame rouillée. La peau qui dégageait une puanteur de fosse dans la terre, de latrines et de marécage fétide, de rivière terreuse gonflée, de poisson cru, de poulet cru, si cru et vieux qu'il est bleu et desséché et qu'il agresse les narines...

Quelqu'un viendrait et verrait.

Gunther Kruger penché au-dessus d'elle. Travaillant. Travaillant dur. Son métier. Un *vrai* métier.

Mais personne ne vint.

Personne...

Je repris brutalement conscience tandis qu'un grand coup de tonnerre silencieux éclatait en moi. Terrifiant. Un silence explosif. Comme si je chancelais au bord de quelque abîme obscur, puis tombais vers le haut, défiant la gravité, percutant la chaleur et l'obscurité tandis que je luttais pour me dégager des draps et des couvertures.

J'émis un son étouffé, puis je tombai du lit et heurtai le sol froid et dur. Je restai étendu un moment, hébété et à bout de souffle. J'entendis des bruits de pas. L'espace d'un bref instant, je crus que la Mort était là, qu'Elle avait emprunté la grand-route pour venir me chercher. Pour que je paye ma dette. Qu'Elle allait m'emporter sur la rivière noire – eau comme de l'obsidienne, eau sans reflets, visages ombrés se dressant vers moi, mon cœur ralentissant, mon souffle hésitant, devenant silencieux, mes yeux se fermant...

« Nom de Dieu, qu'est-ce qui s'est passé ? »

Reilly Hawkins se tenait au-dessus de moi, mains tendues, et il m'aida à me redresser et à m'adosser au lit.

Je fermai les yeux et regardai mes mains. Elles tremblaient.

« Un rêve...

— Plutôt un cauchemar, répliqua-t-il, et il passa les mains sous mes bras et me souleva pour me faire asseoir sur le bord du lit. Tu veux un verre d'eau ? »

J'acquiesçai.

Reilly quitta la pièce à la hâte et descendit au rez-de-chaussée. Je levai mes mains devant mes yeux. Impossible de les tenir immobiles.

Je les plaquai contre mon torse, eus la sensation que quelque grand animal ailé cherchait à sortir de ma cage thoracique. Je fermai les yeux et me laissai retomber en arrière.

Je vis le visage de ma mère...

Je devais le déloger avec un feu purificateur, Joseph... je le devais... je le devais...

« Non ! » hurlai-je, et mon cri involontaire m'effraya ; je ne parvenais plus à contrôler mes pensées, mes muscles.

Reilly apparut dans l'embrasure de la porte, un verre d'eau dans une main, la bouteille de whiskey dans l'autre.

Il les posa par terre et m'aida à me lever, me guida hors de la chambre et le long du couloir. Il me fit asseoir au bord de son lit, remonta une couverture autour de mes épaules, puis il repartit chercher les verres.

« Juste de l'eau », dis-je en saisissant le verre.

Il sourit d'un air gêné.

« Le whiskey est pour moi, murmura-t-il. Tu m'as fichu la trouille de ma vie, Joseph Vaughan. »

Il déboucha la bouteille et but une rasade.

« Dé-désolé, bégayai-je.

– T'en fais pas, répondit-il. T'as le droit d'être à côté de la plaque pendant quelque temps. »

J'opinai, tentai d'inspirer profondément.

« Étends-toi, conseilla Reilly. Essaie de te rendormir. Je vais rester avec toi, OK ? »

Je ne répondis rien. Je lui tendis le verre et m'allongeai lentement. Je sentais le sommeil qui m'attirait, et j'avais peur de me laisser aller.

Mais je finis par m'abandonner, et l'obscurité qui m'avait habité sembla alors se dissiper.

Retour au pays, pensai-je, et je m'endormis en silence.

Le lendemain, en fin de matinée, quatre jours après mon vingt-troisième anniversaire, ma mère s'éteignit en silence.

Elle aurait eu quarante-six ans deux mois et quatre jours plus tard.

Je n'étais pas présent lorsqu'elle mourut, ce dont je fus reconnaissant, comme si une petite miséricorde nous avait été accordée. Elle avait trouvé sa fuite.

Je n'appris son décès qu'en début de soirée. J'étais assis dans la cuisine de Reilly Hawkins ; un repas intact était posé devant moi, mon esprit était trop faible pour se concentrer sur quoi que ce soit, le jour qui venait de s'écouler n'était qu'un souvenir vague et imprécis. Reilly était resté avec moi mais nous parlions peu. Il ne m'avait pas demandé quand je partirais, quand je comptais rentrer à Brooklyn, et s'il me l'avait demandé, j'aurais été incapable de répondre.

C'est le docteur Piper qui m'annonça la nouvelle. Il était venu chez Reilly, devinant que je m'y trouverais.

À son arrivée, j'avais su ce qu'il allait dire, mais il fit son annonce avec une délicatesse qui me sembla être l'essence même de sa personnalité.

« Partie, déclara-t-il doucement. En paix, avec un sourire, Joseph, mais elle est partie. »

Il n'était pas au courant de son crime, et je n'avais aucune intention de lui en parler. Je ne comptais en parler à personne, et le secret qu'elle avait partagé avec moi resterait dans mon cœur aussi longtemps que je pourrais le garder pour moi.

Peut-être est-il des cicatrices – sur l'esprit, le cœur – qui ne se referment jamais. Peut-être est-il des mots qui ne peuvent jamais être prononcés ni chuchotés, des mots qu'il faut écrire sur une feuille de papier que l'on plie pour faire un bateau qui voguera sur un ruisseau pour se faire avaler par les vagues. Peut-être est-il des ombres qui vous hantent à jamais, qui viennent se serrer contre vous dans ces moments d'intime obscurité, et vous seul pouvez reconnaître les visages qu'elles revêtent, car ce sont des ombres, les ombres de vos péchés, et nul exorcisme terrestre ne peut les chasser. Peut-être ne sommes-nous pas si forts que ça en fin de compte. Peut-être mentons-nous au monde, et en mentant au monde nous mentons à nous-mêmes.

Plus tard, lorsque les paroles du docteur Piper ne furent plus qu'un souvenir, je pleurai pour ma mère.

Mais je pleurai surtout pour Elena Kruger : celle que j'avais promis de protéger.

Tôt le matin. Le ciel comme du cuivre martelé. Le cœur comme un poing émoussé. La pluie aussi fine que de la poussière.

L'enterrement de ma mère. Le même cercueil grossier que celui de mon père. Mais cette fois pas de veillée du Sud. Je n'attachai pas ses vêtements à une branche de sassafras pour y mettre le feu. Gunther Kruger ne plaça pas son corps sur un pick-up pour l'emmener sur le bitume de la campagne. Plus tard, personne ne se réunit dans la cuisine de mon enfance pour raconter des anecdotes et des histoires à dormir debout sur la vie qu'elle avait menée.

Cette fois-ci il n'y eut rien.

Je ne pleurais pas la femme qui était morte ; je pleurais la femme dont je me souvenais. Debout devant la tombe je prononçai une espèce de prière, quelques mots nés d'un mince espoir d'un monde meilleur. Les yeux serrés comme du papier froissé ; la bouche fermée, une fine ligne inégale ; les doigts enfoncés dans les oreilles jusqu'à avoir l'impression qu'ils allaient toucher l'arête de mon nez. Le reste du monde était ailleurs, à sept lieues devant moi et toujours devant le vent.

Puis je m'en allai, flanqué de Reilly Hawkins et du docteur Thomas Piper.

Nous étions le mercredi 18 octobre 1950.

« Peut-être qu'il y a un monde meilleur, dit Reilly.

– Peut-être pas, répliquai-je.

– Je crois qu'il va nous falloir un bon bout de temps avant de le découvrir, hein ? »

J'acquiesçai mais ne répondis rien.

Deux jours plus tard, vendredi après-midi, Reilly Hawkins me conduisit à l'arrêt de bus d'Augusta Falls.

J'entamai à nouveau le long voyage vers Brooklyn.

Je me fis la promesse de ne jamais revenir en Géorgie.

24

Lorsque arriva l'été 1951, je m'étais remis à écrire. L'argent de la vente de la maison avait été débloqué et j'avais reçu plus de trois mille dollars. Je logeais toujours chez Aggie Boyle, mais de nombreuses choses avaient changé. J'avais observé la lente guérison de mon cœur, et avais gardé pour moi la confession de ma mère. Ma liaison avec Joyce Spragg, si importante – ou insignifiante – qu'elle eût été, était morte d'une mort lente mais indolore. Je demeurais fidèle au Forum des écrivains, et Paul Hennessy était devenu mon ami le plus proche. C'est lui qui m'encouragea à poursuivre *Le Retour au pays*.

« Il te faut juste une première phrase, dit-il. Chaque grand livre commence par une grande première phrase, tu sais ?

– Comme ? »

Il rit.

« Bon sang, Joseph, c'est toi l'écrivain. Moi, je ne suis qu'un humble lecteur. Je sais reconnaître une grande première phrase quand j'en lis une, mais lorsqu'il s'agit d'écrire, j'ai déjà assez de mal à remplir une candidature à un emploi.

– J'ai une première phrase.

– Qui est ? »

Nous nous trouvions dans ma chambre. J'étais à mon bureau et Paul était assis dans un fauteuil dans le renfoncement de la fenêtre. À contre-jour, dans la lumière du milieu d'après-midi, il ne semblait guère plus qu'une silhouette.

J'attrapai la liasse de papiers sur lesquels j'avais griffonné le début de mon roman il y avait si longtemps de cela et les feuilletai.

« Là, fis-je. Tu es prêt ?

– Vas-y, balance. »

Je souris.

« Je n'ai jamais pensé que la vie pouvait être autre chose que belle...

– Non, non, non, dit-il en secouant la tête. C'est maladroit. Aucune poésie. Et puis c'est banal.

– Autre chose ? »

Paul se leva et marcha jusqu'à la bibliothèque.

« Voyons voir ce que nous avons ici », dit-il. Il attrapa un volume. « *Rue de la Sardine.* John Steinbeck.

– Ce n'est pas juste.

– Boucle-la et écoute. » Hennessy s'éclaircit la voix : « *La Rue de la Sardine est un poème, une puanteur, un vacarme, une qualité de lumière, un ton, une habitude, une nostalgie, un rêve.* » Il referma sèchement le livre et sourit. « Tu vois ? De la poésie. Un peu de magie. Toute l'atmosphère est là dans une phrase. » Il en attrapa un autre. « William Faulkner. *Les Palmiers sauvages.*

– Prix Nobel de littérature l'année dernière, dis-je. La compétition est rude.

– C'est sans doute exactement ce qu'il te faut. Allons-y. *Des coups retentirent à nouveau, à la fois discrets et impérieux, tandis que le médecin descendait les marches, le faisceau de sa lampe torche s'élan-*

çant devant lui dans la cage d'escalier tachée de brun
et dans le vestibule aux lambris eux aussi tachés.
C'est pas mystérieux, ça, hein ? Qui est le médecin ?
Est-il chez lui ? Que sont ces coups ? Quelqu'un à la
porte ? Qui viendrait frapper à sa porte la nuit ? Est-ce
que quelqu'un est malade ? Est-ce que quelqu'un est
mort ?

— Ça suffit. Je vois où tu veux en venir.

— Alors écris-moi une grande première phrase.

— Maintenant ?

— Bien sûr, maintenant, pourquoi pas ? Qu'est-ce
que tu attends ? Tu sais ce qu'on dit… dix pour cent
d'inspiration.

— Quatre-vingt-dix pour cent de transpiration, je
sais.

— Alors je vais aller m'asseoir près de cette fenêtre
et te foutre la paix jusqu'à ce que tu aies fini. »

Je me penchai au-dessus du bureau, stylo en main,
et fermai les yeux. Je pensai à la scène d'ouverture.
L'arrivée d'amis dans une maison. Des amis depuis
longtemps oubliés. Des amis qui passaient en ville et
décidaient de rendre visite au personnage central. Il est
surpris, pris de court, mais leur enthousiasme et leur
charme semblent le captiver. Il a l'impression qu'il y
a là quelque chose qu'il a perdu. Il a la nostalgie du
passé, une époque où seuls comptaient les amis tels que
ceux-ci, et il décide que la vie qu'il a choisie est un
gâchis. Il entame un périple, un périple vers ses racines.
Il voyage à pied, en train, en bus, en charrette, il fait du
stop. Il traverse les États-Unis d'est en ouest et vit la
vie comme elle est censée être vécue. Il n'atteint jamais
sa ville de naissance, mais il trouve l'endroit où il est
chez lui. Une allégorie, une fable, un mythe.

J'appliquai la pointe du stylo contre le papier.

« Je n'entends aucun grattement de plume sur le parchemin, déclara Hennessy depuis son fauteuil près de la fenêtre.

– Chut, fis-je. Tu ne vois pas que je travaille ? »

Quelques minutes plus tard je levai les yeux, me penchai en arrière, me retournai sur ma chaise en tenant la feuille et en souriant.

« Je l'ai, annonçai-je fièrement.

– Bien. Écoutons ça.

– *Il fut un temps où chaque jour semblait pouvoir déborder de passion ; un temps où la vie était pleine de magie et de désir ; un temps où je croyais que l'avenir ne pourrait être que parfait. Ce temps exista. Et dans ma jeunesse, ébloui par l'innocence et l'ardeur, je croyais qu'un sentier avait été creusé pour moi, qui ne pouvait que s'élever vers…*

– Ho ! Assez ! lança Hennessy. Ça fait plus d'une phrase. »

Je levai les yeux.

« Je n'ai pas fini.

– Je ne t'en ai pas demandé plus.

– Alors, qu'est-ce que tu en dis ?

– Mieux, répondit-il tièdement. Mieux que l'autre. On a le sentiment d'une noirceur imminente. D'une déception. Quelque chose est arrivé qui a tempéré l'enthousiasme de ce type, pas vrai ?

– Oui, en effet. Certains de ses amis…

– Ne le dis pas, coupa Hennessy, écris-le. Écris-le d'abord, et après tu pourras me raconter.

– Tu as l'intention d'être ma muse ? demandai-je en souriant.

– Bon Dieu, non, Vaughan. Une muse doit être une femme, une femme d'esprit et de grâce. Oui, nous te trouverons une muse, une femme intelligente et élégante, mais pas jolie au point d'être une constante distraction, hein ? »

J'avais souvent parlé d'Alex à Hennessy, mais à cet instant je ne pouvais supporter de prononcer à nouveau son nom, aussi ne dis-je rien.

« Tu vas continuer d'écrire ?

– Oui, répondis-je. Tu m'as remis le pied à l'étrier.

– Dans ce cas, Vaughan, ma mission est accomplie… je vais t'abandonner aux machinations et aux rêveries de ton esprit. Je vais me trouver un bar et boire jusqu'à ne plus y voir trop clair.

– Amuse-toi bien, dis-je.

– J'y compte bien, Vaughan, j'y compte bien. »

Je travaillais sans relâche. J'avais trouvé mon allure, mon rythme, et entre l'aube et le crépuscule je parvenais à me discipliner suffisamment pour faire sortir les mots. Je m'achetai une nouvelle machine à écrire Underwood, la posai sur une couverture pliée sur mon bureau pour atténuer le cliquetis qu'elle produisait et débitai page après page entre le rouleau et le ruban. Je me mis à fumer, une affectation écœurante dont je ne pus bientôt plus me défaire, et bien souvent je sortais le soir avec Hennessy, et nous ingurgitions autant de boissons différentes que possible jusqu'à être malades comme des chiens.

Le passé me laissait plus ou moins en paix, mais il ressurgissait de temps à autre à l'improviste. Je pensais aux fillettes qui avaient été assassinées, et leurs noms me revenaient à l'esprit ; Alice Ruth Van Horne, Rebecca Leonard, Catherine McRae, Virginia Grace Perlman, d'autres dont je n'avais jamais connu, ni ne connaîtrais jamais, le visage. Je repensais au jour où j'avais trouvé Gunther Kruger dans la chambre de ma mère, et après je m'imaginais celle-ci quittant à la dérobée la maison une nuit d'août pour allumer un incendie. J'essayais de me convaincre qu'elle n'avait pas pu commettre un tel acte, mais je savais que si. Elle avait tenté d'exorciser le démon d'Augusta Falls, un démon qu'elle avait accepté dans son lit, dans sa vie, dans son cœur peut-être. Sa culpabilité, sa colère, sa douleur, sa conscience – toutes ces choses l'avaient finalement submergée, et elle avait infligé sa propre folie au monde.

Cette folie s'était développée, elle l'avait dévorée vivante de l'intérieur, et elle avait fini par la tuer. Lorsque je pensais à elle, je n'éprouvais pas de chagrin, mais une sorte de pitié amère. Je pensais beaucoup à mon père, me demandant souvent ce que nous serions devenus s'il avait vécu. J'écrivais mes émotions dans mon roman et, d'une certaine manière, cela semblait arranger les choses.

Au début de septembre de cette même année, alors que le premier jet de mon roman était presque achevé, je m'inscrivis à la bibliothèque la plus proche que je trouvai. J'y empruntai *Mondes en collision* d'Immanuel Velikovsky, des piles d'exemplaires du *Writer's Digest*, des choses d'Ezra Pound, *Le Prince* de Machiavel, *Satanstoe* de Fenimore Cooper. Et c'est là que je la vis. Je la vis pour la première fois, et bien que ses traits n'aient rien eu de remarquable, bien que rien de particulier n'ait pu être identifié ni souligné ; bien que ses yeux n'aient été ni vert émeraude ni bleu saphir ni d'un noir d'une profondeur insondable, mais d'une couleur chaude, comme l'acajou méticuleusement poncé jusqu'à ce que le grain ressorte dans toute sa splendeur, jusqu'à ce que la surface soit lisse comme du beurre ; bien que son visage ait eu la familiarité d'une personne proche mais depuis longtemps perdue de vue, comme si le fait de la voir éveillait non seulement une certaine affinité, mais aussi le fantôme intime de la nostalgie… Bien qu'il ait été impossible de définir *la* chose qui la rendait unique, il semblait que tout en elle avait une aura magique. Plus tard, en y repensant, je songeai qu'elle donnait peut-être l'impression de n'avoir besoin de personne, et que c'était cette qualité qui avait à elle seule suffi à me la rendre si insupportablement attirante.

Je la vis à la bibliothèque, portant elle aussi une pile de livres, et il me sembla que quelque phénomène surnaturel avait désigné ce jour, cet instant, comme un moment de grande importance.

Les mots, d'ordinaire ma force, me manquèrent. Ce premier jour, je ne pus rien dire d'important ni de sensé. Je me contentai de sourire dans l'espoir qu'elle me retournerait mon sourire. Elle ne le fit pas. Je sentis mon cœur se briser comme une brindille de bois vert.

Je retournai à la bibliothèque chaque jour pendant presque une semaine, et le vendredi, en fin d'après-midi, elle apparut de derrière un rayonnage tenant un exemplaire de *Rue de la Sardine* à la main.

Je me souvenais de la phrase, la toute première phrase, une phrase que j'avais mémorisée suite à ma conversation avec Paul. Je souris, m'éclaircis la voix, me lançai :

« *La Rue de la Sardine est un poème…* » Elle fronça les sourcils d'un air embarrassé. « *… une puanteur, un vacarme, une qualité de lumière, un ton, une habitude, une nostalgie, un rêve.*

– Je vous demande pardon ?

– La première phrase, dis-je fièrement, bien que je me sentisse idiot. La première phrase de *Rue de la Sardine*... le livre que vous avez, là. »

Elle me regarda d'un air interrogateur, jeta un coup d'œil au mince volume qu'elle avait entre les mains.

« Vraiment ? demanda-t-elle. Je ne saurais dire... je ne l'ai pas lu.

– Moi si.

– C'est ce qu'on dirait. »

Elle baissa la main pour cacher l'objet, puis elle esquissa un mouvement comme pour me passer devant.

« Je suis désolé », dis-je. Je reculai d'un pas pour paraître moins intimidant, tentai de lui faire un sourire, un sourire sincère, quelque chose de chaud qui venait du cœur, mais mes muscles se crispèrent. Je supposai qu'elle me prenait pour un fou. « Je ne voulais pas vous interrompre, repris-je. C'est juste que quand on voit quelqu'un avec un livre qu'on aime on se dit qu'il y a peut-être quelque... »

Ma gorge se serra. Je ne parvins pas à dire ce que j'avais prévu de dire.

« Quelque quoi ?

– Je ne sais pas », répondis-je. Ma gêne se transformait rapidement en totale détresse émotionnelle. « Vraiment, je suis désolé... je voulais vous parler la dernière fois que vous étiez ici. Je vais vous laisser tranquille. Je suis juste en train de me ridiculiser. »

La fille sourit.

« Soit », dit-elle doucement.

Elle se déporta à nouveau sur la gauche comme pour passer. Je savais que si je la laissais partir il était plus que probable que je ne la reverrais jamais. C'était le destin.

« Je viens ici assez souvent, repris-je. Je viens juste d'emménager dans le coin… je ne connais pas vraiment qui que ce soit… je me demandais… »

Elle me regarda d'un air soupçonneux. Elle semblait irritée. Je levai les mains et reculai.

« Ça ne se passe pas comme je le voulais, déclarai-je.

– Et que vouliez-vous ? demanda-t-elle.

– Je ne sais pas, mademoiselle… je voulais juste me présenter. Je voulais dire bonjour. Je voulais trouver une raison de vous adresser la parole, c'est tout.

– Et de quoi vouliez-vous me parler ?

– De n'importe quoi, vraiment. De livres. Savoir qui vous étiez. D'où vous veniez. Si nous pouvions… je ne sais pas… si nous pouvions faire connaissance. Je me disais qu'on aurait peut-être quelque chose en commun… la littérature, vous savez. Nous pourrions découvrir que nous avons quelque chose en commun, et vous pourriez être la seule personne que je connaisse à Brooklyn.

– Quel est votre nom ? demanda-t-elle en souriant.

– Vaughan, répondis-je. Joseph Vaughan.

– Eh bien, Joseph Vaughan, ça m'a fait très plaisir de vous rencontrer, mais je suis très pressée. Je dois rentrer, alors si ça ne vous dérange pas ? »

Elle fit un nouveau pas sur la gauche pour me contourner.

« Peut-être que je pourrais vous revoir ? » demandai-je.

J'avais atteint un point de non-retour. Je n'avais rien à perdre. Ma dignité, mon amour-propre, tout était allé à vau-l'eau.

« Vous le pourriez, répondit-elle. Mais même si je vous revoyais, ça ne signifierait pas que j'en aie envie.

Comme aujourd'hui… le fait que nous nous trouvions dans la même bibliothèque à la même heure signifie simplement que nous sommes tous les deux venus emprunter des livres. Une coïncidence, d'accord ? »

Je ne mentionnai pas le fait que j'étais venu chaque jour dans l'espoir qu'elle serait là.

« Je ne crois pas beaucoup aux coïncidences, ripostai-je.

– Ah non ? » fit-elle. Une question rhétorique. « On dirait aussi que vous vous fichez que les autres aient ou non le temps de rester là à discuter avec des inconnus. »

C'était fini. Elle était parvenue à m'écraser complètement.

« Je vous prie de m'excuser, dis-je d'un air penaud. Je suis vraiment désolé de vous avoir dérangée. Je ne voulais pas être…

– Vous êtes très bien, Joseph Vaughan, et je suis sûre que ce serait très agréable de faire votre connaissance, mais je dois vraiment y aller. J'ai à faire. »

Cette fois elle avança vers moi avec plus de détermination, d'une manière presque autoritaire, et je m'écartai.

« À une prochaine fois, alors, dis-je.

– Peut-être », répondit-elle, et elle tourna au coin de l'allée et disparut.

Je restai planté quelques instants, le cœur battant à tout rompre, les nerfs tendus comme des câbles, puis je m'efforçai de faire quelque chose. N'importe quoi.

Je posai les livres que j'avais choisis au bord de l'étagère la plus proche, puis je quittai à la hâte la bibliothèque et descendis les marches pour regagner la rue. Un demi-pâté de maisons plus loin je tombai sur un fleuriste, lui lançai un dollar et attrapai le bouquet le

442

plus proche. Il hurla après moi pour me rendre la monnaie mais j'avais déjà repris en courant le chemin de la bibliothèque.

J'étais là lorsqu'elle franchit la porte et descendit les marches.

Je restai immobile, à bout de souffle, le visage rougi, tenant le bouquet comme un bouclier pour me protéger de son possible refus.

Elle me vit et parut un moment surprise, décontenancée, puis elle me fit un sourire, un sourire de plus en plus large, et éclata de rire.

« Vous êtes un imbécile, lança-t-elle comme en écho à mes propres pensées. Qu'est-ce que vous faites maintenant ?

— Je vous ai acheté des fleurs, répondis-je comme un idiot, comme si ça ne se voyait pas.

— Pour quoi faire ?

— Pour m'excuser de vous avoir dérangée.

— Vous ne m'avez pas dérangée. »

Elle descendit jusqu'au bas des marches.

« Écoutez, dis-je, sentant une sorte d'irritation vaincre mon embarras. Je ne sais vraiment pas ce qui vous rebute chez moi. Je suis désolé d'avoir cette tête-là. Je suis désolé de vous retenir quand vous avez de toute évidence mieux à faire, mais ce que je pense, c'est que si on ne s'arrange pas pour engager la conversation avec quelqu'un, alors on passe le reste de sa vie seul à le regretter. Je vous ai déjà vue. Vous aviez l'air d'une personne à qui il serait agréable de parler. Je suis venu ici chaque jour depuis dans l'espoir de vous revoir…

— Vous avez quoi ? »

Je m'aperçus que j'avais encore mis les pieds dans le plat.

« Je suis venu ici hier, avant-hier, avant avant-hier…
je suis venu jusqu'à ce que je vous revoie, et je ne pouvais pas ne pas vous parler. Le fait que j'aie dit exactement ce qu'il ne fallait pas n'est pas la question. La
vérité, c'est que quoi qu'il arrive maintenant, au moins
je ne me maudirai pas de n'avoir rien dit.

– Et d'après vous, qu'est-ce qui devrait se passer
maintenant ? demanda-t-elle d'un ton hargneux et irrité.

– Je… eh bien, heu… eh bien, je me disais qu'on
pourrait aller boire un verre ou un café ou quelque
chose. Je me disais que vous pourriez me dire votre
nom… au moins ça. »

Je me tus, attendant sa réponse.

« Bridget, dit-elle. Mon nom est Bridget McCormack.

– Ravi de vous rencontrer, Bridget McCormack.

– De même, Joseph Vaughan.

– Alors, est-ce que vous aimeriez aller boire un
verre ?

– Ou un café ?

– Exact, oui… un café.

– Pour m'avoir ennuyée, vous ne marquez aucun
point. Pour vous être excusé, vous avez cinq sur dix.
Pour les fleurs ? » Elle secoua la tête. « Les fleurs
n'étaient pas nécessaires. »

Je cachai les fleurs derrière mon dos.

« Mais je vais quand même les accepter, pour que
vous n'ayez pas l'impression d'avoir gâché votre
argent. »

Je les lui tendis.

« Pour votre persévérance vous avez dix sur dix, et,
oui, j'irai boire un café avec vous… mais pas aujourd'hui.
Aujourd'hui je dois aller quelque part, et ce petit contre-

temps m'a déjà mis considérablement en retard, alors si ça ne vous ennuie pas ?

– Quand ? demandai-je.

– Quand quoi ?

– Quand puis-je vous emmener boire un café ?

– Lundi, répondit Bridget McCormack d'un ton catégorique. Vous pouvez me retrouver ici lundi à midi et nous irons boire un café, d'accord ?

– D'accord, répondis-je avec un large sourire.

– Même si ça ne signifie pas nécessairement que nous aurons quoi que ce soit en commun, ni que nous nous apprécierons d'ailleurs. »

J'acquiesçai.

« Compris, mais on peut essayer.

– Oui, dit-elle, ça, on peut le faire.

– Alors très bien… à lundi, mademoiselle McCormack. »

Elle rit et passa devant moi.

« Vous êtes vraiment un drôle de bonhomme, Joseph Vaughan. »

Un bonheur intense m'envahit. Je ne dis rien. Je restai sur le trottoir et la regardai s'éloigner puis disparaître au coin de la rue. Elle ne se retourna pas, ce dont je lui fus reconnaissant car j'étais planté là, les mains dans les poches, avec sur le visage un sourire aussi large que le Mississippi était long.

Bridget McCormack n'était pas Alexandra Webber. Elle était tout aussi intelligente et cultivée, mais elle avait quelque chose d'unique. Elle ne ressemblait pas à Alex. Sa voix était différente, et lorsqu'elle riait elle semblait pleine de confiance et de sang-froid. Personne n'aurait jamais pu remplacer Alex, personne n'aurait pu prendre sa place dans mon cœur, mais Bridget parvint à me redonner goût à la vie. J'éprouvais des émotions que je n'avais plus connues depuis des années, et alors même que je les éprouvais je me rendais compte à quel point elles m'avaient manqué. Bridget avait vingt et un ans, elle était née de parents irlando-américains et avait renoncé à la foi catholique, elle étudiait les humanités à l'université de Brooklyn et souhaitait écrire de la poésie et des essais, des lettres et des articles pour des magazines éclectiques, étudier les arts, vivre sa vie, être elle-même.

Nous nous retrouvâmes le lundi suivant. Nous longeâmes trois pâtés de maisons et nous arrêtâmes dans un café. Nous y restâmes près de deux heures et elle me laissa parler de moi, de ce qui m'avait amené à Brooklyn, de mon travail en cours.

« Alors parle-moi de ce livre », dit-elle, et je le fis, me dévoilant tant que ça pouvait paraître étrange pour un premier rendez-vous. « Tu es passionné par ce que tu fais, n'est-ce pas ? demanda-t-elle lorsque j'eus fini.

– Je suis désolé, répondis-je. Quand je commence on ne peut plus m'arrêter.

– Ne sois pas désolé, dit-elle en me touchant la main. On est désolé quand on fait quelque chose qu'on n'aurait pas dû faire, pas à cause des choses auxquelles on croit. La prochaine fois, apporte quelques pages, tu veux bien ? J'aimerais lire ce que tu as écrit. »

Je répondis que je le ferais. Tout pour obtenir un deuxième rendez-vous. Elle m'attirait comme la gravité m'attirait vers le sol.

Au cours des mois suivants nous nous vîmes deux, trois fois par semaine. Nous allions au cinéma, dînions dans un restaurant à la limite du quartier de Bedford-Stuyvesant, marchions dans Tompkins Park jusqu'à avoir les mains gelées, le nez bleu. Nous en apprenions à chaque fois un peu plus l'un sur l'autre, et elle m'encourageait à travailler à mon roman exactement comme l'aurait fait Alex.

Nous en vînmes à reconnaître que les moments que nous passions ensemble étaient bien plus agréables que ceux où nous étions séparés, et c'est à la veille de Noël de cette année-là, environ une semaine après que j'eus tapé le dernier mot de mon roman, que Bridget McCormack vint à la pension à l'angle de Throop et Quincy et consuma mon cœur.

L'amour, conclurais-je par la suite, était la seule chose qui comptait. L'amour était ce qui brisait et guérissait les cœurs. L'amour était mal compris, l'amour était la foi, l'amour était la promesse de l'instant présent qui devenait l'espoir pour l'avenir. L'amour était un rythme, une résonance, une réverbération. L'amour était maladroit et idiot, il était agressif et simple et possédait tant de qualités indéfinissables qu'il ne pouvait jamais être exprimé par des mots. L'amour était *vivre*. La même gravité qui m'avait implacablement tiré vers le bas était mise au défi tandis que je m'élevais dans quelque chose qui devenait tout.

J'aimais Bridget McCormack, et cette nuit-là – le lundi vingt-quatre décembre 1951 –, elle m'aima en retour.

Pendant un moment il me sembla que le fantôme d'Alexandra Webber se tenait entre nous, puis je le sentis qui s'en allait. Son départ fut paisible, presque intangible, et il emporta avec lui le souvenir de l'enfant qui n'avait jamais existé. Le passé était comme un œil ; parfois j'étais devant lui, parfois derrière, mais il était toujours là… s'ouvrant, se fermant, s'ouvrant à nouveau.

25

Brooklyn était mon nouveau monde. Tout était là. Les choses qui m'avaient frappé la première fois que j'étais venu : les tours et l'espoir, la lumière se fracassant, la multitude de gens, les voitures pare-chocs contre pare-chocs, les chauffeurs qui enfonçaient leur klaxon, le passage du temps, des gens, le passé qui devenait le présent puis un futur toujours plus vaste. C'était *mon* New York, le cœur des Amériques, ses rues et ses boulevards comme des veines, ses avenues comme des synapses électriques claquant, canalisant, s'étirant, un million de voix, un million d'autres les recouvrant, tout le monde aussi proche qu'une famille mais chacun ne voyant que lui-même. C'était – comme je l'avais imaginé – un endroit où je pouvais être quelqu'un. New York me battait de ses poings. Mon cœur battait en retour. Dans cette ville serrée comme un poing j'étais aussi un poing serré. Dans ce tonnerre d'humanité, j'étais enfin, irrévocablement, devenu l'homme que j'avais tant voulu être.

Et elle était là. Bridget McCormack était là. Elle croyait en moi, et je croyais aussi.

Je pensais alors avoir enfin enterré le fantôme de la Géorgie. Malgré ma mémoire et ma conscience, malgré les souvenirs de ma mère et de tout ce qui s'était passé à Augusta Falls, je croyais être enfin libéré. J'avais la sensation que c'était moins une fuite qu'un pardon. J'avais purgé ma peine ; justice avait été faite ; j'étais gracié.

Ça semblait approprié. Ça semblait normal. Ça semblait juste.

Je rencontrai les parents de Bridget. Son père était un ardent catholique dont le visage évoquait un œuf dur qui se serait écrasé par terre, maintenant un semblant de forme malgré le puzzle de lézardes et de fissures. Il avait les ongles rongés jusqu'au sang, ses doigts semblaient abîmés et douloureux, incapables de saisir tout objet plus petit qu'une chaussure. Les dents de travers et en mauvais état, des pilotis de jetée érodés par le sel. Et lorsqu'il parlait, il s'exprimait sur un ton bourru ; il avait un penchant pour les mots à coucher dehors : inclination, intrinsèque, astreignant. Chaque phrase était mûrement réfléchie, soupesée et évaluée, comme s'il jouait au poker avec une mise à mille dollars. Ses cheveux gominés et lissés dessinaient depuis le sommet de son crâne jusqu'à ses sourcils des sillons ininterrompus sur lesquels les enfants auraient pu faire de la luge, riant d'excitation malgré leur peur. Sa mère était menue et frêle, elle prenait à peine part à la conversation, lâchant ici et là un mot qui semblait avoir été découpé au hasard dans un magazine. Nous leur mentîmes en affirmant que j'étais on ne peut plus catholique, ce qui nous fit rire en privé. Nous montrions un certain visage au monde, et le monde nous acceptait sans conditions ni réserve.

Pour la première fois depuis Alex j'étais véritablement heureux. Hennessy se tenait tranquillement sur la touche, toujours encourageant, toujours patient. Il ne remettait jamais en question ce que j'avais ni ne manifestait de jalousie. Il se montrait un ami sincère et loyal.

Au début de 1952, alors que je pensais avoir atteint le summum du bonheur, Bridget vint me voir à la pension.

« Tu vas m'en vouloir, déclara-t-elle lorsque je lui ouvris la porte.

– T'en vouloir? Pourquoi est-ce que je t'en voudrais? »

Elle se tenait dans le couloir, tête baissée.

« J'ai fait quelque chose, Joseph… j'ai fait quelque chose dans ton dos… j'ai fait quelque chose et je crois que tu vas être en colère après moi, et j'ai repoussé toute la journée le moment de venir…

– Quoi? demandai-je. Qu'est-ce qui s'est passé? »

Elle secoua la tête, baissa à nouveau les yeux, puis les releva. Elle jetait de petits regards furtifs, embarrassés. Elle se dandinait d'un pied sur l'autre, droite, gauche, droite, gauche.

« Nom d'un chien, Bridget… quoi?

– Promets d'abord, implora-t-elle comme une enfant réprimandée, une petite fille perdue.

– Promettre quoi?

– Que tu ne vas pas te mettre en colère. »

Je poussai un soupir impatient, écartai grand les bras, mains ouvertes. *Écoute*, pensai-je. *Ce n'est rien. Rien du tout.*

« J'ai envoyé ton livre à quelqu'un, dit-elle d'une voix timide qui était à peine plus qu'un murmure.

– Mon livre? Comment ça, tu as envoyé mon livre à quelqu'un?

– J'ai envoyé ton livre à quelqu'un… quelqu'un dans une société à Manhattan.

– Quelle société à Manhattan?

– Une maison d'édition, Joseph, qu'est-ce que tu crois? »

Je baissai les bras, laissai retomber mes mains. Bridget tira une lettre de la poche de son manteau.

« Ils m'ont écrit, dit-elle. Tiens… »

Elle me tendit une lettre. Je saisis l'enveloppe, en tirai une simple feuille.

Morrison, Biennan & Young, disait l'en-tête d'une écriture cursive.

Chère mademoiselle McCormack,

Bien qu'il ne soit pas dans nos habitudes de répondre à des personnes autres que les auteurs des manuscrits qui nous sont soumis, nous n'avons de toute évidence aucun moyen de contacter directement monsieur Vaughan, aussi, en réponse à votre courrier, souhaitons-nous vous manifester notre grand intérêt.

Après mûre réflexion, nous envisageons de publier *Retour au pays* et vous seriez très reconnaissants de bien vouloir communiquer nos coordonnées à l'auteur et lui demander de nous rendre visite dans nos bureaux dans les meilleurs délais.

En vous remerciant de nous avoir soumis ce manuscrit, et dans l'attente de rencontrer monsieur Vaughan pour discuter de son travail,

Bien à vous,

Arthur J. Morrison,
Directeur de la publication.

Je lus la lettre deux fois. Je me mis à sourire. Impossible de rester de marbre.

« Tu ne m'en veux pas ? » demanda Bridget.

J'éclatai de rire. Il me semble avoir ri pendant toute une semaine, jusqu'à ce que je me rende à Manhattan le 24 janvier.

Et Manhattan était là. Manhattan, de l'autre côté de l'East River. Manhattan – une ville qui aurait pu renfermer Brooklyn dans son poing.

À l'angle de la 11e Rue Ouest et de la 6e Avenue – l'Avenue des Amériques – à l'ombre de la bibliothèque de Jefferson Market, Bridget McCormack et moi prîmes place dans les fauteuils en cuir à haut dossier du bureau d'Arthur Morrison, Directeur de la Publication.

Robuste et direct, un visage rond et généreux ; on aurait dit le visage du vent, une de ces esquisses de chérubin aux lèvres retroussées qui ornaient les vieilles cartes, grand vent du sud-ouest au cap de Bonne-Espérance. Prudence, marins ! Des rochers agrippant à travers l'écume comme les doigts âpres de Neptune.

Mais des manières d'oncle nanti ; un ton de voix charmant, il ne tarissait pas de compliments sur ma prose et mon style.

« Naturel, disait-il. Simple, naturel, modeste, et pourtant complexe, profond. Du beau travail, monsieur Vaughan, du vraiment beau travail. »

Je le remerciai.

« Et vous êtes si jeune », ajouta-t-il.

Il éclata d'un rire silencieux. Lorsque le bruit arriva enfin, on aurait dit un train émergeant d'un tunnel, de plus en plus bruyant à mesure qu'il approchait, puis Arthur Morrison se leva de son vaste bureau et marcha jusqu'à la cheminée. Il resta un moment planté là, le bras replié en équilibre sur le chambranle, remuant la tête d'avant en arrière comme un mécanisme à ressorts. Il avait des mouvements de métronome, presque hypnotiques. Il sembla ailleurs, un moment perdu, puis, doucement, sans efforts, il revint parmi nous.

« Difficile de croire qu'une personne aussi jeune ait pu écrire une chose d'une telle profondeur émotionnelle. »

Il continua de parler un peu, puis il débita son laïus sur les coûts et la concurrence, quelques phrases qui semblaient apprises par cœur et répétées sur la nature compétitive de l'industrie de l'édition, et il arriva à sa conclusion avec un habile sang-froid.

Je répondis que oui, je signerais son contrat, et oui, trois cent cinquante dollars constitueraient une avance acceptable sur les droits d'auteur que me rapporterait mon roman, et Arthur Morrison, chérubin rose qu'il était, sourit tout en s'étirant, puis nous nous serrâmes la main devant la cheminée et Bridget m'embrassa.

« Je te l'avais dit, je te l'avais dit, je te l'avais dit cent fois, et j'aurais continué de le dire si tu m'avais un tant soit peu donné l'impression d'écouter », annonça Hennessy.

Le lendemain. Manhattan était un souvenir vague et agréable. Nous étions assis dans un bar de Van Buren Street – Hennessy, Bridget et moi – et nous buvions de la bière en discutant depuis un long, long moment de tout et de rien.

« Et elle aussi croyait en toi », ajouta-t-il, puis il leva son verre en direction de Bridget, qui fit un sourire radieux, et je souris à mon tour, et c'était comme si tout était rentré dans l'ordre à Brooklyn.

Le vacarme des gens, les visages dans la rue qui regardaient dans notre direction, envieux sans savoir pourquoi, et la fumée, les bavardages, les vapeurs riches de l'alcool, et la conscience que moins de six mois plus tard je pourrais me rendre à la bibliothèque où j'avais rencontré Bridget McCormack et emprunter un exemplaire de *Retour au pays* par Joseph Vaughan. Paul et Bridget étaient les personnes les plus importantes au monde. Un petit monde, mais un monde tout de même, et pour une fois, il me semblait que c'était moi qui l'avais créé, que j'avais bâti ce monde à la sueur de mon front, à la force de mes mains et de mon cœur.

Cette fois-ci, ça dura. Cette fois-ci, il n'y eut pas de plume blanche entrant par la porte, portée par une faible brise depuis la fenêtre jusqu'au sol. Cette fois-ci, toutes les décisions semblaient avoir été prises avec sérieux, et j'avais répondu avec une même détermination. J'allais être publié, et au cours des révisions, corrections, relectures, au cours des discussions à sens unique sur la couverture et la police de caractères, je conservai ma dignité et ma réserve. Je faisais comme si j'étais une personne importante, comme si sous la surface se cachait un homme cultivé et équilibré, alors que – à la vérité – j'avais l'impression d'être un gamin de sept ans la veille de Noël.

Le printemps de 1952 fut une explosion de couleur et d'inspiration. Le Forum des écrivains devint ma deuxième maison et, certains soirs, un petit groupe de personnes nous suivait, Bridget et moi, jusque chez Aggie Boyle. Aggie semblait dans son élément, tout comme Joyce Spragg, car la maison s'animait au passage de ces jeunes gens, qui injectaient dans chaque chose de la vie, de l'amour et de la légèreté.

« Tu es le nouveau Fitzgerald ! » me lança un soir Joyce depuis le palier du premier étage avant de se faire attraper par-derrière par quelque don juan débordant d'hormones.

Il y avait des rires. Il y avait à boire. Il y avait de la magie.

C'est à la fin du mois de mai que je fis la rencontre de Ben Godfrey.

« Nord de Jackson Heights, déclara-t-il. Je suis juif de troisième génération. J'habite à côté des cimetières de Mount Zion et de New Cavalry. » Il éclata d'un rire qui agita tout son corps. « Des gens lettrés, vraiment, ils apprécient la triste noblesse, le spectacle austère et grandiose de la mort. Ils veulent tous être Shelley et Byron, mais ils ne peuvent pas parce qu'ils sont juifs. » Il s'esclaffa à nouveau, un son ondulant, un peu irritant, comme une bouteille vide sur le sol d'un bus.

« Mais on célèbre quand même tout. Rosh ha-Shanah, Yom Kippour, Soukkot, Hannoukah, Pourim, Shavouoth. »

Il continua d'émettre son rire ondulant.

Hennessy se tenait non loin. Il louchait, la mâchoire pendante, faisait une grimace de fou.

« Vous êtes écrivain ? demandai-je à Godfrey.

— Oui, oui, oui, répondit-il. J'ai une petite chose en train d'être mise sous presse au moment même où nous parlons. Un court roman, à vrai dire, de quarante ou cinquante mille mots. Il y a quelque chose à boire par ici, quelque chose à manger hormis de la foutue *matza* ? »

Je lui tendis un verre, une bouteille de Calvert. Il les saisit d'une main et me tapa de l'autre sur l'épaule. Ce type me plaisait. Il emplissait la pièce, et pas seulement à cause de sa taille ou de son volume. Il possédait un charme âpre, et sa tenue indiquait qu'il n'était pas à court d'argent.

« Et vous ? J'ai cru comprendre que vous étiez le chef de cette maisonnée ? »

Je secouai la tête. Je tendis la main vers Bridget et elle s'approcha de moi. Godfrey s'illumina comme une citrouille d'Halloween.

« Tiens, tiens, tiens, fit-il. Et qui êtes-vous donc, jeune dame ? »

Bridget partit d'un rire moqueur, que Godfrey prit peut-être pour un rire complice.

« Bridget, répondit-elle.

– Eh bien, bonjour, Bridget », roucoula-t-il.

Il s'approcha un peu et baissa les yeux vers elle.

« Bonjour à vous aussi », répondit-elle, et elle glissa une main sous mon bras.

Elle m'attira tout contre elle. Le message était clair.

« Alors, qu'est-ce que nous avons ici ? Un rassemblement de lettrés ivrognes, il me semble, déclara Godfrey. Ça me paraît être le cadre parfait pour des gens s'adonnant à notre activité peu recommandable, n'êtes-vous pas d'accord ? »

Et ce jour-là Ben Godfrey devint l'un des nôtres. Moi, Bridget, Paul Hennessy et Benjamin Godfrey, juif de troisième génération du nord de Jackson Heights. Il avait vingt-sept ans, trois de plus que moi, et il gagna aisément à force de flatteries les bonnes grâces d'Aggie Boyle et de Joyce Spragg. Il apportait même du thé et des corbeilles de fruits frais à Letitia Brock, la vieille locataire qui résidait au bout du couloir du premier étage. Godfrey connaissait la littérature, et lorsque vous passiez outre son apparence joyeuse et conviviale, lorsque vous faisiez ressortir l'homme qui se cachait véritablement derrière, il s'avérait être une personne de bonne compagnie, généreuse à l'excès.

Lorsque son livre parut, nous allâmes à Manhattan en bus et en achetâmes chacun deux exemplaires. C'était un mince ouvrage intitulé *Jours d'hiver*, et j'appréciais son langage, son style bref et laconique. Je pensais avoir trouvé un semblable, et nous discutions de la manière dont nous allions devenir les fers de lance de notre époque, les nouveaux venus, les talents intrépides d'une nouvelle ère littéraire.

Ma liaison avec Bridget devenait de plus en plus intense. Je l'aimais, j'étais aimé en retour. Alors qu'autrefois j'avais eu les nerfs tendus comme des câbles sur le point de se rompre, que mon cœur avait été comme un brasier éteint – rien que des cendres et des braises, les restes carbonisés de quelque ardeur antérieure –, alors que je m'étais cru vide, incapable de passion, je comprenais désormais que j'étais complètement guéri, que la Géorgie n'était rien qu'une sombre nostalgie à laquelle je songeais rarement, que j'oubliais avec reconnaissance.

Le souvenir d'Alexandra Webber vivait en Bridget, mais ce souvenir était dénué de douleur, de regret, de chagrin.

Je flottais sur une vague d'euphorie, et lorsque juin arriva, lorsque nous nous tînmes main dans la main entre les étroits rayonnages de la librairie Langton Brothers dans Monroe Street, lorsque nous allâmes payer notre exemplaire de *Retour au pays* à la caisse, mon histoire me semblait appartenir à une tout autre existence.

« Le début de notre nouvelle vie », déclara Bridget quand nous sortîmes de la boutique, mon bras autour de son épaule, le soleil chauffant nos visages alors que nous quittions l'ombre de l'auvent.

À notre retour, Paul Hennessy et Ben Godfrey nous attendaient chez Aggie Boyle. Ils avaient préparé un buffet avec de la charcuterie et du fromage, des biscuits et du vin. Nous célébrâmes ce jour, cet instant, la promesse de l'avenir.

Cette nuit-là, Bridget et moi fîmes l'amour, et ce fut comme si chacun de nous consumait une petite partie de l'autre. Nous ne faisions plus qu'un – Bridget

McCormack et Joseph Vaughan – et pensions que les choses resteraient toujours ainsi.

Mais cette même nuit, je vis la plume. Je me tenais nu près de la fenêtre, Bridget dormait sur le lit derrière moi, une brise fraîche me glaçait la peau. Et c'est alors que je la vis, que je la regardai embellir l'air de ses arabesques et de ses courbes, se rapprocher en flottant, puis se poser sur le rebord à portée de ma main.

Je ne la ramassai pas. Je sentis ma gorge se serrer. Je sentis une ombre du passé entrer doucement par la fenêtre ouverte et se blottir contre moi.

Je fermai les yeux, mon esprit, mon cœur. Je voulais qu'elle disparaisse. Lorsque je regardai à nouveau, elle était toujours là, mais cela ne dura qu'une fraction de seconde, car tandis que je poussais un soupir d'appréhension, elle s'évanouit dans l'obscurité.

Revenir en arrière.

Si j'avais la possibilité de revenir en arrière, je le ferais, même maintenant.

Un à un, lentement, avec hésitation, je referais chacun de mes pas, et je prendrais des décisions différentes. Je pardonnerais à ma mère ses errements, à Gunther ses infidélités ; je garderais Bridget près de moi, aussi près que mon ombre, et ne la quitterais jamais des yeux ; je serais dehors avec les Anges gardiens, nous repérerions le tueur d'enfants, et le shérif Dearing courrait avec nous jusqu'à tomber d'épuisement, et cette histoire prendrait fin, comme elle vient maintenant de prendre fin, mais d'une manière différente.

Plus que tout, je ne ferais pas de promesses qui ne pourraient être tenues.

Le recul nous rend perspicace, parfois de façon cruelle, parfois avec une honnêteté insupportable. Tout est facile avec du recul, et si j'avais su, si j'avais aperçu ne serait-ce qu'une fraction de la vérité ultime de cette histoire, j'aurais fui New York... j'aurais fui comme le vent, avec Bridget à mes côtés, aussi proche que mon ombre, sans jamais regarder en arrière.

Mais je ne savais pas, et je ne saurais rien pendant encore de nombreuses années.

Ces années se déroulent maintenant derrière moi. Elles sont les jalons et les balises de la route que j'ai empruntée, chaque pas – qu'il ait été courageux ou craintif, honnête ou trompeur – reflétant sur toutes ses facettes l'homme que je suis devenu.

Je suis ce que je suis. Et ce que je suis ne sera jamais aussi important que ce que je viens de faire.

La boucle est bouclée, et me revoilà au début.

Le sang sur mes mains est maintenant sec.

Je suis devenu ce que je craignais le plus, et cela m'effraie.

26

L'automne arriva vite. Les mois qui le précédèrent semblèrent vagues et ténus. Plus tard, bien plus tard, je repenserais aux semaines qui avaient séparé juin et novembre et elles auraient quelque chose de fragile et d'irréel, comme si elles n'avaient jamais eu lieu. Paul faisait partie de ces souvenirs, de même que Ben Godfrey – toujours à rire, à taquiner Bridget, à ne faire aucun mystère du fait qu'il l'aimait lui aussi. Bridget s'accommodait de lui avec neutralité et diplomatie, n'hésitant jamais à lui rappeler qu'elle était son amie, rien de plus. Pendant un temps, Ben vint accompagné d'une fille silencieuse : Ruth Steinberg, une juive allemande que ses parents avaient secrètement fait sortir de Munich dès que le national-socialisme avait resserré son étau fervent sur la nation. Ni ses parents, ni ses grands-parents, ni son frère n'avaient survécu, et Ruth vivait avec une tante par alliance du côté de sa mère, une femme aigrie et amère qui assumait la responsabilité avec autre chose qu'une simple loyauté familiale. J'aimais bien Ruth, mais elle ne convenait pas à Ben. Ils se séparèrent vers la fin août, et une fois de plus Ben tint la chandelle.

Arriva la mi-novembre. Nous avions prévu une superbe fête d'Halloween chez Aggie Boyle, et le jeudi 20, je me rendis à Manhattan pour voir Arthur

Morrison. *Retour au pays* s'était modestement vendu à onze cents exemplaires en cinq mois, mais Morrison n'était pas découragé. Il voulait un deuxième roman, quelque chose avec « de l'esprit et de la passion ».

Bridget n'était pas venue car elle assistait à quelque réunion familiale. J'avais raté le premier bus, le deuxième était retardé pour je ne sais quelle raison. J'aurais pu y aller à pied, mais je choisis de ne pas le faire. Je tuai le temps dans des librairies, puis je retournai à la gare routière et lus un journal abandonné jusqu'à ce qu'on nous demande de monter à bord du bus. Lorsque nous partîmes, je savais que j'aurais près de deux heures de retard.

Morrison balaya mon manque de ponctualité d'un geste de la main. Il fut aussi généreux et chaleureux que d'habitude.

« Ces choses se construisent, ne cessait-il de me dire, nous les construisons lentement. Nous publions un livre, puis un autre. Nous attirons l'attention des lecteurs. Nous persistons jusqu'à réussir. »

Je rentrai en début de soirée. Le vent était vif. Je pris un bus jusqu'à l'arrêt qui se trouvait à proximité du croisement entre Throop et Quincy et m'arrêtai dans un café pour me réchauffer avant de regagner la maison. Je commandai une tasse de café, entamai une brève conversation avec la serveuse, une femme d'une cinquantaine d'années toujours prête à sourire, puis je parcourus les trois ou quatre pâtés de maisons jusqu'à chez moi. Mon rendez-vous avec Morrison m'avait persuadé d'écrire un autre livre dans lequel je mettrais tout mon cœur et toute mon âme, et j'avais hâte d'en parler à Bridget, d'entendre ses encouragements, son soutien, ses idées audacieuses.

Je débordais d'idées. Je me retrouvai à marmonner tout seul en marchant, à marmonner entre mes dents qui claquaient, et ma propre bêtise me fit sourire. Tout s'emmêlait en moi, mes pensées s'entortillaient comme des draps pendant une nuit d'amour. J'accélérai le pas. Je savais que Bridget serait rentrée à cette heure-ci, qu'elle m'attendrait pour que je lui parle de ce qui s'était passé à Manhattan, de la direction qu'allaient maintenant prendre nos vies.

Je tournai au coin de la rue. Je vis la maison à moins de trente mètres. Les lumières étaient allumées, chacune d'entre elles, et pourtant tout – les avant-toits, les planches des marches, la grossière bande de terre dure entre le trottoir et le mur –, tout me donnait l'impression qu'il était trop tard.

Je m'arrêtai. Perplexe.

Les sons d'une radio me parvenaient par une fenêtre en hauteur derrière moi, une chaude voix de crooner :

… et pour chaque cœur brisé il y avait une promesse, et dans chaque promesse brisée il y avait un soupir, et à chaque soupir je me rappelais ton visage, et à chaque souvenir j'éclatais en sanglots…

Je repris ma marche, plus lentement cette fois. Quelque chose clochait. Quelque chose n'était pas tel que je m'y attendais.

C'est alors que je vis la voiture. Une voiture noir et blanc. Un homme à l'intérieur. Un policier.

Mon cœur s'emballa. Je me mis à courir. Je pensai à Letitia Brock, à ses hanches fragiles, à sa manière d'osciller en marchant, à la façon dont elle s'agrippait fermement à la rampe en descendant l'étroit escalier. Je quittai le trottoir au pas de course, traversai la route et franchis le portail à toute allure. Le policier avait réagi avant que j'aie le temps de le voir, il était descendu

463

de voiture, avait contourné le capot et se tenait dans l'embrasure de la porte pour me bloquer l'entrée.

« Arrêtez-vous, nom de Dieu ! cria-t-il. Où vous croyez aller comme ça ?

– À l'intérieur », haletai-je.

Ma poitrine se soulevait péniblement. Une fine pellicule de sueur recouvrait mon front.

« Aucune chance, mon ami, rétorqua-t-il. Personne n'entre… pas sans permission. Pas sans une bonne raison.

– J'habite ici ! » m'écriai-je, et je tentai de forcer le passage.

Comme je tendais le bras, il m'attrapa le poignet. Il me serra comme un étau et me maintint en place.

« Nom ? demanda-t-il.

– Vaughan, répondis-je. Joseph Vaughan. »

Le policier roula de gros yeux. Son expression se fit sévère. Il accentua sa pression sur mon poignet et sembla m'attirer vers lui. Puis il pencha la tête en arrière et hurla :

« Sergent ! Je le tiens ! Sergent… ici, je le tiens ! »

Sur le coup, tout mon monde sembla s'écrouler en un instant.

Deux décennies pour construire une cathédrale. Une demi-heure pour la dynamiter et ne laisser qu'un nuage de poussière et une poignée de souvenirs.

Le sergent Frank Lansford. Un visage tel un panneau d'acier brut, des yeux telles des balles, profondément enfoncés, de travers. Sa bouche était une déchirure aux bords irréguliers dans le tissu de ses traits. Une dégaine empruntée dans ses vêtements, ourlets trop courts, manches trop longues, comme si nul tailleur n'avait jamais vu une telle silhouette. Des narines inhabituellement grandes, peut-être pour flairer le sang, la poudre, d'autres indices de grabuge. Les oreilles plaquées contre son crâne, comme si de la colle y avait été appliquée et qu'on avait fermement appuyé dessus. Il était assis sur la chaise de cuisine d'Aggie Boyle, une chaise conçue pour les personnes de taille et de corpulence ordinaires. Un homme qui cherchait le confort, mais le trouvait rarement. Pas d'alliance. Des manières d'homme solitaire qui trahissaient des journées emplies de fréquentations officielles et nécessaires ; pas d'amis, pas d'enfants, pas de maîtresse, pas d'humour. Comme si la vie était maintenant observée à travers la lentille concave d'un cul de bouteille : un prisme distendu qui inclinait et tordait le monde. Un homme comme lui aurait été sage de choisir une profession qui inspirait le respect, l'admiration ou d'autres sentiments similaires. Quelqu'un, en fin de compte, aurait fini par l'aimer pour ce qu'il faisait et lui pardonner pour ce qu'il était. Mais non, il était policier. Mauvais choix. Il avait perdu avant d'avoir une chance de gagner.

« … et vous n'êtes pas venu ici pour rejoindre votre famille, c'est du moins ce qu'affirme votre ami. »

Une voix teintée de suspicion. Tout en lui était méfiance. Tout était accusateur, incendiaire.

« Je ne… », commençai-je en secouant la tête.

Je levai les yeux comme pour voir ma chambre à travers le plafond. Je voulais monter là-haut. Je voulais la voir.

« Il n'y a rien à voir », avait dit Lansford.

Il l'avait déjà dit plus tôt. Quand il était venu me cueillir sur les marches du perron. Il était arrivé lentement, comme s'il roulait sur lui-même, et il était resté planté là un moment à me regarder.

« Vous êtes l'amant de la fille, n'est-ce pas ? » avait été sa première question.

Je l'avais regardé avec de grands yeux, me demandant ce qui était arrivé.

« La fille ? Quelle fille ?

— Ne jouez pas l'idiot, avait-il répliqué en souriant.

— Bridget ? Qu'est-ce qui se passe ?

— C'est ça. Bridget McCormack... vous êtes son amant, exact ? »

J'avais fait signe que oui. J'avais la poitrine serrée. Je transpirais malgré le froid. Mon cœur battait à tout rompre, il était sur le point d'exploser. La pression sur mon poignet ne se relâchait pas.

« Et où avez-vous passé la journée ?

— À Manhattan. Je suis allé voir quelqu'un à Manhattan.

— Vraiment ? »

Lansford avait tiré un carnet de sa poche, un stylo de l'intérieur de son blouson. Il avait pris une note rapide.

« Qu'est-ce qui se passe ? Pourquoi est-ce que je ne peux pas entrer ?

— Personne n'entre tant que je n'ai pas donné l'autorisation. »

Il avait pris une autre note, plus longue que la précédente.

« Où est Bridget ? »

Lansford avait cessé d'écrire et baissa les yeux vers moi.

« Vous ne le savez pas ?

— Je ne sais pas quoi ? Je ne comprends pas ce qui se passe. Elle était censée être ici... censée être ici à mon retour.

466

« – Et vous pouvez prouver que vous étiez à Manhattan, monsieur Vaughan ?

– Le prouver ? Pourquoi devrais-je prouver quoi que ce soit ? Nom de Dieu, dites-moi ce qui se passe ici.

– Ça suffit, était intervenu l'agent. Vous parlez au sergent Lansford. Du département de police de Brooklyn. Un peu de respect, d'accord ? »

J'avais baissé les yeux vers le sol, incapable de respirer.

« S'il vous plaît. Est-ce que l'un de vous veut bien me dire ce qui se passe ici ? Où est Bridget ? Est-ce qu'il lui est arrivé quelque chose ? Je vous en supplie… pour l'amour de Dieu, s'il vous plaît, dites-moi !

– Ça, il est arrivé quelque chose, avait déclaré Lansford d'une voix neutre. On peut dire qu'il lui est arrivé quelque chose, monsieur Vaughan… il semblerait qu'il y avait quelqu'un dans votre chambre avec elle…

– Ma chambre, oui. Elle devait être dans ma chambre. C'est là qu'elle était censée m'attendre.

– Et c'est là qu'elle est toujours, monsieur Vaughan. »

J'avais poussé un soupir. Une vague de soulagement m'avait submergé et j'avais failli chanceler. Puis je m'étais mis à sourire, à rire.

« Dieu merci ! Oh, Dieu merci… est-ce que je peux aller la voir… s'il vous plaît, vous voulez bien me laisser entrer chez moi pour que je puisse aller lui parler ?

– Pas possible, je le crains, avait objecté Lansford.

– Pas possible… pourquoi ? Pourquoi ce ne serait pas possible ?

– Parce qu'elle est morte. Monsieur Vaughan… votre petite amie est dans votre chambre, et elle est morte. Il semble que quelqu'un lui a fait des choses… quelles choses ? Le Seigneur seul le sait, mais quelqu'un lui a fait des choses horribles et l'a quasiment coupée en deux… »

C'est alors que mon monde s'était écroulé.

Je ne me souvenais de rien sauf du policier qui me serrait le poignet comme un étau tout en essayant de me faire tenir debout.

La cuisine.

Devant moi une tasse de thé fort auquel avaient été mélangées plusieurs cuillerées de sucre. Mes mains tremblant trop pour la soulever, moi écœuré par l'arôme douceâtre. J'essayai d'allumer une cigarette, en vain. Lansford l'alluma pour moi, me la tendit. Je tirai une bouffée profonde, l'inhalai, sentis une vague de nausée emplir ma poitrine en même temps que la fumée.

Les yeux rougis à force de pleurer. Pendant un temps incapable de parler, de réfléchir, presque de respirer.

Une plume blanche. Voilà ce que je voyais. Des petites plumes blanches. Sur la table, autour de mes pieds, sur la paillasse, débordant des placards.

Tout le monde dans l'arrière-salle jouxtant la cuisine. Aggie Boyle, Letitia Brock, Emil Janacek et John Franklin. Paul était là aussi, et Ben Godfrey. J'entendais des bribes de mots, de petites ponctuations entre les halètements qui sortaient de ma gorge tandis que j'essayais de me ressaisir suffisamment pour parler.

« Donc vous êtes parti à quelle heure ? » demanda Lansford pour ce qui me sembla être la troisième ou quatrième fois.

J'entendais des bruits de pas à l'étage, le plancher qui craquait dans la chambre et dans le couloir. Il y avait des gens là-haut. D'autres policiers. Un médecin légiste.

« Je suis parti d'ici un peu avant huit heures, répondis-je.

— Pour prendre le bus à huit heures et quart, exact ? »

Je fis un signe affirmatif.

« Mais vous ne l'avez pas pris.

— Je l'ai manqué, répondis-je. J'ai manqué le bus et j'ai dû attendre jusqu'à un peu plus de dix heures.

— Dix heures exactement ?

— Dix heures dix... le deuxième bus partait à dix heures dix.

— Et entre huit heures et quart et dix heures dix... où étiez-vous pendant ces deux heures ?

— Autour de la gare routière... j'ai lu un peu, j'ai fait un tour dans le quartier, jeté un coup d'œil dans quelques librairies.

— Vous auriez pu aller à votre rendez-vous à pied. Ou vous auriez pu revenir attendre chez vous... pourquoi ne pas l'avoir fait ? »

Je fis signe que je n'en savais rien et levai à nouveau les yeux vers le plafond. Un rêve. Un cauchemar. Tout cela n'avait aucun sens. J'allais fermer les yeux, les rouvrir, m'apercevoir que c'était mon imagination qui me jouait des tours. J'étais toujours endormi dans le bus de Manhattan. Je n'avais même pas atteint Brooklyn. Je ressentirais un frisson. Je sourirais. Puis je me mettrais à rire en m'apercevant que ma terreur n'était rien d'autre que le produit obscur d'un esprit fatigué et surmené.

« Je n'avais pas envie de marcher. Ça ne me dérangeait pas d'attendre et je ne voyais aucune raison de rentrer à la maison, répondis-je. Bridget était censée être absente tout le restant de la journée...

— Apparemment non, rétorqua Lansford.

— Que voulez-vous dire ?

– Je veux dire apparemment non. D'après mademoiselle Spragg… vous connaissez mademoiselle Spragg, n'est-ce pas? »

Je fis signe que oui.

« D'après mademoiselle Spragg, Bridget McCormack est arrivée ici juste avant neuf heures ce matin.

– Je ne comprends pas… elle m'a dit qu'elle avait quelque chose à faire en famille.

– Ce qui a aussi été confirmé par mademoiselle Spragg. » Lansford glissa la main dans sa poche et produisit son carnet. Il feuilleta une douzaine de pages ou plus. « Voici, dit-il en consultant ses hiéroglyphes. Mademoiselle Spragg a déclaré être partie travailler à St. Joseph aux alentours de neuf heures moins dix. Comme elle arrivait au bout du couloir, Bridget McCormack est entrée et lui a parlé, elle lui a expliqué qu'elle avait prévu de faire quelque chose avec sa famille mais que ça avait été repoussé et qu'elle passerait la journée ici. Elle a prétendu qu'il y avait des choses qu'elle voulait lire et qu'elle ferait un peu de ménage dans la chambre. Mademoiselle Spragg pense qu'elle faisait allusion à votre chambre, monsieur Vaughan. Elle a déclaré que Bridget McCormack et vous-même passiez l'essentiel de vos soirées ici, que vous *viviez* ensemble si vous voulez.

– Oui, on pourrait dire ça. Nous passions plus de temps ensemble que séparés. » Je m'interrompis. Je lançai un regard à Lansford, au policier qui se tenait près de l'évier. « C'est dingue, dis-je. Qu'est-ce qui se passe ici? »

Je commençai à me lever de ma chaise mais l'agent s'approcha et me retint par les épaules.

« Et où comptez-vous aller, monsieur Vaughan? demanda Lansford d'une voix sévère.

– Il faut que je la voie », dis-je.

Je sentais la panique m'envahir à nouveau, comme une multitude de poings dans ma poitrine. Des formes noires flottaient devant mes yeux. Des plumes. Encore des plumes. Elles étaient désormais dans ma tête, juste derrière mes yeux.

Je pensais aux anges.

Je pensais à mon père. À la Mort qui avait emprunté la grand-route et l'avait emporté. Je pensais à Gunther Kruger pendu à une poutre de grange, un mince ruban rose entrelacé autour des doigts de sa main droite.

Je pensais à ma mère, elle-même une tueuse d'enfant, au fait qu'elle était devenue exactement ce qu'elle avait essayé d'éliminer.

Je me mis à sangloter, un violent haut-le-cœur me souleva l'estomac et je projetai mon bras en avant, heurtai la tasse, qui voltigea à travers la pièce, son contenu tiède et sucré éclaboussant le linoléum.

« Allez chercher le docteur, ordonna Lansford. Allez chercher le docteur tout de suite ! »

L'agent bondit, me lâcha, se tourna soudain et quitta la pièce. Je l'entendis gravir les marches en courant. Il y eut des voix. Je sentis les mains de Lansford sur mes épaules, me maintenant en place, là, sur ma chaise. Là, dans la cuisine d'Aggie Boyle.

Je voyais le visage de ma mère. La mère dont je me souvenais, pas celle que j'avais enterrée.

Je voyais les semelles des chaussures de Virginia Grace Perlman, je les voyais apparaître au sommet de la colline.

À nouveau des voix. La sensation d'être manipulé maladroitement. Puis une aiguille. Une douleur aiguë comme une aiguille dans mon bras. Je résistai, me débattis violemment. Mais l'injection fit son effet,

471

comme un nuage me traversant, et je ne pus rien faire pour l'empêcher. J'avais l'impression que je me noyais dans l'obscurité, mais que des plumes m'aidaient à flotter, une couverture de petites plumes blanches qui essayaient de me maintenir à flot mais ne pouvaient supporter mon poids.

Je me recroquevillai en silence, m'enfonçai dans l'obscurité.

Lorsque je referais surface, bien plus tard, je me rappellerais que mon monde avait été anéanti.

Je me réveillai à l'hôpital, un hôpital que je n'avais jamais vu. Les murs étaient blancs, comme le plafond, de même que les draps et le cadre du lit. C'était une sorte de dortoir avec une porte au bout de la pièce et des barreaux à l'étroite fenêtre. Je m'aperçus en bougeant que j'avais les mains attachées au cadre, et c'est alors que la réalité me frappa. Comme un poing. Comme une balle. Comme un coup de tonnerre.

Je fermai les yeux. Je ne pouvais supporter de les rouvrir. Autant valait mourir.

Avec le recul, je me dis que c'est ce qui aurait pu m'arriver de mieux.

Des heures plus tard – je n'avais aucune notion du temps – Lansford vint me voir.

« Qu'est-ce qui se passe ? lui demandai-je. Où suis-je ? Qu'est-ce que je fous ici ? »

Lansford attrapa une chaise près du mur et vint s'asseoir près du lit. Il tenait à la main une mince enveloppe de papier kraft qu'il ouvrit et posa en équilibre sur ses genoux.

« Des sédatifs... il a fallu vous mettre sous sédatifs », déclara-t-il d'une voix neutre. Il parlait d'un ton sec et professionnel. Je sentis le poids de la menace. « Vous avez un peu craqué, ajouta-t-il. Là-bas, chez vous. J'ai dû demander au médecin de vous calmer.

— Où suis-je ?

— Hôpital, répondit Lansford. Prison de Brooklyn.

— Prison ? Qu'est-ce que je fabrique en prison ? »

Je tentai de me redresser mais les entraves à mes poignets m'en empêchèrent.

« J'ai besoin de vous poser des questions. Il me faut des réponses. Inutile d'essayer de négocier. Inutile de discuter. L'heure du décès de mademoiselle McCormack démontre que vous avez amplement eu le temps de rentrer chez vous après avoir raté le bus, de la violer et de la tuer, puis de repartir à temps pour prendre le deuxième bus en direction de Manhattan.

— Quoi ? Qu'est-ce que vous racontez ? Vous ne croyez pas sérieusement…

— Je n'ai pas fini. J'apprécierais que vous ne m'interrompiez pas, monsieur Vaughan. Comme je disais, si l'on considère l'heure du décès, vous avez eu tout le temps de retourner chez vous et de commettre cette atrocité, l'opportunité ne fait donc aucun doute. La méthode ? Eh bien, ça semble assez simple. La jeune femme a été attaquée, et il y a des signes de viol. Il semblerait, du moins d'après le rapport initial du légiste, que l'attaque a été si violente qu'elle a eu le cou brisé lorsqu'on l'a poussée contre le mur. Il apparaît qu'on a par la suite tenté de la couper en deux. Voilà donc la méthode, monsieur Vaughan… »

Mon esprit se referma. Des images me torturaient. Des cris, du sang. L'idée de Bridget…

« Vous êtes complètement fou…

— Monsieur Vaughan ! aboya Lansford avec force. Je vous ai demandé une fois, poliment je crois, de ne pas m'interrompre. Je vous le demande à nouveau, et je serais très contrarié que vous ne coopériez pas. Bon, comme j'allais le dire... si vous comprenez un tant soit peu les procédures d'enquêtes policières, vous savez que les premiers faits à établir sont au nombre de trois. La méthode, le mobile et l'opportunité. Le premier et le dernier sont évidents, mais celui du milieu, le *mobile* de cette agression brutale, demeure à déterminer, mais nous pensons avoir peut-être une piste solide. »

Je ne répondis rien. Mille questions m'emplissaient l'esprit. J'étais torturé par l'angoisse, une douleur qui était autant physique que morale, une douleur qui me transperçait de part en part. Je pouvais à peine respirer. Je comprenais où tout cela menait. Je savais ce que ce sergent de police pensait.

Lansford semblait attendre que je dise quelque chose, mais j'étais incapable de parler.

« Vous comprenez, bien sûr, monsieur Vaughan, que dans notre système démocratique un homme est innocent tant que sa culpabilité n'a pas été prouvée ? »

Il marqua une nouvelle pause. Je ne pouvais toujours pas parler. Les mots étaient là, une multitude de mots, mais aucun son ne sortait.

« Donc, tant que nous ne pouvons pas démontrer sans le moindre doute la culpabilité de quelqu'un, nous partons du principe qu'il a tous les droits de se défendre, de faire appel à un avocat. Dans votre cas... eh bien, dans votre cas, monsieur Vaughan, je vous suggère de vous occuper de ça sur-le-champ. Engagez un avocat, et préparez-vous à être longuement interrogé sur le décès de cette malheureuse jeune femme. Vous êtes, dirons-nous, dans la ligne de tir. »

474

Lansford resta un moment silencieux, puis il se leva de sa chaise, la souleva et la rapporta à sa place contre le mur.

« Je… je ne comprends pas ce qui se passe », marmonnai-je. J'avais la gorge serrée. Une douleur me martelait impitoyablement la tête. « Je ne vois pas quel mobile j'aurais pu avoir de commettre cette… cette chose affreuse. »

Lansford sourit, tout d'abord avec ce qui ressemblait à de la compassion, puis son visage se durcit.

« La jeune femme, dit-il. Cette Bridget McCormack qui a été si sauvagement violée et assassinée… elle était enceinte, monsieur Vaughan… enceinte de quelques semaines. »

Je sentis la moindre once de vie me quitter.

« Et par les temps qui courent… eh bien, c'est une chose déplorable quand un enfant non désiré est à l'origine d'un meurtre, mais la vérité est ce qu'on voit, n'est-ce pas ? »

Lansford recula et se tourna vers la porte. Lorsqu'il l'atteignit, il se tourna à nouveau vers moi.

« Je vais envoyer un garçon de salle qui va s'arranger pour que vous appeliez un avocat. Comme je l'ai déjà dit, je vous recommande de le faire immédiatement. »

Je me rappelle avoir entendu la porte se refermer dans un fracas métallique. Je me rappelle le grincement de la clé dans la serrure, puis ce fut le silence, un silence que seule troublait ma propre respiration difficile, et je sentais dans ma poitrine le supplice du chagrin tandis que tout mon monde volait en éclats.

Peut-être dormis-je. Peut-être pas. Je crois avoir rêvé. Bridget venait me voir. Elle se tenait au-dessus de mon lit sans rien dire. Je tendais la main pour la toucher et elle se dissipait comme un nuage. Elle se désintégrait littéralement et disparaissait dans un souffle.

Le garçon de salle arriva après un long moment et m'informa que nous étions dimanche. Je ne pouvais appeler personne jusqu'au lendemain. Il apporta de la nourriture, à laquelle je ne touchai pas. Il me demanda si je voulais quoi que ce soit.

« Ma vie, répondis-je. Je veux juste récupérer ma vie.

– Là, répondit-il en souriant, j'ai bien peur de ne rien pouvoir faire. »

Je le regardai disparaître, et c'est seulement alors, tandis qu'il refermait la porte d'un geste irrévocable, que je commençai à voir la vérité en face. Il me semblait comprendre ce qui s'était passé dans la maison au coin de Throop et Quincy, mais, ce qui était plus important, je commençais à comprendre pourquoi.

27

Le lundi soir, un avocat vint. Thomas Billick, avocat commis d'office. On détacha mes entraves pour me permettre de me redresser, et lorsque Billick fut arrivé, on m'autorisa à m'asseoir sur une chaise.

Billick n'avait pas l'air à sa place. Yeux étroits, lunettes cerclées de métal, visage s'ajustant maladroitement à l'environnement désagréable. Il portait une serviette bosselée, s'y agrippait avec ferveur comme si elle pouvait le défendre, et lorsqu'il parlait, il bredouillait d'une voix hésitante.

« Je… je ne suis pas trop familier de ces choses », expliqua Billick. Il secoua la tête, tritura une des branches de ses lunettes. Lorsqu'il la lâcha, elles étaient légèrement de travers. « Vous avez été inculpé…

— Inculpé ? demandai-je. Inculpé de quoi ?

— Inculpé de meurtre, monsieur Vaughan, répondit Billick. Vous ne saviez pas que c'était ce dont vous étiez accusé ?

— Qu'est-ce que vous racontez ? Vous ne pouvez pas être sérieux…

— Oh, c'est tout à fait sérieux, monsieur Vaughan, on ne peut plus sérieux. Votre inculpation a été prononcée samedi…

— Bon Dieu, ils doivent être… non, ce n'est pas possible. Je n'étais même pas conscient samedi… vous me dites qu'ils ont prononcé mon inculpation pendant que j'étais inconscient ? »

Billick haussa les épaules.

« Je n'ai rien ici qui dise que vous étiez inconscient, monsieur Vaughan. » Il ouvrit maladroitement sa serviette. Des papiers s'éparpillèrent par terre et il mit un moment à les rassembler. « Tenez », dit-il enfin. Il leva une simple feuille de papier. « Ça dit qu'à une heure dix de l'après-midi, le samedi 22 novembre, vous avez été officiellement inculpé du meurtre de Bridget McCormack, que vos droits vous ont été lus, et que l'on vous a conseillé de contacter immédiatement un avocat. Apparemment, vous avez choisi de ne rien faire jusqu'à ce matin. » Billick leva les yeux de la page et me regarda en fronçant les sourcils. « Pourquoi, monsieur Vaughan ? Pourquoi n'avez-vous pas cherché à vous faire représenter légalement avant ce matin ?

— C'est de la folie pure ! m'écriai-je. Je ne peux pas le croire. On m'a seulement conseillé de prendre un avocat hier, et pour ce qui est de l'inculpation et de mes droits… Je ne peux pas croire qu'ils aient fait ça ! Ils m'ont inculpé et m'ont lu mes droits alors que j'étais inconscient. »

Billick secouait la tête.

« Pas à en croire ce document. » Il tendit la page vers moi, et alors que j'étais sur le point de la saisir, il la replaça vivement dans sa serviette. « Je dois garder ça, dit-il. Ça doit rester avec le reste de votre dossier.

— Alors et maintenant ? Qu'est-ce qui est censé se passer maintenant ? demandai-je.

— Demain matin vous serez traduit en justice, après quoi vous serez transféré à la prison d'Auburn State dans l'État de New York. Vous y résiderez jusqu'à ce qu'une date ait été fixée pour le procès, et durant votre incarcération, qui, espérons-le, ne sera pas trop longue, la police préparera son dossier pour le bureau du procureur, et je travaillerai à votre défense.

– Procès ? Il va y avoir un procès ?

– Oui, monsieur Vaughan, absolument. Il se déroulera plus que probablement d'ici quatre à six mois… en attendant vous devriez essayer de vous rappeler tout ce qui s'est passé ce matin-là. Je pense *a priori* que nous devrions plaider l'homicide involontaire, et si ça ne tient pas la route nous pourrions tenter de négocier le meurtre au deuxième degré. » Il sourit avec sincérité. « Ainsi, comme vous le savez, nous éviterons la peine capitale. »

J'étais sans mots. Je regardai Billick refermer sa serviette et se lever de sa chaise.

« Donc, en attendant de nous revoir demain, prenez soin de vous, monsieur Vaughan. »

Billick sourit à nouveau, puis il traversa la chambre et frappa deux coups à la porte. Le garçon de salle qui se trouvait de l'autre côté ouvrit et le laissa sortir. Billick s'arrêta un moment, regarda à travers les barreaux qui obstruaient l'étroite fenêtre, puis il disparut.

Quelques minutes plus tard, le garçon de salle entra et me demanda si je voulais rester assis ou si je souhaitais me recoucher.

Je ne bougeai pas, ne prononçai pas un mot, et il m'attacha donc à la chaise sur laquelle j'étais assis.

Paul Hennessy était là, Ben Godfrey aussi, de même que Joyce Spragg, Aggie Boyle et sa sœur, d'autres personnes du Forum des écrivains de St. Joseph que je reconnaissais vaguement. Ils étaient assis en silence, le visage dénué d'expression, dans la tribune du palais de justice de Brooklyn City le mardi matin. Les débats furent superficiels et brefs. Thomas Billick ne trouva presque rien à objecter au représentant du bureau du procureur, Albert Oswald. Je fus appelé devant le juge, un homme qui ne semblait pas avoir plus de quarante ans et qui baissa les yeux vers moi avec un air condescendant. Le représentant du procureur, en costume trois-pièces et chaussures en cuir verni, agita la main d'un geste dédaigneux lorsque Billick suggéra que l'accusation de meurtre au premier degré demeurait à établir.

« L'inculpation a été enregistrée, déclara Oswald. Tant que l'accusé demeurera en détention provisoire à Auburn State, l'avocat de la défense aura amplement le temps de présenter toute information au procureur, Votre Honneur. »

Le juge acquiesça et indiqua que la lecture de l'acte d'accusation était terminée.

« J'en ai suffisamment entendu. L'accusé sera incarcéré en détention provisoire dans l'établissement pénitentiaire d'Auburn State jusqu'à ce qu'une date soit fixée pour le procès. » Il sourit avec nonchalance. « Monsieur Billick ? »

Billick leva nerveusement les yeux.

« S'il y a des questions quant à la véracité ou la validité des chefs d'inculpation enregistrés ici, alors je vous suggère de vous adresser au plus tôt au bureau du procureur. La cour ne retardera pas l'exécution de son devoir. Beaucoup de temps et d'argent seront dépensés pour la sélection des jurés et la préparation du procès. Je n'apprécierais pas que l'accusation ou la défense nous réservent des surprises… vous me comprenez ? »

Billick jeta un coup d'œil dans ma direction, puis il acquiesça à l'intention du juge.

« Monsieur Billick ?

– Oui, Votre Honneur, répondit Billick. Bien sûr… tout sera rapidement en ordre.

– Eh bien, je l'espère, répliqua le juge. Après tout, la vie d'un homme est en jeu, n'est-ce pas ? »

Deux fonctionnaires du tribunal s'approchèrent et me passèrent les menottes. Ils se retournèrent pour m'emmener hors de la salle.

« Sois fort ! » lança une voix depuis la tribune, et en levant les yeux je vis Paul Hennessy debout, le visage en larmes, qui agrippait la rambarde devant lui.

Je baissai la tête. On m'emmena, Billick me suivant quelques pas en retrait.

Je ne trouvai pas la force de me retourner pour regarder mes amis.

À Noël 1952 j'avais perdu mon nom.

À la fin janvier j'avais renoncé à mon identité.

Un mois plus tard j'avais cessé d'être un être humain.

Dans quelque vague recoin de mon esprit je me rappelai les mots de Tocqueville : « Il nous semblait parcourir des catacombes ; il y avait là mille êtres vivants, et cependant c'était une solitude. »

Il avait écrit ces mots à propos de la prison d'Auburn State, dans le comté de Cayuga, quelque part dans un désert d'humanité situé entre Buffalo et Syracuse.

À mon arrivée, cette nuit de fin novembre, on me rasa la tête. On me prit mes vêtements, puis nous restâmes debout – moi et douze autres – tandis qu'un médecin nous examinait grossièrement à la hâte. On nous mena à une cour ouverte entourée de hauts murs et, dans la froideur du crépuscule, on nous fit nous tenir jambes écartées, bras à l'horizontale à hauteur d'épaules, pendant qu'on nous aspergeait d'une fine poudre âcre antipoux. Nous restâmes ainsi trente minutes, la poudre acide nous brûlant les narines et les yeux, avec une envie de hurler, de pleurer, de nous évanouir sur place. Ce que fit un homme, un homme chauve aux épaules étroites qu'un gardien força à se relever à coups de bâton.

Après quoi nous empruntâmes un long couloir de pierres jusqu'au pavillon des douches. L'eau glaciale était comme une pluie d'aiguilles, me piquant la peau jusqu'au sang. On nous attribua à chacun l'une de ces pièces basses de plafond et peintes en blanc familièrement appelées « les cubes », et je restai étendu sur un fin matelas de crin, frissonnant et hébété, jusqu'à ce que le sommeil me prenne par surprise et me libère de mon cauchemar pendant un infime moment.

Ma première journée : une prémonition de tout ce qui allait arriver. Nous restâmes entre ces quatre murs étroits, sans rien à voir que la peinture blanche et les faibles variations entre jour et nuit à travers une lucarne percée en hauteur dans le mur extérieur. Trois semaines. Rien à faire si ce n'était arpenter les deux mètres trente que mesurait la pièce. La nourriture arrivait sur un plateau de métal à travers une fente dans la partie inférieure de la porte, et chaque fois que la grille de l'étroite « boîte à lettres » était tirée, chaque fois qu'elle se refermait en claquant, je sentais ce fracas métallique résonner dans chaque os, chaque nerf, chaque tendon de mon corps. Spirituellement, mentalement, émotionnellement, j'étais ailleurs. Je marchais avec Bridget, j'étais assis à mon bureau et j'écrivais un livre pour Arthur Morrison, quelque chose avec de l'esprit, de la passion, des relations humaines. Je sentais que Joseph Calvin Vaughan s'éloignait en silence. Je le regardais partir. Il ne se retournait pas, car se retourner aurait signifié me voir, et peut-être éprouver suffisamment de pitié pour revenir sur ses pas. Il ne pouvait pas prendre ce risque, aussi préférait-il demeurer aveugle.

Après trois semaines nous fûmes transférés dans des cellules pour trois. Je me retrouvai avec deux frères, Jack et William Randall, des braqueurs à main armée venus d'Odessa, dans le comté de Schuyler. Ils avaient onze mois d'écart et leur ressemblance était troublante : traits porcins, rondouillards, yeux plissés, épaules voûtées lorsqu'ils marchaient, tels des as de la gâchette qui se seraient trompés d'époque et d'endroit.

Je leur expliquai mon innocence. Jack Randall sourit, plaça une main ferme sur mon épaule.

« Ici, dit-il, il n'y a que deux types de personnes... les gardiens et les innocents. »

William éclata d'un rire enthousiaste, et m'asséna un coup de poing dans l'épaule.

« C'est pas le premier endroit de ce genre qu'on voit, dit-il. On s'y fait. Y a des règles à respecter, et si tu restes dans ton coin et que tu t'occupes de tes oignons, tout se passera bien. » Il me fit un grand sourire chaleureux. « Moi et Jack, on te gardera à l'œil... on s'assurera qu'une de ces brutes dans le couloir ne fait pas de toi son objet sexuel, hein ? »

Ils rirent à nouveau en se regardant, comme si chacun était un reflet de l'autre, et je me fermai un peu plus, me repliai un peu plus sur moi-même et serrai tout contre ma poitrine le peu qui restait de moi.

Thomas Billick vint me voir la troisième semaine de février. On me fit sortir de ma cellule et on m'enchaîna les poignets et les chevilles. Je marchai longtemps le long de couloirs monotones et identiques, traînant péniblement les pieds entre deux gardiens muets. La lourde chaîne entre mes chevilles traînait par terre, et les anneaux de métal m'entaillaient les talons. On me fit entrer dans une pièce étroite et mal éclairée dans laquelle se trouvait – assis en silence contre le mur – l'avocat chargé de ma défense. Il semblait excessivement mal à l'aise et nerveux.

« Vous allez bien ? » demanda-t-il inutilement.

Les deux gardiens m'installèrent de force sur la chaise qui faisait face à Billick, puis ils quittèrent la pièce. Le grincement âpre de la barre à l'extérieur, le cliquetis des clés dans la serrure, le sentiment que tout autour de moi n'avait pour seul but que de m'empêcher de bouger librement.

« Donc… nous avons de bonnes nouvelles, déclara Billick. Le procureur a entendu notre présentation de l'affaire, et il a accepté que nous plaidions coupable de meurtre au second degré. » Billick ouvrit sa serviette et en tira une liasse de papiers. « Le meurtre au second degré est considéré comme intentionnel, mais pas comme prémédité. » Il leva les yeux pour voir si je l'écoutais. « Ça dit ici qu'un tel crime n'est pas commis sous le coup de la passion, mais est plutôt dû à un manque d'égards de l'accusé envers la vie humaine. » Billick sourit comme s'il donnait un cadeau d'anniversaire à un petit enfant. « Ce qui signifie pas de peine capitale, Joseph… n'est-ce pas une bonne nouvelle ? »

Je baissai la tête, regardai les menottes autour de mes poignets.

« Donc tout ce qu'il vous reste à faire, c'est plaider coupable de meurtre au second degré, et non seulement nous éliminerons le risque d'une peine capitale, mais nous limiterons aussi considérablement la durée des débats. Un juge est toujours plus favorable lorsqu'on lui présente un tel cas. Ça coûte beaucoup moins cher à l'État et au comté lorsqu'on plaide coupable… »

Je levai les yeux vers Billick.

« Mais je ne suis pas coupable, monsieur Billick… Je n'ai tué personne, et je ne vais pas plaider coupable pour une chose que je n'ai pas faite. »

Billick parut tout d'abord sidéré, puis il s'emporta.

« Je ne crois pas que vous saisissiez pleinement la gravité de votre situation, monsieur Vaughan. Il y a un dossier très solide contre vous, et je ne trahis pas mon devoir de confidentialité en vous disant qu'il n'y a aucune autre piste. La police a mené à leur terme toutes les enquêtes sur les autres parties qui auraient pu être ou non impliquées…

– Ce qui signifie ? »

Billick s'éclaircit la voix.

« Ce qui signifie que la date de votre procès a été fixée au 30 mars, dans un peu plus d'un mois… et que vous allez être jugé pour ce meurtre, monsieur Vaughan, n'en doutez pas. »

Je tentai de lever la main mais les menottes m'en empêchèrent.

« Je ne comprends pas ce qui se passe, monsieur Billick… quelqu'un a tué Bridget, quelqu'un est entré chez moi et a tué la femme que j'aimais… »

Billick secouait la tête.

« De toute évidence, monsieur Vaughan, cette personne, c'était vous.

– Non ! » rétorquai-je avec fermeté. Je sentais la peur et la colère monter dans ma poitrine. Je tentai une fois de plus de bouger les bras pour donner plus de force à mes paroles. « Je n'ai tué personne, nom de Dieu ! criai-je… Putain, je n'ai tué personne, monsieur Billick. Ça n'a aucun sens ! C'est une parodie de justice ! Je veux parler à quelqu'un… n'importe qui. Allez chercher Paul Hennessy. Ben Godfrey ! Allez parler à Ben Godfrey… il vous dira que je n'ai pas pu faire une telle chose. J'ai de l'argent, monsieur Billick. J'ai trois mille dollars… »

Billick secoua à nouveau la tête.

« Vous *aviez* trois mille dollars, monsieur Vaughan. »

Je me figeai soudain, le regardai d'un air interrogateur.

« Qu'est-ce que vous voulez dire ? Qu'est-ce que vous racontez ? J'ai trois mille dollars provenant de la vente de la maison de ma mère.

– Un compte qui a été saisi par l'État, monsieur Vaughan. Cet argent n'est pas plus à votre disposition qu'à la mienne.

– Vous ne pouvez pas faire ça ! Qu'est-ce qui vous donne le droit de faire ça ?

– Moi ? fit Billick. Moi, je n'ai rien fait, monsieur Vaughan. Ce n'est pas moi qui vous ai inculpé pour un crime extrêmement grave… un meurtre, et que celui-ci ait été prémédité ou non, qu'il soit au premier ou au second degré, ça demeure un meurtre. Le meurtre d'une jeune femme innocente et sans défense. Une femme enceinte, monsieur Vaughan. »

Je sentis le sang refluer de mon visage. Je les voyais toutes. Toutes sans exception. Virginia Perlman, Laverna Stowell… toutes. J'entendais leurs voix. Je jetai un coup d'œil par-dessus mon épaule, m'attendant presque à les voir là, blanches et angéliques, aussi innocentes que

Bridget, qu'Alexandra… et je songeai que j'étais peut-être le messager de la Mort.

Mon père, ma mère, Alex… dix fillettes… Elena, Gunther…

Et maintenant Bridget… condamnés à un sort identique, et ce sort avait été provoqué par la même main.

Je savais, je savais avec certitude que j'étais responsable de la mort d'Alex. Indirectement, certes, mais j'étais néanmoins responsable. C'était mon châtiment pour ce que j'avais fait à Augusta Falls. Et je savais que le shérif Haynes Dearing serait le seul à réellement comprendre, mais aussi qu'il serait la dernière personne à me venir en aide.

Je fondis en larmes. Je me penchai en avant et sentis ma poitrine soulevée par des haut-le-cœur. Ma douleur était telle que je pouvais à peine respirer.

Billick se leva de sa chaise et recula. Il frappa sur la porte sans se retourner et, au bout d'un moment, j'entendis le grincement des barres, la clé dans la serrure, et le gardien le laissa sortir. Je levai les yeux comme la porte se refermait, et je vis Billick, son petit visage pâle me regardant à travers l'étroite lucarne.

« Sortez-moi de là ! hurlai-je à son intention. *Putain, sortez-moi de là !* »

Le visage de Billick disparut

Tout devint silencieux, le seul bruit était celui de ma respiration difficile.

Je ne pouvais rien faire, parler à personne.

Je sus alors – sans aucun doute ni aucune hésitation – que la fin approchait à grands pas.

Mon procès débuta le 30 mars 1953 à neuf heures cinq du matin. L'accusation était celle de meurtre au premier degré car, ayant refusé de plaider coupable de meurtre au second degré, j'étais à la merci du procureur. C'était un lundi, et le juge qui présidait aux débats était l'homme qui m'avait lu mon acte d'accusation. Son nom était Marvin Baxter. Il semblait plus vieux que dans mon souvenir, et la ligne fine et exsangue de sa bouche était pleine de détermination et d'austérité. Oswald, le représentant du bureau du procureur, était silencieux, déterminé, et il ne me regarda qu'une seule fois, au moment où j'entrai dans la salle d'audience. Tout semblait lourd et oppressant, et pourtant irréel, comme s'il avait suffi d'un geste de ma main pour que tout se dissipe tel un rideau de brume. Mais je ne pouvais pas bouger les mains. Elles étaient menottées aux accoudoirs de ma chaise.

Billick parla peu et n'émit que quelques rares objections, même lorsque l'homme qu'on décrivait n'avait absolument rien à voir avec moi. La totalité de mon passé sembla sortir de la bouche de personnes que je n'avais jamais rencontrées, à qui je n'avais jamais adressé la parole. On parla de ma mère, de la mort de mon père ; on parla du jour où j'avais découvert le cadavre d'une petite fille en haut d'une colline. Sujet qui fut évoqué en passant, comme si ce n'était rien du tout, mais j'observai le visage des jurés, qui semblaient concentrés, sérieux et sur le qui-vive. On apporta des boîtes pleines de papiers, des choses que j'avais écrites, et ces choses furent lues comme si elles étaient des indications de mon caractère. Des questions furent laissées en suspens comme des fantômes.

Le nom d'Haynes Dearing ne fut pas prononcé, et il ne vint pas à ma rescousse.

Les jours s'enchaînaient, l'un après l'autre, et la nuit j'étais détenu dans une cellule située sous le palais de justice, une pièce sans lumière, froide et humide, dont les murs dégradés étaient imprégnés de désespoir.

Plus tard, je me rappellerais à peine les débats : le va-et-vient des questions, les contre-interrogatoires maladroits, les témoignages à la barre d'Aggie Boyle, de sa sœur, de Joyce Spragg et Letitia Brock. Les parents de Bridget vinrent aussi. Son père parla de sa ferveur religieuse, de sa fidélité au Seigneur, de son respect vigilant des dix commandements, de ses espoirs pour sa fille, une fille unique, et trois rangées derrière moi, sur la gauche, les sanglots étouffés de la mère de Bridget emplissaient la salle d'audience silencieuse.

Près de six semaines s'écoulèrent sans qu'il me fût possible de distinguer un jour d'un autre. Le week-end, on me ramenait à Auburn et j'étais placé à l'isolement. Un juré attrapa la grippe et, du 16 au 22 avril, le juge Marvin Baxter suspendit les débats. Ils reprirent le 23, et je subis alors quatre jours d'interrogatoires à la barre.

J'avais l'impression qu'on m'avait arraché mon âme. Je ne croyais plus en rien, sauf à mon simple désir de survie et à mon innocence. Depuis la barre je pouvais voir Paul Hennessy et Ben Godfrey, d'autres visages familiers de Brooklyn, et la dernière semaine du procès, Reilly Hawkins apparut. C'est alors que je ployai finalement sous le poids de ce qui était arrivé. Le passé était venu me chercher à New York. Un passé que j'avais voulu laisser derrière moi, et qui pourtant me dévorait désormais.

Je pleurai à la barre. J'ouvris grand mon cœur au juge Marvin Baxter, à Albert Oswald du bureau du procureur, mais ils ne me crurent pas.

Le mardi 12 mai 1953, les jurés – huit hommes et quatre femmes qui ne connaissaient rien de vrai hormis mon nom – revinrent après leurs délibérations.

Mon cœur, qui à ce stade n'était plus qu'une petite pierre sombre dans ma poitrine, devint une boule de feu rouge de tension.

« Que l'accusé se lève. »

Je rassemblai autant que possible le peu de forces qui me restaient et, avec l'aide des gardiens, je parvins à me lever.

« Le jury a-t-il abouti à un verdict ? »

Le sang me cognait dans les tempes. La sensation de froid et de vide laissa soudain place à une terreur abjecte et désespérée.

« Oui, Votre Honneur », répondit le président du jury, et il se leva en silence.

J'avais des mots, tellement de mots à dire. Mais ces mots s'accrochaient à la base de ma gorge, et lorsque je ravalai ma salive, ils disparurent. J'avais les yeux grands ouverts, le visage hagard et blême, mes mains menottées s'agrippaient à la rambarde devant moi comme si ç'avait été un canot de sauvetage.

« Très bien. Du chef d'accusation de meurtre au premier degré sur la personne de Bridget Sarah McCormack le jeudi 20 novembre 1952, le jury déclare-t-il l'accusé, Joseph Calvin Vaughan, coupable ou non coupable ? »

Mon cœur comme un marteau cognant sur une enclume.

Le président du jury – visage comme une citrouille d'Halloween, yeux incapables de me regarder en face – s'éclaircit la voix. Le greffier traversa l'étroite allée séparant le banc des ailes et lui prit une feuille de papier pliée des mains.

Il regagna lentement sa place, chaque pas évoquant une marche funèbre.

Il ne me regarda pas non plus. Aucun d'entre eux n'y arrivait. Je songeai à me retourner, à regarder Hennessy, Ben Godfrey, Reilly Hawkins par-dessus mon épaule. Je hurlai intérieurement pour qu'on me libère, qu'on me pardonne ce que j'avais bien pu faire pour mériter ça, mais le seul son qui résonna dans la pièce fut le faible craquement de la feuille tandis que le juge la dépliait et lisait le verdict.

« Nous, membres du jury, déclarons l'accusé, Joseph Calvin Vaughan… coupable. »

Je cessai de respirer.

Je sentis mes genoux se dérober sous moi.

Je me mis à hurler, à sangloter, m'accrochant à la rambarde tandis que les gardiens tentaient de m'emmener de force. Je me rappelle avoir crié à tue-tête : « Ce n'est pas moi… ce n'est pas moi ! C'est lui ! Celui qui a tué les enfants… il a tué Bridget ! C'est lui qui a tué Bridget !

– Greffier ! hurla le juge Marvin Baxter par-dessus le vacarme. Greffier… faites évacuer la salle sur-le-champ ! »

J'entendis ces mots. Et en dessous je n'entendais qu'un tumulte dans mes oreilles, un tumulte qui emplissait mon corps, mon esprit, mon âme.

Et alors je vis une plume ; une plume blanche solitaire qui flotta à travers mon champ de vision et disparut dans un rai de lumière filtrant par la fenêtre.

J'allais mourir. Je le savais.

Je priai pour que la Mort arrive rapidement, silencieusement, appliquée, méthodique…

Je priai pour qu'Elle arrive vite, froide et insensible…

Je me vis enfant, debout dans la cour sur la terre sèche parmi les mauvaises herbes, le mouron blanc et les gaulthéries, mais cette fois c'est à moi qu'Elle rendrait visite.

Bientôt maintenant, bientôt… la voilà… pas d'empreintes de cheval, ni de traces de bicyclette…

La Mort viendrait me chercher.

Dans mes rêves je peux marcher jusqu'en Géorgie.

Dans mes rêves les murs ne peuvent pas plus me retenir que la brume ou la fumée, je les traverse sans effort ni contrainte, et la terre s'élève, les arbres se dressent à gauche et à droite vers l'horizon, et autour de mon visage les cécidomyies forment un nuage orange, mon esprit est résolu et inflexible, mes pensées – lentes et paisibles – sont antérieures à mon père, aux dix petites filles, à Elena et à Gunther Kruger, à Alex, Bridget et Auburn, dans le comté de Cayuga.

Dans mes rêves je suis un homme libre.

Le ciel s'élargit. La perspective des fils télégraphiques, les oiseaux comme des grappes de rondes sur une portée, clignant des yeux, croassant leur musique, des touffes d'herbe fanée et la terre gorgée d'eau, le son d'un chien hurlant au loin.

Des huttes en bois, des appentis délabrés, des pancartes rouillées sur lesquelles on peut lire *Mobil*, *Chevron*, *Red Parrot Diesel*; des hommes voûtés sous de lourds fardeaux, la poussière jaune, l'odeur du petit salé, des vêtements exhibés sur des cordes à linge, claquant dans le vent comme les couleurs de quelque légion fantôme, et le bruit des chevaux, de mes pieds s'enfonçant dans des ornières boueuses tandis que je marche, les traces de pick-up comme les traces du temps, et le souffle de quelque silence solitaire comme un écho du passé, le spectre du brouillard, le fantôme d'une pluie fine sur mon visage comme un vernis pour la peau, et je suis presque à la maison… enfin à la maison… enfin à la maison…

Et alors je me réveille.

Je me rappelle Auburn.

Une plongée au ralenti dans les ténèbres, les sons et les odeurs de l'humanité vidée de toute valeur et identité. La puanteur de la sueur et de la terre, l'interminable machine humaine ondulante, les rangées enchaînées d'épaules arquées et de dos voûtés, le martèlement des houes et des pioches sur la terre impitoyable, sur les pierres et les cailloux ; les nuits sans sommeil, les toux rauques des poitrines tuberculeuses pleines de mucosités, le gonflement et la douleur des articulations disloquées et des muscles déchirés ; le grincement des lits de camp et des hamacs, le tumulte de la pluie sur le toit en tôle ondulée et les minces cloisons en bois ; les cris des rats, le grattement des insectes, le chant hypnotique des cigales. Piégé dans le ventre de la bête, et la bête était noire, vorace, jamais rassasiée.

Je me rappelle Auburn.

Les chuchotements et les gémissements des hommes plongés dans des cauchemars où une culpabilité profondément enfouie n'était jamais apaisée ; les zébrures et les traînées laissées par les fouets à lanières sur la chair exposée, sur la peau brûlée par le soleil, sur les esprits brisés ; le fracas et la précipitation du matin, le tonnerre implacable de l'été, les sols détrempés, la

puanteur de la pourriture, le relent fétide des broussailles gorgées d'eau stagnante ; les vêtements infects,
l'absence de nourriture, l'obscurité, la douleur, la nostalgie, le désespoir.

Je me rappelle Auburn.

La « boîte » : érigée au milieu de la cour, trop basse
pour qu'un homme puisse s'y asseoir droit, et pas
assez large pour qu'il puisse s'étendre sur le flanc, les
genoux contre la poitrine. Vingt-quatre heures. Complètement recroquevillé, le front contre les rotules, la
colonne vertébrale douloureusement arquée, le toit
contre l'arrière de la tête. Des jalousies à l'avant,
orientées vers le ciel pour laisser pénétrer les impitoyables rayons de soleil. Pas d'eau. Pas un mot. Pas
de délivrance.

Vingt-quatre heures et un homme pleura jusqu'à ce
que ses yeux bordés de sel le brûlent comme de l'acide.
Trente-six heures et il haleta et vomit et hurla comme
s'il était devenu fou. Ils le tirèrent de là et il resta étendu
trois ou quatre heures avant de pouvoir redresser son
corps. Tentatives de fuite. Outrages. Un gardien qui
prenait quelqu'un en grippe et qui disait : « Dans la
boîte », et cette personne disparaissait, puis revenait
un autre homme.

Je me rappelle Auburn.

La Balance de la Justice, qu'ils appelaient ça. Un
homme avec des lattes de bois attachées aux jambes
pour qu'il ne puisse pas les plier. Enterré jusqu'aux
cuisses, la terre bien tassée, implacable, aucune chance
de bouger. Les bras tendus à l'horizontale, dans chaque
main une gamelle contenant un demi-litre d'eau. Il restait comme ça, bras tendus, deux, trois, quatre heures
d'affilée. Qu'il renverse l'eau et on recommençait à
zéro.

« *Une heure de Balance* », disait quelqu'un, et il fallait creuser son propre trou avant de se faire attacher les jambes. La légende affirmait qu'un homme y était resté sept heures en tout. Après ça il avait toujours dormi les bras tendus. Il n'avait pas prononcé un mot de neuf semaines, et quand il l'avait fait il avait juste dit « *Gamelle, gamelle, gamelle* » encore et encore jusqu'à ce que ça devienne son surnom : Gamelle du comté de Cayuga. Gamelle de l'enfer.

Billick vint un jour. Il semblait content de lui.

« *Pas de peine capitale, qu'il avait annoncé. Vous êtes un homme très chanceux, monsieur Vaughan. Votre jury n'a pas voté pour la peine capitale, mais pour l'emprisonnement à perpétuité. Estimez-vous heureux, hein ?* »

« *Perpète c'est pour la vie* », qu'ils me disaient, encore et encore et encore.

« *Perpète c'est pour la vie, mon gars* », qu'ils répétaient, jusqu'à ce que ça me résonne dans la tête, jusqu'à ce que ça se répercute dans mon esprit comme le souvenir de l'homme que j'avais été.

Des images de Bridget, d'Alexandra, d'Elena, de ma mère.

Des images d'une autre existence pâle qui s'effaçaient lorsque mes pensées les touchaient. Il fallait que j'arrête de penser. Si je continuais d'y penser elles disparaîtraient à jamais.

Je me rappelle Auburn.

Le premier mois comme emmitouflé dans une couverture, dans un cocon. Le deuxième mois comme une camisole de force, bien serrée, les bras autour de ma taille, attachée à l'arrière. Le troisième et le quatrième comme un linceul si lourd que je pouvais à peine respirer. Après ça, les mois s'étaient fondus de façon homogène, étouffants, intenses, impitoyables.

« Impossible de briser un homme, me disait Jack Randall. Il y a quelque chose à l'intérieur qu'on ne peut jamais casser. Tu peux casser chaque os de son corps et tu trouveras toujours quelque chose là-dedans pour résister. »

Je crus Jack Randall jusqu'à ce qu'il tente de s'échapper avec son frère.

Fin novembre 1959. Ciel dégagé, lune haute. Une douce brise du sud qui rampait entre les lits de camp et semblait d'une certaine manière rafraîchissante. Le souvenir d'une autre époque, d'un autre endroit.

Le son des cigales dans le champ de l'autre côté des barbelés. Jack et William Randall. Le visage noir comme la poussière, s'enfuyant par un trou dans le sol et rampant par terre. Ils parcoururent quinze mètres le long du mur d'enceinte avant de se faire repérer.

Ça a bardé. Chiens. Gardiens. Détenus. Projecteurs. Un tonnerre de grabuge et de folie.

Une autre « boîte » fut construite. À côté de la première. Une semaine dedans pour chacun.

Ce qu'ils avaient en eux, cette chose que Jack avait en lui, fut cassé en deux et réduit en poussière.

William se tailla les veines en janvier 1960.

Jack mourut de solitude au printemps.

Je me rappelle Auburn... surtout la pensée qui me suivait à chaque moment de la journée : je savais qui avait tué Bridget, et je savais pourquoi. Je n'avais pas de nom, pas de visage, aucune idée de son identité, mais il était là – dans mes rêves et à mon réveil, me hantant de son âme sombre pour me rappeler ma trahison.

28

Je resterai ici jusqu'à la fin de ma vie. Jusqu'à mon dernier souffle.

Quatre murs, un sol de pierre, une couchette d'acier, chaque jour immuable se fondant dans un autre à la couleur et au rythme identiques.

Ici pour le restant de mes jours.

Joseph Calvin Vaughan, l'assassin.

Durant toutes ces années je n'entendis plus jamais parler de Thomas Billick. J'attendis patiemment tout au long des mois de juin, juillet, août, septembre. Je restais dans le rang, j'obéissais au règlement ; j'attendais mon heure, mais lorsque Noël arriva il me semblait avoir oublié ce que j'attendais.

Au nouvel an 1954 j'eus des nouvelles du monde extérieur lorsque Paul Hennessy vint me voir ; il était assis la tête entre les mains dans l'étroit parloir, et pendant un long moment il ne put me regarder sans refouler ses larmes.

Ironique, mais c'est moi qui dus passer l'essentiel du temps à le consoler. Je l'interrogeai sur Brooklyn, sur l'endroit où il vivait, sur son travail, ses nouveaux amis, ses projets.

« Tu dois écrire, déclara-t-il. Tu dois tout écrire, Joseph… raconte tout ce qui s'est passé et donne-moi ton texte. Je ferai en sorte que quelqu'un le voie. Je l'emporterai et ferai comprendre aux gens la terrible chose qui t'est arrivée. Tu dois le faire, Joseph... si tu ne le fais pas pour toi, alors fais-le pour moi. Je ne supporte plus de savoir qu'on ne fait rien pour t'aider.

– Il n'y a rien à faire, répliquai-je. Qu'est-ce que tu crois que ça changera ? Tout le monde pense que c'était un procès juste et équitable. Je n'ai pas pu me défendre. Je n'ai pas pu prouver où je me trouvais pendant ces deux heures le matin du crime. Ils ont vu ce qu'ils voulaient voir, ils ont cru ce qu'on leur a dit de croire, et maintenant je suis ici pour le restant de mes jours.

– Non, insista Hennessy. Je ne peux pas en rester là. Il m'a fallu six mois pour trouver le courage de venir te voir. J'ai parlé à la police. J'ai écrit une lettre au gouverneur de New York... J'ai fait tout ce que j'ai pu. Personne ne veut écouter. Personne n'en a rien à foutre de ce qui t'arrive, Joseph... personne sauf moi. J'ai *besoin* que tu écrives tout. J'ai besoin que tu me donnes quelque chose dont je pourrai me servir pour t'aider. »

Je lui dis une fois de plus que je ne pouvais rien faire. Je le lui répétai régulièrement jusqu'à la fin de l'année. Finalement, je cédai ; je me mis à écrire. Tard la nuit je griffonnais des mots sur le papier grossier qui servait à envelopper les fruits et les légumes dans les cuisines, et chaque mois Hennessy venait, chaque mois il emportait en douce une poignée de feuilles pliées et les recopiait laborieusement à la machine.

Je commençai par le début. Je commençai par la mort de mon père, et je détaillai les événements de ma vie.

Mais il est une chose que je décidai de ne pas écrire. Un événement, un souvenir. Une chose qui restera avec moi jusqu'à ma mort, et alors, lorsqu'Elle viendra, peut-être la Lui dirai-je, et Elle pourra prononcer Son jugement.

Trois ou quatre pages par mois, année après année, Hennessy m'implorant d'écrire plus vite, de ne détailler que les choses qui avaient un lien avec la mort de Bridget. Mais je ne pouvais pas. J'avais décidé de dire au monde qui j'étais, et à partir de là ils pourraient décider ce qu'ils préféraient croire.

Je me rappelle les paroles de ma mère, un jour, à Augusta Falls, mille ans plus tôt.

« N'arrête pas, avait-elle dit. N'arrête jamais d'écrire. C'est ainsi que le monde découvrira qui tu es. »

Trois jours après l'assassinat de John F. Kennedy, par une froide journée de novembre 1963, j'achevai mon texte. Les Randall étaient morts. Je croyais l'être aussi.

J'étais lessivé, vide, épuisé.

Je me disais que mon sort ne reposerait plus entre mes mains.

J'avais passé dix ans et demi à Auburn. J'avais trente-six ans, juste un an de moins que mon père lorsque la fièvre avait arrêté son cœur.

Peut-être n'étais-je rien qu'un écho de lui, et cet écho finirait par s'éteindre paisiblement, et dans le silence je marcherais à la rencontre de ma fin.

Ça semblerait dans l'ordre des choses ; plus que tout, ça semblerait dans l'ordre des choses.

Ces pages renfermaient une vie.

Peut-être la valeur d'une telle vie se mesurait-elle par le poids du papier, la quantité d'encre, la profondeur de l'empreinte laissée sur chaque page.

Peut-être était-elle représentée par la signification des mots, les émotions qu'ils évoquaient et suscitaient.

Peut-être n'avait-elle de valeur que celle que je lui accordais – et je me disais qu'il n'y avait pas d'autre moyen de communiquer le chagrin et le désespoir provoqués par de tels événements.

Ma vie avait eu un début, un milieu, et la fin semblait proche.

S'il ne devait rester que ces mots, alors soit.

Peut-être certains d'entre nous reviennent-ils… peut-être certains d'entre nous en ont-ils suffisamment appris pour faire une différence, pour influer sur les choses en bien… pour observer… attendre le bon moment, et puis agir…

Et malgré les apparences, malgré les signes du contraire, malgré la réticence provoquée par la crainte de ce que pouvaient penser les autres, je sentais toujours que nous avions tous une douce foi.

Une douce foi dans les anges.

Plus tard, bien plus tard, Paul Hennessy me relata la suite des événements.

Il travaillait furieusement, bûchant souvent des heures durant sans se reposer. Il remplissait page après page, négligeant ses amis, regardant sa propre vie se dissoudre autour de lui, puis en juillet 1965 il fit le trajet jusqu'à Manhattan pour voir Arthur Morrison.

Morrison, semble-t-il, accepta le livre qu'il m'avait toujours demandé, un livre plein d'esprit et de passion.

Hennessy choisit le titre, et en juin de cette même année *Une douce foi dans les anges* fut publié.

Il vint me voir en mai 1966. Le monde derrière les murs d'Auburn State était un monde différent. Une guerre faisait rage dans quelque jungle d'Asie du Sud-Est, un pays nommé Vietnam, et l'Amérique envoyait par dizaines de milliers ses soldats à l'abattoir ; des manifestations pour les droits civils menées par un certain King, un homme dont Hennessy avait parlé mille ans auparavant, valurent à cet homme d'être emprisonné pour avoir dit la vérité ; Kennedy était mort, la nation était toujours en deuil.

Hennessy était assis face à moi dans l'espace confiné d'un parloir. À travers les mailles de fil de fer, il semblait distant, presque hors d'atteinte, mais les paroles qu'il prononça furent claires et succinctes.

« Un appel a été interjeté auprès de la Cour suprême des États-Unis », déclara-t-il. Il retenait ses larmes, mais je ne savais si c'étaient des larmes d'anticipation, ou des larmes provoquées par le caractère apparemment insurmontable de sa tâche. « On s'arrache ton livre comme des petits pains », poursuivit-il. Son visage était flou. Tout n'était que contraste entre ombre et lumière, irréel, presque sans définition. « Ils n'arrivent pas à l'imprimer assez vite, Joseph. Morrison a dû fermer ses imprimeries et envoyer ses plaques à une société de Rochester. Les gens sont abasourdis. Ils veulent savoir si ce livre est une fiction… ils n'arrivent pas à croire qu'une telle parodie de justice ait pu se produire en Amérique. Il va se passer quelque chose, Joseph, tu peux être sûr qu'il va se passer quelque chose.

– Je suis en train de disparaître, dis-je. Je ne sais pas quel jour on est… Je ne me rappelle pas combien de temps j'ai passé ici. »

Je sentis un sourire embarrassé poindre sur mon visage ; la tension de mes muscles me rappela que je n'étais plus habitué à sourire.

« Tu dois garder espoir », murmura Hennessy.

Il parlait d'un ton pressant, insistant, et tandis que je regardais son visage je repensai à Cecily Bryan, aux soirées passées au Forum des écrivains de St. Joseph, aux nuits passées à marcher dans Manhattan en chantant *Days of 49* et en buvant du Calvert.

« J'ai fait une chose terrible, dis-je, et je fermai faiblement les yeux.

– Tu n'as rien fait, répliqua-t-il. C'est ça le problème, Joseph… c'est ça le problème… tout le travail que nous avons accompli pour faire connaître la vérité, et nous avons réussi contre toute attente. Les gens savent, Joseph, ils savent ce qui s'est passé. Ils se rendent compte qu'une terrible, terrible erreur a été commise… »

Je me levai lentement de ma chaise et baissai les yeux vers le seul ami que j'avais.

« Je n'ai rien à dire, déclarai-je. Je suis incapable d'espoir, incapable de voir autre chose que ce que je vois ici… »

Ma voix se brisa et je me sentis écrasé par le poids des douze dernières années.

« Tu dois garder espoir ! insista Hennessy. Tu le dois, Joseph, tu le dois… »

Sa voix diminua tandis que je m'éloignais.

Un gardien m'ouvrit la porte donnant sur le couloir. J'essayai de ne pas le regarder. Si l'on me voyait pleurer on m'enverrait à la « boîte ».

Hennessy revint le lendemain. Ils vinrent me chercher mais je refusai de le voir. Ils m'informèrent plus tard qu'il m'avait laissé une lettre. Je ne la lus pas.

Étendu sur mon lit de camp, je scrutai l'ombre des barreaux au plafond.

Les semaines se transformèrent en mois. De nouvelles lettres arrivèrent, je reçus d'autres visites de Paul. Le voir m'était insupportable. Je perdis la notion du temps. Je faisais encore la différence entre la nuit et le jour, mais c'était à peu près tout.

« Vaughan ! Joseph Vaughan ! »

Quelqu'un criait mon nom dans le couloir. Je me tournai sur le côté et fermai les yeux.

« Joseph Vaughan... chez le directeur. Joseph Vaughan ! »

Je me redressai doucement et m'assis au bord du lit. Mon cœur se mit à battre plus rapidement. Je n'osais pas me demander ce qui se passait. J'avais peur, horriblement peur.

Un gardien se tenait devant la porte de ma cellule. Il désigna le couloir d'un geste de la tête.

« Cellule numéro huit... ouvrez-la ! »

Le verrou se débloqua, la porte s'ouvrit.

« Debout, Vaughan. Tu vas voir le directeur. »

Je cherchai mes chaussures, les enfilai et me levai prudemment. Je sentis la sueur se mettre à couler sur mon front.

« Active-toi, nom de Dieu ! »

Je me mis à marcher, trébuchai, me raccrochai aux barreaux. Le gardien m'attrapa par le bras, il m'attira dans le couloir et cria pour qu'on referme la porte de la cellule. Je l'entendis claquer violemment derrière moi tandis qu'on m'entraînait déjà précipitamment dans l'escalier.

Après quoi j'attendis pendant un temps qui me parut interminable dans un couloir sans fenêtre. Je me tenais silencieux, immobile. Au bout du couloir, deux détenus m'observaient à travers une grille pratiquée dans la porte. Enfin, la porte derrière moi s'ouvrit, et on me demanda d'entrer. Je me trouvai face à l'antichambre qui menait au bureau du directeur. Mon cœur cognait irrégulièrement, il semblait à l'étroit dans ma poitrine. Je m'attendais à ce que quelque chose d'affreux se produise.

Une jeune femme vint. Elle me fit un sourire hésitant que je ne parvins pas à lui retourner.

« Par ici, monsieur Vaughan », dit-elle.

Sa voix me parut étrange. Je m'aperçus que je n'avais pas entendu une voix de femme depuis plus d'une décennie.

Forrester, le directeur. Imposant par la taille, par la réputation. Un homme aux manières brutales. Des yeux comme des phares sous d'épais sourcils, le nez de travers comme s'il avait un passé de boxeur. Il se leva de derrière son bureau et vint à ma rencontre.

« Joseph Vaughan, dit-il, d'une voix qui avait quelque chose de déroutant : il avait presque un ton compatissant.

– Oui, monsieur, répondis-je.

– Vous avez un ange gardien, on dirait. »

Il sourit, se tourna vers la femme et lui demanda de m'apporter une chaise.

« Asseyez-vous, Vaughan, asseyez-vous. »

Forrester alla s'asseoir sur le bord de son bureau.

Je m'assis à mon tour, levai les yeux vers lui.

« J'ai cru comprendre que vous refusiez toute visite ainsi que le courrier qui vous était adressé.

– Oui, monsieur.

– Peut-être auriez-vous dû les accepter, Vaughan. »

Forrester se retourna et rassembla une pile d'enveloppes sur son bureau.

« La plupart de ces lettres provenaient d'un homme nommé Hennessy, d'autres d'un certain Morrison. Vous connaissez ces gens ?

– Oui, monsieur, je les connais.

506

– Et puis-je vous demander, monsieur Vaughan, pourquoi vous avez été si réticent à avoir le moindre contact avec le monde extérieur ? »

Je m'éclaircis la voix, clignai des yeux comme si je venais de me réveiller.

« Je ne sais pas, monsieur… il me semblait préférable de ne pas savoir ce qui se passait dehors. »

Forrester acquiesça. Il se mit à feuilleter les lettres.

« Celle-ci, dit-il, vous aurait informé qu'un appel avait été interjeté auprès de la Cour suprême des États-Unis en mai 1966. » Il replaça la lettre au bas de la pile et en sélectionna une autre. « Celle-ci, datant de novembre de la même année, vous aurait informé que la Cour suprême avait accusé réception des transcriptions originales de votre dossier et les étudiait. Et en janvier 1967, nous avons une lettre, encore une fois de ce Paul Hennessy, nous informant que la Cour suprême avait accepté d'ouvrir une session et s'apprêtait à interroger un certain Thomas Billick, un juge Marvin Baxter, et un certain nombre de témoins clés de l'accusation. »

Forrester leva les yeux. Je supposai qu'il attendait une réaction de ma part, mais je n'avais rien à dire.

« Celle-ci provient du bureau du procureur de l'État de Géorgie. Il émet des commentaires cinglants sur la manière dont votre défense a été assurée… et ici, datant d'il y a deux semaines, nous avons une autre lettre de monsieur Hennessy affirmant que votre appel était examiné et qu'une réponse serait sans doute donnée dans la semaine. »

Forrester laissa tomber la pile de lettres sur le bureau. Il joignit les mains sur ses cuisses et sourit.

« Cette réponse est arrivée ce matin, monsieur Vaughan. Aujourd'hui, lundi 20 février 1967, la Cour suprême des États-Unis a déclaré que votre condamna-

tion ne reposait sur rien d'autre que des preuves indi-
rectes. Elle a fixé une date pour un nouveau procès,
monsieur Vaughan. »

Je cessai de respirer. Je sentais le sang me monter à
la tête et j'arrivais à peine à rester assis.

« Comprenez-vous ce que ça signifie, monsieur
Vaughan ? » demanda Forrester.

Je le regardai fixement – muet, ne comprenant pas
vraiment ce qui se passait.

« Ça signifie que votre première condamnation a été
annulée par la plus haute cour d'Amérique, qu'il va y
avoir un autre jugement. »

Je fondis en larmes.

Forrester fit un signe de tête à l'intention de la jeune
femme, qui alla me chercher un mouchoir. Lorsque je
le saisis, sa main sembla toucher la mienne plus longtemps qu'il n'était nécessaire. Je levai les yeux vers
elle, et à travers mes larmes elle semblait floue et indis-
tincte. Elle me fit un sourire si chargé de compassion et
de chaleur qu'il me fut impossible d'y répondre.

Forrester se pencha en avant et posa une main sur
mon épaule.

Treize ans et neuf mois.

J'avais trente-neuf ans.

À quatre heures dix de l'après-midi, on me fit passer
par des couloirs et des bureaux que je n'avais jamais
vus auparavant. Je vis des fenêtres sans barreaux. Je vis
plus de ciel que je ne me rappelais en avoir jamais vu.

On me fit prendre une douche, enfiler une chemise
propre, un jean, une veste de coton. On me donna des
chaussures munies de lacets. On me demanda de signer
des papiers, papiers qui furent placés dans une chemise
sur laquelle était inscrit mon nom.

J'attendis un quart d'heure debout dans une petite pièce qui comportait deux portes, l'une sur ma gauche, l'autre devant moi. Elles étaient toutes deux ouvertes, déverrouillées. Des gens allaient et venaient, certains me souriaient, d'autres se contentaient d'un simple geste de la tête, et à chaque nouveau visage je m'imaginais que la personne s'arrêterait, me regarderait, froncerait les sourcils d'un air gêné et commencerait à m'expliquer qu'une terrible erreur avait été commise.

Je me disais que j'allais me réveiller et m'apercevoir que ce n'était qu'un rêve.

À cinq heures huit minutes un homme apparut à la porte de gauche.

« Vous êtes Vaughan, exact ? »

J'opinai, tentai de sourire.

« Nous sommes ici pour vous transférer à votre cellule temporaire. Vous allez avoir droit à un nouveau procès, il débute après-demain. »

Je ne répondis rien. Je n'avais plus de mots en moi. Je suivis les instructions qu'on me donna. Je répondis aux questions qu'on me posa. Je grimpai silencieusement à l'arrière d'une voiture, toujours menotté, toujours incrédule, et l'on me mena à une autre cellule dans une autre aile d'un autre établissement.

Tout était flou, mais je n'avais pas besoin de voir car il y avait toujours quelqu'un pour me guider. Je vis à nouveau Billick, debout à la barre, répondant à des questions sur mon premier procès. Hennessy était là, Arthur Morrison, d'autres que je ne connaissais pas. Des journalistes, des gens qui voulaient me prendre en photo. J'avais l'impression que chaque jour, lorsque je quittais le palais de justice, c'était pour me retrouver face à un barrage de flashs.

Tout semblait se dérouler si vite, et alors – avant que j'aie eu le temps de comprendre ce qui se passait – on me demanda une fois de plus de me lever, et je me retrouvai face à quelqu'un qui baissa les yeux vers moi, qui m'expliqua que le passé ne voulait rien dire, qu'il y avait eu une erreur judiciaire, et d'autres choses du même tonneau. Puis il sourit, opina du chef, et pendant un moment il sembla fermer les yeux, comme s'il se réjouissait de ce qu'il allait dire, et il annonça : « Joseph Vaughan, vous avez été jugé non coupable du meurtre de Bridget McCormack. Vous êtes libre. Huissier... relâchez l'accusé. »

Une heure plus tard ; debout dans un autre bureau. Un homme me fait face.

« Voici votre salaire, Vaughan. » Il me tend une enveloppe marron. « Signez ce reçu ici... et ici... »

Je signe le papier.

« Un dollar quatre-vingt par semaine, dit-il. Ça fait pas lourd, mais ça vous aidera à rentrer chez vous, hein ? »

Il se tourne et disparaît par la porte par où il était entré.

J'ouvre l'enveloppe. Des billets de cinquante dollars, vingt-quatre, quelques billets de cinq, deux billets de un. Environ mille deux cents dollars.

« Vous ne voulez pas qu'on vous voie avec ça, Vaughan ? »

Je lève les yeux. Un autre homme se trouve devant moi. Il sourit.

« Vraiment pas le genre d'endroit où vous voulez exhiber une telle somme, vous ne croyez pas ? » Il se met à rire. « Enfin bref, vous êtes prêt ?

– Prêt ? demandé-je.

– À partir, répond-il avec une pointe de surprise dans la voix. Quelqu'un est venu vous chercher », poursuit-il en me faisant signe de le suivre.

Je plie l'enveloppe contenant l'argent et l'enfonce dans la poche de ma veste.

Je suis l'homme à travers un autre bureau, puis dans un long couloir au bout duquel il déverrouille une porte, fait un pas sur le côté, et me tend la main avant que je ne la franchisse.

« Faites le bien autour de vous, dit-il, et il me serre la main. Vous me comprenez ? »

Je ne réponds rien.

« Alors allez-y », continue-t-il, et il regarde sur la gauche.

Je suis son regard, et là – se levant d'une chaise toute simple placée contre le mur – je vois Hennessy.

29

Manhattan était un autre monde. Les voitures, les gens, les vêtements ; l'axe de l'univers semblait s'être décalé et tout avait changé.

Moi aussi j'avais changé, peut-être de façon irréversible.

Nous parcourûmes en voiture le trajet d'Auburn à Manhattan. Autoroute 20, Route 81 par Binghamton, direction sud-est jusqu'à Scranton, Pennsylvanie ; Route 380 jusqu'à Stroudsburg, à l'est par Morristown, Paterson, nouveau franchissement de la frontière de l'État de New York puis à travers la pointe nord du New Jersey.

Parfois nous nous arrêtions simplement parce que j'en avais besoin. Je me tenais au bord de la route et regardais l'horizon, à peine capable de respirer. Hennessy se tenait à mes côtés. Il ne disait rien, se contentait de me tenir le bras au cas où je tomberais. J'étais content qu'il ne parle pas, car il semblait comprendre que je n'aurais pas pu absorber ce que je voyais et communiquer en même temps. Je me sentais perdu, sans ancrage, et chaque fois que je fermais les yeux, je me disais que lorsque je les rouvrirais je verrais des murs bruns, la souillure de l'humidité ; je me disais que je sentirais la puanteur de l'humanité enfermée – la sueur, la frustration, la folie. J'avais quitté les catacombes pour retrouver la lumière du jour, et cette lumière brûlait sur mes yeux des images dont je savais que je me les rappellerais pour le restant de mes jours. Des champs, des cabanes délabrées, certaines proches les unes des autres, d'autres plus éloignées, comme si une main invisible les avait éparpillées au hasard; des vaches et des chevaux, des silos à céréales se dressant hauts et fiers tels des temples consacrés à la terre; des hectares de millet, de maïs et de sorgho; des voies ferrées qui filaient en ligne droite sur des centaines de kilomètres partout où je regardais; tout était vaste, impressionnant, époustouflant.

Nous fîmes une halte dans un petit restaurant au bord de la route et je m'installai dans le coin le plus éloigné de la porte, dos au mur. J'observais toutes les personnes qui traversaient la salle pour aller aux toilettes, et lorsqu'elles ressortaient, je les observais à nouveau jusqu'à ce qu'elles soient bien installées derrière la table de leur choix.

« C'est bon », ne cessait de m'assurer Hennessy, et j'acquiesçais, tentais de sourire, et continuais d'observer les gens.

Hennessy commanda des œufs, du bacon et des pommes de terre sautées. Je mangeai lentement, mais je vidai toute mon assiette et une bonne partie de la sienne. Lorsque nous partîmes, je fus pris d'un accès de nausée et vomis tout ce que j'avais avalé dans le parking devant le restaurant. J'étais habitué aux pommes de terre à l'eau, aux fines tranches de bœuf bouilli, aux flocons d'avoine, au petit salé et au chou vert. Mon corps n'était pas préparé à un tel repas. Hennessy alla me chercher une tasse de café noir, et je m'assis sur le siège du passager avec la portière ouverte, les pieds sur le bitume. J'observai les gens qui allaient et venaient, je les observai attentivement. Et je m'aperçus que je cherchais quelqu'un que je ne reconnaîtrais jamais.

Il était tard lorsque nous arrivâmes à Stuyvesant, dans Brooklyn. Les rues étaient aussi claires qu'en plein jour, les réverbères et les enseignes au néon illuminaient les devantures et les vitrines des boutiques.

Je suivis Hennessy le long de trottoirs qui ne m'étaient pas familiers jusqu'à une maison de grès de deux étages. Surplombant le nouveau monde, il possédait un appartement confortable au premier étage. Il me montra sa chambre, et une autre en face, plus petite, où un lit avait déjà été fait. Je restai un moment immobile, puis je me tournai vers lui. J'écartai les bras et l'étreignis, suffisamment fort pour lui couper la respiration, puis j'entrai dans la chambre et m'étendis sur le matelas. Je dormis tout habillé, et ne me réveillai que le lendemain soir. Hennessy m'avait ôté mes chaussures. Près du matelas se trouvait une petite boîte en carton. Je l'ouvris prudemment, et fus stupéfait en voyant ce qui se trouvait à l'intérieur. Mes coupures de journaux, d'une couleur jaune poussiéreuse, gondolées sur les bords, et tandis que je les feuilletais, que je revoyais chaque visage, chaque mot que je lisais me ramenait en arrière. En dessous se trouvait une photo de Bridget, et lorsque je la tirai de la boîte j'eus la sensation que le monde se resserrait autour de moi et que j'allais suffoquer. Je ne pleurai pas en la voyant. J'en étais incapable. J'avais épuisé toutes mes larmes lors de mon premier mois à Auburn. Au fond se trouvait la lettre du Comité d'évaluation des jeunes auteurs d'Atlanta. C'était une boîte pleine de rêves morts et d'espoirs lointains. Et pleine de cauchemars. Je replaçai le tout à l'intérieur, refermai bien la boîte et m'assis par terre en tailleur en la tenant sur mes cuisses.

« Je l'ai récupérée dans ta chambre, m'expliqua plus tard Hennessy. Chez Aggie Boyle. J'y suis retourné, après, tu sais ? Lorsque… » Il me regarda avec une expression douloureuse. « Lorsque tout a été.. »

Je lui souris et il se tut.

« C'est bon, murmurai-je. Et merci. »

Je restai deux semaines sans sortir. Je ne voyais personne à part Hennessy. Les rares paroles que je prononçais étaient insignifiantes et futiles. Hennessy cherchait à me faire sortir. Il parlait de gens que je ferais bien de voir – Arthur Morrison, ou même Ben Godfrey. Il affirmait que des journalistes avaient téléphoné. Ils demandaient des interviews. Ils voulaient parler à l'homme qui avait écrit *Une douce foi dans les anges*.

Je me sentais incapable de leur faire face, aussi ne le fis-je pas.

Février devint mars. Des feuilles commençaient à apparaître sur les arbres de la rue. Hennessy s'absentait souvent des heures durant, et je restais simplement assis à la fenêtre à regarder passer les voitures, les gens sur le trottoir. Un jour je vis un groupe d'enfants avec une jeune femme à leur tête, ils se tenaient la main et ressemblaient à un crocodile négociant le carrefour au bout de la rue. Je pleurai à leur vue, puis je m'écartai de la fenêtre et restai deux jours sans oser regarder dehors.

Je me sentais surveillé. J'avais la sensation que chacun de mes mouvements était réglé d'avance et dicté par une personne extérieure. Pas une heure ne s'écoulait sans que je pense à Bridget, à mon enfant qui n'était jamais né, à l'homme qui avait commis ce crime. J'étais certain que c'était le même homme, certain qu'il était venu de Géorgie et que sa folie avait détruit tout ce que je possédais. Il avait dépouillé mon enfance de son innocence, m'avait montré un monde sombre et dépravé où les cauchemars devenaient réalité, où les enfants étaient enlevés à leur famille, battus et brutalisés, violés et assassinés. Cet homme avait hanté le shérif Haynes Dearing, il avait habité ses jours et ses nuits, le forçant à faire une chose qu'il n'aurait autrement jamais envisagée. Il avait fait en sorte que Gunther Kruger finisse pendu. De sa propre main, ou de celle de Dearing directement. Je ne savais pas ce qui s'était passé ce matin-là, et je n'avais pas besoin de le savoir. Je savais que Gunther Kruger n'avait pas tué ces enfants. J'en étais absolument persuadé. Ma mère s'était trompée. Elle avait cru que Gunther était l'assassin et avait par conséquent essayé de le faire partir en mettant le feu à sa maison. Mais je supposais que son sentiment de culpabilité avait été le facteur prédominant, qu'elle avait commencé à perdre la tête bien avant l'incendie, qu'elle s'était peut-être dit que débarrasser Augusta Falls de Gunther Kruger était le seul moyen de ne pas se rappeler chaque jour son infidélité.

Je pensais que le tueur d'enfants était toujours là, qu'il m'avait suivi jusqu'à New York et avait tué Bridget. Je savais aussi que je ne comprendrais son mobile, quel qu'il ait été, que lorsque je me trouverais face à lui. Et je me demandais : Pourquoi moi ? Pourquoi cette vie m'avait-elle été réservée ? Mais je n'avais pas de réponse, et je savais que cette question ne serait résolue que lorsque je l'aurais trouvée. C'est avec ce fantôme que je vivais, flottant dans un territoire vague entre vie et mort, craignant de regarder le monde, craignant que le monde ne me trouve. J'étais tellement reconnaissant à Paul Hennessy; je comprenais qu'il m'avait tiré d'Auburn, mais je savais qu'il ne comprendrait jamais ce que j'avais traversé. Que vous reste-t-il à perdre quand on vous a déjà tout pris? Rien, et c'est ainsi que je me résignai à quitter Brooklyn et à retourner en Géorgie. J'étais à la dérive, sans but ni mobile, et je savais que je ne pouvais infliger une telle chose à la personne qui tenait le plus à moi.

La Géorgie se dressait au cœur de mes souvenirs, tel un arbre sombre et empoisonné – ses branches suffisamment larges pour englober le ciel; la Géorgie était mon pays, ma Némésis, en un sens mon salut imaginé.

La troisième semaine de mars 1967, je dévoilai mes intentions à Hennessy.

Il secoua lentement la tête et détourna les yeux vers la fenêtre. Je suivis son regard et vis à travers la vitre la myriade de lumières d'une ville dont j'avais oublié l'importance. New York m'avait poussé à quitter la Géorgie, et voilà que maintenant je souhaitais y retourner. New York avait représenté l'avenir, tout ce que j'avais jamais voulu devenir, et pourtant je m'apprêtais à retrouver le passé. La peur en moi était comme un nœud gordien. De quelque côté que je me tourne, de quelque façon que j'essaie de m'en dégager, elle se resserrait et devenait plus complexe. Elles étaient toutes là-bas – les petites filles, Elena, Alex, même Bridget – et parfois, tandis que j'étais étendu éveillé dans la demi-lueur fraîche de l'aube, je me rappelais leurs visages, j'entendais leurs voix, et je comprenais que la peur ne passerait pas tant que je ne serais pas reparti.

« Tu ne peux pas y retourner, Joseph », objecta Hennessy.

Il y avait de l'inquiétude et de la pitié dans sa voix. Peut-être avait-il cru que je redeviendrais moi-même d'un coup, que le fait de revoir New York me referait prendre conscience de qui j'avais été. Ou peut-être s'imaginait-il que je reviendrais lentement, un pas prudent et hésitant après l'autre, tel un homme à l'équilibre incertain mais progressant néanmoins. Ce qu'il ne comprenait pas, ce qu'il ne comprendrait peut-être jamais, c'était que le Joseph Vaughan dont il se souvenait avait depuis longtemps disparu. Je faisais tout mon possible pour demeurer implacable, mais le passé se repliait sur moi ; Paul Hennessy était mon point d'ancrage, et j'étais bien décidé à le lâcher.

« Il le faut, répondis-je. Je ne peux même pas espérer que tu comprendras…

– Je comprends », répliqua-t-il.

Nous étions assis à son étroite table de cuisine. La fenêtre près de nous était entrouverte et une brise pénétrait par l'ouverture. Je frissonnai.

« Je ne prétends pas comprendre ce que tu as traversé, Joseph, mais je suis la personne qui te connaît le mieux. Si tu poursuis cette chose, elle finira par te tuer. Oublie le passé… »

Je secouai la tête, et vis à son expression qu'il sentait combien ses paroles étaient vaines.

« J'ai besoin d'un peu d'argent.

– Tu peux en avoir autant que tu veux. Le livre…

– J'ai juste besoin d'un peu d'argent, l'interrompis-je. Je n'en veux pas beaucoup. Le reste est pour toi. »

Il lâcha un rire nerveux.

« Je ne peux pas…

– Si, tu peux, Paul. L'argent t'appartient. Trouve-moi mille dollars, c'est tout ce dont j'ai besoin. Trouve-moi mille dollars, et le reste, tu peux le garder.

– Mille dollars ? s'exclama-t-il. Est-ce que tu as la moindre idée de tout ce que t'a rapporté ce livre ? »

Je haussai les épaules d'un air indifférent.

« Je ne veux pas le savoir, Paul. Je n'ai pas besoin de le savoir. Trouve-moi mille dollars, et tu pourras dépenser le reste à ta guise. Voilà ce que je veux.

– En tant que ton ami, Joseph… Bon sang, en tant que ton ami, je ne peux pas te laisser faire ça.

– En tant que mon ami, Paul, répliquai-je en souriant, le seul véritable ami que j'aie, tu *dois* me laisser faire. Je ne peux pas rester ici. Je ne peux pas rester tranquillement dans un appartement à New York pendant que cette chose me hante. C'est ma vie, tu sais ? C'est moi. » Je détournai le regard vers la fenêtre et fermai les yeux. « Parfois j'ai l'impression que c'est ma raison d'être.

– Et où vas-tu aller ? »

Je rouvris les yeux et regardai directement Hennessy.

« En Géorgie, répondis-je. Je retourne à Augusta Falls. Je dois retrouver Dearing… je dois le retrouver et obtenir son assistance.

– Et tu crois qu'il sera disposé à t'aider ?

– Je n'en sais rien. Je ne sais même pas s'il est toujours en vie. S'il l'est, je le trouverai, et alors je saurai s'il est disposé à m'aider.

– Et si tu te fais tuer ? Qu'est-ce qui arrivera alors ?

– Ne comprends-tu pas ? Si je meurs, au moins je serai mort en essayant. »

Hennessy resta un bon moment sans répondre, fixant un point indistinct entre le mur et le sol, puis il se tourna vers moi et acquiesça.

« Je vais te trouver l'argent, dit-il.

– Bien, répondis-je. Je savais que je pouvais compter sur toi. »

Deux jours plus tard, le vendredi 24, je me tenais dans le couloir de l'appartement d'Hennessy avec à mes pieds un fourre-tout rempli des quelques affaires dont j'avais besoin. J'avais dans la poche mille dollars, une collection de billets de train qui me mèneraient jusqu'en Géorgie, et la photo de Bridget McCormack. Dans une enveloppe au fond de mon sac se trouvaient la lettre d'Atlanta et les coupures de journaux, classées chronologiquement depuis novembre 1939 jusqu'à février une décennie plus tard. Ça faisait presque vingt ans que Lucy Bradford était morte. Si elle avait vécu elle aurait eu vingt-six ans, serait peut-être mariée, avec des enfants, et elle se souviendrait d'un lointain cauchemar d'enfance durant lequel des petites filles avaient été enlevées dans sa ville natale et sauvagement assassinées.

J'étreignis Paul Hennessy et me demandai si je le reverrais un jour.

« Je crois que je dois... commença-t-il, mais je le lâchai et secouai la tête. Joseph...

– J'y vais, dis-je. Je t'appellerai si je le peux.

– Si tu as besoin d'argent, reprit-il. Je peux t'envoyer de l'argent au besoin. »

Je souris et soulevai mon sac.

« À la prochaine », dis-je, et je pivotai sur les talons, sortis calmement de l'appartement et descendis l'escalier jusqu'à la rue.

Lorsque j'atteignis le carrefour, je me retournai et vis le visage d'Hennessy à la fenêtre. Il leva la main une fois, puis il disparut.

De la Pennsylvanie au Maryland, à travers la Virginie jusqu'aux deux Caroline. Wilmington, Baltimore, Richmond, Raleigh et Columbia. Des visages changeant à chaque arrêt. De l'autre côté de la vitre l'étendue du Sud-Est. Le bruit du train tout autour de moi, grondant et tonnant, avançant avec fracas vers l'horizon, traversant le jour pour s'enfoncer dans la nuit, puis jaillissant à nouveau dans la lumière. J'essayai de toutes mes forces de dormir, de ne pas réfléchir, de ne pas avoir peur. Pelotonné sur ma couchette, chaque cahot me réveillant, chaque coup de sifflet transperçant mes rêves et me rappelant où j'allais, et pourquoi.

Je pensais à Haynes Dearing et à ce qui s'était passé ce jour affreux. Je pensais à Reilly Hawkins et me demandais si je le trouverais vivant, ou enterré dans une terre qu'il n'avait jamais quittée. Je ne l'avais pas revu depuis le procès, quatorze ans plus tôt. Ce serait un vieil homme, et son cœur brisé par la jolie fille du comté de Berrien n'aurait pas guéri. Le temps ne guérit pas de telles blessures. Le temps ne fait rien que nous rappeler que nous n'en avons jamais assez.

Le dimanche 26 nous pénétrâmes en Géorgie. Je me revois arpentant le train dans sa longueur, ou debout à la fenêtre à regarder les rails qui s'étiraient derrière nous comme des rubans. Je regardais vers l'horizon et sentais la puissance du souvenir, et même si les images qui défilaient devant moi étaient empreintes d'une certaine nostalgie, je ressentais aussi le chagrin immense que représentait la Géorgie. La région avait changé, mais pas suffisamment pour être autre chose que ce qu'elle était auparavant. C'était là mon enfance, la mort de mon père, ma mère ; c'était la perte ; c'était la cuisine des Kruger, l'odeur de saucisse et de gâteau ; c'était une veillée du Sud durant laquelle ma mère était restée silencieuse et attentive, ses yeux bordés de khôl aussi noirs que de l'antimoine. C'étaient les Anges gardiens et le tueur d'enfants, les affiches fixées à des poteaux et à des clôtures, les couvre-feux et les avertissements, la vision de Gunther se tenant dans l'obscurité et me fichant la trouille de ma vie ; c'était Alex Webber, l'école, les bureaux avec les accoudoirs en tablette, les semelles de chaussures blanches au sommet d'une colline ; c'étaient dix petites filles mortes alignées qui attendaient leurs ailes. C'était Augusta Falls, la ville de mon cœur, si brisé fût-il.

Je me rappelle toutes ces choses dans la chambre au deuxième étage d'un hôtel. Je bouge légèrement. Je sens à peine mes jambes. Le sang sèche et coagule. Je sens son odeur – épaisse et lourde – et je me rappelle cette même odeur le jour où j'ai découvert Virginia Grace Perlman, le jour où je suis allé à Fleming et ai vu Esther Keppler. Le présent fait écho au passé, et en m'observant moi-même je me demande si je ne suis pas finalement devenu la chose qui m'a hanté.

Je ferme les yeux un moment, puis je les rouvre et regarde l'homme qui me fait face.

« Je suis retourné pour toi », murmuré-je d'une voix qui me semble lointaine et faible.

Je ferme à nouveau les yeux.

Je veux maintenant dormir, c'est tout.

Je veux juste dormir.

30

Dix-sept ans que j'étais parti. Augusta Falls n'avait pas tant changé que tenté de devenir autre chose. La ville était là – tout ce dont je me souvenais – mais il y avait du neuf : un motel en forme de croissant derrière la propriété qui avait jadis appartenu au frère de Frank Turow ; un petit drugstore qui semblait déjà avoir connu des jours meilleurs ; le silo à grains de Gene Fricker avait totalement disparu pour laisser place à une station-service Mobil devant laquelle des pompes rouge vif se dressaient telles des sentinelles. Où que je regarde, je voyais des fantômes du passé, les empreintes indélébiles de bâtiments qui avaient un jour été là. Un visiteur ne verrait jamais de telles choses, mais je connaissais Augusta Falls, la ville faisait partie de moi, elle était un élément intrinsèque de ma personnalité – à tel point que de nouvelles peintures, des clôtures différentes et des pancartes modifiées ne pouvaient pas changer mes souvenirs.

Je logeai dans le motel en forme de croissant. Je payai en espèces et pris la clé, puis je m'enfermai dans la chambre et dormis près de vingt-quatre heures d'affilée. Je me réveillai le matin du mardi 28 mars, et l'employé du motel me regarda avec dans les yeux des questions qu'il n'aurait jamais osé poser. Je me demandai s'il devinait qui j'étais, ce que je faisais là, la raison de mon retour. Lorsqu'ils me regardaient, les gens voyaient-ils en moi la personnification des rumeurs qu'ils avaient entendues à propos des meurtres qui avaient agité cette ville? Même maintenant, près de vingt ans plus tard, continuaient-ils de surveiller leurs enfants, éternellement conscients du fait que ce qui s'était produit une fois, ici même, pouvait facilement se produire à nouveau?

J'informai l'employé que je resterais une nuit de plus.

Il me regarda de travers. Il ne pouvait pas avoir plus de vingt-cinq ans, mais il y avait déjà quelque chose de soupçonneux dans ses manières.

« Une nuit de plus? demanda-t-il.

– Peut-être deux, répondis-je. J'ai quelques personnes à voir.

– Vous êtes du coin, alors? demanda-t-il d'un air perplexe.

– Oui. Ça fait bien des années que je suis parti.

– Pas moi, poursuivit-il. Je viens d'à côté de Race Pond. »

Je souris et me rappelai l'histoire que Reilly Hawkins m'avait racontée à propos de mon père. La fois où Temper Tzanck et lui étaient passés par Race Pond pour aller voir un homme à Brantley. Mon père avait collé un swing à une espèce de brute et le type s'était vidé de son sang.

« Vous cherchez quelqu'un en particulier? demanda l'employé.

– Hawkins, répondis-je. Un homme nommé Reilly Hawkins.

– Jamais entendu parler de lui, dit-il en secouant la tête. Le mieux serait d'aller voir le shérif. Il s'appelle

Dennis Stroud. Il est ici depuis au moins dix ou quinze ans. Il pourra probablement vous aider.

– Merci. À plus tard. »

Je trouvai le bureau du shérif sans difficulté. C'était un nouveau bâtiment, mais depuis l'endroit où je me tenais je pouvais distinguer le site de l'école. Peut-être sa carcasse était-elle toujours là, je n'aurais su le dire car le site comportait désormais une annexe basse en briques avec plus de fenêtres qu'il ne semblait nécessaire.

Je m'approchai de la porte du bureau du shérif, l'ouvris et entrai.

Une jeune femme leva les yeux de sa machine à écrire. Une jolie fille à la tête couverte de boucles blondes qui sourit doucement et me demanda si elle pouvait m'aider.

« J'aimerais voir le shérif Stroud, déclarai-je.

– Et pourrais-je savoir à quel sujet, monsieur ?

– Je cherche des gens… j'ai pensé qu'il serait peut-être en mesure de m'aider. »

Quelques minutes plus tard je m'asseyais sur une chaise face au shérif Dennis Stroud. Il avait un visage rond d'enfant, des yeux qui semblaient trop petits, mais il avait une expression sincère, quelque chose qui me disait que c'était un type bien. Après Brooklyn, après Auburn, après tout ce que j'avais vécu, je pensais pouvoir deviner de telles choses.

« Vaughan ? demanda-t-il, et il se gratta la tête d'un air perplexe avec son crayon. Vaughan, dites-vous ? Pas *le* Joseph Vaughan ? »

Je souris.

« Ça dépend de *quel* Joseph Vaughan vous parlez. »

Stroud se pencha en avant et ouvrit le tiroir de son bureau. Il en tira un exemplaire d'*Une douce foi dans les anges*.

« Ce Joseph Vaughan-là, dit-il.

– Alors oui, ça doit être moi. »

Il rit de bon cœur, se leva de sa chaise. Puis il contourna le bureau, tendit une main que je serrai, et saisit la mienne à deux mains.

« L'enfant célèbre d'Augusta Falls, dit le shérif Stroud. Il semblerait que vous soyez la seule personne d'ici à jamais avoir fait quelque chose de sa vie.

– Je suis allé en prison pour meurtre, shérif Stroud, objectai-je. J'ai passé presque quatorze ans à Auburn State…

– Pour un meurtre que vous n'avez pas commis, n'est-ce pas ?

– Certes, pour un meurtre que je n'ai pas commis, mais…

– Bon sang, monsieur Vaughan, les Américains n'aiment rien plus que les hommes qui survivent à l'adversité. Dans le coin vous êtes une sorte de héros. » Il resta planté là un moment, puis il inclina légèrement la tête sur le côté et demanda en tendant le livre : « Pour ma femme… Vous voulez bien le dédicacer pour ma femme ? Elle l'a lu trois fois, je crois, et ça la fait toujours pleurer. Elle serait sacrément heureuse, monsieur Vaughan, vous n'avez pas idée. »

Je saisis le livre, et il me tendit un stylo.

« Comment s'appelle-t-elle ? demandai-je.

– Elizabeth, mais je l'appelle Betty. Dédicacez-le à Betty, ça n'en sera que plus personnel, pas vrai ? »

À Betty, écrivis-je. *Tous mes meilleurs vœux pour vous et votre famille. Bien à vous, Joseph Vaughan.* Je lui rendis le livre. Stroud lut la dédicace et sourit.

« Ça me fait rudement plaisir, monsieur Vaughan, vraiment. Bon, je suppose qu'il ne s'agit pas juste d'une visite de courtoisie… n'est-ce pas ?

– D'une certaine manière, dis-je. Je cherche quelques personnes.

– Qui ça ? »

Le shérif Stroud regagna l'autre côté de son bureau et s'assit.

« Reilly Hawkins…

– Il est mort, monsieur Vaughan, répondit Stroud en secouant la tête. Il y a quelques années. Le cœur, je crois.

– Il est mort ? »

Stroud acquiesça d'un air compatissant.

« Je suis désolé, monsieur Vaughan. »

Pendant un moment je fus incapable de réfléchir. Je n'arrivais plus à me rappeler le visage de Reilly Hawkins, puis il me revint, lentement mais sûrement, et je fermai les yeux. De la même manière qu'Hennessy représentait New York, Reilly Hawkins avait représenté la Géorgie.

« Le shérif Dearing ? » demandai-je.

J'étais pressé de changer de sujet. Je penserais à Reilly plus tard, je me rendrais peut-être sur sa tombe, et seulement alors me laisserais-je aller à mes sentiments.

« Haynes Dearing ? fit Stroud. Et pourquoi vous intéressez-vous à Haynes Dearing ?

– Il était ma conscience, répondis-je. C'était lui le shérif quand j'étais gamin, pendant toutes ces années jusqu'à ce que je parte. Je suis revenu ici en 1950 à la mort de ma mère et j'ai entendu dire qu'il était parti.

– Bon sang, monsieur Vaughan, c'est toute une histoire. Oui, il est parti. Il y a bien, bien longtemps de cela. Vous êtes au courant pour sa femme, n'est-ce pas ?

– Elle s'est suicidée, je crois.

– Pour sûr. Ça devait être vers 1950 ou dans ces eaux-là. Quand êtes-vous revenu ?

– Octobre 1950. Je suis revenu pour l'enterrement de ma mère.

– D'accord, d'accord. Elle a donc dû se suicider en janvier ou février, et Haynes, il a mis les voiles en mars, juste après. Il a été transféré à Valdosta pendant quelques années, peut-être jusqu'en 1954 ou 55, puis il a quitté la police. Je ne sais pas où il est allé après. » Stroud marqua une pause et me regarda. « Ça reste entre nous, mais j'ai entendu dire qu'il avait un problème d'alcool. Ça, et le fait qu'il était apparemment incapable de travailler sur autre chose que… » Stroud s'interrompit en milieu de phrase. « Je ne devrais vraiment pas discuter de ça, monsieur Vaughan, vous savez. C'est l'affaire de la police. »

Je me penchai en arrière sur ma chaise et détournai les yeux vers la fenêtre.

« J'ai découvert une de ces filles, dis-je. Ces meurtres. Il y a si longtemps. J'ai découvert une de ces filles, shérif.

– J'ai lu votre livre, monsieur Vaughan.

– Et après j'ai passé treize ans en prison pour un meurtre que je n'avais pas commis. J'ai perdu l'essentiel de ma vie, shérif… vraiment, l'essentiel de ma vie a été gâché, et je reviens maintenant pour essayer de comprendre ce qui s'est passé, et pourquoi j'ai été impliqué. Vous avez la moindre idée de ce que je peux ressentir ? »

Stroud secoua la tête.

« Non, monsieur Vaughan, aucune idée.

– Je suppose que je suis venu ici à la recherche de quelque chose… quelque chose qui pourrait m'aider à trouver un sens à tout ça. J'ai grandi ici, et j'imagine que la plupart des gens qui ont grandi avec moi sont partis ou sont morts, ou qu'ils ont tellement changé que je ne les reconnaîtrai jamais. Haynes Dearing fait partie de ce passé, une partie très importante. Il connaissait mes parents, et après la mort de mon père il a été très bon avec nous. Il rendait visite à ma mère, même après l'incendie chez les Kruger, même après la mort d'Elena, la petite Kruger…

– Qu'attendez-vous de moi, monsieur Vaughan ?

– Je ne sais pas, shérif… Je suppose que j'espérais qu'il y aurait quelque chose… n'importe quoi… qui pourrait m'aider à comprendre ce qui s'est passé après mon départ. Je suis allé à New York. J'y ai rencontré une fille. Elle aussi a été assassinée, shérif, assassinée tout comme les fillettes d'Augusta Falls, et…

– Et vous pensez qu'il s'agissait du même homme, exact ? » Je levai les yeux vers Stroud, surpris qu'il aille ainsi droit au but. « Vous supposez que la personne coupable des meurtres d'Augusta Falls a aussi tué votre amie à New York ? C'est assurément l'impression qu'on a en lisant votre livre. C'est aussi ce que les gens d'ici en sont venus à croire, et je dirais qu'Haynes Dearing était peut-être celui qui en était le plus persuadé. » Je fronçai les sourcils d'un air interrogateur. « Si vous répétez ça, on m'écorche vif, monsieur Vaughan, vous saisissez ?

– Je ne dirai pas un mot, shérif, pas un mot. »

Stroud se leva et se rendit à l'arrière de la pièce. Il ouvrit un meuble de rangement et tira une mince enveloppe de papier kraft du fond d'un tiroir.

« Quand Dearing a pris sa retraite, quand il a quitté Valdosta pour aller Dieu sait où, j'ai reçu quelques dossiers, des papiers ayant trait aux meurtres d'Augusta Falls. Celui-ci comportait des choses qui… Eh bien, jetez-y un coup d'œil et voyez si vous y comprenez quelque chose. »

Stroud me tendit l'enveloppe. Elle ne pesait presque rien, et lorsque je l'ouvris une série de coupures de journaux se répandirent par terre. Je les ramassai rapidement, avançai ma chaise et les étalai au bord du bureau de Stroud. Elles étaient toutes là. Ç'aurait pu être exactement les mêmes coupures que celles qui se trouvaient alors au fond de mon sac au motel. Je les parcourus du regard – je lus les noms, regardai les visages : Alice Ruth Van Horne, Ellen May Levine, Rebecca Leonard, Mary Tait… Je retournai chaque page l'une après l'autre, et alors mon souffle se bloqua dans ma poitrine. Il y avait une coupure que je n'avais jamais vue, tirée d'un journal de New York :

Une jeune femme de vingt ans sauvagement assassinée à Brooklyn.

Je détournai le regard. Je ne pouvais pas lire l'article, je ne pouvais supporter de voir le nom de Bridget mêlé à tous les autres. Je levai les yeux vers Stroud. Il regardait les coupures de presse posées sur son bureau.

« Il y en a d'autres », déclara-t-il calmement.

J'ouvris à nouveau l'enveloppe et découvris d'autres coupures qui n'étaient pas tombées par terre.

Je les sortis une à une.

Alabama, l'*Union Spring Courier*, 11 octobre 1950 :

Une fillette de dix ans kidnappée et retrouvée morte.

Une fois de plus en Alabama, dans une ville nommée Heflin, le 3 février 1951 :

Une enfant assassinée, la police désemparée.

À Pulaski, dans le Tennessee, le 16 août 1952 :

Une fillette de la ville retrouvée morte.

La dernière était de Calhoun, ici même en Géorgie, le 10 janvier 1954 :

Une fillette portée disparue retrouvée morte.

« Vous voyez où ça le menait ? » demanda Stroud. Je levai les yeux vers lui. « Bon Dieu de bois, monsieur Vaughan, vous êtes blanc comme un linge.

– Ça a continué », dis-je, trouvant à peine mes mots.

Mon cœur s'était arrêté de battre dans ma poitrine, j'étouffais, la tension me paralysait sur ma chaise.

« Il paraît évident que le shérif Dearing était de cet avis, dit Stroud.

– Et il continuait de le chercher… après toutes ces années, Dearing savait qu'il était toujours dans les parages et il essayait de le trouver, n'est-ce pas ? »

Stroud ne répondit rien pendant un moment. Le silence était palpable.

« Vous étiez ici quand ce Kruger s'est pendu, n'est-ce pas ? demanda-t-il enfin.

– En février 1949. Deux mois avant que je ne parte pour Brooklyn.

– Vous avez entendu les rumeurs ?

– Sur quoi ? Sur Gunther Kruger ?

– Les rumeurs qui l'accusaient de ces meurtres…

– Gunther Kruger est mort, shérif, et on ne peut rien y changer. Je ne sais pas si Haynes Dearing a eu quoi que ce soit à voir avec la mort de Gunther Kruger, du moins pas directement…

– Mais il y a eu des rumeurs, monsieur Vaughan.

– Ce ne sont que des rumeurs, shérif Stroud. Je suis venu ici pour essayer de trouver des indices sérieux.

– Là, je ne peux rien pour vous. Vous parlez d'événements qui se sont déroulés il y a entre vingt et trente ans. Il ne reste plus grand monde de cette époque. Les gens sont passés à autre chose, ils sont allés vivre ailleurs. D'autres sont morts, comme Reilly Hawkins, Frank Turow. Même Gene Fricker… jamais rencontré un homme en aussi bonne santé… il a été renversé par une voiture dans le comté de Camden. Mort sur le coup. Son fils est toujours là mais il a sa propre famille. Il s'occupe de ses affaires, vous voyez ? Je ne sais pas si je peux parler en leur nom à tous, mais je ne crois pas qu'ils aient envie de déterrer le passé.

– Je ne suis pas ici pour déranger les gens, shérif. »

Stroud sourit, mais je perçus une once de soupçon dans sa voix lorsqu'il me demanda :

« Alors pourquoi exactement êtes-vous ici, monsieur Vaughan ? »

Je réfléchis un moment à ce que j'allais répondre.

« Je ne sais pas, shérif. Je suppose que je n'ai pas la moindre raison compréhensible d'être ici.

– Ce sont des gens simples, monsieur Vaughan. Cette ville a connu des événements terribles, mais c'était il y a longtemps. Les gens ont choisi d'oublier ce qui s'est passé, et même si je compatis avec votre situation je ne peux pas vous encourager à réveiller des choses qui ne veulent plus rien dire à Augusta Falls aujourd'hui. Je ne peux pas vous empêcher d'être ici, et je n'en ai aucune intention, mais je peux vous demander de rester discret, de voir les personnes que vous êtes venu voir, puis de vous en aller. »

Je réunis les coupures de journaux et les replaçai dans l'enveloppe. Je la rendis à Stroud et me levai.

« Avez-vous la moindre idée de l'endroit où je pourrais chercher Haynes Dearing ? » demandai-je.

Stroud se leva à son tour, et je sentis qu'il était soulagé de me voir partir.

« Haynes Dearing ? Bon sang, je ne saurais pas par où commencer. La dernière fois que j'ai entendu parler de lui, il était à Valdosta, comme je vous ai dit. Vous pourriez vous adresser aux gens du bureau du shérif pour voir s'ils savent ce qui lui est arrivé. Je ne saurais même pas dire s'il est toujours vivant, monsieur Vaughan. »

Je tendis la main, remerciai le shérif Stroud pour son aide et me retournai pour partir. C'est alors que je remarquai un bout de papier sous la chaise où j'avais été assis. Je me baissai pour le ramasser et le retournai. Et là, de l'écriture caractéristique d'Haynes Dearing, était notée une unique question : *Où le garçon est-il allé après Jesup ?*

Je tendis le bout de papier à Stroud.

« Savez-vous ce que ça signifie ? » demandai-je.

Stroud le saisit, lut la question, secoua la tête.

« Pas la moindre idée, monsieur Vaughan. » Il le replaça dans l'enveloppe avec les coupures de journaux. « La famille Kruger n'a-t-elle pas fini à Jesup ? »

Je ne répondis rien. Une image me vint à l'esprit. Gunther Kruger se tenant une nuit sur la route, son long manteau, la peur sinistre qui s'était emparée de moi à sa vue. Puis il s'était retourné et avait regagné sa maison. Avais-je pu me tromper ? Et si ça n'avait pas été Gunther Kruger ?

« Je crois, répondis-je d'un ton brusque. Je crois que si, en effet. »

Je pris congé du shérif Stroud et quittai son bureau. Je retournai à la hâte au motel et regagnai ma chambre. Je m'assis au bord du lit, pris un morceau de papier et notai les noms des villes mentionnées dans le dossier de Stroud. Union Springs, Heflin, Pulaski et Calhoun. Tout se chamboulait dans mon esprit. Tout ce que j'avais envisagé était soudain sens dessus dessous. Et si ça n'avait pas été Gunther Kruger ? Si ç'avait été quelqu'un d'autre portant le manteau de Gunther ? Et pourquoi ma mère était-elle si convaincue que le tueur d'enfants se trouvait dans la maison la nuit où elle y avait mis le feu ?

Je restai quelque temps immobile. J'arrivais à peine à respirer. Je m'étendis et tentai de fermer les yeux, mais des images envahissaient l'une après l'autre mon esprit et me donnaient la nausée. Je finis par traverser la pièce étroite pour aller ouvrir la porte. Je restai là à inspirer profondément, tentant de rester calme, faisant tout mon possible pour ne pas perdre pied. Mais j'avais la sensation que le sol était instable et je dus retourner m'asseoir. Je m'accrochai au bord du lit tandis que les murs se gondolaient et oscillaient étrangement.

Une heure s'écoula, peut-être plus. Je rouvris les yeux et m'aperçus que je m'étais à nouveau allongé sur le matelas et endormi. La porte de la chambre était toujours entrouverte, et je me levai pour la refermer. Je m'aspergeai le visage d'eau dans la salle de bains et me séchai les mains à une serviette qui était marbrée de gris et percée par endroits.

Je voulais quitter Augusta Falls. Tout ce que j'avais imaginé trouver ici avait disparu. Il ne s'agissait pas des bâtiments, ni des routes ou des lieux marquants, il s'agissait de l'esprit de la ville. Peut-être était-ce parce que je n'étais plus un enfant et que je ne voyais plus les choses du même œil.

Un peu plus tard je tirai les coupures de journaux de mon sac et les enfonçai dans la poche de ma veste. Je sortis, fermai à clé la porte de ma chambre et passai devant le bureau de la réception avant de prendre le chemin du centre-ville. Il y avait une laverie automatique au coin de la rue, et je demandai à une femme qui s'y trouvait si elle savait où habitaient les Fricker.

« Maurice Fricker ? Bien sûr que je sais où il habite. Là-bas, vous tournez à droite, vous passez devant le bureau du shérif et continuez jusqu'au bout de la rue. Au carrefour, tournez à gauche, et environ quatre cents mètres plus loin vous trouverez une maison sur votre gauche. Vous ne pouvez pas la manquer. Elle a des montants de fenêtre bleus, et devant il y a une boîte aux lettres surmontée d'une girouette. »

Je remerciai la femme et me mis en route, suivant ses indications, et quelques minutes plus tard je me tenais devant la maison de Maurice Fricker. Il y avait une boîte aux lettres surmontée d'une girouette et, assise sur le perron, se trouvait une petite fille de huit ou neuf ans au plus dont les cheveux étaient maintenus en arrière par des barrettes. Elle inclina la tête, plaça sa main en visière pour se protéger les yeux du soleil.

« Ton papa est à la maison ? » lançai-je.

La fillette me regarda en plissant les yeux, puis elle se retourna soudain, gravit les marches en courant et franchit en trombe la porte extérieure grillagée.

Quelques instants plus tard, la porte intérieure s'ouvrit, et je vis un homme qui se tenait de l'autre côté du grillage.

« Vous avez quelque chose à faire ici? cria-t-il, et immédiatement, sans le moindre doute, je reconnus la voix de Maurice Fricker.

– Maurice? criai-je à mon tour. C'est toi, Maurice? »

L'homme hésita, commença à ouvrir la porte extérieure, et je m'approchai de la maison.

« Nom de Dieu de merde, lança-t-il entre ses dents. Jésus Marie mère de Dieu. C'est toi, pas vrai? Joseph Vaughan. »

Maurice Fricker ouvrit la porte en grand et descendit les marches. Je m'immobilisai. Il avait toujours ressemblé à son père, mais maintenant – à quarante ans – Maurice était le portrait craché de Gene.

Il m'étreignit jusqu'à me couper le souffle, me tapa dans le dos avec enthousiasme. Il fit un pas en arrière tout en me tenant par les épaules puis il m'étreignit une fois de plus.

« Bon Dieu, Joseph… Je pensais honnêtement jamais te revoir. Bon sang, viens sur la terrasse, on va boire quelques bières. Un sacré coup de pot que tu m'aies trouvé ici. J'ai un jour de congé avant de reprendre le boulot à White Oak. » Il pivota, commença à marcher, puis il s'immobilisa et me fit à nouveau face. « Merde, mon vieux, tu parles d'une histoire. Je pensais honnêtement jamais te revoir. Bon sang, je sais même pas quoi te dire. »

Je le suivis sur le perron et nous gagnâmes une terrasse sur la gauche qui était dotée de chaises en bois à hauts dossiers. Maurice me demanda de m'asseoir, puis il alla ouvrir la porte intérieure et lança dans l'obscurité de la maison :

« Ellie, sois un ange… va chercher la glacière et apporte deux bières à papa! »

La petite fille aux barrettes réapparut quelques instants plus tard.

« Ellie… je te présente Joseph, dit Maurice.

– Salut, Ellie », fis-je en souriant.

Ellie avait l'air mal à l'aise, elle tenta de me retourner mon sourire. Elle posa les bouteilles de bière par terre puis pivota sur les talons et retourna dans la maison en courant.

« C'est la timide, expliqua Maurice. Nous avons une autre fille, elle s'appelle Lacey. Elle est avec sa mère chez sa grand-mère à Homeland. Tu te souviens de Bob Gorman, le légiste des trois comtés ?

– Bien sûr, oui.

– J'ai épousé sa plus jeune fille, Annabel. Tu l'as déjà rencontrée ?

– Non, je ne crois pas.

– Une sacrée fille, Joseph, vraiment une sacrée fille. »

Il décapsula une bouteille de bière et me la tendit.

Nous restâmes un moment silencieux, et je sentis que Maurice savait pourquoi j'étais venu, et aussi qu'il aurait préféré que je ne vienne pas.

« Alors ç'a été la merde, hein ? dit-il. À New York. »

Je souris, scrutai les champs au loin par-dessus la rambarde de la terrasse. C'était là toute mon enfance, je me revoyais courant au milieu du maïs et du blé qui me montaient jusqu'aux épaules, portant les livres après les cours de mademoiselle Webber, écoutant Reilly Hawkins raconter ses histoires dans sa cuisine.

« On peut dire ça, répondis-je.

– Et cette histoire… cette histoire avec la fille…

– Bridget », dis-je. C'était franchement étrange de parler avec Maurice d'une chose à laquelle il ne pourrait jamais rien comprendre. « Tu as lu mon livre ?

– En partie, répondit-il en haussant les épaules. J'ai jamais trop aimé lire, tu sais ? » Il sourit et il me sembla fatigué, usé sur les bords. « Ma femme, elle l'a lu… mais bon sang, elle te connaît pas, alors pour elle c'était comme lire un roman. Il me semble que ceux qui étaient pas ici ne pourront jamais comprendre comment c'était. » Il but sa bière. « Tu es au courant pour Reilly Hawkins ? »

Je fis signe que oui.

« Mon père aussi… il a été tué par un connard qui conduisait bourré dans le comté de Camden. Mais j'ai ma femme, mes deux filles, tu sais ? Ça me force à garder les pieds sur terre, continua-t-il en riant, vingt-quatre heures sur vingt-quatre. Parfois je me dis que le présent m'occupe tellement que je n'ai pas le temps de penser au passé.

– Les autres ? demandai-je. Tu les vois encore ?

– Les autres ? demanda-t-il d'un air interrogateur.

– Daniel McRae. Ronnie Duggan. Michael Wiltsey… tu te souviens, le Roi de la bougeotte ?

– Bon sang, oui, je me souviens de lui. Il est toujours ici, Joseph, mais ça fait bien longtemps que Daniel est parti. Il s'est engagé dans l'armée en… bon Dieu, c'était quand ? Ça doit bien faire dix ans. Il voulait voir le monde et il s'est dit qu'il avait autant intérêt à le faire aux frais de l'Oncle Sam.

– Les Anges gardiens », dis-je, et je sentis l'air se refroidir soudain.

Maurice lâcha un éclat de rire, du moins il essaya, mais il y avait une certaine anxiété dans son rire.

« C'était… c'était il y a une éternité. On était gosses, Joseph, juste des petits gosses effrayés. On se disait qu'on pouvait faire quelque chose, mais… » Maurice Fricker se tourna vers moi et je vis des larmes dans ses yeux. « Il ne s'est pas écoulé une année sans que je pense à ces petites filles, Joseph. J'ai les miennes maintenant. Annabel me dit que je m'inquiète tout le temps, que je m'en fais trop pour elles. Elle me dit qu'elles doivent apprendre à être indépendantes, qu'elles doivent faire leur propre chemin dans le monde, mais elle était pas là, pas vrai? Elle était pas là quand ces fillettes se sont fait assassiner. Son père était le légiste. Parfois je me demande si ça l'a pas endurcie, mais elle est aussi le genre de personne à voir le bien en tout et en tout le monde. J'insiste pour qu'elle emmène les filles en voiture à l'école, pour qu'elle aille les chercher après les cours. Les parents des autres font pas ça. Ils les laissent marcher un kilomètre, même en hiver quand il fait nuit l'après-midi. Et parfois je vois des choses qui me rappellent à quel point on avait peur. Quand ils ont agrandi l'école j'étais le plus heureux des hommes. Avant, chaque fois que je passais devant, cet endroit me rappelait… »

Maurice laissa sa phrase en suspens et devint silencieux.

« Je crois que les meurtres continuent, dis-je.

— Non, Joseph. Tu te trompes. Ils ont découvert le coupable et il s'est pendu. L'Allemand. Gunther Kruger. C'était lui le tueur d'enfants, pas vrai? Tout le monde sait qu'il a tué ces petites filles et point final. C'est le passé. C'est fini. C'est tout ce que j'ai à dire sur le sujet, Joseph. »

Je bus une nouvelle gorgée de bière et reposai la bouteille par terre. Je me levai lentement et baissai les yeux vers Maurice Fricker.

« C'est bon, dis-je, conscient que ma tentative de l'impliquer dans cette histoire ne servirait qu'à le faire se sentir coupable de ne rien faire. Tu as sans doute raison, Maurice, tu sais ? C'est fini. Tout s'est achevé là-bas. » Je souris du mieux que je pus. « Peut-être que j'en ai un peu trop encaissé. J'ai passé un bon paquet d'années en prison. Peut-être que ça m'a rendu un peu dingue, hein ? »

Maurice ne se leva pas. Il me regarda tandis que je me dirigeais vers la porte de la terrasse.

« Tu as une très jolie petite fille, dis-je. Tu as fait ce qu'il fallait, Maurice. Crois-moi, tu as fait ce qu'il fallait. Tu as fait ce que j'aurais dû faire. J'aurais dû rester ici et me marier, avoir des gosses comme toi. Je n'aurais jamais dû aller à New York. »

Maurice secoua lentement la tête.

« Tu étais pas comme les autres, Joseph Vaughan. Tu l'as jamais été et tu le seras jamais. Tu as réussi à séduire mademoiselle Webber, pas vrai ?

– Pour sûr.

– Tu as toujours été le type à part, poursuivit Maurice. Toujours à poser des questions sur des choses dont tout le monde se fichait. À écrire des histoires. À écrire des livres qui ont été publiés. Il me semble que c'est toi qui as plus vécu que nous tous réunis.

– Pour ce que ça m'a rapporté, hein ? dis-je avant d'ouvrir la porte. Je dois y aller maintenant. Prends soin de toi, Maurice, et de ta femme et de tes filles. Et ne t'en fais pas pour ce qu'elle dit… d'après moi on ne se soucie jamais trop de ses enfants, même aujourd'hui. »

Maurice leva la main.

« Peut-être qu'on se reverra, Joseph. Je te proposerais bien de rester dîner, mais…

– Les fantômes ne restent pas dîner, Maurice », répondis-je, puis je me retournai et m'éloignai.

Je jetai un coup d'œil en arrière en atteignant le bout de la cour, et là – juste derrière la porte extérieure – je

542

vis Ellie qui m'observait à travers le grillage. Elle aurait pu être n'importe laquelle – Laverna, Elena, Virginia Grace… Je sentis mon souffle se couper, et alors elle leva la main et l'agita juste une fois avant de disparaître dans l'obscurité.

Je trouvai Ronnie Duggan debout devant ce qui avait jadis été la Falls Inn. Sa frange semblait finalement avoir concédé la défaite. Il commençait à se dégarnir et ses cheveux rejetés en arrière laissaient paraître un visage toujours jeune, mais il y avait autour de ses yeux une amertume que son sourire ne parvenait pas à dissimuler.

« J'ai entendu dire que tu étais ici, lança-t-il en guise de salut, et il s'adossa à moitié à la rambarde qui longeait l'avant du bâtiment. Dennis Stroud m'a passé un coup de fil pour me prévenir que tu étais revenu.

– Bonjour, Ronnie, dis-je, conscient que mon retour n'était pas le bienvenu.

– Salut, Joseph, répondit-il. J'ai appelé Michael pour qu'il vienne te dire bonjour, mais il doit conduire sa femme à un cours de bridge ou quelque chose du genre.

– La Falls Inn, dis-je en levant les yeux vers le bâtiment derrière lui.

– Plus depuis de nombreuses années. Frank Turow est mort, tu sais, et après il y a eu un type nommé McGonagle. Maintenant ça appartient à une société d'Augusta et ils servent de la bière chaude et du vin blanc à l'eau gazeuse. C'est plus comme avant… bon sang, Augusta Falls n'est plus comme avant.

– Je m'en suis rendu compte.

– Ça me fait plaisir de te voir », dit-il.

Il enfonça les pouces sous le ceinturon qui retenait son jean.

« Je ne crois pas, Ronnie.

– Merde, plus personne ne m'appelle Ronnie, Joseph. C'était mon nom quand j'étais gamin. Tout le monde m'appelle Ron. Juste Ron, c'est tout.

– J'ai parlé à Maurice…

– Maurice est un gars bien, Joseph. Il a une femme et deux gamines et un chien et un chat. Il a un bon boulot au département sanitaire à White Oak. Il s'est fait son trou là-bas, il va y rester jusqu'à sa mort. Il verra ses petits-enfants, peut-être ses arrière-petits-enfants, et je suppose que la dernière personne au monde qu'il a envie de voir, c'est toi. »

Je baissai les yeux vers le sol. Je me rappelais les Anges gardiens. Apparemment, j'étais le seul.

« Je ne vais pas rester, Ron, dis-je. Mais j'ai une ou deux choses à te demander avant de partir. »

Je levai les yeux vers lui, l'observai attentivement, et malgré son crâne dégarni, malgré son expression lasse, je pouvais toujours voir Ronnie, la frange dans les yeux, toujours à triturer quelque chose – un caillou, une bille, un bout de bois.

« Ce qui a commencé ici s'est achevé ici, Joseph. C'est ce que je pense et je crois que la plupart des gens du coin veulent que ça reste comme ça. Je suis désolé pour tous les problèmes que tu as eus. Je suis au courant du bébé qu'Alex Webber a perdu et tout, et aussi des problèmes que tu as eus à Brooklyn… tu sais, toutes ces années que tu as passées en prison…

– Est-ce que tu crois que c'était Gunther Kruger ? » l'interrompis-je.

Ron Duggan lâcha une sorte de grognement.

« Gunther Kruger s'est pendu. Je suppose que ça va être dur de trouver une meilleure confession…

– Tu crois qu'il était coupable ou tu crois qu'il protégeait quelqu'un… tu penses qu'il a pu savoir qui c'était et le couvrir ? »

Duggan fit un pas en avant. Il tira les pouces de sous son ceinturon et s'immobilisa, serrant et desserrant les poings.

« Il me semble qu'il aurait fallu que ce soit quelqu'un de sacrément proche pour qu'il se tue à la place d'un autre, Joseph.

— Comme un membre de sa famille ?

— Sa famille ? Qu'est-ce que tu racontes ?

— Je dis que ce n'était peut-être pas Gunther. Peut-être…

— Y a pas de peut-être, Joseph. Peut-être que rien du tout. Voilà ce que je dis. Voilà ce que j'essaie de te faire comprendre mais on dirait que tu n'entends que ce que tu veux entendre. Cette histoire s'est achevée en 1949. Il y a presque vingt ans.

— Je ne crois pas que ce soit fini, Ronnie… et je crois que le shérif Dearing pensait la même chose.

— Assez. Je veux pas de cette conversation, ni maintenant ni jamais. On est plus des enfants, Joseph. On a nos vies. Il y a ici des gens qui préfèrent laisser le passé derrière eux, et je pense que tu ferais sacrément bien de faire pareil. Personne veut de ça, personne veut qu'on réveille ces souvenirs. On est en 1967. Le monde a changé. Tu n'es plus chez toi à Augusta Falls. Tu devrais retourner à New York… retourner là-bas et régler tes affaires, mais oublie cette histoire, Joseph. Nom de Dieu, laisse tomber.

— Nous étions les Anges gardiens, dis-je. Nous avions prêté serment, nous avions promis…

— On était gamins, putain ! C'est tout. On n'aurait jamais rien pu empêcher, et on le savait. On avait peur et on était désespérés, et on s'imaginait qu'on pouvait y faire quelque chose, mais c'était faux – on pouvait rien à l'époque, et on peut rien maintenant.

– Maintenant ? Comment ça, maintenant ? Tu sais que ça ne s'est jamais arrêté, n'est-ce pas ? »

Une lueur de colère brilla dans les yeux de Ronnie. Il fit un pas vers moi et je vis les muscles de sa mâchoire se crisper.

« Regarde-moi, Ronnie… Regarde-moi et dis-moi que tu es *certain* que c'était Gunther Kruger. »

Ronnie Duggan me retourna un regard féroce et implacable.

« Je suis *certain* que c'était Gunther Kruger, dit-il. Satisfait ? C'est ce que tu voulais que je dise, alors voilà. Je suis *certain* que c'était Gunther Kruger, et ce foutu salopard s'est pendu dans sa propre grange, et ils ont trouvé un ruban dans sa main, et tout un tas de choses qui pouvaient appartenir qu'à ces pauvres gamines. Il les a tuées. Il les a violées et battues et il les a tuées et découpées. Il a balancé les putains de morceaux dans la campagne, et puis il est mort et il a fini là où il devait finir, en enfer. C'est ce que je dis parce que c'est ce que je crois.

– Ce que tu crois, ou ce que tu *veux* croire ? »

Il resta un moment silencieux, puis il regarda au loin vers l'horizon et sourit.

« Je vais y aller, Joseph. Je peux pas dire que ç'a été un plaisir de te revoir, mais histoire d'être poli je vais dire que ç'a été un plaisir de te revoir. J'apprécierais que tu restes ici le temps de faire ce que tu as à faire puis que tu t'en ailles au plus tôt. Je passerai le bonjour de ta part à Michael, et à quelques autres personnes que tu connais, quant à moi, je te dis au revoir. » Il fit un pas en avant et tendit la main. Je la saisis, et il serra la mienne exagérément fort tout en me regardant dans les yeux. « Alors au revoir, Joseph, et je suppose que c'est la dernière fois qu'on se parle. »

Il lâcha ma main, puis il se retourna pour s'en aller.

« Et si ça ne s'est pas arrêté, Ronnie ? Si ça ne s'est pas arrêté ? »

Duggan se tourna à nouveau vers moi.

« Alors ce sera les gamins de quelqu'un d'autre, Joseph... pas les miens, ni ceux de Michael ou Maurice. Le cauchemar est passé par Augusta Falls, puis il a poursuivi son chemin. Je réveille pas les vieux fantômes juste pour voir si le cauchemar va revenir. » Il sourit une fois de plus. « Prends soin de toi, Joseph Vaughan, OK ? »

J'acquiesçai et regardai silencieusement Ronnie Duggan s'éloigner. Les Anges gardiens – quoi que nous ayons pensé être – étaient morts avec Elena Kruger, celle que j'avais promis de protéger, celle qui nous avait prouvé que quoi que nous fassions, ça ne change-rait rien.

Je restai là quelques minutes, puis je rebroussai chemin et retournai au motel.

En repensant à ce moment je ne puis m'empêcher de sourire intérieurement. À quoi m'attendais-je ? Qu'est-ce que je croyais ?

Nous étions les Anges gardiens. Moi et Michael Wiltsey, Ronnie Duggan, Daniel McRae et Maurice Fricker. Presque trente ans plus tôt... qu'est-ce qui me faisait croire qu'ils seraient contents de me voir ?

Nous avions peur à l'époque, chacun de nous sans exception, mais de l'eau avait coulé sous les ponts et leur peur avait changé. Maintenant ils avaient peur de se tromper. Peur que le cauchemar du passé ne soit pas terminé. Peur qu'il revienne les hanter s'ils réveillaient les fantômes. Trente années s'étaient écoulées et ils n'avaient pas oublié. Ils n'oublieraient jamais. Ils le savaient, et c'était peut-être ça – au-delà de tout le reste – qu'ils craignaient le plus.

J'avais fait une supposition, et je m'étais trompé. En m'éloignant de la Falls Inn, je savais qui je cherchais. Je pensais à Gabillard, à Lowell Shaner, à d'autres qui avaient été là, et je me demandais s'ils voudraient savoir ce qui s'était passé. Je restai assis dans ma chambre de motel bon marché, la porte entrouverte, une légère brise pénétrant à l'intérieur, et je m'aperçus que cette histoire touchait à sa fin. Il n'y aurait que nous deux.

Joseph Vaughan contre le tueur d'enfants. Comme dans un vieux film de série B. Et si j'y laissais ma peau... eh bien, si j'y laissais ma peau, il n'y aurait personne derrière moi. Personne pour tenir les rangs, mobiliser les forces, pour préparer une deuxième attaque. Étrangement, je ressentais une absence de peur. Bien sûr, il ne faisait aucun doute que j'avais peur, mais la sensation qu'une page allait se tourner était plus puissante que les émotions qu'elle provoquait. J'achèterais un pistolet, c'était ce que j'avais décidé. Je dénicherais quelque surplus interlope de l'armée et j'achèterais un pistolet. On trouvait toujours dans ce genre d'endroit un type indifférent et irresponsable qui accepterait cinquante billets et ne poserait aucune question.

Je décidai de prendre la direction de Colombus, une ville suffisamment grande pour y trouver un tel endroit, et après, je traverserais la frontière avec l'Alabama. Je me rendrais à Union Springs, le premier lieu mentionné dans les coupures de journaux conservées par Dearing. En octobre 1950 une autre petite fille était morte. Peut-être des gens s'en souviendraient-ils. Peut-être seraient-ils en mesure de me mettre sur la bonne voie.

Je fermai la porte de ma chambre. Je m'étendis et dormis tout habillé. Je ne rêvai pas, ce dont je fus reconnaissant.

La fraîcheur du petit matin me réveilla. Je rassemblai mes quelques affaires et quittai le motel.

Je pris le bus jusqu'à Tifton, où j'attendis au dépôt une correspondance pour Colombus. Je filai vers la frontière de la Géorgie tel le fantôme que j'étais. Je me disais que personne ne se souviendrait de moi, et dans le cas contraire, j'étais sûr qu'ils m'oublieraient.

31

Reilly Hawkins occupait mes pensées tandis que nous nous dirigions vers Colombus. J'avais songé à me rendre sur sa tombe, peut-être à aller voir mon ancienne maison, pour savoir si les Kuharczyk y habitaient toujours, mais je n'avais pas pu. Je m'étais dit que de tels souvenirs ne feraient qu'attiser ma colère, peut-être mon chagrin, presque certainement mon désespoir. J'étais revenu deux fois, et par deux fois j'avais perdu quelqu'un que j'aimais. Je savais que je ne reviendrais plus.

Et Michael? Ronnie, Maurice Fricker, Daniel McRae – qui s'était échappé tout comme moi, mais de façon intelligente, en allant à l'autre bout du monde –, qu'allaient-ils devenir? Ils appartenaient à un passé qui était resté derrière moi, et ils n'avaient aucune intention de me suivre. J'étais l'imbécile, pas vrai? J'étais celui qui s'était laissé accabler par un fardeau.

Colombus était une nouvelle ville, un endroit où je n'avais encore jamais mis les pieds. J'appréciais l'anonymat que j'y ressentais, et après avoir pris une chambre dans un hôtel au coin des 9ᵉ et 29ᵉ Rues je me tins à la fenêtre et regardai les lumières qui brûlaient dans l'obscurité. Le ciel était dégagé, bleu nuit, et la lune était haute, brillante et pleine. Je fermai les yeux et repensai à la maison à l'angle de Throop et Quincy, à Aggie Boyle, à Joyce Spragg et à Ben Godfrey. Je repensai à Arthur Morrison et au *Retour au pays* et me rappelai le jour où Bridget et moi étions entrés dans une librairie et avions cru que le monde et tout ce qu'il avait à offrir était juste devant nous, attendant d'être saisi. Nous avions laissé passer notre chance. C'était aussi simple que ça : on nous avait donné notre chance, et nous l'avions gâchée.

Je dormis bien. Les bruits de la rue en contrebas ne m'étaient pas familiers, ce qui était en soi réconfortant. Lorsque je me réveillai le temps était clair, la rue, pleine de circulation ; ça me rappela mon premier jour à Brooklyn.

Je marchai jusqu'à ce que la faim m'assaille, et je m'arrêtai alors pour déjeuner dans un petit restaurant. Puis je repris ma marche, dans des petites rues, des allées, les yeux à l'affût d'une boutique de prêteur sur gages. J'en trouvai une au coin de Young et de la 9e Rue, et là – derrière un comptoir grillagé – se trouvait exactement le genre d'homme que je cherchais. Quinze minutes et soixante-quinze dollars plus tard, je quittai la boutique. Je regagnai l'hôtel à la hâte, récupérai mon sac et marchai jusqu'au dépôt de bus.

Une heure et demie plus tard, j'arrivais en Alabama. Il pleuvait légèrement, et à ma descente de bus je sus instinctivement que le fantôme qui avait traversé Augusta Falls était aussi passé par Union Springs. Je le sentais. Une intuition surnaturelle. J'étais sûr que ce serait la même chose à Heflin, Pulaski et Calhoun, et je compris alors que me rendre dans ces villes ne servirait à rien. Le mal était fait. L'homme qui avait arpenté ces rues était depuis longtemps parti. Mais je savais qu'il y en aurait d'autres. Des villes récentes, des meurtres récents. Je rebroussai chemin en direction du dépôt. Je pris un bus pour Montgomery, la ville la plus proche où il y aurait un bureau des archives. Je traquais un mirage, un fantôme, un spectre, et je m'étais égaré en cours de route. J'étais maintenant concentré, déterminé, sûr. Je ne songeais pas à manger, ni à dormir. Je le faisais par nécessité, et sans cette nécessité j'aurais marché jusqu'à m'effondrer. Il était plus de minuit lorsque j'arrivai à Montgomery et hélai un taxi. Je demandai au chauffeur de m'emmener à l'hôtel le plus proche et, assis à l'arrière, je m'aperçus que j'avais vraiment une sale mine, que je dégageais une odeur aigre. Il me déposa devant un bâtiment imposant doté de portes à tambour en verre. J'attendis que le taxi reparte puis je longeai la rue à la hâte jusqu'à trouver un hôtel décrépit avec une enseigne lumineuse brisée. On ne m'aurait jamais laissé entrer dans le premier hôtel, mais ici, ils s'en ficheraient.

Une fois à l'intérieur, je me déshabillai et pris un bain. Je me lavai les cheveux, me rasai avec autant de soin que possible, puis je pris un moment pour rassembler mes esprits.

Je trouverais à Montgomery les informations dont j'avais besoin ; il y aurait à la bibliothèque municipale des journaux provenant des quatre coins de l'État, et aussi de plusieurs autres États, et je découvrirais des similarités. Il y avait toujours des similarités.

Je ne fermai pas l'œil de la nuit, et lorsqu'une faible lueur grise filtra à travers le rideau, je me levai et m'habillai.

J'étais là à l'ouverture des portes de la bibliothèque, et je demandai où se trouvait la section des archives publiques. Je commençai par l'Alabama ; je trouvai la fillette d'Union Springs, une gamine de huit ans nommée Frances Resnick. Découverte morte le mercredi

11 octobre 1950. Frances Resnick avait été violée et décapitée. Son corps sans tête avait été jeté dans une ravine et recouvert de pierres et de terre. Heflin, samedi 3 février 1951, une fillette de onze ans nommée Rita Hayes avait été retrouvée morte deux jours après avoir été portée disparue. Ses bras avaient été détachés de son torse, l'un d'eux avait été retrouvé, pas l'autre. Elle aussi avait été agressée sexuellement. Pulaski, Tennessee ; samedi 16 août 1952, un ouvrier agricole du coin avait découvert les maigres restes de Lillian Harmond, la fille âgée de douze ans du receveur des postes de la ville. Son corps avait été nettement tranché en deux, la partie supérieure avait été retrouvée grossièrement enterrée, la partie inférieure avait été abandonnée sous un arbre. L'ouvrier agricole, un jeune homme nommé Garth Trent, avait affirmé : « Je ne pouvais pas croire ce que je voyais... c'était comme si elle était assise là, juste assise, mais il n'y avait que ses jambes, rien que ses jambes. » Je pensais à Virginia Perlman, et je compris – avec une clarté que Garth Trent ne soupçonnerait jamais – exactement ce qu'il avait ressenti. Puis de nouveau en Géorgie. La petite ville de Calhoun. Dimanche 10 janvier 1954, le corps démembré d'une enfant de sept ans nommée Hettie Webster avait été découvert par un groupe d'enfants. Ils avaient d'abord trouvé son bras gauche, puis son épaule droite et l'essentiel de sa tête. Et alors ils s'étaient enfuis en courant. Hettie rentrait seule à pied du catéchisme. C'était la fin de la matinée, par un beau temps clair, et personne n'avait rien vu. La police était stupéfaite. Les habitants de Calhoun étaient aussi désemparés que ceux d'Augusta Falls l'avaient été.

Je passai deux heures sans rien trouver. J'avais mal aux yeux. Un mal de tête se déchaînait entre mes tempes, mais je parcourais les classeurs de journaux – page après page, volume après volume. Je passai en revue l'Alabama, le Tennessee, la Géorgie et le Mississippi à la recherche du tueur d'enfants. Je le retrouvai en 1956 dans une petite ville nommée Ridgeland, en Caroline du Sud. Cette ville ne se trouvait qu'à une poignée de kilomètres de la Savannah River, à pas plus de deux cent trente kilomètres d'Augusta Falls. La fillette s'appelait Janice Waterson. Elle avait neuf ans ; une fille unique. Ses parents – Reanna et Milton – avaient déclaré que c'était « une petite fille intelligente et curieuse, toujours prête à aider, toujours polie, et ce n'était pas comme si nous avions jamais dû lui enseigner la politesse… ça semblait juste naturel chez elle ». Ses pieds avaient été coupés au niveau des chevilles, et ses mains au niveau des poignets. Ils avaient eux aussi dû fermer le cercueil pour la veillée, car l'essentiel de son visage avait été arraché avec une lame en dents de scie.

J'eus alors la sensation de suivre ses mouvements. Je semblais retrouver les victimes plus facilement, et je les comptais en chemin, notant les noms, les dates et les lieux ; la façon dont elles avaient été tuées, la manière dont les fillettes avaient été retrouvées, qui les avait découvertes et ce qu'ils avaient dit. J'avais la sensation de le traquer – Moncks Corner, Sparta, Enterprise, Alexander City, en 57, 58, 61, 63. Je voyais son visage. Je voyais son mode opératoire. Des petites villes, jamais loin de l'autoroute, des fillettes toujours âgées de sept à douze ans.

Et je ne cessais de penser à la question griffonnée dans le dossier de Dearing : *Où le garçon est-il allé après Jesup ?*

Lorsque j'eus fini l'après-midi touchait à sa fin. Je n'avais pas mangé ni bougé du bureau. La bibliothécaire – une femme d'une cinquantaine d'années aux cheveux grisonnants noués en chignons sur les côtés de sa tête et arborant un rouge à lèvres couleur aubergine, une robe à motif fleuri criard et un lourd gilet de laine – avait attiré mon attention peu après deux heures de l'après-midi.

« Ça va ? » avait-elle demandé.

Je lui avais fait un sourire chaleureux et répondu que tout allait bien, que j'effectuais des recherches pour un livre et que mon travail avait un peu tendance à m'obséder.

« Si vous avez besoin de quoi que ce soit, n'hésitez pas à me demander », avait-elle ajouté avant de s'éloigner.

Je quittai la bibliothèque publique de Montgomery avec une liste de quinze victimes, la dernière remontant à moins de quatre mois, dans une ville nommée Stone Gap, à quelques kilomètres à peine de Macon. Vingt-neuf meurtres en tout, étalés sur près de trente ans. Un par an, semblait-il, mais je savais qu'il y en avait eu d'autres. Ces fillettes portées disparues qu'on n'avait jamais retrouvées. Et, plus tragique encore, celles dont la disparition n'avait pas été signalée.

Je regagnai l'hôtel à l'enseigne lumineuse cassée. Je savais que je devais retrouver Dearing. Nous suivions la même piste, en parallèle.

Le dernier meurtre avait eu lieu en Géorgie, le mardi 29 novembre 1966 ; une fillette de neuf ans nommée Rachel Garrett. Les souvenirs seraient frais, les gens se rappelleraient peut-être un homme comme Dearing. Personne n'avait été témoin de l'enlèvement de l'enfant, mais un homme arrivant après coup, un étranger qui posait des questions ? Quelqu'un devait certainement s'en souvenir…

Une fois dans ma chambre d'hôtel, je fis mon sac, puis m'assis au bord du lit et passai mentalement en revue tout ce qui s'était passé. C'était comme si j'arrivais à la fin d'un chapitre de ma vie, un chapitre qui avait commencé par la mort de mon père, la liaison de ma mère avec Gunther Kruger, et l'assassinat d'Alice Ruth Van Horne.

Elles étaient toutes là, chacune d'entre elles, et je savais qu'elles attendaient.

Qu'elles attendaient que je retrouve leur assassin et que je les délivre.

La nuit les Anges gardiens vinrent, sous la forme d'enfants.

Ils avaient les bras grands ouverts, comme pour me souhaiter la bienvenue, mais lorsque je les atteignis, ils me tournèrent le dos. Il y eut un éclat de rire et, en dessous, des bruits de pleurs, et encore en dessous, le son d'un homme sérieux accomplissant le travail du Diable.

Les os qu'on sciait, le sang qui s'écoulait, la honte, la culpabilité, la fureur, l'angoisse.

Et alors un vent frais souffla, et dans ce vent j'entendis un bruit d'ailes qui me procura une sensation de calme.

Je me rendormis. Je ne rêvai pas.

Le matin, il pleuvait.

32

Samedi 1ᵉʳ avril. J'étais assis à l'arrière du bus et m'éloignais de l'Alabama. Je traversais une fois de plus la frontière de Géorgie et me dirigeais vers Stone Gap. Je savais à quoi ressemblerait la ville avant même d'y arriver. Je connaissais la voix des gens, la couleur de leurs yeux, la profondeur de leur soupçon. Peut-être me verraient-ils tel que j'étais ; peut-être me verraient-ils comme un danger potentiel. Mais ça n'avait plus d'importance. Rien n'avait d'importance hormis retrouver Haynes Dearing.

Stone Gap, comme je ne le savais que trop bien, était une petite ville du Sud. Le climat, l'humidité inconstante, la banalité de la vie. Il ne se passait jamais rien dans de tels endroits ; aucune personne célèbre ne sortait de leurs écoles ni de leur petite université méthodiste. Les routes étaient inégales, les voitures, anciennes, la politique, floue. On y prônait la religion, la tolérance et l'abstinence, mais les bars étaient bondés, et quelque part à la périphérie de la ville se trouverait une maison appartenant à une femme célibataire, une maison dans laquelle il y aurait deux ou trois filles. Des hommes se rendraient dans cette maison, comme ils le faisaient depuis cent ans ou plus, mais il n'y aurait aucune mention de ce bâtiment dans les archives de la ville. C'était comme si elle n'existait pas, n'avait jamais existé, et une telle omission ne soulèverait jamais de questions lors du recensement. Hors des limites immédiates de la ville, les maisons se feraient plus petites et plus espacées, comme si leurs habitants avaient été bannis. Les gens de Stone Gap abhorraient la violence, mais chaque homme possédait un pistolet et chaque femme avait plongé les mains dans le sang d'un porc égorgé. On y faisait chaque chose à l'ancienne, mais Stone Gap savait – saurait toujours – qu'il valait toujours mieux faire les choses à l'ancienne. Les villes comme New York et Las Vegas, même des endroits comme Montgomery, représentaient une Amérique différente, une Amérique qui avait oublié la terre et ses lois, la présence de la nature, l'inévitabilité du temps.

Un tel endroit ne voudrait pas se rappeler le meurtre d'une enfant, mais il ne serait pas capable de l'oublier. Un tel événement resterait sous la surface, tel un bleu indélébile, et ne ressurgirait que dans les regards, chacun comprenant sans qu'un mot soit prononcé ce que l'autre voulait dire. Et tout comme Augusta Falls, Stone Gap saurait qu'une telle chose n'avait pas pu être perpétrée par l'un des leurs. Ça devait être un étranger, quelqu'un de l'extérieur, et dès lors, pendant des années, tous les voyageurs de passage n'y trouveraient guère de confort ni de chaleur.

Je me tenais à l'extérieur du dépôt de bus, rien qu'une cabane faite de planches de bois avec un toit en tôle ondulée, et je connaissais Stone Gap aussi bien que la ville où j'étais né. C'était le monde que j'avais souhaité quitter, mais mon départ n'avait fait que pousser le destin à m'y faire revenir. Chaque fois que le destin se manifestait ainsi, c'est-à-dire plus souvent que je ne souhaitais me le rappeler, je reprenais conscience que ce qu'on m'avait donné pouvait m'être repris en un clin d'œil. Stone Gap avait perdu une enfant ; je le sentais dans l'air, je le voyais sur les visages des gens qui passaient devant moi, et je faisais mon possible pour éviter de croiser les regards, pour passer inaperçu, pour ne soulever aucune question.

Le bureau du shérif était une petite bicoque en briques au bout de la rue principale. Elle se dressait à l'écart des autres bâtiments, ne laissant aucun doute quant à sa fonction et son importance, et lorsque je gravis les marches et ouvris la porte extérieure je distinguai le shérif à travers une porte ouverte juste en face de moi.

« Mon nom est Joseph Vaughan, lui dis-je, et je suis écrivain. »

Le shérif Norman Vallelly avait une soixantaine d'années. Son visage était aux trois quarts ridé, et le dernier quart était sillonné de pattes-d'oie derrière lesquelles ses yeux disparaissaient presque lorsqu'il fronçait les sourcils. Et ces yeux étaient aussi étincelants que des pièces de monnaie ; des yeux qui avaient tout vu. Mais ses traits avaient quelque chose de paisible, quelque chose qui m'informait que lorsqu'il interrogeait un homme, celui-ci était incapable de dire autre chose que la vérité.

« La petite fille assassinée ? demanda-t-il. Et qu'est-ce que vous pouvez bien vouloir savoir là-dessus ? »

Je m'appuyai contre le dossier de ma chaise. Je n'avais pas réalisé à quel point j'étais épuisé. Si le shérif était resté un moment silencieux j'aurais pu fermer les yeux et m'endormir.

« Je travaille à un livre, expliquai-je. Un livre…

– Comme ce Truman Capote, hein ? » Vallelly opina du chef comme si maintenant il comprenait. « Ce Capote avec son livre *De sang froid*… l'histoire de cette famille du Kansas. Ma femme a lu ce foutu bouquin trois ou quatre fois.

— Oui, dis-je. Comme Capote.

— Bon, voyez-vous, monsieur Vaughan, je ne suis pas sûr que vous puissiez tirer le moindre livre de cette affaire, mais si vous y parvenez, alors vous devrez m'en envoyer un exemplaire pour ma femme.

— Bien sûr, fis-je. Bien sûr.

— Vous savez qu'il y a un autre bonhomme qui est venu ici pour poser des questions sur ce meurtre.

— Un homme âgé, environ soixante-deux ou soixante-trois ans ?

— Pour sûr, fit Vallelly. Un shérif en retraite, un certain Geary ou quelque chose comme ça.

— Dearing, dis-je. Haynes Dearing.

— C'est ça ! Vous le connaissez ?

— Oui, je le connais. Il était shérif à Augusta Falls, ma ville natale.

— Il est venu ici presque aussitôt que c'est arrivé. Ça n'avait pas pu être dans les journaux depuis plus d'une journée qu'il était déjà à la porte à poser tout un tas de questions.

— A-t-il dit qu'il cherchait quelqu'un ?

— Pour sûr. » Je lui lançai un regard interrogateur. Vallelly se pencha en avant sur sa chaise et posa les avant-bras sur le bureau. « Vous voulez que je vous dise qui il cherchait ?

— Le pourriez-vous ?

— Il n'en savait rien, fiston. Il ne savait pas qui il cherchait, sauf qu'il disait que ça pouvait être un Allemand.

— Un Allemand ?

— C'est ce qu'il a dit. Il a dit qu'il cherchait un Allemand.

— Il a mentionné un nom ?

– Non, il ne m'a pas donné de nom. D'abord je me suis dit que votre Haynes Dearing avait pu être dépêché pour nous aider sur cette affaire, mais il n'est pas resté plus d'une heure ou deux, puis il est reparti.

– Il a dit où ?

– Il n'a même pas dit au revoir. Il est reparti aussi vite qu'il était arrivé.

– Et l'enquête ? » demandai-je.

Vallelly se pencha en arrière et fronça les sourcils.

« Je ne peux pas vous dire dans quelle direction va une enquête en cours, fiston. Je ne peux pas divulguer ce genre d'information.

– Mais personne n'a été arrêté, n'est-ce pas ? »

Vallelly resta un moment silencieux, puis il sourit d'un air sardonique.

« Disons que ça n'a pas encore fait les gros titres du *Stone Gap Herald* et restons-en là.

– Et vous n'avez pas entendu parler du shérif Dearing depuis ? demandai-je.

– Non, pas un mot. Il a dit qu'il me tiendrait au courant si son enquête donnait quoi que ce soit. Vous dites que vous êtes d'Augusta Falls ? »

J'acquiesçai.

« Et il était shérif là-bas ?

– Oui, pendant de nombreuses années.

– Et vous avez eu le même problème là-bas ?

– Dix meurtres, répondis-je. Entre 39 et 49. Dix petites filles ont été assassinées.

– Toutes dans la même ville ?

– Non, certaines venaient de comtés voisins. À la fin, il y avait quelque chose comme cinq départements de police différents sur l'affaire. »

Vallelly siffla entre ses dents. Il attrapa une pipe sur le bureau et se mit à la bourrer.

« Et c'est la même personne?

– Nous le pensons.

– Nous?

– Moi et Haynes Dearing.

– Oui, bien sûr. Et vous essayez de retrouver ce Dearing afin d'enquêter ensemble?

– Oui. »

Vallelly me regarda en plissant les yeux au-dessus du fourneau de sa pipe.

« Et vous êtes écrivain, et lui shérif à la retraite?

– Oui.

– Et vous vous imaginez que vous pouvez faire mieux que moi et tout un paquet d'autres shérifs issus d'une demi-douzaine de comtés? »

Je souris.

« Non, bien sûr que non. Cette histoire dure depuis trente ans. Il y a eu des meurtres dans le Mississippi, dans le Tennessee, en Alabama et en Caroline du Sud. D'après ce que j'ai pu apprendre il y en a eu trente en tout, peut-être plus. De nombreux agents qui étaient là à l'origine ne sont plus en activité. Je suppose que certains sont à la retraite, d'autres décédés. Je ne crois pas que quiconque ait réellement compris la nature de cette affaire. Elle s'est étalée sur tant d'années et dans tellement d'endroits différents. Chaque ville a mené sa propre enquête avec sa propre police, mais il n'y a jamais eu de coordination.

– Et vous comptez écrire un livre là-dessus?

– La première chose à faire est de retrouver Haynes Dearing, de voir ce qu'il sait, puis peut-être de rassembler une sorte d'équipe spéciale qui regroupera toutes les informations et déterminera s'il y a des similitudes, afin que tout le monde travaille sur l'affaire à l'unisson. »

Vallelly demeura un moment silencieux. Il alluma sa pipe, et le crépitement du tabac enflammé emplit la pièce. Des arabesques de fumée s'élevèrent en volutes vers le plafond, tels des fantômes dans la lumière qui pénétrait par la fenêtre.

« Je ne sais pas quoi vous dire, déclara-t-il enfin. J'ai une petite fille morte sur les bras. Elle a été enlevée juste à côté de chez elle en pleine journée. Personne n'a rien vu qui sortait de l'ordinaire ni ne se souvient de rien. Elle a été découverte quelques heures plus tard…

— Comment a-t-elle été découverte, shérif ? »

Il fronça les sourcils.

« *Comment* elle a été découverte ? Vous voulez dire qui l'a découverte ?

— Non, répondis-je. Je veux dire qu'est-ce qu'il lui a fait ? »

Vallelly plissa à nouveau les yeux.

« Je ne suis pas sûr de vouloir partager ça avec qui que ce soit.

— J'ai découvert l'une d'entre elles. » Vallelly sembla déconcerté. « Quand j'avais quatorze ans. J'en ai découvert une au sommet d'une colline près de chez moi. » Je sentis le souvenir m'envahir, ma poitrine se serrer. « Quand je dis que je l'ai découverte, il serait plus précis de dire que j'en ai découvert une partie.

— Bon sang ! s'exclama Vallelly d'une voix brusque et soudaine.

— Je sais ce qu'il fait. Je l'ai vu de près. J'ai lu des choses dessus, j'en ai parlé, je le porte en moi depuis que je suis tout gamin…

— Il l'a coupée en deux, monsieur Vaughan, déclara Vallelly. Il l'a coupée en deux au milieu du corps comme si elle n'était qu'un sac vide. Il l'a abandonnée parmi les arbres au bord de la route là où n'importe qui aurait pu la découvrir, même des gamins. Je n'ai jamais rien vu de tel de ma vie, et je prie le Seigneur de ne jamais le revoir. Voilà ce qu'il lui a fait, monsieur Vaughan, il a coupé une fillette de neuf ans en deux et l'a abandonnée au bord de la route. »

Nous restâmes quelques moments sans parler, puis Vallelly leva les yeux et demanda : « Alors, qu'est-ce que vous allez faire, fiston ? Vous avez un plan pour retrouver votre ami ?

— Rien de spécifique, répondis-je.

— Rien de spécifique ne suffira pas, n'est-ce pas ?

— Non, en effet.

— Vous voulez que je lance un avis pour qu'on le retrouve ?

— Vous pouvez faire ça ? » demandai-je, surpris, soudain plein d'espoir.

Vallelly sourit.

« Je peux faire ce qui me chante. C'est moi le shérif, pas vrai ?

— Qu'est-ce que ça signifie ? demandai-je. Un avis ?

— Je peux envoyer un message par télétype à chaque département de police de l'État. Je peux leur donner le nom de l'homme, sa description. Je peux leur dire qu'il n'est pas recherché à des fins d'enquête, mais qu'il doit être localisé. Vous voulez que je leur dise de l'informer que c'est vous qui le cherchez ?

— Bien sûr, oui, répondis-je. Si quelqu'un le voit il peut lui dire que je veux lui parler.

— Et ils peuvent lui donner votre nom ?

— Certainement, oui. Je vous en serais très, très reconnaissant, shérif.

— C'est comme si c'était fait, monsieur Vaughan. Je connais un sacré paquet de gens qui veulent savoir ce qui est arrivé à Rachel Garrett, et si je peux faire quoi que ce soit pour aider, alors il est de mon devoir de le faire, ne croyez-vous pas ? »

Je remerciai profusément le shérif Norman Vallelly, à tel point que je crus l'embarrasser. Je l'informai que je resterais à Stone Gap un jour ou deux, peut-être plus longtemps. Il me répondit qu'il me tiendrait au courant de toutes les informations qu'il recevrait et me demanda de bien vouloir lui faire savoir où j'irais si je décidais de partir. Il me recommanda l'Hôtel Excelsior dans Fallow Road, à trois pâtés de maisons sur la droite.

« Ça sonne comme le Ritz ou je ne sais quoi, mais je peux vous assurer que ce n'est rien de tel. C'est propre, le prix est correct, et je saurai où vous trouver. »

Je remerciai à nouveau Vallelly, lui serrai la main et quittai son bureau.

Je descendis les trois rues et trouvai l'Excelsior, un modeste bâtiment de deux étages recouvert d'une peinture blanc cassé et doté de montants de fenêtres couleur crème. J'avais le sentiment que quelque chose se passait. Pour la toute première fois, je croyais vraiment qu'il y avait peut-être une chance. Ténue, certes, mais une chance tout de même. À ce stade, j'étais reconnaissant pour tout et préférais ne pas trop me poser de questions.

Lorsque arriva le mercredi 5, je devenais dingue dans ma petite chambre d'hôtel. Je m'étais rendu à deux reprises au bureau du shérif Vallelly : la première fois, il était absent, la porte était fermée à clé et les lumières éteintes ; la seconde, lundi soir, il s'était contenté de me regarder de ses yeux plissés, assis derrière son bureau, et de secouer la tête. Il n'avait pas prononcé un mot, moi non plus, et j'étais reparti.

Depuis la fenêtre de ma chambre je voyais le carrefour entre Fallow Road et la rue perpendiculaire. Sur ma droite, légèrement cachée, se trouvait l'école de Stone Gap, un complexe de petits bâtiments en briques derrière lequel s'étirait un champ. À certains moments j'entendais les rires et le vacarme des enfants – tôt le matin, vers midi, puis au milieu de l'après-midi à l'heure de la sortie de classe. Le mardi un peu après trois heures j'étais étendu sur mon lit et des rires de petites filles pénétraient par la fenêtre. Elles jouaient à la corde à sauter, et en m'approchant de la fenêtre je les entendis plus distinctement. Le son de leurs voix me glaça soudain de façon inattendue.

Deux-six-neuf... l'oie a bu du vin... le singe a mâché du tabac sur la ligne de tramway... La ligne s'est brisée... le singe s'est étouffé... ils sont tous allés au paradis dans un petit canot...

Tapez dans vos mains... tapez dans vos mains... tapez dans vos mains...

Je restai à genoux, les avant-bras sur le rebord de la fenêtre, le menton posé sur les mains, les yeux clos. Chaque fois qu'elles chantaient ce refrain je sentais les poils se dresser sur ma nuque. C'était comme si elles savaient que j'étais là et qu'elles me rappelaient simplement ma raison d'exister. Finalement, je n'aurais su dire quand, je pris conscience du silence. Je regagnai mon lit et m'étendis. Mes joues étaient humides de larmes, mais je ne me rappelai pas avoir pleuré.

Mercredi à cinq heures je me rendis à nouveau au bureau de Vallelly. Lorsque j'apparus à la porte extérieure il appela mon nom et me fit signe d'entrer.

« Je n'ai rien de neuf pour vous, déclara-t-il. Je sais que ça doit être frustrant, mais pour le moment je ne vois pas trop ce que je pourrais faire d'autre. Votre ami est bien quelque part, et à moins qu'il n'ait déjà quitté l'État, vous pouvez être sûr que quelqu'un le repérera. » Il sourit d'un air compatissant. « La seule chose que nous ne pouvons pas prédire, c'est quand.

– Je songe à retourner à New York », annonçai-je.

Je n'y avais même pas sérieusement réfléchi. C'était juste une idée qui venait de me passer par la tête et je me demandai pourquoi j'avais décidé d'en parler.

« Pas une mauvaise idée, répondit Vallelly. Vous pouvez m'appeler dès que vous y serez pour me dire comment vous joindre. Peut-être qu'alors j'aurai du neuf. »

Je m'avançai et m'assis face au shérif.

« Je pourrais passer ma vie à attendre », dis-je d'un air résigné. Je m'aperçus que ça faisait trois jours que je n'avais parlé à personne. Je voulais parler, je voulais entendre le son de ma voix, entendre quelqu'un répondre et discuter avec moi. La solitude avait élu domicile en moi et je n'aimais pas ça. « Il est vital que je le retrouve, et j'ai pourtant le sentiment que ça ne sert à rien que je reste ici…

– Sauf à me rappeler que je n'ai pas ce que vous voulez », dit Vallelly.

Il me fit un sourire qui me rappela le Haynes Dearing de mon enfance, et ça me fit mal de penser à lui, de penser à tout ce que nous avions traversé pour être toujours là – trente ans plus tard – à chasser les mêmes fantômes.

« Je vais vous dire une chose », reprit Vallelly. Il saisit une fois de plus sa pipe, accomplit le rite laborieux du bourrage et de l'allumage. « À mon âge, après toutes ces années à travailler en tant que shérif, je commence à me demander s'il n'y a pas une partie de la population que je ne comprendrai jamais… Comme cette histoire, les meurtres de petites filles… et pas juste les meurtres, mais la manière dont elles ont été agressées et massacrées… » Vallelly ferma les yeux un moment et secoua la tête. « Vous comprenez une telle chose, monsieur Vaughan ?

— Non, répondis-je. Je ne comprends pas, et je ne suis pas sûr de *vouloir* comprendre une telle chose. Quelqu'un comme ça…

— Le pire type de cinglé que vous rencontrerez jamais, interjecta Vallelly. Voilà ce que je pense. »

Je souris et baissai les yeux vers le sol.

« J'ai l'impression que ça a été là toute ma vie. Ça a commencé quand j'étais enfant, et… et bon sang, tout ce que j'ai fait depuis semble avoir été souillé par ça.

— Et c'est la raison du livre ?

— Du livre ? demandai-je en fronçant les sourcils.

— Oui, le livre que vous écrivez. Je suppose que le fait de tout écrire sera comme une sorte d'exorcisme pour vous, pas vrai ?

— Peut-être, répondis-je. On verra, hein ?

— Alors dites-moi une chose », dit Vallelly. Il se pencha en avant, plissant les yeux. « Qu'est-ce que ça fait de voir une telle chose quand on est enfant ?

— Ça vous rappelle la nature temporaire de la vie, répondis-je. Nous étions quelques-uns. Nous nous étions baptisés les Anges gardiens. Haynes Dearing avait placardé des affiches dans Augusta Falls. C'étaient des avertissements à notre intention, pour nous rappeler de rester tout le temps vigilants, de nous méfier des inconnus. Sur l'affiche ils avaient mis une silhouette d'homme. Voilà comment c'était. C'est peut-être la chose la plus importante que j'aie jamais faite. J'ai rassemblé ces garçons, et nous avons prêté serment. Nous nous sommes même entaillé les mains pour accomplir le rituel des frères de sang. Nous avons promis d'assurer la sécurité des autres enfants, de les surveiller, de nous assurer qu'il ne leur arrive rien de mal.

– Mais ça ne s'est pas arrêté, pas vrai ?

– Non, ça ne s'est pas arrêté. Je suis retourné à Augusta Falls il y a juste quelques jours, et j'ai recherché certains de ces garçons…

– Et laissez-moi deviner… ils n'avaient pas de temps à vous consacrer.

– Exact. »

Vallelly sourit d'un air compréhensif.

« Ça ne m'étonne pas, dit-il. Ils sont tous adultes maintenant, ils ont leurs propres gamins. Ce qui s'est passé à l'époque est de l'histoire ancienne, alors ça ne les regarde plus. »

J'acquiesçai.

« C'est la nature humaine, monsieur Vaughan. J'ai l'impression qu'avant, c'était différent, mais maintenant c'est comme ça. Le monde a changé. Les gens ont changé encore plus. Je ne suis pas sûr d'aimer ce qui se passe, mais ce n'est certainement pas moi qui vais aller contre tout seul.

– Alors on fait ce qu'on peut, en espérant que ça serve à quelque chose, c'est ça ?

– C'est ça, répondit Vallelly. Comme vous et votre ami Haynes Dearing. »

Je me levai de ma chaise.

« Croyez-moi, monsieur Vaughan, je veux que vous le retrouviez, dit Vallelly. Je veux que vous le rencontriez pour voir si on peut mettre un terme à tout ça. Je ferai tout mon possible. Je vais envoyer un autre télétype, et dès que vous arriverez à New York, appelez-moi et dites-moi où je peux vous joindre, d'accord ?

– D'accord », répondis-je.

J'échangeai une poignée de main avec le shérif Norman Vallelly, puis je quittai son bureau.

Je regagnai à pied l'Excelsior et fis mon sac. Je me renseignai sur les bus à la réception, et l'on me conseilla de me rendre à Atlanta, où je trouverais un Greyhound qui me ramènerait à New York.

Je n'avais pas envie de partir, et pourtant j'avais le sentiment de ne pas pouvoir rester. Un vrai dilemme. Mais partir semblait plus facile, aussi est-ce ce que je fis.

Je quittai Atlanta pour New York. Le jeudi 6 avril 1967 en fin d'après-midi. Je me demande si j'aurais repoussé mon voyage si j'avais alors su que tout s'achèverait quelques jours plus tard. Ça me semble étrange maintenant, mais la question qui me taraudait était de savoir ce que je ferais lorsque tout serait fini. Quel que soit le dénouement, cette histoire allait s'achever, et alors où irais-je ?

Je pris le Greyhound, dormis autant que possible. Nous roulâmes pendant huit heures, puis nous fîmes une courte halte. Je descendis du bus et me tins au bord de la route. J'avais mal partout. Mon esprit semblait plongé dans un puits d'angoisse. Je regardai les autres passagers : un homme obèse, avec un chapeau feutre rond, qui empestait l'après-rasage de supermarché et les cigares à trente cents *; une fille enceinte âgée de dix-neuf ou vingt ans au plus qui transportait tous ses biens dans un fourre-tout Samsonite ; un vendeur de chaussures, cinquante-trois ans et au bout du rouleau, avec dans son portefeuille une photo de sa femme qui l'avait quitté, et de son fils qui n'avait pas donné de nouvelles depuis onze ans ; à côté de lui, un joueur de football blond avec de grandes dents et un genou abîmé qui s'était finalement résigné à une vie sans pom-pom girls*

575

ni vestiaires ni massage à l'alcool. Ces gens étaient des fantômes, des images des êtres qui peuplaient un autre monde, un monde qu'il me semblait avoir tout juste quitté, pour ne peut-être jamais y retourner. J'essayai de parler avec eux, mais que pouvais-je dire ? « Je sors de prison pour un meurtre que je n'ai pas commis. J'ai perdu plus de gens que je n'en perdrai jamais. Je voyage à travers l'Amérique pour retrouver un homme qui va m'aider à identifier un tueur d'enfants. Pour autant que je sache, vingt-neuf fillettes sont mortes. Je les entends toutes. Certains de leurs visages sont imprimés de façon indélébile au dos de mes paupières. Quand je ferme les yeux elles sont tout ce que je vois. Alors, de quoi voulez-vous discuter ? »

Nous arrivâmes à New York le dimanche matin. New York avait changé mais, comme ç'avait été le cas avec Augusta Falls, le New York que je connaissais était toujours là sous la surface. Je me rappelais la première fois que j'avais vu cette ville en avril 1949. Comment elle m'avait battu de ses poings. Tout y était lumineux, effronté et arrogant. Majestueux. Imposant. Un tonnerre d'humanité.

Je me rappelai que New York m'avait coupé le souffle, et que j'avais mis deux jours à le recouvrer.

Dix-huit années s'étaient écoulées. J'avais l'impression d'être un vieil homme comparé à alors.

Brooklyn m'attirait, comme un aimant irrésistible, et je m'abandonnai à cette attraction.

Je me tins au coin de Throop et Quincy. La maison d'Aggie Boyle avait disparu. Ce n'était plus la même rue, ni le même carrefour, mais j'y sentis le souvenir de Bridget. Elle aussi était un fantôme qui me hantait.

Ça me semblait dans l'ordre des choses de me trouver là. De me trouver à l'endroit exact où mon propre cau-

chemar personnel avait commencé. Pour la catharsis peut-être, ou simplement pour tenter le sort, je louai une chambre dans un hôtel situé à deux cents mètres à peine du coin de rue où je m'étais mis à courir en rentrant de Manhattan, me précipitant tête la première vers le pire jour de ma vie. Ou peut-être pas – il me semblait y en avoir eu tant. Qu'avais-je fait pour mériter une telle vie ? Quel crime avais-je commis qui m'avait valu un tel châtiment ?

Je n'en savais rien. Je n'osais pas le demander. Je laissai le silence s'installer dans mon esprit, m'assis à la fenêtre de ma chambre et regardai Brooklyn avec des yeux différents.

Le lendemain matin, j'appellerais le shérif Vallelly pour lui dire où j'étais.

33

« Nous avons des nouvelles, m'annonça Vallelly dès que la communication fut établie.

– De Dearing?

– Lui-même. Quelqu'un l'a vu à Baxley.

– Baxley? » demandai-je. Baxley ne se trouvait pas à plus d'une heure d'Augusta Falls.

« Quelqu'un que je connais là-bas. Nous travaillions ensemble quand j'étais à Macon.

– Bon Dieu », fis-je entre mes dents.

Je me tenais à la réception de l'hôtel. Derrière moi, à travers la vitre, j'aurais pu voir le croisement avec Quincy. Je tournais le dos au réceptionniste, m'efforçant de maintenir un minimum d'intimité.

« Monsieur Vaughan? Vous êtes là?

– Oui… heu, désolé… je suis là, oui. Bon, donc il était à Baxley. Comment ça se fait qu'ils lui ont parlé?

– Il était arrêté au bord de la route avec un pneu crevé. Mon ami… c'est le shérif là-bas, eh bien, il s'est arrêté pour lui donner un coup de main et ils ont discuté. Il lui a dit qu'il ferait bien de me contacter, que j'avais des nouvelles d'un vieil ami qui le cherchait.

– Est-ce qu'ils ont donné mon nom?

– Non, je ne le leur avais pas communiqué. J'espère que votre homme va m'appeler, entrer en contact d'une manière ou d'une autre, et qu'après je pourrai vous dire où il se trouve.

– Il n'a pas dit où il allait ?

– Il a dit qu'il quittait la Géorgie, vers le nord, je crois. Il n'a pas ajouté grand-chose apparemment, mais il a assuré qu'il m'appellerait. »

Je restai un moment silencieux.

« Vous ne vous y attendiez pas, monsieur Vaughan. »

J'inspirai profondément, retins un moment mon souffle.

« Non, répondis-je. Les chances étaient minces, au mieux. Bon Dieu, je ne sais pas quoi dire.

– Eh bien, il n'y a pas grand-chose à dire tant que Dearing ne m'aura pas contacté, et après on verra ce qu'on fera. D'accord ?

– Oui. Et merci. J'apprécie vraiment tout ce que vous faites pour m'aider.

– Bon sang, monsieur Vaughan, comme je l'ai déjà dit, si ça permet de mettre plus vite fin à cette affaire, alors je suis plus qu'heureux d'aider. Donc vous restez là-bas, d'accord ? Et si Haynes Dearing m'appelle je ferai en sorte qu'il entre en contact avec vous.

– Merci. Oui, dès que vous entendez quoi que ce soit, appelez-moi ici.

– Portez-vous bien, monsieur Vaughan, et avec un peu de chance j'aurai bientôt du neuf. »

Je remerciai encore le shérif Vallelly et raccrochai. Je demandai au réceptionniste de venir me chercher au moindre coup de fil.

Le réceptionniste – un petit homme dégarni nommé Leonard avec des épis rebelles qui jaillissaient à l'horizontale au-dessus de ses oreilles – me regarda par-dessus ses demi-lunes.

« Des problèmes ? » demanda-t-il d'un ton soupçonneux.

Je souris et fis signe que non.

« Un peu excité, répondis-je. Un très vieil ami. Ça fait de nombreuses années que nous ne nous sommes pas parlé et il y a une chance que je le retrouve. »

Leonard sourit à son tour et se détendit.

« Bonne chance, dit-il. Je vous appellerai s'il y a un coup de fil. »

Je regagnai ma chambre, m'assis au bord du lit. Ma tête semblait trop lourde pour mes épaules et je m'étendis, calai un oreiller derrière moi et tentai de réfléchir.

Augusta Falls. Le shérif Haynes Dearing. Les Anges gardiens contre le tueur. Je retraçai pas à pas tout ce qui était arrivé, tout ce dont je me souvenais. Je pensai au sermon que nous avait donné Dearing à l'école, à la manière dont il nous avait regardés chacun à tour de rôle, sans jamais mentionner de noms mais laissant clairement entendre à qui il faisait allusion. La violation du couvre-feu. Ses paroles d'avertissement. Ma mère. Sa plongée irréversible dans des profondeurs terrifiantes. Elena Kruger. Mon échec à la protéger. Les serments que nous avions prêtés lorsque nous étions enfants, et la façon dont nous les avions trahis.

Et je pensai au tueur, aux petites filles qui avaient souffert entre ses mains. J'essayai de comprendre ce qui pouvait pousser un homme à commettre de tels actes. Colère. Haine. Jalousie. Une folie indescriptible qui provenait du tréfonds de l'âme et ne pouvait jamais être exorcisée. Une folie que Laurence Gabillard, en dépit de ses innombrables diplômes, ne pourrait jamais espérer comprendre.

Et alors je pensai à la Géorgie, à tout ce qu'elle avait été, tout ce qu'elle représentait. À Reilly Hawkins,

Frank Turow, au borgne Lowell Shaner qui avait marché avec l'escouade de soixante-dix hommes et pleuré pour une fillette qu'il ne connaissait même pas. Aux odeurs et aux sons de la cuisine des Kruger, à Mathilde et aux enfants.

À la question dans le dossier de Haynes Dearing : *Où le garçon est-il allé après Jesup ?*

Oui, où était-il allé ?

Les coups qui retentirent soudain à ma porte me firent sursauter et je faillis tomber du lit. Je me levai d'un bond, le sang me montant à la tête, et me retrouvai un moment totalement désorienté. J'allai jusqu'à la porte, l'ouvris d'un coup, et découvris Leonard qui se tenait là, au comble de l'agitation.

« Votre appel, dit-il. Votre appel, en bas… votre ami je crois. »

Je lui passai devant à la hâte et dévalai l'escalier. J'atteignis la réception et saisis vivement le combiné.

« Joseph, dit la voix.

– Shérif Dearing ? »

Il s'esclaffa.

« Bon Dieu, ça fait une éternité que personne ne m'a appelé comme ça. Alors, fiston, comment ça va ? »

Je partis à rire. Une vague d'émotion me submergea. Je me sentais étourdi, presque nauséeux, et je mis un moment à trouver quelque chose à dire.

« Ça… ça va. Oui, ça va, shérif. Je vous ai cherché.

– C'est ce qu'on m'a dit », repartit Haynes Dearing, et au son de sa voix tout ce que je me rappelais de lui me revint comme si nous nous étions parlé la veille.

Il fallait que je lui raconte tout, et pourtant je parvenais à peine à formuler une phrase.

« Alors, où es-tu ? demanda-t-il.

– À New York, répondis-je. Brooklyn.

– Bon Dieu, qu'est-ce que tu fabriques à Brooklyn ? J'aurais cru que tu en avais assez de cet endroit… tu sais, avec tout ce qui s'y est passé jadis.

– C'est toute ma vie, répliquai-je. J'espérais..

– Que nous pourrions nous voir ?

– Oui, oui, que nous pourrions nous voir. Où êtes-vous ?

– Juste ciel, ici et là. Mais je peux venir te voir, proposa Dearing. Je peux venir te voir à New York, Joseph… si c'est ce que tu veux ?

– Oui, dis-je, n'en croyant pas mes oreilles. Vous pourriez le faire ?

– Bien sûr. Ça me ferait plaisir de te revoir après toutes ces années. » Il marqua une brève pause. « Je suis au courant pour tout ce qui est arrivé. La fille à New York… le procès…

– Assez, coupai-je. Je ne veux pas parler de ça. Je veux parler de…

– Je sais de quoi tu veux parler, Joseph, et c'est pour ça que je t'ai appelé. Je ferais bien de venir à New York. Je pense que c'est ce qu'il y a de mieux à faire étant donné les circonstances. Je peux partir presque immédiatement. Si je prends le train je pourrai peut-être y être demain ?

– Ça marche ! », répondis-je.

J'étais à bout de nerfs. Je ressentais de la peur, de l'épuisement, une extrême appréhension. J'allais voir Haynes Dearing. À nous deux nous tirerions tout ça au clair et y mettrions un terme. Je le savais. J'y croyais. Je *devais* y croire.

« OK, alors, c'est réglé, fit Haynes Dearing. Je viens à New York. Dis-moi où tu es. »

Je lui donnai l'adresse de l'hôtel, l'informai que je n'irais nulle part, que je resterais où j'étais à l'attendre. Je le remerciai d'avoir appelé, d'avoir accepté de venir, de nous offrir la possibilité d'enfin parler et de nous rapprocher de la vérité.

Haynes me dit au revoir, puis il raccrocha.

Je restai planté là avec le combiné brûlant dans ma main jusqu'à ce que Leonard le saisisse et le repose sur son support.

« Tout va bien ? » me demanda-t-il.

Je me tournai vers lui, souris comme un idiot.

« Ça ne pourrait aller mieux, répondis-je. Ça ne pourrait aller mieux. »

Une demi-heure plus tard, je sortis faire quelques courses – un peu de pain, du fromage, quelques tranches de jambon, deux pommes. Je ne voulais avoir à quitter l'hôtel sous aucun prétexte. Je montai les provisions dans ma chambre et les posai sur la table près de la fenêtre. Puis je m'assis sur l'une des deux chaises qui se trouvaient contre le mur.

Mais je ne tenais pas en place. Je me mis à arpenter la chambre. J'allai à la fenêtre et tirai les rideaux. Je voulais que ce soit la nuit. Je voulais dormir, ne penser à rien, être déjà demain et voir Haynes Dearing descendre la rue en direction de l'hôtel.

Je retournai au rez-de-chaussée et appelai le shérif Vallelly pour l'informer que Dearing avait appelé et le remercier une fois de plus pour son aide. Le téléphone sonna à l'autre bout de la ligne. Pas de réponse.

De retour dans ma chambre, je recommençai à faire les cent pas entre la fenêtre, la porte et la petite salle de bains. J'avais l'impression d'être à nouveau à Auburn, à compter mes pas pour me vider la tête. L'impression que j'allais exploser, entrer en combustion spontanée au beau milieu de cette chambre. Les sensations qui m'assaillaient étaient indéfinissables, mais elles effaçaient tout le reste. J'essayais de penser à des choses que j'avais lues, des films que j'avais vus. J'essayais de penser à Alex, à Bridget, de voir leurs visages pour me rappeler pourquoi je faisais ça. Mais rien ne venait, comme si elles sentaient mon trouble et ne voulaient rien avoir à faire avec.

Je finis par m'allonger sur le matelas. Je fermai les yeux, et le sommeil me gagna ; je résistai, mais l'attraction était puissante ; j'étais physiquement fatigué, et je savais que je n'avais rien à gagner à lutter. J'étais étendu là à m'imaginer mes retrouvailles avec Haynes Dearing, les choses dont nous parlerions, les années qu'il avait passées à voyager à travers ce pays en quête de rédemption. Il avait tué Gunther Kruger, ça, j'en avais la certitude, et je me demandais à quel point ça l'avait hanté.

Je suis perdu, dirait-il. Ça fait trente ans que je marche et je suis toujours perdu. Je n'y vois toujours pas plus clair qu'au début.

C'est bon, dirais-je. C'est bon, car à nous deux nous allons mettre fin à cette histoire une bonne fois pour toutes. Vous êtes ici, et c'est tout ce qui compte, et je veux que vous me disiez ce que vous avez vu et entendu, ce que vous croyez, pourquoi d'après vous ces meurtres n'ont jamais cessé. Vous pouvez le faire, non ? Vous pouvez faire ça pour moi ?

Dearing s'assiérait sur la chaise près de la fenêtre, derrière lui la lumière de la fin d'après-midi dessinerait un halo dans ses cheveux, et je penserais aux anges, ce qui ferait ressurgir le souvenir de leurs visages, un frisson me parcourrait et je comprendrais pourquoi j'avais laissé cette chose me consumer.

Alors parlez, lui dirais-je. Dites-moi tout et j'écouterai.

Et nous étalerions les coupures de journaux sur le couvre-lit, nous regarderions leurs visages, il me dirait pourquoi d'après lui elles étaient mortes, pourquoi Bridget avait été assassinée à un jet de pierre de l'endroit où nous nous trouvions. Et j'essaierais de comprendre ses paroles, les conclusions qu'il aurait tirées durant les années où nous avions été séparés, et il m'expliquerait que lui aussi était hanté par les fantômes, que lui aussi pouvait fermer les yeux et voir leurs visages, entendre leurs rires, leurs exclamations, leurs jeux enfantins. Et peut-être que nous pleurerions, et en pleurant ensemble nous partagerions un certain degré de fraternité, de camaraderie, et nous saurions que nous avions vécu cette histoire ensemble malgré notre éloignement. Et alors nous déciderions que faire, où aller, comment mettre fin à tout ça.

Nous parlerions de la peur, de la frustration ; nous parlerions de la colère, de la haine ; nous parlerions des nuits où nous nous étions retrouvés face à cet homme, dans nos rêves, et de la manière dont nous l'avions tué. Tué et tué et tué mille fois. Et comment nous nous étions réveillés pour nous apercevoir que la justice que nous pensions avoir rendue n'avait été qu'un fantôme, une chimère, un spectre... comme le tueur d'enfants lui-même.

Et en dessous de tout ça, il y aurait le souvenir de ces jours à Augusta Falls, du début du cauchemar, et nous conviendrions que ça aurait vraiment dû s'achever à l'époque.

Un cercle, dirais-je.

Et Haynes Dearing me regarderait, et dans ses yeux je verrais un homme jeune, un homme qui d'une certaine manière s'était soucié de moi, de ma mère, qui lui avait rendu visite aussi souvent que possible, qui lui avait parlé et lui avait donné de la détermination. Quand nous avions été désavoués, le shérif Dearing avait été là. Il n'avait jamais abandonné. Un roc. Un parangon de fortitude. Un homme sans guère de compromis ni d'arrière-pensées.

Ç'a été dur, lui dirais-je. De subir tant de pertes. Ma mère. Alex. Bridget. Elena et toutes les autres. Je ne sais pas comment on peut perdre tant de gens et continuer de croire en la bonté fondamentale de l'être humain.

Grâce à la foi, dirait-il. Parce que nous croyons en ce que nous faisons, quoi qu'il arrive, nous croyons en ce que nous faisons.

Il se pencherait alors vers moi, chuchotant peut-être, presque à la manière d'un conspirateur, comme si nous étions les deux seuls à réellement comprendre la nature de ce qui s'était passé.

Et nous devons faire quelque chose pour que ça cesse, dirais-je, et Haynes Dearing en conviendrait en acquiesçant, puis il me raconterait les années qu'il avait passées à arpenter l'Amérique à la recherche de la petite fille suivante, espérant peut-être en dépit de tout qu'il n'y en aurait pas d'autre, mais sachant, *sachant*, qu'il y en aurait une.

Vous vous rappelez les Anges gardiens ? demanderais-je, et Dearing partirait à rire. C'est comme ça que nous nous étions baptisés, les Anges gardiens. Moi et Hans Kruger et Maurice Fricker – vous vous souvenez de lui ? Je l'ai vu récemment…

Récemment ?

Oui, il y a juste quelques jours. Vous savez que son père est mort ?

Gene est mort ?

Oui, il est mort. Renversé par un chauffard quelque part en dehors du comté. Maurice est le portrait craché de son père. Il l'a toujours été, mais c'est encore plus flagrant maintenant qu'il a vieilli. Et Michael Wiltsey ? Nous l'appelions le Roi de la bougeotte. Il ne tenait jamais en place. Et il y avait Daniel McRae… nous gardions toujours un œil sur lui, vous savez ? Parce que sa sœur était l'une des petites filles mortes. Nous le surveillions de près, de peur qu'il ne craque d'un moment à l'autre et que nous nous retrouvions avec une épave sur les bras. Et Ronnie Duggan. Vous savez, Ronnie Duggan ?

Oui, je me souviens de lui. Haut comme trois pommes, avec les cheveux constamment dans les yeux.

C'est lui. Il était aussi avec nous. Et vous aviez placardé ces affiches à travers la ville, celles avec la silhouette ?

Je me souviens de ça… bon Dieu, je n'y avais pas repensé depuis des années.

Oui… et c'était les Anges gardiens contre le tueur d'enfants, et même si nous savions que nous ne pouvions pas faire grand-chose pour l'arrêter, nous avons au moins essayé, pas vrai ? Nous avons tenté ce que nous pouvions pour empêcher ces horreurs de continuer.

Je sais, Joseph, je sais. Et qu'est-ce qu'ils ont dit quand tu les as vus ?

Ils n'ont rien voulu savoir, shérif, ils n'ont simplement rien voulu savoir. Ils ont essayé de faire comme si tout ça, c'était du passé. Comme si ça s'était arrêté à Augusta Falls à la·mort de Gunther.

Oui… à la mort de Gunther.

Je suis au courant, shérif. Je sais ce qui s'est passé ce jour-là.

Je sais, Joseph. Je sais que tu l'as deviné.

Et je comprends pourquoi vous avez fait ça.

Vraiment ?

Oui, je crois. Parce que vous vouliez que tout le monde reprenne le cours de sa vie. Vous vouliez que tout redevienne comme avant, et vous pensiez que s'ils connaissaient le coupable, ils cesseraient de s'en faire, ils cesseraient d'avoir peur, et Augusta Falls pourrait redevenir la ville qu'elle était avant le meurtre d'Alice.

Dearing resterait silencieux, et il me regarderait avec des yeux pleins de larmes et, tout comme ma mère lorsqu'elle avait parlé de ce qui s'était passé entre elle et Gunther Kruger, je verrais qu'Haynes Dearing voulait que je lui pardonne.

Je peux essayer de comprendre… mais je ne peux pas vous pardonner, shérif. Je ne peux pas absoudre vos péchés. C'est une chose que vous allez devoir régler seul. Quand vous chercherez la rédemption.

Je sais, Joseph, je sais. Je voulais tant que ça cesse. Je sais que tu comprends. Je voulais que tout le monde redevienne comme avant. Je suppose que je croyais que s'ils avaient un coupable ce serait une sorte de délivrance. Je suppose que je croyais…

C'est bon, shérif, c'est bon. C'est fini maintenant, et même si nous en parlons pendant des heures, ça ne changera rien à ce qui s'est passé.

Et maintenant, Joseph ? Et maintenant ?

Maintenant ? Bon sang, je n'en sais rien. Ça semble si loin… si loin que je me demande parfois si ce n'était pas un rêve, un rêve auquel j'aurais cru au point de me persuader qu'il était réel.

C'est vraiment arrivé, Joseph, c'est vraiment arrivé.

Je sais, shérif, je sais.

Alors qu'allons-nous faire, Joseph ?

J'espérais que vous auriez la réponse.

Moi ? Qu'est-ce qui te fait croire que j'aurais une meilleure réponse que toi ?

Parce que vous étiez là. Toutes ces années… pendant que j'étais à Brooklyn, pendant que j'étais en prison à Auburn, vous étiez toujours là à chercher.

Le fait que j'ai cherché ne signifie pas que je sache mieux que toi ce qu'il faut faire. J'en ai vu plus que toi, c'est tout.

Et le fait d'en voir plus vous a-t-il aidé à mieux comprendre la raison de tout cela, shérif ?

Silence interminable, puis il me regarderait de ses yeux pleins de larmes et dirait : Parce qu'il a tué la première fillette, et à partir de là, il a eu honte. Je crois qu'elle lui parlait, le raillait, le suivait partout où il allait, et chaque petite fille qu'il voyait lui rappelait la première, puis la deuxième, puis la troisième. Et il devait faire taire leurs voix, Joseph. Je crois qu'elles lui parlaient pour lui faire perdre la tête. Elles l'empêchaient de dormir. Elles l'empêchaient d'avoir la moindre vie. Il devait les faire partir… et finalement, au bout du compte, elles n'ont plus fait qu'une, leurs regards étaient identiques, leurs voix étaient comme une seule voix, et la seule manière de les réduire au silence était de les tuer. La culpabilité, tu vois ? La graine de la culpabilité était semée, et à partir de là, il ne pouvait rien faire qu'essayer de se débarrasser de cette culpabilité.

Vous croyez que c'est ce qui s'est passé ?

Je ne sais pas, Joseph. Je ne crois pas que quiconque comprendra vraiment un jour. J'ai essayé, crois-moi j'ai essayé.. mais plus j'y pense, plus je suis confus.

Assez… assez. Nous devons juste décider quoi faire, c'est tout… nous devons juste décider quoi faire.

Le mardi 11 au matin je me réveillai en sursaut. Mes vêtements étaient trempés de sueur. La lueur du soleil pénétrait difficilement dans la pièce à travers les rideaux tirés, mais les bruits de la rue me disaient qu'un nouveau jour avait commencé. Je jetai un coup d'œil à ma montre. Onze heures passées.

Je me levai et pris une douche. Je me rasai, changeai de vêtements. Debout face au miroir je me demandai si j'étais prêt à rencontrer Haynes Dearing. Si ce n'était pas maintenant, alors quand? Je m'interrogeai et tentai d'être fort, tentai de conserver une certaine détermination.

J'essayai de manger un peu de pain et de fromage mais je n'avais aucun appétit.

La chambre n'était rien qu'une nouvelle cellule de prison, et même si je pouvais en sortir à ma guise, même s'il n'y avait pas de verrou à la porte et que personne ne se tenait derrière pour m'empêcher de partir, la quitter n'était pas plus facile que quitter Auburn. Le présent ne me semblait être qu'un simple écho du passé. À un moment j'avais pris une décision – peut-être quelque chose de simple, voire d'insignifiant – et à partir de là tout s'était déglingué et était allé de travers. Le vrai Joseph Vaughan existait dans un monde parallèle, un monde sans enfants morts, un monde où il avait vieilli avec Alex Webber, où sa mère avait atteint un âge canonique, où elle était éternellement présente, éternellement belle, éternellement heureuse de la vie qu'elle avait construite pour elle-même et pour son fils. Ou peut-être même plus tôt. Une autre vie où Earl Vaughan aurait eu le cœur sain et solide, un cœur de géant, et où une chose aussi bénigne qu'un rhumatisme ne l'aurait pas affecté. Il était maintenant avec sa femme, et même s'ils n'avaient jamais eu d'autre enfant, cet enfant, leur fils, était pour eux une inspiration. Il était écrivain, et son nom était connu. Il était le fils d'Augusta Falls, et l'on se souviendrait d'Augusta Falls pour ce fils.

Un autre monde. Une autre vie.

Pas celle-ci.

À deux heures, j'étais assis près de la fenêtre ouverte, les avant-bras posés sur le rebord. J'observais et j'attendais, priant pour qu'Haynes Dearing n'ait pas changé d'avis. Il venait. Je devais y croire. Je le forçais mentalement à venir. Je concentrais toute mon énergie dans une seule pensée et la lui adressais. Je voulais le voir apparaître au coin de la rue. Je voulais le voir longer le trottoir de sa démarche inoubliable. Je voulais qu'il lève les yeux vers la fenêtre et me voie, qu'il lève la main, sourie, et commence à me parler avant même que je puisse l'entendre.

Je regardais les voitures et les taxis avancer au pas dans la rue, espérant que l'un d'entre eux s'arrêterait au bord du trottoir, que la portière arrière s'ouvrirait, et qu'après une brève hésitation Haynes Dearing apparaîtrait, et lorsqu'il en sortirait je ne verrais rien que le sommet de son chapeau, mais je *saurais* que c'était lui. Aucun doute. Aucune hésitation. Haynes Dearing à Brooklyn, à mon hôtel.

Lorsque le soleil commença à décliner, j'étais au comble de l'agitation. Je ne pouvais pas parler. J'essayai de me regarder dans le miroir, de m'imaginer que j'étais quelqu'un d'autre, d'entamer une conversation juste histoire d'entendre une voix. *N'importe quelle* voix. Un simple son étranglé franchit mes lèvres, et je fermai les yeux et inspirai profondément.

Je suis un exilé, pensai-je, et je me demandai si je resterais ici. À jamais piégé dans une prison que je m'étais fabriquée, coincé dans un hiatus spatio-temporel, attendant quelqu'un qui n'arriverait jamais.

Je suis un exilé, et personne ne sait que je suis ici hormis l'homme que j'attends. Et il ne viendra jamais. Il n'a jamais eu l'intention de venir. Il a fait une promesse puis l'a trahie. Comme la promesse que j'avais faite à Elena. Des paroles trahies. Des serments trahis. Des engagements sans valeur. Voilà qui je suis devenu, et c'est ma propre faute. Personne n'est responsable à part moi. Personne.

34

Il faisait sombre. Par une mince fente entre les rideaux je pouvais apercevoir la lune, haute et pleine. Elle illuminait ma chambre tel un œil solitaire et m'avait trouvé, assis par terre, adossé au mur à côté du lit.

J'entendis la voiture s'arrêter. J'entendis un échange de paroles étouffées. J'entendis la portière claquer, le moteur redémarrer, la voiture s'éloigner.

Malgré mon corps qui s'opposait à ma volonté, je me levai péniblement et allai jusqu'à la fenêtre.

J'écartai les rideaux, soulevai la fenêtre, et regardai en bas. Je regardai en bas et ç'aurait pu être le même jour.

Le jeudi 17 février 1949.

Il avait la même allure qu'alors. Quand il était venu me chercher pour m'emmener à Jesup.

Lorsque je le vis marquer une pause, regarder derrière lui en direction de la rue, puis lever les yeux vers le bâtiment comme si son propre ange de la mort s'apprêtait à en jaillir, je sus.

Je sus avec certitude.

Il leva la main.

Je tendis la mienne par la fenêtre ouverte.

« Joseph, dit-il d'une voix qui était presque un murmure.

— Deuxième étage, lançai-je. La chambre au bout du couloir. »

Il opina, prit un moment pour ajuster son chapeau sur sa tête comme une marque de ponctuation, puis il se mit à marcher lentement, à une allure d'enterrement, vers la porte de l'hôtel.

Je farfouillai dans mon sac. Je rassemblai les coupures de journaux et les déposai sur le lit. Mon cœur battait à tout rompre, j'avais les mains moites. Je sentais mon pouls dans mes tempes et ma tête était prête à exploser. J'allai chercher les chaises près de la fenêtre et les disposai face à face au milieu de la pièce.

Je m'approchai de la porte.

J'entendis le bruit de ses pas dans la cage d'escalier. Je restai un moment immobile, inspirant profondément, essayant de rassembler mon courage. Puis je reculai, m'assis sur une chaise, et fermai les yeux.

La porte devant moi commença à s'ouvrir. Je vis la poignée tourner. Je faillis m'évanouir, crus un moment que j'allais défaillir pour de bon. Je regardai la porte s'ouvrir centimètre après centimètre, puis Haynes Dearing se tint devant moi, et il arborait un sourire, un grand sourire, large et beau, et même s'il avait vieilli, même si près de vingt ans s'étaient écoulés depuis notre dernière rencontre, je vis à travers lui. Je vis à travers lui peut-être pour la toute première fois.

« Joseph, dit-il avant de pénétrer dans la chambre et de refermer la porte derrière lui.

– Shérif Dearing.

– Ça me fait plaisir de te voir.

– Vraiment ? »

Il jeta un coup d'œil au lit en se retournant, vit les coupures de journaux éparpillées dessus. Il sourit d'un air compréhensif, compatissant même.

« Ce sont nos fantômes, n'est-ce pas ?

« Je crois, shérif, répondis-je, et je trouvai tout au fond de moi une source de détermination et de force. Venez vous asseoir. Venez vous asseoir et donnez-moi de vos nouvelles. »

Dearing n'avait pas de sac. Il portait un long manteau et prit un moment pour l'ôter. Il le replia soigneusement, le posa sur la petite table près du lit.

« Ça fait longtemps que tu es ici, Joseph ? demanda-t-il comme il s'approchait et s'asseyait.

– Deux jours. »

Il sourit, s'esclaffa.

« Ça sent le mort ici, Joseph, vraiment.

– Peut-être qu'il y en a un. »

Nous ne dîmes rien pendant un moment, puis Dearing enfonça la main dans la poche de sa veste et en sortit un pistolet. Il le pointa sans hésiter vers ma poitrine.

« Combien de temps ? demanda-t-il d'une voix qui semblait attentionnée et compatissante.

– Combien de temps ? répétai-je. Je ne sais pas, shérif. Tout s'emmêle. Quand je regarde en arrière j'ai l'impression que tout est arrivé hier.

– As-tu la moindre idée de ce qui s'est passé ?

– Je comprends que vous avez monté ma mère contre les Kruger, que vous lui avez fait croire que Gunther Kruger, peut-être même Walter, était responsable de la mort des petites filles. Je crois que c'est vous qui avez tiré une balle dans la fenêtre de Kruger, et aussi que vous avez tué son chien. Je crois que vous avez mis le feu à la maison des Kruger, puis vous êtes allé voir ma mère toutes ces fois à Waycross et l'avez persuadée que c'était elle qui l'avait fait. »

Dearing me fixait d'un regard implacable. Seul le tic nerveux qui agitait sa bouche m'indiquait qu'il était vivant. Ses yeux étaient sombres, ternes et profonds.

J'y distinguais mon propre reflet, et ce que je voyais m'effrayait.

« Et vous êtes allé là-bas pour pendre Gunther Kruger. Vous vous êtes servi de moi, n'est-ce pas ? Vous m'avez utilisé comme bouc émissaire. Vous y êtes allé et vous l'avez tué, puis vous lui avez placé ce ruban dans la main, et vous avez caché ces choses sous le plancher… les preuves que Gunther était le tueur d'enfants. »

Les yeux de Dearing se fermèrent un moment, et lorsqu'il les rouvrit il avait sur le visage un sourire vague et lointain.

« Je crois que vous avez placé cette note dans le dossier que vous avez laissé à Valdosta. Vous vouliez retrouver les fils Kruger, peut-être par crainte qu'ils ne comprennent que c'était vous qui aviez tué leur père. Des gens ont vu cette note et ils ont cru que vous soupçonniez l'un d'eux. Walter ? Était-ce de lui que vous aviez peur ? »

Dearing ne répondit rien. Je sentais mon cœur cogner implacablement dans ma poitrine.

« Vous aviez peur de lui, et vous vouliez le trouver aussi, n'est-ce pas ? Et vous aviez aussi peur de moi… de ce que je savais, de ce que je risquais de dire. Je pense que vous étiez venu pour nous tuer tous les deux, Bridget et moi, ce jour-là, et comme je n'étais pas là, vous l'avez juste tuée elle. Je pense que vous avez parlé à la police, que vous les avez peut-être laissés croire que non seulement j'étais responsable de la mort de Bridget, mais aussi que les meurtres d'Augusta Falls n'avaient jamais été résolus, qu'ils avaient continué, et qu'en conséquence Gunther ne pouvait pas être le coupable. Je crois que vous avez installé le doute dans leur esprit et les avez fait me détester assez pour qu'ils soient prêts à tout. Vous les avez convaincus de ne pas chercher plus loin, et ils ne l'ont pas fait, et à cause de ça j'ai perdu presque quatorze ans de ma vie… une vie que vous aviez déjà pratiquement détruite. »

Dearing leva le pistolet et le pointa vers mon visage.

« Assez, dit-il. Je ne veux plus t'écouter…

— Et les petites filles, repris-je d'une voix hésitante tandis que je regardais fixement le canon de son pistolet. Il y en a eu tant. Et vous les avez toutes enlevées en plein jour. Vous gardiez votre uniforme, n'est-ce pas ? Vous enfiliez votre uniforme, vous rouliez de ville en ville, et les gens qui vous voyaient ne prêtaient pas attention à vous parce que vous étiez de la police. Même les petites filles, même elles ne soupçonnaient jamais qui vous étiez. J'ai raison, pas vrai, shérif Dearing ? Ça s'est passé comme ça, n'est-ce pas ? »

Je sentis sa main se crisper sur son pistolet, je ramassai le mien, qui était posé à côté de la chaise, et appuyai sur la détente.

Les coups de feu furent presque simultanés. À l'instant où je vis l'impact de la balle pénétrant dans la poitrine de Dearing je ressentis la douleur intense et soudaine du même impact dans mon épaule, ma poitrine, mon cœur.

Je lâchai mon pistolet, tout comme Dearing, et nous restâmes un moment à nous regarder.

Il ouvrit la bouche pour parler, mais déjà ses yeux se fermaient. Il marmonna quelque chose d'inintelligible, puis sa tête bascula en avant.

Tout était silencieux hormis ma propre respiration laborieuse, une respiration faible, saccadée, et je me sentais glisser vers quelque chose dont je ne pensais jamais revenir.

L'obscurité arriva alors – des vagues de douleur grises ponctuées d'éclats écarlates, et en dessous un puits de noirceur qui semblait m'engloutir. J'oscillais entre éveil et inconscience, j'entendais le bruit de mon cœur, et en dessous le frémissement de ma respiration à travers mes poumons percés, et je savais que je n'en avais plus pour longtemps.

Je me forçai à rester éveillé, à me concentrer, je regardai Haynes Dearing et me mis à lui parler.

Je suis un exilé, dis-je d'une voix faible qui était à peine plus qu'un murmure.

Je prends un moment... pour me pencher à nouveau... sur ma vie... et... et j'essaie de la voir telle qu'elle a été...

Je lui parlai longtemps, puis je ne pus plus parler.

À un moment une brise fraîche s'engouffra par la fenêtre et sembla emplir la pièce, je fermai alors les yeux et ne sentis plus rien.

Ma mère était là, mon père aussi ; Elena, Alex, Bridget. Ils étaient tous là, et ils me regardaient tous, attendant que je fasse le premier pas vers eux.

Puis il y eut de la lumière, et il y eut des voix, des gens qui criaient, et pendant un moment je crus ouvrir les yeux et voir Reilly Hawkins qui, debout au-dessus de moi, riait que je sois un tel idiot.

Et lorsqu'il ouvrit la bouche il se mit à hurler à tue-tête des paroles incohérentes...

« Bordel de merde... allez chercher un putain de médecin ! Le pouls de celui-ci bat encore nom de Dieu ! Allez chercher un putain de médecin ! »

Je n'avais pas la moindre idée de qui il parlait, et étrangement ça n'avait aucune importance.

Épilogue

NEW YORK TIMES LITERARY SUPPLEMENT

Lundi 15 août 2005

L'auteur reclus enchante New York

Hier soir, devant une Brooklyn Academy bondée, Joseph Vaughan (soixante-dix-sept ans) – auteur reclus et énigme littéraire – a donné une lecture de sa dernière publication, une sorte de prolongement de son roman controversé de 1965, *Une douce foi dans les anges*. Intitulé *Les Anges gardiens*, le livre raconte la vie de Vaughan après sa libération de la prison d'Auburn State en février 1967. Sa première œuvre, un court roman intitulé *Le Retour au pays*, a été publiée en juin 1952, puis Vaughan n'a plus fait parler de lui jusqu'à son arrestation injustifiée en novembre de la même année. Vaughan a été jugé, déclaré coupable, et condamné à la réclusion à perpétuité. Il a rédigé en prison son œuvre autobiographique *Une douce foi dans les anges* avant de faire sortir clandestinement le manuscrit avec l'aide de son ami, Paul Hennessy. Sa parution a déclenché un tollé qui a abouti au réexamen du dossier de Vaughan par la

Cour suprême des États-Unis. Sa condamnation a été annulée et il a été libéré après plus de treize ans derrière les barreaux.

Après sa libération, Vaughan s'est employé à identifier l'auteur de plus de trente-deux meurtres d'enfants répartis sur cinq États et étalés sur plus de trois décennies. Son enquête l'a mené à identifier et abattre un shérif de Géorgie en retraite, Haynes Dearing, acte commis en légitime défense, Vaughan ayant lui-même été blessé. Vaughan a alors disparu une fois de plus, pour ne refaire surface qu'à l'automne dernier, lorsque s'est répandue la rumeur qu'il avait écrit un nouveau livre. La Brooklyn Academy était comble pour la première lecture de cette œuvre, et avant de parler, Vaughan a dédié le livre « à Elena, à Alex, et à Bridget… et aussi à ma mère qui m'aurait dit que j'ai attendu trop longtemps pour écrire ceci ».

La sortie des *Anges gardiens* est prévue pour lundi prochain, et nul doute que ce sera le plus grand succès de l'année.

Du même auteur :

VENDETTA, Sonatine Éditions, 2009.